AS AVENTURAS DE FELDON & ALMA

AS AVENTURAS DE FELDON & ALMA

ORGANIZADO POR
J.M. TREVISAN

COM CONTOS DE
ALEXANDRE OTTONI
ALTEMAR GAVIÃO
A. J. OLIVEIRA
CAROL CHIOVATTO
DAVIDE DI BENEDETTO
DENISE FLAIBAM
DIOGO RAMOS
EDUARDO SETE
EMERSON XAVIER
ENÉIAS TAVARES
FELIPE CASTILHO
FERNANDO RUSSELL
JANA BIANCHI
J. M. TREVISAN
KALI DE LOS SANTOS
KATIUCHA BARCELOS
LEONEL CALDELA
LUCAS BORNE
LUCAS VIAPIANA
RICARDO BALBINO
THIAGO ROSA

AS AVENTURAS DE FELDON & ALMA

ORGANIZAÇÃO: J.M. Trevisan
REVISÃO: Emerson Xavier
DIREÇÃO DE ARTE: Dan Ramos
DESIGN DE CAPA E LETTERING: André Carvalho
DIAGRAMAÇÃO: Victória Cernicchiaro
ARTE DE CAPA: Gustavo Pelissari
ARTES INTERNAS: Walter Pax
AUXILIAR DE PRODUÇÃO: Laura Reginin
EDITORA-CHEFE: Karen Soarele
DIRETOR-GERAL: Guilherme Dei Svaldi

EQUIPE DA JAMBÔ: Guilherme Dei Svaldi, Rafael Dei Svaldi, Leonel Caldela, Ana Carolina Gonçalves, Ana Júlia Gamla, Anderson Dornelles, André Schwertz, Carlos Narayana, Dan Ramos, Daniel Boff, Davide Di Benedetto, Elisa Guimarães, Gabriel Adam, José Cerqueira, J. M. Trevisan, Julia Rosiello, Karen Soarele, Laura Reginin, Leticia Mendes, Marcel Reis, Marcelo Cassaro, Marina Alvarez, Marcus Vinicius, Marlon Vernes, Maurício Feijó, Miguel Souza, Priscilla Souza, Tatiana Gomes, Thiago Rosa, Tiago Guimarães, Tiago Orib e Victória Cernicchiaro.

NERD BOOKS

PRODUÇÃO EDITORIAL

JAMBÔ

Rua Coronel Genuíno, 209 • Porto Alegre, RS
contato@jamboeditora.com.br
www.jamboeditora.com.br
@jamboeditora

1ª edição: dezembro de 2024
ISBN brochura: 9786583375629 | ISBN capa dura: 9786583375636

T814a Trevisan, J.M.
As aventuras de Feldon & Alma / organização de J.M. Trevisan. – Porto Alegre: Jambô Editora, 2024.
432 p. il.

1. Literatura brasileira – Ficção. I. Trevisan, J.M. II. Título.

CDU 82-312.9

APRESENTAÇÃO

A PRIMEIRA COISA que alguém com este livro em mãos precisa saber é que Feldon e Alma, os principais protagonistas das histórias contidas aqui, não nasceram nestas páginas.

A dupla surgiu pelas mãos e mentes de, respectivamente, Fernando Russell, conhecido pelos ouvintes como Tucano, e Katiucha Barcelos, no *NerdCast RPG: Ghanor*. RPG é um jogo colaborativo, em que cada um interpreta um personagem enquanto um outro jogador, o mestre, propõe histórias e desafios. É uma informação importante, porque é vital que se saiba que ambos surgiram de forma orgânica, reagindo aos acontecimentos de uma saga desenvolvida em grupo, em meio a risadas, comidas, bebidas e o rolar de dados. Que é, a meu ver, o melhor jeito de se criar e desenvolver um personagem.

Feldon é um elfo druida, capaz de virar os mais diversos animais. Herói de uma aventura épica em que precisou se transformar em fênix para salvar os reinos de Ghanor do Devorador de Mundos e, no processo, renascer. Estes são feitos e qualidades que evocam um herói pomposo e de falas complicadas – ou seja, tudo que ele não é. Feldon usa gírias, faz piadas, puxa referências da cultura pop e não se separa de seu cachimbo cheio de ervas relaxantes, que fazem bem à mente e não podem te prejudicar. É o tipo de herói que se parece mais com algum amigo seu do que com um personagem tolkieniano de livro ou série. E isso é um elogio.

Alma é uma anã de barbas longas e negras, que tem como companheiro e montaria um bode chamado Alphonse. Uma heroína no sentido mais puro da palavra: gentil, bondosa, amiga. Entretanto, ao contrário de qualquer outra pessoa, fictícia ou não, deseja a morte com todas as suas forças, mesmo sendo incapaz de alcançá-la. Porque, no mundo de Ghanor, todo membro da raça anã que se torne o expoente máximo em sua especialidade, ganha a imortalidade como recompensa. Ou maldição, no caso dela, a maior herbalista do mundo.

Quis a vida — e os dados, e as circunstâncias — que os dois formassem uma das duplas mais queridas e divertidas da fantasia nacional.

Nos contos reunidos aqui, você vai encontrar um pouquinho do que torna cada um deles especial, sob a ótica, interpretação e abordagem próprias de um time de autores afiados, incluindo Fernando Russell, Katiucha, Alexandre Ottoni, mestre da primeira temporada do RPG e principal criador deste universo, e Leonel Caldela, mestre da temporada final.

Há histórias engraçadas, heroicas e dramáticas, numa jornada tortuosa que, acima de tudo, mostra o quão longe podem chegar dois personagens criados despretensiosamente para um jogo entre amigos.

E, agora, eles têm você como companhia.

Boa leitura!

J.M. Trevisan

SUMÁRIO

AMIGOS DA MORTE

LEONEL CALDELA

A VIDA EM Kottar era estranha.

Talvez, após alguns anos no reino, um estrangeiro quase esquecesse que a cor predominante em outros lugares não era preto. Que luto não provocava inveja. Que mesclar tumbas e habitações dos vivos nas mesmas ruas era considerado macabro, profano ou insalubre. Que ossos humanos não faziam parte da decoração.

Talvez, ao lembrar de terras distantes, um estrangeiro percebesse que a vida em Kottar era estranha, inquietante, perturbadora, até mesmo deprimente.

Mas a morte era uma festa.

Alma vivia em Kottar há quase um século, mas não deixava de se maravilhar com os funerais. Naquele dia, duzentas pessoas se reuniam em volta do mausoléu, enquanto um coveiro de grande renome conduzia a cerimônia, praticava os ritos fúnebres e coordenava seus assistentes numa celebração digna dos dois homenageados.

A bebida fluía livre — calvados servidos em crânios humanos transformados em taças, um luxo reservado às maiores ocasiões. Alguns quarteirões tinham sido ocupados pela comemoração, dificultando o trânsito dos pedestres apressados e seus animais. Os moradores locais, contudo, apreciavam o alvoroço. Sempre se podia comer e beber muito bem durante um funeral de gente rica. E mais ainda quando havia tantos motivos para felicidade.

Servos passavam por entre os convivas, oferecendo bandejas cheias de pardais cobertos com glacê, glândulas de gambá confitadas e esôfagos de lêmure envoltos em pele de antílope frita. Iguarias que os kottarianos provavam poucas vezes, preparadas pelos maiores cozinheiros da cidade.

Alma mastigou um olho de enguia em conserva, sem sentir o gosto. Alguém colocara uma caveira cheia de calvados em sua mão. Agora mais uma enlutada vinha cumprimentá-la por seu grande feito.

— Você deve estar orgulhosa! — disse uma jovem corpulenta, seu cabelo armado e decorado com ossinhos infantis. — O que proporcionou a eles é o verdadeiro sonho kottariano! Espero que um dia eu e meu marido tenhamos tanta sorte!

Alma deu um sorriso amarelo e agradeceu.

A mulher tinha razão: Alma *deveria* estar orgulhosa. Afinal, um casal estava morto. O que quer que tivesse acontecido, ela fora capaz de dar o presente supremo a duas pessoas amadas e respeitadas na cidade.

Alma não era natural de Kottar, mas viera ao reino muito jovem, acompanhando a mãe. Nem lembrava de sua terra natal e se considerava tão kottariana quanto todos a sua volta. Mas era uma anã, enquanto quase todos os outros eram humanos. Isso servia como um lembrete perene de que ela era imigrante. Fazia com que convivesse com a pequena comunidade anã na capital do reino — menor ainda agora, pois dois de seus membros mais proeminentes estavam mortos. E, mais do que tudo, trazia consigo um medo muito particular, muito profundo e muito, muito kottariano.

— Algumas pessoas são mesmo abençoadas! — um conviva puxou assunto enquanto entornava uma caveira. — Se não bastasse o casal ter morrido ao mesmo tempo, ambos tão jovens, ainda conseguiram um dos melhores coveiros da cidade! Acredita? Ele só tinha disponibilidade para daqui a dois anos, mas o cliente de hoje teve uma recuperação inesperada e continuou vivo. Bem, azar de uns, sorte de outros!

O homem seguiu falando sobre como a família do moribundo tentara usar os serviços do coveiro mesmo assim, enterrando seu parente com só um pouco de antecedência, mas isso ofendeu o profissional. A etiqueta de Kottar era intrincada.

Alma ingressara muito cedo numa guilda de alquimistas. A alquimia era a atividade mais prestigiada do reino, depois das artes funerárias. Demonstrara aptidão imediata e progredira de aprendiz para companheira em velocidade espantosa. Seu interesse a levou a se especializar em herbalismo, refinando extratos de plantas, fungos e outros materiais naturais em formas que jamais tinham sido vistas. Era pouco mais que uma adolescente quando se tornou mestra alquimista e deixou a guilda, montando seu próprio laboratório e partindo em jornadas de pesquisa cada vez mais ousadas.

Nessas jornadas, além de conhecimento, ela buscava professores. No início, seguia pistas sobre grandes sábios detentores de segredos ocultos. Invariavelmente, descobria que não passavam de boatos. Depois se contentava em procurar especialistas que, em seu foco estreito, tivessem desvendado algo que ela mesma não fora capaz. Mas acabava ensinando a eles sobre seu próprio campo de especialização. Por fim, começou a vagar por aldeias e metrópoles em busca de qualquer alquimista que, por acaso, conhecesse algum truque que ela ainda ignorasse.

Era cada vez mais difícil achar alguém que pudesse lhe mostrar qualquer coisa nova. Pretensos gênios da alquimia se provavam charlatães. Inovadores revolucionários não passavam de clérigos confusos, cujos efeitos nada tinham a ver com a ciência. Centros de estudo se debruçavam sobre problemas que ela já resolvera há décadas.

A dúvida estava no fundo de sua mente há mais de dez anos, mas Alma fingia que era um medo infundado.

Com certeza devia haver *alguém* melhor que ela.

— E aqui está o órfão! — Um idoso muito sorridente trouxe até Alma um menino anão pálido, de olhos esbugalhados, poucos fios de barba brotando de seu rosto redondo. — Que pena que não pôde ir junto! Mas deve estar feliz por sua mãe e seu pai, não? Vamos, o que tem a dizer à mestra Alma?

— Obrigado, senhora. — A criança sorriu, mostrando suas gengivas acinzentadas, seus dentes pequenos e amarelos. — Obrigado pelo presente que deu a meus pais.

— Não me chame de senhora — a anã gaguejou. — Eu… De nada, foi um acidente.

O velho afagou o cabelo fino do garotinho e olhou para Alma com admiração.

Um acidente daquele tipo era a realização máxima para um habitante do reino. De fato, o sonho kottariano.

O culto à morte em Kottar soava bizarro para recém-chegados, mas a sociedade era estável e, apesar de tudo, até mesmo feliz. Os kottarianos respeitavam a morte acima de tudo. Assim, acreditavam que não se podia forçá-la ou apressá-la. Assassinato era crime em Kottar, como em qualquer ponto do mundo civilizado. As pessoas também não tiravam as próprias vidas, ainda que nem todas tivessem um instinto de autopreservação muito apurado. Em Kottar, a morte devia chegar naturalmente, em seu próprio ritmo, quando ela mesma quisesse. Com uma doença. Uma queda num poço. Um desabamento.

Ou um envenenamento acidental.

Alma estava há alguns meses enfurnada no laboratório, colocando em prática os conhecimentos que adquirira em suas últimas pesquisas de campo. Trabalhava num veneno muito potente, extraído dos esporos de um fungo que só crescia no esterco de uma espécie muito rara de mamute. Mas uma mestra alquimista ainda precisava se sustentar, principalmente depois de gastar tanto em viagens a lugares longínquos. Assim, Alma aceitava encomendas dos cidadãos mais ricos da capital.

Um casal de anões abastados pedira um perfume para um baile vindouro. Uma fragrância que se adaptasse a cada usuário, de acordo com seu corpo e até mesmo seu humor. Um perfume para ser usado pelos dois, capaz de se modificar para o gosto de quem o cheirasse.

Um desafio instigante, no qual Alma mergulhou de pronto.

Em menos de três meses, havia fabricado o tal perfume, com a excelência que só uma mestra alquimista podia oferecer. Chamou o casal a seu laboratório, para que fossem os primeiros a cheirar a fragrância miraculosa.

Alma trabalhara naquilo sozinha, como sempre. Ela não empregava ninguém, não dependia de nenhuma guilda. Sem conhecer um único alquimista capaz de ensiná-la, ou mesmo de acompanhar seu raciocínio, preferia ficar isolada. Mas havia uma razão pela qual mestres alquimistas em geral tinham aprendizes: embora fossem muito bons em fabricar substâncias prodigiosas, raramente tinham tempo ou paciência para lavar seus instrumentos com o cuidado necessário.

Alma espirrou o perfume alquímico no ar e o casal ergueu os narizes, inspirando fundo.

Ambos desabaram no mesmo instante, convulsionando e espumando pela boca.

Bebendo um gole de calvados em meio ao funeral festivo, Alma disse a si mesma que fora exposta a uma quantidade muito pequena da substância. Que já devia estar imunizada. Que talvez fosse mais resistente a toxinas que a maioria dos anões.

Tudo exceto seu maior medo:

Que tivesse inspirado o perfume contaminado.

Que, tendo criado um veneno tão potente, fosse a melhor herbalista do mundo.

E que, sendo uma anã e a melhor do mundo em algo, tivesse se tornado imortal.

◆—•••••—◆

— Quem foi o idiota — disse o elfo — que chegou à conclusão de que é uma boa ideia colocar nessa pedra tudo que existe de ruim?

Não passava de um druida iniciante. Dentro da sociedade élfica da Floresta Alta, os druidas eram conselheiros, mentores, guias. Eram responsáveis por manter a conexão dos elfos com os animais, as plantas, a própria floresta. Eram ouvidos pelos nobres, defendiam a terra ao lado dos guerreiros. Eram respeitados e reverenciados.

Mas não tomavam decisões.

— Não cabe a nós questionar isso — um dos Grão-Mestres ergueu a voz. — A própria Memória da Floresta Alta é contra, mas o povo tomou sua decisão.

— Você quer dizer que o rei tomou a decisão.

— Seja como for, Feldon — disse o Grão-Mestre. — A decisão está tomada.

Nem mesmo os druidas haviam sido capazes de combater o inverno inclemente que, pelas graças da natureza e de seus ciclos, parecia estar chegando ao fim. Druidas conversavam com as plantas e faziam as árvores crescer, transformavam-se em animais e garantiam que a ordem natural continuasse existindo. Mas nada podia deter a força das estações. O inverno fora rigoroso, o mais rigoroso de que se tinha lembrança. Muitos elfos morreram de fome e os demais se voltaram uns contra os outros. Em meio ao desespero, a sociedade élfica se dividira, em vez de se unir.

Mas, agora que chegava a primavera, os elfos notavam seu erro e queriam garantir que nunca mais acontecesse.

Fora decidido que os maiores magos e sábios élficos fariam um grande ritual. Uma façanha mágica e espiritual que deveria envolver cada elfo na Floresta. Criariam a Pedra dos Pecados, um artefato capaz de receber toda a agressividade, toda a inveja, todo o medo, toda a violência, tudo que havia de ruim na alma de cada elfo. Assim, nunca mais o frio faria com que lutassem entre si. Nunca mais a fome geraria egoísmo e avareza. Nunca mais a miséria voltaria irmão contra irmão. Nunca mais os elfos seriam um risco para si mesmos.

— Veja a natureza a nossa volta! — o jovem druida chamado Feldon esbravejou. — Os animais caçam, matam e morrem! Líquens crescem nas árvores, e elas por vezes tombam! Fungos crescem da podridão! Tudo isso é agressivo, é violento, mas não é maldade! É apenas a ordem natural, e os elfos estão se voltando contra ela!

— Continue observando a ordem natural — o Grão-Mestre retrucou. — Pois a magia não é de sua alçada.

Uma das maiores sábias dos elfos, a mulher com o título de Memória da Floresta Alta, alertara contra aquela decisão. Fora acusada de amante da guerra. Que chance tinha um druida há poucos anos ordenado?

— Os nobres prometem que poderemos largar nossas espadas e nossos arcos — continuou o Grão-Mestre. — Que não precisaremos de governantes. Que viveremos em paz.

— Promessas de nobres — Feldon deu uma risadinha. — Realmente, as coisas mais confiáveis do mundo!

Feldon olhou de esguelha para seu próprio mestre, o druida experiente que o havia treinado desde cedo. Mas mesmo Daga era apenas um subordinado aos Grão-Mestres, e os Grão-Mestres obedeciam aos nobres. Nada se podia fazer.

— Todos nós colocaremos nossos sentimentos negativos na Pedra — a voz ribombante do Grão-Mestre exigiu que Feldon voltasse toda sua atenção a ele. — E de novo a cada estação, para que estejamos livres da maldade.

Feldon balançou a cabeça. Sustentando o olhar de seu superior, falou o que ele, Daga e vários outros estavam pensando:

— Isso vai dar merda.

Alma não sabia há quanto tempo estava no subterrâneo. Sua barba crescera vários centímetros desde que enxergara o sol pela última vez. Tinha levado rações para um mês e o dia em que elas acabaram era uma memória distante. Secara seus cantis logo depois, e não demorou para que não achasse mais onde enchê-los. Estava sem comida e sem água.

Mas viva.

De qualquer forma, o esforço valera a pena: após meses, talvez um ano inteiro viajando por túneis e salões de pedra, alcançara o objetivo. A caverna era tão vasta que ela não conseguia ver o teto, as paredes se perdiam na escuridão. O chão era surpreendentemente plano. O ambiente era dominado por um fosso largo, que não parecia ter fundo.

As pessoas que viera visitar estavam lá embaixo.

Alma espiou a passagem. Havia uma escada de mão precária esculpida na pedra viva, os degraus se estendendo até desaparecer.

Isso daria muito trabalho.

Ela bebeu uma poção que, em alguns momentos, deixou seu corpo amortecido. Beliscou a si mesma para se certificar de que estava imune à dor. Então deu uma corrida curta e se jogou de cabeça no vazio.

Demorou bastante tempo para que atingisse o chão, quebrando o pescoço e vários ossos. Mas, anestesiada, Alma precisava apenas esperar até que estivesse inteira de novo. Sem necessidade de comer ou beber, apenas o tédio e a dor que surgia gradualmente foram incômodos no período que passou estirada.

Talvez mais um ano tivesse transcorrido até que ela se sentisse apta para se erguer e caminhar.

O corredor onde estava continuou por vários quilômetros, serpenteante e monótono, até que ela começou a ouvir o barulho inconfundível de marteladas no metal. Logo em seguida, o rugir manso de várias grandes fogueiras e, por fim, o burburinho de múltiplas vozes tagarelando. Então o corredor se abriu em mais uma caverna gigantesca.

Pela primeira vez em um tempo enorme, Alma estava em um local iluminado — dezenas de tochas e braseiros banhavam cada centímetro do salão com claridade bruxuleante. Apenas uma alcova semioculta permanecia na escuridão completa. Espalhados em mesas de pedra, trabalhando em bigornas, deleitando-se com banquetes ou escrevendo em pergaminhos, estavam cerca de vinte anões.

E um gigante.

Todos ficaram estáticos, os olhos grudados nela.

Uma anã de pés descalços, trajada numa túnica feita de um material estranho e opaco, andou até Alma, estendendo os braços e abrindo um sorriso.

— Ora, ora! — sua voz ribombou pela caverna. — Temos uma recém-chegada?

Alma deu de ombros e riu, nervosa.

— Eu... Acho que sim, senhora. Quer dizer, recém cheguei, mas não sei se posso dizer que sou recém-chegada, porque não sei se vou ficar, quer dizer, nem sei se posso ficar, então quem deve me dizer se sou recém-chegada são vocês.

— Quem é você, menina? — a anã perguntou, bem-humorada.

— Meu nome é Alma, senhora. Eu acho que sou a maior herbalista do mundo.

— Há quanto tempo está vivendo como coruja? — perguntou o druida.

Perguntou aquilo para uma coruja específica. Um pássaro que, ainda que fosse igual a todos os outros, para ele seria sempre diferente. Afinal, era seu melhor discípulo.

A coruja voou do galho onde estava, planando para baixo em direção ao druida. No meio do voo, reassumiu a forma élfica.

Feldon pousou no chão já com seus pés normais. As pernas fraquejaram um pouco, ele demorou alguns instantes para se reacostumar à sensação do próprio corpo.

— Perdi a conta, mestre — ele respondeu. — Alguns anos. Acho que dois ou três.

— E desde então não voltava à forma élfica?

— Por que eu faria isso? Para colocar tudo que sou dentro de uma pedra maluca?

Mestre Daga sorriu.

Ao contrário dos Grão-Mestres, que nunca questionaram a decisão de criar a Pedra dos Pecados, aquele homem via a tolice inerente nos grandes rituais. Assim como Feldon, sabia que a natureza era cheia de agressividade e violência. Não era possível fugir disso. Para lidar com aquela realidade, era preciso primeiro aceitá-la.

Não escondê-la numa pedra mágica.

— Você deveria ao menos visitar seus irmãos, meu discípulo — disse o elfo mais velho. — Todos estão em paz. Não temos mais necessidade de ouro. Não temos mais necessidade de armas.

— Se eu for até lá, vão me forçar a participar do ritual.

— Ninguém vai forçá-lo a nada, Feldon. Ninguém é *capaz* de forçá-lo a nada.

Feldon continuava desconfiado.

— Mestre — disse, por fim. — Eu andei tendo algumas ideias... Pensei numa forma de unir os elfos da Floresta Alta sem necessidade de uma Pedra dos Pecados. Algo que nos fizesse enxergar e aceitar nossas próprias falhas... E então melhorar. Melhorar *de verdade*.

— E o que seria essa solução milagrosa?

— Algumas ervas. Ervas tradicionais dos druidas. Se conseguirmos criar espécies híbridas, descobrir como extrair seu potencial...

Daga olhou para ele com orgulho.

— Se quiser fazer isso, Feldon — disse com um sorriso —, não poderá passar o tempo todo na forma de coruja.

Feldon ficou calado durante algum tempo, ruminando o que seu antigo mestre dissera.

— Eu também estou fugindo, não é?

O outro não respondeu. Isso o tornava mais enigmático, mais inspirador, mas também mais irritante.

— Pense nisso, Feldon.

— Pensar é o problema, mestre. Acho que preciso agir.

— Se chegou até aqui — disse um anão com uma barba que se estendia por um comprimento incalculável, enrodilhando-se no chão numa colina feita de pelos escuros —, então é a melhor do mundo.

Alma fora recebida pelo Conselho dos Imortais. Quando partira de Kottar, nem tivera certeza de que aquele grupo existia. No meio da jornada, convencera-se de que as lendas eram falsas. Mas o que fazer com uma existência imortal além de procurar algo que podia ou não existir? Fosse como fosse, o Conselho dos Imortais não era uma instituição formal, nem chamava a si mesmo por esse nome. Aqueles apenas eram anões que, ao longo dos séculos ou milênios, tinham descoberto que eram imunes à morte e toleravam a companhia uns dos outros.

— Escolhemos nosso esconderijo de propósito — disse a anã que a recebera. — A trilha é mortal para... Bem, para os mortais. Não há comida nem água. Qualquer um que tente descer o fosso vai se estatelar no fundo.

— Mas e a escada de mão, senhora? — Alma perguntou.

— É um truque para enganar os tolos — disse outra anã, num canto, sem tirar os olhos do imenso rolo de pergaminho em que escrevia. — Os degraus acabam na metade.

Alma piscou algumas vezes.

— De qualquer forma, não importa! — A anfitriã deu-lhe um tapinha nas costas. — Você está aqui!

A mais falante e acolhedora no Conselho dos Imortais se chamava Gristella e era a maior tecelã do mundo. Cansara-se de fabricar togas de seda mais resistentes que aço para reis e príncipes. Tinha encontrado um desafio a sua altura quando um cortejo de anjos pediu para que tecesse a túnica de seu superior, uma entidade muito elevada na hierarquia celestial.

Mas mesmo aquilo consumira apenas algumas décadas. O que fazer com o resto do tempo?

— A senhora teceu sua túnica com metal? — Alma tentava acompanhar.

— Isso seria muito fácil. — A outra sorriu. — Usei pedra.

Aprender a tecer pedra só demorara dois ou três séculos.

— Você está aqui conosco! — entusiasmou-se Gristella. — Vai descobrir que somos boa companhia. Quer dizer, quem mais tem experiências comparáveis às suas?

— Há quanto tempo a senhora está aqui? — Alma perguntou, com voz pequena.

Gristella levou a mão ao queixo.

— Não sei... — ponderou. — Quanto tempo faz que os humanos deixaram de cultuar o sol?

Convidaram Alma para sentar a uma mesa. Um prato com uma fatia de torta foi colocado a sua frente.

— Cuidado — disse um anão.

Alma pegou um garfo, partiu um pedaço de torta e levou-o à boca.

Quando acordou, não entendia o que acontecera.

— Frustokk é o maior doceiro do mundo — o anão com a barba mais comprida do mundo explicou. — Pelo menos quando o assunto são tortas. Em geral quem experimenta pela primeira vez desmaia por algumas horas.

Alma precisou de três tentativas até que pudesse comer um pedaço de torta sem perder a consciência. Quando conseguiu, precisava admitir: era uma torta muito boa.

— Senhores — ela tentou mais uma vez, afastando a tontura que o doce trazia. — Eu não vim aqui para ficar. Eu... Estou atrás de respostas.

Sentindo sobre si o peso de muitos olhares condescendentes, Alma tentou descobrir o que falara de errado. Começou a gaguejar uma justificativa, mas foi interrompida por uma voz vinda do único ponto escuro do salão:

— Eu também só vim para buscar respostas, menina. Ou ao menos para descobrir se alguém aqui era o maior maquiador do mundo. Mas acabei ficando. Todos ficam.

Ela olhou em volta, tentando entender.

— Meu nome é Kyrhann — disse a voz. — Sou a pessoa mais feia do mundo. Permaneço nas sombras porque, quando mostro meu rosto, a pedra tende a rachar.

— Muito prazer, senhor! — Alma abanou para a escuridão.

— Você está em casa! — Gristella disse animada. — Finalmente está entre os seus! Passará uma bela eternidade aqui conosco. Nunca terá falta do que ler, pois Purscia é a maior escritora do mundo... em termos de volume.

A anã que escrevia acenou com a cabeça.

— Vai comer as tortas de Frustokk até se acostumar — continuou Gristella. — Se precisar consertar algo, usará os pregos e parafusos forjados por Vrosgajj.

Um dos anões que trabalhava nas bigornas acenou. Gristella prosseguiu:

— E, para passar o tempo, pode ouvir as histórias melancólicas de Agronnig.

— Eu era um príncipe! — um anão choramingou no fundo da caverna. — O reinado de meus pais foi o período mais próspero da história dos anões! Sempre recebi tudo que quis, sem nenhum desafio! Consegue imaginar tamanho tormento?

— Achamos que Agronigg é a pessoa mais triste do mundo — a anfitriã explicou. — Talvez seu grande feito seja outro, não sei.

Alma franziu o cenho. Tudo aquilo parecia muito arbitrário.

Gristella era uma pessoa impressionante — tecer pedra não era tarefa simples e ela fabricara indumentárias dignas do Paraíso. Frustokk também tinha uma habilidade transcendental em suas tortas. Vrostajj talvez fosse digno da imortalidade por forjar os melhores pregos e parafusos do mundo. Os anões apreciavam suas barbas, então ter a barba mais comprida do mundo também podia, com boa vontade, ser considerado algo de valor. Mas Kyrhann era apenas feio. E nenhum deles sabia exatamente *quão* feio era, porque ele se escondia. E Agronnig... Apenas reclamava.

O conhecimento acumulado da raça anã trazia uma promessa: um anão podia viver tanto quanto vivessem seus feitos. Alguns, como o lendário ferreiro Thondin, consideravam a imortalidade um fardo e a competência extrema apenas um motivo para que os outros o incomodassem, então se tornavam reclusos. Havia também a anã que era a maior escultora do mundo e vivera alegremente durante mais de mil anos, praticando sua arte, até cair dura inesperadamente certo dia.

Não bastava ser o melhor entre os anões — era preciso ser o melhor. Mas ninguém sabia exatamente o que podia ser considerado "o melhor", ainda mais quando o assunto era feiura ou tristeza. E o que era uma categoria digna da imortalidade? Uma antiga anedota falava do anão que tinha os espirros mais altos do mundo e vivia muito abaixo da terra, causando terremotos.

No meio da estranheza, algo incomodava Alma mais do que tudo:

— Senhores, me desculpem, mas... E o senhor gigante ali?

Alma apontou o homem que mais se destacava.

O salão ficou em silêncio por um momento.

Então todos desataram a rir.

— Você se engana, pequena. — O gigante se ergueu de sua cadeira e foi até ela, estendendo uma manzorra em cumprimento. — Meu nome é Torzakh. Sou o anão mais alto do mundo.

Alma o cumprimentou. Mas, quanto mais compreendia o Conselho dos Imortais, mais descobria que ele não fazia sentido. Pelo menos não da forma como ela costumava entender a palavra.

Ele era um gigante.

Era *claramente* um gigante.

Não tinha o físico típico dos anões, sua barba era rala. Não era apenas alto: seus braços e pernas eram compridos, quase esguios.

Era um *gigante*, mas estava lá entre os imortais.

— O que eu preciso descobrir — Alma balançou a cabeça, tentando se concentrar —, é como morrer.

— Você não vai morrer, querida — disse Gristella.

— A senhora não entende. De onde eu venho, isso é uma maldição!

— Você quer morrer? — perguntou Frustokk.

— Sim! Quer dizer, não... Não agora, senhor. Eu quero ser capaz de morrer.

Gristella deu de ombros.

— Bem, para isso basta que alguém seja um herbalista melhor do que você.

Ele demorou algumas décadas para voltar a assumir a forma élfica. Mais cerca de dez anos até achar um esconderijo onde se sentisse confortável. Os elfos da Floresta Alta continuavam em sua paz absoluta, em sua plenitude de passividade. Feldon não achava que eles seriam capazes de fazer nada contra ele, mesmo se o achassem. Mas ser visto por eles seria incômodo. Os elfos eram como um relacionamento antigo que não tinha acabado bem.

Em algum ponto no meio desse tempo solitário, uma grande comitiva de humanos entrou na Floresta Alta. Carregavam estandartes com a figura de um leão e pareciam prontos para a guerra. Algumas semanas depois, voltaram, sem que houvesse conflito algum.

O tempo permanecia estático enquanto Feldon vivia sozinho. Também para os outros elfos: sem qualquer agressividade, nada faziam. A sociedade permanecia a mesma.

Quase um século passou até que Feldon se forçou a sair do marasmo e começou a colocar em prática o que contaria a seu mestre. Recolheu amostras de diferentes plantas por toda a Floresta Alta. Cultivou cada uma, selecionando aquelas que produziam os melhores resultados, combinando-as em novas espécies.

Testemunhar os ciclos da natureza e a evolução gradual de suas ervas devolveu-lhe a noção da passagem do tempo. Ele sabia que estava trabalhando com algo especial. Algo que poderia promover a união dos elfos ou de qualquer outro povo, sem a necessidade de ritos antinaturais.

Então Feldon viveu no ritmo das plantas: lento, tranquilo, mas nunca estático. Viu a Floresta Alta mudar sutilmente: árvores jovens se tornarem adultas, outras serem cobertas de musgo, outras tombarem ante a doença ou a realidade inexorável da velhice.

Enquanto isso, suas ervas progrediam. Feldon se sentia cada vez mais como elas.

E, após uma quantidade de tempo que seria imensa para criaturas rápidas como humanos, mas era indefinível para seres pacatos como as plantas, ele achou que estava pronto para mostrar os primeiros resultados de seu trabalho.

Vagou pela floresta em diferentes formas de animais. Deixou pistas e marcas para Daga, mensagens que só ele entenderia, sabendo que um dia o druida iria vê-las. Sem medo, sem pressa.

Mais uma geração de árvores crescera e se tornara adulta quando Daga por fim reapareceu. Feldon estranhou a maneira como ele se movia. Fazia barulho em meio às folhas. Tropeçava em raízes. Demorou para enxergar o elfo mais jovem. Quando falou, suas palavras saíram atabalhoadas, a voz engrolada. A língua parecia tropeçar na boca, tanto quanto os pés tropeçavam no solo.

— Meu discípulo! — Daga abriu os braços num gesto exagerado. — Em tantos anos, não mudou nada! Traz muita alegria ao coração de seu mestre...

Feldon se aproximou dele com cautela. Algo estava diferente.

— Mestre... Eu me dediquei ao que conversamos da última vez.

Daga franziu o cenho, levou a mão trêmula ao queixo. A expressão em seu rosto deixava claro o esforço que fazia para pensar.

— O que conversamos...

Os olhos do mestre estavam vermelhos e injetados. Seu nariz, inchado e lustroso.

— As ervas, Mestre Daga — disse Feldon. — Eu finalmente consegui algum sucesso.

— Ah, sim, as ervas! Mas relembre seu velho mestre, Feldon... Que ervas seriam essas?

Toda a tranquilidade das plantas tinha abandonado Feldon. Seu peito estava tomado pelo sentimento mais típico dos bípedes: a preocupação.

— Mestre Daga, o que está havendo?

— Nada! Nada, meu jovem. Apenas um relapso... Digo, um lapso de memória. Essas ervas seriam...?

— Por que você está desse jeito?

Uma sombra tomou o rosto de Daga, ao mesmo tempo em que a máscara do bom humor caía. Seus olhos vidrados fixaram os do ex-discípulo, tanto quanto conseguiam. Ele fez um esgar.

— Feldon... Os druidas não são mais os mesmos.

O outro engoliu em seco.

— O que houve, mestre? Alguma maldição? Um veneno?

— A Pedra dos Pecados, Feldon.

Uma onda de frio tomou o corpo do elfo mais jovem.

— Sem agressividade, sem ferocidade... — disse Daga — não fazemos mais parte da ordem natural. Não conseguimos mais pensar como os animais.

Daga explicou-lhe que, ao longo de muito tempo, os poderes dos druidas se esvaíram. Ficava mais e mais difícil tomar a forma de animais. E, havendo essa dificuldade, ficava mais e mais difícil sequer tentar — pois tentar algo que resistia a ser alcançado era uma violência consigo mesmo. Uma agressividade com o mundo. A maioria dos Grão-Mestres estava confinada a seus corpos élficos.

— Mas você lembra das histórias antigas... — Daga arrastou cada palavra.

Havia relatos, supostamente dos primeiros druidas, falando sobre como a ingestão de frutos fermentados aumentava as capacidades de polimorfismo. Em outras palavras, druidas bêbados se desapegavam com maior facilidade da própria forma física.

— Preciso beber para mudar de forma, Feldon — disse Daga, com amargura. — E mesmo nesse estado, só consigo me transformar em alguns animais. Lobos. Águias. Ursos. Os mais comuns.

— Mas então — Feldon começou a pergunta com medo da resposta —, se agora está na forma de elfo, por que está bêbado?

Daga desviou os olhos. A vergonha estava estampada em seu rosto mesmo assim.

— Preciso me *manter* bêbado... Tenho medo de que, se ficar sóbrio, não tenha mais iniciativa para beber de novo. Seria uma violência contra meu corpo...

A bebida era usada pelos antigos druidas. Era uma técnica milenar, ainda que malvista por alguns. Mas aquilo não era mais uma prática druídica.

Era apenas autodestruição.

— O que queria me dizer, Feldon...? — Daga abriu um sorriso mole e tentou desconversar.

Feldon sentiu o calafrio seco da decepção. Aquele não parecia mais seu mestre. Não era alguém com quem ele quisesse dividir seu trabalho.

— Nada, mestre. Queria apenas vê-lo de novo.

Sua jornada ao Conselho dos Imortais trouxera mais perguntas do que respostas, mas pelo menos consumira quase vinte anos. Demorou mais cinco para descobrir um jeito de escalar o fosso pelo qual entrara.

Quando Alma voltou a Kottar, foi tomada por uma sensação de estranhamento, como se enxergasse tudo através de um vidro embaçado. Aquele era seu lar. Mas, mais do que nunca, ela se sentia estrangeira. Os imortais tinham razão em algo: ninguém, principalmente ali, poderia compreender sua situação. A morte, grande unificadora de todas as coisas, decidira ignorá-la.

Um misto de culpa, orgulho profissional e necessidade de conexão suplantou seu constrangimento. Após alguns dias trancada no laboratório, Alma respirou fundo, tirou a poeira das roupas e foi procurar o garoto cujos pais tinha matado.

Encontrou-o já adulto. Seu cabelo ralo tinha se tornado ainda mais escasso, mostrando o escalpo cheio de pintas. Sua barba era fina e falha. O menino fora uma nota de rodapé em sua vida, mas ela foi para ele um ícone. Ao entrar na mansão decrépita que o órfão herdara, viu um enorme retrato seu sobre uma lareira fria. Um pouco constrangida, a anã finalmente aprendeu seu nome:

— Alphonse, não?

— Isso mesmo, mestra Alma! É uma enorme honra reencontrá-la! Que a morte a leve sem demora!

Desde que partira, Alma não ouvia os cumprimentos típicos de Kottar. Os bons desejos trouxeram um nó a sua garganta.

— Então, Alphonse... — ela tentou achar algo a dizer. — O que tem feito?

Enquanto as palavras saíam de sua boca, ela ouviu o quanto soavam idiotas. Uma onda de constrangimento a tomou de imediato, mas Alphonse não notou e começou a tagarelar sobre sua vida.

Fascinado pelo veneno que havia sido tão bondoso com seus pais, o jovem anão decidira se tornar alquimista. Fora aceito numa guilda por sua origem peculiar. Mas, ao contrário de Alma, seu período de aprendizado fora muito longo. Tornara-se "companheiro", posto da guilda que o habilitava a trabalhar sozinho, há menos de um ano.

— É mesmo fascinante, mestra Alma! Quer dizer, pelo menos a parte que eu entendo. Estou tentando me especializar em venenos, como a senhora, mas até agora não consegui criar nenhum. Estou testando nas aranhas aqui da mansão, mas suspeito que minhas substâncias as deixem mais fortes.

Alma olhou em volta. De fato, as aranhas ali deviam estar saudáveis, a julgar pela quantidade de teias.

Isso levou Alphonse a falar sobre suas repetidas falhas nos testes da guilda. Sobre como seus mestres tinham decidido não apenas impedir que progredisse, mas rebaixá-lo até os níveis mais básicos. Fora um pouco esquisito ser colega de crianças de sete anos, mas ele se acostumou. Isso aconteceu mais duas vezes e alguns de seus colegas infantis foram seus professores mais tarde. Mas, enfim, ele conseguira ser aprovado. Era agora um alquimista da guilda, ainda que sua fama afastasse os clientes.

O rapaz não era idiota — na verdade, parecia bem esperto, pela maneira como falava. Mas, qualquer que fosse sua aptidão, estava bem longe de seu ofício.

— Meus mestres me aconselharam a desistir — Alphonse riu. — Várias vezes! Chamaram mestres de outras guildas para me incentivar a escolher outra profissão. Chegaram a arranjar para que eu fosse convidado para uma guilda de coveiros. Vasculharam os livros de regulamentos, procuraram maneiras de me expulsar. Mas nunca esqueci de seu exemplo! Apenas uma alquimista pôde dar a meus pais o maior dos presentes!

O rapaz tinha a incrível capacidade de distorcer tudo que ouvira e vivera ao longo das décadas, para que se adequasse a seu "destino". Alphonse não apenas era incompetente: sua ilusão impedia que reconhecesse a própria ignorância. Entre chegar a conclusões errôneas depois de ler o início de uma explicação, pensar que tinha inventado algo genial que na verdade fora descoberto séculos atrás e recusar-se a fabricar substâncias básicas antes de seguir às mais avançadas, ele nunca seria um bom alquimista. Nunca seria nem mesmo um alquimista mediano.

Alma notou que sentia profunda inveja do rapaz.

— ...então eu achei que, se uma pitada de guano acelerava a reação, um quilo de guano tornaria tudo instantâneo! — ele seguia, emendando uma história na outra. — Mas um quilo de guano não se dissolve em meia onça de óleo, então tive que calcular quanto óleo precisava acrescentar, e...

— Alphonse — Alma interrompeu.

— ...meu mestre disse que eu só estava criando uma quantidade muito maior da substância, que não tínhamos frascos grandes o suficiente e que um quilo de guano estava fazendo o prédio inteiro feder, mas eu disse que não podíamos saber, bastava mandar fazer um frasco do tamanho certo, o que me levou a largar tudo e ir atrás de uma oficina de vidreiro e...

— *Alphonse!*

Ele se calou, surpreso.

— Sim, mestra Alma?

Ela segurou suas mãos geladas.

— Você não precisa ser o melhor alquimista. Isso não vai lhe trazer felicidade. Quer dizer, continue o que está fazendo, pois assim *com certeza* não vai ser o melhor, mas o que eu quero dizer é...

Ele ouvia com atenção. Ela engoliu em seco.

— Existe mais na vida do que alquimia. Existe mais na vida do que um ofício. Você não se interessa por mais nada?

O órfão voltou a sorrir.

— Gosto de colecionar emblemas com imagens de santos! Quer ver minha coleção?

Feldon tentou voltar a viver no ritmo das plantas. Tentou voltar às formas de animais. Mas, depois de ver Daga daquele jeito, sentia-se meio culpado ao fazer isso. Meio sujo.

A Floresta Alta parecia suja.

Ele gostava da bebida. Seu mestre sempre gostara. E havia, ele sabia, algo a ser extraído da embriaguez — mesmo que fosse apenas diversão. Observando os animais, os druidas sabiam que a obsessão por "propósito" e "disciplina" era um traço dos bípedes. Algo que não existia na natureza. Os animais comiam quando podiam e quando precisavam. Descansavam quando sentiam vontade. E, se o consumo de alguma substância pudesse proporcionar prazer sensorial, ela seria consumida. Não havia nada de errado nisso.

Mas Daga não tinha mais diversão, nem prazer sensorial, nem qualquer tipo de experiência positiva com a bebida.

Só precisava dela para continuar sendo alguma versão de si mesmo — uma versão lenta, fraca, diminuída. Feldon não sabia se essa versão era pior ou melhor que a versão de Daga sem a capacidade de se transformar em animal, imposta pela Pedra dos Pecados.

De qualquer forma, era tudo culpa da Floresta Alta. Foi essa percepção que o fez abandoná-la.

Voltava de vez em quando para conferir suas ervas, mas perdera o grande propósito. Propósito não existia na natureza, de qualquer forma, então não precisava daquilo. Não iria unir os elfos. Mesmo que um dia fosse capaz, eles não mereciam.

Observou com pesar a mudança da Floresta Alta. Observou com desinteresse as mudanças no mundo. E agora observava com horror o que o reino que existia ao redor da Floresta havia se tornado.

Ao longo dos séculos infindáveis de sua existência, ele vira uma dinastia de reis humanos tomar a região, então adentrar a Floresta Alta exigindo a subserviência dos elfos. Muito depois, soube que seu povo havia concordado em obedecer àqueles reis sem necessidade de luta ou conquista. Afinal, podiam se ajoelhar para quem quer que fosse. A Pedra dos Pecados lhes tirava a rebeldia e a necessidade de independência. Também entregavam tributo sem pestanejar. Sua sociedade pacífica não usava nenhum tipo de dinheiro, eles não precisavam de riquezas. Se os reis humanos as desejavam, podiam ficar com elas.

Muito depois, a dinastia de humanos caiu. A região ficou mais uma vez sem um rei. Feldon deixou a Floresta pouco depois disso.

Em suas andanças pelo mundo, Feldon viu os efeitos do despertar do Devorador de Mundos, mas não se preocupou em saber o que era. Viu a guerra de uma horda de dragões para destruí-lo, mas permaneceu nos ermos e nas aldeias isoladas, sem tomar conhecimento.

Já vivera muito mais tempo longe da sociedade élfica do que jamais passara entre seu povo, quando jovem. Sabia que, na Floresta Alta, seus irmãos continuavam amortecidos pela Pedra dos Pecados e seu mestre continuava entorpecido pelo álcool. A tristeza fazia com que não prestasse atenção aos eventos catastróficos que abalavam o mundo. A falta de um lar tornava difícil se importar com o lar dos outros.

Feldon participou de grupos de aventureiros, saqueou tumbas, explorou áreas selvagens, enfrentou monstros, conheceu animais exóticos. Mas nenhum aventureiro foi um companheiro. Nenhum tesouro compensou sua perda. Nenhuma área selvagem foi um lar. Nenhum monstro ameaçou nada que importasse. Nenhum animal trouxe de volta a experiência de ser um druida.

Feldon chegou a voltar à Floresta Alta, para verificar se suas ervas ainda viviam. Mas a sensação não foi de retorno ao lar — foi de visita a um parente moribundo. Foi então que descobriu que o reino ao redor da Floresta já não era mais chamado de Ghanor. Havia sido conquistado pelo último dragão sobrevivente da horda. Aquelas eram agora as Terras de Zamir.

Reis e conquistadores chegavam e partiam. A história de todas as terras era violenta e trágica. Mas a maior tragédia ainda parecia a dos elfos, que tinham conquistado a si mesmos. Tinham se rendido sem que ninguém os ameaçasse.

Eles não saberiam usar suas ervas, mesmo que de alguma forma aceitassem tentar. Para o bem e para o mal, eram só suas. Tê-las para si era um egoísmo que não trazia satisfação gananciosa, mas tristeza solitária. Sozinho, não havia sentido em consumir as ervas.

Mesmo assim, recolheu uma boa quantidade. Separou as partes corretas, secou-as, triturou-as e colocou em seu cachimbo. Acendeu e deu uma tragada longa.

Continuou fumando enquanto andava nas estradas desertas, pelas Terras de Zamir, sem rumo e sem propósito. Depois de algumas semanas, cruzou com um viajante. Um humano que puxava uma pequena carroça cheia de quinquilharias.

— O que tem aí? — Feldon perguntou, a título de cumprimento.

— Panelas, ferraduras, vestidos, sapatos, um espelho, sabão, duas rodas de carroça. Vários emblemas de peregrinação.

O elfo não fazia ideia do que era aquilo, mas não tinha ânimo para perguntar.

— E você? — o mascate devolveu. — O que está fumando?

— Ervas élficas.

O humano cheirou o ar, sentindo o aroma doce.

— Posso provar?

Caso Alma tivesse, ao longo da vida, prestado atenção em algo além da alquimia e da própria imortalidade, talvez ouvisse falar no peculiar hábito de colecionar "emblemas de peregrinação", comum entre alguns religiosos, jovens e desocupados.

Quase todos os santos tinham um local ao qual eram associados: sua aldeia natal, uma encruzilhada na qual abençoaram alguém, a prisão onde foram martirizados. Muitos fiéis peregrinavam a esses lugares tocados pelo divino, demonstrando sua devoção ou apenas tentando se aproximar de seu padroeiro.

Claro, para muitos era mais fácil apenas *dizer* que tinham empreendido a peregrinação.

Assim, os reais peregrinos buscavam lembranças e provas concretas de que tinham feito a viagem. Objetos que só podiam ser obtidos nos lugares santos. Tipos empreendedores notaram o lucro em potencial nisso e começaram a fabricar os famosos emblemas de peregrinação.

Eram retângulos feitos de uma liga de cobre maleável, finos como pergaminhos e muito mais baratos que o equivalente em papel. No cobre, artesãos gravavam a imagem e o nome de um santo. Então vendiam o emblema em tavernas e barracas perto do ponto de peregrinação. Alguns peregrinos começaram a acumular vários desses, provando sua coragem e fervor. Alguns quiseram fazer isso sem realmente ter coragem e fervor — bastava comprar os emblemas.

E alguns peregrinos espertos perceberam que podiam comprar vários emblemas, então vendê-los com um bom lucro ao voltar para casa.

Alguns trocavam seus excedentes por outros emblemas.

Emblemas adquiridos em locais de peregrinação perigosos ou em reinos hostis eram considerados "difíceis" e podiam valer dois, três ou mais emblemas normais. Logo, pessoas pouco ou nada religiosas compravam, trocavam e colecionavam os emblemas porque eram bonitos, porque esse mercado paralelo era um bom passatempo, porque alguns eram raros. Elas queriam os emblemas porque outras pessoas não os possuíam. E, tendo um emblema, naturalmente precisavam ter todos.

Alphonse nunca deixara a capital de Kottar e poucas vezes pisara numa igreja, mas seu entusiasmo pelos emblemas de peregrinação era intenso e sua coleção, enorme.

— Este é o emblema de Santa Amélia feito num mosteiro de copistas — ele explicou, enquanto Alma tentava acompanhar. — É o mais comum dessa santa e muita gente acha que é o único, mas existe um mais raro, produzido numa biblioteca nas Terras de Zamir.

— E você também tem esse? — ela fingiu curiosidade.

— Estou tentando conseguir, mas é muito raro! Tenho uma falsificação. Não deixo com o resto da coleção, mas vou pegar para lhe mostrar a diferença.

Alphonse passou alguns minutos vasculhando os armários onde guardava sua coleção, de longe os locais mais organizados e limpos da casa. Voltou com um emblema mostrando uma mulher com um livro.

— Enxergou? — O anão apontou para o rosto da santa. — A pálpebra de Santa Amélia está cobrindo dois terços do olho esquerdo na falsificação, enquanto que no original só cobre metade.

Alma tentou notar a presença de pálpebras na imagem rudimentar, mas mal conseguia discernir os olhos.

A coleção de emblemas de peregrinação era uma maneira de Alphonse fazer amigos e se sentir bem-sucedido. Mas, mais importante para Alma, era algo que o distraía da alquimia.

— Nunca encontrei ninguém que gostasse tanto de ouvir sobre os emblemas — ele parou de falar por um instante para recuperar o fôlego. — Nem mesmo os outros colecionadores. Às vezes dizem que eu exagero.

Alma segurou seu ombro magro.

— Continue colecionando, Alphonse — pensou um pouco. — Mas não esqueça! Você não precisa ter a maior coleção! Não precisa ser o maior especialista! Deve apenas se divertir!

— Sim, senhora — ele gaguejou.

Toda aquela conversa era extremamente enfadonha para Alma. Enquanto o rapaz falava, sua mente fugia de novo e de novo para novas fórmulas, novas combinações de ervas. Ela estava condenada a ser a maior herbalista do mundo, mas o órfão estava a salvo.

— Além disso — Alphonse continuou —, os peregrinos sempre trazem boas histórias! Alguns anos atrás surgiu aqui um viajante vendendo emblemas de São Arnaldo. Santo raro, difícil de achar!

Alma fez que sim com a cabeça.

— Ele precisou se infiltrar nas Terras de Zamir. Eu tive esperança de que trouxesse um emblema original de Santa Amélia, mas nem ele conseguiu! Enfim, ele passou perto da Floresta Alta. Disse que os elfos estão experimentando com ervas...

A anã se empertigou, de repente fisgada.

— Ervas?

— Sim, ervas! Umas ervas que só existem lá. Mas os elfos não fabricam emblemas, então...

Ela tentou ouvir o que Alphonse dizia, mas a voz do órfão se tornou difusa em seus ouvidos. Seu coração batia forte, sua mente se focava em apenas uma coisa:

Longe dali, na Floresta Alta, os elfos faziam experimentos com ervas. A Floresta Alta era uma comunidade fechada, dentro de um território fechado, controlado por um dragão, sem contato com o resto do mundo.

Assim, os elfos faziam experimentos que ninguém conhecia.

Ela não queria conhecê-los. Queria tudo, menos saber quais experimentos eram esses. Tudo, menos entendê-los, reproduzi-los, incorporá-los em seu repertório infindável.

O que ela queria era garantir que algum herbalista élfico fosse muito bem-sucedido.

Feldon não perdera seu tempo decorando os nomes dos aventureiros do grupo que integrava. Eram quase todos humanos. Iriam morrer rápido e não eram, na verdade, seus companheiros. Não sentia com eles uma mera fração da irmandade que experimentara com os druidas, tantos séculos atrás, antes da derrocada da Floresta Alta e da Pedra dos Pecados.

O grupo estava numa taverna negociando a próxima missão. O guerreiro, pretenso líder, traçava estratégias. A ladra tentava convencer o contratante a oferecer uma recompensa maior. A maga especulava sobre perigos arcanos. O nobre que precisava de sua ajuda discursava sobre destinos heroicos, inocentes em perigo. Ele mal ouvia. Tudo eram distrações.

Distrações sem sentido.

Ele abriu a algibeira e verificou que já estava quase sem ervas. Era hora de visitar a Floresta Alta de novo.

— Sem ofensa para ninguém — Feldon disse de repente, e o resto da mesa se calou —, mas estou indo embora. Vocês não precisam de mim.

— Feldon! — o guerreiro ergueu a voz possante. — Ainda não alcançamos a glória que é nossa por direito! Além disso, meu irmão maligno continua impune!

O elfo fez uma careta, sentindo vergonha em nome do outro.

— Não me leve a mal — deu um tapinha no ombro do guerreiro —, mas eu não me importo nem um pouco com isso. Nem conheci seu irmão! Não tenho nada contra ele.

— Ainda precisamos decifrar a profecia de meu nascimento... — começou a maga.

— Ô dona, eu também não quero saber de profecia nenhuma. Boa sorte, mas esse problema é todo seu.

— Feldon — a ladina deu um sorriso torto —, você sabe que vamos enriquecer. Se ficar conosco, vai ter uma vida de rei!

— Eu conheci um rei na minha terra, e ele era um idiota. Depois apareceram uns reis humanos, e o próprio povo derrubou todos eles. Viver como rei não está nos meus planos, garota.

Os aventureiros olhavam para ele como se estivesse falando uma língua estrangeira. Como assim não se importava com destino, mistérios, riquezas?

— Vão pela sombra — Feldon se ergueu. — Eu vou dar uma passada na Floresta Alta. E, antes que alguém se candidate, não preciso de ajuda, nem tenho nenhum destino grandioso por lá.

Dessa vez quem objetou foi o nobre que negociava com o grupo:

— Mestre elfo, eu não faria isso se fosse você.

Feldon revirou os olhos, farto de chamados à aventura.

— E o seu problema, qual é, vovô?

— Não tenho problema algum — ele deu de ombros. — Mas você terá, se for até a Floresta Alta. Os elfos enlouqueceram! Tornaram-se bárbaros e selvagens. Estão guerreando entre si e destruindo tudo que construíram ao longo de sua história.

Feldon balançou a cabeça, os olhos semicerrados num gesto condescendente.

— Quem contou essa para o senhor estava muito louco, ou rindo pelas suas costas. Desde que surgiu uma coisa chamada Pedra dos Pecados, os elfos não conseguem destruir nem um cordeiro assado!

O nobre continuou sério.

— A Pedra dos Pecados foi roubada, mestre elfo. A Floresta Alta está queimando.

Feldon abriu a boca para objetar, mas as palavras não saíram.

Depois de séculos, em um instante acabara de recuperar algo que nem lembrava de precisar:

Um propósito.

O que atormentava Alma desde sua visita ao Conselho dos Imortais era uma pergunta. Na verdade, o que a atormentava há séculos era a maldição da imortalidade. Mas, como uma pesquisadora, ela não podia apenas aceitar sua condição sem questioná-la.

Assim, a pergunta queimava como uma brasa no fundo de sua mente: o que decidia se um anão era "o melhor do mundo" em algo?

Sua primeira hipótese foi uma entidade consciente, que pudesse ser convencida ou enganada. Afinal, um gigante havia se tornado imortal por ser "o anão mais alto do mundo". Mas, após algumas noites debruçada sobre tratados filosóficos e tomos de teologia antiga, Alma chegou a duas conclusões.

A primeira era que a existência de uma entidade desse tipo, atuante a ponto de interferir com a vida de indivíduos, não passaria totalmente despercebida por todos os sábios da história. Presumir que ela mesma fosse descobrir uma autoridade espiritual e ontológica do mundo todo, quando nunca ninguém sequer ponderara sua existência, era tão louco quanto se declarar ela mesma uma messias. E, caso conseguisse, seria a maior filósofa do mundo, o que traria um novo e enorme problema.

A segunda conclusão era mais óbvia, mas mais significativa: se uma entidade fosse capaz de avaliar quem era "o melhor do mundo" em todas as atividades e características dos mortais, necessariamente seria onisciente. E, sendo onisciente, não poderia ser enganada. Caso fosse enganada, não seria onisciente, e assim não poderia afetar os mortais daquela forma.

Isso esgotou a primeira hipótese.

A segunda hipótese era de que a imortalidade dos anões fosse mera questão de crença. Se pessoas suficientes *acreditassem* que um gigante era o anão mais alto do mundo, ele seria.

No entanto, também essa hipótese encontrara dois problemas fundamentais. O primeiro era que, em toda a história anã, não havia nenhum caso de um imortal desmascarado. Nunca fora registrado que um anão se tornara imortal por ser aclamado como "o melhor do mundo" em algo, apenas para depois isso se provar falso e ele morrer. Claro, havia a possibilidade de que algum anão fosse um farsante, apenas ainda não desmascarado. Mas isso não o tornaria o maior enganador do mundo? Mais uma vez ela entrava num ciclo infinito de pergunta e resposta.

O segundo problema fundamental com a hipótese da crença era seu próprio caso: ela se tornara imortal sem ser aclamada.

Claro, Alma era conhecida em Kottar como uma excelente herbalista. Mas, sempre em viagens de pesquisa ou enfurnada no laboratório, nunca alcançara nenhum tipo de glória. Nem queria isso. Tinha quase certeza de que transcendera à imortalidade na privacidade de sua oficina, longe dos olhos de qualquer um.

Isso colocou por terra a segunda hipótese.

A terceira hipótese, que Alma tentava confirmar agora, era a existência de algum tipo de energia ou componente fundamental da existência, tocado apenas pelos anões que eram os "melhores do mundo" em algo. E, se essa energia hipotética podia ser acessada por um gigante, não dizia respeito ao corpo físico dos anões, mas a algo em seu espírito ou mentalidade. A excelência no que quer que fosse permitia que um espírito anão entrasse em contato com essa força que regulava vida e morte.

A terceira hipótese ainda podia se provar verdadeira.

Era sobre isso que Alma ponderava quando sua jangada se ergueu vinte metros, numa onda terrível em meio à tempestade, então se destroçou ao ser jogada de volta no mar em fúria.

Foi sobre isso que ela pensou nos meses que passou afogada, no fundo do mar.

Mas, um tempo indeterminado depois, a maré levou Alma a seu destino.

Uma ilha.

Ela passara algumas décadas pesquisando um local adequado. Impossível saber se encontraria ali o que precisava. Impossível saber até mesmo se aquilo de que precisava existia. Mas a ilha era o melhor lugar para procurar.

Era uma ilha sem nome, como devia ser. Ficava bem longe da costa, em meio a uma área gélida e inclemente do mar. Não constava em quase nenhum mapa. Nada de importante acontecera ali, não pertencia a nenhum reino. Não possuía nenhum recurso natural. Era uma rocha no meio do oceano, só fora descoberta por acaso, então esquecida.

Era o mais próximo que ela podia chegar de um local intocado, protegido de qualquer interferência dos mortais. Um local que era puro potencial.

Enquanto pesquisava a localização da ilha, Alma também se aprofundara nas capacidades místicas de diversos materiais alquímicos. Estudara geologia, traçara novas teorias sobre a formação dos acidentes geográficos, sobre como certas substâncias se formavam no subterrâneo e como vinham parar na superfície.

Tudo para determinar as matérias-primas de sua próxima criação.

Alma passou anos na ilha, recolhendo materiais, fazendo testes, elaborando e colocando à prova novas teorias. Quando finalmente se deu por satisfeita, preocupou-se com a viagem de volta — muito mais arriscada, pois agora carregava carga preciosa.

Ela conseguira fabricar cinco doses de sua nova poção. Dessas, apenas uma sobreviveu à jornada. E foi esse frasco miraculoso que Alma apresentou a Alphonse, quando voltou a Kottar.

O anão observou com cuidado a garrafinha transparente e o líquido azul brilhante em seu interior. Alma ouviu as risadas e gritinhos de seus filhos, atropelando-se pelos corredores.

— Menos barulho! — Alphonse gritou, num tom entre severo e bem-humorado. — Seu pai está com uma visita ilustre, pestinhas!

As crianças recitaram um "Sim, papai" em uníssono e voltaram a gritar e correr. Alphonse deu de ombros e sorriu.

— Você seguiu meu conselho — disse Alma. — Não se dedicou apenas à alquimia.

— A senhora tinha razão — ele respondeu. — Existem coisas mais importantes.

Eles ficaram um longo tempo conversando. Alphonse tinha muito a contar: falou sobre a esposa, o casamento. Os filhos, suas personalidades, seus pequenos triunfos infantis. Falou com alegria sobre a morte prematura da mãe das crianças. Em comparação, Alma se sentiu vazia. Só podia falar de como, mais uma vez, avançara a ciência da alquimia sozinha, de formas que ninguém jamais imaginara.

— Mas com certeza não veio até aqui para ouvir histórias sobre fraldas e primeiras palavras! — Alphonse riu. — O que é então esse preparado misterioso que trouxe?

Ela olhou em volta. A mansão estava cheia de vida, cheia de possibilidades, cheia de coisas diferentes. Cheia também de emblemas de peregrinação, mas não havia problema em ter um passatempo. Alphonse nunca mais progredira na alquimia. E isso não lhe fazia falta nenhuma.

Foi por essa razão que Alma mentiu:

— É uma poção de fertilidade — ela disse. — Mas acho que você não precisa, não é?

Ambos riram. Em sua admiração e maravilhamento, Alphonse nunca sequer pensaria em questionar a veracidade daquelas palavras.

E Alma nunca contaria a ele que fabricara uma poção transcendental. Destilara em líquido um princípio místico e existencial que tocava a essência do mundo e de um de seus habitantes, capaz de trazer à tona e multiplicar o maior talento de qualquer mortal.

Uma poção capaz de transformar qualquer um na melhor versão de si mesmo.

Talvez no melhor do mundo.

Cadáveres estavam espalhados no chão.

Sangue de elfos e animais manchava a terra e as árvores.

A Floresta Alta queimava.

Saqueadores, pretensos reis, senhores da guerra e degenerados gargalhavam em meio à paisagem de pesadelo.

Após séculos sem agressividade, sem ambição, sem violência, sem nenhum sentimento que consideravam ruim, os elfos não tinham mais a Pedra dos Pecados. E não foram capazes de lidar consigo mesmos.

Feldon sabia que tudo aquilo era muito maior que ele.

Achou uma ânfora de vinho, ainda segura pela mão fria de um corpo decapitado.

Tirou a ânfora do morto, destampou-a e levou-a aos lábios.

Não parou de beber até que estivesse seca.

Então foi procurar a próxima.

Alma chegou à Floresta Alta quando as árvores queimadas já tinham se transformado em nutrientes para o solo. Novas árvores haviam nascido e, com o tempo, no ritmo das plantas, iriam se tornar tão majestosas quanto as que tinham sido perdidas. Os animais habitavam de novo a mata, várias gerações depois que seus antepassados foram mortos na fúria élfica. Em algum lugar, escondidos em meio ao labirinto da natureza, estavam os restos da sociedade dos elfos.

Mas ela não sabia onde, porque estava perdida.

Alphonse tinha ficado alguns metros para trás, as mãos apoiadas nos joelhos, arfando. O anão estava coberto de pequenos arranhões, causados pelos inúmeros galhos espinhosos que haviam atingido seu rosto ao longo da jornada. Quase toda a superfície visível de sua pele era tomada por picadas de mosquitos. Ele suava sem parar e bebia água o tempo todo.

— Um minuto, mestra Alma — ele arfou. — Preciso só... recuperar o fôlego.

Alma estacou no lugar e cofiou a barba, pensando na própria responsabilidade. Estava acostumada a viagens, pesquisas de campo, trajetos perigosos. Já vivera aventuras que matariam qualquer um que não fosse imortal. Mesmo assim, ficava sem fôlego com o ritmo da marcha. Claro, em seu caso havia a opção de apenas deixar de respirar. Já para Alphonse, o ar não era facultativo.

Seu companheiro também precisava comer e beber, o que o colocava em risco. As rações tinham acabado há muito tempo, mas a Floresta Alta era farta em frutos e raízes comestíveis. Alphonse não sabia diferenciar um cogumelo nutritivo de outro venenoso e letal, então Alma precisava encontrar e examinar cada uma de suas refeições. Isso também os atrasava, e ela tentava conter a própria impaciência.

Alma soubera de todos esses problemas em potencial quando concordara que Alphonse a acompanhasse naquela empreitada. A vida de ambos estava ligada de uma forma que ela não conseguia descrever ou desenredar. Sentia-se responsável por ele, ainda que fosse ela a amaldiçoada e ele já tivesse filhos adultos, além de uma boa quantidade de netos.

— Estou bem — disse Alphonse, quando claramente não estava. — Podemos continuar.

— Talvez seja melhor voltarmos — ela se forçou a responder. — Posso acompanhá-lo de volta a Kottar. Ou pelo menos até um lugar seguro, onde você encontre um guia.

Ele abriu um sorriso, apesar da exaustão e do medo em seus olhos.

— Nem pensar! — o entusiasmo transparecia na voz que era quase um gemido. — Estas terras ficaram inacessíveis por séculos, sob domínio de Zamir. Mas finalmente estão livres e agora posso completar minha coleção! Depois que encontrarmos seu elfo herbalista, vamos atrás do emblema de Santa Amélia, certo?

Alma também forçou um sorriso.

— Certo.

Ele provavelmente era a última pessoa do mundo que ainda se importava com emblemas de peregrinação. A mania acabara décadas atrás. Ninguém mais colecionava — os poucos que eram fabricados só interessavam a peregrinos religiosos.

Aquela era a jornada da vida de Alma — ou melhor, de sua morte. Após tanto tempo e esforço, estava no caminho para encontrar aquele que podia ser melhor que ela em seu ofício. Um elfo, um ser que não seria amaldiçoado pela imortalidade que vinha com as capacidades extraordinárias. Bastava que bebesse a poção, que aceitasse ser o melhor do mundo.

Se ele bebesse a poção, Alma estaria livre.

Em comparação, Alphonse só queria mais um emblema. O último conhecido que ainda não possuía, uma raridade que ficara presa atrás das fronteiras sob domínio de um dragão. A diferença entre o que estava em jogo para os dois era gritante.

Ela queria ser mortal.

Ele só queria um emblema difícil.

Alma o invejava.

— Vamos continuar — ela concordou. — Avise se precisar descansar de novo.

Ele apenas acenou com a cabeça.

Eles continuaram pela maior parte do dia, andando quase a esmo, procurando uma pista. O conhecimento de Alma permitia que ela previsse algumas trilhas, com base no crescimento de plantas e fungos. Grandes comunidades tendiam a ser erguidas em áreas com certas características: presença de rios, solo fértil e firme o bastante para sustentar construções. Essas áreas tinham sua própria vegetação típica. Por isso, as mudanças sutis na vegetação formavam um mapa parcial, indicavam em suas charadas de plantas onde poderia haver civilização. Talvez guiar-se assim fosse uma tarefa impossível para o segundo melhor herbalista do mundo.

Talvez, se ela se tornasse a segunda melhor do mundo, morreria na jornada de volta.

A luz já começava a escassear, os poucos raios do crepúsculo filtrados e quase apagados pelas árvores e suas copas. Anões enxergavam no escuro, mas não com a mesma precisão. Não podiam discernir cores, perdiam detalhes.

— Vamos parar por hoje — Alma decretou. — É perigoso continuar.

— Ainda temos um pouco de luz — Alphonse ofegou.

— Alphonse...

— Quanto antes acharmos os elfos, antes você se tornará mortal, mestra Alma.

Ela o fitou de olhos arregalados. Ele apenas sorriu.

— Você sabe...?

— Posso não ser um bom alquimista — disse Alphonse —, mas tive filhos e netos suficientes para saber que pessoas normais precisam comer. A senhora não come, mestra Alma. Passa dias sem beber água. Às vezes não respira.

Alma sentiu vergonha de si mesma, por sua condição e por ter subestimado o amigo. Ela sempre soubera: ele não era um idiota. Na verdade, era alguém com capacidade suficiente para, sem o auxílio dos pais, ter se tornado um profissional aceitável, formado família, criado uma prole próspera e bem-ajustada. Alphonse era inteligente. Apenas não era um mestre alquimista.

— Quando você descobriu? — ela perguntou.

— Desconfiei desde que a conheci — ele ofegou. — Eu idolatrava a senhora! Tinha certeza de que só a melhor alquimista do mundo podia ter matado meus pais!

— Sou só a melhor herbalista — ela corrigiu, em seguida se sentindo boba.

— Passei a desconfiar cada vez mais ao ouvir histórias de suas viagens. Podiam ser exageradas... Mas, se não fossem, a senhora só podia ser imortal.

A cada encontro dos dois, ele soubera. A vergonha de Alma aumentava, por tê-lo julgado durante todos aqueles anos. Ele tinha uma vida plena e sempre soubera de seu "segredo".

— Tive quase certeza quando a senhora conheceu meus filhos — Alphonse continuou. — Não tinha envelhecido um dia desde que eu era criança!

— Desculpe por nunca ter lhe contado...

— Sua vida e sua morte são seu assunto — Alphonse descartou o comentário. — Mas tive certeza absoluta quando a senhora ressurgiu e parecia mais jovem do que eu! Confirmei minha convicção quando meus filhos notaram a mesma coisa.

Ela voltava a Kottar periodicamente, sempre com a mesma aparência. Quantos no reino conheciam seu segredo?

Quantos nunca tinham mencionado nada por pena?

— E como sabia a finalidade desta viagem?

— Alguma viagem que a senhora fez desde que nos conhecemos teve outro propósito?

Ela foi tomada por uma onda de carinho.

— Você é um bom amigo, Alphonse.

— Vamos continuar, mestra Alma! Vamos encontrar seu elfo, então poderemos ir atrás do emblema.

Seguiram por mais uma hora. A escuridão se fechou ao redor deles. Os olhos de Alma já não conseguiam mais detectar todas as nuances de coloração e textura dos musgos e pequenos arbustos no caminho.

Mas seu nariz continuava acurado.

Sem aviso, Alma se abaixou e enfiou o rosto num tronco apodrecido. Inspirou fundo. A combinação de fungos, líquens e matéria decomposta na parte oca do tronco era como uma flecha num mapa. Estavam chegando perto da civilização. Ou pelo menos do potencial para civilização.

— Vamos acampar aqui — ela disse. — Amanhã encontraremos os elfos.

— Mas estamos tão perto, senhora!

Alma engoliu em seco. O entusiasmo dele era eufórico e inquietante.

— Não faz sentido, Alphonse. Você precisa descansar. Os elfos estarão lá pela manhã.

— Mas a senhora pode se libertar!

— Eu já esperei tanto tempo, Alphonse. O que são mais algumas horas?

O sorriso dele quase se desfez. Alma desejou que não conseguisse enxergar seu rosto na escuridão.

Logo antes de ele começar a falar, ela notou que havia algo mais naquilo tudo.

— Mestra Alma — Alphonse engasgou. — Passei a minha vida toda sabendo que a senhora se sacrificou ao dar a meus pais o maior dos presentes. Ao me dar o maior dos presentes. Vivi o sonho de todo kottariano, mesmo sendo um anão. E, a cada dia em que eu vivi um sonho, a senhora viveu um pesadelo.

— Alphonse, eu...

— Por favor, me deixe terminar.

Ela assentiu.

— Eu sempre soube que não seria um herbalista tão bom quanto a senhora. Sempre soube que estava condenado à mediocridade.

— A mediocridade é a maior felicidade que você pode ter, Alphonse.

— Eu sei! Mas, mesmo em minha mediocridade, talvez eu pudesse lhe dar o mesmo presente que a senhora me deu.

— Como...?

— Eu nunca serei o melhor do mundo. Mas persisti na alquimia, na tentativa de criar algo que pudesse ajudá-la.

Ela ficou muda por um instante.

— Durante toda minha vida, eu tentei, mestra Alma. Ainda estou tentando, e talvez um dia eu consiga. Talvez, antes de minha própria morte, eu possa lhe presentear com uma poção de esquecimento.

Desde muito jovem ele entendera a tragédia de Alma, ligada inexoravelmente a sua própria felicidade. A morte alegre dos pais, que a condenara a viver para sempre. Mesmo com todas as dificuldades, todas as rejeições, mesmo tendo repetidas oportunidades de mudar de profissão, ele desejara retribuir o sonho kottariano.

Esquecimento daquele tipo, apagamento de todo um saber sem anular totalmente a personalidade do usuário da substância, seria um avanço alquímico capaz de mudar o mundo. Alma sabia que era impossível, mesmo para alguém de suas capacidades. Mas Alphonse era ignorante o suficiente para ter esperança.

Se não podia se tornar o melhor, talvez pudesse tornar Alma pior.

Ele deu alguns passos em sua direção.

Lágrimas escorriam pelas bochechas de Alma, indo molhar sua barba.

O anão abriu os braços, meio num gesto de humildade, meio indo abraçá-la. Aproximou-se um pouco mais.

— Não é sua responsabilidade, Alphonse.

— Eu sei que não é. Mas, com todo o privilégio que tive...

Alphonse deu mais um passo, tropeçou numa raiz e caiu. A testa se chocou com uma pedra pontuda no chão. Alma sentiu o cheiro de sangue antes de vê-lo escorrendo farto pelo ferimento.

Alma acomodou a cabeça de Alphonse no colo. Havia um rombo em sua testa, o escalpo sofrera um talho irregular e comprido. Ela conseguia ver um pedaço do cérebro através do osso esmigalhado. Sangue vertia livre, pintando suas têmporas, indo empapar as roupas da anã.

Alphonse tentou falar algo. Ou talvez fosse apenas sua boca tendo um espasmo.

Os olhos do anão estavam desfocados. Ele não conseguia enxergá-la, ou não sabia mais que ela estava lá. Seu corpo estremeceu de novo. As mãos fizeram força para agarrar algo que não existia, os dedos se contorcendo numa tensão que ameaçava quebrá-los.

Ele estava morrendo.

Alma pensou no que fazer.

Por instinto, levou a mão à mochila e sacou o frasco. A poção libertaria o potencial bruto de qualquer um, elevaria seu talento. Talvez a ponto de torná-lo o melhor do mundo em algo.

No caso de um anão, a ponto de alcançar a imortalidade.

A vida de Alphonse se esvaía com rapidez. Não era a morte fácil e abençoada de seus pais. Era uma morte feia, sofrida, agoniante.

Alma ergueu o frasco da poção.

Com aquela substância, ele poderia se tornar o melhor do mundo em algo. Poderia sobreviver.

A vida era estranha em Kottar, o reino que a acolhera desde a infância. Em todo o mundo, as pessoas evitavam a morte a qualquer custo. Agarravam-se à vida. Ela passara pouco tempo em Kottar, em relação aos séculos que passara viajando, pesquisando, aventurando-se. Em todos os outros lugares, salvar uma vida era o mais nobre dos atos.

E agora ela via um amigo morrer.

A vida era estranha em Kottar, mas ela estava longe de Kottar. Estava num lugar que há pouco fora devastado pela morte. Uma floresta cujas árvores tinham queimado, cujos animais foram exterminados.

Alphonse estremeceu de novo.

Se ele fosse imortal, como ela, estaria livre daquilo.

Segundo todas as pessoas do mundo conhecido, exceto os kottarianos, estaria livre do maior dos medos. Teria sido salvo de uma morte imbecil e inglória, por um acidente horrendo e tolo, longe de casa, longe da família, sem ter cumprido seu grande objetivo. Bastava que Alma derramasse o conteúdo do frasco em sua boca e a história de Alphonse faria sentido. Em vez de ser um alquimista fracassado, um entusiasta de emblemas com uma coleção incompleta, um tolo que seguira uma quase desconhecida numa jornada que não lhe dizia respeito, ele seria imortal.

Tudo que Alphonse era, sua esperteza secreta, sua determinação, a relação com sua família — tudo isso iria acabar por causa de um tropeço, tudo isso escorria pelo rombo em seu crânio.

Tudo isso podia ser salvo.

— Em que você seria o melhor, Alphonse?

A mão de seu amigo agarrou sua roupa. Mas ela achava que eram movimentos involuntários.

Alma olhou para o rosto desfigurado pela morte em andamento, pensou na vida de Alphonse. Ele não seria o melhor alquimista, nem mesmo o melhor pai. Por um instante, ela se iludiu, pensando que ele seria a pessoa capaz dos maiores atos de amizade do mundo todo. Mas então a realidade se instalou em seu peito como um tijolo:

Alphonse seria o maior colecionador de emblemas do mundo.

Seria o maior especialista, a maior autoridade, o melhor em algo que não importava para mais ninguém. Assim como o anão mais feio ou o gigante que era o anão mais alto, seu grande triunfo seria insignificante para todo o resto do mundo.

E, assim, nunca ninguém se interessaria em superá-lo.

Bastava derramar o conteúdo do frasco em sua boca, e Alphonse estaria salvo de uma morte dolorosa, risível, evitável, sem sentido.

Bastava derramar o conteúdo do frasco em sua boca, e Alphonse veria tudo e todos que amava morrerem, um dia.

Bastava derramar o conteúdo do frasco em sua boca, e Alphonse estaria ligado à coleção de emblemas de peregrinação para todo o sempre, até que os deuses decidissem destruir o mundo, talvez além.

Alma guardou o frasco na mochila.

Administrou os melhores anestésicos que trazia consigo e segurou a cabeça do amigo no colo, até a morte chegar.

Na manhã seguinte, Alma encontrou resquícios da civilização élfica.

Bastava que Alphonse tivesse concordado em acampar, e estaria vivo.

Alma o invejou.

Ela estava cansada. Na verdade, estava exausta. Viu os restos de um pilar que um dia deveria ter sido magnífico, agora pouco mais que um coto de pedra trabalhada. Sentou-se.

— Está perdida? — uma voz embargada emergiu do meio das árvores.

Alma teve dificuldade de entender. O estranho tropeçava nas palavras, arrastava a língua como se ela fosse grande demais para a boca. Seus pés também tropeçavam, embora sem o mesmo resultado trágico de Alphonse.

Quando, enfim, ele apareceu de trás de uma árvore, Alma viu que era um elfo. Um elfo velho, de olhos injetados e nariz inchado. Tinha uma ânfora na mão. Tentou tomar um gole, mas ela estava vazia.

— Estou procurando os elfos da Floresta Alta, senhor — ela respondeu.
— Então acho que finalmente não estou mais perdida.

O velho deu uma risada.

— Pelo contrário! Está mais perdida do que nunca! Não existe mais sociedade élfica na Floresta Alta.

— Todos morreram?

— Pior que isso — ele cambaleou até perto dela e sentou-se no chão a seu lado. — Destruíram tudo que tinham. Agora não têm mais nada.

Ela suspirou.

— Estou atrás de apenas um elfo — disse Alma. — Um herbalista.

— Herbalista...?

— Um druida que desenvolve novas ervas. Um grande sábio.

O velho elfo riu de novo, balançou a cabeça.

— Sei de quem você está falando. Mas ele não é mais herbalista.

Alma fechou os olhos. Mesmo assim, as lágrimas os invadiram.

— Ele também não aguentou o caos na Floresta Alta — disse o velho elfo. — Primeiro, os desgraçados queimaram suas ervas. Quando ele voltou e viu o que tinha acontecido, fez como eu.

Alma ouvia pela metade. O velho deu um arroto e completou:

— Procurou esquecimento na bebida.

Ali estava.

Ela alcançara o impossível para elevar um homem que não conhecia. Fazendo isso, tornou-se ainda melhor do que antes, seu conhecimento ainda mais inatingível. Mas aquele que ela pretendia elevar tinha sacrificado tudo no altar da embriaguez.

— Existe alegria na bebida — o elfo filosofou. — Mas nem eu, nem meu antigo discípulo conseguimos encontrá-la.

Eles ficaram em silêncio durante um longo tempo.

— Como o senhor se chama?

— Daga — o velho deu um sorriso triste. — Já fui "Mestre Daga". Mas isso ficou para trás.

Ela olhou em volta.

— O que vai acontecer com a Floresta Alta, Mestre Daga?

— Nada, eu acho — ele deu de ombros. — Talvez alguém conseguisse reconstruir a sociedade dos elfos. Sem reis, sem nobres, sem uma pedra que prometesse resolver todos os problemas.

— Por que ninguém faz isso?

— O único que seria capaz era o herbalista que você estava buscando, menina. E ele foi embora.

Alma secou os olhos e se virou para Daga.

— E o senhor...?

— Eu também fui embora há bastante tempo — Daga deixou a cabeça pender. — Continuo aqui, mas fui embora.

Alma respirou fundo. A Floresta Alta tinha cheiro de cinzas, sangue, vinho, terra molhada, folhas novas.

— O senhor não sabe nada sobre herbalismo?

— Nada.

Ela riu para si mesma e enfiou a mão na mochila.

Ele não seria o melhor herbalista do mundo.

— Acho que o senhor deveria tentar reerguer a sociedade élfica — disse Alma.

— Menina, você não sabe...

— Tenho uma bebida que pode ajudá-lo.

Ela lhe estendeu o frasco de líquido azul brilhante. O preparado mais raro do mundo, destilado a partir de substâncias que só podiam ser encontradas numa ilha desabitada. O último frasco que restara da viagem de volta ao continente, o produto definitivo de uma vida de estudo e aperfeiçoamento.

Daga pegou-o, tirou a rolha, cheirou o conteúdo.

Então entornou de um gole só.

Eles continuaram em silêncio. O sol se ergueu, a manhã se transformou em tarde.

— Talvez os elfos possam se reerguer — Mestre Daga rompeu a quietude. — Numa sociedade liderada pelos druidas.

Ela permaneceu um tempo com o druida, ouvindo sobre a ideia que ele tivera de súbito. Três ordens druídicas, zelando pelos corpos e espíritos dos elfos. Comungando com a natureza, sem nobres, sem grandes rituais. Existindo como animais e como bípedes. Em paz, sem negar a própria maldade, os próprios prazeres, os próprios pecados.

Alma se despediu de Mestre Daga e começou a jornada de volta para casa.

Antes de deixar as fronteiras do reino, foi atrás do emblema original de Santa Amélia.

A vida era estranha.

TEMPESTADE SOBRE ALFAZEMA

FELIPE CASTILHO

PARA ALMA, TESTEMUNHAR tais cenas era apenas mais um dos inúmeros problemas de uma amaldiçoada vida imortal.

O bode preto parou esmagando torrões de terra sob os cascos. Com um salto gracioso demais para alguém como ela, a anã desmontou, sentindo a ponte de pedra firme camuflada sob a areia da Confederação dos Mercadores. Fez um carinho na cabeça de Alphonse e olhou colina abaixo, para onde a execução aconteceria. Seu suspiro penoso sobrepôs-se à gritaria distante. Apertou os olhos voltados para as cinco pessoas prestes a serem executadas, de joelhos, cercadas por tantos outros de pé.

Até mesmo ela, que tinha apreço pela morte, sabia que em algumas ocasiões era preciso lamentá-la.

Não a morte em si, claro. A hora da partida de alguém era algo belo, inclusive se você fosse agraciado o bastante para poder testemunhá-la, como quando seu tio Glenk teve um ataque fulminante do coração no dia do aniversário, bem na hora das lamentações ao redor do bolo. Em meio às costumeiras palmas e desejos de que aquela fosse a última reunião de mais um ano vivido, tio Glenk tomou o ar para soprar a maldita chama que insistia em queimar, e simplesmente caiu para o lado em meio a um apoteótico e inesquecível crescendo de palmas e gritos de júbilo. Todos os parentes sopraram a vela persistente e exterminaram sua chama, às lágrimas de felicidade. Que momento! Morrer assim, ao lado dos entes queridos que atravessaram a provação da vida junto a si, era algo para poucos.

Mas a morte através da covardia e da injustiça nunca era algo bonito de se presenciar. Aquilo não seguia o fim do curso natural das coisas efêmeras. Alma tinha ojeriza aos que traziam a matança como um estandarte, banalizando o significado do fim definitivo — como se a morte fosse um poder exclusivo dos tiranos, e não o momento mais importante da vida. Atos de tirania conspurcavam o grande momento, e era por isso que a cena colina abaixo causava desconforto até mesmo para alguém de Kottar.

Os que estavam de joelhos tombavam, um a um. Reparou na presença de um elfo, dois humanos e dois anões. À frente de todos os corpos decapitados que caíam de borco na lama, notou um sexto indivíduo. Sua cabeça continuava grudada no pescoço, mas ele era surrado, chutado e contundido, enquanto testemunhava de perto a morte dos outros. Alma, que fazia suas orações para que a morte abraçasse com generosidade aquelas almas tão antecipadas, ao mesmo tempo tentava imaginar o que o indivíduo linchado à entrada daquele miserável entreposto havia feito para ser poupado do mesmo tratamento executório.

De pé, fazendo todo o vilarejo de refém, havia um bando fortemente armado que claramente tinha experiência no ramo de saques e execuções. Pelas discrepâncias de tamanhos e diferentes formas de caminhar, podia afirmar que o bando violento também era formado por membros de diversas raças, em sua grande maioria humanos — mas apostou também na presença de alguns elfos, anões, pelo menos três hobgoblins e um gigante, que destruía casebres na base do chute, um pouco afastado do grupo principal. Cumpria a tarefa com displicência, como se destruir coisas fosse uma atividade terapêutica, um alívio de tensão pós-saque.

Os moradores que não estavam na fila da execução recuavam para o centro daquele vilarejo desgastado, atrás de um poço, tentando fugir da fúria dos saqueadores. Eles, os comuns que só buscavam uma sobrevivência digna, sempre se tornariam alvos de toda a maldade do mundo. A mesma criação que os próprios deuses de Ghanor haviam olhado, desgostado, e então condenado à destruição.

Alphonse baliu, impaciente, dando um empurrãozinho com seus chifres bem no meio das costas da anã. Alma quase se desequilibrou, mas apenas meneou a cabeça, concentrada, procurando algo em sua caótica mochila de viagem.

— Não podemos ir agora, Alphonse — Alma suspirou, finalmente puxando um mapa surrado de sua bolsa de couro e desdobrando-o sem muito cuidado. — Precisaremos parar para descansar, pedir água e comida. Para você, no caso. Mas aposto que depois do saque será impossível contar com qualquer uma dessas coisas por parte destes pobres desafortunados.

Alphonse baliu de novo em concordância caprina levemente irritada. Mesmo para os padrões de um bode, fazia muito tempo que não encontravam água.

Os longos momentos seguintes não foram nada agradáveis. Entre uma consulta e outra no mapa, tentando entender se a culpa de estar perdida era de algum erro banal ou de um dos famosos mapas mequetrefes pega-trouxa vendidos a viajantes na Confederação dos Mercadores, Alma espiava a cena triste, e logo percebeu que o sujeito linchado havia parado de se mexer. Sem a turba ao redor do pobre coitado, ela surpreendeu-se ao notar que também se tratava de um anão, magro e desnutrido.

Um chifre ressoou. As execuções também haviam cessado, e os saqueadores pareciam finalmente partir, carregando uma dúzia de tonéis de água depositados ao redor do poço central. Além dele, os moradores continuavam acuados, sem coragem para alcançarem os decapitados e o linchado.

Alma finalmente encontrou o vilarejo no mapa, em uma escala completamente discrepante. Alfazema, era o nome. Para uma herbalista, aquele era mais do que um motivo para se visitar um lugar — ainda que achasse pouco provável a presença da erva naquela região. Sabia de cabeça inúmeras poções que conseguiria preparar se a erva estivesse realmente presente na região, tanto para uso próprio quanto como moeda de troca durante a viagem.

Amaldiçoou o seu conhecimento transbordante sobre ervas — que a condenava à uma existência infinita até que alguém ousasse transbordar mais conhecimento do que ela — e foi descendo na direção de Alfazema enquanto o bando saqueador diminuía no horizonte com suas montarias e diligências carregadas.

Não havia nada demais no pórtico do lugar, nem o nome encontrado no mapa ou a planta que batizava o vilarejo. Alma entrou por um beco entre dois armazéns de aparência decrépita, já bem próxima do poço central, e viu os olhares tristes recaindo sobre suas vestes escuras e adornos de ossos. Sabia que Alphonse também chamava atenção e que para aquele povo ambos eram uma aparição agourenta, então tentou ser amigável com um grupo que passava por perto, na direção dos cadáveres.

— Minhas senhoras, penso que tenha chegado em hora difícil para o vilarejo. — Alma contemplou ao redor. — Posso ser útil de alguma maneira, ajudá-los com uma cerimônia, quem sabe queimar algumas ervas no turíbulo?

Apenas uma elfa, de semblante cansado, parou.

— Deixamos de fazer grandes cerimônias quando as matanças passaram a ser mensais, viajante. Já aviso que não temos muito como compensá-la, uma vez que o Bando de Tharlok levou toda a nossa água de qualidade.

— Não por isso, senhora — Alma disse, um pouco encabulada. Sua voz tentava encobrir o grunhido infeliz de Alphonse. — Ainda que não façam cerimônias, e não vou julgá-los por isso, posso ajudar com os mortos.

A elfa assentiu, e Alma pode notar nela a resignação de alguém que já abriu mão de existir. De alguém que sabia que em breve chegaria a sua vez.

— Sim, precisaremos de ajuda. Enterraremos alguns, cremaremos outros. Um deles era meu marido — disse ela, com uma apatia que revelava mais profundamente o grande problema de Alfazema. Então apontou casualmente para os adereços de ossos nas vestes de Alma. — Mas tenho a impressão de que você sabe lidar com isso.

— Pode ter certeza que sim! — a anã exclamou, muito mais animada do que gostaria de ter demonstrado. Murmurou desculpas desajeitadas, mas a elfa já estava se afastando, sem parecer mais ou menos triste do que antes. Talvez ainda estivesse em choque com a perda recente.

Alma desmontou de Alphonse pegando a sua pá preferida nas tralhas amarradas à sua carga, e seguiu o grupo de mulheres.

A cena era aterradora. O povo de Alfazema saía de seu torpor para começar a lidar com os cinco mortos. Além da elfa que conversara com ela, viu outras mães, esposas, maridos e filhos chorando, agarrando-se a corpos decapitados, debatendo-se na terra ensanguentada. Em meio aos gritos de dor, Alma ouviu as orações mais variadas, em um luto ecumênico de diversas raças e crenças, e juntou a elas seus pensamentos.

Após pequenas e simbólicas ajudas com carrinhos de mão, liteiras improvisadas e abertura de covas, Alma reparou que ninguém havia ido de encontro ao corpo do anão linchado na entrada do povoado. A pequena forma humanoide estirada sem companhia cortou seu coração, e ela decidiu perguntar sobre o indivíduo para um homem próximo, um carroceiro de rosto marcado por cicatrizes e pela idade.

— Meu senhor, o pobre cadáver mais adiante foi esquecido ou...?

O homem balançou a cabeça e apontou a direção com o polegar por cima dos ombros.

— O infeliz Gorthar, ali? Não, não foi esquecido, sequer morto. Vaso ruim não quebra, é o que dizem. — O homem cuspiu para o lado, e Alma não entendeu se era por acúmulo de saliva ou se em desrespeito ao tal de Gorthar. — Aquele é nosso digníssimo e covardíssimo prefeito, que nunca tomou nenhuma atitude quanto à exploração e humilhação que sofremos nas mãos do Bando de Tharlok.

O homem partiu para ajudar alguém a erguer um corpo para dentro de uma carroça, deixando Alma sem reação. Confusa, ela largou os mortos por um instante e foi ver como se encontrava o sobrevivente.

Gorthar era esguio demais para um anão, como ela havia notado à distância. Além disso, carregava um esparso ruivo desbotado nos cabelos ralos e na barba esburacada. Parecia mais um goblin tingido com um tom de pele mais claro, com cotovelos e joelhos pontudos surgindo em meio às vestes rotas e rasgadas.

Com um sem número de feridas e hematomas no rosto enfiado na terra, ele parecia irreversivelmente morto até para alguém de Kottar. Alma apertou os lábios, sem saber como começar, e então abaixou-se ao seu lado para tentar encontrar algum pulso.

Gorthar abriu um olho aquoso e registrou a presença de Alma ao seu lado.

— Você é a morte? — balbuciou. — Finalmente.

— Quem me dera, senhor. — Ela enrubesceu, lisonjeada, mas então lembrou-se do porquê estava ali. — Venha, vou preparar algum unguento ou poções de cura para recuperá-lo...

— Ah, economize suas habilidades — ele interrompeu, fechando os olhos e novamente parecendo se encontrar em estado de morte completa. — Por que se dar ao trabalho? Eles vão voltar, não encontrarão tudo o que querem, vou me humilhar para não matarem todos, vão escolher cinco ou seis como um "aviso" e serei novamente jogado aqui, nesta terra áspera que já conheço grão por grão. Esse daqui entrando no meu olho vou chamar de Fidelius...

— Sem batizar grãos de areia, senhor! — Alma o repreendeu, colocando-o de barriga para cima e montando seus instrumentos de preparo. Havia feridas ali que precisavam ser limpas antes de qualquer coisa. — Devo avisar algum parente enquanto faço o medicamento?

Gorthar abriu os olhos, relutante. Encarava o céu cinzento como se procurasse palavras suficientes entre as nuvens.

— Todos foram mortos. Pelo Bando.

Alma fez o melhor que pôde, e o melhor que a melhor herbalista do mundo podia fazer beirava a um milagre.

Ao cair da noite, ainda ao relento, Gorthar já havia conseguido se levantar, mostrando vontade de ir para a sua própria cama, se é que a sua casa ainda estava de pé. Ele falou bastante durante todo o lento trajeto, perguntando sobre quem havia morrido desta vez. Alma não sabia o nome de ninguém e isso a deixou um tanto sentida, ainda mais quando percebeu que os moradores não pareciam preocupados com Gorthar. Ele passava pelo meio da turba em luto como um fantasma. Logo, Alma também era um, ignorada junto ao prefeito.

A lua já estava alta no céu quando Alma chegou na frente da casa de Gorthar, usando os ombros como alavanca para ajudá-lo a caminhar. Ele era leve para um anão, e sua moradia estava longe de ser a de um representante do povo, parecendo mais uma mera cabana de madeira.

Em seu cômodo único e caótico, Gorthar contou que Alfazema antigamente era um refúgio para mercadores de várias raças e crenças, um vilarejo-estalagem, mas que com o tempo passou a ter famílias montando seus lares por lá. Ele mesmo era um caixeiro-viajante de Ghanor que conheceu sua esposa na Confederação, constituindo família ao conhecer aquele entreposto tão sossegado e longe de encrencas. Para um comerciante, era um lugar bom para estabelecer-se, uma vez que os clientes vinham em um fluxo lento, porém contínuo. Lá, seus dois filhos cresceram, em um modo de vida bem atípico para anões, mas de maneira tranquila e saudável.

Até que uma série de furtos de galinhas passou a acontecer na região. De aves, passaram a roubar gado.

O ex-prefeito de Alfazema, um homem chamado Lohaz, ganhava uma comissão para simplesmente não fazer nada quanto aos furtos. Então, um grupo "samaritano" passou a cobrar do prefeito uma comissão em barris de água potável para proteger o vilarejo. E ele resolveu pagar de bom grado.

O povo se revoltou, Gorthar contou, e ele também. Inflamado pela injustiça e pensando no futuro dos seus filhos, venceu o ex-prefeito de Alfazema em uma votação aberta na Praça do Poço, e no primeiro ato de seu mandato disse que não entregaria nem um copo de água a qualquer bandido chantagista. O ex-prefeito Lohaz foi expulso de Alfazema às vaias e pedradas...

E voltou semanas depois, em uma coleira.

— A mão que o puxava era de Tharlok — ele disse, enquanto Alma colocava uma cumbuca de chá quente em seus dedos anestesiados por poções. — Ele sabia tudo sobre mim e sobre minha família, e eu sabia que Lohaz havia dado com a língua nos dentes para ganhar créditos com o maldito.

— E ele então o obrigou a envolver-se no esquema? — perguntou Alma, entretida demais com a história mesmo sabendo que o pior estava por vir. Gorthar abanou a cabeça efusivamente.

— Ele me amordaçou e me forçou a ver minha família sendo degolada. Logo em nossa primeira conversa.

— Pelo Alto Coveiro! — Alma exclamou. — Eu... eu não sei o que dizer...

— Não sofri nenhum arranhão, daquela vez — ele continuou, sem parecer registrar a piedade da visitante. Apenas soltou ar pelo nariz adunco, e continuou. — Quero dizer, fisicamente ele me deixou incólume. Por dentro, eu estava tão desolado quanto este lugar ainda seria. Ele os assassinou e partiu, puxando Lohaz pela coleira, e disse que em breve voltaria para buscar sua cota de galões de água. Vinte, no mínimo, sendo que nosso poço já estava muito abaixo do nível normal naquela época. E esta foi a última vez que recebi qualquer atenção dos moradores de Alfazema.

Alma colocou sua mão sobre o ombro de Gorthar. Ele tremia um tanto, e seus olhos estavam prestes a transbordar.

Mas nenhuma lágrima caiu.

Alma sabia que ele já estava seco por dentro, como o poço no centro de Alfazema.

Nas horas seguintes, Gorthar contou como em pouco tempo toda a compaixão do povo do vilarejo tornou-se uma cobrança sem nenhuma sombra da memória de sua família assassinada.

— "Como você vai resolver a dívida com o Bando?", "Não podemos eleger Tharlok como prefeito e resolver isso de uma vez?" ou ainda "E se você fugir daqui e deixar que nós resolvemos tudo?" — ele riu, desgostoso. — Essas foram algumas das coisas que ouvi. Como se eu fosse entregar Alfazema para o homem que tirou a vida de minha família.

— Impensável — disse Alma, meneando a cabeça.

— Mas pensaram mesmo assim. Então, deixei meu orgulho e dor de lado e recolhi água do poço o suficiente para apenas oito galões, com medo de que ele machucasse algum morador. Na segunda vez em que Tharlok veio, não saí de sua frente e disse que só havia conseguido aquilo...

— E ele obviamente não aceitou.

— Não. De pronto, mandou seus capangas hobgoblins arrastarem mais uma família para a entrada do vilarejo, com ordens de executá-los. Então caí de joelhos. Disse que sofreria no lugar deles... e ele pareceu gostar da minha comiseração. Foi a primeira vez que apanhei. E a primeira em que salvei uma família.

— Mas suponho que não seja mais o suficiente — Alma disse, e ele balançou a cabeça.

— Passaram-se anos. Tharlok transformou meu linchamento em esporte mensal na hora de vir recolher os galões, independente da cota batida ou não, e sempre se divertia ao ver como eu, um ser tão maltratado, fraco e desnutrido, não morria.

— Que mal lhe pergunte, senhor. Mas você por um acaso é...?

— Imortal? Minha querida forasteira, quem em sã consciência gostaria de viver para sempre num mundo corrupto, maligno, abandonado pelos deuses e fadado a ser devorado?

— Eu... compreendo perfeitamente, senhor... c-com licença, meus olhos estão ardendo e preciso secá-los, mas não pare de falar, por favor...

— Use esta toalha aqui. Isso. Agora seu rosto está sujo, porém não está molhado.

— Agradeço pelo pano encardido, senhor.

— Por nada. Pois bem, imortalidade alguma de minha parte. Meu segredo sempre foi manter a minha família em mente, e uma vontade maior do que tudo de proteger as pessoas de Alfazema, para que nunca sentissem o que senti. — Gorthar fez uma pausa, a boca curvou-se num esgar involuntário. — Bem, não tem dado tão certo, como você pode ver. Mas se implorar e me humilhar fizer com que eles se satisfaçam antes de matarem todo mundo, vou continuar fazendo o que posso para... p-para...

Alma olhou desolada para o anão a sua frente, tentando convencer a si mesmo de que suas ações valiam alguma coisa, trocando uma carnificina generalizada por uma matança mensal.

Rompendo a vontade de chorar represada, Gorthar desabou sob tantas memórias e pensamentos que o assombravam. Sob tantas vidas perdidas. Sob tantas mortes presenciadas. Alma deixou-se levar, e o abraçou. Afogados na correnteza entre a tristeza e a compaixão, eles ainda não haviam percebido o quão rapidamente uma amizade verdadeira podia ser forjada.

Ainda naquela noite, Alma deixou Gorthar recompondo-se em seu sono e foi para as ruas do vilarejo, onde começavam a velar os cadáveres. Alma levou seu turíbulo e alguns incensos, conforme prometera para a elfa em sua chegada — que mais tarde ela descobriria se chamar Cadiel. Ninguém se opôs às suas ações conforme começou a queimar suas ervas, e um silêncio respeitoso se fez. Alma murmurava uma oração aprendida há muito tempo em Kottar, dedicada àqueles que não amavam a morte da maneira que ela merecia, mas que também seriam bem-recebidos do outro lado do véu.

Com o passar do tempo, entendeu os laços entre os mortos da vez. Os dois humanos e os dois anões eram parentes, mas o elfo havia sido separado da esposa, que era Cadiel. Tharlok sempre dera atenção especial aos parentes, mas desta vez havia passado rápido demais, quase como se tivesse outro compromisso com o seu bando. Provavelmente outro lugar para pilhar e assassinar.

Ao fim do seu incenso, Alma os ajudou com os caixões simples, meras caixas de madeira fina, e com as cremações. Foi eficiente e respeitosa no processo que conhecia tão bem, e isso fez com que alguns moradores se mostrassem gratos, lhe oferecendo um guisado ralo e sem consistência — que ela aceitou sem pestanejar. Alma conversou com muitos ao redor da fogueira, e colheu uma porção de relatos de outros saques e carnificinas promovidas por Tharlok. Até nestas memórias, as pessoas quase nunca citavam o prefeito, como se sua humilhação perante o bando de assassinos já tivesse se tornado um hábito. Ele era um cadáver em vida no povoado que tentava defender.

Triste e prestativa, Alma voltou em passos arrastados para a casa de Gorthar, parando por um tempo para ficar com Alphonse do lado de fora. Minutos depois, acordou o anão acamado com o barulho enferrujado das dobradiças da porta. Alma mediu a temperatura do prefeito com as costas da mão, e usou a escassa água armazenada em uma botija para fazer mais um chá para curar a dor e a febre reminiscente antes de perguntá-lo se havia alguma estalagem no vilarejo funcionando. Ele mostrou-se ofendidíssimo e a convidou para dormir em sua humilde casa, se não fosse um problema. Alma o lembrou que Alphonse a aguardava do lado de fora, mastigando a grama pisoteada por botas de ferro, e que ela poderia dormir em um celeiro junto com seu bode preto, assim como já havia feito tantas vezes durante suas viagens. Gorthar não hesitou em abrir a sua porta para que Alphonse entrasse.

— Minha casa não é a mais arrumada, mas facilmente ganharia um prêmio de melhor celeiro de Alfazema — disse, em uma súbita injeção de bom humor.

Alphonse não entrou de imediato, pois naquele instante estava sobre o telhado da casa e os anões demoraram alguns minutos até perceberem o fato. Temendo que o lugar desabasse, Alma pediu para que o bode descesse, prometendo-lhe carinho nas orelhas. E assim passaram a madrugada, em um canto da casa, do lado oposto à parede onde ficava o leito de Gorthar. Ele havia trazido feno para dentro para que Alphonse se acomodasse melhor, e Alma dormiu recostada em seu bode ali mesmo, na maciez da palha.

Quando as primeiras luzes do sol entraram pelas frestas do telhado, foi a vez de Gorthar sair e deixar Alma dormindo. Ele mancou até a porta da casa, parecendo surpreso por ter se recuperado tão rápido.

Com os olhos semicerrados, Alma reparou no anfitrião parado olhando para si mesmo no espelho, desconfiado e maravilhado, e então saindo com cautela para não acordá-la. Deixou-se largada no feno por mais alguns momentos, embalada pela respiração de Alphonse. Precisava admitir que estava mais cansada que nunca.

Ele demorou a voltar, e Alma então resolveu preparar algo para o desjejum, nem que fosse mais chá em pequena quantidade: afinal, o povo racionava água para a própria sobrevivência. Ela tinha em sua maleta uma variedade de folhas colhidas pelo caminho, mas talvez Gorthar tivesse algum de sua preferência. Assim, ela vasculhou a bagunça do cômodo único, procurando por algo que servisse como dispensa, ou algo como...

...um baú.

Encontrou-o próximo à cama, e parecia grande demais para uma caixinha de especiarias, com pouco mais de meio metro de comprimento. Como não estava trancado, Alma não titubeou em abri-lo. Mas hesitou ao ver o seu conteúdo.

— Um... machado? — disse em voz alta. Alphonse ergueu a cabeça de seu monte de feno, achando que a anã falava com ele.

Era uma arma de guerra, cravejada de pedras vermelhas e verdes. Um verdadeiro tesouro, daqueles que mesmo guardado por anos jamais perderia o fio. Uma obra-prima de um ferreiro anão, isso ela podia afirmar.

— Era de meu pai — disse a voz de Gorthar à porta, sobressaltando-a. Ele voltara carregando uma cesta com algumas poucas cenouras esquálidas e retorcidas, e batatas recém-colhidas ainda sujas de terra. — Por muito tempo o empunhei com orgulho. Mas quando não pude proteger minha própria família, guardei-o no baú e prometi nunca mais usá-lo.

— Desculpe a intromissão — Alma disse, fechando a tampa. — Eu estava procurando especiarias, e ele estava aberto...

— Eu sei. Confesso que sempre dou uma espiada para ver se ainda está aí — ele riu, colocando a cesta sobre uma mesa maciça de madeira. — Já até pensei em entregá-lo para Tharlok, pois uma peça desta deve valer muito no escambo... mas é capaz de ele usar o meu machado para decapitar algum morador de Alfazema, só para me fazer sofrer.

— Sobre isso — Alma começou, pensativa. — Deve ter algo que possamos fazer. As pessoas não podem simplesmente abandonar este lugar? Irem todos embora?

— Não sobreviveríamos ao deserto e nem aos muitos olhos que Tharlok tem por essas bandas. Ele nos encontraria em nossa nova morada. Ou pior ainda, no caminho.

Alma não se conformava que não houvesse nada a fazer por eles. Era um povo gentil, porém esvaziado de sentimentos: era impossível viver à espera do medo, com data e hora marcada. Então, elas apenas existiam, esperando a subtração da população geral de Alfazema.

Enquanto Gorthar picava as cenouras e batatas, notou o longo silêncio de sua hóspede.

— Me desculpe, um café da manhã de legumes não é exatamente o que eu gostaria de oferecer.

— Não é isso — ela disse, levantando-se. — E não quero parecer insistente, mas você não pode ser responsável por todos os que escolheram ficar. Eles parecem nem se importar com você.

— Eu tenho uma responsabilidade, Alma. Eles me escolheram como representante.

— Isso antes de Alfazema ser tomada. Dizimada. O povo é coagido pelo medo, e você não consegue mais exercer seu papel.

— Como eu disse, meu papel é ser um chamariz da fúria do Bando. Enquanto for divertido me espancar, eles sofrerão menos.

— Isso definitivamente é uma péssima forma de representar as pessoas.

Ele soltou a faca e olhou fixo para ela.

— Certo. O que você sugere?

— Achei que você nunca fosse perguntar! — Alma sorriu e juntou as mãos à frente de sua barba. — Podemos bolar um plano, você e eu. E você pode puxar as pessoas do vilarejo para dentro dele. Para que elas lutem contra o Bando de Tharlok!

A última sentença de Alma terminou em um crescendo empolgado, totalmente contrastante com o olhar entediado de Gorthar.

— Lutar — ele disse, seco.

— Sim! Se não há para onde correr, a saída só pode ser essa.

Gorthar riu, com certa leveza.

— Bom, essa sua cabecinha de kottariana funciona muito bem para pensar em maneiras rápidas de morrer, não?

— Ah, não venha com essa! Você está sempre à beira da morte, deixando-se ser espancado e humilhado... eles nunca esperariam por uma reação.

— Não mesmo. E nem eu. Por que o povo seguiria um covarde para uma batalha?

— Existem formas de liderar que não envolvem um líder — disse, defendendo-se. Então percebeu tarde demais como a frase soava idiota, e tentou corrigir cuspindo mais palavras por cima dela. — E tudo o que temos por enquanto é o tempo entre hoje e a próxima visita de Tharlok. Um mês? Vamos mudar o que as pessoas pensam sobre você. Elas te enxergam como covarde, mas a meu ver você está bem longe disso.

— Ah. E eu sou o quê, então?

— Você está mais para um... obstinado suicida?

Gorthar riu, desta vez com vontade.

— Bom, aí está! Acho que é o ponto onde minha obstinação se encontra com sua fé na morte — ele disse, pegando a faca novamente e cortando uma cenoura ao meio com um único golpe seco. Alma sentiu ali uma vontade escondida por trás da aparência frágil. Ele deu de ombros. — Vamos falar com eles, então. E se você perceber que é um caso perdido, recomendo que parta o quanto antes.

Alma estendeu a mão para Gorthar, que retribuiu o aperto.

— Combinado — disse Alma, os olhos grandes brilhando de empolgação.

Alma conhecia muitas histórias de povos que se insurgiram contra exércitos invasores mesmo quando tudo parecia contra os oprimidos. Algumas obviamente haviam sido modificadas pelo tempo e pela vontade dos menestréis em aumentar os relatos, deixá-los mais absurdos e emocionantes. Sentia-se inocente e pueril ao pensar que poderia fazer de Alfazema uma dessas histórias: sabia que aquele povo alquebrado não conseguiria.

Mesmo assim, logo pela tarde, depois de mais unguentos e poções que fortaleceram os ânimos de Gorthar, Alma insistiu para que caminhassem pelo vilarejo. A anã, com suas vestes escuras e adornos ósseos, recebia cumprimentos silenciosos de todos os que a haviam visto em ação nos funerais coletivos da noite passada. Os que ainda não a conheciam, torciam o nariz para suas vestes, para a presença do prefeito ou para ambas as coisas. Gorthar seguia timidamente em seu encalço, em um passo característico de pernas meio abertas, com Alphonse o acompanhando de perto. Alma percebia o olhar de algumas crianças para o caprino negro como a noite.

— O Alphonse é bonzinho! Podem vir! — dizia ela com entusiasmo.

Os filhos de anões, elfos e humanos rapidamente encontraram a sua nova atração preferida, talvez a primeira que muitas delas experimentavam após nascerem em um período de miséria estabelecida. Alguns pais observavam de longe, de braços cruzados, e pareciam receosos de se aproximarem do trio — mais por Gorthar do que pelo bode ou pela viajante kottariana. O prefeito parecia completamente deslocado diante de seu próprio povo. Ficou assim por alguns minutos, enquanto Alma tentava puxar conversa com moradores e ele apenas perambulava nos arredores, sem participar.

Então, por um instante, Alma o perdeu de vista. Ficou preocupada e já estava pronta para puxá-lo pela orelha: se quisesse mudar sua imagem, precisava ajudá-la a ajudá-lo. Mas o que ela viu a fez dar um suspiro de alento.

Gorthar, sozinho, começou a levantar as ripas, pedras e tábuas das casas destruídas pelo Bando de Tharlok. Solitário no que parecia uma ação inútil, começou a separar os blocos e o que mais encontrava nas pilhas de escombros feita por chutes de gigantes.

Alma então se aproximou dele, e começou a revirar o entulho, ajudando-o. Não demorou muito para um elfo de ombros caídos prestar assistência. Foi a primeira pessoa a se aproximar de Gorthar e tratá-lo com um mínimo de educação.

Mais moradores se uniram à tarefa vagarosa, e ao cair da noite havia uma humilde casa remendada onde antes havia apenas destruição. Alma comemorou em voz alta, aplaudindo sozinha. Mais palmas hesitantes se juntaram às dela.

Foi aí que ela sentiu pela primeira vez o aroma que batizava o vilarejo.

— Antigamente víamos muita alfazema por aqui, como você deve imaginar. Mas o Bando não é exatamente o tipo de visita que olha por onde anda — disse Gorthar, na manhã do dia seguinte, escarafunchando a lama marcada por botas e ferraduras de cavalos. O aroma estava forte por ali, e Alma pensava que talvez encontrassem algo sob o estrago causado pelas montarias e pelas botas do Bando de Tharlok. Gorthar continuou, enquanto revirava a lama pastosa. — Elas aguentam calor e frio, mas acho que não resistem aos pisoteamentos.

Exatamente neste momento, Alma ergueu um pequeno ramo levemente azulado nas partes onde a lama não o recobria.

— Arrá! — ela gritou, triunfante. — Sabia que tinha alguma por aqui!

Alma encontrou mais algumas, foi até a mureta do poço central e envolveu as crianças do vilarejo em uma brincadeira de caça às alfazemas. Dividiu-as em grupos inquietos, que teimavam em se misturar novamente, sob o olhar curioso dos pais e de Gorthar.

— O grupo que trouxer mais raminhos vai ganhar perfumes feitos por mim! Quem quer ficar cheiroso?

As crianças gritaram levantando as mãos, mesmo que não tivessem entendido qual era o prêmio. Elas queriam brincar com a moça anã que se vestia de um jeito engraçado. Espalharam-se pelo vilarejo, as primeiras vozes empolgadas que ressoavam por Alfazema em muito tempo.

Enquanto as crianças brincavam, Gorthar disse que deveriam checar o poço e colher a água do dia para separá-las entre a cota do Bando e a do vilarejo, mas Alma estava tão investida na contabilização dos ramos atropelados de alfazema de cada grupo, que mal viu quando Gorthar tirou apenas 3 galões de água de lá de dentro.

— Estamos mal — ele disse, jogando o balde novamente lá para baixo. Começou a encher um último galão com a água do fundo do poço que já começava a ficar barrenta — Para conseguirmos o que precisamos, só uma tempestade de dias, semanas...

Alheia à coleta de água, Alma gritou que o tempo estava se esgotando. Havia conseguido uma boa quantidade de ramos de alfazema, em estados variados, mas o suficiente para seus propósitos. Rostinhos de crianças amontoaram-se ao seu redor, com expectativa de qual seria o grupo vencedor. Alma percebeu todas aquelas pequenas criaturas com a atenção voltada para ela. "Elas estão na palma da minha mão", pensou, com um calafrio. "E se eu me tornar a melhor babá existente? E seu me tornar DUPLAMENTE imortal?"

Alma anunciou um dos grupos como o vencedor, e as crianças se abraçaram, felizes. Imaginou quando é que risos haviam tomado conta de Alfazema pela última vez, e viu-se cometendo um ato por impulso, mas de que ela jamais se arrependeria:

— MAS, como os outros grupos chegaram tão perto, decidi fazer perfume para todos! — A frase inflamou todas as outras crianças cabisbaixas. — TODO MUNDO VAI FICAR CHEIROSO!

Gritos, dancinhas, abraços. Alma nunca se sentiu tão amada, e havia ali uma espécie de satisfação inédita. "Se a vida eterna tiver alguns momentos como esse, a imortalidade pode até ser mais tolerável...", pensou a melhor herbalista do mundo, abraçando uma criança anã que parecia ter se afeiçoado muito a ela.

Então, Alma pediu que Gorthar buscasse seu kit de poções, e montaram ali mesmo, ao lado do poço, uma pequena estação com caldeirões de tamanhos diversos e todos os destiladores, frascos e instrumentos vítreos complicados demais para alguém que não fosse um herbalista ou um alquimista. As crianças sentaram-se em frente, enquanto ela separava os caules e as folhas de alfazema em diferentes recipientes, todas fascinadas pelas chamas, vapores e aromas que saíam de lá.

— Eu quero ser como a tia Alma quando eu crescer! — gritou a anãzinha que havia se afeiçoado a ela. Várias outras crianças gritaram o mesmo, e Alma abriu um sorriso de orelha a orelha:

— Por favor, sejam! E sejam *melhores*! Sim, sim, vocês serão muito melhores que a tia Alma — ela incentivou, tentando plantar ali sua apólice para a aposentadoria total da vida.

Ao entardecer, Alfazema inteira honrava o seu nome, rescindindo a planta que a batizou. Muitos vidrinhos de perfume foram preenchidos e distribuídos, mas outro caldeirão continuava fervendo na estação de trabalho improvisada.

E era ali que o plano de Alma cozinhava lentamente.

As crianças aprenderam a cuidar da planta, e ensiná-las foi tão divertido que Alma frequentemente tinha que lembrar-se de que havia muito mais em jogo. Porém, o caminho da união do povo do vilarejo através das brincadeiras parecia estar funcionando: um senso de coletividade realmente estava crescendo, assim como os perenes arbustos arroxeados que adornavam as casas, celeiros e lojas. Com o adubo certo, a alfazema crescia em tempo recorde. Tudo parecia muito suave naquele momento em que a próxima visita do Bando ainda parecia tão distante.

Mas os dias foram passando.

Gorthar recolhia sozinho a água do poço para o armazenamento, e Alma sempre o ajudava. Alguns moradores passaram a auxiliá-los na tarefa, mas no geral ainda o olhavam desconfiados, mesmo que ele estivesse sempre presente para fazer os reparos necessários nas casas e na estrutura do vilarejo. A opinião pública geral ainda demoraria a ser mudada.

Mas os ventos, não. Aquela era uma região árida, e as chuvas eram raras. Ainda assim, quando apareciam, eram torrenciais e rápidas. Daquela vez, quando nuvens escuras tomaram o céu de assalto, foram dois dias de tempestade.

Todos abrigaram-se o melhor que podiam, mas não havia medo ali: afinal, o nível do poço subiria facilmente. Gorthar andava de um lado para o outro, murmurando que aquilo era um milagre dos deuses, perguntando se Alma tinha algo a ver com isso.

— De forma alguma, senhor — disse ela, olhando pela janela com as bochechas apoiadas nas mãos. Suspirava, e parecia quase romântica na forma com que observava a água açoitando os vidros da casa. — Mas adoraria ter a habilidade de tornar todos os dias cinzentos e lúgubres!

Alma trabalhou durante todo o tempo da tempestade com suas ervas dentro da casa de Gorthar, que era puro cheiro de alfazema. Quando ele perguntava o que exatamente ela estava fazendo além de perfumes para o vilarejo, ela apenas desconversava distraidamente e voltava aos seus afazeres, concentradíssima.

A tempestade parou na noite do segundo dia, e Gorthar foi até o poço ver o nível da água. Muitas outras pessoas tiveram a mesma ideia, e um murmúrio percorreu todos os habitantes até explodir em gritos de alegria: o poço estava muito acima do nível, e era possível ver o baldinho boiando poucos metros abaixo da roldana.

— Estamos salvos! — comemorou Gorthar, e o povo começou a se abraçar. Alma estava muito feliz, mas ao mesmo tempo pensou que eles iriam se conformar com o pagamento a Tharlok, e com o tempo, com o primeiro mês de escassez, o ciclo de cobrança e violência recomeçaria.

Gorthar tirou Alma de suas problematizações, segurando-a pelos ombros.

— Uma festa! — disse ele, o semblante aberto em um sorriso que movia todas as rugas e cicatrizes de um rosto maltratado. Ela não pareceu entender direito. — Vamos fazer uma festa! Temos água para nós e para atender Tharlok, que só chega daqui três semanas, ou mais! Uma noite de alegria, de ensopados, bebidas, refrescos! Chega de sede, de racionamento, de necessidade!

Apesar de um tanto aflita, Alma considerou que ele sabia o que estava fazendo com relação à quantidade de água, e no fundo pensava que eles deveriam apressar-se a aprender formas de defesa no pouco tempo que restava antes da nova visita do Bando.

— Mas o que é melhor para uni-los do que uma celebração? — Gorthar perguntou, depois de Alma ter manifestado sua preocupação. — Podemos fazer competições de arco, tiro ao alvo com fundas, brincadeiras de parede de escudos para os mais jovens...

Aquela era uma boa ideia, definitivamente. E a festa, organizada em tempo recorde para a noite seguinte, aconteceu em uma Alfazema completamente diferente da que Alma chegara.

Panelas borbulhavam enquanto dançava o aroma de guisados e ensopados fartos e nada espessos. Crianças brincavam com Alphonse e corriam, e todas deixavam um rastro exagerado de alfazema em suas corridas: "Quero usar o perfume que a tia Alma me deu!". Enquanto a música alegre era feita por instrumentos velhos há muito não usados, um boneco de palha de Tharlok era alvejado por flechas, ao lado da fogueira. A elfa Cadiel castigava o espantalho feito pelas crianças. Alma reparou que ela sorria de leve ao cravar suas flechas com precisão, e que seu rosto era muito diferente da impressão do primeiro encontro, com a camada de apatia dolorosa que por muito tempo se instalara ali. A altivez de sua raça agora podia ser vista, como o sol surgindo após a dissolução de nuvens tempestuosas.

E, como até mesmo as tempestades tinham fim, a festa também chegou ao seu — ainda que tardiamente. Alma havia bebido bastante, e observava o vilarejo vazio ao lado de Gorthar — igualmente ébrio e contente — os dois sentados em uma rocha pouco acima, em uma colina arenosa. Estavam perto de onde Alma havia assistido as execuções feitas pelo Bando, então tinham uma boa visão de tudo.

— Nós demos a melhor festa que este lugar já viu — disse Gorthar, a voz amolecida. Alma balançava a cabeça em concordância exagerada.

— Foi excelente! Se eu morresse agora seria incrível. — E ficou de olhos fechados por um instante, com um sorriso frouxo nos lábios, aguardando um milagre que ela sabia que não aconteceria. O silêncio foi quebrado por Gorthar, que ria.

— Bom, antes que um raio caia em sua cabeça esperta, eu espero que dê tempo de agradecê-la, nobre Alma... Você mostrou partes de mim que achei já terem ido embora deste mundo. Obrigado por simplesmente decidir ficar e ser minha amiga.

— Ah, amigo... Obrigado por me deixar fazer parte disso! — disse ela, dando um abraço desajeitado no outro anão e derrubando-o de costas na areia. Ele a puxou enquanto escorregava, e os dois despencaram na vegetação rasteira, rindo abobadamente.

— Agora, da próxima vez que Tharlok vier e não tivermos a cota desejada, teremos uma chance contra o Bando — disse Gorthar, e Alma fez uma careta.

— Temos duas ou três semanas pela frente — Alma disse, olhando para o céu. Gorthar fez um barulho com a garganta.

— Não teremos um exército em algumas semanas, Alma — ele disse, reprimindo um soluço. — Mas teremos em alguns meses. Você viu a pontaria de Cadiel? Você viu os jovens segurando aquela parede de escudos? Pode deixar comigo, Alma. Continuaremos treinando. Assumirei de onde você começou, e não deixarei este espírito ir embora de Alfazema. A Alma de Alfazema, hehe.

— Aliás — Alma disse, erguendo um indicador e então tirando uma garrafinha do bolso —, tenho algo para você...

Gorthar ia perguntar o que era, mas um chifre ressoou pelo vale, ameaçador mesmo à distância.

Seu rosto perdeu a cor, seus olhos pareceram mortos por um instante. Alma sabia do que se tratava, pois havia escutado o mesmo toque enquanto testemunhara a execução dos cinco de Alfazema, de cima daquelas mesmas colinas.

Tharlok estava chegando. Bem antes do esperado.

Desceram até o vilarejo aos tropeços, e chegando lá encontraram poucas pessoas alarmadas pelo toque do chifre à distância, sendo que a maioria estava de ressaca da festa na noite anterior. Gorthar, que havia expelido toda a sua embriaguez nos últimos minutos, gritava para que as pessoas acordassem. Alma tentou fazer com que ele se acalmasse e passasse confiança para os outros.

— Mas nós precisamos encher os galões! — ele praticamente gritou, descabelando as poucas mechas que ainda habitavam seu couro cabeludo. — Precisarei de ajuda, devemos ter menos de uma hora até eles chegarem aqui, e...

— Calma — Alma disse, chacoalhando-o pelos ombros. — Eu tenho um plano.

— Não é hora de planos, Alma! Eles vão matar estas pessoas! Onde eu estava com a cabeça, dar uma festa?

Alma o puxou pelo braço até a sua casa, onde alguns moradores já marcavam presença:

— Como vamos encher os barris tão rápido?

— Não devíamos ter feito uma festa ontem!

— Cadê a sua responsabilidade, Gorthar?

— Entregue o lugar para ele, logo! Diga que o poço está cheio!

Gorthar não respondeu a nenhuma pergunta, e bateu a porta atrás de si assim que Alma entrou. Escutou algumas vozes chamando-o de covarde, e começou a hiperventilar.

— Por que viemos para cá, Alma? — perguntou, ofegante. E ela mexia em seus instrumentos e caldeirões, sem responder. Preparou-lhe um chá de ervas calmante enquanto engarrafava algo que borbulhava.

— Precisaria de mais tempo para o melhor efeito, mas vai servir — disse ela, e encheu uma garrafa com um líquido arroxeado e o estendeu para Gorthar.

— O que é isso? Perfume? Saiba que esse meu cheiro é normal, quando fico com medo eu costumo soltar...

— É o que tentei te dar agora há pouco. Não é perfume, mas veio das alfazemas também. — Ela encarou-o, bem de perto. — É uma Poção de Coragem, por assim dizer.

Ela explicou como havia usado a alfazema, tão rara em outras partes de Ghanor, para criar um elixir de sua autoria que pudesse ajudar Gorthar a tomar decisões e a enfrentar os outros: tanto Tharlok, quanto a pressão dos moradores do vilarejo.

— Misturei pó élfico de turlin, que mexe com as emoções, junto com os efeitos de euforia que a alfazema carrega. Beba isto antes de ir falar com o Bando, ok?

Ele abriu a rolha de sua garrafinha e a cheirou, torcendo o nariz.

— Tem mais alguma coisa aqui...

— Pernas de sapo. Para aumentar a capacidade de duração da poção. — Ela deu de ombros ao ver a cara de nojo. — Torci para você não me perguntar.

— Certo. Tomara que me ajude.

— Ei, eu sei o que estou fazendo. E estarei contigo, ao seu lado.

Ele sorriu para ela, triste. Fechou a garrafa e a guardou no bolso.

— Ah, sim. Quanto a isso... acho que você deveria partir antes de eles chegarem.

Alma arregalou os olhos.

— Gorthar!

— Alma...

— Eu não vou deixá-lo! Vamos convencê-los de que vieram cedo demais para recolherem qualquer tributo, seremos firmes e ganharemos tempo para...

— Alma, Tharlok não escuta os apelos de ninguém. E nem todos são imortais como você para aguentar o que pode vir a seguir.

Ela ficou balbuciando até conseguir formular algo.

— Mas como você...?

— Tá brincando? Nunca vi uma herbalista mais incrível em toda a minha vida. Tenho certeza que tive o privilégio de encontrar a melhor em seu ofício, e isto é uma honra indizível.

— Eu não...

— Não precisa dizer nada. E você é de Kottar, oras! A cada vez que discutimos sobre a morte e o morrer, você parece estar falando de coisas distantes, impossíveis! E para um viajante em terras ermas, não há nada mais fácil do que morrer.

Alma não tinha como protestar contra aquilo. Gorthar continuou.

— Você carrega no olhar algo muito fugaz, que parece cada vez mais distante, e eu reconheço isso. Você está atrás de um *fim*! De encerramento, de algo que feche um ciclo... e eu também. Estou atrás de uma maneira de honrar minha família e os mortos deste lugar. De terminar meu suplício. Estamos atrás de coisas difíceis... mas semelhantes.

Ela ficou olhando para baixo, e o abraçou.

— Agora eu tenho sua amizade — ele disse, mais firme do que nunca, sem soltá-la. — E eu tenho coragem. Literalmente.

Ela riu, enxugando as lágrimas.

— Me deixe ao menos ajudar às crianças a se esconderem...

— Não! — Ele interrompeu o abraço, e a olhou com firmeza. — Não quero que Tharlok a veja! Se ele capturá-la, escravizá-la... eu jamais irei me perdoar. De verdade. Não quero te ver trabalhando forçosamente para o Bando, pela eternidade. Apenas vá, Alma. Pegue Alphonse e se afaste o máximo que puder daqui! Você fez muito por Alfazema, e um dia nos veremos de novo. Que você descubra como lidar com seu problema, e que o seu único fardo imortal seja nossa amizade.

— Esse peso eu posso carregar para além-túmulo — ela disse, assoando o nariz e dando-lhe um último e vigoroso abraço. — Faça o que julgar certo, tá?

— Pode deixar — ele disse, sereno, destemido. Como se já tivesse tomado a poção de Alma. — Afinal, eu sou o obstinado prefeito do povoado mais cheiroso de Ghanor.

Ainda em lágrimas, Alma recolheu suas coisas e partiu com Alphonse, sem olhar para trás. A porta de madeira se fechou, e Gorthar ficou encarando-a por um tempo, bem mais calmo do que quando entrara por ela.

Então, encarou a poção, pensativo.

Alma e Alphonse subiram a colina, e a anã reparou a hora em que o Bando de Tharlok tornou-se visível à distância. Ela hesitou ao ver a cena, e virou o seu bode para a direção do vilarejo: viu Tharlok avançar rapidamente pela areia, cada vez mais, e o povo se amontoando atrás do poço. Alguns cidadãos desesperados, ainda a favor de que Alfazema fosse entregue para o Bando, enchiam galões e barris de água por conta própria, de maneira atrapalhada e ineficaz.

O vento soprou na direção contrária, e Alma sentiu o cheiro de perfume de alfazema no ar. A vontade de chorar voltou com tudo. Então, viu Gorthar abrir a porta de sua casa, brandindo algo que fulgurava em verde e vermelho por um instante... o machado de sua família! Ele se dirigiu até o poço e encarou os moradores.

Dali, ela não podia escutá-lo, mas esperou que ele estivesse tomando a decisão correta.

Cadiel ficou de pé próxima à mureta, de onde podia enxergar o pórtico na entrada de Alfazema sem grandes obstruções. Tharlok e seu Bando estavam próximos, mas Gorthar não ia de encontro a eles: ele vinha na direção do poço, segurando um machado de batalha, o que era algo completamente em desalinho com a imagem que tinham do prefeito covarde. Sem dirigir qualquer olhar aos moradores, ele apoiou a arma na mureta do poço e se debruçou sobre ela, olhando para o seu interior por tempo demais.

Por um momento, as pessoas murmuraram duvidosas, achando que ele se jogaria para não ter que lidar com Tharlok. Mas ele finalmente ergueu a cabeça, com o semblante calmo assim como sua voz:

— Bebam à vontade. Não parem até saciar toda a sede. Se estes forem nossos últimos momentos, neles seremos donos de nós mesmos.

Ele deu as costas, agora sim indo na direção da entrada de Alfazema. Cadiel o observou diminuindo à distância, sabendo que havia algo de diferente. Então, seus pensamentos foram interrompidos pelo balde batendo na parede interna do poço: os moradores bebiam, sem contenções, sem parcimônia. Aquela era a água deles.

Cadiel não pôde deixar de sorrir, e também usou as mãos em concha para sorver a água com vontade. Seu corpo parecia agradecer, uma onda de excitação espalhando-se a partir do centro de seu peito. Ela parecia imbuída de uma nova atitude, assim como Gorthar, e deu um passo à frente além do poço.

Então, voltou a sua audição e visão élfica em direção ao prefeito, observando-o ir de encontro novamente a Tharlok.

— Ora, ora — disse Tharlok, desmontando, quase como se estivesse feliz em ver Gorthar ali. — Pensei que eu faria uma surpresa a vocês, mas vejo que esse privilégio é todo meu!

Ele indicou o machado de Gorthar com o queixo, e todos de seu bando riram ao redor. Até mesmo o anão, que respondeu com um sorriso de canto de lábio:

— Uma ocasião diferente pede uma recepção diferenciada.

— Com certeza, meu velho amigo — disse Tharlok, coçando o queixo com unhas compridas. Cadiel, que pela primeira vez teve a coragem de prestar atenção nos detalhes do facínora, reconheceu uma porção élfica em meio à suas feições e gestuais. Era um meio-elfo, certamente. Ele continuou, fungando com força. — Mas o lugar está até cheirando diferente, não? O que é isso?

Gorthar olhou para a placa com o nome do vilarejo, perto deles. Antes, era torta, quase apagada. Agora estava alinhada, as letras retocadas. De pé, firme.

— Certamente, algumas coisas mudaram, sim.

— Adorável — disse o líder do Bando, passando a mão pelo cabelo liso e negro, repuxado com força em um rabo de cavalo incômodo de se olhar. Seus movimentos pareciam todos calculados para serem falsamente espontâneos. Seu tom de voz calmo e "desentendido" seguia a mesma regra. — Mas achei que, depois da tempestade dos dias anteriores, vocês certamente iriam se adiantar e separar água o suficiente para pagar a dívida, certo? Prioridades. Então, eis-me aqui.

Gorthar nada respondeu. Olhou para o Bando. Para cada semelhante anão, para cada humano, hobglobin ou elfo corrompido pela promessa de espólio do maldito, olhou também para o gigante que assomava na retaguarda do grupo. E então, para a criatura escondida atrás das pernas de Tharlok, que havia passado batido até então.

— Olá, ex-prefeito Lohaz — disse Gorthar. O humano fétido, diminuído, corcunda e mirrado foi puxado à frente pela corrente com força, soltando um ganido seco.

— Diga olá ao seu colega sucessor, homem! — Tharlok gritou, e o sujeito na coleira nada conseguiu articular. Apenas abaixou os olhos, envergonhado e ineditamente intimidado por Gorthar. — É um inútil, mesmo! Bom, e então? Onde estão os meus galões?

Tharlok olhava em volta teatralmente, com a mão livre da coleira fazendo sombra sobre os olhos. Os outros ao redor riam, sabendo que ele estava se aquecendo para começar a "brincadeira" com o prefeito. O anão ainda encarava Lohaz, na coleira, achatado contra a perna de Tharlok, o rosto próximo à espada longa de sua bainha. Gorthar parecia sinceramente triste ao encará-lo. Suspirou antes de sentenciar:

— Sem galões para vocês desta vez. Nem um copo d'água. — Ele olhou para a direção das colinas, calmo e sereno, e então acrescentou: — Nem um gole.

A resposta de Gorthar foi firme, e chegou carregada pelo vento até as pessoas amontoadas ao redor do poço. Algo *realmente* havia mudado.

Tharlok piscou uma, duas, dez vezes. Olhou para trás, para o seu Bando. Trocou um olhar incrédulo até mesmo com seu cão humanoide, procurando explicação, tentando entender a piada mal contada por Gorthar.

E então explodiu em um riso cheio de dentes, jogando a cabeça para trás. O Bando ecoou, e aquelas risadas de escárnio foram ouvidas por cada cidadão em Alfazema. Tanto os vivos, quanto os mortos.

Gorthar remexeu-se. Parecia que estava apenas trocando o peso do corpo de uma perna pra outra. Logo, demorou até que qualquer um do Bando ou qualquer cidadão de Alfazema, mesmo Cadiel, reparassem que ele havia casualmente cravado o seu machado de guerra na garganta exposta do risonho Tharlok, cortando sua risada ao meio junto com seu pescoço.

Não havia sido um corte limpo, mas havia sido um golpe brutal. Até mesmo pela altura de Gorthar, a situação o fizera erguer muito o seu machado, segurando-o bem no fim da haste. A lâmina desceu um tanto enviesada, na diagonal, atravessando pele, tendões e ossos e parando apenas ao encontrar a resistência da clavícula. Tharlok continuou de pé por um tempo, a cabeça agora jogada mais para trás do que antes. O corpo foi ao chão segundos depois, quando Gorthar libertou o machado das carnes de seu inimigo, e partiu para cima do hobgoblin mais próximo, ainda estupefato com o que acabara de acontecer.

Gorthar ganhou segundos preciosos enquanto o Bando encontrava-se absorto. Além do hobgoblin, derrubou também uma mulher mercenária, um anão caolho e, por fim, um bárbaro humano que cravou sua espada na barriga do prefeito de Alfazema antes de morrer.

E então, quando todos do Bando reagiram ao mesmo tempo e começaram a castigar o corpo de Gorthar, foi a vez de Alfazema sair de seu torpor.

Ignorando o pedido de seu amigo, Alma compeliu Alphonse à toda velocidade colina abaixo, deixando muitos de seus pertences de viagem caírem pelo caminho, formando uma trilha na areia. A última visão que a anã teve antes de chegar à parte plana do terreno foi a de Gorthar sumindo no meio dos agressores — e a do gigante do Bando tombando com uma flecha certeira no olho. Cadiel abaixava o seu arco, de pé sobre a mureta do poço, enquanto os outros moradores avançavam com o que tinham em mãos: enxadas, pás e rastelos como lanças, maças e alabardas, em um grito único preso por muito tempo nas gargantas de quem tanto havia perdido. Uma tempestade reprimida. Alma gritou para Alphonse acelerar, mas de todo modo ela não chegaria a tempo.

Pois tudo havia acabado.

Cerca de quatro membros do Bando fugiam a pé, sem armas, apenas com as roupas do corpo. No chão, três moradores de Alfazema que Alma havia conhecido naqueles poucos e intensos dias. Muitos outros feridos ao redor, mas todos em um cansaço e esgotamento silencioso, fazendo acenos de cabeça ao notarem Alma embrenhando-se na multidão, procurando seu amigo.

Gorthar havia conseguido o que tanto queria, ao mesmo tempo que conseguira o que Alma tanto procurava. Ela abaixou-se ao seu lado, em um sorriso umedecido pelas lágrimas. Seu corpo havia sido ferido além da capacidade de cura de qualquer erva ou milagre. Ele abriu os olhos com dificuldade, cuspindo sangue, e sorriu ao ver Alma.

— Alma...

— *Shhh...* não precisa dizer nada, meu amigo...

— N-nem um gole — ele teimou em dizer, e então sua expressão congelou. Um sorriso, satisfeito.

Alma fechou aqueles olhos que ainda carregavam a obstinação de Gorthar. Então, olhou para a pilha de inimigos mortos ao redor, incluindo Tharlok, agora pisoteado e com a cabeça em um ângulo ainda mais estranho. Mais além, os cidadãos de Alfazema a encaravam, entre lágrimas e sorrisos cansados. Cadiel, a elfa, aproximou-se devagar com o arco em mãos, e tocou nos ombros da anã.

— Retiro tudo o que disse a respeito dele. É o sujeito mais corajoso que já conheci.

Alma sorriu-lhe, ainda com o rosto úmido.

— Não poderia concordar mais.

Levantou-se, por fim. Havia um princípio de comoção pouco adiante, e ela não entendeu o que estava acontecendo até ouvir o som de correntes.

— P-pessoal, sei que tivemos nossas diferenças — dizia um sujo e ensanguentado Lohaz, com as mãos expressivas. Havia passado despercebido debaixo do cadáver do gigante até então, mas agora tinha toda a atenção da população direcionada para ele. — Mas a cadeira de prefeito está vaga, e eu tenho experiência no assunto! Fico feliz do destino ter me trazido de volta até aqui...

O cerco se fechou sobre o homem, mas Alma não queria saber o que seria dele. Apenas voltou para Alphonse e o conduziu até o poço, afastando-se o suficiente para não escutar o que os recém-despertos moradores de Alfazema reservariam para o homem que vendeu seu povo.

Foi até o poço, e brindaria à morte de seu melhor amigo da maneira mais apropriada e justa. Mas, ao se aproximar da mureta, sentiu algo de vidro se despedaçando sob sua bota grossa.

Olhou para baixo. Demorou a entender o que havia acontecido, e então sorriu.

Aquela garrafa ela conhecia bem. Vazia.

Alma quase podia sentir o cheiro de Alfazema emergindo do poço, e pensou em recolher uma amostra para confirmar a teoria que estava formulando. Mas a verdade é que já tinha a sua resposta.

— Nem um gole — ela repetiu.

A frase dita para o fundo do poço, ecoou em retorno segundos depois. Ou talvez não fosse somente um eco, mas a confirmação vinda de um lugar distante que, se tudo desse certo, Alma ainda alcançaria.

UMA PÉSSIMA IDEIA

CAROL CHIOVATTO

ENCHER A CARA tinha sido uma péssima ideia.

Invariavelmente era, mas aquela vez era a campeã. Sozinho. Numa floresta desconhecida. Numa noite nublada de lua minguante. Havia pressentido a constante proximidade de goblins já fazia um bom tempo, a julgar pelo surgir da lua e seu avanço no céu encoberto.

Feldon *poderia* ganhar a forma de rinoceronte, por exemplo, e acabar com o pequeno grupo em um instante, mas estava sem energia para lutar. Andar sem os amigos tinha suas inconveniências.

Quer dizer, além do silêncio deprimente.

Feldon levou a garrafa aos lábios e deu outra golada no vinho já meio passado. Queria se acomodar sob aquele abeto simpático, terminar a bebida, abrir a outra, esquecer seu nome e só despertar de manhã. Em vez disso, via-se obrigado a continuar arrastando os pés naquele chão instável, se apoiar em troncos trêmulos e evitar raízes malandras que tentavam lhe passar rasteira. Tudo deslizava para os lados, duplicando-se.

Acaso os goblins haviam percebido sua presença? Não havia alvo mais fácil naquele momento.

Bufou, medindo o peso de seus pertences. Havia empacotado somente o necessário, mas ainda assim seria demais para qualquer ave. *A menos que fosse uma fênix.* Escorando-se num velho olmo, Feldon soltou um muxoxo e levou a garrafa à boca outra vez. Malditos goblins.

Nem para escapar deles com suas coisas intactas viraria uma fênix de novo tão cedo. Ainda tinha calafrios com os fragmentos de memória daquela última transformação, um nó no estômago como lembrete da dor de um corpo massacrado, que atravessara o véu da morte e retornara. Não, preferia largar tudo para trás.

Escapar do confronto.

Era só o que fazia.

Quando agia diferente, arrependia-se. Nem heroísmo nem recompensa valiam os lampejos embaralhados que lhe perturbavam o sono.

Um suspiro, outra golada. *Mas que bosta de vinho ruim.*

Sua mão brilhava mais forte. Praguejou, apurando os ouvidos. Havia os animais e as copas das árvores balançando ao vento, mas, por baixo, passos ritmados. *Aproximando-se.* Feldon bufou, matando a garrafa numa golada. Não tinha um dia de paz.

Por isso evitava viajar sem a companhia costumeira. Ter um bárbaro esquentado à disposição viria a calhar. Tateando o tronco em busca de apoio, escalou-o com cuidado. Teria sido mais fácil se a velha árvore ficasse parada, mas ele não estava em posição de fazer exigências.

Acomodando-se num grande galho a uns bons quatro metros do chão, recostou-se no tronco, esticando as pernas e cruzando-a nos calcanhares. Tentou divisar silhuetas da comitiva de goblins, mas as nuvens haviam dominado o céu. O fardo, pendurado num galho e apoiado no tronco ao seu lado, estava seguro, pelo menos.

Apanhou a outra garrafa de vinho do meio das roupas dobradas e abriu-a. Se os goblins só estivessem patrulhando a área, era melhor esperar que voltassem para o buraco de onde haviam saído. Não estava mesmo com pressa. Um cachimbo cairia bem, mas não ousaria acendê-lo; o cheiro os atrairia.

Deixou a cabeça pender para trás, contra o tronco. Devia ter adormecido, pois a próxima coisa que notou o despertou com um sobressalto. Algo se partira nas imediações. Vidro?

Vozes roucas abaixo de si. Arriscou um olhar para o pé da árvore. Meia dúzia de goblins olhava em sua direção, um deles esparramado no chão com estilhaços misturados a sangue espesso perto da cabeça. Ah. A garrafa vazia havia caído.

Um a menos.

A cheia continuava segura, entre seu corpo e o fardo. Um dos goblins começou a subir no olmo e, francamente, Feldon não estava com paciência. Tirou uma bota, depois a outra — ações simples que levaram tempo demais. Seu estômago embrulhado protestava contra o balanço da árvore, agora real, sob o ataque dos goblins tentando alcançá-lo.

Quando veio o vômito, não segurou. Só virou para o lado e deixou a natureza seguir seu curso. Risos roucos eclodiram ao seu redor, cada vez mais próximos. Atingira alguém. Nem deu tempo de achar graça; precisava sumir o mais rápido possível. Tirou as calças e amarrou-as ao fardo. Com sorte, viria buscar tudo depois. Apanhou a bolsa de moedas e segurou-a entre os dedos dos pés o melhor possível, então devolveu a rolha à garrafa e manteve o gargalo entre o dedão e o dedo seguinte.

O primeiro goblin apareceu pouco abaixo. Feldon ergueu-se, cambaleante, e saltou.

Era meio desajeitado se transformar no ar.

E não é que uma águia dava conta da carga?

Pena que a visibilidade estava tão ruim.

E que seguia numa direção diferente da desejada.

Acordar pelado com dor de cabeça e um gosto azedo na boca, sem a menor ideia de onde estava foi desagradável, mas nem de longe seu pior momento. Bocejou, espreguiçando-se. Pelo menos não espetara a bunda num espinheiro.

Feldon era, antes de tudo, um otimista.

Levantou-se, tonto, e um tilintar ressoou dentro de seu crânio. Apoiou-se no tronco para não dar de cara no chão. A bolsa de moedas, enrolada em seus dedos do pé. Ah, é. Goblins. O som de água corrente lembrou-o de que precisava mijar.

Entrou de uma vez no riacho, aproveitando para lavar o rosto. A temperatura fez suas bolas irem parar nos rins, mas pelo menos lavou também qualquer resquício de sono e levou junto as brumas da embriaguez. Estava com fome.

Saía da água quando se percebeu observado. Procurou a origem da sensação, mantendo um ar despreocupado.

Na sombra do carvalho.

Uma mulher. Não uma donzela, a julgar pelo modo como o olhava de alto a baixo com um arzinho debochado de dar nos nervos. Feldon resistiu ao impulso de se defender — *a água estava um gelo* — e pôs as mãos na cintura.

— Posso ajudar, moça?

Tinha vestes simples de camponesa, apesar da altivez, e uma cesta com cogumelos recém-colhidos. Devia ser entendida; os que Feldon enxergava de onde estava eram todos comestíveis.

A presença dela sinalizava a existência de algum vilarejo nas imediações.

— Você é quem precisa de ajuda — rebateu a mulher, com o mesmo divertimento. — Mas, se chego com um estrangeiro nu, nunca mais me deixam em paz. Boa sorte, elfo.

Ela lhe deu as costas sem pensar duas vezes.

— Espere! — chamou Feldon, antes de perdê-la de vista. — No lugar aonde você vai tem uma taverna? Algum comércio?

A mulher virou-se, assentiu.

— Vou com você — declarou o druida, saindo da água e oferecendo-lhe uma moeda. Ela não fez nenhum movimento para pegá-la. — Ninguém vai saber que sou um *estrangeiro nu*, prometo.

Ocorreu-lhe que poderia tê-la seguido na forma de corvo, como os que grasnavam aqui e ali sob o abrigo das copas.

Seu cérebro ainda não retornara à plena funcionalidade, pelo visto.

Teria guardado a moeda, mas a moça, pressentindo seu movimento, agarrou-a e escondeu-a no decote, que Feldon achou melhor não olhar demais. Ela cruzou os braços e o encarou de sobrancelhas arqueadas, uma forma silenciosa de cobrar explicações.

Bufando, Feldon assumiu a forma de uma gralha. Às vezes, gente ignorante tomava corvos por mau agouro, e não queria lidar com isso de estômago vazio.

A mulher sequer teve a consideração de se mostrar surpresa. Acaso já encontrara outros druidas antes?

Ela se virou e partiu na maior tranquilidade. Nada de palavra ou gesto dizendo para segui-la. Mancava um pouco da perna direita, o suficiente para torná-la mais lenta do que o natural para alguém jovem e saudável. A cada poucos metros, o druida pousava num galho para esperar. Ela não se apressava. Até parava e colhia um cogumelo ou folha no caminho.

Impaciente, Feldon voou para acima das copas, a fim de analisar os arredores. Encaminhava-se para uma pequena clareira, cercada pela floresta em todas as coordenadas, menos ao norte, encerrada por um rochedo. Uma aldeia que mal reunia vinte casas. No meio do nada.

Por incrível que parecesse, tinha mesmo uma taverna. Talvez para abrigar viajantes bêbados fugindo de goblins sem sequer a roupa do corpo.

Na madrugada, fizera sentido deixar até *as calças* e levar uma garrafa de vinho ruim.

Essa parte da aventura, Feldon omitiria dos amigos.

A mulher continuava avançando para a clareira minúscula sem a menor consideração pelo estômago vazio do elfo. Ele decidiu ir na frente.

As casas eram modestas, mas decentes, e o cheiro de pão fresco atraiu-o à taverna. Aterrissou no parapeito da janela estreita e alta e espiou o interior. Não muito grande, mais limpo do que seria de se esperar, cheio pelo horário. Cerca de quinze homens espalhavam-se pelo salão, com pratos e canecas de cerveja bem servidos. De trás do balcão, o velho taverneiro falava com alguém à mesa mais próxima.

Sem muita alternativa para sua situação ridícula, Feldon entrou pela janela entreaberta, atraindo atenções, e reassumiu a forma élfica logo ao pousar na cadeira do canto mais afastado, antes de virem espantá-lo.

— Com licença — pediu, com todos os olhares voltados para si. — Alguém tem roupas para me emprestar?

Trajando vestes grandes, mas limpas, Feldon acomodou-se numa mesa próxima à janela e pediu sua primeira refeição em um bom tempo.

O silêncio no salão, antes tomado por burburinho, bradava o quanto sua presença desconcertava os residentes. Não estavam acostumados a estranhos. Mas por que uma taverna, então?

E do que aquela gente sobrevivia? Agricultura de subsistência? Feldon não avistara nem uma horta. Por menor que fosse um povoado, precisaria de comida produzida na região, ou seria muito custoso comprar provisões de fora.

Feldon não se imaginava habitando um lugar daqueles, onde um viajante de passagem se destacava tanto assim. Se pressionado, até admitiria sentir falta dos amigos.

O esforço que aqueles homens — tanto clientes quanto taverneiro — faziam para não o encarar deixava o ar pesado, quase espesso. Ouvia as respirações, a mastigação e os goles, canecas voltando ao tampo das mesas, o tilintar do contato com pratos, cadeiras rangendo, pernas de madeira arrastadas nas tábuas do piso irregular.

Sensação mais estranha, ser ignorado com tanto afinco que se tornava o centro das atenções. Comeu, bebeu, pagou. E, durante os momentos intermináveis que levou, enfrentou calado aquele silêncio que não era silêncio.

Feldon não tinha nada para fazer ali; agradeceu ao taverneiro e partiu, fechando a porta assim que saiu ao ar livre. O burburinho recomeçou no mesmo instante; sequer havia largado a maçaneta. Soltou um riso indignado pelo nariz. *Isso que é hospitalidade.*

Era melhor buscar seus pertences e seguir viagem.

Um corvo, pousado no telhado da taverna, grasnou de repente, sobressaltando-o.

— Quer me matar de susto, criatura?

O pássaro emitiu uma torrente de sons suspeitosamente parecidos com uma risada.

— Mau caráter — resmungou o elfo, olhando em torno.

Sentia-se vigiado.

Um rosto na janela de um dos chalés desapareceu atrás da cortina. Franzindo a testa, Feldon espiou as demais casas. Uma onda de movimento sucedeu-se: cortinas fechando-se com puxões assim que seu olhar as alcançava. Porém, restavam frestas por onde olhos curiosos enxergavam o lado de fora.

O comportamento era bizarro mesmo num vilarejo minúsculo daqueles. Fazia sol depois de vários dias chuvosos e todo mundo continuava enfurnado em casa. Nenhuma roupa no varal. Nenhuma criança correndo com gritinhos estridentes.

Temiam algo.

Não que fosse problema seu.

— ...aquela viúva... — soou uma voz exaltada dentro da taverna.

Feldon virou-se para a janela.

— ...se não fosse estrangeira...

— ...catar cogumelo?

O elfo empertigou-se, pensando na mulher do riacho. Queria escutar melhor, mas caso se aproximasse demais os fofoqueiros de plantão perceberiam seu intento. Fazendo-se de distraído, contornou a taverna e parou ao lado de uma janela entreaberta nos fundos, quase se estabacando nas escadinhas que davam num porão. Podia não ser problema seu, mas estava curioso.

Ou apenas ocioso.

— ...lua nova hoje — um homem dizia. — Precisamos vigiar a casa dela. Do crepúsculo à alvorada.

— Encontrou o caminho!

Quase teve um infarto. Girou sobre os calcanhares para ver a dona da voz fitando-o com os olhos estreitados.

— Entreouvindo conversas? — sussurrou a mulher.

— Não faço ideia do que você está falando — respondeu Feldon, avançando até ela. Assim, não seria visto se olhassem de dentro. — Vim na frente porque estava com fome.

— E frio também — lembrou ela, com um riso zombeteiro.

Mas era muita audácia. Feldon teria dado uma resposta desaforada, não tivesse seu olhar recaído na cesta repleta de cogumelos. Pelo menos cinco variedades, todas comestíveis.

— Estavam fazendo planos de vigiar alguém porque é lua nova, se bem entendi — contou o druida, apenas para medir a reação dela.

A mulher revirou os olhos. Não parecia surpresa. Nem interessada. Implicância de vizinhos, então, coisa corriqueira. Nenhum grande mistério a desvendar. Feldon seguiria seu rumo e nunca mais pensaria naquele fim de mundo.

Os olhares por detrás das cortinas cerradas perduravam, agora que ele deixara os fundos da taverna.

— Não aparecem muitos forasteiros por estas paragens, não? — perguntou.

— A última a chegar e ficar fui eu, faz dois anos — respondeu a moça, trocando o peso de perna. — E ainda me tratam com desconfiança.

— Por que continuar aqui, então?

Ela deu de ombros, sem se ofender, apesar da impertinência da pergunta.

— Herdei um teto, que é mais do que eu tinha.

O olhar de Feldon varreu as casas. Sua conversa com a mulher devia ser o acontecimento do ano, a julgar pelo interesse geral.

Ela apontou um chalé bonito, com heras na face externa e camélias nas janelas.

— Aquela é a minha. Caso você esteja se perguntando.

Feldon encarou-a. Aquilo era um convite?

Gostaria que fosse?

— Bom, preciso ir. Boa viagem!

Ele assentiu, não querendo ficar para lhe assistir entrar, mas por alguma razão fazendo-o mesmo assim. Ela mancava mais agora do que na floresta, talvez pelo esforço da longa caminhada.

Quando a moça se fechou em casa, sem olhar para trás, Feldon coçou a cabeça, ainda se sentido observado. Sabia quando não era bem-vindo e, diferente da moradora, nada o prendia ali.

O corvo no telhado crocitou. Gostava de assustá-lo só pelo esporte, o meliante.

— Se me ajudar a encontrar minhas coisas, te arranjo um pedaço de carne — prometeu.

Concordando, a ave alçou voo.

Não se afastara muito do olmo onde deixara seus pertences, afinal. Também, seria demais esperar de uma águia embriagada um trajeto decente por muito tempo. Ainda mais em posse de uma garrafa de vinho e uma bolsa de moedas. Ideia de jerico.

Estava tudo intocado, por incrível que parecesse. Algo devia ter distraído os goblins.

Deu ao corvo um naco da carne seca que trouxera para os primeiros dias de viagem, sentado à beira do riacho, os pés na água, contabilizando quanto restava. Quase nada de pão.

— Tem algo errado com aquele povo.

Provavelmente o isolamento os tornara suscetíveis à paranoia. O corvo crocitou de novo, roubando de seus dedos a última lasca de pão. Oportunista.

Feldon precisava reabastecer as provisões. E seria simpático devolver as vestes emprestadas. Nada mais lógico do que passar lá outra vez. Bem rapidinho.

Sem pressa, voltou ao vilarejo, dessa vez pelo chão, atento ao entorno. Era curioso que uma aldeiazinha vulnerável no meio de uma floresta por onde circulavam bandos de goblins não contasse nem com a proteção de uma paliçada, não?

Nada anômalo no caminho. Exceto, talvez, menos animais do que seria natural numa mata densa daquelas.

Feldon contornou o vilarejo, sem deixar a orla. Era o meio da tarde, e ninguém fora de casa. Vozes escapavam de janelas agora escancaradas. Risadas e choro de crianças cortavam a placidez dos demais sons.

Havia um poço quase colado ao rochedo, ladeado por um velho tronco partido com um machado fincado onde se cortava lenha. Varais vazios. Nenhuma horta. Sobreviveriam apenas de coleta? Nem sinal de moinho, mas nos fundos da taverna o forno de pão deixava claro que farinha integrava os hábitos alimentares do povoado. Compravam de fora? Mas *de onde?*

O lugar parecia cênico.

— Perdido, elfo?

Feldon virou-se num sobressalto. O taverneiro, carregando um pequeno barril, encarava-o com uma expressão de simpatia.

— Não exatamente. Só confuso.

O taverneiro acenou para o druida segui-lo, ajeitando o modo como segurava o barril. Devia estar pesado.

Entraram na taverna pela portinhola dos fundos, que dava na cozinha. Organizada. Até mesmo limpa. Nenhum gato à vista. Como controlava os ratos? Pousando o barril no balcão que separava a área do salão, o senhor gesticulou para Feldon se sentar numa das banquetas altas e serviu-lhe cerveja numa caneca.

— Achei que já tinha ido embora — comentou o homem mais velho.

— Mais ou menos. — Feldon deu um gole e arregalou os olhos de surpresa. Era das boas. E estava *gelada.* — Como o senhor consegue deixar a bebida fresca nesse calor?

O taverneiro deu de ombros com um sorriso modesto.

— Meu estoque é subterrâneo. — Observou o druida dar mais uma golada e semicerrar os olhos de prazer. — Você dizia que tinha ido "mais ou menos" embora. Isso não faz sentido.

Feldon soltou uma risada.

— Não mesmo. Fui buscar meus pertences onde tinha largado quando fugi ontem. Daí vim devolver suas roupas... — Tirou-as da bagagem, relativamente dobradas, e entregou-lhe. — E preciso de provisões para seguir viagem.

Era alívio o que via no rosto do velho? Ocorreu ao elfo que só avistara humanos na taverna. A mulher dos cogumelos era humana também. Sendo forasteiros tão raros, talvez aquela gente nunca tivesse testemunhado magia. Ou visto alguém de outra espécie.

Seria possível os goblins nunca terem aparecido ali?

— Tenho pão e um resto de ensopado, só — disse o taverneiro. — Mas a cozinheira logo vem preparar o jantar. Posso pedir para ela fazer algo mais fácil de transportar.

Feldon agradeceu. Enfim, *algum* sinal de hospitalidade. A história de como viera parar ali devia ter aplacado as desconfianças do pobre homem. Assistiu-lhe passar um pano encardido no balcão enquanto decidia se faria as perguntas que rondavam sua mente.

— A qual distância fica a cidade mais próxima?

— Quatro dias a cavalo.

O elfo não vira cavalo algum. Nem nada que servisse de estábulo, nem mesmo um mísero cercado. O anfitrião devia ter lido as indagações em seu rosto, pois explicou:

— Eles vêm uma vez por semana trazer suprimentos e levar cerveja.

Produto bom o bastante para sustentar o vilarejo. Mas qual a necessidade de morar num lugar tão afastado? O taverneiro contou sobre como Ghanor havia planejado construir uma estrada nova e enviado trabalhadores com suas famílias para iniciar as obras, mas abandonado o projeto poucos meses depois.

— Ia passar por lá. — O homem indicou a direção do poço. — Do outro lado da pedreira. Mas agora o mato já tomou tudo de novo.

— Quando foi isso?

— Uns cinco anos atrás. Quase seis, pensando bem.

A caneca do druida — segunda? terceira? — parou a meio caminho, voltou ao balcão.

— Que foi? — perguntou o homem.

— É só... um tempo curto de isolamento para a presença de um forasteiro incomodar a ponto de ninguém sair de casa. — Feldon bebeu. — A moça que me mostrou o caminho mora aqui há dois anos e...

As sobrancelhas do velho arquearam-se.

— A viúva Luna?

Feldon inclinou a cabeça.

— Não faço ideia. Não perguntei o nome dela. Pedi indicações de onde tinha uma taverna.

O homem comprimiu os lábios numa linha fina e voltou a esfregar o balcão num silêncio desconfortável.

Viúva Luna. Forasteira. Catando cogumelos. Decididamente era a ela que se referiam naquela manhã. Mas por que vigiá-la? E o que raios isso tinha a ver com a lua nova?

— Não é por sua causa que as pessoas estão dentro de casa hoje.

Feldon teve a impressão de que o velho queria falar mais.

— Por quê, então?

— Coisas estranhas aconteceram nos últimos meses.

— Que tipo de coisas?

— Sumiram meus gatos. As galinhas. Reparou que não tem animais aqui? Pois é. E é sempre na lua nova.

O druida bebeu outra golada para não perguntar por que suspeitavam de Luna; seria admitir ter escutado atrás da porta.

— O ladrão deve aproveitar a baixa visibilidade para roubar — sugeriu Feldon.

O taverneiro reencheu sua caneca, ruminando “antes fosse” quando estava de costas.

Não fazia sentido suspeitarem da viúva; não seria ágil o bastante com aquela perna. Já a teriam pego se os sumiços datavam de meses e ocorriam num intervalo tão preciso.

Mas haviam falado em vigia durante as horas escuras. Para temerem uma mulher magricela sozinha, só podiam suspeitar de bruxaria.

Feldon sorriu. Havia matado a charada. Virou a caneca, satisfeito.

O sol se punha quando os primeiros homens entraram conversando e se calaram ao verem Feldon. Mas o velho lhe contava sobre a construção da estrada, e foram se sentando e aos poucos voltaram a falar, lançando olhares curiosos ao balcão.

— Vocês *precisam* escutar a história desse elfo escapando de goblins ontem à noite — declarou o taverneiro.

A introdução gerou expectativa. Em outra ocasião, Feldon preferiria passar despercebido, mas sentia falta das gargalhadas dos amigos, das piadas de mau gosto. Perdera a conta de quantas canecas tomara naquela tarde, mas elas soltaram sua língua.

E não se andava com um bardo sem aprender uma ou duas coisas sobre narrativas. Sabia que um pouco de autodepreciação provocaria risos, angariaria simpatia. Além disso, a história era mesmo ridícula. Tombar um goblin derrubando uma garrafa na cabeça dele sem querer? Vencer outro com vômito? Se a ouvisse de outra pessoa, juraria que era mentira.

A cerveja rolava, com direito a uma rodada por conta da casa. Às gargalhadas, somaram-se tapas na mesa e exclamações entusiásticas. Nem pareciam os mesmos homens sisudos e desconfiados da manhã.

Com o avanço da noite, um deles lembrou que deveriam vigiar “a casa da bruxa”. Os menos embriagados ofereceram-se imediatamente, embora oscilassem um pouco.

Feldon bocejou. Àquela altura, aceitara que passaria a noite ali.

— Vai querer um quarto, filho?

— Nah, prefiro dormir na orla. — Tocou a orelha, que geralmente bastava como explicação para quem já vira algum elfo na vida.

O salão calou-se de repente. Os homens entreolharam-se.

— É arriscado — um deles disse.

Feldon dispensou a preocupação com um gesto de espantar mosca.

— O sumiço dos gatos e galinhas? Acho que sou maiorzinho.

— Um de nós sumiu, há dois meses — contou o taverneiro.

O druida semicerrou os olhos, tentando fazer o trio deslizante de velhos voltar a ser um só.

— Você não tinha contado. Ele não pode só ter ido embora sem falar com ninguém?

— Sem levar nada? Deixando esposa e filhos?

Abandonar a família era comum. Mas realmente, o normal seria ter levado algum pertence, a menos que fugisse de alguma ameaça imediata. Feldon massageou as têmporas.

— Nunca acharam o corpo?

— Nem rastro.

O elfo bocejou. Sem condições de raciocinar.

— Amanhã quero saber mais. Mas não se preocupem; sei me defender.

Dito isso, virou um tigre. Já enorme por natureza, quanto mais em contraste com o salão e suas mesinhas. Os homens recuaram no susto.

Voltando ao normal, esparramado no chão, Feldon gargalhou a ponto de a barriga doer.

— ...precisavam ver a cara de vocês! — Ficou até sem ar. — Ninguém vai me pegar não. Podem dormir tranquilos.

Passos desiguais, muito leves, quase flutuantes. Um aroma de camélias veio e foi, dispersando-se no ar. Feldon chegou a entreabrir os olhos, mas ainda era noite, e o sono puxou-o de volta para a inconsciência.

Gritos. O druida despertou no susto, sentando-se num pulo. Era alvorada, e sua cabeça martelava. Novo berro feminino, vozes agitadas. Ele avançou para as casas, esfregando o sono do rosto.

Uma mulher rechonchuda de meia-idade, ajoelhada no meio da clareira, segurava algo contra o peito farto, em prantos. Outras tentavam consolá-la, enquanto algumas pessoas — adultas e crianças — assistiam à cena pela janela. Da segurança de seus lares. Homens discutiam a um canto, de olho no sofrimento, com ares a um só tempo compassivos e resolutos.

Todos se viraram para o elfo ao se darem conta de sua presença.

— O que aconteceu? — perguntou ele.

A mulher aos berros segurava uma correntinha de prata pertencente ao marido. Encontrara-a no chão, onde havia se posto para vigiar o chalé de Luna.

O responsável pelo primeiro turno da vigília disse que ela fora dormir cedo e não houvera movimentação alguma até seu amigo vir rendê-lo no início da madrugada.

Isso foi o que Feldon absorveu de útil dos mil relatos atropelados, em meio a choro, bravatas e acusações.

O taverneiro apareceu, sacudindo a cabeça ante os olhares questionadores.

— Nem sinal — suspirou. De cenho franzido, olhou o povo reunido ali, então as janelas, até enfim se virar para a única com o parapeito florido. *Camélias.* — Cadê a viúva Luna?

Olhares endureceram, como se uma verdade bem aceita recebesse apoio de evidências incontestes. Feldon não diria tê-la percebido passando antes de amanhecer; não imaginava quando exatamente fora aquilo.

O nome invocou a pessoa: lá veio Luna assobiando com seu cesto cheio de cogumelos e ervas — menta, alecrim, casca de carvalho. Estacou ao se perceber alvo dos olhares fulminantes, um vinco surgindo entre as sobrancelhas negras bem delineadas conforme seus olhos percorreram a cena até pousarem, indagadores, em Feldon.

A esposa desolada voou para cima de Luna de punhos cerrados.

— O QUE VOCÊ FEZ COM MEU MARIDO?!

Luna ergueu as sobrancelhas, recuando num salto para sair do alcance dela. A mulher empurrou-a, derrubando o cesto e fazendo cogumelos rolarem pela terra.

— Qual é o seu problema? — rosnou a viúva.

As outras mulheres agarraram a agressora, e Luna abaixou-se para recolher suas coisas.

— O QUE VOCÊ FEZ COM ELE? — gritou a infeliz, entre lágrimas de luto e ódio.

Engatinhando para alcançar um porcino que caíra mais longe, Luna olhou-a por baixo das mechas de cabelo que tinham se desprendido do coque e caído sobre seu rosto.

— Por que raios você enfiou nessa sua cabeça oca que eu fiz alguma coisa?

— Onde você estava? — indagou Feldon, entregando-lhe a trombeta-da-morte que rolara até seu pé.

Precisavam acalmar a situação antes que fugisse de controle. O pavor transformava pessoas comuns numa turba furiosa.

Luna arrancou o cogumelo de sua mão e levantou-se bruscamente.

— Procurando comida. — Indicou a cesta como se ele fosse estúpido.
— E daí?

— O marido dela estava vigiando a sua casa de madrugada e desapareceu — explicou Feldon.

Luna arregalou os olhos. Encarou os rostos raivosos.

— Idiotas — bufou, cortando o grupo para ir a seu chalé.

— ONDE ELE ESTÁ?!

A viúva parou, virou-se, avançou até a outra num bote. Tinha um sorriso desdenhoso que fez metade dos homens recuar.

— Nem você acredita que é culpa minha. — Cuspiu no chão e voltou a lhes dar as costas. — Se acreditasse, não teria me confrontado. Não com dois filhos para criar.

Bateu a porta com força ao entrar na casa. O silêncio surpreso durou um instante, o povo lendo uma ameaça naquele discurso. Não demorariam a derrubar a porta dela.

— Consigo encontrar coisas escondidas — disse Feldon. Todos os olhos voltaram para si. — Me empresta a correntinha um pouco?

Ela engoliu em seco.

— Você é um bruxo?

— Um druida — corrigiu Feldon com um sorriso amigável.

Pela cara da mulher, nem imaginava a diferença, mas o fato de existir alguma aplacou seus receios, e ela lhe entregou o objeto.

O feitiço levou-o, com meio vilarejo em seu encalço, ao rochedo, mais extenso do que parecia. Havia uma abertura estreita na rocha, cujo túnel escuro e íngreme mergulhava nas entranhas da terra. Os moradores hesitaram às suas costas.

— O que tem lá embaixo? — perguntou Feldon.

Nem sua visão privilegiada permitia enxergar onde o túnel dava.

— É só uma caverna com uma lagoa — disse o taverneiro.

Pediu para acenderem uma tocha, e logo providenciaram, mas ninguém queria ser o primeiro a descer. Feldon não entraria num breu desconhecido se pudesse evitar; os moradores deviam conhecer as irregularidades do solo.

O velho tomou a frente. O druida seguiu-o de perto e os demais acompanharam, vacilantes.

Não precisaram chegar ao fundo para saber que não iam gostar do que encontrariam: um fedor insinuava-se. A maioria jamais estivera numa batalha, ficou muito claro pelos espasmos de náusea que pontuaram o túnel às costas de Feldon.

— É melhor vocês subirem — disse ele, por cima do ombro.

Ao seu lado, o taverneiro cobriu a boca e o nariz com a camisa, mas continuou. O túnel devia ter uns vinte metros e acabava numa caverna exatamente como ele descrevera. O teto não atingia dois metros e meio de altura no ponto mais alto e descia sobre a lagoa de águas cristalinas. Seria um cenário bonito, não fosse o cadáver estraçalhado à beira, com o ventre e o peito abertos de fora a fora, sem os órgãos. O rosto e os membros do homem, entretanto, só foram profanados pelo terror da própria morte.

— É ele? — Feldon indagou, incapaz de continuar olhando.

Moscas já clamavam o infeliz.

O velho cambaleou, caindo de joelhos a um canto enquanto enfrentava espasmos secos de vômito. Não tinha nada para botar para fora; ainda não tomara café.

Feldon reconhecera o homem como um dos convivas da noite anterior.

Saiu daquela tumba ao lado do anfitrião prostrado para se deparar com os olhares angustiados das pessoas esperando do lado de fora.

Não havia um jeito bom de dar a notícia e, de todo modo, Feldon sentia-se intruso na dor compartilhada pelos amigos e família. Continuava não sendo problema seu.

Voltou para o centro da vila circular, meio perdido.

Luna surgiu na janela, atrás das camélias, secando as mãos num pano.

— O que é agora? — indagou.

Embora fosse difícil analisar desconhecidos, Feldon juraria que ela nem imaginava.

— Achamos o cadáver.

Os olhos de Luna dobraram de tamanho, o rosto perdendo a cor.

— Onde ele...?

— Na caverna. — O druida fitou-a, indeciso, antes de se aproximar. Luna tinha um olhar distante e só o notou quando sua sombra obscureceu a mesa sob a janela, onde laminava cogumelos. — Seus vizinhos suspeitaram de você na hora em que perceberam o sumiço. Por quê?

Largando a faca com um suspiro, Luna apoiou os cotovelos na mesa e a cabeça nas mãos. Não triste ou preocupada; impaciente.

— Coincidência ruim. — Esfregou o rosto, arriscando um olhar para ele, e voltou a cortar os cogumelos. — Vim parar aqui fugida... Meu marido... — Comprimiu os lábios, balançando a cabeça. —

Cheguei sem nada, numa noite de tempestade, cheia de hematomas, com febre e o pé torcido. Tinha corrido muito com ele assim. Nunca sarou direito. A dona desta casa me acolheu. Agnes, uma viúva de 80 anos, mal-humorada, que detestava todo mundo. Só me deixou ficar porque eu conseguia pegar água no poço e colher vegetais na floresta. — O olhar de Luna se perdeu nas reminiscências. Feldon esperou em silêncio, arriscando uma espiada dentro do chalé. Plantas medicinais cobriam várias superfícies, uma verdadeira horta distribuída em vasinhos. O druida aproveitou para verificar se havia algo oculto lá dentro, mas não. Nada. — Ela morreu há quase um ano, e poucos meses depois começaram os sumiços. Os gatos da taverna. As galinhas da Maura. A vaca do Eliseu. O cavalo do Bernardo. Uma pena, eu gostava dos bichos, principalmente dos gatos e das galinhas. Depois foi o Tales. E agora...

Ela voltou a suspirar e a sacudir a cabeça.

— E os corpos, onde estavam?

— Nunca acharam.

Não era fácil sumir com uma vaca ou um cavalo, a menos que os esquartejassem. Mas se quisessem comer tudo sozinhos, teriam de armazenar a carne ressecada, e o preparo chamaria atenção.

— E culpam você porque a única mudança nesse tempo todo foi a morte de Agnes.

Luna deu de ombros.

— Também porque ela tinha fama de bruxa e me ensinou o que sabia. Mas não é magia — gesticulou com a faca na direção de Feldon —, igual você faz. Só aprendi a distinguir os cogumelos comestíveis dos venenosos, o que vem a calhar, já que não como bicho morto. E sei as utilidades de quase toda planta que cresce por aqui.

Feldon dobrou o corpo para a frente, cruzando os braços sobre o parapeito. O sutil perfume das camélias agradava-lhe.

— Você não come nunca na taverna?

Luna torceu o nariz.

— Homens bêbados não passam de porcos.

Era uma mulher bonita, jovem, morando sozinha. Suas atenções deviam ser requisitadas.

O elfo teria adorado se defender, mas não era exceção e, se fosse, não desmentiria a regra. Não na perspectiva dela.

Deixou-a à sua cozinha como deixara o povo a seus rituais fúnebres e foi procurar os restos mortais das criaturas desaparecidas ao longo daqueles meses. Na caverna, só havia o espetáculo sangrento.

O corvo mau caráter ficou observando seus esforços, grasnando de vez em quando. Feldon achou curioso outros não aparecerem.

Encontrou as vítimas mencionadas por Luna e mais: ossadas e corvos e até um goblin. Estavam pela floresta ao redor do vilarejo, enterrados perto de árvores em pontos mais ou menos equidistantes, formando um círculo fechado pelo rochedo.

Ao longo do dia, Feldon perguntou-se várias vezes por que se dava ao trabalho. Aos poucos, um ou outro morador veio acompanhar, e então ajudar a escavar. Quando descobriu o último — *"Tales!"*, gritou uma das mulheres, reconhecendo-o pelas vestes —, quase todos estavam presentes. Luna era a mais notória exceção.

Usavam-se formações circulares do tipo para áreas de proteção, mas estabelecê-las não requeria sacrifícios. Claro, se fosse um círculo protetor, explicaria por que o lugar vivia em paz mesmo com goblins nos arredores.

As mortes semelhantes, a extração dos órgãos, tudo apontava necromancia. Mas com qual finalidade?

As sombras alongavam-se quando Feldon foi se lavar no riacho. Dia abafado. Deixara os pertences na taverna outra vez, embora quisesse partir logo. Já ajudara demais sem receber compensação alguma. E não fazia caridade.

Voltou à taverna, feliz com o cheiro apetitoso da comida e o barril já aberto de cerveja. Estava cheia, mas silenciosa.

Feldon sentou-se ao balcão, sem receber os olhares desconfiados de antes. O taverneiro recebeu-o com um sorriso tenso e uma caneca de cerveja, opondo-se ao plano de amarrar Luna, mas concordando com a ideia de vigiar o chalé em duplas.

O elfo escutava tudo com um crescente mal-estar. Aquela gente tinha aversão a bruxas, mas ele era um druida, fizera magia diante de quase todos e ainda fora bem tratado, apesar da desconfiança inicial. Se ficasse ali, e o taverneiro, o primeiro a lhe dar o benefício da dúvida, morresse, quanto tempo até apontarem dedos contra o forasteiro?

Não costumava se render assim à curiosidade. O que justificava perder mais um dia inteiro naquele lugar? E, francamente, mais uma noite, pelo andar da carruagem?

Tinha a ver com Luna, talvez. A mulher se instalara ali pela conveniência e continuava ali apesar de sofrer aberta hostilidade. Sua mentora havia feito o mesmo, se desse crédito a suas palavras.

Poderia remoer as questões até perder a consciência, mas decidiu perguntar de uma vez. Pagou e retirou-se, alheio aos olhares surpresos.

Uma única caneca de cerveja não lhe fazia cócegas, e bateu na porta da mulher com uma lucidez incomum. Embora escutasse movimento no chalé, Luna não atendeu. Esperou mais uns instantes antes de voltar a bater e chamá-la pelo nome. Ela ignorou.

Devia temer os vizinhos.

— Estou sozinho!

Veio um som de tranca, então a porta se entreabriu.

— O que você quer?

— Já pensou em se mudar daqui?

Luna fez uma careta.

— Você fala como se os outros lugares fossem diferentes.

— Não são?

Ela estreitou os olhos.

— Por quanto tempo você permanece em cada lugar? Onde *mora*?

Feldon não respondeu. Passava semanas em trânsito por vez. Um mês num castelo resultara em perseguição, confrontos, batalhas. *Morte*. Reprimiu um calafrio.

Com um suspiro resignado, Luna recuou e abriu mais a porta. Feldon entrou, observando-a fechá-la, trancá-la e passar o ferrolho. Decididamente, estava com medo.

— Vai seguir viagem amanhã? — perguntou, gesticulando para que ele tomasse a única cadeira. Ela se sentou na beirada da cama.

A noite quente abafara o chalé, e as janelas fechadas não ajudavam.

— Já deveria ter ido.

— Por que não foi?

Feldon também não sabia. Luna deu um sorrisinho compreensivo, sem o desdém da manhã anterior. Uma expressão amargurada. Largou o corpo na cama e ficou encarando o teto.

— Às vezes, a gente vai se deixando levar e não percebe que, na verdade, está fazendo a mesma escolha todos os dias. Ficar.

— É isso o que você faz? — perguntou Feldon.

Ela deu de ombros.

O elfo ficou olhando-a deitada ali. Queria dar alguma resposta profunda, mas estava achando difícil não se imaginar em cima dela. Levantou-se, voou para a porta.

— Se eu fosse você, não sairia esta noite — disse. — E consideraria fazer uma escolha diferente amanhã. Planejam te aprisionar aqui dentro.

Luna parou atrás dele, tocando o ferrolho para impedi-lo de abrir.

— Por que a pressa?

Havia algo diferente em sua voz. Feldon olhou-a por cima do ombro. Conhecia aquele olhar. Não tivera a intenção de importuná-la, mas também não se faria de rogado quando Luna se insinuava. Estava disposto a aceitar o que ela oferecesse.

E ela se mostrou generosa.

A falta de costume de dormir em camas e o calor perturbaram seu sono. Estendendo a mão para o lado, encontrou apenas o lençol, fresco ao toque. Ergueu-se sobre os cotovelos, olhando em volta. A porta entreabriu-se e a silhueta de Luna entrou.

— Aonde você foi? — indagou Feldon com um bocejo.

— Na latrina. — Luna deitou-se ao seu lado, gelada. — Aproveitei para pegar água no poço e me refrescar. Não estava conseguindo dormir, toda grudenta.

— E os vigias?

— Dormindo sentados, os dois idiotas. — Luna deu uma risadinha, seguida de um bocejo. — Vá mais para lá. Você está quente demais.

A pele fria trouxe conforto a Feldon e ele voltou a dormir.

Um berro quase o fez voar ao teto. A seu lado, Luna também despertou sobressaltada. O ruído viera do rochedo. Entreolhando-se os dois vestiram-se às pressas.

— Melhor você esperar aqui — sugeriu Feldon, quando ela o seguiu.

— Você vai embora e eu vou ficar — retrucou Luna, impaciente. — Preciso resolver essa situação eu mesma.

Quanto a isso, não havia discussão. Os dois correram, encontrando os outros moradores num círculo lúgubre. Outro cadáver com o tronco aberto de alto a baixo, puxado para fora do túnel por uma mulher aos prantos.

— Você! — Um homem apontou Luna, fazendo menção de avançar nela.

Feldon ia se interpor, mas ela não recuou, rosnando.

— Eu o *quê*? Como você acha...?

Seus olhos, entretanto, pousaram pela primeira vez no cadáver. Arregalaram-se. A visão hedionda roubou-lhe a voz.

Sussurros, resmungos, rosnados, brados só entoavam uma palavra: bruxa.

— Passei a noite com o elfo! — gritou Luna, retrocedendo.

Enfim compreendera a gravidade da situação.

Os olhares, chocados — até traídos, procuraram Feldon, que deu de ombros.

— É verdade.

Teria Luna planejado usá-lo como álibi? Não que estivesse reclamando. Não saíra da barganha de mãos vazias.

— Ficaram juntos a noite inteira? — perguntou o taverneiro.

Feldon abriu a boca para responder. Fechou-a, lançando um olhar hesitante a Luna, que comprimiu os olhos ao compreender sua hesitação. A expressão de derrota o teria feito mentir, tecnicamente...

Virou-se para o velho.

Bastou um piscar.

Num instante, Luna estava em pé ao seu lado.

No seguinte — um vulto, um grito. *Bruxa!*

Luna despencou.

De olhos abertos. Imóveis.

Uma poça de sangue formou-se sob sua cabeça.

A viúva de Tales segurava uma pedra, também ensanguentada. Arfante. Espumando. Com um olhar feroz.

Feldon caiu de joelhos ao lado de Luna, procurando seu pulso, embora já não houvesse dúvida.

Morta.

Não era a primeira morte que via, não seria a última, mas *assim*?

O silêncio alongou-se, então uma explosão de vozes se seguiu. Alguém culpou o taverneiro por ser contra o plano de amarrar Luna, outrem gritou que estavam todos loucos.

— Como você faz uma coisa dessas? — balbuciou o taverneiro, horrorizado, levando as mãos à cabeça, sem desviar o olhar do corpo de Luna.

Feldon levantou-se aos tropeços, afastou-se. Precisava escapar daquela insanidade. Avançou para a orla, cambaleando mais do que se estivesse bêbado.

Com apenas uma pedra do tamanho de um punho e o ódio do luto indignado, uma mãe se tornara uma assassina.

Sem sequer ter certeza de estar atacando a pessoa certa.

A cada passo que dava floresta adentro, mais Feldon se sentia puxado de volta. O estado dos cadáveres justificava a revolta daquele povo e o desespero para direcioná-la contra alguém.

A extração dos órgãos, a disposição dos cadáveres enterrados em círculo. Necromancia não criava círculos de proteção, não assim.

Sufocando, os passos cada vez mais difíceis, pesados, angustiados, Feldon viu-se obrigado a parar.

Um crocitar chamou-lhe a atenção. O corvo meliante, seu breve companheiro, olhava de um galho na beira do riacho, sem atravessá-lo como o elfo acabava de fazer a muito custo.

— Também não consegue ir embora, amigo?

Veio a compreensão, num estalo.

Não consegue ir embora. Quase agonizava para partir, contra toda lógica. Luna ficara até a morte, como sua mentora, apesar da hostilidade. Aquelas pessoas todas permaneciam, enraizadas, mesmo sujeitas ao isolamento ameaçador.

E se o círculo de necromancia não fosse para manter as ameaças longe, e sim para prender as pessoas ali? Não só as pessoas, Feldon pensou, olhando o corvo. Outros animais não entravam; os goblins não chegavam perto, apesar da falta de proteção. Deviam pressentir a prisão que os aguardava.

Quis afastar-se, mas seu corpo convulsionava em protesto. Cruzou o riacho de volta. O corvo saudou-o, batendo as asas sem levantar voo. Quanto mais Feldon se reaproximava do vilarejo, melhor se sentia. A pressão angustiante no peito cedeu.

Largou-se contra um carvalho, cerrando os olhos. E *os órgãos* das vítimas? Sem dúvida, usados no feitiço de aprisionamento. E deviam ser o elemento principal, pois o encanto continuava firme mesmo após Feldon ter descoberto os corpos.

Seguiu os instintos até o centro aproximado do círculo, o vilarejo em si. Preparou-se para enfrentar aquela gente estúpida e desesperada, que se julgava prisioneira apenas do próprio arbítrio. Como Luna.

Mas ainda estavam perto do rochedo. Feldon deixou as pernas o conduzirem até os fundos da taverna. Havia a portinhola que dava na cozinha e os degraus estreitos para o porão.

O estoque subterrâneo do taverneiro.

O taverneiro que, ao explicar sobre os acontecimentos daqueles últimos meses, falara dos animais desaparecidos, mas não do homem.

O taverneiro que servira cerveja a Feldon durante uma tarde e, naquela noite e na seguinte, aos homens que pretendiam vigiar a suposta bruxa madrugada adentro.

O taverneiro corajoso que entrara no túnel e não tropeçara uma vez sequer.

O primeiro a falar a Feldon contra a viúva, a notar a ausência dela quando deram pela falta do vigia, a perguntar ao elfo se permanecera com Luna o tempo inteiro, e que depois se mostrara perturbado com a morte dela.

A vida seria mesmo muito difícil sem um bode expiatório.

Feldon desceu os degraus, empurrou a porta, mas estava trancada. Tirou as roupas e jogou-as para fora de vista, antes de se transformar numa aranha e passar por uma fresta.

A luz solar não penetrava diretamente, mas bastava para o elfo divisar ali dentro.

Barris de cerveja.

Carne seca.

Readquirindo o corpo élfico, avançou até a estante coberta por uma cortina. Puxou-a. Vidros e vidros de conserva.

Órgãos.

Alguns claramente humanos, outros maiores, a maioria menor.

Feldon esfregou o rosto.

Um necromante bem debaixo de seu nariz. *Mais um.*

Não tinha estômago para essa merda.

Andando de um lado para o outro, considerou o que fazer. O feitiço não duraria se destruísse o que o mantinha ativo.

Ou o feiticeiro.

Feldon encarou a porta, escutando vozes. Não queria um confronto. Queria arrumar um canto e beber em paz até perder a memória.

Mas esse canto *não seria* naquele vilarejo nos confins do mundo.

Um necromante poderia lançar algum feitiço virulento, se tivesse um mero instante. Feldon não poderia simplesmente acusá-lo diante de todos, exigir explicações, esperar remorso.

Por isso, transformou-se num leão e aguardou.

As vozes iam e vinham, a luz mudava. Tanto tempo sozinho, sentindo a magia corrupta exalar daqueles vidros em conserva...

Já estava escuro quando ouviu a tranca. Feldon parou, cansado de andar como o felino enjaulado que, naquele momento, era.

No instante em que a porta se abriu, Feldon avançou. O taverneiro caiu, batendo nos degraus, o corpo prensado pelo peso leonino.

— Você...!

Feldon inclinou a cabeça, farejando-o. Fedia a necromancia. Como não sentira antes?

O taverneiro grunhiu, tentando gesticular. Magia encheu o ar.

Feldon não hesitou.

Aquela *vontade* de ficar desapareceu na hora. Ótimo.

Abandonou o corpo ali, a porta escancarada para os moradores descobrirem a verdade, quando quisessem.

Vestiu-se. Entrou na taverna sob olhares curiosos, pegou seus pertences, encheu uma caneca, drenou-a, encheu outra, virou-a, encheu a terceira e saiu.

Foi andando e bebendo. Não queria ver aquela gente. Só queria esquecer aquele buraco amaldiçoado.

Um perfume de camélias o fez cambalear. Olhou em torno.

O corvo meliante, pousado num galho, trazia uma no bico. Feldon virou o resto da cerveja, largou a caneca ali.

— Você pode me acompanhar, amigo. Mas só numa parte do caminho.

PENA

EDUARDO SETE

— AINDA NÃO MORREU, senhor Percival?

A anã apoiava as mãos rechonchudas na borda pedregosa do poço, fazendo esforço para enxergar o fundo por entre os cabelos negros e suados. Aquela já era a terceira tentativa e a perspectiva de falhar mais uma vez era desanimadora.

— Não, Alma — retornou o velho, com voz cansada e trêmula. — Ainda estou respirando bem, infelizmente.

A epopeia fúnebre começara cedo e sem aviso. Alma cavalgava despretensiosa no lombo de seu fiel companheiro Alphonse, o bode negro, passando por uma vasta planície perdida nos confins de lugar nenhum.

Era uma manhã abafada e rigorosa. Conforme os cascos do caprino arrastavam terra seca com um trote vagaroso, a herbalista tentava afrouxar as vestes negras que agarravam o pescoço largo e contribuíam para o umedecimento das fartas barbas negras. Sua única companhia, além da fiel montaria chifruda, era uma tremeluzente libélula que a seguia de longe. A presença do inseto poderia indicar a existência de alguma fonte de água por perto, mas a estrangeira não conseguiu identificar qualquer lagoa ou coisa do tipo. Por onde quer que a vista passasse, só surgiam tufos secos de grama amarelada, espalhada por um solo árido e quebradiço, cujas rachaduras formavam um intrincado padrão arenoso por toda a extensão de terra. A sensação era de cavalgar em um imenso tabuleiro estéril de xadrez, no qual era a única peça preta e móvel. As adversárias, uma ou outra árvore ressecada, colocadas de forma desleixada no tabuleiro, por quem quer que fosse o jogador responsável por aquela organização.

Mais do que a roupa, acima de tudo o que a flagelava eram os ossos. Não os próprios, mas os amarelados e porosos acessórios que decoravam suas vestes escuras e funestas. Advinda de Kottar, talvez o reino mais exótico de todo o continente, a anã não apenas aceitava a morte, mas a cultuava como uma presença benevolente. Lá, as cidades eram bem mais frescas do que onde estava, e eram construídas usando cemitérios como epicentros. Até mesmo as vestes dos cidadãos eram decoradas com ossos humanos. O mesmo tipo de penduricalho que, ali, castigavam a anã em seu trajeto escaldante.

Após um longo tempo com o sol começando a se encaminhar para o centro do céu azulado e sem nuvens, pôde avistar a cidade que havia visto no mapa um dia antes. Um aglomerado de casas feitas de madeira e barro, tão mundanos e desinteressantes que a alquimista provavelmente evitaria, se não estivesse almejando tanto um descanso sombrio e refrescante.

Contudo, ao se aproximar do vilarejo, avistou, em uma árvore seca e desbotada, uma figura, no mínimo, pitoresca. Alto, magro e aparentando invernos demais, um homem estava sentado, com uma corda amarrada no pescoço e a outra extremidade enlaçada em um galho quebrado caído ao seu lado.

A curiosidade, que sempre impulsionara Alma, refrescou-lhe a necessidade de abrigo. Conduziu o amigo ruminante para perto do homem grisalho, cujos olhos azuis fitavam desolados a terra seca.

— Sou Percival — apresentou-se o estranho sem cerimônia. E em seguida botou-se a contar à anã uma das histórias mais tristes que ela ouvira em sua longa vida.

Disse ser um camponês comum, filho de carpinteiros pobres e que gostava de levar a vida da forma mais simples possível. Fora casado com uma esposa pacata e diminuta, aprendera o ofício dos pais e planejou manter-se assim até o fim de seus dias.

Um fim que não chegaria nunca.

Em algum momento que não soube precisar, fora abençoado pelos deuses de maneira inexplicável: parara de envelhecer e nunca mais fora acometido por nenhuma doença, o que lhe proporcionara longevidade excepcional.

— Que horrível, senhor! Que perspectiva funesta e trágica acomete sua existência! — exclamou Alma, com voz de pesar. Para alguém de Kottar, e especialmente para ela, a perspectiva de viver para sempre era tenebrosa.

No caso de Percival, o que, de início, pareceu um milagre benevolente acabou se revelando mesmo a pior das maldições: em sua imortalidade, o pobre carpinteiro foi presenciando a morte de seus entes queridos um a um. Primeiro, a esposa e companheira de infância. Na sequência, o irmão caçula. Logo, amigos e parentes ficavam parados na estrada da vida enquanto o imortal seguia caminho na infinita e solitária jornada.

Após mais de três séculos, decidiu pôr fim ele mesmo ao sofrimento incessante. Começou da forma mais direta, tentando cortar-se com uma faca de cozinha. Porém, descobriu o carpinteiro, a tarefa seria muito mais árdua do que esperava: cada vez que aproximava a lâmina do corpo, algum acontecimento improvável impedia o ato. Na primeira vez, a arma escapou de sua mão e fincou com força inexplicável no piso de madeira. Após desistir de desenterrar a ferramenta, tentou com uma segunda faca, apenas para largá-la em seguida após ser picado sucessivamente por diversas formigas que passeavam pelo cabo. A terceira fora ainda mais esdrúxula, o instrumento foi roubado da mão de Percival por um gato malhado que invadira a casa pela janela e abocanhara o gume no momento exato do corte.

Desistindo do objeto, mas ainda determinado, resolvera pular do telhado de sua casa, mas descobrira mais um empecilho: uma invasão secreta de cupins se espalhara por toda a pequena residência, fazendo a cobertura da moradia ceder ante o pouco peso do infeliz — e antes da altura necessária ser alcançada.

— Quantas circunstâncias fortuitas — pontuou, solidária à tragédia do camponês. Alma prestava uma atenção intensa em cada detalhe do desabafo com olhos quase tão grandes quanto sua empatia.

Semanas se seguiram de tentativas assassinas, todas frustradas por coincidências peculiares. Nesse tempo, Percival fora temporariamente cegado por lufadas de areia, alvejado por abelhas, desorientado por tufões súbitos e até mesmo alvo da fúria inexplicável de um pombo ensandecido, que o impedira de pular de um barranco.

Derrotado, o imortal decidiu mudar de estratégia e focar no simples. Morreria por inanição, recusando-se a ingerir qualquer alimento ou líquido.

— Clássico e eficaz, senhor.

Infelizmente, descobriu que essa forma era muito mais penosa do que pensara, pois ao passar das trinta horas de jejum, era sempre acometido por um impulso incontrolável, que o fazia buscar suprimentos para o corpo desnutrido. Após envergonhar-se da própria incapacidade, decidira pedir ajuda para os moradores do povoado — o que se provou ainda mais problemático, pois apesar de se compadecerem pelo mais antigo ancião da província, não conseguiam reunir coragem para trancá-lo em algum porão, ou mesmo perfurar-lhe as tripas de forma rápida.

— Nessas horas descobrimos quem são os verdadeiros amigos... — palpitou Alma, decepcionada com os moradores locais.

Desolado e sem opções, o pretendente a moribundo continuou em tentativas solitárias de suicídio, sempre sendo salvo no último segundo por instâncias tão absurdas que parara de se surpreender. A última fora a forca improvisada, cujo galho cedeu e permitiu que os ossos do pescoço ficassem no lugar, dando-lhe em troca apenas uma dor incômoda no traseiro.

— Senhor, estou profundamente tocada pela sua condição, mas acredito que trago boas notícias!

O velho franziu o cenho primeiro em confusão, depois deixando surgir uma ponta de esperança.

— Pois diga! Estou precisando de qualquer boa nova.

— É curioso, talvez esse seja mesmo um evento divino — empertigou-se a anã, tentando ficar na altura dos olhos azuis e penetrantes, mais elevados, mesmo com seu portador sentado —, pois o senhor está falando com uma semelhante! Eu também estou vetada de receber a cálida visita da morte.

A confusão do camponês aumentou.

— Sou uma anã, como pode perceber — continuou a kottariana —, e minha raça possui uma característica peculiar: quando nos tornamos os melhores em um determinado ofício, somos impedidos de morrer até que alguém nos supere. E, infelizmente, a curiosidade me fez ser a melhor especialista em ervas do mundo! O que me afastou do abraço gélido por tempo indeterminado...

Ele coçou a longa barba grisalha enquanto tentava absorver as informações.

— É bom saber que existe alguém igual a mim... — ensaiou o carpinteiro. — Mas não consigo ver como isso poderia ser uma boa notícia.

— Mas é aí que vem a melhor parte, senhor — respondeu Alma, empolgada. — Nós não somos iguais, porque o senhor *não é* um anão!

Percival fez um meneio de cabeça.

— De fato.

— Veja bem — prosseguiu ela —, humanos não têm essa propriedade única dos anões — continuou, alheia à confusão do interlocutor —, e o senhor também não parece ter qualquer capacidade única que não possa ser ultrapassada por um cidadão médio em qualquer cidade de qualquer reino...

O carpinteiro não teve tempo de se ofender com a colocação, pois a herbalista continuava bombardeando-o de informações.

— O que significa que, provavelmente, a morte apenas se esqueceu do senhor! — concluiu Alma, maravilhada com a própria descoberta. — Isso não é sequer um fato novo, já aconteceu em meu reino uma vez. Então, só precisamos repetir o que foi feito para remediar esse tipo de tragédia!

— E o que eles fizeram?

— Se a morte o esqueceu, é só fazermos com que ela se lembre!

Parecia razoável. Parecia também a única solução possível. E assim começou a longa manhã da dupla, que logo entardeceu.

Após deixar o bode descansando à sombra da árvore ressequida, Alma explicou a Percival que precisariam chamar a atenção da morte para que ela viesse levá-lo. Falava enquanto desenhava penas negras com carvão no chão de terra ao redor do camponês.

— O símbolo da morte é o corvo — explicou. — Dizem que quando ela faz sua visita misericordiosa, deixa uma pena desse pássaro no local. É um modo de mostrar que é bem-vinda!

A alquimista puxou uma bolsa de couro da cintura, cheia de ervas distintas, e postou-se a fazer um preparado. O homem acompanhou o processo calado, preocupando-se com a estranheza de sua ajudante, mas logo desistiu de indagar. O que teria a perder?

— Pronto, senhor! — disse a herbalista, pouco depois. — Esta é uma combinação de muitas ervas extremamente tóxicas. É, infelizmente, um dos melhores venenos que já fabriquei. Ter me superado novamente vai adiar ainda mais minha partida, mas eu espero que possa aplacar o seu sofrimento, mesmo que isso prolongue o meu.

Ela entregou um pequeno frasco a Percival, com um líquido viscoso e amarelado dentro. A coisa parecia ter vida própria, pois borbulhava sozinha sem ter passado por qualquer aquecimento. O alvo suspirou e segurou o objeto fatal com os dedos ossudos.

— Bom, se você diz... — murmurou, enquanto levava a substância até a boca, sem hesitar.

Naquele momento, pela fração de um instante, o coração de Alma pulou um batimento. Estaria, de forma ativa, assassinando um camponês. Por mais que cultuassem a morte como benevolente, kottarianos não eram a favor de adiantá-la. Matar um inocente jamais seria considerada uma boa ação. Ou seria? Afinal, estava ajudando um homem necessitado. Alguém que já vivera demais. Alguém que estava em sofrimento. Era uma atitude nobre, não? Não seria este o certo a fazer?

Porém, a indagação durou apenas aquele pequeno espaço de tempo. Como se respondesse ao instinto mortal do aldeão, um pedaço do galho quebrado da árvore que antes servira de forca fracassada se desprendeu, derrubando uma lasca afiada nos glúteos negros de Alphonse. O susto, mais do que a dor, fez o animal berrar e sair em disparada, indo em direção à dupla.

— Alphonse! — exclamou Alma, sem chance de reagir.

A montaria se chocou com força contra humano e anã, transformando os três em um bolo de pessoas e bode, tropeçando no tronco do velho aldeão, rodopiando e se arrastando pela terra seca. O impacto fez o frasco voar alto, espatifando-se no solo. O líquido escorreu rapidamente, sendo absorvido pela terra árida, que soltou bolhas nefastas de lama e veneno.

Os gemidos de dor de Alma eram abafados pelo bodejar de Alphonse, enquanto o carpinteiro apenas se endireitava, conformado:

— Eu disse, Alma. É sempre assim.

A anã não se deixou abalar pelo infortúnio desastrado de seu caprino. Concluiu que a terra não a permitira desenhar bem as penas no solo, e talvez por isso o artifício não tivesse sido chamativo o suficiente. O que fez o veneno se perder. Para atrair a morte, precisaria apelar um pouco mais.

— Que tipos de armas vocês vendem nessa vila?

Anã e camponês seguiram até o ferreiro local e compraram todas as armas disponíveis: duas lanças, quatro espadas de tamanhos variados e um pequeno arpão. Em seguida, rumaram até um casebre abandonado nas redondezas, que Percival afirmou ter um poço desativado há muitos anos. Era o local mais alto que conseguia lembrar, e Alma achou que seu fundo combinaria com a ocasião.

Desceram até a base da estrutura com a ajuda de cordas e espetaram as armas compradas com as lâminas apontadas para cima, de forma a criarem uma verdadeira armadilha mortal — não sem antes, é claro, aproveitarem para testar o fio de uma das espadas no cidadão longevo. A tentativa, dessa vez, fora impedida por uma pequena mosca que cutucava os olhos de Alma todas as vezes que empunhava o objeto.

Seguiram com o plano, simples, mas eficaz: ela empurraria Percival da beirada do buraco de dezesseis metros de profundidade. Caso as ferramentas pontudas não dessem cabo do sujeito, a própria queda terminaria o serviço. Em volta do poço, mais desenhos. Com o dobro de capricho dessa vez. Não tinha como dar errado.

Com os preparativos encerrados, deram início ao plano de assassinato. Alma arregaçou as curtas mangas e empurrou o velho com toda a força que conseguiu encontrar — mesmo após a mesma mosca ainda entrar por uma de suas narinas e sair pela outra.

O homem caiu no abismo em direção ao que parecia a morte certa. Após alguns segundos sem ouvir qualquer barulho, Alma livrou-se da mosca intrometida com uma fungada, e correu para ver o que havia acontecido.

Mas Percival estava vivo.

De alguma forma seu corpo conseguira desviar de todas as lâminas, caindo rente a uma das lanças, que se enroscou em suas vestes e amorteceu a queda fatal. A única coisa mais improvável do que a situação pitoresca era o olhar sereno do velho imortal, que parecia completamente conformado com o evento.

A anã desceu até o fundo do poço e ajudou o homem a se desvencilhar da armadilha, bem como a sentá-lo no chão. A expressão no rosto enrugado estava em algum ponto entre o desalento e a tranquilidade, desarmando-a por completo. Alma se sentou junto ao velho, e ambos encararam as paredes rochosas e cheias de musgos.

— Eu desisto, Alma. Talvez eu não deva morrer mesmo. Talvez a morte não goste de mim.

Sem pensar, Alma fulminou o rosto ossudo e pálido com os olhos, como se o camponês tivesse acabado de proferir a pior das blasfêmias:

— Jamais repita isso novamente, senhor Percival! A morte ama a todos igualmente! Ela jamais abandonaria alguém puro e bom como o senhor!

Percival suspirou e encarou-a com um semblante terno e cansado, como o de um avô gentil.

— A morte, provavelmente, é a entidade mais detestada por todas as raças. Todos a temem, e passam a existência tentando afastá-la. — O homem fitava a anã com seus olhos azuis. — Por que você tem tanto apreço por ela, Alma?

Ela pensou um instante, apertando os nós dos dedos.

— A morte é o que dá sentido à vida. Sem ela, não temos qualquer motivo para nos apressarmos, nos mexermos. Se podemos deixar tudo para depois, e o depois nunca chega, não concluímos nenhuma tarefa, não realizamos nenhum sonho! Eu sei bem disso. O senhor sabe também.

O velho continuava encarando a imortal, que por sua vez mantinha o olhar fixo nas próprias mãos.

— A morte é o fim de tudo, Alma.

— E isso não é maravilhoso? Se as coisas têm fim, elas têm valor. Elas existem. Tudo o que acaba encerra seu registro de passagem neste mundo, e essa é a garantia de que deixou a sua marca.

A anã sorriu antes de continuar.

— É a prova de que valeu a pena.

Os dois embarcaram em um silêncio solene.

Nenhum ruído natural ousou atrapalhar, como se o mundo tivesse decidido respeitar o momento da dupla. Aos poucos, as sombras do fosso escalaram os pedregulhos empoeirados esboçando a chegada do manto da noite. Alma chegou até a cochilar um pouquinho e quando abriu os olhos de novo só havia o brilho das estrelas.

A imortal ergueu a cabeça vislumbrando o céu, perdida em pensamentos por um instante. Então, virou-se de volta para o companheiro:

— Vamos tentar de novo, senhor Percival? Tenho certeza que...

Mas não havia mais ninguém no poço além dela.

Estava sozinha, sentada na terra fria, rodeada por aparelhos de morte e pela escuridão que tomava o interior do buraco.

Alma desamarrou Alphonse, que tinha sido resguardado para não atrapalhar os planos da companheira ou se machucar, e seguiu viagem.

Foi até o ferreiro para devolver as lanças e espadas, e não aceitou o dinheiro de volta. Colocou os instrumentos alquímicos nas costas do bode, puxou-se na montaria, ajeitou os penduricalhos feitos de restos mortais e seguiu viagem. Trotando pela longa estrada noite adentro, se pegou sorrindo, torcendo pelo dia em que reencontraria o amigo de ternos olhos azuis.

Nas mãos, carregava com carinho uma vistosa pena de corvo.

O SANTO DO PILAR

LUCAS BORNE

EBORICO INSPIROU FUNDO e encheu seus pulmões com o aroma refrescante dos pinheiros que o rodeavam. Depois soltou o ar e exclamou para o amigo que estava ao seu lado:

— Que lugar mais bonito, é como o paraíso! Mais uma prova da grandeza dos deuses.

Os dois monges caminhavam por uma estrada que passava próxima a uma grande floresta. No horizonte, uma cadeia de montanhas nevadas sob o céu azul emoldurava o panorama idílico. Eborico continuou:

— Dá vontade de ficar aqui *pra sempre*, né?

Seu amigo Turismundo não respondeu, apenas meneou em silêncio confirmando com a cabeça. Era mudo. Mas apesar disso os dois andarilhos se entendiam muito bem, comunicando-se através de sinais e mímicas.

— Acho que chega de peregrinação por hoje, vamos aproveitar e descansar por aqui — disse Eborico, inspirando mais uma vez o ar puro.

O amigo apontou para mais adiante na estrada.

— Ali? Pode ser. Faz tempo que estou curioso para ver essas ruínas de perto.

A dupla vestida com hábitos humildes se aproximou das ruínas, que eram igualmente muito humildes.

Se tratava de uma ínfima fração do que havia restado de uma outrora grandiosa construção. Era, na verdade, apenas *um enorme e solitário pilar de mármore maciço* com a altura de uns cinco homens, cercado por uma pequena área de assoalho de pedra. O piso antigo estava gasto, com algumas pedras faltando e outras desalinhadas. Eram evidentes os sinais de saque.

— Se esse foi o único pilar que sobrou — Eborico teorizou —, imagina o tamanho do lugar quando estava inteiro! Devia ser um lugar muito importante.

Turismundo fez sinais com as mãos, indicando para cima e imitando uma oração.

— Um lugar sagrado? Verdade, pode ser. Mas se foi, faz muito tempo, porque não sobrou nenhuma outra pista. É muito, muito antigo. Seja o que for ou tenha sido, é um bom lugar para montarmos nossa tenda.

Depois dos preparativos, os dois foram dormir, aninhados na base do pilar.

A voz que mudou a vida de Eborico surgiu à noite.

Ele nunca teve certeza se estava acordado ou dormindo naquele momento, mas sempre teve certeza que *tinha* ouvido. Também se lembrava de ter sentido uma onda de calor que lhe ajudou a suportar o frio da madrugada.

A voz lhe disse:

Você veio a mim. Eu vejo o seu gesto, eu aprecio sua devoção. Vejo em seu coração que quer acreditar de verdade. Quer ser visto.

Pausa.

Darei-lhe uma oportunidade de me servir.

Suba no pilar.

Quando seus irmãos lhe fizerem perguntas e pedirem conselhos, saberá o que dizer, saberá o que fazer, pois irei lhe guiar com minha voz.

Não desça do pilar e estarei sempre com você.

Seu corpo estará preso, porém sua alma, livre.

Aos poucos, a voz começou a se afastar.
corpo... preso... mas livre... alma...
preso... alma...
livre...
Silêncio.

Na manhã do dia seguinte, os dois olhavam para cima enquanto Eborico apontava para o topo do pilar e explicava para Turismundo o que havia sonhado.

— É por isso que devo subir e ficar ali até os deuses ordenarem que eu desça.

O monge silencioso lhe lançou um olhar confuso, incrédulo e indignado. Porque *ele* não tinha sido o escolhido por aquela voz misteriosa que acreditavam ser de um arauto divino? Apontou com o dedo para si, depois para Eborico, fez uma careta triste e deu de ombros. Eborico pareceu ter lido sua mente.

— Por que eu? Ora... como que você falaria com os viajantes? É meio óbvio, não? E confie nos deuses! Eles sabem o que fazem. Além do mais, só cabe um em cima do pilar. E alguém tem que buscar nossa comida.

Turismundo lhe lançou mais um olhar sério e depois fez um sinal de caminhada com as mãos.

— Eu sei que quer continuar a peregrinação, mas só preciso que me ajude por um tempo até que consiga me virar sozinho. Depois poderá seguir caminho com minha bênção.

O amigo suspirou. Tudo aquilo era muito estranho e repentino. Tentou uma abordagem pragmática, sacando a algibeira e mostrando-a aberta para Eborico. Havia apenas duas moedas.

— É, não vai durar muito, vai dar apenas para alguns dias de comida. Mas não se preocupe tanto, os deuses proverão tudo que precisamos. Tenha fé!

A primeira tarefa foi subir no pilar. Para isso, os dois foram catar galhos na floresta e passaram o dia inteiro montando uma escada improvisada. Também aproveitaram a ida ao bosque para encher suas mochilas com frutas maduras. Juntos, conseguiram terminar e testar a escada na noite do primeiro dia após a mensagem. Entretanto, Eborico não teve coragem de passar a primeira noite no topo do pilar, e a dupla acampou junta por uma última vez.

Na manhã seguinte, Eborico subiu, mesmo morrendo de medo que a escada fosse quebrar. Mas não quebrou, e ao chegar lá em cima ele viu que o pilar terminava em uma base lisa e grande o suficiente para que ficasse facilmente de pé ou sentado. Também era possível deitar, mas apenas se ficasse encolhido.

Era muito assustador ficar tão alto e longe do chão, mas aquela era uma missão divina e ele precisava cumpri-la. Afinal, era um escolhido.

Olhou para baixo e falou bem alto:

— Agora pode ir. Vá até as fazendas vizinhas e também na vila mais próxima. Compre comida com o dinheiro que restou e avise a todos que estou aqui disponível para dar aconselhamento espiritual a qualquer hora do dia. Ou só para conversar, não sei direito ainda o que fazer.

Turismundo saiu.

Enquanto isso Eborico ficou olhando a floresta, o céu e ouvindo o canto dos pássaros. Observar os poucos viajantes passarem pela estrada era sua única distração. Fez uma nota mental para pedir a seu amigo que subisse mais água e lhe desse algum chapéu para se proteger do sol forte.

Turismundo voltou de tarde com alguns aldeões curiosos, ansiosos por qualquer novidade naquela região tranquila. Inicialmente ficaram preocupados, achando que o homem iria se matar ou que poderia cair acidentalmente a qualquer momento. Mas Eborico era bom de conversa, conseguiu acalmá-los e logo se enturmou. Logo conquistaria seus primeiros admiradores; não pela sabedoria, mas simplesmente pela coragem de subir naquele enorme pilar.

Então o milagre se manifestou outra vez.

Quando os aldeões finalmente ficaram à vontade e lhe dirigiram perguntas, a voz reapareceu em sua mente e lhe "soprou" as respostas. Aquilo foi muito estranho e perturbador para Eborico. Dessa vez ele tinha certeza que estava acordado, se comunicando com algum tipo de entidade. Ficou na dúvida se precisava repetir exatamente o que a voz dizia ou se deveria dizer apenas o que ele julgasse conveniente. Decidiu julgar caso a caso.

— O que devo fazer para salvar minhas cabras doentes? — um pastor lhe perguntou.

Basta alimentá-las direito! Se não gastasse tanto dinheiro com cachaça teria o suficiente para comprar ração, disse a voz.

— Dê pra elas mais comida, assim os deuses vão salvá-las. E evite excessos com a bebida. É pecado! — disse Eborico.

— A minha esposa está me traindo? — outro pastor lhe perguntou.

Está sim, com o taverneiro. E com o seu amigo aí do lado, a voz respondeu.

— ...acho que uma conversa honesta sobre isso com ela pode ser reveladora. Mas "está próximo" da verdade — ele disse.

— Porque os deuses não respondem às minhas orações? — um terceiro perguntou.

Dessa vez Eborico respondeu antes da voz se manifestar. Sabia de cor a resposta, pois haviam discutido a questão à exaustão nas lições de teologia do monastério.

— Os deuses não podem falar diretamente com os mortais. Se o fizessem, iriam destruir a mente e o coração daqueles expostos à sua presença, mesmo que fosse apenas sua voz. Por isso se comunicam através de enviados, que são muito raros. O mais comum é que se comuniquem de maneira indireta, através da sua influência sobre o mundo. Mas também existem clérigos de maior poder e devotos fervorosos que conseguem falar com os deuses e seus enviados.

— E você é um desses?

— Ainda não sei, é uma voz que me aconselha... — disse com incerteza.

— Então é um homem santo! — o aldeão interrompeu e rotulou Eborico.

Depois da sessão de perguntas, os visitantes voltaram para suas casas e se encarregaram de espalhar a novidade, que se alastrou como fogo entre os aldeões e camponeses.

Naquela noite ele tentou falar com a voz, rezando e se concentrando para invocá-la. Mas seu chamado não recebeu resposta. Ela só respondia perguntas que os outros faziam para Eborico. Aquilo lhe deixou muito intrigado e um pouco ofendido pela ingratidão, mas não podia fazer nada a respeito. Talvez os deuses estivessem tentando lhe ensinar uma lição de humildade.

Aquele primeiro dia serviu de modelo para todos os próximos: pessoas chegavam, se aconselhavam, às vezes discutiam e depois iam embora satisfeitas, indignadas ou pensativas.

No começo vieram apenas aldeões e camponeses, mas logo todo tipo de viajante começou a parar para conversar com Eborico. Eram peregrinos, caravaneiros, imigrantes, andarilhos e vendedores ambulantes. Em poucas semanas já havia gente que mudava a rota da sua viagem só para conhecer o "homem sábio do pilar".

Seu amigo, Turismundo, acabou se tornando o seu ajudante, e mesmo mudo fazia muito bem a parte da mediação com seus requerentes. Ele também ajudava fornecendo-lhe água e comida, erguidas através de um cesto que Eborico içava e baixava com uma corda.

O tempo, aos olhos dele, passava de maneira estranha, dando saltos simultaneamente lentos e imperceptíveis. Um dia podia parecer uma semana, uma semana podia passar como um dia. Os mais atarefados passavam voando, enquanto os mais lentos convidavam à contemplação.

Como um lindo dia de céu azul e nuvens brancas conduzidas pela brisa agradável que acariciava seu rosto, como um carinho divino. Aquela sensação fez com que se agarrasse firmemente na ideia de que estava no caminho certo, que estava cumprindo a vontade dos deuses.

Dias como aquele, de paz e contemplação, foram seus dias favoritos. Desses, houve pouquíssimos.

À medida que sua fama e reputação cresciam, também crescia o número de visitantes e doações. A primeira doação marcante foi um cesto de madeira grande o suficiente para que ficasse dentro. O presente veio com um toldo de lona que Eborico puxava quando o sol e a chuva se tornavam insuportáveis. Mas na maior parte do tempo costumava ficar de pé, protegido do sol e chuva apenas pelo seu hábito e um grande chapéu de feltro que logo se tornaria sua principal marca, doado por uma velha senhora.

"O sábio do pilar, aquele com o chapéu enorme", diziam.

O cesto também tinha uma roldana, o que facilitou bastante o abastecimento de alimentos e roupas limpas. Também recebeu livros que lhe fizeram companhia nas horas solitárias e incrementaram seu conhecimento teológico. Por fim, também adotou um balde especialmente adaptado para aliviar suas necessidades.

A cada dia que se levantava do seu cesto e olhava para baixo, encontrava uma novidade. A primeira foi uma barraca para Turismundo, instalada próxima da base do pilar. Os fazendeiros vizinhos perceberam naquilo tudo uma oportunidade e começaram a levar mercadorias baratas para negociar com os visitantes famintos. Ele protestou, dizendo que ali não era um mercado, mas dessa vez ninguém quis dar-lhe ouvidos. Uma segunda barraca foi erguida, depois mais uma, depois uma banca, depois uma casinha humilde.

— Homem santo, vamos vencer esta guerra? — um capitão lhe perguntou, à frente de um enorme batalhão que estava cruzando a estrada e parou para consultar o sábio.

Não. Todos do seu batalhão vão morrer e os que sobrarem vão ser escravizados, a voz respondeu.

Eborico não teve coragem de dizer a verdade.

— Sejam tementes aos deuses porque sua fé será testada em breve. E tenham muita, mas muita cautela.

— Tá, mas a gente vai ganhar ou não? — o capitão insistiu.

— Sinto dizer que desta vez os deuses favorecem seus inimigos, mas sempre há uma chance...

Eborico foi interrompido por vaias e xingamentos. Alguns soldados lhe jogaram tomates, e um mais exaltado atirou uma pedra que acertou o cesto. Chegaram a apontar-lhe os arcos, mas Turismundo implorou pelas suas vidas e logo os agressores foram embora com suas botas pesadas afundando na lama da terra úmida, levantando a poeira da terra seca.

O sábio ficou encolhido de medo dentro do cesto, sem saber se tinha raiva ou pena daqueles homens. Só se levantou quando estavam bem longe.

— Turismundo, meu amigo, como esses homens podem ser tão mundanos e ímpios? Quase todos eles só querem saber de glória, fama, amor ou dinheiro!

O outro deu de ombros e colocou uma ânfora de água no gancho que subia para o cesto do amigo. Depois daquela situação assustadora, achava que um copo d'água iria ajudar a acalmá-lo.

Um dos soldados do batalhão reduziu discretamente o passo e ficou esperando seus companheiros se afastarem. Uma vez sozinho, reuniu coragem e perguntou para o sábio:

— Mestre, ontem eu tive um pesadelo no qual minha esposa corria muito perigo, e faz meses que não a vejo. Ela está bem?

Está tudo bem com ela. Mas você vai morrer, a voz respondeu.

Eborico ponderou antes de responder.

— Ela ficará doente em breve e precisará muito da sua ajuda. Fuja do acampamento hoje à noite e volte para ela.

— Mas eu serei um desertor!

— Mas não terá outra chance! Escute a vontade dos deuses.

— É vontade deles minha mulher ficar doente?

— Não! É vontade deles que volte para salvar sua mulher.

O soldado voltou para seu batalhão, imerso em pensamentos. Eborico nunca soube qual destino o pobre homem teve.

— Turismundo, será que fiz a coisa certa?

O amigo deu de ombros, sem entender o que estava acontecendo.

Como de costume, os dois conversavam, um no topo e o outro na base do pilar, que estava igual àquele fatídico primeiro dia. Já as coisas ao redor tinham mudado bastante.

Casas, barracas e até mesmo uma pequena praça tinham sido construídas nos últimos meses. Uma vila começou a tomar forma e se expandir junto com as ruas que começavam na "praça do pilar", como começaram a chamar. Eborico foi eleito burgomestre do lugar à revelia, mesmo sem nunca ter demonstrado qualquer aptidão ou vontade de assumir essa posição. O fato de estar sempre no mesmo lugar e não ter como fugir da responsabilidade foi apenas um dos fatores que ajudou a elegê-lo. O principal era que as pessoas confiavam nele. Não era o que ele *queria* fazer, mas sabia que era o que *poderia* fazer. Nem todos queriam ouvir suas pregações, então aquela seria outra maneira de ajudar as pessoas.

E descobriu que ter autoridade não era tão ruim assim.

Afinal podia fazer algumas coisas que sempre quis, como usar as doações para construir uma pequena capela e um abrigo para os peregrinos que ali passavam. Outra coisa que fez foi ordenar que desmatassem uma área enorme ao redor da vila, por motivos de segurança e também para poder usar a madeira para fazer casas mais confortáveis para os moradores. Sem querer, acabou criando condições para atrair mais e mais pessoas, que montaram barracas e casebres nesses campos. E desmatariam ainda mais os seus arredores.

Em um mundo como Ghanor, tamanha prosperidade não passaria despercebida.

Era uma noite como qualquer outra quando bandidos chegaram a galope. Roubaram, raptaram e queimaram tudo o que podiam, matando todos que tentassem resistir. Quando encontraram Eborico pediram que desse tudo o que tinha. Ele jogou tudo lá de cima, menos os livros, que eram seus bens mais valiosos. Os ladrões perceberam que ainda tinha algo no cesto, e continuaram a pressioná-lo. Apavorado, o pobre sábio tentou negociar e acalmá-los, mas não havia palavras que os detessem. Vendo que não tinham como subir no pilar naquele momento, jogaram pedras e muitas flechas no seu cesto, que foi destruído, mas salvou sua vida.

Aquela noite de horror deixou profundas cicatrizes na então pequena vila, que usaria sua destruição quase completa como adubo espiritual para se refundar e renascer das cinzas, mais forte e determinada.

No dia seguinte e ainda cercado de escombros fumegantes, Eborico escolheu os devotos mais ordeiros — e parrudinhos — e decretou que fizessem tudo o que fosse necessário para formar uma milícia sagrada. Da próxima vez que bandidos fossem atacá-los, e ele sabia que haveria uma próxima vez, seriam recebidos com pontas de lança vindas de cima de uma paliçada.

Foi no auge do esplendor da cidade e da influência do sábio do pilar que um visitante muito especial virou notícia em todas as ruas e casas.

Turismundo, que havia se tornado um senhor rechonchudo que trajava apenas roupas finas e elegantes e andava sempre rodeado de assessores, recebeu publicamente a personalidade. Tentou demonstrar o máximo de deferência fazendo-lhe mil mesuras exageradas. A seguir, um de seus assessores sinalizou para que ele se aproximasse do pilar, apontando para o longo tapete vermelho estendido na frente do monumento. Então bradou o seu nome para todos ali presentes:

— Apresentamos o ilustríssimo senhor Feldon, o renomado druida élfico oriundo das florestas mais profundas e remotas, herói de mil formas e façanhas!

— Pfft. Menos, menos — resmungou o druida.

Aos olhos do visitante aquela pompa toda era fútil e desnecessária, baboseiras protocolares que não lhe diziam respeito. Caminhava displicente sobre o tapete vermelho, batendo ritmadamente o cajado sob os olhos de uma plateia curiosa e de uma milícia zelosa.

Àquela altura, o cesto de Eborico tinha sido aprimorado e enfeitado para que fizesse jus ao seu prestígio e elevada posição. Agora era de ferro fundido, forrado com peles de animais pela parte de dentro. Do lado de fora, símbolos sagrados e tomos religiosos ficavam pendurados através de grossas correntes de ouro amarradas nas grades do cesto. Volta e meia o sábio puxava um deles para consultar na frente de todos.

As custas de todos esses itens de luxo foram arcadas pela vila, que recentemente fora alçada ao status de bispado pelos governantes da província. Nessa mesma cerimônia Eborico deveria ter saltado na hierarquia e ser empossado bispo, mas preferiu rejeitar o título e manter seu singelo status de monge. O título, entretanto, parecia ser a única coisa modesta que tinha conservado, pois se portava como o soberano da cidade e das cercanias, chegando ao ponto de ser chamado de "santo-rei" pelos mais devotos. A capela também tinha sido demolida e substituída por uma igreja-plateia, uma construção especial na forma de anfiteatro que possibilitava a realização de missas sem que saísse de seu pilar.

O lugar que um dia fora apenas uma mirrada parada no caminho dos peregrinos acabou se tornando o destino das peregrinações.

Mas apesar de toda aquela pompa, Feldon não estava nada impressionado com aquele homem e o monte de tralhas litúrgicas ao seu redor.

— Então é *você* o sábio que tem todas as respostas? Não me parece grandes coisas, pra falar a verdade. Olha, gente, é só um cara com chapéu grande empoleirado em um pilar de pedra! — Feldon disse em voz alta, se dirigindo para a plateia e para os guardas.

A reação do público foi de choque e frieza, e apenas um ou outro devoto mais espirituoso riu da colocação.

— Eita, que povo mais sério. Calma que não vim sacanear o cara aí, vim só falar com ele — dessa vez Feldon se dirigiu para a milícia sagrada.

Ninguém disse nada, e ele sentiu o clima pesar.

— Por favor, ilustre convidado, rogamos que proceda com a tratativa dos assuntos oficiais — disse o assessor, seco.

Feldon fez umas duas mesuras divertidas na direção da plateia antes de começar de novo.

— Bom, então, vamo lá. Bora resolver esse assunto logo.

Em um instante Feldon se transformou em um papagaio, bateu as asas e voou para cima do pilar, pousando na grade metálica do cesto.

O sábio e seus guardas se assustaram com a súbita aproximação, fazendo com que os mais leais chegassem a apontar suas bestas na direção da ave, mas os ânimos se acalmaram quando se deram conta que um papagaio não seria capaz de fazer muita coisa mesmo além de chegar perto para conversar e, talvez, pedir biscoito.

Apoiado numa pata só, o animal disse:

— Currupaco, currupaco! — Então pigarreou. — Ops, me desculpe, força do hábito.

Eborico, sem jeito por estar falando com um animal, deu um passo para trás.

— Seja bem-vindo, senhor Feldon. No que posso ajudar-lhe, o que veio saber?

— Olha só, a parada é justamente essa. Eu não vim perguntar nada.

— Como assim? Não estou entendendo.

— Vou ser direto aqui, cara a cara, de bico pra nariz. Dessa vez quem tá te perguntando não tá perguntando de baixo pra cima. Então me responde francamente, e poupa o trabalho de nós dois. De onde que tu tira essas respostas todas? Qual teu truque?

— Não tem truque nenhum, eu simplesmente ouço uma voz divina e repasso a resposta! No máximo dou uma suavizada...

— É mesmo? E de onde vem essa voz?

— Ela surgiu no primeiro dia que encontrei o pilar e dormi do lado dele. Desde então ela me acompanha.

O papagaio fez uma careta suspeita.

— Então, mas se a voz que tu diz ouvir é mesmo divina, tua cabeça deveria explodir. Pelo menos é o que todo mundo diz.

— Pois bem, foi o que me disseram também. Mas nunca tive nenhuma dor de cabeça nem nada. Talvez eu tenha sido escolhido, já li sobre santos que foram agraciados com esse dom.

— É, já ouvi dizer que isso existe também. — O papagaio fez mais uma careta antes de concluir. — Olha só, não sei direito o que nessa história que não tá fechando, mas tu não parece ser um cara falcatrua. E de humano a gente não duvida de nada, tem tudo mesmo. Já ouviu falar de um tal de Ruff? Pois é, gente fina, era humano também, e fez um monte de coisa legal.

O papagaio deu um voo curto e pousou no ombro de Eborico para poder sussurrar no seu ouvido:

— Tu me parece um cara real; ou tu é louco... ou tu é santo mesmo. Qualquer que seja o caso, não posso fazer nada a respeito. Só não faz merda e fica esperto. Tudo tem preço nessa vida.

Feldon bateu as asas e subiu aos céus rapidamente, desaparecendo entre as nuvens e deixando Eborico e todo seu séquito de queixo caído.

A velhice não tardou a encontrar Eborico, o sábio do pilar.

Ele, que em sua juventude tinha sido um atlético monge peregrino, acabou se tornando um idoso definhado e enrugado que falava e ouvia com dificuldade. Suas audiências foram reduzidas para o mínimo e quando as fazia ficava agarrado na grade do cesto, curvado para baixo, tentando aproximar seu rosto do ouvinte. Estava tão fraco que até mesmo seu grande chapéu lhe pesava.

Com o passar dos anos Eborico começou a delegar mais e mais as funções. E os homens no qual confiou acabaram se revelando de moral fraca. Em um determinado momento que ele nunca soube precisar quando (e nem porque), as coisas começaram a sair do controle. Afinal, tudo que sobe tem que descer. Bom, pelo menos tudo que não era ele.

Primeiro vieram os flagelantes, um bando de devotos fanáticos que levavam os dogmas *muito* a sério e gostavam de deixar isso bem claro. Passavam o dia andando pela cidade se açoitando com flagelos espinhentos, ao mesmo tempo que admoestavam e provocavam os cidadãos comuns. Alguns outros se cobriam com camadas de correntes pesadas que tornavam as simples tarefas de caminhar e respirar um martírio. Qualquer que fosse o método de penitência, todos eles diziam estar sofrendo pelos outros, e que era preciso trabalhar duro para garantir seu lugar no paraíso. Um dia o grupo acusou o santo de ser pouco asceta, de ser muito brando com os devotos. Ele precisou mobilizar toda sua milícia sagrada para conseguir expulsar os fanáticos, o que gerou mais reclamações e mais confusão. No fim, a paz retornou. Mas não por muito tempo.

A população mais carola foi se tornando minoria, sendo substituída por pessoas não exatamente interessadas em valores, e sim em *acumular valores*. Sua igreja-plateia se esvaziou e ele presenciou a abertura de muitas tavernas e bordéis, lugares de amor barato e cerveja barata em abundância. A cidade tinha crescido demais e as coisas que aconteciam além da sua visão eram sujas, perversas e corrompiam sua obra de fora para dentro. Até mesmo seu melhor amigo, Turismundo, que àquela altura era um importante membro da cidade, acabou não resistindo e se entregou aos prazeres. Estava abaixo dele, no mesmo nível mundano dos homens, e acabou se portando como tal. Turismundo morreu por causa de uma nefasta doença venérea, e seu corpo desapareceu misteriosamente junto com as relíquias que costumava carregar.

Eborico se perguntava o que era causa e o que era efeito. As pessoas falhavam e pecavam porque a fé dele estava falhando ou era por presenciar toda a decadência que sua fé falhava? Quanto mais pensava, menos concluía. E se ele tivesse ignorado o pilar e seguido pela estrada em peregrinação? Valeu a pena viver para os outros, pelos outros?

Mas ele tinha fé, ainda que fosse menor. E a fé tinha que bastar. Além do mais, questionar era pecado! Assim lhe disseram ou achava que tinham dito. E quando via aquele povo sem rumo, sofrido e falido, Eborico ainda assim sentia orgulho da sua trajetória, porque ele era superior. Estava acima deles.

Esperava que fosse assim para sempre.

Era noite plena quando uma figura envolta em mantos surgiu cerimoniosamente aos pés do pilar. A presença fez com que o sábio despertasse e olhasse para baixo. Eborico não reconheceu a figura, olhou para os lados e não viu mais ninguém em volta. A praça ao redor, naquele momento, se assemelhava a uma arena silenciosa.

— *Sabe quem sou, sábio com todas as respostas?* — disse a figura encapuzada.

— Você é... — Eborico calou-se e se deu conta que pela primeira vez em muito, muito tempo, não sabia. Pelo menos, não de imediato.

Aos poucos percebeu que aquela era a mesma voz que tinha lhe sussurrado respostas por toda sua vida.

— Você? Eu... nunca a imaginei assim. — A escuridão se fechou sobre os dois e o ar pesou enquanto a figura caminhava, misteriosamente, sem ruído algum. — Por que veio depois de tanto tempo? Vai me recompensar pela vida de sacrifícios?

A figura abriu um sorriso.

— Vamos, meu Eborico, pense por si mesmo pelo menos uma vez na vida. Por que eu estaria aqui, fora da sua cabeça?

O ânimo do sábio murchou de repente.

— Veio me buscar.

— Sim...

— ...mas não é para o paraíso.

— Correto! — A figura fingiu bater palmas, debochando.

— Então vou para o purgatório? O que fiz de errado? Dediquei toda minha vida à obra divina! Me tornei maior que todos que me cercavam!

— Tem razão. Por isso merece um destino muito melhor. Mas antes quero que me escute com atenção.

Eborico pausou, agarrado com as duas mãos no parapeito do cesto. Por mais que olhasse para baixo e forçasse a vista, o velho não conseguia enxergar o rosto da figura. Àquela altura a escuridão tinha se fechado a tal ponto que não via mais a base do pilar, apenas seu visitante envolto em trevas.

— A sua vida foi uma farsa. Você repetiu como um papagaio as coisas que lhe disse achando que estava ajudando as pessoas. Muitos dos conselhos que deu, *que eu dei e você aceitou de bom grado*, fizeram, no fim, mais mal do que bem. Mas o povo ignorante nunca suspeitou. Não desconfiaram que você fazia tudo não por virtude, mas porque se via realmente acima de tudo e todos, e queria que isso se refletisse em fama e presentes e poder, mesmo que nunca tenha admitido a ninguém. Nem mesmo a si.

O velho não respondeu.

A figura encapuzada gargalhou alto, mas nenhum guarda por perto ouviu. E prosseguiu.

— Não pense que sou mal-agradecida. Você me serviu direitinho. Passou a vida distorcendo o livre arbítrio das pessoas, atraindo mais gente com suas respostas reconfortantes. Graças a você a vila se tornou cidade, e a cidade transformou-se em um antro de depravados incapazes de corrigir o rumo de suas vidas, crescendo como uma praga ao redor do pilar de um templo erguido em minha homenagem, há tanto tempo que ninguém se lembra.

Eborico estava em choque. Pela primeira vez na vida quis descer do pilar e fugir dali. Mas parecia tarde demais para qualquer coisa.

Suspirou antes de falar.

— Sei que errei. Menti, pequei. Desviei os outros de seus caminhos, como o pilar desviou o meu. E se está me dizendo que minha vida foi uma farsa, mesmo que no meu coração algum dia tenha sido verdadeira, eu acredito. Peço a clemência dos deuses.

— Ah, mas não terá. A minha vontade, o meu poder aqui, impede que os deuses sequer nos ouçam. Obrigado por isso.

Eborico se encolheu em vão dentro do cesto. Uma coisa era acreditar que os deuses *podiam* estar ouvindo-lhe, outra coisa era *ter certeza* que eles não lhe ouviriam de jeito nenhum! Ficou pensando em silêncio até que se levantou para encarar a visitante mais uma vez.

Respirou fundo.

— Quem é você? De verdade?

— Importa? A essa altura?

Não, pensou. Não importava.

— Vai roubar minha alma?

— Roubar? Não. Vou garantir que fique onde está.

Os olhos da criatura demoníaca brilharam com uma luz anil profunda e a escuridão se tornou completa, por fora e por dentro de Eborico. A última força que lhe restava nos joelhos se esvaiu, e estando próximo do guarda-corpo do cesto, caiu para frente e se estatelou no chão de que havia abdicado há tanto tempo. Sua alma, entretanto, não ascendeu ao paraíso, não rumou para o purgatório, nem desceu ao inferno.

Mergulhou para dentro do pilar.

— Lembra-se quando desejou que durasse *para sempre*?

A redoma de trevas e silêncio aos poucos se dissipou. A criatura foi se afastando do pilar, os passos agora ecoando pela praça.

E desapareceu por uma ruela.

O corpo foi encontrado de manhã cedo, junto com os primeiros raios do sol.

A comoção foi geral e ninguém, exceto os mais cínicos, desconfiou que o sábio tinha se suicidado. Um longo velório foi organizado e todos os moradores da região compareceram, independente de sua índole. No fim, o corpo foi enterrado com honras na base do pilar.

O conselho da igreja se reuniu e decidiu, unanimemente, homenageá-lo. Para tanto, removeram o cesto e chamaram um escultor para entalhar uma estátua na parte mais alta do pilar. O escultor, divinamente inspirado, reproduziu o corpo e feições de Eborico de forma tão fiel que muitos, num primeiro momento, acreditavam que ainda era ele ali observando todos, o dia todo, incansável como em vida, com seu enorme chapéu. Mas era apenas pedra.

Mesmo assim, ainda hoje, os mais devotos dizem que se você tiver fé verdadeira e se prostrar na base do pilar com o ouvido junto ao chão, ouvirá a resposta vinda de uma voz muito fraca e distante.

A voz do santo do pilar.

A ESPADA, AS MERCENÁRIAS E A PROFECIA CANTADA

DENISE FLAIBAM

ALMA SE LEMBRAVA perfeitamente do vilarejo, então sabia o que esperar quando Alphonse XIII cruzasse o topo da colina naquela noite: mais colinas.

Uma cadeia inteira delas, espalhadas até onde os olhos podiam enxergar. E as montanhas altas que as margeavam, guardando, como diziam os mais antigos, histórias do reino de Ghanor, o que ele tinha de melhor e de pior. Então o riacho que desaguava perto das minas de rocha escavada, e as casas e os pequenos comércios cheios de cor e de vida, as conversas altas ressoando por todas as ruas.

O problema era que toda a cor, a vida e as conversas pareciam ter evaporado, pois o que Alma encontrou ao cruzar o topo da colina foi a carcaça do que um dia tinha sido o vilarejo de Águas Tortuosas.

Uma carcaça repleta de *esqueletos*. Centenas deles por todos os cantos onde ela e seu bode passavam.

Era como se estivessem congelados no tempo. Alguns pareciam ter caído das janelas abertas ou tropeçado nos degraus do templo; outros estavam sentados em bancos de madeira, colocando a conversa em dia. Ou tentando, pelo menos.

O posicionamento cotidiano daquele vilarejo dizia à anã, com todo seu conhecimento fúnebre, uma única coisa: tinham todos morrido de repente. Do mais absoluto nada. Um sopro de morte que atravessou as ruas e as casas, imortalizando até mesmo a feira de artesanato, ainda montada na estrada principal.

O tempo, ou uma maldição, já que elas também costumavam causar tamanho estrago, havia transformado aquele vilarejo vivo em uma pintura decrépita das lembranças de Alma.

Uma visão macabra, mas não para a anã. Atravessar aquela maquete tenebrosa era só mais um dia comum para quem vinha de Kottar.

Ao lado de uma fila de esqueletos com vestidos coloridos, Alma desceu de Alphonse com cuidado e se ajoelhou para examiná-los. Estava procurando alguma pista do que poderia ter acontecido ali quando uma voz rouca ressoou em sua direção:

— Estão mortinhos, querida! — Alma ergueu o rosto, encontrando a dona da voz do outro lado da rua. Um rosto mudado que, diferente do vilarejo carcomido, lhe continuava bastante familiar. — Mas você já deduziu essa parte. Foi por causa da espada.

Alma sorriu para Bernice, uma mulher de pouca altura, muitas rugas na pele branca e longos cabelos grisalhos. Ela estava com os pés descalços, como sempre, e as vestes humildes que a anã herbalista se lembrava de vê-la usar. Talvez fossem as mesmas de muitos anos atrás. Clérigos de São Arnaldo se vestiam de humildade, afinal. Era parte da fé que os movia e abençoava.

— Que bom que recebeu nossa mensagem. — Ela acenou para a anã se aproximar.

Alma sorriu para o amuleto que tirou do bolso. Uma joia que fazia parte de um par, e cujo feitiço só funcionaria uma vez. Para que o efeito acontecesse, alguém precisava passar uma mensagem por uma das pedras, e então a fala era ecoada para a portadora da outra pedra, onde quer que estivesse. Quando a mensagem era recebida, as duas pedras se partiam. Elas a haviam encontrado no passado, quando se aventuravam juntas. Naquele momento parecia algo fútil e dispensável, mas julgaram que em algum momento no futuro aquilo poderia vir a ser útil.

Assim que a joia quebrou em sua mão, seis dias atrás, Alma ficou grata pelo bom senso que tiveram em não vender os amuletos para um comerciante qualquer.

— As meninas estão nos esperando na taverna. Temos um proble-mão para resolver.

— Esplêndido ver você de novo, senhora Bernice.

A taverna era próxima de onde ela havia parado, uma porta escondida atrás de barracas de madeira abandonadas — o que havia sobrado da feira. Ao entrar, Alma vislumbrou uma única mesa arrumada em meio ao caos de cadeiras quebradas, garrafas vazias e esqueletos empilhados. Se aquilo não era fruto de uma maldição, com certeza era uma praga. Ghanor era, com frequência, palco de todo tipo de acontecimento catastrófico.

Quando Bernice e Alma fecharam a porta, uma discussão acalorada ecoou pela taverna.

— Eu já disse que não vou cantar!

— E eu já disse que não *posso*!

— E eu já disse para vocês duas pararem de discutir e comerem um pedaço de torta — Bernice ergueu a voz.

As senhoras pararam a discussão abruptamente. Uma delas, a mais alta, olhou na direção da porta com espanto.

— Eu não acredito que aquele feitiço velho ainda funciona. — Artemísia, dona do vozeirão que se *recusava* a cantar, sorriu para a anã. Aquela era uma mulher que não gostava de abraços. E nem de apertos de mão. Por isso, Alma se contentou em retribuir o sorriso. Com seus quase dois metros de altura, impressionantes bíceps tatuados e olhos azuis furiosos, Artemísia era a Guerreira e Decapitadora oficial de mais de uma dezena de gigantes. O cabelo grisalho continuava preso na trança longa e familiar, e as muitas rugas em sua pele pálida marcavam a idade avançada, mas os poderosos músculos ainda saltavam aos olhos.

— Usamos o pingente encantado para chamar você, mesmo com a Artemísia azucrinando nossos ouvidos. "Vai dar tudo errado, é só uma tralha encantada vendida por uma hobgoblin mau caráter, nós vamos fazer papel de bobas". É bom demais vê-la morder a própria língua. — Fátima, a *barda* que aparentemente *não podia* cantar, ainda tinha a presença carismática e os passos suaves. Era gorda e dona de bochechas cheias e sardentas. A pele negra tinha sido pouco marcada pela idade, mas o cabelo crespo grisalho denunciava que o tempo havia passado para ela também. Aparentemente, nenhuma feiticeira encantadora havia aceitado sua barganha, todo tipo de canção mágica e épico lírico grandioso que seria dedicado a essa conjuradora, a garantia de fama lendária que só uma barda cheia de lábia conseguia invocar, em troca de imortalidade (barganha que Alma havia achado muito ultrajante).

Alma sabia que Fátima sonhava em viver para sempre, cantando histórias que nunca teriam fim. Por isso, estranhou que a amiga se negasse a cantar, mas sorriu quando se viu alvo de seu abraço. Ao menos isso não havia mudado. Fátima adorava abraços.

— Tem quantos anos desde que encontramos aquela sucata mágica? Quarenta? — indagou a guerreira. — Por que é que eu deveria acreditar que duas joias encantadas funcionariam?

— Magia sempre funciona, Artemísia. — Fátima dispensou o azedume da guerreira com um revirar de olhos. — Por causa dela escapamos de tantos problemas.

— Problemas que *você* costumava arrumar — replicou Artemísia.

— A culpa não é minha se meu charme sempre saltou aos olhos dos outros — rebateu Fátima.

Bernice quebrou a discussão com seu tom rouco e curioso.

— Nós encontramos o pingente antes ou depois de conhecer a Alma? Eu me lembro de um dragão azul. Ou era um basilisco?

— Nada de dragões no nosso caminho, senhora Bernice — corrigiu Alma com delicadeza. — Aquela hobgoblin vendeu as joias em troca de uma mistura de ervas para coceira, lembra? — A herbalista se lembrava de ter cobrado menos do que deveria, com pena da urticária que a hobgoblin havia desenvolvido. O que, no fim das contas, rendeu a elas uma bela recompensa.

— Não. Não lembro mesmo. — Bernice não soou nem um pouco melancólica ao constatar aquilo.

Quarenta e sete anos atrás, a memória da clériga já enfrentava problemas, por conta de um ferimento na cabeça sofrido em alguma grande batalha ou talvez um escorregão. O problema disso era que Bernice não se lembrava o que exatamente havia causado aquilo, e nenhuma das aventureiras a conhecera antes do acontecido. Tanto tempo depois (para uma humana), não era surpresa alguma que ela continuasse apresentando derrapadas desmemoriadas.

— Se as senhoras não se importam em interromper um pouquinho a conversa sobre a canção e a veracidade da magia das joias... — Alma ergueu a mão direita. — Por que *exatamente* eu vim aqui? A mensagem encantada mencionava uma espada necrótica? — Deixou de lado o fato de que tinha vindo o mais rápido possível justamente por isso.

— Ah, a espada tem alguma coisa a ver com o fim dos tempos. — Bernice sorriu ao responder.

— Mas ela não é necrótica. Essa parte foi erro meu. — Fátima abanou as mãos. — Achei que estávamos lidando com a arma de uma necromante, mas a espada estava fazendo um trocadilho desagradável com uma aranha gigante. Sabe como são as armas encantadas.

— E a audição dela já não é mais o que era antigamente — acrescentou Artemísia, se esquivando com facilidade de uma caneca arremessada em sua direção.

Alma disfarçou a decepção. Em muito interessava a ela falar com uma espada encantada pela morte, decifrar as estranhezas e as conversas maravilhosas que uma lâmina necrótica poderia oferecer. Mas tudo bem. Talvez em uma próxima aventura.

Com um sorriso agradável, Fátima ofereceu a cadeira mais baixa para a anã, e as quatro se reuniram ao redor da mesa arrumada. Cautelosamente, Artemísia colocou um embrulho bordado sobre a superfície de madeira.

— Fui eu quem fiz! — Bernice exaltou o artesanato.

— Os detalhes são magníficos, senhora Bernice. — Os olhos de Alma ficaram presos aos cadáveres retratados na arte. — Tão lindamente macabro!

— Nós estávamos cansadas de ficar em casa, Alma — disparou Fátima antes que a clériga se desembestasse a falar sobre as complicações do bordado.

Ao lado da barda, com uma careta desgostosa, Artemísia cruzou os braços fortes.

— Fale por você. Eu estava bem confortável na frente da minha lareira.

— Quatro décadas atrás, éramos lendárias. E agora que já estamos velhas e infelizmente nem um pouco imortais, queríamos uma última aventura. — Fátima desenrolou o tecido. Debaixo dele, a lâmina prateada de uma espada cintilou sob a luz parca das velas. — Encontramos essa espada em um cemitério abandonado na saída do vale. Era um campo de batalha, ou assim dizia a lenda que corria por essas bandas.

— *Três velhas enxeridas resolveram escavar uma espada esquecida* — disse a lâmina em um canto. O tom era grave, poderoso. Uma voz *antiga*.

Alma arregalou os olhos.

— Por favor, me deixa jogar essa espada no rio — implorou Artemísia.

— Pela última vez, não é assim que se resolve uma profecia — rebateu Fátima.

Bernice dispensou o embate com um risinho. Em algum momento durante o relato, a clériga havia escapulido para pegar os dois pedaços restantes de uma bela torta de maçã. Com um sorriso, ofereceu um deles para Artemísia.

— Para tirar essa careta do seu rosto, querida.

— Eu não entendi a parte do fim dos tempos. — Alma estreitou os olhos, procurando alguma coisa na lâmina. Alguma inscrição ou sinal amaldiçoado.

— A espada disse que isso ia acontecer — respondeu Fátima.

— Ela mencionou uma data?

— Nenhuma previsão de *quando* vai acontecer. Só disse que vai acontecer em algum momento — explicou Artemísia.

— Não estávamos levando o aviso a sério — Fátima continuou. — Achávamos que era uma canção sobre um apocalipse marcado para daqui uma centena de anos, ou talvez mais. Sabe como são as profecias. Uma semana atrás, tentamos atravessar o vale e sentimos uma coisa estranha.

Berenice baixou o olhar, cabisbaixa.

— De repente, todo mundo... morreu — murmurou a clériga.

— Pareceu apocalíptico o suficiente para pedir sua ajuda. — Artemísia pigarreou, incerta quanto ao tom a ser usado. — Considerando... as mortes.

Emotiva, Alma piscou os olhos na direção da guerreira.

— Obrigada por se lembrar de mim em um assunto tão agradável, senhora Artemísia.

— Foi sorte você estar por perto para responder ao nosso pedido de socorro. — Fátima sorriu.

— Foi o destino — corrigiu Bernice.

— *Não foi um pedido de socorro* — Artemísia soou indignada em um sussurro.

— Achamos que tirar a espada dessa região pode desencadear mais mortes, ou talvez o próprio fim dos tempos que ela mencionou — explicou Fátima. — Já que ela estava enterrada perto das montanhas.

— Então a nossa teoria é que a profecia dela tem alguma coisa a ver com esse vale. — Artemísia pareceu bastante certa do que estava falando.

— A *nossa* teoria? — Fátima cruzou os braços.

— Tá, a *sua* teoria. Que eu achei bem inteligente.

— E qual é a profecia?

As três ficaram em silêncio. Expressões de frustração tomaram os rostos de Fátima e Artemísia, e uma completa desconexão com a realidade suavizou o olhar de Bernice. Alma tentou ser o mais gentil e cuidadosa possível.

— As senhoras esqueceram?

— Era tudo muito específico — resmungou Artemísia.

— Ela mencionou muitos detalhes e rimas horrorosas — justificou Fátima.

— Eu não ouvi nada. Estava muito ocupada preparando a torta — completou Bernice.

— Deixa eu tentar uma coisa. — Alma se inclinou sobre a mesa, observando a lâmina da espada atentamente. — Com licença, ó presença afiada e perturbadora.

— A gente já tentou falar com a espada — replicou Artemísia.

— Tentou perguntar com educação, senhora Artemísia?

Os lábios dela franziram em uma nova careta. Ao lado dela, Fátima a cutucou com uma gargalhada. Alma continuou:

— Poderia repetir a profecia, por favor?

A espada pigarreou, e a voz melódica voltou a cantar:

— *Prestem muita atenção, pois estas palavras não hei de repetir de novo. Vocês precisam seguir até o túmulo da colina invertida em águas que nunca foram tranquilas, onde espera o destemido guerreiro revivido de batalhas há muito perdidas. Ele é o legado de grandes heróis, e é no retorno dele que mora a salvação do mundo contra o horror atroz.*

Alma crispou os lábios, pensativa.

— Bom. Eu não entendi nada — disse Bernice, pondo-se de pé. — Mas nada melhor do que um pouco de hidromel para ajudar a decifrar palavras difíceis. Eu me lembro daquela vez em que os moradores daqui fizeram toda uma comemoração para selar a mina assombrada lá na Colina Retorcida. Aquele lugarzinho horroroso que fica perto do Bosque Petrificado, lembra, Artemísia? — A guerreira negou em silêncio. — Você arrancou a cabeça de uma mantícora lá. Foi glorioso. Pouco antes de conhecermos a Alma! Naquela época, a Fátima ainda cantava...

— Senhora Bernice — interrompeu Alma. — Com licença, mas... Colina Retorcida?

— Cheia de histórias mortas — acrescentou Bernice.

— *O fim do mundo vai começar, se até a colina ninguém caminhar* — cantarolou a espada ao fundo da conversa, quase em um tom de provocação.

— Acha que essa é a tal colina invertida? — Artemísia pareceu animada pela primeira vez na noite.

— Tem colina no nome. — Sarcasmo escorreu do comentário de Fátima.

— Eu sei que tem colina no nome, mas não é meio óbvio?

— Profecias costumam ser bastante óbvias, senhora Artemísia — explicou Alma. — Nós nos perdemos nas complicações das rimas e do horror em relação a um futuro terrível e acabamos não vendo o que está bem na nossa frente.

Quase que movidas pelo mesmo pensamento, as três olharam na direção de Bernice, ocupada demais comendo seu pedaço de torta para perceber que o foco estava em si.

— Deveríamos obrigar Bernice a prestar mais atenção nas coisas. Pouparia muito estresse — resmungou Artemísia, de volta ao humor ranzinza de antes.

— Pense pelo lado positivo, Artemísia: se não fosse a nossa falta de memória, audição e atenção, não teríamos a Alma aqui para participar dessa aventura. — Fátima passou o braço pelos ombros da anã, facilitada pela pouca altura das duas.

— Muito bem, que tal prepararmos tudo para uma viagem até a tal colina invertida? — Animada com a possibilidade de visitar um lugar abandonado e, nas palavras das senhoras, "horroroso e cheio de coisas mortas", Alma se levantou. — A melhor coisa que pode acontecer conosco nessa noite macabra é morrermos soterradas.

— A pior coisa, querida — corrigiu Fátima.

Mas Alma apenas respondeu com um sorriso.

— E teve também aquela vez em que a Artemísia ficou presa em uma armadilha. Isso foi o quê, uns trinta anos atrás? E nós tivemos que negociar com um velho que cuidava de algumas pontes pelo mundo. Ele tinha um estoque gigantesco de enigmas, e estávamos bêbadas demais para adivinhar.

— Não, não, Bernice. Não era um velho, era uma bruxa. E ela cuidava de portões, não pontes. E tinha um péssimo gosto para vestidos — corrigiu Fátima.

— Mas a Artemísia realmente ficou presa em uma armadilha. — Bernice ganhou um olhar enfezado da guerreira. — Também teve a vez em que um paladino perdeu esse belo corcel para mim em um carteado.

— Ele não te deu de presente? — questionou Fátima, genuinamente confusa.

Bernice deu de ombros.

— Eu já não sei de mais nada. Só vou dizendo as coisas que me vêm para ver o que parece fazer mais sentido. Quem sabe foi esse paladino que bateu na minha cabeça e roubou a minha memória.

— E quanto a você, Alma? — interrompeu Artemísia, visivelmente desesperada para escapar do assunto *perda da memória da clériga descalça*. — Que grandes aventuras tem para dividir conosco?

— Nenhuma grande aventura, senhora Artemísia. Continuo em busca de um fim.

— Ah, é mesmo. Morrer é um processo complicado. — Bernice, do alto de seu corcel marrom que podia, ou não, ter sido conquistado em um carteado, lançou um olhar amigável para a anã. — Espero que encontre a morte sangrenta e gloriosa que tanto deseja.

Mais uma vez tocada pela generosidade dos votos da clériga, Alma fungou para ela.

— É muito atencioso da sua parte. Desejo o mesmo para você, Bernice.

— Esse desejo pode acabar se realizando em breve. — Artemísia desceu do pangaré velho em que estava montada, e o tilintar da cota de malha que estava usando foi o único barulho que ressoou pelos arredores.

As quatro aventureiras estavam diante da boca de uma caverna que um dia havia sido uma mina. Um trilho de ferro saía de lá e seguia na direção oposta de onde elas tinham vindo — em direção ao tal Bosque Petrificado que Bernice havia mencionado, talvez. Alma não conhecia nenhuma história a respeito daquele nome. Tudo o que as senhoras se lembravam sobre a Colina Retorcida tinha a ver com a comemoração para selar a mina que, diziam algumas histórias, era assombrada. Muitos acidentes tinham acontecido lá, e escavar as rochas acabou não se mostrando lucrativo o suficiente para lidar com assombrações ou maldições ou o que quer que houvesse no lugar.

— A espada tem alguma coisa a dizer sobre essa colina? — questionou Artemísia, ocupando-se em prender o montante na bainha em suas costas, seguido de um machado pequeno, um conjunto de facas de arremesso e o que parecia ser um chicote cheio de espinhos. Alma arregalou mais e mais os olhos com a sequência de equipamentos.

— Ou cantar? — sugeriu Bernice. Da parte dela, o único equipamento que parecia disposta a levar era o último pedaço de torta.

Fátima relutou em puxar o alaúde do cavalo.

— Quem sabe se você começar uma melodia, Fátima? — sugeriu Alma.

— Nada de canções para mim, querida. — A barda prendeu o instrumento musical às costas, uma imagem semelhante à da guerreira, mas infinitamente diferente em poder bélico. — Uns anos atrás, uma feiticeira ofereceu um acordo que parecia a realização do que eu mais queria, com a questão da imortalidade para me dedicar a todos os épicos de guerra que surgissem com a minha criatividade, e eu aceitei antes de pensar nos termos e condições. Acabou que não fiquei imortal e, de brinde, se eu cantar, ela vai soltar um Devorador de Mundos para cima de mim. Ou qualquer coisa terrível do tipo.

— E por favor, não peçam para a espada cantar de novo — implorou Artemísia.

— Mas é adoravelmente tenebroso. — O elogio de Alma pareceu surtir efeito.

— *No horizonte tomado pela colina invertida, um labirinto aguarda a invasão destemida.*

— Pelos sapatos que nunca tocaram os pés de São Arnaldo... — Fátima começou a resmungar. — Ela me faz ter saudade do concurso de bardos lá de Zibrene.

— Tá, chegamos à tal colina, e ao que parece tem um labirinto pela frente. Mas como é que a gente atravessa isso? — Artemísia apoiou as mãos na cintura.

Em um momento de contemplação, a pergunta reverberou sobre as outras.

Havia pedras demais selando a entrada da caverna.

— *Peça com educação e pode empunhar a solução.*

Alma estava mais próxima do alforje que guardava a espada, por isso reparou no brilho discreto que parecia emanar da lâmina.

— Senhora Artemísia? Acho que as suas mãos são as mais preparadas para isso.

— E se ela me matar?

— Será um fim glorioso.

— A gente escreve um memorial emocionante sobre você — provocou Fátima.

A herbalista e a barda não recuaram diante do olhar enfezado que receberam em resposta.

Com cuidado, Artemísia puxou a espada. Suas mãos eram enormes, mas pareciam adequadas para o punho da arma — revestido em couro escuro e tão longo quanto o do montante. O brilho que emanava da lâmina ficou mais forte, e Alma foi a única que não recuou. Estava ansiosa para que ocorresse alguma catástrofe.

Infelizmente para ela, nada aconteceu. O brilho sumiu, e Artemísia continuou franzindo as sobrancelhas para a espada.

— E então, querida? Pode abrir caminho? — Bernice soou animada.

Artemísia, para a surpresa delas, não respondeu. Só caminhou solenemente na direção da entrada da caverna e gesticulou para que se afastassem. Fátima obrigou Alma a recuar, arrastando a anã para longe quando uma explosão de poder ressoou através das pedras.

O brilho da espada era radiante e atravessou o corredor obstruído como se ali não houvesse nada. Uma única explosão de poder deixou três senhoras aterrorizadas e uma anã imortal para lá de entusiasmada.

— *Para o labirinto agora, porque o fim do mundo tem hora.*

Elas não precisaram andar muito para encontrar o tal labirinto. Embora ainda estivesse contrariada, Artemísia manteve a espada cantora em mãos, usando a aura radiante para iluminar o caminho. As paredes de pedra diminuíam de altura à medida que avançavam, o que tornou a caminhada da guerreira muito complicada — embora a barda, a clériga e a maior herbalista do mundo não tivessem que se preocupar com isso.

Quando o túnel estreitou tanto a ponto de tornar isso um problema para as outras três, as paredes se abriram para uma câmara de pedra bruta. Não se parecia em nada com uma mina abandonada. Os trilhos tinham desaparecido em algum lugar no túnel, e o que havia à frente delas eram quatro caminhos.

As aventureiras encararam as possibilidades a seguir. Dois à frente, um à esquerda e outro à direita.

— Alguma sugestão que não nos leve à morte certa? — Fátima foi a primeira a perguntar.

— Tiramos a sorte? — sugeriu Artemísia, usando a luz que emanava da espada para tentar encontrar algum sinal em um dos corredores.

— É, porque isso sempre funcionou para a gente — debochou a barda em resposta.

— Eu voto pela passagem mais escura e potencialmente perigosa. — Alma apontou para a direita, onde estalactites de pedra as esperavam.

— Gosto da ideia da Alma. — Bernice sorriu.

— Nem pensar. — Artemísia afastou a espada do corredor mortífero. — E aí, espada encantada, qual a próxima canção?

Nada. Nenhuma palavra cantada.

— Eu fui educada! — Artemísia dobrou um olhar indignado na direção da anã.

— Ela deve ter guardado rancor das outras vezes em que educação não apareceu no seu vocabulário — provocou Fátima.

Pensativa, Alma se aproximou da guerreira. Precisou ficar na ponta dos pés para examinar a lâmina mais atentamente.

— Ó malevolente lâmina traiçoeira, o que fazemos agora?

Dessa vez, nada também. Nenhuma canção, dica ou profecia maleficamente lírica.

— Talvez ela queira que a gente cante? — sugeriu Bernice.

Todos os olhares se voltaram para Fátima e o alaúde preso às suas costas.

— Mas ô teimosia! Se uma nota musical sair da minha boca, aquela feiticeira vai colocar todos os mercenários de Ghanor para me procurar. E se eu for caçada, vou arrastar seus traseiros comigo.

— Você tem uma voz linda, Alma. Por que não canta para a gente? — Bernice tentou novamente, dessa vez mirando os encantadores olhos castanhos da herbalista. — Posso te abençoar, se isso diminuir a pressão do palco.

— Ei. — Artemísia tinha se aproximado do corredor à esquerda. — Notaram isso?

As três trocaram expressões de confusão.

— Olá! — a guerreira gritou na direção da passagem. Seu vozeirão impressionante voltou em um eco poderoso.

O olhar de Fátima se acendeu. O de Alma também. Bernice era a única perdida:

— Eu devia ter notado alguma coisa?

Artemísia crispou os lábios, se aproximou do corredor ao lado e gritou na mesma entonação. Nenhum som voltou dali.

— Ah. — Bernice franziu as sobrancelhas. — Que tal gritar mais alto?

— Os outros corredores não têm eco, senhora Bernice — explicou Alma. — Algum encantamento, talvez?

— Ou eles realmente levam para alguma armadilha mortífera, e esse aqui é o único caminho que continua recortando a montanha e vai nos levar para o fim dessa profecia tenebrosa — resmungou Fátima, lançando um olhar desconfiado na direção das estalactites embrenhadas em escuridão.

Alma não disfarçou o desapontamento. Armadilhas mortíferas lhe pareciam muito agradáveis naquela época do ano.

Artemísia gesticulou para as aventureiras e começou a abrir caminho.

— Se eu morrer, a culpa é toda nossa por deixar a guerreira decifrar um enigma — avisou Fátima, os olhos bem atentos ao chão onde pisava.

— Eu ouvi isso — rebateu Artemísia. Dava para ouvir o sorriso na voz dela.

— Pense assim, senhora Fátima: se morrermos, com sorte será uma morte gloriosa regada por essa aventura traiçoeira. Seremos esquecidas nesse poço de mineração selado e abandonado, e nossos corpos serão devorados pelo que quer que habite as profundezas da montanha. — Alma sorriu abertamente. — Não é maravilhoso?

— Com certeza será uma bela história a ser esquecida, já que nossos corpos vão estar a sei lá eu quantos palmos abaixo da terra. — Fátima deu de cara com as costas de Artemísia. A sensação era bastante parecida com a de bater em uma rocha. — O que aconteceu, mulher?

— Não sei. Mas não estou com um bom pressentimento.

Elas tinham chegado ao fim da passagem. Um espaço amplo se abria da pedra escavada, mas o que havia no poço de escuridão, nem mesmo a espada conseguia iluminar.

A anã, no entanto, via perfeitamente o que esperava por elas no escuro lá embaixo. Estava prestes a começar a descrever em minuciosos detalhes a complicação que teriam pela frente quando Bernice passou ao seu lado, empurrando Artemísia para a frente do grupo.

— Um pouquinho de luz. — Ela sorriu, e a tigela de madeira que tinha em mãos se iluminou com seu poder. O objeto passou a irradiar uma luz dourada e vibrante, e se expandiu, amplificada pela conjuração da clériga.

Antes que qualquer uma delas tivesse chance de examinar o ambiente, Bernice arremessou a tigela lá para baixo. Elas observaram o arco de luz que se formou na caverna. Iluminou a descida que recortava a pedra até atingir o chão, quicando sobre uma pequena praia que margeava um lago subterrâneo.

Apesar da estranheza pelo objeto escolhido, a fonte de luz passou a servir de referência para elas.

— Excelente ideia, senhora Bernice — elogiou Alma. — Agora é só seguirmos para o fundo do poço.

— Ou morrer tentando — murmurou a barda, os olhos arregalados na direção da descida perigosa.

Botas pesadas, leves e pés descalços começaram a descer. As pedras longas e escavadas formavam degraus íngremes, mas surpreendentemente firmes. Artemísia pisava neles com determinação; Fátima, com a certeza de morte; Bernice saltitava, e Alma esperava por algum momento em que sua imortalidade amaldiçoada teria fim com uma queda para lá de dolorosa — o que, infelizmente, não veio a acontecer.

O silêncio da descida foi interrompido de repente. Uma melodia familiar começou a nascer de um murmúrio, como se a espada estivesse apenas enchendo o local de notas musicais.

— Acha que ela está tentando cantar algum aviso? — Artemísia espiou as outras por cima dos ombros.

— Posso perguntar educadamente, se a senhora quiser. — Alma se adiantou.

A espada não deixou que Alma fizesse pergunta alguma. O murmúrio cantado cresceu, e então a voz carregada em um timbre poderoso ganhou espaço, reverberando a profecia por toda a caverna.

— *Não precisa perguntar, eu é que cansei de esperar. Vocês seguiram até o túmulo da colina invertida em águas que nunca foram tranquilas, e agora o meu destemido guerreiro de batalhas há muito perdidas espera pela arma prometida. O fim do mundo nunca começou a acontecer, mas, quando ele for libertado, estará prestes a nascer.*

— Ah, merda — Fátima teve tempo de resmungar antes que alguma coisa atingisse Artemísia com muita força.

O impacto foi suficiente para desequilibrar todo o grupo. Alma e as outras caíram aos tropeços, rolando pelo fim da descida. O que a herbalista conseguiu discernir enquanto seu corpo quicava sobre as pedras foi: Artemísia sendo arremessada para longe do grupo, a espada encantada caindo no meio do caminho e uma silhueta disforme se erguendo do lago.

Bernice, de todas elas, foi quem parou de cair primeiro. Antes que a silhueta se aproximasse, a clériga rolou pelo chão e cobriu a espada com a capa do seu manto. A única luz que restou na caverna vinha da tigela de madeira, e a silhueta começou a se dirigir para lá.

Artemísia estava caída na praia, perto demais da tigela encantada. A idade avançada não permitia à guerreira se levantar, espanar a poeira da armadura e se preparar para a luta. Estava ocupada demais gemendo e tentando firmar os joelhos no chão.

Alma ergueu o rosto para entender melhor o cenário, mas acabou se perdendo na altura descomunal do teto escavado. O lago profundo e cinzento não parecia nem um pouco natural e, até então, tinha sido o repouso da coisa que saía de dentro dele.

Uma armadura. Um homem?

Um cavaleiro.

Altivo e enferrujado, parecia glorioso em toda a sua morte. Porque ele estava morto, definitivamente. A pele apodrecida, os olhos vazios, a postura de quem caminhava sem saber o que era estar vivo. As placas da armadura dourada ressoavam como as dobradiças de uma porta que não se abria havia muito tempo, levemente cobertas por uma camada de luz. Bem parecida com a luz radiante que emanava da lâmina cantora, mas mais fraca. Sem tanto poder.

— Eu não tenho mais idade para ficar caindo por aí. — Fátima gemeu ao se levantar, apoiando uma das mãos no quadril. Seu olhar encontrou a situação na praia, e outro gemido lhe escapou. — Ai, não. Um paladino.

— Como você sabe? — questionou Bernice, a voz transparecendo a dor ao aceitar a ajuda de Alma para se levantar.

— Quem mais teria uma pose dessa mesmo na morte?

E era realmente uma pose majestosa. O ser encarava Artemísia de cima enquanto a guerreira se arrastava pela areia cinzenta, lutando para ficar de pé.

— A profecia! — exclamou Alma. — Ele quer a espada de volta.

Bernice ergueu a voz em uma surpreendente torrente de sanidade.

— Se a espada sabia como chegar até aqui, sabe qual o ponto fraco desse rapaz.

— E você acha que consegue convencer a espada, a mesma que nos enganou, a abandonar o plano maligno de voltar ao dono e começar o apocalipse? — Fátima despejou indignação em sua pergunta.

Alma ergueu os ombros, e Bernice imitou.

— Eu? Não. A Alma? Talvez, ela é bem gentil e assustadora. Você e a sua lábia? Com certeza.

— Ah, pelas barbas majestosas de Ruff Ghanor — Fátima grunhiu, mancando enquanto se aproximava do manto que cobria a espada. — Artemísia! Distraia o paladino!

— Ah, claro! — retrucou, irônica. A guerreira conseguira ficar de pé, e foi com assombro que Alma percebeu a disparidade no tamanho entre ela, que era alta, e o paladino, que era muito maior. — Deixa a guerreira lidar com o morto-vivo sanguinário!

Alma se distraiu quando Fátima pegou a espada, lutando contra o peso da lâmina para colocá-la ao alcance dos olhos. Ouviu o som de um novo arremesso e o grito indignado de Artemísia, que tinha acabado de ser jogada pela praia na direção contrária ao lago. O paladino não parecia ansioso para recuperar a espada, mas sim para continuar lidando com a guerreira. Então, se afastou na direção dela.

Bernice segurou o braço da anã quando ela fez menção de ajudar.

— Precisamos do seu cérebro aqui, querida. Deixe que eu dou uma mãozinha para a rabugenta.

Alma tinha muito a questionar sobre a escolha, mas assistiu à clériga caminhar tranquilamente pela areia. Os punhos da idosa brilharam em luz, e uma explosão fez o morto-vivo ser arremessado com a mesma força com que havia atingido a guerreira.

— Ah, agora sim a cavalaria chegou! — gritou Artemísia lá longe.

Alma se aproximou de Fátima, que sacudia a espada silenciosa, com o máximo de frustração que conseguia expressar.

— Ela não abre a boca — ralhou a barda.

— *É só me retornar ao meu campeão para que eu e ele possamos começar a destruição.*

Alma crispou os lábios. Aquela espada era movida a rimas de gosto duvidoso e uma sede pelo fim dos tempos — ou, pelo menos, de viver o fim dos tempos com o seu adorado paladino morto.

— Você quer participar de batalhas grandiosas e jornadas lendárias, não é? — instigou ela.

A lâmina cantarolou uma afirmação, sem palavras para rimar.

Fátima ergueu a expressão curiosa na direção da anã. Alma, por sua vez, lançou a ela o que esperava ser um olhar de conspiração, e continuou:

— E se dissermos que você não precisa do paladino para cumprir sua profecia?

— *Ah, não? E quem seria então?* — cantou a voz.

— Você precisa de um guerreiro. — Fátima arregalou os olhos ao entender o caminho que Alma estava seguindo. — Alguém capaz de empunhá-la da maneira mais destruidora possível.

No fundo da caverna, o grito rouco de Artemísia, seguido pelo som de um mergulho, anunciou que as duas tinham pouco tempo. O aviso foi acentuado por um gritinho que veio acompanhado da correria de Bernice pela praia.

— Ele não gostou da magia de expulsão! — anunciou a clériga a plenos pulmões.

Atrás dela, Artemísia havia se levantado na parte rasa do lago. Estalou o chicote cheio de espinhos na direção de um dos tornozelos do paladino, e Alma observou a armadura dourada cair sobre pedra e areia, produzindo um ruído alto que tomou toda a caverna. Em um instante de silêncio, as quatro mulheres ouviram o resmungo mortificado do morto-vivo enquanto ele lutava para se levantar, todo enferrujado.

— *Para servir outro mestre, preciso de uma canção. Ou de nada adianta toda essa comoção.*

— Ah, por todos os chifres de um dragão... — Fátima começou.

— E se oferecermos um poema? — tentou Bernice à distância, a voz reverberando pelas paredes da caverna.

— Ou uma rima livre? — sugeriu a barda.

— Fátima, você precisa cantar. — Alma não queria mostrar muito desespero, mas o paladino tinha se levantado e marchava em linha reta na direção delas. Ele não conseguia correr, mas andava bem rápido.

No lago, Artemísia lutava com o peso dos equipamentos, chutando a água e arrastando as pernas para tentar chegar até a praia. Em algum lugar, Bernice tinha começado a recitar um poema no que Alma julgava ser alguma língua perdida. Ou uma tentativa dela, pelo menos.

— Por que eu? — guinchou Fátima. — Você canta muito bem!

— Vocês estavam com saudade da estrada, não estavam? Das aventuras épicas. De viver o impossível. Quando essa aventura acabar, a Artemísia vai querer voltar para a lareira confortável dela, não é? Talvez essa seja a última. — Alma se aproximou. Não seria apenas a espada que precisaria de algum convencimento, por isso seu sussurro foi uma sugestão animada: — Mas o que acontece se você cantar?

Fátima estreitou os olhos para a anã. Encarou a praia no instante em que Artemísia se jogou sobre o paladino com o seu montante em mãos, fincando a lâmina afiada no ombro dele. O único efeito que o golpe surtiu foi o de enfezar ainda mais a criatura, que rugiu na direção da guerreira. Ele arrancou o montante como se fosse uma mera faca de pão. Alma esperou por um novo arremesso da mulher, mas o paladino mudou a estratégia.

Fechou os punhos de metal ao redor do pescoço dela e ergueu a impressionante e forte Artemísia do chão.

Fátima não hesitou. Passou a espada para a herbalista, que tombou com o peso da arma, e começou a cantar.

A voz dela, melódica e harmoniosa e tão familiar quanto Alma se lembrava, se encheu de poder. Uma barda não precisava de muito para se inspirar. Dedilhou algumas notas musicais no alaúde e, nas mãos da herbalista, a lâmina da espada pareceu se acender ainda mais.

— *Abandone aquele que vive no túmulo da colina invertida, o fracassado de batalhas que foram há muito tempo perdidas. O paladino morto-vivo representa o legado a se esquecer, porque a glória nas mãos de uma guerreira alta e rabugenta há de nascer.*

Artemísia caiu quando um estalo partiu do corpo do paladino. Fascinada, Alma se aproximou para assistir. Aos poucos, aquele brilho fátuo e levemente radiante que emanava da armadura se esvaía em direção à arma que Alma estava segurando. Então, o que antes era uma luminescência sutil se tornou um farol em toda aquela escuridão.

— Funcionou? — A voz esganiçada de Artemísia chegou até elas. — Vocês realmente conseguiram escapar dessa luta na conversa?

— Quando é que a gente não conseguiu? — Fátima abriu um sorriso para a amiga de longa data.

Alma se aproximou e estendeu a mão, tropeçando e escorregando para ajudar a muito machucada Artemísia a ficar de pé.

— Acho que quebrei coisas — murmurou a guerreira.

— Tenho algumas ervas para ajudar com isso — disse Alma com suavidade.

As quatro se reuniram ao redor do corpo apodrecido do morto-vivo.

— Qual será a história desse paladino? — Alma se abaixou para examiná-lo, mas a armadura brilhante não tinha nenhum símbolo, e qualquer traço que o conectasse a um juramento havia desaparecido junto com a sua vida. — Ressurreição é um assunto tão interessante e complexo. Eu bem que queria ter tido a chance de fazer algumas perguntas.

— Não acho que ele conseguiria responder. Mas quem sabe na próxima? — Fátima deu de ombros.

— Deve ter algum cidadão por aí que teve a sorte de voltar à vida — acrescentou Artemísia.

— Eu conheci um paladino uma vez. Ele me deu o corcel dele de presente depois que nosso grupo derrotou alguns cultistas malucos e um demônio! — Bernice parecia ter voltado ao normal, desconectada da realidade, os pés descalços afundando na areia fofa.

— Isso aqui é seu agora, Artemísia. — Fátima pegou a espada falante das mãos de Alma e passou para a guerreira, que a recebeu com uma careta desgostosa. — Eu cantei, o que significa que algumas coisas bem furiosas vão vir atrás de mim. É dever das senhoras proteger o meu lindo corpinho.

— *Agora é o glorioso momento em que eu e minha nova portadora nos aventuraremos? Que confins do mundo me serão apresentados? E que reis e rainhas por nós serão destronados?*

O suspiro frustrado de Artemísia ressoou pela caverna.

Alma esperou pacientemente enquanto a decisão tomava o rosto da guerreira. Da frustração à contemplação até se dobrar em um sorriso.

E então a espada atravessou o ar, e a caverna foi o cenário de um último arremesso enquanto a lâmina encantada gritava e afundava no lago subterrâneo. As quatro aventureiras assistiram à espada desaparecer na água cinzenta, o brilho desvanecendo na escuridão.

— Bom... essa foi uma decisão bem tomada. — Fátima bateu as mãos, espanando a poeira. — Alma, querida, que tal nos abençoar com um pouquinho das suas misturas milagrosas? Meus ossos estão em chamas depois desse tombo.

— Podíamos voltar para aquela taverna. Ainda tem um pouco de hidromel nas garrafas que sobraram.

— E eu posso fazer outra torta! — Bernice bateu palmas, animada.

— A gente vai ter que notificar alguma autoridade sobre a morte que varreu o vilarejo. — Fátima crispou os lábios. — Quem sabe procurar a ajuda de algum necromante? Vai ver dá pra reverter o estado daquelas pessoas. Se não der, a gente culpa o necromante.

— Eu preciso voltar para a estrada com o próximo amanhecer — avisou Alma, sorrindo com os olhares entristecidos que recebeu das senhoras, até mesmo de Artemísia. — Essa história de ressurreição me deu uma nova perspectiva. Mas acho que tenho tempo para um gole ou outro de hidromel.

A ZIKA DA SEMANA PASSADA

RICARDO BALBINO

TUDO COMEÇOU COM um cadáver.

— É um simples resfriado. — disse Dona Golumba enquanto requentava a gororoba no caldeirão de queimar sopa.

No dia seguinte encontraram o segundo, mas foi só quando descobriram o corpo do quarto goblin, um pouco antes do terceiro (eles eram ruins em matemática), que a notícia se espalhou pelo Pântano das Oliveiras (além do baixo rendimento em exatas, goblins eram altamente influenciáveis, e não existia influência mais forte que a fofoca).

— Os deuses estão gripados! Estão morrendo muitos goblins para ser um simples resfriado. — Krug Língua de Porco foi o primeiro a ligar os fatos, contrariando Dona Golumba, e despertando o temor de que estavam diante do evento goblin mais catastrófico desde A Grande Diarreia Divina que havia dizimado quase completamente os goblins de coloração acastanhada e acaju.

Seja como for, a partir do momento em que o terceiro, ou talvez o quarto cadáver, foi encontrado, o número de mortos deu um salto "expolencial", constatou o professor Chuck Zero é Ímpar, a mais alta autoridade entre eles quando se tratava de matemática.

— Os deuses estão com a sinusite atacada para precisar de tanto catarro lá no céu! — Dona Golumba atualizou o diagnóstico, enquanto preparava a abóbora e semeava os buracos do queijo com tufos de cabelo para preparar a tradicional Surpresinha na Moranga.

Assim, com a população tomada pelo pânico e diante do risco de rompimento da sempre frágil tessitura social, não sobrou outra alternativa para as autoridades a não ser investigar o caso.

O primeiro morto havia sido encontrado duro, com o corpo esticado no meio da velha estrada que levava à Cachoeira do Clérigo Sem Filtro, um pouco antes da curva do Deus lhe Pague é o Cacete. Havia uma funda ao lado do cadáver, uma rachadura na testa, e, ao seu redor, as milhares de pedras que delimitavam o caminho.

O segundo defunto acharam no terreno onde o circo havia se apresentado na semana anterior. Ainda estava mole e com cheiro de vida, o que indicava uma morte recente, tão recente que o morto parecia não ter tido ainda a oportunidade de dar o suspiro final. Tinha uma fratura na tampa da cabeça, e ao seu lado, uma clava.

Já o terceiro e quarto corpos estavam em avançado estado de dez composições, uma forma de arranjo funerário específico, característico de Kottar, no qual o finado passa a impressão de que está ao mesmo tempo em várias passagens importantes da sua existência, o que indicava, apesar da distância entre os cadáveres, que essas duas mortes tinham alguma ligação específica.

Porém, muito embora, e, entretanto, ainda que ambos os falecidos também tivessem ferimentos na cabeça, o que chamou a atenção dos investigadores foi o fato de que junto ao corpo de um deles havia uma grande ratazana do banhado, situação que invariavelmente interrompia qualquer atividade goblin para assar o animal até o ponto da esturricagem, posto que a avó do churrasqueiro vivia exigindo a mítica carne macia e bem passada.

Assim, a única conclusão à qual os investigadores locais chegaram foi a de que a carne estava dura, e que as vítimas realmente haviam morrido. Nem o fato de todas elas terem ferimentos na cabeça foram capazes de constatar.

Mas o pior é que, ao fim de uma semana, outros investigadores (goblins independentes) já haviam computado a impressionante quantia de cinquenta trinquilhões de mortos, número que, se realmente existisse, ultrapassaria com folga a quantidade de goblins que tentavam, a qualquer custo, estender as suas miseráveis existências sobre o mundo.

Assim, com mais mortos do que a soma entre as vítimas efetivas com as potenciais, evidenciou-se que alguma coisa deveria ser feita, sob pena de enfrentarem o risco de extinção de toda a espécie.

Foi por isso que o chefe do bando, Yow Yow Jay Pow, mandou o seu mais rápido mensageiro, Grog Foi Bom Para Você, em busca de ajuda especializada.

Logo no início do caminho o mensageiro encontrou um bruxo, que, a princípio, se interessou pelo caso, para logo em seguida precipitar sobre ele uma chuva de pragas e maldições ao descobrir que o pretenso pagamento se daria com restos de animais.

Chegando em Necrópole, capital de Kottar, Grog bateu na casa de um curandeiro, só para descobrir logo em seguida que a especialidade daqueles que se dedicavam a tal sacerdócio lá por aquelas bandas era evitar o sofrimento desnecessário, nunca retardar o inevitável encon tro final. Em seguida foi parar em um covil de necromantes. Porém, mudou de ideia ao perceber que se trouxesse as vítimas de volta estaria condenado a viver para sempre ao lado de tantos goblins desprezíveis (fedorentos, insuportáveis e, por isso mesmo, ainda mais desprezíveis), que a morte já havia, ou ainda haveria, de levar.

Como Grog era, até onde se sabia, a única esperança de salvação para o seu povo, não podia voltar para o Pântano das Oliveiras sem ter cumprido a missão. Assim, decidiu, sem mais nem menos, atentar contra a própria vida, fato que teria espantado qualquer um que o conhecia, pois ainda que ele já tivesse feito isso antes, o atentado era sempre contra a vida do próximo, nunca contra a própria.

Foi por isso que o mensageiro bateu na casa de uma certa anã de longas tranças na barba, e sem nenhum bigode.

Assim, Alma apareceu.

— Que a morte te leve antes que você possa dizer por que veio até aqui, senhor.

Geralmente, quando Grog Foi Bom Para Você ouvia alguma coisa destrambelhada como essa, não sabia bem como reagir. O seu instinto dizia que devia pular em direção ao interlocutor, gritando todos os xingamentos que conseguisse, algo como *fuinha de meia tigela*, ou cabo de vassoura quebrado, antes de, em um salto, começar a roer-lhe a canela.

Por outro lado, não teria deixado de ser um simples mensageiro iniciante, daqueles que são mandados com cartas de conteúdo irrelevante nas noites de lua cheia só para manter os lobisomens afastados, se não tivesse aprendido desde muito cedo a dominar estes mesmos instintos.

— Para você também, dona... quer dizer... você pode até morrer quando quiser, realmente não me importo, mas antes a senhora poderia me arrumar uma dose de veneno?

— Veneno? Ah, que a sua cabeça se abra em duas pelo fio de um machado! Que os seus olhos explodam junto com o seu corpo, e os milhões de pedaços minúsculos de você continuem a morrer mais uma vez, um após o outro, antes de atingirem o chão.

— Sai pra lá! Eu quero morrer sem dor! E, de preferência, só uma vez.

— A morte sem dor, um clássico. Mas, você deve estar nos confundindo. Aqui em Kottar somos adoradores da morte, não somos assassinos.

— Como é que é? Veja moça, se eu for à capital da laranja, eu até descasco, mas eu vou querer chupar laranja, se eu for para a capital do burro de carga, o mínimo que eu espero, é poder ser carregado, mas eu venho até a capital da morte e nem morrer direito eu consigo? Sabe? A vida de todo o meu povo depende de mim, e eu não encontrei ninguém para nos ajudar. Os curandeiros daqui não evitam a morte, um bruxo me expulsou debaixo de uma chuva de maldições, desse jeito todos morrerão lá no Pântano das Oliveiras.

— Todos? De quantas mortes o senhor está falando? — O tom de voz da anã deixou transparecer uma ponta de excitação.

— Dezenas, milhares, CENTENAS! Quando um deus espirra, dez goblins são chamados ao céu. Para que sua garganta se inflame, muitos goblins são necessários. E dessa vez algum deles está muito doente. Deve ser sinusite, pneumonia, baba no cérebro, qualquer coisa dessas. Então, uma desgraça tão desgracenta está para se abater sobre nós, tanto que os nossos maiores especialistas estão falando em cinquenta trinquilhões de mortes!

— Cinquenta, o quê?

— No mínimo! Mas olha, o número exato não importa, porque serão tantos mortos que é bem capaz do goblin que estiver prestando socorro acabar morrendo antes do que estiver sendo socorrido ter nascido.

A anã não entendeu a colocação. Talvez fosse uma mensagem cruzada que somente um goblin conseguiria compreender. Talvez essa incoerência fosse o sintoma de algo mais grave, ou, na pior das hipóteses, o goblin fosse exatamente dessa maneira. Mas nesse caso, azar dele, porque milagre ela não fazia. Mesmo assim, ela ponderou.

Poderia continuar em Kottar, levando a sua vida, sem nenhuma chance de morrer, ou se meter em uma aventura que nem sentido fazia, mas que, ao menos, prometia vários encontros com a morte. Quem sabe, em uma dessas oportunidades, ela mesma não batia as botas? Era preciso, afinal, dar uma chance à finitude, pois, talvez ela tivesse deixado de ser a melhor anã herbalista do mundo, ganhando acesso à sonhada mortalidade, e nada melhor do que encontrar a morte em uma versão poderosa para saber se esse momento já não havia chegado.

— Senhor... quer dizer, goblin, eu gostaria de ir para o Pântano das Oliveiras e ajudá-lo.

— Eu não pedi para você me ajudar, eu pedi veneno.

— Leve-me até lá que eu quero ver essa morte de perto. Você veio a Kottar em busca de socorro, eu me interessei por essa história e me ofereci para auxiliar. Sem ajuda vocês estarão perdidos. O que vocês têm a perder?

O mensageiro pensou.

— Sabe o que é? Eu prefiro, realmente, o veneno — disse com uma gota de baba negra começando a escorrer pelo canto da boca.

Por um momento a anã pareceu desapontada, mas logo em seguida juntou os pontos. Então, recobrando a plenitude, falou:

— Tudo bem, todos os seres têm direito de escolher o seu próprio caminho, ainda mais quando este caminho leva até a morte. — E entrou pela porta de casa fazendo sinal para que o mensageiro a acompanhasse.

A residência da anã não destoava muito das outras construções de Kottar. Era decorada com ossos, crânios, e tudo o mais que havia de funesto. No interior da casa havia uma grande quantidade de vidros com substâncias variadas. Rabo de borboleta, fogo de água viva, a infinidade de plantas com nomes estranhos realmente impressionava. Alma, no entanto, foi até um armário, com os puxadores bastante desgastados e não precisou procurar muito. Foi direto até os dois frascos que precisava. Misturou as substâncias com aproximadamente três dedos de água e ofereceu ao mensageiro.

— A morte vai ser rápida? — ele perguntou.

— Instantânea.

— Vai doer?

— Nem um pouco.

— Então, antes de eu falecer, quero aproveitar para dizer uma coisa. — Ele trazia nos olhos uma expressão quase serena, carregada de angústia.

A anã, que já havia vivido tempo demais, sabia que por trás daqueles olhos provavelmente se escondia uma história muito chata.

O mensageiro, entretanto, não devia saber de nada disso, ou, se soubesse, não se importava, pois começou com umas conversas que tinham menos pé do que cabeça.

— Sabe, eu nunca descobri realmente se os melhores padeiros são aqueles que têm as unhas muito limpas ou as unhas muito sujas, porque quando eu comi o pão mais gostoso da minha vida, não consegui ver as mãos de ninguém. Na verdade, nem o padeiro eu cheguei a ver, só ouvi o seu nome, Sebastianão, e fiquei pensando que, com um nome desses, ele podia ser tanto um sujeito muito grande, como um alguém muito pequeno. Você o conhece? — A baba no canto da boca havia começado a borbulhar.

— Toma o remedinho, toma...

— E, por falar nisso, o nosso chefe, Yow Yow Jay Pow, é um cara muito burro. Outro dia vi um sujeito caminhando pela rua e percebi que ele vinha mancando, aí eu disse: "veja chefe, aquele camarada tem uma perna mais curta do que a outra". E sabe o que ele me respondeu? "Mas olha como os deuses são sábios, em compensação, a outra perna é mais comprida..."

— Espere um pouquinho, esqueci isso aqui. — A anã pegou o copo das mãos do goblin e colocou duas pitadas de um pó azulado.

— E além de burro, Yow Yow Jay Pow é corno...

Então, tendo descoberto da pior maneira que fofoca de goblin é uma coisa que não tem fim, pegou novamente o copo.

— Sabe de uma coisa, Grog? Você deve ser um daqueles goblins tão linguarudos, que a língua vai até na goela!

— Não vai, não!

E quando ele abriu a boca para desmentir a acusação, Alma jogou o líquido bem lá no fundo.

Grog colocou as mãos na garganta e mexeu os lábios como quem quer dizer alguma coisa, porém, logo em seguida foi ao chão, e por lá permaneceu imóvel e em silêncio, observando com os olhos leitosos o céu cinzento de Kottar.

— Acorde!

Grog abriu os olhos e deu de cara com a anã.

— Você morreu?

— Gostaria muito, mas essa graça não me é permitida.

— E eu morri? — perguntou, ao observar que os braços funcionavam normalmente.

— Infelizmente não.

— Mas eu sinto o gosto de morte na minha boca.

— É boldo.

— Como?

— Eu percebi que você não estava realmente com vontade de morrer. Então, tudo o que eu precisei fazer foi lhe dar uma mistura de chá de boldo com casca de filifeiro, e um remédio para dormir enquanto o antídoto fazia efeito. Desculpe, mas era a única maneira de te salvar da maldição.

— Maldição? Não é possível. Eu nunca estive amaldiçoado antes!

— Acontece com mais frequência do que parece. Você estava confuso, não falava coisa com coisa, irritou um bruxo, e logo veio a baba preta.

— Baba preta?

— Sim, o sinal clássico de amaldiçoamento. E, além disso, você bateu na minha porta pedindo veneno, e todo mundo sabe que pedir veneno não é coisa que alguém em estado normal sai fazendo por aí.

— Eu pedi veneno? Não acredito.

— De ação instantânea.

O goblin pareceu ponderar. Ficou em silêncio, e depois falou:

— Sabe o que eu acho? Como diz o sábio chefe Yow Yow, a mentira tem perna curta — disse olhando a anã de cima a baixo.

Mas em compensação, a outra é mais comprida, não é?

O goblin arregalou os olhos, e por um momento a sua expressão se desfez, revelando uma criatura absolutamente apavorada por descobrir que era possível se arrepender de coisas das quais nem se lembrava de ter dito.

— Bem, vamos esquecer isso. Tenho que voltar para casa imediatamente — disse. — Não posso deixar o meu povo na mão. — E foi se virando em direção à porta.

— Então eu posso ir com você? — Alma pulou para trás e se sentou num banquinho aguardando a resposta. Ficou balançando as perninhas que não chegavam a tocar o chão.

— Claro, será um prazer.

Assim, os dois partiram juntos para o Pântano das Oliveiras.

Foi uma viagem tranquila, na qual nada digno de nota teria acontecido, não fosse um encontro totalmente aleatório com um velho, como se tivesse sido decidido em uma jogada muito ruim de um dado viciado.

— Boa tarde! Estou em busca de uma ponte.

Qual ponte, senhor? — Alma perguntou ao velho.

— Não é uma ponte específica. O mais importante é que não dê para desviar por baixo, e que não tenha outra ponte ao lado.

— Tem a Ponte da Morte Certa, há uns dois dias de caminhada — disse o goblin.

— O nome é meio ruim, né?

— Eu gosto! — disse Alma.

— Você conhece outra?

— Tem a Ponte da Felicidade, a Ponte da Dona Ninira, a dos Jacarés...

— Opa! Passa rio por baixo dessa?

— Deve passar, não conheço. Quem me falou dela foi um elfo que esteve no Pântano das Oliveiras na semana passada.

— Essa parece boa. Você sabe onde fica?

— Não. Só o elfo. Ele estava com o circo. Eles foram por ali — o goblin disse apontando pela estrada por onde tinham vindo.

Assim, tendo encaminhado o velho, os dois conseguiram chegar no Pântano das Oliveiras ainda no mesmo dia. Acontece que, naquela ocasião, caía por aquele canto do mundo o finalzinho de uma tarde que tingia o céu de um laranja damasco salpicado de pontos pretos. Era, de fato, a pior hora para alguém chegar, quando os mosquitos ainda estavam jantando ao mesmo tempo em que os pernilongos já alçavam voo em busca da primeira refeição do dia.

E foi justamente quando um pernilongo estava se preparando para provar o sabor do sangue da anã que um grito muito alto e agonizante fez o inseto se dar conta de que não devia ter abandonado a família e dar tanto valor às pessoas que se aproximam depois que você compra uma casa na praia.

Alma e Grog também escutaram o grito, mas ao contrário do inseto, que acabou o dia dentro da barriga de uma lagartixa, eles sobreviveram inteiros para presenciar a terrível revelação que mudaria o curso daquele lusco-fusco. Assim, quando chegaram ao local, uma tristeza profunda se abateu sobre o goblin quando ele viu aquele cadáver verde, esparramado no chão, como um abacate passado do ponto que ninguém se deu ao trabalho de apanhar.

O corpo, como havia se tornado comum nestes casos, tinha um ferimento na cabeça.

— Você a conhece, Grog? — Alma teve uma certa dificuldade em modular o tom, pois era como se mil grilos pulassem ao mesmo tempo gritando em seu ouvido sobre as maravilhas de uma morte bem morrida.

— Ah, que tragédia! Dona Golumba era a melhor goblin da sua geração. Vai ser difícil passar em frente à casa dela e não sentir o cheiro de feijão com carniça, de ouvi-la praguejando contra as crianças, ou correndo atrás daquelas que tinham conseguido lambuzar os dedos no pote de doce de rabo de porco. Que terrível doença se abateu sobre nós!

— Olha, Grog, isso não está com cara de doença — disse apontando para a panela ensanguentada ao lado do corpo.

— Alma, os deuses estão doentes! Goblins são necessários.

— Eu sei, mas qual doença ia rachar a cabeça dela, assim desse jeito?

— Não sei. Panelite? Alma, não sou médico nem nada para entender desses assuntos. Mas eu vou descobrir.

— Grog, isso não é doença, está parecendo assassinato.

— Impossível! Quem teria motivos para matar a Dona Golumba?

— É isso o que nós temos que descobrir.

Feita uma breve busca na residência, o que mais chamou a atenção, além da grande quantidade de panelas queimadas, foi um papel em cima da mesa.

— Veja, parece que tem um número aqui — o goblin disse olhando para a folha.

— É o resultado de uma conta, Grog — ela disse observando a operação armada no verso.

— O que significa? — Ele entregou a folha para Alma.

— Eu até entendo a conta, mas não o resultado. Dezoito? Um não bate com o outro.

— Não se preocupe, Alma, nós precisamos da ajuda de um profissional.

O goblin mal fechou a boca e já estavam em frente à casa do Professor Chuck Zero é Ímpar.

— Sim! A Dona Golumba esteve aqui ontem à noite. Disse que precisava resolver uma conta que estava além da sua capacidade.

— O senhor se lembra que conta era essa? — Alma perguntou.

— Ela queria que eu resolvesse uma conta de mais de dez dedos. Queria saber quanto é dez mais dez.

Grog arregalou os olhos. Nunca tinha imaginado a existência de um cálculo tão complexo.

— Essa letra é sua, senhor? — Alma estendeu o papel com as anotações.

— Sim. Foi o resultado a que eu cheguei.

— Mas, professor, dez mais dez não dá vinte?

— Depende de quem faz a conta, menina. Mão de goblin é tão pequena que dedão e dedinho só contam metade.

Grog se lembrou com saudades da sua época de escola.

— Mas, mesmo assim, não é uma conta de mais de dez dedos, é?

O professor fez um rápido cálculo mental.

— Isso não importa, garota! O conceito é o mesmo.

— Certo! Mas, por que ela queria saber o resultado? — a anã perguntou.

— Não sei. Mas parece uma espécie de epidemia matemática, ou algo assim, pois ultimamente, muitos goblins vem me pedindo para resolver contas variadas.

— O senhor se lembra de quem mais o procurou? — Grog perguntou.

Então, conforme o professor foi falando os nomes, Grog percebeu que todos estavam na listagem dos mortos.

— Professor Chuck, o que a Dona Golumba disse exatamente quando o procurou? — Alma quis saber.

— Ela veio com um problema concreto. Disse assim: "professor, eu preciso saber qual é a máxima força que eu posso bater com uma panela em um ovo para que ele se abra, sem sofrer danos permanentes". "Que tipo de ovo é esse?", eu perguntei. "Imagine um ovo que tem a resistência, aparência e tamanho da cabeça de um goblin. Que força eu deveria aplicar?", ela me perguntou de volta.

— Puxa vida, que ovão!

— Grog, deixe o professor terminar.

— Já terminei.

— Mas o senhor não achou um ovo com essas características meio suspeito?

— O meu trabalho é resolver problemas. Por isso, achei a premissa interessante. Além do mais, ela era cozinheira.

— Das boas — disse Grog.

— Mas qual foi o cálculo que o senhor fez? Nesse papel está a simples soma de dez mais dez — Alma perguntou.

— Dedinho e dedão contam metade.

— Sim, eu já entendi. Então, qual o raciocínio que fez o senhor chegar a esse número? Essa soma corresponde a quê?

— Quantos dedos um goblin tem?

— Cinco em cada mão — Grog respondeu de imediato, como se fosse o melhor aluno da classe.

— Exato. Em movimento, a força de cada dedo é multiplicada por três, um por cada gomo, menos a dureza da casca do ovo, dá dezoito.

— E o que aconteceria se a conta estivesse errada, e a força fosse excessiva? — Alma questionou.

— Nesta hipótese, o ovo quebraria e o dano seria permanente.

— Exato! O corpo da Dona Golumba foi encontrado com a cabeça rachada, e uma panela cheia de sangue ao lado. Imagino que os outros goblins que o procuraram tinham dúvidas semelhantes sobre a resistência de alguma coisa contra uma pancada.

— Todos eles.

— Então, isso não é assassinato. Esses goblins estão se matando! Mas por quê?

Na semana anterior...

O elfo preparava a erva com cuidado, no centro de uma roda de goblins, todos de olhos esbugalhados, prestando atenção.

— Vocês têm que deixar de lado esses pensamentos ultrapassados, sabe? Rompam as barreiras mentais, experimentem.

Puxou o fumo, fez uma pausa dramática e depois soltou a fumaça em formatos variados antes de continuar.

— É o que eu sempre digo, se tu abrir a cabeça, malandragem, vai viver muito melhor...

EDDIE

J.M. TREVISAN

O BODE PRETO corria pelo gramado, descendo a colina meio atabalhoado, às vezes patinando, às vezes fincando os cascos em torrões de terra para tomar impulso. No pescoço, uma plaquinha de madeira com seu nome mal escrito balançava frenética, pendurada precariamente por uma corda puída.

O bode se chamava Eddie, e atrás dele vinha uma serpe.

A criatura, prima distante dos dragões, serpenteava, sibilando furiosa toda vez que se aproximava um pouco mais, tentando abocanhar seu traseiro, ou uma ponta do rabo que fosse. Havia um ferrão venenoso na ponta de sua cauda, famoso por sua letalidade, e sempre que podia ela tentava uma espetada, passando a poucos centímetros de uma pata ou do lombo.

Eddie sabia que se isso acontecesse não teria qualquer chance de reação, e assim acelerava o passo ao máximo, mesmo sabendo que ficaria dias sem andar direito depois. Mas não se importava, porque aquele não era serviço para um animal comum. Era serviço para um herói.

A serpe havia surgido do nada na estrada, pegando a caravana completamente desprevenida. Não era uma caravana abastada, como as que se via circulando por Sammelen, cheias de seguranças, mercenários, e até aventureiros contratados para evitar o ataque de bandidos e criaturas como aquela. Era só um grande grupo de ex-moradores de uma vila esquecida em algum canto perdido, rumando para outro lugar na tentativa de conseguir uma vida melhor. Havia mulheres, crianças, bebês e pequenos mercadores. Justamente um deles é que tinha batido em seu traseiro e sussurrado em seu ouvido:

— Vai, Eddie!

E ele foi.

Despencou ladeira abaixo, balindo ensandecido, fazendo curvas repentinas, tropeçando e levantando numa velocidade inimaginável para qualquer um que já tivesse presenciado a corrida de um bode na vida.

Surpreendentemente para alguns, estava dando certo. Eddie e a serpe se afastaram cada vez mais da caravana, até que o grupo de pessoas apavoradas se tornou apenas uma tênue linha no horizonte. A partir dali, só restava ao bode salvar a si mesmo.

Se embrenhou entre as árvores, na esperança que isso dificultasse o deslocamento do bicho, mas foi em vão. Esguia, a serpe desviava de tudo o que aparecia, e destruía com rabadas potentes o que era incapaz de evitar. Pensou em mergulhar num lago que viu em seguida, mas imaginou que a velocidade de seu perseguidor seria muito maior que a sua. Era obrigado a admitir que nunca tinha sido um bom nadador.

Eddie viu então uma montanha. Grande o suficiente para ocupar a vista, alta o bastante para que houvesse a chance de sua manobra dar certo. Correndo desvairado, Eddie escalou a parede rochosa numa série de pulos ágeis, zigue-zagueando apoiado em pedregulhos quase invisíveis a olhos humanos.

Quando chegou lá em cima, num pico descampado de solo rochoso, permitiu-se respirar um pouco. Queria salvar a todos, mas também tinha seus motivos. Sua vida era simples, mas não ruim. Como os outros, também esperava que a caminhada da caravana desembocasse em um futuro melhor para si mesmo. Se estivesse certo, a serpe desistiria da perseguição e procuraria outro lugar mais distante para assombrar com suas presas. Ele mesmo sabia que não valia tudo isso. Ninguém encararia tanto trabalho para pegar um simples bode.

Ninguém, a não ser a serpe, claro.

Surgindo de baixo para cima num voo elegante, a criatura encarou-o direto nos olhos. Sibilava, cuspia, e em sua mente limitada jurava que destruiria tudo que o bode um dia tivesse de mais precioso. Eddie cogitou defender-se verbalmente pela primeira vez, mas quando tomou fôlego, o bicho deu uma abocanhada generosa que pegou o flanco do bode de raspão.

Talvez percebendo que os dentes pontudos não fariam o serviço completo, a fera rodopiou e tentou acertar o bode com o ferrão venenoso uma, duas, três vezes. Eddie quase tropeçou no terceiro desvio, e no mero instante que teve para pensar, a serpe alçou voo para cima, certamente com a intenção de mergulhar de volta num ataque mortal.

Eddie concluiu que aquele era o fim da linha. Suas pernas não aguentariam aquele ritmo por muito mais tempo, e tentar descer a montanha na velocidade necessária seria garantir que quebraria uma pata e despencaria para a morte do mesmo jeito. A menos que tentasse uma última manobra. Um último ato de bravura.

Como previsto, a serpe desceu raivosa e o bode não teve tempo de pensar se sua saída era prudente ou não. De novo o ferrão surgiu, uma, duas vezes. Na terceira, porém, Eddie fez uma aposta consigo mesmo e saltou o mais alto que pode, pousando bem em cima da cabeça da serpe, as patas tremendo procurando apoio. O ferrão, implacável, veio em seguida.

Eddie rolou para um lado, caindo no chão de pedra. A serpe caiu pouco depois, morta, idiotamente envenenada pelo seu próprio veneno.

Eddie suspirou aliviado. Foi descendo a montanha devagar, escolhendo os passos mais pelo cansaço do que por falta de habilidade. A ardência do corte no flanco também não ajudava, mas no fim das contas não foi difícil.

O importante é que havia conseguido. Tinha se livrado da serpe mesmo que tudo aquilo tivesse custado o fôlego de pelo menos seus próximos dez anos. Havia salvado a caravana. Era um herói.

E por ser um herói, imaginava que seria recebido com toda a pompa e cerimônia reservadas aos grandes cavaleiros e aventureiros, o que em seu caso significava água e comida suficiente para se empanturrar e dormir de estômago estufado, de barriga para cima. Uma fogueira também seria interessante, uma vez que o anoitecer se aproximava e o friozinho típico daquela época do ano vinha com ele, de braços dados. Talvez um cobertor pequeno como agrado extra, se isso não fosse deixar ninguém passando frio em seu lugar.

Depois de andar mais um bocado, subiu a colina de volta com a mente recheada de todos estes pensamentos, ansioso para reencontrar as pessoas que havia salvado. Mas não havia ninguém.

Absolutamente ninguém.

Havia sim, restos. Coisas. Um ou outro item espalhado, largado por conta do susto do surgimento da serpe. Uma panela, uma maçã mordida pela metade, um sapato solitário sem par. Fora isso, apenas os sulcos profundos das carroças que partiram, imaginava, na maior velocidade possível.

A conclusão dolorosa surgiu num estalo que tinha o peso de uma vida: Eddie não era um herói, era uma mera distração. Uma isca para manter o monstro longe de todos enquanto fugiam apressados.

E pensando honestamente, concluiu que ter feito esse papel aparentemente sem encanto algum não o ofendia. Era uma tarefa nobre. Havia realmente livrado aquelas pessoas de uma morte horrível. Só preferia não ter sido descartado, largado na beira da estrada como o sapato que havia encontrado. De certo seria substituído por um animal mais útil assim que chegassem a uma próxima vila. Uma vaca. Uma ovelha. Um burro, quem sabe. Com toda certeza, já teriam até esquecido de sua existência. Era difícil se reconhecer como herói se não havia ninguém com quem dividir seu feito.

Olhou para o céu e viu no firmamento as mesmas nuvens escuras que assombravam seus pensamentos. Quando criou coragem de descer a colina pelo outro lado, uma gota pesada de chuva pingou bem no seu focinho, e logo outras se seguiram. Não demorou para ficar completamente encharcado. Suspirou como apenas um bode de coração partido seria capaz de suspirar, porque detestava dormir na chuva e, no fim, essa seria a única recompensa pelo que havia realizado.

Quando já havia perdido toda e qualquer esperança, viu ao longe uma construção. Uma casa pequena, um campo cercado e abrigos para animais. Uma pequena fazenda.

Apressou o passo tentando não escorregar na grama molhada.

Eddie mal tinha se aproximado da fazenda, tentando ao máximo evitar o solo enlameado, quando ouviu uma voz rouca, imperativa.

"Alto lá", disse ela. "Quem é o plebeu que se aproxima?"

Acostumado a receber ordens, Eddie parou só pelo instinto. Sabia que, no caso, o plebeu era ele.

"Eu", respondeu o bode. "Não consigo ver você, mas meu nome é Eddie. Muito prazer."

Ouviu-se um chapinhar rápido do outro lado da cerca, acompanhado de um farfalhar de asas que Eddie já havia ouvido muitas vezes. Logo surgiu a figura de um galo. Era alaranjado, com um longo rabo de penas pretas, que em tempos normais deveria inspirar alguma autoridade, mas que a chuva insistente havia deixado bem menos imponente. Chegou bem perto da cerca antes de se dirigir ao bode.

"Pois meu nome é Rei Otávio II, e estes são meus domínios. Meu maravilhoso reino, Gallisthria!"

"Gallisthria?", perguntou Eddie.

"Não, Gallisthria."

"Foi exatamente o que eu disse", insistiu.

"Esqueça. Seus lábios de mamífero são incapazes de capturar a sutileza da língua aviária. O que quer aqui, pequeno e molhado bode plebeu?"

Eddie explicou todo o acontecido. Falou da caravana, da serpe, de toda a correria e da decepção da volta. Não falou da dor que havia sentido no peito ao se ver sozinho, porque havia aprendido a não desaguar seus sentimentos sobre estranhos, mas o desabafo lhe fez bem de certa forma.

"Você matou uma serpe?", perguntou Otávio pensativo. Coçou uma perna usando a espora da outra. "Eu vi ela daqui. Parecia bem grande."

"E era. Sei que sou só um bode, mas enganei ela e matei. Eu só gostaria mesmo de um pouco de abrigo e comida. Essa chuva está acabando comigo. Será que eu poderia ficar na faz-, digo, no seu reino por uma noite?"

Otávio suspirou e virou a cabeça de lado.

"Hoje é seu dia de sorte, meu caro bode. Gallisthria tem um grande rei, mas no momento precisa de heróis que tenham comprovadamente realizado uma prova de grande bravura. Como você com sua serpe. Permissão para entrar concedida!"

Eddie se agachou, espremendo o corpo na lama entre a última ripa de cerca e o chão. Teve que torcer o pescoço um pouco para passar os chifres, mas o resto foi mais tranquilo. Em um instante já estava do lado de dentro. Chacoalhou a pelagem espirrando água suja para todos os lados.

"Meu caro Eddie", disse o galo. "Se você sabia que era possível entrar por debaixo da cerca, por que não fez isso?"

Eddie olhou para o galo, e pela primeira vez naquele dia, pareceu sorrir.

"Não seria adequado entrar num reino sem a autorização de seu rei."

E saíram caminhando os dois até a parte coberta, enquanto a chuva apertava.

Uma coisa era certa: o Rei Otávio II não tinha mentido. Havia na fazenda um grande, comprido e largo bebedouro de animais horizontal, comedouros e espaço para todo tipo bicho. Era tudo um pouco maior do que Eddie estava acostumado, mas àquela altura, sendo sincero, não conseguiu se ater a detalhes. Foi de pote em pote comendo o máximo que podia e encheu o bucho d'água.

Só mais tarde, quando a noite já havia caído de vez e estava tudo escuro, é que se deu conta de um detalhe muito importante: não havia visto mais nenhum animal além de Otávio. Pensou em perguntar a respeito, mas imaginou que o galo contaria uma história longa e talvez triste, e ele já havia passado por tristeza demais naquele dia.

Aninhado no monte de feno menos molhado que encontrou, Eddie finalmente adormeceu.

"Então, meu caro Eddie", disse o galo no dia seguinte.

Por algum motivo havia pedido que o bode seguisse com ele para um cantinho afastado, longe da vista de qualquer um que entrasse, antes de contar sua história.

"A verdade dolorosa é que sou um rei sem súditos, um monarca sem povo. Não foi sempre assim, claro. Antes havia a vaca Locreda e suas filhas, tínhamos as ovelhas Vanilce, Valinilce e Varlice, o burro Jairo, o cavalo Dinho, e até o porco Jorge, um mago incrível, que infelizmente se perdeu na vida e passava mais tempo rolando na lama do que praticando sua arte. E tínhamos tantos outros! Gostaria que você tivesse conhecido meu harém de galinhas. Jamais consegui decorar seus nomes, mas amava todas igualmente."

O galo andava de um lado para o outro, de cabeça baixa, tão diferente do rei que havia interpelado o bode na cerca.

"Tudo o que sei é que éramos muito felizes. Meu pai, Rei Otávio I, havia governado a fazenda com asa de ferro, admito, mas justamente por ver seus desmandos aprendi a ser benevolente com os habitantes de Gallisthria. Todos me amavam, tenho certeza disso do fundo do meu coração, e sei também que tudo teria continuado assim por muito tempo se algo muito estranho não tivesse acontecido. É difícil admitir, e só o faço porque somos amigos, mas apesar de nobre, ainda sou um galo. E há limites para o que um galo é capaz de fazer. Por isso, meu principal servo era um humano, Petrus."

Eddie tentou lembrar do nome do humano que havia cuidado dele na antiga vila, e do nome do mercador que tinha mandado-o correr para afastar a serpe, mas não conseguiu. Aparentemente o esquecimento era recíproco no fim das contas.

"Quando eu o chamava pelas manhãs, antes até do sol nascer, Petrus trazia água e comida, cumprimentava a todos e me fazia reverências. Ria, brincando com os animais, depois voltava para sua casa, para não atrapalhar nossa rotina. Era um homem de cabelos negros longos, doce e dedicado."

"O problema é que, há algum tempo, Petrus parou de vir. Sei que, em sua fome, você não deve ter percebido, mas a comida passou a rarear. A água era renovada pelas chuvas constantes pelo menos. Certa manhã chamei-o até enrouquecer, mas não adiantou. A sombra de que algo errado pudesse ter acontecido desceu sobre mim de imediato, mas os outros tentaram me apaziguar. Foi quando meus súditos começaram a desaparecer."

Otávio fez mais uma de suas pausas, mas dessa vez parecia mais pesar que drama.

"Não sei quando acontecia e isso me causa uma dor irreparável. Provavelmente na calada da noite, enquanto todos dormiam. Tentei mais de uma vez evitar, mas meu sono regular parece mais forte que qualquer coisa, e jamais consegui. Quando muito sonhei com uma silhueta que abria a porta e carregava alguns de nós pela pata, arrastando pela lama, sem cerimônia. Fizemos reuniões para tentar decidir o que fazer, mas não havia muito. Partir de Gallisthria não era uma opção. Crescemos aqui, vivemos aqui, tivemos nossos filhos aqui. É nossa pátria, nossa terra. Mas os sumiços continuaram até que só restasse eu."

Por um tempo houve apenas o silêncio. Eddie sentiu o coração apertado, porque também sabia o que era estar sozinho.

"Eu sinto muito", disse por fim.

"Não sinta", respondeu o Rei Otávio II. "Sua chegada foi um presságio. Você é um herói, afinal, Eddie. É o único que pode fazer algo."

"Eu", gaguejou Eddie. "Eu sou só um bode."

O galo se permitiu rir por um instante, chacoalhando as asas.

"Alguns diriam que sou só um galo", disse. "E mesmo assim sou um rei.".

Antes de se pôr a realizar a missão que havia recebido, Eddie repassou mentalmente o que o Rei Otávio II havia lhe pedido.

Primeiro precisava entrar na casa. Otávio achava que a porta sequer ficava trancada, mas como galo, rei ou não, não era capaz de abri-la. Eddie tinha chifres e dentes. Precisava descobrir o que havia acontecido com Petrus e porque ele agora agia tão estranho. Talvez estivesse doente. Depois tinha que libertar todos os outros animais, com certeza aprisionados. Não seria difícil se pudesse empurrar as gaiolas para o chão ou qualquer coisa assim. Alimentado pela confiança do rei, sabia que daria um jeito quando a hora chegasse.

"Tente deixar a porta apenas encostada depois que passar", disse Otávio. "Ajudarei se as coisas apertarem. Afinal, você também é meu súdito agora."

Eddie mordeu a maçaneta e empurrou a porta de madeira com os chifres, bem devagar. Apesar de seus esforços, um rangido lento e dolorido escapou das dobradiças e se espalhou pela casa. O bode congelou, esperando algum sinal de seu fracasso, mas nada aconteceu. Era difícil não fazer barulho com os cascos, mas havia tido a ideia de pisar na lama e depois no feno antes de entrar, numa tentativa de abafar o ruído. Com sorte, o subterfúgio duraria a operação inteira.

Entrou primeiro na cozinha. Notou que o chão estava sujo, cheio de respingos escuros. Parecia comida, mas não quis arriscar experimentar. Havia também riscos, como se algo tivesse sido arrastado, e achou mesmo o espaço vazio demais. Tentou esticar o pescoço para ver o que havia na bancada, mas sentiu um cheiro esquisito muito forte e recuou. Só sabia que havia muitas panelas e pratos sujos espalhados e empilhados nos cantos.

Petrus parecia um homem descuidado, muito diferente da descrição carinhosa dada pelo rei. Ficou surpreso, mas nem tanto. Àquela altura já havia se dado conta de que o galo tinha a tendência de florear suas histórias. Talvez tudo fosse mais simples do que parecia. Talvez Petrus fosse apenas um fazendeiro relapso e, no fim das contas, os outros animais só tivessem ido embora na calada da noite, cansados de serem malcuidados. O pensamento fez Eddie relaxar um pouco. Se fosse aquilo, não teria porque se preocupar tanto. Avançou na direção do cômodo seguinte, e parou logo em seguida.

No centro havia uma mesa e, sentado numa cadeira, de costas para ele, havia um homem de cabelos longos, dormindo. Era Petrus, e seu sono devia ser pesado, pois não fez qualquer movimento que indicasse ter percebido a presença do bode. Eddie teria dado por solucionado esta parte do mistério, se não tivesse ouvido algo estranho. O som de alguma coisa pingando ritmadamente, como uma torneira mal fechada.

Ping. Ping. Ping.

Aproximou-se com cuidado do homem de costas e notou que seus braços estavam moles, estendidos ao lado do corpo. No chão, logo abaixo da mão direita, havia uma bacia de metal cheia. E ali pingava um líquido que escorria pelos dedos do homem. Era sangue.

Petrus estava morto. Mais que isso, Petrus havia sido assassinado.

O instinto do bode era, claro, dar meia volta e correr o mais rápido possível. Avisar Otávio e disparar da fazenda. Mas precisava encontrar os outros animais, os cidadãos de Gallisthria. Não era justo que ficassem ali enquanto ele e o rei se safavam. Olhou para cima em busca de alguma pista, e viu.

Pendurados nas vigas do teto, amarrados em barbantes intrincados, estavam ossos. Muitos ossos. Fêmures, costelas, patas, traseiros e crânios. Alguns limpos, outros com pedaços de carne grudados, rodeados de moscas famintas, cheirando a podridão. Cada um balançando leve por conta da brisa que entrava pela porta que havia deixado entreaberta.

Eddie ainda tentava organizar sua mente quando a porta da frente se abriu num chute e a figura de um homenzarrão cobriu toda a soleira.

— Obrigado por me mostrar o caminho, ó poderoso mestre Keghlatt! — gritou o homem.

E partiu para cima de Eddie.

Quando abriu o olho esquerdo um tanto inchado, o bode ficou confuso. De repente achou que nunca tinha saído da vilazinha onde fora criado, que não havia existido nem caravana, nem serpe, nem Rei Otávio II, nem nada. Sentiu até o gosto da grama fresca do pasto de trás da taverna, até se dar conta que não era grama. Era uma pasta verde e azeda sendo empurrada para dentro de sua boca pelo homem que havia surgido na casa.

— Não precisa engolir, mas tem que ficar na boca — disse ele pegando mais uma colherada. — Tem que seguir as instruções.

Eddie tentou se mexer, mas percebeu que as patas estavam presas por cordas. Pareciam velhas, mas ainda eram fortes o suficiente. Depois tentou gritar, mas foi impedido pela gosma em sua boca.

O homem deixou a colher de lado e passou a andar pela sala, acendendo velas em todo canto, com um cuidado que não correspondia com o seu tamanho.

— Um bode preto. Era isso o que faltava — murmurava para si mesmo. — Não porco, não ovelha, nem galinha. Bode.

Se afastou um pouco, acendendo velas mais distantes, e então voltou com algo na mão. Era uma cabeça de porco. Jorge, o mago.

— Keghlatt não aceitou esse bicho nojento, mas vai aceitar você. Todo mundo sabe que invocação se faz com bode! BODE!

Em seu próprio desespero, Eddie entendeu que o homem perdia o raciocínio a cada passo. Balbuciava e esbravejava consigo mesmo, tentando arrancar um demônio do inferno por algum motivo que provavelmente jamais saberia.

Sua missão havia sido um fracasso. Morreria ali, numa casa de fazenda imunda, sem servir a qualquer propósito digno que fosse, só porque queria ajudar um galo que se autointitulava rei.

— Falta a faca! — berrou o homem. — Como vai cortar o bode largando a faca na carroça? Burro! BURRO! — Bateu com o punho fechado no próprio rosto até abrir um corte no supercílio esquerdo. Com passos pesados, saiu pela porta da frente.

O bode tentou puxar as cordas de novo. Teve a leve impressão de que cediam um pouco, mas não tinha força suficiente. Era a corrida contra a serpe cobrando o seu preço, muito mais cedo do que imaginava. Não havia saída. Ficou olhando para a própria barriga inchada, imaginando se seria obrigado a ver as próprias vísceras saltando para o chão ou se conseguiria virar a cara.

Foi quando ouviu um farfalhar muito familiar.

"Eu falei que viria te ajudar", disse o Rei Otávio II, bicando rápido as cordas que prendiam as patas do bode. "Um rei não quebra suas promessas."

Eddie ficou ainda mais desesperado. Queria avisar que não daria tempo, que tentar era inútil, que estariam ambos condenados se ele insistisse, mas a pasta em sua boca o impedia de falar.

Como se respondendo aos temores do bode, o homem surgiu na soleira da porta, de faca reluzente em punho, babando e grunhindo.

Foi aí que ele ouviu a voz de Otávio em seu ouvido.

"Vai, Eddie!"

E ele foi.

O comando fez renascer o mesmo instinto que tinha feito com que despencasse colina abaixo com a serpe em seu encalço. Livre das cordas, patinou enquanto tentava se manter em pé na superfície lisa, virando a mesa de ponta cabeça. Caiu no colo do fazendeiro Petrus e travou em seu olhar leitoso, depois desceu entornando a bacia de sangue.

O homem urrou como uma ursa que perde seus filhotes, afastando o que estivesse à frente com os braços largos, jogando ossos e tudo mais rumo à parede. Restos e mais restos de rituais fracassados tentados por semanas a fio.

Correndo o máximo que podia, Eddie derrapou no sangue do chão até entrar na cozinha, dando de encontro com uma pilha de pratos, perseguido pelo vagalhão que era o cultista armado de sua faca. Corrigiu a rota e passou pela porta escancarada rumo ao pasto molhado, enquanto a lâmina passava triscando seu dorso mais de uma vez, próxima demais. Já sentia o cansaço nas patas quando viu não tão longe o largo bebedouro de animais. Se havia sido capaz de um grande feito uma vez, talvez pudesse ser capaz de realizá-lo de novo.

Saltou o bebedouro com uma graça pouco afeita aos bodes, e se virou no chão para encarar a trajetória do cultista. Incapaz de realizar o mesmo movimento de Eddie, cego pela fúria de ver seus planos destruídos por uma criatura tão simplória, o homem bateu com o joelho na borda e vacilou trôpego por um mero instante, como uma frágil pilha de cartas prestes a cair. Juntando toda a força que lhe restava, Eddie deu mais um salto prodigioso, dessa vez aterrisando sobre os ombros do homem, que tombou com meio-corpo para dentro da água.

Eddie ficou ali, sentado sobre a cabeça dele, vendo impropérios borbulhantes e inúteis brotarem da água, e só saiu quando o cultista finalmente parou de se debater.

Em meio à calmaria depois do caos, o Rei Otávio II falhou em encontrar palavras para agradecer ao bode.

Propôs que aceitasse o título de cavaleiro, que ficasse com o pedaço de terra perto do bebedouro, que exigisse ser chamado de barão e que contratassem o melhor bardo que aparecesse por ali para contar suas peripécias, mas ele recusou.

Disse que estava cansado e que pretendia andar até a próxima vila, em busca de algum outro fazendeiro qualquer. A vida de herói havia sido emocionante, mas preferia ter alguém que cuidasse dele, como Petrus havia feito com o galo um dia.

Despediram-se com olhos lacrimejantes e, da estrada, olhando para o Rei Otávio II empoleirado na cerca, Eddie achou que a crista do amigo de fato lembrava uma coroa.

O bode andou noite adentro pela estradinha de terra acidentada, na marcha difícil de quem havia feito o esforço de uma vida toda em tão pouco tempo, mas não demorou até que seu corpo sucumbisse. Sentiu as patas fracas, e até o corte feito pela serpe se juntou aos ferimentos da fuga da casa na fazenda para latejar e arder.

Com a vista turva, foi um pouquinho para a margem do caminho, onde acabava a terra batida, para evitar que alguma carroça o atropelasse sem querer. Tremendo com o frio da noite que chegava, encostou a cabeça numa pedra, enrodilhado em si mesmo.

E adormeceu.

Ainda não havia amanhecido quando o bode abriu os olhos com dificuldade.

Aos poucos percebeu uma mão carinhosa passando algo agradável em seus machucados, e relaxou. Sentia o cheiro de algum tipo de mistura de ervas, mas era bom.

Quando conseguiu enxergar direito, viu que quem cuidava dele era uma anã sorridente, de barbas negras. Tinha pequenos ossos pendurados na roupa, mas de alguma forma aquilo não o assustou. Não se lembrava a última vez que uma pessoa havia sorrido para ele daquele jeito.

— Olá — disse a anã. — Meu nome é Alma, muito prazer!

Ela então tirou a plaquinha pendurada no pescoço do bode e envolveu-o com um cobertor.

— Eddie? — Fez uma careta divertida. — Isso não é nome de bode! O que acha de Alphonse IX?

O bode não respondeu, mas fez o que pôde para sorrir de volta. Se aquela era a vida que teria dali para frente, estava muito satisfeito em ser chamado de Alphonse IX.

O RÉQUIEM DA MÚMIA DE FOGO

DAVIDE DI BENEDETTO

ALMA PÔS o pé na estrada. Seu destino? Os limites de Kottar, o reino em que vivera por boa parte de sua longa, longa — longuíssima! — vida.

Primeiro tomou uma balsa no vilarejo ribeirinho de Barca do Além. Desceu no porto de Finados, na outra margem do rio. Depois, subiu toda a Lomba da Saudade.

Após passar uma noite agitada numa estalagem, dormida a base de poção do sono, a anã herbalista imortal montou em seu fiel bode Alphonse X. Passou pelas aldeias de Cova Rasa e Fossa Funda. Tomou atalhos duvidosos por um túnel. Acabou indo parar nos arredores de Catacumba Feliz, onde levantou acampamento.

Mas ainda havia muito a percorrer. Tumba D'Ouro, Derradeiros, Sete Abutres. Mil estradas de terra e afluentes lamacentos atravessando um roteiro infinito de lugarejos lúgubres.

Enfim, Alma chegou às margens de um pântano.

Ali encontraria quem procurava.

No pântano havia uma profusão de tendas multicoloridas e soldados de mantos vermelhos.

Tinham vindo à terra de Kottar para ensinar aos pagãos a verdadeira fé e fazer cumprir a vontade da Coroa de Ghanor, mas Alma se movia alheia às correntezas da História. Não estava certa de há quanto tempo começara a invasão. Era mais uma guerra. Outro evento catastrófico.

A alquimista saberia mais se tivesse ouvido os rumores, se estivesse prestando atenção aos sinais do que viu durante sua peregrinação pelo interior, mas não estava.

Para uma kottariana como ela, entretanto, era tudo muito transparente. Os soldados faziam o possível para se manterem ocupados, agarrando-se a qualquer aspecto mínimo da vida no quartel, para não pensar que no dia seguinte poderiam ser perfurados ou pisoteados, lutando em meio à uma parede de escudos.

Eles corriam de um lado para o outro. Seguiam ordens, bebiam odres de vinho e cantavam canções de guerreiros, gritando vivas ao rei. Temiam a morte.

Claramente, não pertenciam àquele lugar.

Alma agarrou as calças de um soldado, um capitão que passava apressado, prestes a realizar uma tarefa, em tese, muito importante.

— Senhor, espere! Preciso falar com aquela moça — gritou Alma apontando para uma colina próxima.

No alto da colina, com vista para o resto do acampamento militar, uma dúzia de legionários se preparava para puxar um daqueles cordames típicos de navio. Estavam prontos para enforcar uma mulher.

De um tamanho estatuesco, boatos exagerados espalhavam que tinha sangue de gigante. Era só um pouco mais baixa que a árvore troncuda onde pretendiam pendurar seu corpo, tal qual se fazia com presuntos defumados nas vigas de uma taverna.

— Ela? É uma desertora.

— Isso mesmo, desertora! Justamente quem procuro. Uma ladra terrível, que arrombou e profanou incontáveis tumbas.

— O quê? E isso lá é mérito? Ela traiu nosso exército, garota. Largou tudo para ir atrás de ouro. Por isso merece a morte — disse o soldado ghanoriano.

— Todos merecemos. — Alma fez uma reverência.

— Estamos apenas cumprindo ordens.

— Longe de mim atrapalhar este momento sagrado, meu senhor — a anã terminou a frase de maneira apressada. — Mas ela tem uma informação que preciso! Vim de muito longe...

Alma nunca soube se foi por insistência, charme, ou seu olhar de gata triste, mas depois de idas e vindas, ordens dadas e recebidas, conseguiu permissão para falar com a condenada à forca, desde que fosse rápida.

Subiu até a colina e pôde ver a mulher de perto. Tinha cabelos de fogo que contrastavam com o brejo ao redor. Sua garganta potente parecia quase capaz de arrebentar a corda espessa.

Ninguém admitiria em voz alta, mas de certa forma a chegada de Alma havia sido providencial, pois a verdade é que além de todo o peso que deveriam levantar, os soldados responsáveis pela execução traziam também um imenso pesar dentro de si. A soldadesca rasa daquele batalhão amava a condenada, a quem chamavam de Retumbar Fiadoodín, a Trovejadora.

Era ela a barda-corneteira, responsável por compilar a lista de nomes dos camaradas caídos em batalha. Quando se reuniam em volta da fogueira, era Retumbar quem espantava o tédio contando histórias sobre seu tempo como bárbara, ladra, pirata, mercenária e — dizia ela — um curto período como rainha.

Depois de entornar aproximadamente três barris de aguardente, o seu fôlego, que também costumava ser empregado para anunciar a chegada de reforços em meio a batalhas, dava lugar a uma cantoria tão bela e triste que, ao que se conta, mesmo os santos choravam nos céus, derramando verdadeiros pés d'água.

Mas ordens eram ordens.

Alma se aproximou da forca devagar, quase em reverência. Quando tomou fôlego para falar, foi interrompida pela figura agigantada.

— Espere, baixinha, não me diga!

— Dizer o quê?

— Você quer saber onde fica a lendária necrópole perdida de Phamântura.

Alma olhou intrigada.

— Como adivinhou?

— Você não é a primeira que vem me procurar com esse papinho. Vai por mim, já estive lá. Tá perdendo nada não, viu...

— Bem, é que estou em busca do Livro dos Vivos. Esperava que...

— Livro? E o que vou fazer com uma porcaria de livro? Tem aquelas letrinhas miúdas e palavras difíceis! Aí a gente precisa ficar olhando pra ele durante semanas. E depois fica triste e com a cabeça cheia de ideia entulhada. Quem tem tempo pra isso hoje em dia? Que forma mais ineficiente de contar uma história! Ninguém vai querer comprar esta merda. Ainda se fosse o Braseiro Que Nunca Apaga...

— O Braseiro? Não, não! Procuro pela última cópia do grimório que os antigos mortífices usavam para absolver os condenados à vida etern... Espere. Para que você quer o Braseiro Que Nunca Apaga?

— Pra vender. Nunca apaga. Vale uma grana. — Tossiu.

— Não! Por favor, eu imploro, o livro é minha última chance.

— Neste caso, você é a minha.

— Como assim?

— Você é minha última chance. Quer ir para Phamântura? Pois eu tenho o mapa e ele só vai com você se eu for junto. O problema é que o pessoal aqui quer me enforcar...

— Você poderia deixá-lo para mim como uma generosa herança, talvez?

— Não. Se for assim, talvez seja melhor morrer mesmo. — Fez uma pausa. — Mas talvez os rapazes aceitem uma compensação financeira para me liberar. Se for das grandes. E com discrição.

Os soldados balançaram a cabeça concordando.

A anã pensou um pouco.

— Isso não... Quer dizer, e-eu não poderia...

Alma sentiu um enjoo profundo diante do mero pensamento de quebrar um tabu tão sagrado. Salvar uma vida.

A existência, acreditava, nada mais era do que uma preparação para a morte. Era uma honra incomensurável partir depois de uma vida de grandes feitos. Um ciclo natural. Quem sabe, de maneira impetuosa, através de seus muitos crimes, aquela ladra de tumbas tivesse atraído a forca para si. Levar este tipo de vida talvez pudesse não ter sido sua escolha inicial, mas era, enfim, a justa recompensa por teimar em sobreviver neste mundo ilusório: ser levada para outro.

Não cabia à herbalista imortal prolongar o sofrimento da mulher. Sabia bem o que era a solidão de eludir a ceifeira simplesmente por ser competente demais.

Mas um pensamento se agitava em sua mente como os tentáculos de um kraken nas profundezas dos abismos oceânicos.

E se não fosse ainda a hora e a vez de Retumbar Fiadoodín? E se a barda tivesse ainda mais uma corneta para soar? Mais uma balada para compor? Uma última aventura? E se fosse ela, Alma, a escolhida para prolongar a sentença daquela larápia no plano material?

Pensar isso era vaidade. Mesmo que conseguisse comprar sua liberdade com as miríades de moedas juntadas no último século, mesmo que fosse seu papel, não seria capaz disso. Jamais poderia impor a outra pessoa o sofrimento de continuar vagando entre os vivos, algo que a herbalista imortal tão bem conhecia.

De maneira alguma.

Mas acontece que Alma queria *muito* morrer.

E, já bem longe do acampamento, depois de virar à direita na Cidadela de São Arnaldo e seguir ao leste, até o pântano virar planície, e a planície virar um deserto tomado de dunas feitas de cinzas, serpenteando lentas e incessantes com o vento, a desertora, e a anã — que pagara a salgada "fiança" da primeira como se fosse uma esmola — pararam para acampar.

Acenderam uma fogueira bem no local em que Alphonse, o décimo, bateu as botas. Ou melhor, os cascos.

Enquanto Alma fazia ritos fúnebres e abria com as mãos uma cova para o animal, Retumbar se contentava com a ração de viagem (uma vez que fora proibida de assar a carne da falecida montaria).

A anã continuava mortificada, lágrimas banhavam seu rosto, mas não era pelo bichinho.

— Queria deixar claro mais uma vez como lamento ter precisado poupar a vida da senhora. Jamais faria assim se houvesse outro jeito.

— Se eu for passar o resto da viagem ouvindo o quanto se arrepende de ter tirado o meu pescoço da forca, eu mesma retorno lá e coloco de volta — trovejou a voz de Retumbar na vastidão noturna.

— Quando tudo isso acabar, posso ajudá-la com um pouco de extrato de veneno de serpe! Posso aquecer o preparo. Descerá pela sua garganta como sopa quentinha. Prometo que não sentirá nada. É o mínimo que posso fazer, além disso...

— Ó! Disse pra parar.

Um barulho de respiração funda veio da anã.

— Está bem, senhora ladra.

— E pare de me chamar de senhora!

— Desculpe.

— Não sei qual é a de vocês kottarianos com a morte.

— É nosso costume.

— Vocês acham que são mais valentes que o resto do continente? Antes, quando falei sobre preferir morrer, era uma brincadeira, humor de cadafalso. Tenho uma reputação a zelar. Mas saiba que cansei de ver a morte. Não tem nada de bonito nela!

— Pois eu a invejo! É meu maior sonho. Morrer é a ordem natural das coisas e...

— Baixinha.

— Senhora ladra?

— A morte não é a sua amiga. Você não abraça a morte! Não acolhe o fim da existência. A gente luta como uma ratazana raivosa encurralada e morde a desgraçada de volta e...

— E?

Houve uma pausa.

— Nós estamos cercadas — disse a ladra de tumbas.

E estavam mesmo.

Os soldados do rei eram bem treinados.

Na penumbra, as duas mulheres observaram paralisadas os homens que rastejaram de adaga nos dentes pelas cinzas frias, agora com lâminas afiadas encostadas em seus pescoços. Três ao todo.

E havia ainda mais soldados nas sombras.

— Perdão por interrompermos esta conversa fascinante, entre culturas tão distintas — disse aquele que parecia ser o líder dos soldados-ladrões-desertores. — Mas acredito ter ouvido algo a respeito de um tesouro.

Alma reconheceu o homem. Era o capitão, o primeiro soldado com quem tinha conversado, e de quem sequer sabia o nome.

— Falou para ele sobre o mapa? — Retumbar proferiu, incrédula.

— Nós mesmos ouvimos, barda. Todas as malditas vezes que você mesma mencionou. Até nosso santo rei ouviu. Você fala alto demais! — riu o capitão. — Sabe qual o problema com vocês, ditos "aventureiros"? — Fez aspas com as mãos. — Acham que são protagonistas de uma peça. Pensam que somos todos uns figurantes. Não, pior... parte do cenário! Nem nos enxergam!

Os dois soldados próximos a elas balançaram as cabeças em concordância. Sábias palavras daquele que haviam resolvido seguir.

— Chega de conversa. — O homem mudou de expressão. — O mapa!

Sem hesitar, sem reagir, a barda levou a mão à sua tanga de pele de texugo. Muito útil para guardar todo tipo de utensílio. Retirou de lá um mapa de pele rosada, um tanto ressequida, onde se entrevia uma velha tatuagem de marinheiro. Parecia ter sido desprendida dolorosamente das costas de alguém.

A barda envelopou a adaga do oficial com o mapa, como se dissesse "tome". Era uma relíquia obtida em outra aventura. Como ela escondeu o mapa dos seus captores antes? Alma nunca soube. E onde tinha conseguido um mapa feito de pele... humanoide? Alma não quis saber.

A diferença entre a vida real e as histórias é que às vezes nem tudo se encaixa ou tem uma explicação satisfatória.

Depois que os soldados há muito haviam partido, as duas companheiras acidentais seguiram viagem, embora Alma não fizesse ideia de para onde. Ia montada nos ombros de Retumbar, como um bebê humano brincando de ser carregado nas costas fortes do pai.

A respiração da barda deixava nuvenzinhas no frio da madrugada dos ermos. Pelo menos os assaltantes não tinham levado muita coisa. A barda ainda tinha seu berrante e Alma sua bolsa de couro com substâncias alquímicas, guardadas em esferas de cerâmica, que foram supersticiosamente consideradas "amaldiçoadas" demais pelos soldados.

Iluminando o caminho daquela dupla insólita havia apenas as estrelas e uma lua inchada.

— Aonde estamos indo? — inquiriu Alma.

— Para Phamântura, oras.

— E você conhece o caminho?

— Baixinha.

— Sim, senhora ladra?

— Pensa que sou burra?

— Não quero ofendê-la.

— Você já viveu em um quartel? Sei lá o que botam na cabeça desses soldados. Acho que ficam de saco cheio de tanto receber ordens que quando é você quem fala nunca escutam... não é assim?

— Infelizmente.

— Às vezes, você precisa deixá-los pensar que foram eles quem tiveram a ideia.

Enquanto galgavam as dunas, Retumbar foi se explicando. Fazia tempo que mencionava a porcaria do mapa. Praticamente desde o dia em que a capturaram perto das ruínas, delirante de sede e fome.

Encontrar a necrópole perdida de Phamântura da primeira vez foi fácil. Mas lugares que guardavam fortunas nunca ficavam desguarnecidos. Armadilhas. Monstros. Os mortífices que haviam erguido a necrópole eram uma casta orgulhosa. Para guardar seus prisioneiros, segredos e tesouros, repudiaram ao que era mais sagrado: transformaram criminosos em hordas de guerreiros desmortos, como houvera na época do Grande Esquecimento. Condenados a guardar corredores e salões subterrâneos para todo o sempre. Um verdadeiro batalhão empunhando lanças.

O grupo de desertores que Retumbar trouxera da primeira vez abatera uns vinte. Trinta. Cinquenta até... mas ainda restavam. Não sabia quantos. Mais do que estava disposta a enfrentar sozinha.

— Deixe os soldados do rei fazerem o trabalho chato — disse a Alma. — Eles que lutem. Quando estiverem cansados, nos esgueiramos e pegamos o tesouro.

As duas riram em meio ao breu e ao nada.

— E o mapa?

— Diga-me, baixinha. Você sabe qual o maior poder dos bardos?

— Músicas encantadas? Seu carisma natural?

— A memória.

Retumbar sabia muito bem aonde ia. Se conseguia decorar canções, baladas, epopeias, sagas, toda sorte de longos poemas narrativos, se era capaz de armazenar e esculpir palavras nos recônditos de sua mente e conjurá-las como feitiços — algumas vezes literais — decorar as diretrizes gerais tatuadas na pele de um morto não era lá grande desafio.

Bastava virar a direita na Cidadela de São Arnaldo. Seguir ao leste. Chegar até onde as montarias começavam a tremer de cansaço. Virar ao sul, no mar de dunas feitas de cinzas. Seguir até avistar o monolito, fazer um ângulo fechado, então, indo sempre em frente de olho no voo dos pássaros e...

Mas a viagem era longa, então mudou de assunto.

— Você conhece a tragédia de Santa Vedra, a Antimorte?

Não era uma pergunta retórica. Pouquíssima gente lembrava. A própria Alma só tinha vagas lembranças deste capítulo inglório, felizmente esmaecido, do passado de Kottar. Como todos os pouquíssimos santos conhecidos ali, Vedra fora uma estrangeira. Ela veio em paz, mas trouxe o caos.

Curou anciões que apenas aguardavam para serem levados pela morte, insultando seus parentes. Vandalizou tumbas. Profanou templos. Urinou em imagens do estandarte kottariano com a caveira branca. Tinha tirado um homem cego moribundo das ruas, devolvido a visão aos seus olhos leitosos. Converteu-o em seu mais fiel apóstolo.

Retumbar achava uma linda história. Alma protestou.

Sim, havia um certo efeito poético na canção mais conhecida, que narrava o ponto de vista do apóstolo, mas Santa Vedra não era lembrada por um bom motivo! Tinha sido um flagelo. Um sacrilégio ambulante. Escarnecera abertamente de seu povo. Destruira túmulos. Arrebanhou massas de fanáticos com seus sermões de paixão e ódio.

E, além do mais, seu fim trágico podia ser entendido como uma completa deturpação do que a própria Retumbar defendera sobre enfrentar a morte, porque no final...

Mas àquela altura a barda já não ouvia as reclamações da amiga de ocasião, pois havia começado a cantarolar. Alma percebeu que eram rimas pobres, provavelmente compostas pelo povo, não por menestréis empolados, mas a voz da barda a fascinava num estupor mesmerizado. E em pouco tempo, na imensidão, só se ouviam os versos daquela que era conhecida como "A Canção do Irmão Esdras".

Ó, Santa Vedra e a sua missão!
Foi a luz
Foi a cruz
Em minha eterna escuridão

Quando ela veio a Kottar
Com suas mãos
E oração
A morte quis enfrentar

Mas à ceifeira roubava
Com mil curas e pragas
Sua fé tornou imposição

E para ao povo calar
Prometeu: "Vou ressuscitar!"
Aos soldados se entregou, então

Ó, Santa Vedra eu te esperei!
Por dias
E dias
Sete e mais um eu contei

Quando levantou do chão
O fedor
O terror
Ver a tua podridão

A noite dos meus olhos roubou
Mas sua visão não consegui suportar
Agora morta ela está

E eu continuo a me revirar
Para sempre
Em Phamântura

Quando o último verso terminou, não havia mais espaço para discussões ou debates. Somente para sono e descanso.

A necrópole era um fantasma sólido em meio aos morros de cinzas. Erguida ao longo da fronteira — num tempo em que não existiam fronteiras — fora outrora uma barreira verdejante. Na verdade, ninguém sabia ao certo como o fenômeno sobrenatural que envenenou a fauna e a flora kottariana acabou gerando aquela vastidão sem cor. As dunas de cremação e fuligem que cercavam a cidade mortuária.

Nelas se escondia o platô onde jazia um pátio de pedra de colunas quebradas, ornamentadas com ossos. Neste coração rochoso, uma passagem levava a uma infinidade de túneis e corredores subterrâneos, que lendas diziam se ramificar pelo menos até Salúria. Naquele momento, o labirinto era mais uma vez palco de batalha entre vivos e mortos.

Uma dúzia de desertores do exército ghanoriano, liderados por um capitão, lutava sala a sala. Palmo a palmo. Abandonavam seus gládios no pavimento e esmagavam o crânio de guerreiros-esqueletos com escudos grandes e pesados. Enquanto isso, mãos ossudas brotavam do chão logo abaixo, agarrando e rasgando tornozelos.

— Lutem, homens! — o capitão gritava, enquanto segurava um pesado grimório, encadernado com o couro de demônios, que apanhara em meio às ruínas. O Livro dos Vivos.

Mas se seus homens precisavam de brados para despertá-los da paralisia do horror, os desmortos dispensavam tal luxo. Lutavam com a inevitabilidade lenta e resignada de quem fora condenado pelas magias de seus mestres a servirem de carcereiros para seus semelhantes. Pois em Phamântura jaziam os condenados à pior punição que um kottariano era capaz de conceber.

A não morte.

Diante dos uivos abafados de pessoas enterradas, ou emparedadas, em uma miríade de câmaras subterrâneas, mesmo os sons normais de um combate — clangor de aço, rasgar da carne, gritos de guerra — eram abafados.

— Onde raios fui me meter? — disse Alma, que havia se esgueirado junto de sua companheira para uma passarela logo acima daquele embate encarniçado e observava tudo. Sua pele estava ainda mais pálida que de costume.

— Vamos, baixinha! — incentivou Retumbar. — Eu conheço esses caras. Sabem se virar e nós não estamos longe — Apontou para o final da passarela elevada, onde havia próximo o topo de uma torre, adornado com uma espécie de pequena pira funerária.

— Mas o livro está lá embaixo...

Retumbar, como de costume, fingiu não ouvir, pois seu objetivo era outro. Seguiu em frente e saltou sobre um abismo no fim da passarela. Aterrissou sonoramente sobre a torre, com agilidade felina, insuspeita para o tamanho de seu corpo. Felizmente, o interior da necrópole fora cavado com o trabalho de seres ainda maiores que ela. Tudo em escala colossal, mal se enxergava o teto.

Atravessou o centro da plataforma. Deixou sua tocha cair, pois não era necessária perante o mar de luz emanando das chamas azuis da pira mística, que queimava sem consumir o parco ar respirável ao redor.

Afinal, era o Braseiro que Nunca Apaga.

Quem quer que estivesse enterrado debaixo dele, merecera uma honra toda sua. Pelos antigos murais na parede, que demorou alguns minutos analisando, Retumbar logo entendeu estar em um local dedicado à mumificação, embora, não a mumificação costumeira. Nada de unguentos. Faixas de seda. Cérebros retirados com um ferro quente introduzido pelo nariz. Ali era praticado o "embalsamamento" à moda dos viajantes e saqueadores.

O corpo era enterrado debaixo de uma fina camada de terra. Em cima dela era acesa uma fogueira. O calor do fogo comia a carne e calcinava os ossos logo abaixo, deixando restos mortais adequados ao transporte por longas distâncias.

Exceto que ali os ossos já haviam chegado ao seu destino e se remexiam debaixo da terra.

— É aqui, baixinha! — disse a barda, após um rápido acesso de tosse. — Agora, como combinamos, me alcance... — Parou ao olhar para trás depois de muito tempo e se deu conta que a companheira não estava lá.

De repente, sentiu o cheiro característico e hediondo de pólvora. Pouco depois, o barulho de uma explosão.

Quando deu por si, o lugar onde pisava começou a desabar.

Alma parou e pensou um pouco, observando a parceira prosseguir sem perceber sua ausência proposital.

Considerou bombardear o campo de batalha com fogo alquímico para espantar os soldados. O Livro dos Vivos era resistente às chamas, até onde Alma se informara lendo antigos tratados kottarianos — livros sempre falavam de outros livros — somente queimava ao ser utilizado.

Mas aqueles eram túneis nas entranhas da terra e sufocar sem ar puro por toda a eternidade, pelo menos até que uma nova leva de saqueadores de tumbas ventilasse as ruínas, parecia uma perspectiva ainda pior do que a imortalidade em que já se encontrava. Se contentou em usar outras substâncias que trazia em sua bolsa de couro tratado.

Antes de pular da passarela, lançou uma esfera de cerâmica contra um soldado que enfrentava um esqueleto. A esfera se quebrou, prendendo ambos em um grande bloco de gelo. Alma saltou atrás da massa congelada e começou a empurrar, fazendo com que deslizasse pelo pavimento, suas mãos, devidamente enluvadas, sobre a superfície fria e úmida.

De mansinho, foi usando a imensa barreira recém-formada para atravessar o campo de batalha. Ao seu lado, um guardião desmorto teve o crânio rompido por uma pedra atirada pelos soldados. Mais à frente, dois guerreiros ghanorianos foram empalados por uma lança.

Um dos desertores percebeu a movimentação. Correu para trás do bloco de gelo, mas, antes que pudesse fazer alguma coisa, a anã reagiu instintivamente. Rasgou a coxa do homem com uma adaga embebida em um sonífero poderoso o bastante para derrubar um dragão.

Alma parou, olhou ao redor. A batalha continuava.

Seguiu. Seu alvo estava perto agora.

O capitão que havia liderado os desertores até Phamântura estava acuado com seus soldados remanescentes, agarrado ao livro que sacrificara tanto para conseguir, lutando contra uma falange inteira de mortos-vivos. Tentavam recuar para perto do pé de uma torre. Usavam seus escudos tanto para se defender quanto para atacar. Os esqueletos avançavam com suas lanças curtas, se empurrando, comprimindo o inimigo na forma de uma massa imensa.

Uma situação desesperadora e também um impasse que poderia durar sabe-se lá quanto tempo. Tão próxima daquilo que queria, o coração de Alma batia como um tambor. A respiração ofegante. Uma milenar alquimista que não conseguia esperar nem mais um instante.

Tirou da bolsa outra esfera de cerâmica, com um pavio em cima. Alma rolou para trás de uma coluna quebrada, segundos antes do bloco de gelo subitamente descongelar e, mal se escondeu, engatinhou novamente para fora da cobertura. Apanhou uma das tochas que os soldados haviam deixado cair em meio ao pandemônio.

— Que a morte os abençoe — disse acendendo o pavio.

A granada especialmente preparada foi lançada em arco para cair entre os oponentes. Sua ação ergueria uma parede de ar compacto para deslocar vivos e desmortos. E, então, Alma correria com suas pernas curtas para alcançar o livro.

Mas, no último instante, se afobou. A granada voou bem acima. Caiu à frente, bem ao pé da torre onde os soldados tentavam recuar. O item alquímico explodiu e, ao fazê-lo, destroçou a fina parede de alvenaria. Toda a areia contida ali dentro, como grãos em um silo, subitamente irrompeu para fora, num jato violento, que varreu todos em seu caminho e, finalmente, toda a estrutura desabou em escombros que varreram tudo.

Inclusive a própria Alma.

Ela nunca entendeu por qual milagre da arquitetura kottariana o resto da câmara se manteve de pé, mas após minutos cavando para fora da massa terrosa que a cobria, quebrou a última esfera de cerâmica que tinha, para produzir, não um inferno flamejante, mas apenas um pouco de luz. Então, a anã viu.

O Livro dos Vivos estava bem à sua frente. Mas com ele também estava o pé calçado de um soldado, que a chutou na boca, fazendo com que provasse gosto de sangue.

— Esta belezinha aqui vem para mim! — disse.

Mas não foi. Assim que ele apanhou o grimório, alguma outra coisa apanhou sua garganta, emergindo da areia. Era um braço de ossos calcinados, ligado a um corpo de igual composição. Um corpo humanoide horrendo, feito de ossos cinzentos, que o homem pôde contemplar no pouco tempo de vida que lhe restava.

— VE-VEDRAAAAAAAAAA!!! — gritou a monstruosidade sem cordas vocais. E a coisa começou a sorver.

Alma assistiu quando a pele do soldado se liquefez. Como se fosse um dos compostos alquímicos borbulhantes que ela costumava manusear em seus laboratórios. A epiderme escorreu para o braço da coisa e começou a reconstituí-lo. Uma pele com consistência de geleia. Então, vieram sangue, músculos, entranhas. Cada pedaço do corpo do guerreiro ghanoriano foi derretendo, tragado para dentro da estranha coisa-esqueleto, que agora tinha a aparência da carne fresca de um animal recém-abatido pendurado em um matadouro. As órbitas em seu crânio preenchidas de negrume líquido, espelhavam o espírito do soldado absorvido, preso em um grito mudo. E logo a imagem se dissolveu.

Alma ficou parada. O morto-vivo semi-regenerado mergulhou o braço, agora carnoso, em sua direção. Ergueu a anã de dentro da areia, e Alma deixou mais uma vez cair o livro que tinha acabado de apanhar. O morto-vivo urrou com a satisfação de quem conseguiu emendar uma vitória atrás da outra.

Então um berrante soou distante.

— Baixinha! — Retumbar surgiu do nada, derrubando tudo em seu caminho, como um aríete. A tiracolo trazia seu emblemático instrumento e, com uma corrente enrodilhada em um de seus poderosos braços, girava o braseiro de chamas eternas e azuis, que manobrava como se fosse uma maça estrela.

Retumbar atingiu a criatura com tanta violência que a corrente partiu. As chamas imediatamente engolfaram o corpo do desmorto, que soltou Alma. A anã rolou por um monte de areia, imediatamente se pondo a apagar o fogo que, por sorte, apenas chamuscou sua barba.

— VEEEEEEDRA!!! — gritou a coisa, avançando para cima de Retumbar.

A barda se preparou para se desvencilhar do abraço flamejante, mas um escudo pesado rachou o crânio da abominação no meio do trajeto, fazendo com que perdesse o equilíbrio e desabasse mais abaixo da pilha de escombros.

— Trégua? — disse o capitão ghanoriano, acompanhado de um único outro recruta sobrevivente, igualmente apavorado. Ele trazia consigo o Livro dos Vivos.

A anã e a barda assentiram com um menear de cabeças.

Quando todos deram por si, estavam correndo e gritando por corredores e túneis, devorando léguas com os pés, rumo à saída mais próxima daquele lugar amaldiçoado.

Mais tarde, em uma estalagem.

— De nada, baixinha. Perdi o maldito braseiro pra te salvar!

— Salvar a vida de alguém é algo terrível. E eu não morro, lembra? Talvez ali fosse uma chance muito boa, mas ao mesmo tempo partir pelas mãos de algo tão profano me pareceu... errado?

— Espera, como assim não morre?!

— Nós, anões, quando nos tornamos os melhores em algo, nos tornamos literalmente imortais. Por isso eu queria o livro. Para ler de trás para frente e poder ser absolvida da...

— E você é a melhor em que exatamente? Em não explicar as coisas direito?

Seguiu-se uma discussão, emendada por silêncio rancoroso. Seus novos companheiros, o capitão e o soldado que escaparam com vida das ruínas, roncavam furiosamente em um quartinho ao lado. Haviam insistido em ficar com o livro, e depois de toda a correria, as duas não tinham mais forças para negociar. Desde que não fugissem, não havia problema. Pela manhã dariam um chute nos traseiros dos dois e estaria tudo resolvido.

— Aquela criatura que surgiu, era...

— Ele mesmo. O da canção. Tem ideia do que isso significa?

Por conta de seus inúmeros estudos e conhecimento sobre os mortos, Alma sabia que o que as havia atacado era uma múmia. Um dos tipos de morto-vivo mais poderosos a caminhar por Ghanor e os Sete Reinos, originado a partir do cadáver preservado de monarcas, heróis ou vilões. Múmias retinham suas almas e sua inteligência pérfida, lapidada pela crueldade da sua segunda existência.

Mas aquela não era qualquer múmia. A ironia dos deuses ou demônios que tinham guiado seus passos as levou a ninguém menos do que o Irmão Esdras. O clérigo mais poderoso a servir Santa Vedra, a Antimorte. Seu primeiro e mais fiel apóstolo. Algumas lendas diziam que ele a havia traído — ao se omitir na hora de sua destruição final — e nem sua captura pelos mortífices havia conseguido amansar sua culpa e arrependimento.

Antes de ser enterrado, condenado à vida eterna, jurou devorar o corpo e a alma dos guardiões do Livro dos Vivos, um por um, em um ritual que o tornaria o mais formidável dos oponentes. Uma vez completo, alcançaria o distante túmulo de Santa Vedra. E traria sua mestra de volta. O mundo já havia esquecido aquele horror, mas as canções ainda lembravam.

De repente, um ruído de madeira se esfacelando no quarto ao lado.

— Droga, a porcaria dos soldados!

Retumbar chutou a porta do quartinho de estalagem, empunhando seu berrante como se fosse uma arma. A janela havia sido incinerada e agora uma silhueta azul incandescente pairava ao lado de onde deveriam estar os guerreiros.

Não havia mais soldados, nem capitão. Covardes, de certo haviam fugido por janelas e buracos ao perceberem que a criatura só desejava uma coisa.

— VEEEEEEDRA.

Um segundo enigmático pairou enquanto a múmia entendia o que tinha acontecido. E, então, recuou em um torvelinho de labaredas, fugindo com o tomo místico.

— As chamas do Braseiro serviram de algo afinal — disse Alma. — Agora ele queima para sempre. Não pode mais regenerar.

Alma saiu em perseguição à criatura. E Retumbar, é claro, foi atrás.

— Sabe qual é a melhor coisa de ser uma barda? Mesmo se você perde tudo, pelo menos, ainda pode escrever uma canção sobre isso! — Era o que Retumbar costumava dizer, mas claro, era falso.

A verdade era que tentar entender as motivações que levavam a mulher descomunal aqui ou ali seria como atribuir alguma intenção ao fato do sol se levantar: era uma força da natureza que se movia alheia a qualquer vontade.

A busca pela múmia havia sido uma bela perseguição. Mais tarde a barda descreveria a jornada nestes termos e, por bela, queria dizer uma longa, longa — longuíssima! — perseguição.

Anos se passaram. A criatura procurava uma tumba. E elas procuravam a criatura.

Logo após atravessar a fronteira de Kottar perseguiram o desmorto por todo o bizarro baronato de Montecrânio, onde Retumbar se provou vitoriosa em uma competição de acessos de tosse contra os anciões do vilarejo de Forja Fria e escapou por pouco depois de ser esfaqueada por um adorador de demônios.

Em sua fuga, o Irmão Esdras se ocultou dos olhos e ouvidos da capital do reino de Ghanor. Viajou em um sarcofágo de chumbo, levado até o Rio do Abismo, depois foi oculto no porão de um navio até o punhado de reinos amaldiçoados, sempre em guerra, que eram os Três Irmãos.

A dupla insólita o seguiu. Lutaram uma batalha atrás da outra. Depois navegaram até a distante Zibrene onde se meteram nas eternas querelas entre (algumas das encarnações) do justiceiro mascarado São N e o terrível Corsário de Sangue.

Quantidades atrozes de bebida e poção curativa foram consumidas neste inglório período, que veio acompanhado de reclamações sobre dores inexplicáveis por parte de Retumbar, mais tosse, resmungos sobre pontadas no peito, membros dormentes, coluna travada; todo dia surgia algo novo.

Então, do nada, uma pista surgiu. Na distante Sammelen, reino religioso que se impunha com sua fé sobre o mundo. Reencontraram a múmia de fogo sendo venerada como um santo, em um feudo dos mais interioranos. Um culto de aristocratas. O expurgo veio na forma da dupla improvável.

Incêndios. Rebeliões. Crimes. Hematomas. Flechadas.

Mas o alvo da caçada as eludiu mais uma vez e fugiu para o norte. Para o gélido reino de Artus. E cada vez mais ao norte. Ao ponto em que agora, já quase sem os suprimentos mais básicos, as duas aventureiras se limitavam a seguir pegadas incandescentes, em meio à neve e ao frio polar.

Foi quando o corpo de Retumbar decidiu que bastava.

Em uma caverna.

— Foi uma bela perseguição — tossiu Retumbar —, e por bela quero dizer que foi longa.

— Tem certeza que não está só doente? — disse Alma.

— Você bem sabe que a morte chega para todos. Ou quase todos. — Retumbar sorriu.

— Bobagem. Você sempre foi tão forte! Talvez eu tenha uma poção escondida por aqui. Lembra-se do filho do comerciante que tinha asma? Além do mais, você é jovem demais para isso.

— Não é a idade, Alma. É que trilhei estradas demais.

Alma colocou a mão na testa da mulher. Ardia em febre. Respirou fundo.

— Fico feliz que você seja agraciada com uma bênção tão grande. Mas não precisava ser nesse lugar. Além do mais, nossa jornada...

— A sua jornada. Sempre foi sua. E eu nem terminei a porcaria da canção.

— Porque a história ainda não acabou. Talvez isso prove que ainda não é sua hora.

— Não cheguei nem na metade dela. Não tive tempo. É que a gente sempre se divertiu demais.

Lágrimas enchiam os olhos de Alma. Soluçou comedida. Convenceu-se que era de felicidade.

— Não tem problema. Cante, quero ouvir! Este lugar é um tédio.

E a barda cantou aquela que deveria ser sua obra-prima, um longo poema sobre dias que se tornaram anos. Sobre uma viagem em que o destino nunca era alcançado. Sobre uma imortal caçando outro imortal.

Nas palavras sonoramente esculpidas, Alma ia reconhecendo rostos, lembrando de momentos que já esquecera. Havia aventura, ação, liberdade, opressão. Até mesmo amor. No pesar daquela voz profunda, cada sílaba saia carregada e o épico era um réquiem.

Súbita como havia começado, a canção silenciou pela metade, em uma frase repleta de ira e sem sentido. Ao silêncio se seguiu um trovão.

Os santos no céu choravam agora, mas juntas, Alma e Retumbar, tinham ido longe, muito longe; e naquele lugar ao norte as lágrimas deles caíram frias como uma nevasca.

Àquela altura, Alma sabia exatamente aonde o Irmão Esdras ia.

Tinha triangulado a localização da tumba de Santa Vedra, meses antes que o velho morto-vivo flamejante. A criatura estava sempre um passo à frente, então, a alquimista imortal racionalizou que ela e a sua agora falecida amiga precisavam inverter a lógica.

Dias e dias de estudo em uma velha biblioteca de Sammelen haviam arrancado resmungos de Retumbar, mas, enfim, Alma havia chegado a uma hipótese, que sabia ser uma certeza. Só precisavam testá-la. Tudo ou nada. Se estivesse correta, quando a múmia chegasse ao local maldito já teriam há muito mapeado cada corredor, domado cada monstro errante, desativado toda armadilha caduca e instalado coisas maiores e melhores em seu lugar.

Na ocasião, chegou a ventilar, em voz alta, suas frustrações sobre como o resto dos habitantes dos reinos insistia em lutar como seus ancestrais faziam — antes mesmo da vinda do primeiro Devorador. Uma kottariana conhecedora das maravilhas da engenharia alquímica sabia que bastava uma adaga envenenada para triunfar sobre alguém. Ou, neste caso específico, explosivos. O plano perfeito!

Quando a múmia finalmente alcançasse a parte mais profunda da tumba, elas fariam todo o lugar desabar sobre o Irmão Esdras, enterrando-o para sempre. Riram as duas juntas daquele plano mirabolante, como tinham rido as duas juntas, em meio a um deserto feito de cinzas, muitos anos atrás.

Mas o que costuma acontecer com planos, ainda mais os perfeitos, é que nunca funcionam. Como diabos Alma ia prever que ficariam tantos dias naquela caverna? Que Retumbar partiria, naquele reino de noites tão longas?

Seguiu em meio à escuridão da nevasca. Sozinha.

Alma alcançou a tumba no fim do mundo, mas chegou atrasada. Andou pelos corredores gélidos do labirinto cabisbaixa, resignada. Escalou o cadáver de três trolls pálidos imensos, horrivelmente chamuscados. Passou por câmaras vazias, repletas de tesouros arcanos, que ela ignorou. Como também fizera o desmorto que estivera ali antes dela.

Por fim, chegou a uma espécie de santuário interno. Atravessou timidamente, sem pressa, duas colossais portas de pedra que jaziam escancaradas. Viu velas apagadas. Restos mortais do que um dia haviam sido cultistas. Apanhou uma das esferas de cerâmica de dentro de sua bolsa e se preparou para a batalha final.

Tarde demais.

Queimando como uma estrela distante, no centro de um pentagrama invertido — desenhado com sangue sobre o pavimento — estava a silhueta azul incandescente do Irmão Esdras, de braços abertos. Ao seu redor, uma espiral absurda e nojenta formada por um ectoplasma esverdeado e pulsante, vindo do que não podia ser bem descrito como um portal mágico: era mais como uma fenda rasgada no tecido da própria realidade.

Assistiu, quase hipnotizada. O fim da espiral dava no que parecia ser uma cabeça. E na cabeça, quase um rosto. Algo que alternava de maneira fluida entre uma caveira descarnada e uma face de traços finos e delicados.

Então, a coisa esmaceu e murchou. A fenda cicatrizou. Tudo sumiu como em um sonho.

Foram vários instantes em silêncio, contemplando a múmia que queimava solitária no santuário vazio e ouvindo, em algum lugar lá em cima, a tempestade de neve que rugia incessante e violenta, distante do subterrâneo. Até Alma finalmente criar coragem para se aproximar e perguntar.

— Por quê?

O desmorto estalou como uma fogueira em resposta. Então, reuniu as forças que precisava para se comunicar. A voz veio ressoando etérea como todas as outras vezes, mas ao longo dos anos o Irmão Esdras, mesmo privado para sempre de sua regeneração, havia aprendido a domar a dor da não morte, as chamas eternas, que queimavam não só em seus ossos, mas na alma, como acontecia no Inferno.

— ELA ME CUROU. — Não estava respondendo a pergunta de Alma, parecia a se referir a algo em seu passado. Um passado já muito distante.

— Sua mestra?

— MINHA ESPOSA.

— Vocês...? — Alma não terminou a frase.

— FUI DELA. FOI MINHA. LUTAMOS. CONTRA TUDO. CONTRA TODOS.

Silêncio.

— Achei que queria trazer Vedra de volta.

O Irmão Esdras assentiu, também acreditara desejar isso. Não mais. Teve muito tempo para pensar a respeito. A estrangeira salvadora nunca entendera seu povo, sua terra.

— SÓ QUIS VÊ-LA OUTRA VEZ.

Como se resignada, a múmia de fogo entregou o grimório antigo que segurava pela capa de couro untada. O Livro dos Vivos. Possivelmente a última cópia de um tomo impossível, forjado por um povo que considerava o desequilíbrio e a infinitude os maiores de todos os males. Havia chegado o momento de encerrarem suas histórias.

Ela se pôs a ler o livro em voz alta, da última página para a primeira.

Após o ritual ser completado, Alma abriu as mãos e deixou os resíduos incandescentes se dissiparem, apagarem. Tudo o que restou do tomo antigo. Ela olhou para a pilha de ossos cinzentos ao seu lado, as chamas eternas ao redor do desmorto finalmente haviam cessado.

Em seguida olhou para as próprias mãos, estavam em carne-viva. Esperou, mas a morte não veio. Sempre soube que havia uma chance de o ritual não funcionar sobre si mesma, mas precisava tentar e, décadas depois, quando olhou para trás, agradeceu a si mesma por tê-lo feito.

O que era para ser um ponto final, havia se tornado uma vírgula. Ainda viveria muitas aventuras e nem tudo fora extinguido.

Dentro de si, uma lembrança continuava a arder.

MEMÓRIA

EMERSON XAVIER

ANOITECIA NO REINO de Ghanor. Uma figura cambaleava pelos ermos, indo para o norte, em direção à Floresta Alta.

Alguém que visse a cena poderia achar que se tratava de um sujeito muito corajoso por andar assim sozinho, com animais ferozes e outros perigos à espreita. Um bandido incauto poderia se imaginar com sorte por encontrar uma vítima fácil e um monstro faminto não hesitaria em saltar sobre uma refeição rápida disponível desse jeito. Mas a verdade é que talvez não tivessem tanta sorte quanto imaginavam se resolvessem atacá-lo.

Pois ele não era apenas um druida, capaz de se transformar nos mais variados tipos de animais — desde um poderoso rinoceronte para acabar com qualquer um em seu caminho, até um simples e ágil pássaro para fugir se não estivesse com humor para luta.

Ele era Feldon. E Feldon era um herói.

Enquanto andava, bebia fartos goles de uma cara garrafa de vinho de Sammelen. Cantarolava consigo mesmo uma música que havia se popularizado há pouco tempo nas tavernas de todo o reino, mas os versos lhe fugiam.

— "E se eu..." voltar pro bar? — Fez uma pausa e ficou pensando, então andou, tropeçou e quase caiu, mas não pareceu se importar. — "Essa ressaca..." vou melhorar? Acho que não era bem assim... — Bebeu outro gole e percebeu com desânimo que estava ficando vazia. Desistiu de lembrar a letra da música, mas seguiu cantarolando o ritmo.

Seguia por um caminho pelo qual não passava há muitos anos. Em parte, porque havia caminhos melhores para a Floresta Alta — o que para Feldon queria dizer mais tavernas pelo percurso —, mas também porque não ia até lá há algum tempo. Só estava naquele trecho porque um nobre que conhecera em uma festa recente possuía terras na região e oferecera uma boa carona (e bebida), e isso o deixara a poucos dias de viagem de casa. Agora, no fim do primeiro dia, já começava a se arrepender de ter aceitado a oferta, pois não se lembrava de nenhuma taverna nessa estrada e já previa que o dia seguinte sem bebida seria entediante.

De repente, como em resposta ao seu pensamento lúgubre, viu à frente um pequeno amontoado de casas em torno de uma construção um pouco maior. Era, evidentemente, uma estalagem. Tudo isso cercado por alguns poucos campos de plantação. Algumas das casas e a própria estalagem estavam com várias janelas iluminadas, indicando que as pessoas ainda não haviam encerrado suas atividades.

— Uma vila? Não lembro desse lugar — disse para ninguém além da noite que chegava.

Seguiu em frente, em direção àquele simples vilarejo. Não havia nenhuma placa ou mesmo uma murada cercando a comunidade, uma provável indicação de que havia sido construída há pouco tempo. Isso trouxe um certo alívio para Feldon. Tudo bem não lembrar direito da música, mas não lembrar de uma vila inteira no caminho da Floresta Alta já era demais.

De qualquer forma, sabia que era sua melhor chance de conseguir mais bebida para o dia seguinte. Talvez alguém até se dispusesse a pagar pela cerveja de um dos famosos heróis que mataram o dragão Zamir e o Devorador de Mundos.

Sem dar muita atenção às casas mais simples, foi direto para o prédio maior e, mais perto, pôde ouvir música vinda do lado de dentro. Na placa do lado de fora não havia nada escrito, apenas um desenho malfeito de algo que talvez fosse um cordeiro.

Quando abriu a porta, o cheiro de cerveja e o som da música quase o fizeram se sentir em casa. Algumas pessoas pararam suas conversas e observaram o forasteiro por um instante, mas logo retornaram para o que estavam fazendo. Cansadas do dia de trabalho, não se importavam com quem ia ou vinha, desde que não causasse problemas.

Um homem corpulento deu um tapa no balcão, se levantou, passou apressado ao lado de Feldon, e saiu. Por um instante, o elfo achou que teve uma lembrança, uma impressão estranha, mas botou a culpa na bebida. Havia farreado com muita gente em seu longo tempo de vida e conhecido muitos humanos, embora guardasse de verdade a recordação de poucos, como os irmãos bárbaros.

De primeira pensara em se anunciar, estimulado pela promessa de bebida, mas os olhares mortificados dos camponeses o fizeram mudar de ideia. Foi até o balcão e pediu o que tinham de mais forte. Enquanto isso, o bardo tocava uma música simples e divertida, típica de começo de noite para tentar animar a plateia, mas sem muito sucesso.

Sua bebida enfim foi servida, e ele virou tudo de uma vez com satisfação. Quando bateu o copo de volta no balcão, a porta da taverna abriu de novo. Desta vez, quase todos pararam, mesmo o bardo errou o acorde inicial da música que tocaria em seguida. Não pela presença da figura que entrara, mas sim porque todos, com exceção de Feldon, tiveram a sensação de ter um déjà-vu. Outro elfo acabava de entrar.

— Feldon? — perguntou o recém-chegado em voz alta. — É você mesmo? Há quanto tempo!

Feldon olhou meio confuso. Tinha certeza de que sabia o nome do outro elfo, mas a memória lhe fugia.

— Olha só quem apareceu! — respondeu, esquivo. — Senta aqui, rapaz! Vamos tomar uma juntos!

O outro elfo olhou desconcertado enquanto se aproximava.

— Eu adoraria — respondeu hesitante —, mas não tenho tempo para isso. Na verdade, foi uma sorte enorme te encontrar aqui. Tenho certeza de que pode me ajudar.

— Ah, é? — A segunda dose que Feldon pedira ao taverneiro desapareceu tão rápido quanto a primeira e logo veio uma terceira. — Não sei do que você tá falando, mas deixa isso pra lá! Eu tô voltando pra Floresta Alta. Quando a gente chegar lá você me conta. Hoje é dia de folga, meu amigo.

— Sinto muito, Feldon, mas é um assunto que não pode esperar. Preciso de auxílio para encontrar algumas ervas. Ervas especiais.

Feldon ajeitou a postura, sem conseguir disfarçar o interesse.

— Especiais, é? Que tipo de ervas especiais?

O outro elfo deu um suspiro e olhou ao redor, cauteloso.

— É melhor a gente conversar lá fora.

Feldon virou a terceira dose e bateu o copo no balcão mais uma vez.

— Ele vai acertar com você — disse para o taverneiro enquanto apontava para o amigo. Sem muita alternativa, o outro resignou-se e pagou assim mesmo.

Os dois caminharam pela única rua da vila até se afastarem um pouco da taverna.

— Como é que você chama mesmo? — Quis saber Feldon assim que saíram da estalagem.

— Esqueceu meu nome? Essa bebida dos humanos deve estar fazendo mal a você — respondeu o outro. — Sou Hylorenn, da Floresta Alta também. Sou perito no cultivo de ervas atípicas e na pesquisa de novas mudas. Nos falamos várias vezes.

— Aaaah, Hylorenn, é claro! Eu conheço você! — exclamou enquanto fazia esforço para acompanhar os passos rápidos.

— É claro que me conhece! Consegui preparos ótimos para o seu cachimbo, se é que me entende. — Hylorenn pareceu considerar a distância que estavam da estalagem, e parou. — Acho que aqui está bom.

— Beleza. Me diz direito o que você tá procurando e pra quê.

— São ervas para um remédio. Não reparou nos olhares das pessoas lá dentro? Os rostos macilentos? — perguntou o herbalista.

— É, eles pareciam desanimados mesmo, e olha que o bardo nem era tão ruim assim, viu? Já vi muito piores. — Deu de ombros. — É doença?

— Calma que eu vou explicar. Há poucos dias, um grupo de humanos de outro vilarejo perto daqui foi até a Floresta Alta pedir ajuda. Contaram que as pessoas estão ficando doentes, com uma febre que nem mesmo magia cura de vez. Um dos druidas mais velhos reconheceu a doença. Se chama Febre dos Mortos.

— Não parece bom.

— E não é. Ele explicou que para fazer o remédio correto são necessárias duas ervas muito difíceis de obter, e me ofereci para a tarefa. Não quis falar essas coisas dentro da estalagem para não alarmar ninguém.

— Entendi, mas se você sabe quais são as ervas e sabe o que fazer com elas, por que precisa de mim? Pra falar a verdade, eu só quero voltar pra Floresta Alta.

— É que a coisa é mais complicada ainda. Se quer mesmo voltar para casa, então *precisa* me ajudar. A Febre dos Mortos é poderosa, foi criada por magia abissal. É uma doença mortal que transforma as vítimas em zumbis poucos dias depois. Essa vila em que estamos já é a segunda a ser afetada, e se você não estivesse bêbado demais, já teria se dado conta que nós dois, e todos os druidas que tiveram contato com os humanos que foram pedir ajuda, já podemos estar contaminados. Não vai ter Floresta Alta para você voltar se não conseguirmos as ervas. Além disso, pelo que o mestre Aduriell me disse, com uma das ervas é possível fazer uma bebida mais forte do que qualquer coisa já inventada pelos humanos até hoje.

Feldon se aproximou mais do outro elfo e o segurou pelos ombros.

— Bróder, você tinha que ter começado com *essa* informação!

No dia seguinte, os dois começaram a viagem, se afastando cada vez mais do caminho para a Floresta Alta, rumo às montanhas.

— Então, pra achar essas ervas a gente precisa explorar uma caverna e escalar uma montanha? Sem chance de ter algum maluco vendendo por aí? — perguntou Feldon.

— Como eu expliquei ontem, essa é uma doença mágica. Assim, vamos precisar de ervas que tenham propriedades mágicas. E elas só florescem em lugares específicos. Não são tão fáceis de obter ou cultivar. A Sálvia da Sombra do Mundo só cresce nas cavernas mais profundas e úmidas, e as Esporas da Névoa Sublime só surgem em lugares em que a neblina é constante.

— Ah, entendi. E vem cá, você precisa mesmo da minha ajuda ou você só tá com medo de ir sozinho? Porque, pra mim, você parece saber exatamente o que tá fazendo.

Hylorenn deu um suspiro cansado.

— Não, eu não estou com medo de ir sozinho a lugar nenhum. A questão é que seus poderes de druida podem ser bem úteis até para colher as ervas. Além disso, pode haver monstros e outros perigos fortes demais para um andarilho solitário, de modo que sua ajuda será ainda mais necessária.

— Tá certo então, e você sabe como elas são ou só conhece de nome?

— Mestre Aduriell me instruiu. — Puxou um pergaminho e abriu. Nele estavam os desenhos de duas flores, uma de pétalas delicadas e outra em forma de espora de galo.

Feldon pegou o papel e olhou com calma, parecendo interessado.

— E qual delas é a da bebidinha mesmo? — Continuou olhando de soslaio para o herbalista.

Hylorenn balançou a cabeça em desaprovação.

— Essa aqui. — Apontou para o segundo desenho. — Esporas da Névoa Sublime. Garanto que você nunca mais vai esquecer...

— Vamos colher essa aí primeiro, só pra garantir.

— Temos que colhê-la por último. As esporas são muito frágeis. Vou ter de fazer o remédio na própria montanha. A erva não resistiria à viagem.

— E o remédio vai durar até a gente chegar de volta na Floresta Alta?

Hylorenn sorriu.

— Vai sim, meu caro. Antes de partir peguei os ingredientes necessários para isso. — Abriu uma bolsa que carregava e mostrou alguns frascos. — Com isso aqui, o remédio não só vai resistir à viagem, como também vai ser suficiente mesmo que não encontremos muitas flores.

— Entendi, ervas mágicas, né? Até lá, vou me encantando com isso aqui — disse Feldon enquanto puxava da bolsa uma das garrafas de aguardente que os dois haviam comprado na pequena vila, uma exigência para acompanhar o herbalista na viagem.

— Fique à vontade. Só tente não andar mais devagar por causa disso. As pessoas, e toda a comunidade da Floresta Alta, dependem do nosso sucesso.

A dupla caminhou durante dias, parando apenas para comer e dormir. Às vezes Feldon se transformava em algum pássaro ou outro animal que pudesse ir mais à frente, apenas para quebrar a monotonia e ver o que havia no caminho. Nas breves pausas, os dois conversavam sobre como estava sua terra natal ou sobre as aventuras do druida, que inevitavelmente acabou contando sobre a luta contra o Devorador de Mundos. Quando chegaram ao sopé das montanhas, o herbalista se deu ao luxo de abrir a garrafa de vinho élfico que trazia consigo. Bebera um pouco e dividira um copo com Feldon, mas não deixou o druida beber mais do que isso, pois sabia que a garrafa secaria rápido demais.

— Você se transformou em uma fênix? — perguntou Hylorenn, perplexo.

— É, mas foi só uma vez. Acho que prefiro me transformar em animais mesmo, sabe? É mais divertido quando viro bichos esquisitos — respondeu o druida.

— É mesmo? Qual tipo de animal, por exemplo? — perguntou Hylorenn.

— Ah, esse aqui.

E de repente, no lugar do elfo, surgiu uma toupeira, pequena, peluda e com garras próprias para escavar terra, mas com um focinho horrível, que se dividia em vários tentáculos pequenos.

— Que horror!

— É esquisita mesmo — respondeu Feldon se transformando de volta. — É a toupeira-nariz-de-estrela, é sempre engraçado ver a reação das pessoas. Também posso virar outros bichos que não se vê muito por aí.

— Imagino — respondeu Hylorenn rindo. — Agora já escureceu, vamos descansar. Amanhã cedo chegaremos às montanhas e precisamos procurar uma entrada para as cavernas.

— Ah, a gente vai nas cavernas primeiro, né? Então é melhor eu procurar uma entrada agora.

— Como assim? O que você vai fazer?

— Nada demais, já volto.

Feldon virou um pássaro que parecia ser algo entre um bacurau e uma coruja e alçou voo dando um grito alto. Hylorenn ficou aguardando deitado, sem saber se o druida voltaria antes que ele caísse no sono, mas pouco tempo depois ouviu um farfalhar de asas e a voz do companheiro de viagem.

— Achei a entrada de uma caverna não muito longe — disse o druida.

— Isso é ótimo, mas por que você não deixou para procurar pela manhã, com a luz do dia? — questionou Hylorenn.

— O bicho em que eu me transformei, o guácharo, é um pássaro noturno que voa mais rápido que um morcego e tem quase a mesma capacidade de se localizar. É complicado demais explicar tudo, mas com essa habilidade eu consigo encontrar melhor uma caverna do que só olhando. Além disso, quanto antes a gente achar a primeira erva, mais rápido a gente acha as esporas e faz aquele drinquezinho maneiro que você prometeu.

— É claro — respondeu o herbalista —, agora tente descansar. Pode não ser tão fácil assim.

Após atravessarem vários túneis, os dois elfos desciam por uma galeria cheia de estalactites e muito úmida. Ambos prestavam atenção aos próprios pés, tomando cuidado para não escorregarem na pedra molhada e tentando não fazer barulho. Hylorenn se esforçava para proteger a tocha dos respingos que caíam do teto, pois mesmo a boa visão dos elfos não era páreo para a escuridão total da caverna. Quando chegaram ao fim, viram que a galeria terminava em um lago subterrâneo.

— Outro beco sem saída? — perguntou Feldon.

— É o que parece, mas isso é estranho. A Sálvia da Sombra do Mundo só cresce em ambientes úmidos. Tinha certeza de que a encontraríamos aqui...

— Vamos voltar então, achar outro caminho.

Feldon se virou para refazer o trecho de volta até a última bifurcação quando esbarrou o pé em um pouco de cascalho, que rolou e caiu no lago. O herbalista, prestando atenção no movimento das pedras, se agachou e examinou a água com a tocha mais de perto.

— Espere, veja isso — disse Hylorenn, apontando para o lago —, a água está ondulando de lá para cá. Talvez tenha uma outra galeria conectada a essa.

— Bom, só tem um jeito de saber.

Feldon se adiantou e quando Hylorenn se virou na direção do druida, viu apenas uma forma esguia escorregando pela água.

Transformado em um enorme peixe, Feldon deslizava pela água do lago, tão escura que o druida era incapaz de enxergar seu fundo. Mesmo assim, tentou não se preocupar com isso ou com o que poderia viver lá embaixo, concentrando-se nas vibrações da água para se guiar na direção correta. Passados alguns momentos, Feldon viu um brilho vindo de cima. Emergiu próximo à borda de pedra de outra galeria. Como o parceiro de viagem previra, as duas câmaras estavam conectadas.

Voltou à forma élfica e se içou devagar, sentindo não pedra dura e lisa, mas sim terra úmida e fofa. Não conseguiu conter um sorriso ao entender que o brilho percebido antes vinha de fungos bioluminescentes. Ficou otimista ao ver que havia mesmo alguma vegetação rasteira ali, junto com várias outras espécies de fungos. Se concentrou em lembrar o formato da erva que fora procurar e sentiu uma onda de alívio ao perceber que havia algumas mudas ali perto.

Se aproximou devagar, atento ao montinho de terra onde a sálvia crescia. A vegetação não parecia ter nada demais, exceto pela própria sálvia, que por sua cor negra, muito rara na natureza, chamava mais atenção. Viu que era a única espécie de flor, em meio a fungos, musgos e líquens que normalmente não permitiriam que plantas assim crescessem tão perto. Achou melhor se apressar e começou a arrancar as flores dali.

Quando puxou a segunda e a terceira flores, as raízes acabaram trazendo musgos consigo, revelando que, por baixo não havia terra, mas sim uma massa podre e escura de odor terrível. Se apressou ainda mais quando percebeu que a massa parecia se mover.

De súbito, uma mão cadavérica emergiu sob a camada vegetal, tentando agarrá-lo. Desviou em um movimento rápido e, sem parar, arrancou mais duas flores.

— Acho que já deu, né? É melhor eu sair fora logo. — Mas, ao se virar para o lago, percebeu uma forma tentacular se movendo logo abaixo da superfície da água. — Opa, isso não é bom.

Atrás dele, o zumbi, que vestia uma armadura metálica com o símbolo de Ghanor muito apagado e quase irreconhecível, terminava de se levantar.

Quebrou a cabeça por um instante, pensando na forma mais simples de se livrar das duas ameaças de uma vez só, e logo se transformou em um gorila. Feldon agarrou o zumbi, lento por natureza, pelo tempo e pelo peso da armadura, e arremessou o pobre diabo na direção da criatura que rondava a água, o que quer que fosse aquilo. O tentáculo surgiu subitamente na superfície, pegando sem perder tempo a isca e esmagando ossos.

Se aproveitando da distração, Feldon saltou na água, mas agora na forma do menor peixe que conseguiu pensar e atravessou as águas agitadas. Logo chegou ao outro lado e voltou à forma de elfo.

— O que aconteceu? — perguntou Hylorenn.

— Tinha alguma criatura lá embaixo. Acho que passei despercebido quando estava indo, mas, pra minha sorte, essa flor aqui — entregou o ramo de sálvia para Hylorenn —, tava crescendo no corpo de um zumbi. Aí eu empurrei um pra cima do outro e voltei.

O herbalista olhou perplexo para o outro elfo, mas logo balançou a cabeça sorrindo.

— É o tipo de ideia que eu só poderia esperar de um herói, Feldon — respondeu. — Muito bem, então, vamos voltar para fora. O caminho até o lugar onde as esporas devem estar é uma longa subida.

— Mal posso esperar — disse Feldon tomando a frente da caminhada e pensando na recompensa alcóolica que o outro havia prometido. Justamente por isso não viu o olhar fixo que Hylorenn lançava às suas costas.

Feldon estava cansado de esperar, mas esperava mesmo assim.

Dali de cima, o druida podia enxergar a cidade de Lago de Pó, ao sul. Sabia que a Floresta Alta ficava na direção oposta. Muito mais longe, a oeste, via a maior cadeia de montanhas do continente, a famosa Muralha do Oeste, com seus perigos e picos cheios de neve. Se considerava com sorte, pois o lugar onde estava não era tão frio. Ainda assim, preferia mil vezes o clima mais agradável da floresta.

Hylorenn terminava de escalar aquele trecho. Atrás de Feldon, uma abertura na rocha guardava a próxima parte do caminho e dela soprava uma forte corrente de vento.

— Eu... — Hylorenn ofegava — acho... que nunca... tive tanta... inveja dos seus... poderes... — concluiu o herbalista ao terminar de se levantar com a ajuda de Feldon.

— É, bróder, eu até podia ter acompanhado você na subida, na camaradagem — respondeu Feldon —, mas virar águia evita a fadiga.

— Sei, sei... Eu vou só... — disse fazendo um gesto com a mão — recuperar o fôlego um pouco.

Alguns minutos depois, os dois caminhavam juntos. Apenas o uivo do vento quebrava o silêncio. Feldon sentiu a pele arrepiar, mas nada mais além disso. Pensou um pouco e ficou intrigado.

— Ô, você disse que as pessoas daquela vila podem ter contaminado a gente, certo?

— Isso mesmo — respondeu Hylorenn.

— Então por que eu não tô sofrendo nenhum sintoma? Nadica de nada? — perguntou Feldon. — E pelo visto, você também não.

O outro sorriu.

— Porque nós somos elfos, meu bom druida. É natural que tenhamos resistência maior a essas coisas do que os humanos. A magia praticamente corre em nossas veias. Humanos envelhecem muito rápido, são criaturas frágeis, morrem por nada. Tenho certeza de que você já viu muitos deles envelhecerem e morrerem desde que saiu da Floresta Alta.

— Conheci alguns, sim — respondeu, pensativo. — É, acho que faz sentido.

Logo chegaram à saída da caverna, na face leste da montanha, onde encontraram uma trilha larga que subia, seguindo o paredão rochoso. O vento naquele trecho era ainda mais forte, como se por magia ou vontade dos deuses. Feldon sabia que seria arriscado demais voar ali, então seguiu a pé, logo atrás de Hylorenn.

— Você tem certeza de que a gente tá no lugar certo? Com esse vento todo, acho que não vai ter neblina não. Isso aqui tá tão forte que eu tô quase voando sem me transformar.

— Parece estranho, eu sei, mas esse caminho foi indicado pelo mestre Aduriell. Tenho certeza de que ele sabia o que estava fazendo quando me mandou aqui — respondeu o herbalista.

De repente, conforme a trilha subia acompanhando a lateral da montanha, os dois se depararam com uma ponte de madeira ao longe, na continuação do caminho. Balançava de um lado para o outro com a força do vento, arredia, oferecendo pouca resistência.

— Ah, droga — reclamou Feldon. — Uma ponte.

— Qual o problema? — perguntou o outro.

— Toda ponte que eu encontro tem um velho maldito fazendo umas perguntas esquisitas antes de deixar atravessar. E pelo que ele fala, se a gente não acertar a resposta, a gente morre!

— Morre? E é o velho quem mata?

— Não sei — respondeu Feldon dando de ombros. — Nunca vi ninguém errar.

Quando enfim chegaram ao final da subida, lá estava o velho com seu cajado retorcido, suas pústulas, suas mãos encarquilhadas e os trapos que serviam de roupa ricocheteando com a força do vento. Apenas esperando para cumprir seu dever.

— Venham, elfos! Se querem prosseguir, minha pergunta devem ouvir. Para continuar, a resposta devem acertar. Se um de vocês, errado responder, no penhasco vão morrer.

Hylorenn olhou sem saber como reagir.

— Eu falei, não falei? — disse Feldon. — Esse velho é muito chato. Diga lá, velho carcomido, com qual charada vai torturar meu ouvido?

O velho apenas riu e ergueu o cajado, em um gesto dramático.

— *Respondam agora!* Uns muito me odeiam, outros, de minhas camadas se aproveitam. Se tirar minha pele sem pudor, seus olhos sentirão minha dor. Quem sou eu?

Hylorenn parecia perplexo. Virou-se para Feldon.

— Isso é sério? — perguntou.

— Pra ele é. Muito. E eu não faço ideia do que ele tá falando, então é bom você saber responder — disse Feldon dando de ombros.

Hylorenn ficou pensativo.

— *Respondam!* — gritou o velho de novo, por cima do uivo do vento.

— Já sei! — disse o herbalista. — É a cebola!

O velho fez uma cara de surpresa, mas logo relaxou.

— Muito bem, acertou. Vocês podem passar.

— Você é zika demais! Por alguma razão eu tava pensando em ogros! — exclamou Feldon.

O velho guardião e Hylorenn fizeram uma careta diante do comentário.

— Como assim, ogros? — perguntou o herbalista.

Feldon, no entanto, apenas deu de ombros e foi verificar a ponte.

As cordas, de alguma forma, estavam bem firmes, apesar do balanço causado pelo vento. Os dois seguiram em frente, segurando nas laterais, tomando cuidado ao pisar nas tábuas, escolhendo as de aparência mais firme. Do outro lado havia apenas uma pequena plataforma, diante de outro paredão rochoso.

— Tem certeza que não errou o caminho? — perguntou Feldon. — Isso aqui tá com cara de que não vai pra lugar nenhum.

Hylorenn não respondeu, apenas se aproximou do paredão, andando de um lado para outro, analisando melhor o lugar.

— Aqui, Feldon. Uma reentrância na rocha — disse mostrando uma passagem estreita e escondida, que só era acessível em uma extremidade da plataforma onde estavam. A passagem era tão apertada que mesmo sendo esguios, só poderiam passar andando de lado. Feldon se transformou em um pequeno macaco-prego e saiu correndo pela passagem.

Quando chegou ao outro lado, sentiu ainda mais frio. Além disso, não enxergava nem um passo à frente, tão forte era a neblina. Pelo tamanho da passagem, sabia que Hylorenn ainda demoraria um tempo até chegar ali. Decidiu investigar um pouco o lugar. Com receio de que aquela fosse outra plataforma curta, resolveu seguir a parede até onde pudesse.

Foi andando com uma das mãos apoiadas na parede, seguindo sua curvatura. Percebeu que não conseguia ouvir o vento ali, e, quando se deu conta, tinha retornado à fenda por onde viera. Ouviu os passos do companheiro de viagem se aproximando.

— Acho que é aqui mesmo, essa neblina tá por todo lado — disse Feldon quando ouviu Hylorenn sair da passagem. — O mestre Aduriell é zika.

— Eu disse que ele sabia o que estava fazendo — respondeu com um suspiro cansado. — Agora, fique aqui. Deixe que eu vou procurar e colher as esporas, elas são muito, muito frágeis.

— Fique à vontade.

Hylorenn logo sumiu de vista e tudo que Feldon podia ouvir eram os passos dele. O druida ficou esperando durante vários minutos. Às vezes os sons do movimento do companheiro vinham de um lado e depois do outro, mas nunca o avistava. Demorou um bocado até que viessem em sua direção.

— Pronto, Feldon — disse. — Consegui a flor, veja. — Hylorenn estendeu a mão bem perto do druida e mostrou-a, delicadíssima, no

formato de uma espora de galo. Suas pétalas eram quase transparentes de tão finas, algumas se desfazendo sob seu próprio peso na mão do elfo.
— Já temos tudo que precisamos. Podemos partir.

— E é com essa flor que vai fazer a bebida que prometeu pra mim? — perguntou Feldon se levantando.

— Não se preocupe. Essa não foi a única que peguei. Já fiz a mistura para o remédio, e também coloquei algumas flores dentro de uma garrafa de bebida que eu tinha guardado. Quando se misturar por completo com os outros ingredientes, vai criar uma combinação que nem você vai aguentar.

— Isso eu quero ver. Não tem bebida que me derrube.

— Há! Você não perde por esperar, Feldon!

O sol estava se pondo quando, dias depois, os dois elfos chegaram de volta ao pequeno vilarejo.

— Muito bem, missão cumprida! — disse Feldon. — Mal vejo a hora de comemorar.

— Primeiro vou administrar o remédio. E de qualquer forma, melhor dormirmos aqui essa noite. É mais seguro viajarmos descansados. — Fez uma pausa. — Mas nada impede que você se divirta um pouco! Você mereceu! Como prometido, aqui está a bebida. — Hylorenn tirou a garrafa da mochila e entregou para o druida com um sorrisinho no rosto. — Não vá beber tudo de uma vez.

— Se for boa mesmo, não me responsabilizo — disse Feldon sorrindo também.

Alguns aldeões os olhavam de longe, curiosos. Enquanto Hylorenn cuidava do povo da vila, achou que podia mesmo dar uma experimentadinha na bebida.

Abriu a garrafa e deu um gole longo, sentindo a garganta queimar e gelar ao mesmo tempo. Quase ficou tonto, mas numa tentativa de disfarçar o efeito, caminhou para a taverna como se nada tivesse acontecido.

Assim que entrou, viu que estava vazia. Cambaleou direto para um banco em frente ao balcão. Procurou pelo taverneiro, mas não o encontrou. Convicto da qualidade da bebida, deu mais um gole, e mais uma vez foi tomado por aquela sensação contraditória, quente e fria. Ficou saboreando aquilo, sentindo-se tonto e leve, sem pensar ou prestar atenção ao seu redor.

Não percebeu quando a garrafa esvaziou. Não sabia se haviam passado apenas alguns instantes ou a noite inteira. Também não prestou atenção quando as pessoas começaram a entrar e se aproximaram dele a passos lentos, tortos, esbarrando nos móveis e uns nos outros.

Só se deu conta de que havia algo de errado, quando já estavam todos muito próximos, segurando firme seus braços.

— O que é isso, gente! Eu já ia chamar todo mundo pra fazer um brinde!

Mas a única resposta que teve foi a porta da taverna sendo jogada no chão bem à sua frente.

— O que tá acontecendo? — perguntou, e pela primeira vez notou que as mãos que o seguravam eram frias, muito mais frias do que deveriam estar.

Na verdade, pensou ele por um instante, *as mãos estão frias como se todos já estivessem mortos.*

— Ora, ora, Feldon, e pensar que eu disse para você não beber tudo de uma vez.

O druida reconheceu a voz, mas percebeu que seu tom não era o mesmo de antes.

— Hylorenn? Me ajuda aqui, cara, essa galera não quer me soltar!

O herbalista puxou uma cadeira próxima e se sentou.

— Por que você não se transforma em algum animal e escapa?

O druida fechou os olhos e se concentrou. Pensou nas sensações selvagens de sempre, na leveza e na liberdade que encontrava ao se transformar.

Nada.

— O que foi? Não consegue? — retorquiu Hylorenn rindo. Mas Hylorenn já não era mais esguio. Já não tinha a mesma voz. Já não era mais elfo.

Feldon olhou assustado diante da transformação de seu companheiro de viagem. Agora era um homem forte e parrudo, com uma longa capa e um sorriso sinistro. Um humano.

Num piscar de olhos, ele percebeu. Era o homem que passara por ele saindo da taverna na noite em que chegara à vila.

— Quem é você? — exigiu Feldon. — Cadê o Hylorenn?

O homem fez um gesto de desdém.

— Agora quer saber o meu nome? Há alguns dias você sequer se recordava da existência do pobre Hylorenn, um elfo que viveu a vida toda na mesma floresta que você. — Fez uma pausa. — Eu o matei e roubei sua forma e suas memórias. Mas não se preocupe, logo você terá o mesmo destino.

— O quê? Como assim?

— Ah, Feldon! Se você soubesse quanto trabalho tive para trazê-lo aqui, manipulando nobres e festas que o colocassem na minha direção. Quantos tive que matar, e quanto tive que sacrificar! — Deu um soco numa mesa, que se partiu em pedaços. — Ainda mais nos últimos dias, aguentando sua bebedeira incessante na estrada!

Feldon continuava perplexo, tentando entender a situação e, ao mesmo tempo, se esforçando para se transformar em algum animal que o permitisse escapar dali.

— Vocês ficam bradando por aí que mataram o dragão, que salvaram o mundo, que são grandes *heróis*, não é mesmo? Mas por onde passam causam caos e destruição! Em sua ânsia por fama e poder, destruíram a taverna e a casa da minha família enquanto lutavam contra o Devorador! Meus irmãos morreram e meus pais ficaram doentes! Perderam a vontade de viver. Ninguém... nenhum de vocês, "heróis", veio ajudar! E, quando eles finalmente se foram, fiquei sozinho. — Fez uma pausa, passou a mão no rosto, nervoso. — Mas sabe qual a ironia disso tudo? Graças ao sangue do Devorador que ficou espalhado por Rocha Negra naquele dia, eu adquiri poderes mágicos tão poderosos que me tornaram capaz de me transformar em qualquer um que eu mate, e roubar suas memórias. Em breve tudo que é seu será meu, Feldon, e partirei em busca de seus amigos para concluir minha vingança.

O druida olhou para as pessoas que o seguravam, e viu, mesmo na deformidade da morte a determinação que só a lealdade criada por magia produz. A doença era um engodo. A erva fazia exatamente o contrário. Transformava as pessoas em zumbis.

Feldon se contorceu ainda mais, tentando se transformar e escapar.

— Não adianta, você não pode mais se transformar. Aquela bebidinha, com uma flor mágica e especial? Adivinha para que ela servia? Por isso eu digo, Feldon, você não passa de um bêbado degenerado. Mas, pelo menos, teve alguma utilidade. Me ajudou a conseguir a Sálvia da Sombra do Mundo! Veja como controlo os mortos. — Com um gesto dramático, o homem apontou para fora, onde Feldon pôde ver uma multidão de zumbis. — Chegou a sua hora!

A turba de zumbis correu para dentro, se juntando aos que já estavam lá, para espancar o elfo.

De repente, Feldon sentiu seu sangue ferver e o poder selvagem correu por seu corpo novamente. Jamais se renderia. Jamais condenaria seus amigos a um destino tão pérfido. Afinal, não era um herói? Não era zika?

Gritou e esperneou, e de repente, emitiu um piado e um rugido do fundo da garganta, se transformando em uma águia, livrando suas mãos. Logo em seguida virou um gorila, e com a força da forma símia tentou atravessar a multidão, socando e pulando, batendo e mordendo a carne dos mortos.

— Não! Isso não é possível! — Ouviu o mago gritar em meio à confusão.

Mais e mais mortos entravam na taverna, barrando a passagem do gorila. Feldon então se transformou em um rato e foi se esgueirando, pulando em um e outro zumbi, passando entre as pernas deles, até que sentiu um chute quebrar algumas de suas pequenas costelas. Com a força do golpe foi arremessado por uma janela, e aproveitou o impulso no ar para se transformar de volta em águia. Pensou por um instante em fugir dali, mas se o mago fosse tão poderoso quanto dizia ser, poderia mesmo virar uma ameaça à Floresta Alta.

Enquanto dava meia volta, foi atingido por uma caveira de energia negativa e logo viu de onde vinha. Desceu em um rasante, e quando estava muito perto de atingir o alvo, se transformou num enorme tigre. Com seu bote, se engalfinhou com o homem, rasgando, cortando e mordendo tudo ao seu redor. Mas, num instante, estava cercado outra vez pelos mortos-vivos. Lutou para abrir espaço, rasgou e mordeu, bateu e rugiu se transformando nos animais mais agressivos em que podia pensar, até que resolveu assumir a forma de um rinoceronte.

Rodopiou e jogou corpos para o alto. Virou-se para o mago, que sangrava em profusão de vários cortes e já entoava outro feitiço. Dessa vez, um círculo de energia negativa se abriu entre suas enormes patas, de onde surgiram vários tentáculos que tentavam agarrá-lo. Mas não adiantou. Feldon mais uma vez saiu em disparada, pisoteando e atropelando seus inimigos, mirou a chifrada no mago que, cercado pelos corpos dos próprios servos, não conseguiu desviar.

Com o chifre do rinoceronte atravessando seu tórax, o mago só conseguiu fazer uma última pergunta.

— Por... quê?

Feldon, voltando à forma élfica, apenas olhou para seu inimigo com raiva.

— Eu disse que nenhuma bebida me derrubava.

Se livrar do restante dos zumbis não foi difícil.

Sem as ordens de seu mestre, eles se tornaram erráticos. Enquanto se recuperava, ponderava sobre seus próprios poderes e como o sangue do Devorador afetava cada pessoa de forma diferente. Não sabia se quebrara o efeito da bebida por força de vontade, desespero, ou se era porque tinha sido tocado pelo sangue do Devorador de Mundos. Como sabia que provavelmente jamais teria a resposta, achou melhor não pensar mais no assunto.

Decidiu que seria melhor queimar tudo, as casas, os restos dos zumbis e o corpo do mago. Antes de fazer isso, no entanto, passou na adega da estalagem uma última vez, e, por sorte, mesmo depois da confusão toda, ainda encontrou uma garrafa de aguardente intacta.

Quando estava tudo pronto, Feldon acendeu a enorme fogueira que a pilha de corpos e madeira formava. Abriu a garrafa de aguardente. Brindou aos mortos, mas não ao mago sem nome, porque achou que eles mereciam alguma coisa por terem sido usados assim. Se virou em direção à Floresta Alta mais uma vez enquanto dava o primeiro gole na garrafa.

— Ah, agora eu lembrei!

E saiu cantarolando.

PERTENCER

KATIUCHA BARCELOS

ALMA E SEU bode, Alphonse XII, caminhavam a passos lentos.

O parceiro e montaria da anã direcionava o focinho para todos os lados, curioso, absorvendo os cheiros do reino de Zibrene. A anã, entretanto, sentia saudades de Kottar. E não era de um jeito simples.

Sentia falta do aroma do cemitério da vila em que passou a infância, das conversas com sua família e amigos, dos costumes simples e de perder a noção das horas na sua rotina confortável de estudos e experimentos, quando ainda contava com a certeza do óbito. Sentia saudades de um pertencimento inalcançável que só existia em um momento do passado quando a morte ainda segurava sua mão e a guiava pelo caminho que acabaria confortavelmente embaixo da terra.

Agora tudo era diferente. Tanto tempo depois do choque inicial, ainda estava em processo de luto pela própria imortalidade. Uma adaptação que beirava o impossível, se considerasse uma boa parte dos anões imortais que já havia conhecido, incluindo alguns que um dia já haviam desejado aquele mesmo destino.

A maioria acabava percebendo a desgraça que era a ideia de viver para sempre e passava a buscar estratégias para tornar a experiência minimamente tolerável: um amor muito profundo, muitos amores superficiais, ambições políticas, acúmulo de ouro, reunião de exércitos para a dominação de reinos, dedicação a outros ofícios, mergulho em estudos. Mas nada funcionava por tempo suficiente. Eventualmente, acabavam desistindo do idealismo e se viam em algo similar ao exílio.

A decisão de evitar laços profundos demais era a mais nova fase no processo de desistência de Alma, presa entre a barganha e a aceitação. No fim das contas, talvez uma mistura de tudo isso a tivesse levado até ali.

Assim que passou pelos portões da cidade, dois cortejos fúnebres cortaram seu caminho, e sussurros acompanharam sua entrada. Não era algo que a surpreendia. Uma anã de vestes escuras, coberta de símbolos kottarianos era apenas mais um agouro de morte chegando ao local onde o luto aparentemente havia decidido morar.

Aquilo não a entristecia nem incomodava. Pelo contrário, gostava de ser reconhecida como uma agente da morte. Era seu maior orgulho. Não importava o que falassem ou o quanto a eternidade tentasse torná-la cada vez mais amarga — jamais deixaria de fazer o seu melhor e desejar o bem para os outros que, independente de suas escolhas pessoais, mereceriam o doce descanso do fim com o qual ela também se permitia sonhar.

— Deve ter vindo comemorar as mortes com seus ritos malditos. Esses miseráveis kottarianos se alimentam de desgraças! — disse um guarda, sem muita discrição.

Na verdade, Alma não era uma cultista. E não acreditava que havia algum tipo de glória em mortes causadas por circunstâncias artificiais, motivadas pela vaidade ou falta de empatia. Seu papel era facilitar vidas bem aproveitadas para que acabassem em mortes cheias de propósito, não apoiar assassinatos em massa que maculam processos orgânicos.

Alma voltou-se para ele, sorrindo. Era um sorriso cansado, mas honesto.

— Eu jamais comemoraria assassinatos motivados por egoísmo, senhor. Espero que os próximos anos de Zibrene sejam marcados por inúmeros falecimentos naturais e que várias famílias possam enterrar seus entes queridos em solo digno! Que sejam carcomidos pelos vermes e se tornem parte do solo de onde nascerá a grama que alimentará o gado que dá leite a seus netos e bisnetos!

— ABERRAÇÃO! Que morra logo e sua língua maldita apodreça debaixo da terra! — continuou o guarda, ainda exaltado. Um colega de posto, mais sensato, segurou-o pelo braço e sinalizou apressadamente para que Alma passasse logo.

— Obrigada pelas palavras gentis! Tenham um excelente dia! — despediu-se a anã, inabalável.

Aprender os macetes da convivência agradável era importante para alguém que andava por todos os lugares, mas não pertencia a lugar algum. As companhias que arrumava faziam o tempo passar mais facilmente, mas até esse conceito era diferente para alguém cujo tempo nunca acabaria. Por isso Alma havia decidido nunca demorar demais em um só lugar. Fazer isso serviria apenas para intensificar o amargor da inveja quando a doce mortalidade levasse aqueles ao seu redor, sem que ela mesma tivesse seu merecido descanso.

— Mas é importante ser compreensivo, Alphonse — dizia enquanto fazia carinho no pescoço do animal. — É claro que eles não entendem o encanto da morte, se estão sempre fingindo que o fim é algo que pode ser evitado.

A estalagem onde escolheu ficar ainda cheirava a madeira nova e verniz fresco. Na frente, tinha uma placa onde o nome Porco Bronco havia sido talhado com cuidado. A parte de baixo era uma taverna quase vazia. Havia apenas um homem jovem, entregando cumbucas de sopa na única mesa ocupada por um grupo de clientes.

— Boa tarde, senhor! Gostaria de um quarto para quatro dias e de um lugar para alimentar Alphonse, meu bode — disse Alma.

O olhar do estalajadeiro se voltou para ela. Inicialmente amigável, não demorou a se contorcer em uma expressão rígida ao avaliar melhor sua aparência.

— Não temos mais cerveja anã e o pão está velho. Se quiser ficar, encontre uma mesa.

Alma continuou, como se não tivesse escutado.

— Sabia que amanhã deve chover? Alphonse XII fica mal-humorado quando dorme na chuva, mesmo sendo tão vigoroso e cheio de energia. Seu bisavô era igualzinho! Começo a achar que talvez essa seja uma característica que pula dois Alphonses por vez!

Houve um instante sem resposta e Alma notou imediatamente que havia se distraído e falado demais de novo. Era bom se manter vigilante dali para frente ou os outros a achariam desagradável.

Agora o homem parecia ainda mais irritado, contrariado pela necessidade de fazer negócios com tipos que não queria servir.

— Cinco peças de ouro por noite — disse, mas assim que viu a expressão de surpresa da anã pelo valor elevado, adicionou: — Incluindo abrigo e comida do bode.

— Fechado! — respondeu Alma pagando a quantia integral adiantada.

Sabia que havia sido cobrada bem acima do normal, mesmo com a inclusão das acomodações de Alphonse, mas não se importava. Esperava que aquilo trouxesse tranquilidade ao anfitrião. Afinal, ouro não era problema para ela. Os anos infinitos têm um jeito de acumular moedas nos bolsos dos que pouco se interessam por elas.

— Deixe que eu me apresente! Sou Alma! Será um prazer desfrutar da sua hospitalidade pelos próximos dias, senhor...?

O taverneiro ainda olhava para as moedas com um misto de surpresa e horror.

— Bultum — respondeu por fim. — Vou preparar o quarto.

Antes de subir ao segundo andar colocou uma tigela de sopa e dois pedaços de pão, bem em frente a Alma.

De repente, o som de um grito desesperado de dor surgiu, aparentemente vindo de alguma porta fechada atrás do balcão. Bultum parou entre um degrau e outro da escada, mas não retornou. Seguiu rumo a sua tarefa, ainda que visivelmente desconfortável.

Alma olhou em volta. Era impossível que os outros frequentadores não tivessem ouvido também. Na mesa havia duas mulheres e outros dois homens humanos.

— Santos confortem Helia — disse a mulher. — Como ela suporta a dor até agora, ninguém consegue entender. Ouvi falar que o acólito disse que as ervas e orações não aliviam mais.

— Tanto ouro gasto, tanto trabalho e sofrimento para nada. Wallys disse que um dos guardas confirmou o que achávamos. Nem eles sabiam o que o velho Eqedon queria. Nunca vamos saber — respondeu um dos homens encarando a própria caneca.

— Vai-se o velho, fica o ouro. Helia pelo menos conseguiu usar a sua parte e abrir a Porco Bronco enquanto ainda conseguia andar — completou o segundo rapaz, com um tom melancólico, mas reverente. — Os outros nem isso. Deixaram só as moedas e a lembrança da maldição.

— De que adianta levantar uma construção deste tamanho? Ninguém quer beber ouvindo os gritos de alguém sendo levado pela morte! Devíamos ter ido na Toco Mofado. A sopa é ruim, mas a cerveja é boa e não temos que perder a noite com conversas tristes — comentou a última moça.

A anã kottariana se viu intrigada. Desceu do banco num pulinho curto e seguiu até a mesa do grupo.

— Com licença, boa noite! Me chamo Alma e cheguei na cidade hoje mesmo! Vocês saberiam dizer quais são essas ervas que não funcionam mais e para que eram usadas? Não conheço a senhora de quem falam, mas ela parece bem doente.

Alma não fazia questão de fingir desatenção à conversa alheia, assim como os integrantes da mesa não fizeram questão de esconder o olhar de incredulidade pela inconveniência.

— Se sairmos agora, chegamos na Toco Mofado a tempo de encontrar o bardo sóbrio o suficiente para conseguir tocar a rabeca — disse um dos homens, ignorando completamente as perguntas. Ao mesmo tempo, levantou-se deixando duas moedas de bronze na mesa.

Os outros olharam para a anã em tom de repreensão, deixaram suas moedas e saíram, abandonando canecas pela metade e a sopa ainda quente. Antes de chegar à rua, uma das mulheres virou-se para Alma. Parecia de certa forma melancólica.

— Não perca seu tempo — disse. E seguiu os outros rumo à Toco Mofado.

O dono da estalagem surgiu no topo da escada, franzindo o cenho ao ver a mesa recém-abandonada. Em seguida voltou-se para a anã, como se pudesse de alguma forma direcionar sua fúria à única pessoa que restara no estabelecimento.

— Não toleramos ladrões nem gente do seu tipo fazendo rituais profanos por aqui. Não posso vigiar o dia inteiro, porque tenho meus afazeres, mas alerto que saberei se algo acontecer e você sairá daqui sem receber seu ouro de volta. Seu quarto é o último do corredor.

Encerrou o sermão entregando uma chave amarrada a uma corda fina, unida a uma pequena pedra em formato de disco. Havia o número três escrito em um dos lados.

Alma obviamente tinha mais de uma dezena de perguntas. Não sabia do que sofria a pessoa oculta que gritava, mas imaginava que até agora só havia sido tratada com algum preparo rudimentar. Alquimia simples e pouco eficaz, o que significava que algo certamente ainda podia ser feito por ela. Mas mesmo em seu imenso altruísmo, viu que estaria testando o limite da hospitalidade do taverneiro se tentasse descobrir algo ainda naquela noite. Limitou-se a agradecer, informar onde estava Alphonse e subir para o quarto.

◆⋯⋯◆

No dia seguinte, Alma passou a manhã toda numa mesa que ficava num cantinho da taverna, escrevendo cartas e anotando ingredientes e conclusões dos seus experimentos alquímicos mais recentes, enquanto mastigava alguma coisa e bebia uma ou duas canecas de cerveja.

Seu objetivo era segurar sua agitação e conseguir fingir desinteresse em seus arredores por tempo o suficiente para que a clientela e o estalajadeiro esquecessem por um instante de sua existência e conversassem normalmente. Era um jeito de reunir o máximo de informações enquanto esperava o momento certo.

O homem não trocou com ela uma palavra sequer além do necessário, mas entre as refeições conversou com clientes, o que já era alguma coisa. Depois o acólito citado pelo grupo na noite anterior veio em pessoa falar sobre o uso dos medicamentos que havia indicado e aproveitou para consolar o jovem.

De dia, as olheiras profundas de Bultum ficavam mais evidentes. Seu coração partido não podia ser visto de fora, mas era perceptível por qualquer um que tivesse tempo de observar com mais atenção. Ficava evidente que a moça doente era alguém que ele amava imensamente.

Em certo momento, antes da taverna abrir para a clientela da noite, a mulher voltou a gritar de dor. Alma esperou, mas constatou que o estalajadeiro havia saído para comprar suprimentos pessoalmente, uma vez que não tinha funcionários. Era a oportunidade perfeita. Levantou-se da mesa rapidamente e correu para abrir a porta de onde vinha o som. Estava trancada, mas ficou surpresa ao encontrar a chave por perto, debaixo do balcão.

Quando entrou, deu de cara com um grande cômodo bagunçado. Um móvel com roupas mal guardadas num canto, retalhos lavados apoiados em uma pequena mesa com uma cadeira só, e a outra cadeira encostada ao lado de uma cama onde uma humana de pele e cabelos escuros gemia baixinho. Seus membros estavam cobertos por manchas esbranquiçadas, seus pés e mãos contorcidos como galhos secos de árvore. A pobrezinha suava aos borbotões.

A anã aproximou-se com cuidado.

— Senhora, ouvi seus gritos. Sou hóspede da estalagem, mas o dono não está. Me chamo Alma, sou uma herbalista e talvez possa ajudá-la! Garanto que posso fazer muito mais por você do que o acólito que a atendeu até agora!

Alma sentia pena, mas ao mesmo tempo estava empolgada pela oportunidade de finalmente poder oferecer ajuda concreta. A mulher virou o rosto com dificuldade e a encarou com olhos turvos e profundos num interesse desesperado.

— A morte finalmente veio me levar? Diga que sim, por favor... mas seja rápida. Antes que Bultum volte — balbuciou entre delírios. — Preciso... descansar. Acabe com isso.

O coração da anã se encheu de tristeza e empatia. Aquela mulher só queria repousar e sentia em seu corpo e espírito que a morte era a única serenidade verdadeira.

Ouviu nas palavras dela o desespero que tinha aprendido a esconder na própria voz. Um pensamento ainda mais pesado ultimamente, quando Alma passava por um período ruim. Melancólica e solitária, sem se encaixar perfeitamente em lugar nenhum, era como a moça que vivia o desespero de não se ver mais entre os vivos, mas também não ser levada pela morte. Um limbo torturante independente da duração.

— Não sou a morte, mas você é digna e corajosa e ela certamente não lhe falhará. Há de ser glorioso o seu fim! Até lá, vou fazer o que posso para aliviar a angústia da sua espera — disse tentando tranquilizá-la.

De alguma forma a moça pareceu relaxar, talvez pelas palavras da anã, talvez pela própria exaustão. Alma aproveitou o momento para examiná-la com mais atenção.

A dor insuportável evidenciada em seus gritos, a textura das manchas esbranquiçadas, o hálito estranhamente adocicado, o som anormal que produzia ao respirar. Tudo isso apontava para um tipo muito particular de doença. Dentro de si, tinha certeza que sabia a origem do problema, mas num caso sério como aquele precisava de mais do que certeza, precisava de comprovação. Nada poderia ser feito até que isso acontecesse.

Se pudesse evitar, também gostaria de não ser flagrada pelo estalajadeiro, então deixou o quarto e esperou a volta de seu anfitrião.

O homem mal tinha colocado a saca de batatas no chão, quando ouviu a voz de Alma vinda da mesa no cantinho do salão.

— Senhor Bultum, a moça que grita de dor precisa de ajuda. Gostaria de poder dizer que está morrendo, mas não está. Ou pelo menos não precisa morrer agora. Eu posso ajudar!

O olhar nervoso do homem se voltou imediatamente para a porta, reflexo de um segredo mal guardado. Respirou fundo, acalmando seus instintos, ainda de costas para o salão.

— Guarde suas promessas malditas. Ninguém aqui precisa de ajuda para morrer. Sabia que não aguentaria por muito tempo antes de revelar seus objetivos funestos — respondeu com a voz lenta e controlada, mas cheia de ódio. — Se tocar no assunto de novo, atirarei você para fora da minha propriedade juntamente com seu bode.

— Não quero ajudá-la a morrer, senhor! Não sou detentora da sabedoria necessária para auxiliar os caminhos sagrados da morte de maneira proposital. Quero ajudá-la a viver para que encontre uma morte digna de sua vida gloriosa.

A postura agressiva de Bultum não foi embora, mas as palavras de Alma fizeram com que ele parasse antes de esbravejar a resposta já planejada. A anã notou um leve brilho involuntário de esperança passando rapidamente pelos olhos do homem antes que ele o afogasse dentro de si mesmo.

Era óbvio que faria tudo que pudesse pela moça doente, mas era ainda mais claro que não estava pronto para barganhar seu maior tesouro com uma desconhecida a quem detestava.

— Saia da minha frente antes que eu te expulse daqui — disse com a voz embargada.

No dia seguinte, Alma escolheu evitar o olhar do taverneiro para não testar a veracidade da ameaça da noite anterior.

Passeou com Alphonse pelos arredores da estalagem por várias horas, sentando de vez em quando em alguma caixa ou barril largado pela cidade, enquanto mantinha os ouvidos atentos a todo tipo de cochicho ou pedaços de conversas interessantes. No burburinho da multidão, os sussurros sobre morte e luto eram muitos. Para um ouvido menos atento, aquela parecia uma cidade abençoada, apesar da melancolia generalizada que o tempo trataria de apaziguar. Entre eles, no entanto, também acabou descobrindo bastante sobre a mulher enferma da estalagem.

Ela era Helia, a esposa do taverneiro Bultum, e até o mês anterior ainda era a principal anfitriã da taverna e estalagem Porco Bronco. Era também a grande responsável pela chegada do dinheiro utilizado em sua construção.

A mulher havia trabalhado na plantação de uma propriedade ao sudeste, pertencente a um dos muitos novos mercadores em ascensão.

Assim como tantos outros, o proprietário misterioso havia construído sua fortuna graças à euforia de paz decorrente da derrota do Devorador de Mundos e à venda ilegal do óleo negro. Era chamado apenas de Chefe Eqedon e nunca havia sido visto por ninguém. De longe contratava encarregados, que iam atrás do trabalho braçal entre os menos afortunados ou desejosos de um futuro melhor na cidade. E pagava bem.

Na verdade, pagava muito bem. Em troca, Eqedon exigia que não se fizesse perguntas a respeito da função. Helia e os outros faziam a colheita e recebiam o que havia sido acordado, sem problemas. E por um tempo, este foi o melhor dos mundos.

Quando os primeiros trabalhadores começaram a se demonstrar pouco dispostos, ofegantes, não faltou quem se propusesse a substituí-los. Qualquer sombra de constatação que a enfermidade estava relacionada com o serviço era afastada com rodeios e palavras longas. De qualquer forma, o custo parecia pequeno frente à prosperidade que lhes era garantida: o pagamento era capaz de sustentar uma família por anos.

Mas os curandeiros não sabiam o que fazer com os doentes, e aos poucos os antigos trabalhadores de Eqedon começaram a morrer. Os que não tinham essa sorte, deixavam a cidade em busca de cura em outro lugar. Só Helia restara, incólume, ajudando seus companheiros moribundos a ponto de algumas famílias sentirem uma dívida de gratidão com a moça. Era uma mulher respeitada por todos, mesmo sendo uma forasteira de origem errática, que havia chegado à cidade há pouco mais de dois anos. Helia conseguiu permanecer saudável por mais tempo que qualquer um, reunindo uma quantidade de ouro suficiente para erguer a Porco Bronco e pouco além disso.

O mal finalmente a atingiu mais ou menos na época em que a notícia da morte de Eqedon se espalhou e o trabalho foi interrompido para sempre. Ironicamente, o dono da fazenda havia morrido de velhice, sozinho, aguardando paciente os frutos de um plano que ninguém ali sabia qual era.

Alma desconfiava, mas precisava visitar a fazenda para ter certeza absoluta.

Era quase o meio da noite quando a anã se viu em pé no centro do campo florido da fazenda abandonada do Chefe Eqedon. O cheiro adocicado era nauseante. As pétalas das flores refletiam a luz da lua de forma sedutora, como toda armadilha montada por um bom predador.

Aquilo era um campo de erbesteas, como Alma havia imaginado assim que colocara os olhos sobre Helia na estalagem, e sua existência estava amarrada a uma lenda nefasta. Ou ao menos assim se dizia.

Várias gerações antes da chegada de Ruff Ghanor, o Santo dos Pés Descalços, morava na Floresta da Aurora, um bruxo que havia ido até o inferno. Com inveja da bênção que parte dos anões recebia decidiu fazer um acordo com um demônio em troca da imortalidade. Estranhamente receptiva, a entidade deu a ele uma bolsa com sementes minúsculas e orientou que as plantasse na entrada de sua vila. Quando florescessem, o bruxo deveria colher e destilar a essência de sessenta e seis mil flores. Com a substância, poderia preparar uma poção que o tornaria imortal.

"O que devo dar em troca?", o homem perguntou.

"Nada", respondeu o demônio. "Plante-as e terei minha felicidade. É o que me basta".

Sendo um bruxo, é difícil imaginar que a resposta não tenha gerado alguma desconfiança. Mas a sede de poder era maior e ele obedeceu. Plantou cada semente com ardor, como havia sido orientado. A colheita, porém, nunca foi feita.

A planta era amaldiçoada, e o contato com ela causou a morte do homem muito antes que fizesse proveito do fruto de seu trabalho. Além dele, morreram também muitos dos que se aproximavam demais para apreciar a beleza do campo tomado pelas pétalas alvas que balançavam ao vento, respirando profundamente seu perfume abaunilhado. Novos sacrifícios com os quais o demônio certamente já contava.

Embora fosse uma lenda antiga, pouco registrada, vez ou outra a narrativa se espalhava, provavelmente sem os ensinamentos e alertas necessários, e se ouvia a história de algum tolo morto buscando completar a receita, carregando consigo mais dezenas, às vezes centenas de vidas.

Ali, mais uma vez alguém tentava colher sessenta e seis mil flores de erbesteas, trabalho impossível para um mortal. Um artifício demoníaco disfarçado de oportunidade para os corações doentes de ambição.

Eqedon parecia ter planejado tudo aquilo com muito cuidado. Enquanto seus trabalhadores morriam no processo, ele permaneceria afastado até que tudo estivesse concluído e a poção fosse preparada. Comprava sacrifícios com ouro, enquanto se agarrava a uma tecnicalidade do pacto cujo contrato original há muito havia se perdido. Ironicamente, a morte havia chegado antes para Eqedon.

A verdadeira explicação, porém, a que Alma conhecia graças a todos os seus anos como estudiosa, pouco tinha de fantástica. Aprendera que a erbesteas era uma planta cuja secreção natural era absurdamente tóxica, penetrando a pele e envenenando aos poucos aqueles que entravam em contato com ela. Era o que havia acontecido com todos aqueles trabalhadores mortos, e era o que estava acontecendo com Helia.

Infelizmente para todos os que haviam partido forçosamente por conta do esquema nefasto de Eqedon, ninguém seria capaz de elaborar um antídoto.

Ninguém, a não ser uma anã imortal, a maior herbalista do mundo.

Nas primeiras horas da manhã seguinte, Alma estava de volta à taverna Porco Bronco, desgastada pela noite passada em claro e pelo esforço, mas com o antídoto quase pronto, além de uma generosa porção extra de sua base concentrada.

A poção capaz de acabar com os males provocados pela exposição à erbesteas exigia a penosa extração de bulbos ocultos da própria planta, que só surgiam em certos períodos da madrugada, e mesmo assim dificilmente seriam localizados por olhos não treinados. Se tudo corresse bem, poderia administrar a substância no mesmo dia, depois de um breve período de fermentação.

O taverneiro olhou em direção a Alma, mas permaneceu em silêncio. Ela o encarou de volta, exausta.

— Preciso de alguma bebida fermentada que a senhorita Helia consiga ingerir — disse sem forças para manter qualquer simpatia ou cuidado na voz.

— Quem lhe contou o nome dela? — gritou o homem, confuso. — Você vai sair imediatamente daqui! Eu avisei!

— Hidromel seria ideal. Uma garrafa é o bastante — continuou Alma sem tomar conhecimento do ódio do taverneiro. — Tudo deve levar cerca de dez dias, mas ela deve estar de pé novamente em dois ou três. Hoje à noite começarei o tratamento.

E subiu as escadas carregando a bolsa cheia de frascos e ferramentas cuidadosamente envolvidos em couro.

Bultum engoliu o resto de suas palavras, tentando registrar o que havia ouvido. Ficou lá parado um tempo, atônito, repassando num instante toda a rotina de cuidados pela qual havia passado com Helia, toda a dor. O tipo de sensação que levaria um homem a cogitar a venda do próprio espírito em troca de uma promessa de paz.

Quando se recobrou, esfregou os olhos e partiu em busca dos ingredientes do almoço, caso algum cliente ainda tivesse a misericórdia de aparecer para uma refeição.

Alma acordou no fim do dia e logo a maneira como havia falado com seu anfitrião lhe pesou a consciência. Será que havia jogado todo seu esforço fora? Foi um descuido honesto. Estava cansada demais e concentrada demais nos detalhes da fórmula recém-preparada para lembrar de ter cuidado. Esperava que aquilo não lhe custasse a oportunidade de colocar a substância em uso e, mais que isso, salvar Helia.

Levantou-se entusiasmada para checar o antídoto e, retirando a tampa do frasco, se viu satisfeita com o odor e coloração, esquecendo momentaneamente qualquer outra coisa. Estava perfeito. Ainda mais: estava perfeito e poderia ser testado imediatamente.

Claro que o preparo de fórmulas cada vez mais obscuras era um processo empolgante por si só, mas o uso e subsequente comprovação do sucesso da fórmula era sempre uma experiência preciosa que fazia o coração de Alma fervilhar. Aquela era uma parte de seu ofício que na maioria das vezes não podia ser feita de maneira solitária e era, portanto, preciosa pela sua raridade.

Quando alcançou o primeiro degrau da escada para a taverna, parou lembrando de ter afastado um problema inevitável de seus pensamentos, sem planejar qualquer tipo de resolução. O taverneiro a odiava e havia deixado isto claro naquela manhã. Jamais deixaria que Alma chegasse perto de sua esposa e isso impediria o tratamento. O que podia fazer para remediar a situação?

Poderia mentir, dizendo que o acólito do templo havia mandado uma nova fórmula, pedindo que ela mesma a administrasse. Poderia ficar de tocaia ali até que surgisse uma oportunidade de entrar no quarto da enferma durante uma outra ausência do taverneiro. Isso já tinha dado certo uma vez, mas se ele estivesse preocupado e atento, não voltaria a sair deixando Alma sem vigilância. Poderia, talvez, fumegar com ervas relaxantes todo o ambiente da taverna e entrar no quarto enquanto o homem dormia. Mas como todas as outras ideias, era nítido que não daria certo.

Sua cabeça fervilhava cheia de planos mirabolantes, mas acabou decidindo pelo mais óbvio e mais difícil: encarar a situação e tentar apresentar seus argumentos em uma conversa franca.

O que encontrou no primeiro andar, entretanto, a surpreendeu. O local estava vazio e em cima do balcão havia três grandes garrafas do que parecia ser hidromel. Nada daquilo deveria impressionar, claro. Alma já tinha passado por situações relativamente similares, em que as pessoas lutam tanto contra a partida de um ente querido que acabam segurando o peso de uma situação frágil demais por tempo demais. Se cansam física e emocionalmente por acreditar que a desistência seria indigna, bruta e errada. Lutam contra o mundo, porque não podem lutar contra a morte, num processo exaustivo sem fim. E Bultum estava obviamente exausto.

Aquilo alegrava Alma. Ficava feliz que, mesmo que não fosse por confiança na sua promessa, o homem tivesse aceitado que nem tudo pode ser resolvido apenas com insistência. Esperava que o aprendizado permanecesse com ele, já que seria útil inúmeras vezes até o fim de sua breve vida. Bultum mantinha em si sua humanidade e seu apego, mas havia finalmente chegado ao ponto de quebra em que se entende que existem marés fortes demais e nem sempre é possível remar contra sozinho.

A anã pegou uma as garrafas de hidromel em sua mão livre e entrou no quarto atrás do balcão. Os gemidos de Helia saíam cada vez mais fracos. Estava visivelmente mais pálida, com manchas ainda mais destacadas na pele oleosa e suada.

Alma depositou a garrafa e seus frascos ao lado da cama e misturou o hidromel junto com uma pequena quantidade da essência concentrada em um frasco vazio. Agitou cuidadosamente, aumentando o ritmo do movimento gradualmente para criar uma mistura homogênea, mas não espumada. Pôs-se em frente à mulher, usou uma das mãos para inclinar levemente seu tronco e foi pacientemente despejando o líquido em sua boca, tomando cuidado para que a paciente não se engasgasse. Helia quase não reagia aos estímulos mais básicos, então o processo demorou vários minutos.

Quando acabou, Alma juntou seus frascos e o restante do hidromel e levou tudo de volta ao seu aposento no segundo andar, onde fechou os olhos e demorou a pegar no sono apesar do cansaço, ansiosa pelos resultados que observaria na manhã seguinte.

Quando desceu para o desjejum, encontrou Bultum cortando algumas fatias de pão recém-assado no balcão, onde também havia queijo e frutas frescas. O pão enchia todo o ambiente com um aroma cremoso e salgado, de fundo azedo, mas convidativo. Alma queria fazer inúmeras perguntas, mas mordeu levemente as bochechas por dentro da boca para se forçar a ficar em silêncio. Sentou-se atipicamente quieta.

O estalajadeiro, também sem dizer uma palavra, colocou em sua mesa quatro fatias grossas do pão, bastante queijo e alguns morangos que, apesar de muito frescos, pareciam apetitosos até mesmo ao paladar kottariano da anã. Quando fez menção de agradecer apropriadamente pelo desjejum bem mais farto que o normal, seu anfitrião já havia dado as costas novamente e desaparecido na parte de trás da cozinha.

O coração de Alma estava acelerado. Estava faminta e foi um prazer comer tudo o que havia em sua mesa, mas sua mente estava agitada demais para que se dedicasse inteiramente em apreciar a refeição. Precisava saber como estava Helia.

Talvez sua inquietação fosse menos mascarada do que ela esperava, porque logo viu o homem sair pela porta da estalagem, carregando alguns sacos de pano vazios. A comunicação não era verbal, mas era clara o suficiente para quem prestasse atenção. Aquela era a permissão que ela precisava para checar sua paciente e Alma não pretendia perguntar duas vezes.

A aparência da moça na cama continuava miserável, mas sua melhora era claríssima ao olhar atento. Sua respiração não estava tão pesada e, mais importante que isso, parecia dormir profundamente, sem a expressão de tensão no rosto ou as mãos retorcidas pela dor de antes. Alma chegou a abrir um pouco a boca dela para examinar, e sentiu o cheiro menos adocicado do seu hálito. A verdade é que o corpo de Helia se agarrava ao descanso que buscava há sabe-se lá quanto tempo.

Dando-se por satisfeita, a anã deixou o quarto antes que caísse na tentação de abusar da própria sorte e se perdesse na observação mais detalhada dos sintomas. A segunda dose seria dada à noite e até lá só restava esperar e investir o tempo em anotações sobre o processo de funcionamento do antídoto.

Quando desceu novamente mais tarde, carregando seu material sem a menor discrição, notou que Bultum havia percebido sua presença e convenientemente resolvido aproveitar aquele momento para alimentar Alphonse e limpar seu local de descanso do lado de fora.

Alma mais uma vez misturou minuciosamente as substâncias e repetiu todo o processo da manhã. Helia parecia ainda melhor, mas a calma e o cuidado ainda eram imprescindíveis. Talvez a reação violenta de um engasgo fosse exigente demais para os pulmões fragilizados naquele momento e a paciente acabasse não resistindo.

Terminada sua tarefa, Alma retirou-se novamente e, antes de subir de volta ao seu quarto, levando algumas porções da comida que estava no balcão, deixou em cima da cadeira ao lado da cama o bilhete que havia escrito mais cedo:

Ela deve conseguir tomar um pouco de caldo de osso nas refeições de amanhã, sempre com muito cuidado para poupar seus esforços, mesmo que já consiga falar.

O processo se repetiu no dia seguinte, e Alma notou que Helia já balbuciava algumas palavras. O cuidado de Bultum era perceptível mesmo em sua ausência.

Os lençóis da cama, apesar de úmidos de suor, nunca estavam realmente sujos de qualquer coisa que pudesse ser prejudicial à recuperação de sua esposa. O ar do cômodo nunca estava abafado, deixando claro que as janelas haviam sido abertas em algum momento recente. Ele e Alma agiam em relativa sintonia, mesmo sem qualquer diálogo, e os frutos de seus esforços eram claros. Helia já não gritava de dor e seu corpo parecia mais forte e descansado.

Na manhã do terceiro dia as coisas começaram a mudar. Alma ouviu a voz de Bultum vinda do quarto, mas ele não chegou a ir até a cozinha servir o desjejum. Também não deixou a taverna para que Alma checasse o estado de sua esposa. As comidas estavam dispostas em cima da mesa onde ela normalmente sentava, mas pareciam estar ali há muitas horas. Eram um convite à alimentação e ao mesmo tempo uma demonstração de que o anfitrião hoje tinha outras prioridades.

A porta da taverna não havia sido aberta para receber os clientes da manhã e a anã tinha certeza de que aquilo era motivo suficiente para que os vizinhos mais agitados já tivessem começado a espalhar as boas notícias sobre a morte da senhorita Helia, sem imaginar que a situação era outra. À noite, finalmente ouviu os sons propositalmente indiscretos do homem deixando a taverna, no mesmo horário que o medicamento era administrado.

Alma correu para o quartinho, levando seus preparos, e se deparou com Helia sentada na cadeira que costumava ficar ao lado da cama, mas agora de volta à sua posição original, próxima à mesa. Ela hesitou na porta, segurando a garrafa de hidromel em uma das mãos e um frasco meio vazio na outra, e o olhar da mulher se voltou para ela com a atenção de alguém consciente, apesar de enfraquecido.

— Olá, querida. Bultum me contou que você viria, mas ainda não sei o seu nome.

O sorriso de Helia apertava seus olhos ainda fundos demais no rosto magro. Eram as primeiras palavras gentis que alguém dirigia a Alma em muitos meses.

— Boa noite, senhorita Helia! Eu me chamo Alma! — disse sem se importar em conter a empolgação. — Sou uma herbalista de Kottar e uma aventureira! Estou tratando seu envenenamento por erbesteas há alguns dias! Como se sente? Tem mais vontade de comer caldos salgados? As dores no seu corpo ainda estão nas pernas ou agora se concentram só nos pés? Posso checar a cor de suas manchas? Ah! Eu trouxe a dose de hoje do antídoto e é importante que tome nos próximos minutos, então pode me responder tudo que quiser enquanto preparo.

— Alma... eu sonhei com você. Mas no sonho você vinha me levar para o descanso eterno e, pelo que noto, você na verdade está trabalhando para me devolver o conforto em vida. Não sei como agradecer, mas certamente te pagaremos o que pudermos para compensar seu tempo e esforço. Eu sei que Bultum não está sendo uma companhia agradável, mas ele tem um bom coração e está imensamente grato. Eu...

Helia fez uma pausa para recuperar o fôlego fraco.

— É inteligente que a senhora não force seu corpo ainda — interrompeu a anã. — Não precisa me dizer nada que não seja sobre seu estado atual. Também não se preocupe com pagamentos. Ouro não é uma preocupação no momento e não tenho nada além de tempo para voltar a acumular riquezas quando fizer falta. Me interessa muito o funcionamento da fórmula e como tem sentido sua ação! Agora que acordou pode me dizer se o líquido parece queimar sua garganta quando engole? Não sei se tem pústulas profundas em sua garganta e, pra ser sincera, não sou uma curandeira tão prendada, então não me arriscaria a coletar tecido interno para ter certeza.

— Mas... está bem. O desconforto ainda está em minhas pernas, mas não tanto quanto antes. Meus pés ainda se contorcem e ainda não consigo passar mais que algumas horas acordada.

— São notícias excelentes! — respondeu entregando o frasco com a mistura. Observou atentamente para ter certeza de que cada gota seria engolida. — Ainda não era a hora do seu descanso definitivo, mas pode ficar tranquila, porque ela irá chegar, com a glória merecida!

A mulher encarou a anã com um olhar confuso. Nenhuma resposta apropriada lhe veio à mente. Não apenas pela estranheza de ver alguém que a estava curando e ao mesmo tempo desejando sua morte, mas porque pela primeira vez entendeu de verdade a clemência daquelas palavras. Havia, nos últimos tempos, passado por dor suficiente para entender que às vezes a morte era mesmo uma gentileza, mas ainda não sabia como lidar com esses pensamentos. Acenou positivamente para Alma e pediu sua ajuda para voltar para a cama, onde deitou e fechou os olhos com uma despedida rápida.

— Durma com os santos, Alma. Amanhã nos veremos novamente, espero.

Nos outros dois dias, Helia passou a levantar e conversar muito mais do que antes. Tinha vontade de ajudar na taverna e se frustrava ao receber o direcionamento de sempre: repouso até o final da lua cheia.

Os dias seguiam iguais. A taverna continuava fechada e vazia. Bultum se ausentava por um bom tempo à noite, quando Alma administrava mais uma dose do antídoto e conversava com a paciente, estimulando seus pulmões para que voltassem a funcionar como antes. No meio das conversas, Alma notava barulhos estranhos vindos do lado de fora da janela, mas logo percebeu que se tratava do taverneiro escondido do lado de fora, escutando o que as duas falavam, usando a separação física da parede para proteger seu ego e não precisar dividir o ambiente com Alma depois do tratamento que havia dado à anã. Era como Helia havia dito inúmeras vezes: Bultum era um homem orgulhoso e taciturno, mas de bom coração.

Fazia tempo que Alma não encontrava alguém fora de Kottar tão receptivo à sua personalidade como Helia. A mulher perguntava sobre detalhes do seu ofício, sobre suas aventuras e sobre seus objetivos. Conversaram tanto que ela soube ter a gentileza de não demonstrar alegria quando Alma contou que havia sido amaldiçoada com a vida eterna.

Desenvolveram o tipo de amizade que só pode surgir em uma situação de isolamento. Um sentimento intenso e fraternal que parece ser eterno e inabalável, mas cuja estrutura frágil tem por destino ser abalada nos primeiros momentos de contato com o mundo externo.

Eram fundamentalmente diferentes em natureza, cultura e experiência pessoal. Alma sabia disso e mesmo assim escolheu aproveitar cada minuto de convivência, enchendo seus ouvidos e seu coração, como quem acumula recursos para o inverno inclemente. As memórias daqueles dias a deixariam satisfeita por bastante tempo quando partisse, e não haveria mágoa ou tristeza na despedida, pois Helia voltaria à sua vida normal em breve.

— Por que não fica em Zibrene, Alma? Seria bem-vinda aqui. Certamente temos espaço para a melhor herbalista do mundo! — perguntou a mulher, com ares de empolgação.

A kottariana parou um pouco antes de responder, pensando como era interessante conviver com humanos, sempre entusiasmados como crianças, com pouco tempo de vida para observar padrões e aprender com eles. Logo eram levados pela morte e isso talvez fosse o motivo de serem como eram. Sentia inveja de Helia, que um dia seria levada pela morte, mas também nutria um sentimento de gratidão por tê-la conhecido antes disso. Conexões pessoais eram de uma complexidade alquímica muito maior que qualquer fórmula que Alma soubesse replicar.

— Não posso, mas agradeço suas palavras gentis, senhora Helia. Zibrene não é meu lugar. Teria que lidar com a reprovação de todos a cada vez que desejasse a bênção da morte sobre uma pessoa ou toda uma família, seria isolada por conta de minha cultura. Poderia ter você por perto, mas isso não duraria para sempre e, mesmo feliz pela sua sorte, isso só me encheria de inveja. No fim, eu iria me sentir mais sozinha do que antes. — A mulher havia conquistado sua confiança e por isso merecia sua honestidade.

— Por que então não volta para Kottar?

— Kottar é uma terra de alquimistas brilhantes. As oportunidades de aprofundar minha proficiência alquímica seriam constantes e irresistíveis, algo que preciso evitar se um dia quero alcançar o falecimento.

Helia, desconfortável, tentou mudar o foco da conversa para a parte menos melancólica do assunto.

— Mas você sempre diz que seu trabalho é sua única prioridade. Como pode priorizar algo se não pretende evoluir?

— Ah, é simples! Existe o trabalho que busca novos conhecimentos e existe o ofício repetitivo, executado em benefício de outros e feito para que os dias passem rápido, sem pensar demais. Meu plano é conseguir ficar satisfeita com a segunda opção.

A mulher respirou fundo, resignada.

— Deve haver um lugar para você, minha amiga querida. É importante que não deixe de procurar — disse baixinho, segurando a mão da anã.

Um pigarrear na porta anunciou a volta de Bultum à taverna. Alma se despediu e deixou mais uma vez o quarto. Mas hoje não iria voltar aos seus aposentos. A lua cheia logo acabaria e tinha um assunto urgente a resolver antes de voltar para a estrada.

Naquela noite Alma voltou à propriedade de Eqedon, mas desta vez procurou ser bem mais discreta, usando rituais arcanos para passar despercebida por qualquer testemunha. A essa altura todos a conheciam como hóspede do casal da Porco Bronco. Não queria que qualquer possível consequência de seus atos caísse sobre as costas dos dois.

Esperou mais uma vez a madrugada chegar, enquanto preparava os materiais que colocariam em prática seu plano. Andou por toda a plantação espalhando raspas secas de madeira e salitre, o que tomou muito de seu tempo.

Respirou fundo e, com uma fagulha, ateou fogo na área perto de si. A pequena chama se espalhou rapidamente, até tomar a plantação inteira. Não podia arriscar que alguém ambicioso ouvisse a lenda e resolvesse tomar a fazenda para si.

Ficou ali observando as chamas alaranjadas, e quando elas acabaram checou o chão com atenção até ter certeza de que não havia sobrado uma semente sequer. Dando-se por satisfeita, voltou à cidade usando outro caminho para não ser vista. Com Helia bem e a fazenda destruída, sua missão em Zibrene estava cumprida. Era hora de partir.

Enquanto andava, refletiu que nem todas as despedidas eram melancólicas. Na verdade, a maioria delas era feliz. Deixava os lugares com a sensação de satisfação e com a energia renovada para a busca de um novo objetivo temporário. Ainda assim, de vez em quando o mesmo pensamento inconveniente tomava conta dela.

E se ela ficasse?

Talvez fossem seus pés cansados, mas eles não doíam há dias. E se houvesse um lugar para passar alguns anos? Talvez fosse a vontade de conhecer um pouco mais o espírito daquele novo tempo, juntando pistas nas conversas das pessoas. E se tivesse aprendido a aceitar quando todos fossem levados e só ela ficasse, cansada e sozinha? E se ainda houvesse algo além da monotonia solitária que pudesse fazer a morte aceitá-la de volta? Essas mesmas esperanças não tinham levado a nada nos últimos séculos, mas lá estavam elas de novo.

E se tentasse encontrar o segredo do seu perdão mais uma vez?

Sentou um pouco ao lado de Alphonse antes de voltar para dentro da estalagem e fez carinho no próprio ombro, como sua família fazia para consolar suas mágoas de criança. Tinha tanto, tanto tempo que todos haviam partido para o descanso eterno.

Mas ela continuava e continuaria aqui.

◆·····◆

Nos últimos dois dias de Alma na cidade, seus momentos de conversa com Helia se estenderam da tarde até a noite.

Bultum já não se dava o trabalho de fingir que não escutava. Com a evolução quase milagrosa do quadro de sua esposa, a porta dos aposentos pessoais dos dois permanecia aberta o dia inteiro enquanto ele anotava os planos e contas para a reabertura da estalagem, sempre relativamente próximo de onde as duas estavam.

Aquilo não incomodava a anã em nada. Era confortável pensar que ele escutaria suas instruções sobre o uso prolongado de pequenas doses do antídoto, especialmente porque sabia que ele estava tentando aprender a reproduzir seu preparo final a partir da base concentrada, com medo que a moléstia um dia retornasse.

Alma nunca comentou nada sobre o campo de erbesteas, nem sobre a natureza das flores ou sobre as lendas escondidas. Confiava plenamente em Helia, mas não cometeria o erro de testar os limites da ambição humana ou do apego de criaturas tão efêmeras à ilusão de grandiosidade da vida eterna.

Falaram sobre aventuras passadas e sobre o mundo fora de Zibrene, sobre a infância de ambas e sobre os rumores que corriam por causa do incêndio na fazenda de Eqedon.

— Dizem que os guardas viram uma sombra passando rápido. Desde que souberam que o elfo que voltou do inferno e derrotou o Devorador de Mundos está na Floresta Alta, as pessoas têm acreditado em todo tipo de acontecimento estranho — Helia comentou em tom risonho. — Inventaram que a maldição da fazenda tinha a ver com o demônio que tenta levar ele de volta.

— Na Floresta Alta, você disse? — perguntou Alma pensativa. — Eu já estive lá uma vez.

— Sim. Os bardos andam cantando a história inteira por aí. Mas quem pode dizer que é realmente verdade? Você sabe como eles são. A história que fica é a que dá uma boa canção.

◆·····◆

Alma carregava todos os seus pertences e organizava tudo cuidadosamente nas bolsas de carga que colocaria em Alphonse. Seu plano era partir dali o mais breve possível, evitando um momento de despedida desnecessariamente melancólico.

Já havia recebido alimentos, abraços e agradecimentos de Helia. Ninguém acreditaria que há poucos dias aquela mulher estava em seu leito de morte. Sentiria saudade, mas não precisava que tudo aquilo fosse feito de novo. Não queria que o ar fresco da estrada tivesse o gosto amargo da lembrança pelos próximos dias. Deixava para trás nada além de uma amiga que provavelmente não encontraria novamente.

Já estava desamarrando o bode de seu canto de descanso, quando ouviu os passos de Bultum.

O homem vinha caminhando com calma enquanto enrolava um cigarro de ervas estimulantes de baixa qualidade. Mesmo depois de tantos dias de silêncio da parte dele, Alma sabia que o taverneiro era grato pelo que ela havia feito, mas sabia também que ele não tinha vindo até ali para trocar gentilezas e despedidas.

Antes de falar, levantou a mão com o cigarro preso entre dois dedos, sinalizando que não gostaria de ser interrompido

— Pouco antes de conhecer Helia, eu me aventurei por quase dois anos, sem qualquer motivo grandioso além de beber com meus companheiros e dar um propósito à minha espada. Ela sabe disso, claro. — Bultum acendeu o cigarro e deu um trago longo. — Quando nos juntamos, ela passou a achar que eu podia me entediar com a vida morosa fora das estradas, longe do perigo. Por isso teve a ideia da estalagem. Ela acreditava que com aventureiros por perto, contando suas histórias, eu seria mais feliz. Eu já estava contente, já tinha encontrado minha paz nos braços dela. Mas então foi a minha vez de acreditar que a estalagem a faria feliz.

Ele fez uma pausa. Alma escutava enquanto torcia a ponta da corda de Alphonse, buscando distrações físicas que a ajudassem a se manter calada em um momento inesperado de harmonia frágil.

— Tínhamos pouco dinheiro e a oferta dos homens de Eqedon chegou na hora certa. Eu estava pronto para aceitar, mas me machuquei feio talhando a placa da estalagem. Uma maldita placa, acredita? — Deu um suspiro cansado. — Helia foi trabalhar no meu lugar sem que eu pudesse impedir. Quando me recuperei, não aceitaram que eu assumisse o posto. Diziam que ela era muito boa no que fazia.

Bultum ficou tanto tempo quieto que a anã chegou a se preocupar. Então percebeu que ele fechava os punhos com força enquanto procurava as palavras certas.

— Deveria ser eu naquela cama, Alma. Deveria ser eu sofrendo o que ela sofreu. E jamais vou me perdoar por isso. Não tenho como compensar tudo o que aconteceu, mas prometo cuidar dela como nenhum homem jamais foi capaz de cuidar de uma mulher nessa vida. E foi você quem me deu essa chance. Sei que não fui gentil, e mesmo assim você resolveu me ajudar. Não preciso saber seus motivos e não tenho como retribuir, já que recusou nosso ouro e o convite da minha esposa para que ficasse por aqui. Mas posso lhe dar um conselho.

Tirou um pergaminho dobrado de dentro da camisa e segurou com sua mão livre, oferecendo-o a Alma.

— Recebi este pergaminho de um amigo aventureiro recentemente. Ele conta a história do elfo que enganou a morte e matou o Destruidor de Mundos. Achei que era algum exagero, mas juntando com o que temos ouvido através dos bardos... A história parece real. Ele se chama Feldon. Sei que a comunidade dele cultiva e usa ervas comuns. Certamente acolheriam uma herbalista como você. Além disso, se o elfo tiver mesmo voltado da morte, talvez isso faça você se sentir menos solitária. Isso é uma escolha sua e não posso fingir que entendo como pensa ou o que é bom pra você. Só achei que a informação poderia ser útil.

A anã estendeu a mão e pegou a carta. Dobrou com cuidado e guardou em uma das bolsas penduradas em Alphonse.

— Sei que você não quer mais tentar. Sei disso porque eu também já não queria mais nada na noite em que você chegou. Mas às vezes um desconhecido que você decidiu odiar sem motivo, carrega o milagre que você precisa.

Sem esperar resposta, o estalajadeiro entrou de volta na Porco Bronco e bateu a porta atrás de si, deixando a anã imersa em seus pensamentos.

Alma começou a andar em direção ao portão da cidade, sem prestar atenção em nada no caminho, segurando sem força a corda de Alphonse, que a acompanhava sem resistência. A cabeça dela formigava com mil questões que não existiam há pouco mais de um instante.

A cada passo ouvia seu coração palpitar no ritmo da mesma pergunta: *E se? E se? E se?*

E se devolver o elfo à morte fosse o perdão que esperava?

E se estar próxima de uma aberração ainda maior fizesse seu coração doer um pouco menos?

E se ficasse mais uma vez até que outras pessoas aprendessem a fazer carinho em seus ombros nos momentos difíceis?

Montada em seu bode e seguindo pelo longo caminho que levava à Floresta Alta, as perguntas continuavam enchendo seus pensamentos, mas cada passo provava que a decisão já havia sido tomada.

E ao longo dos dias de jornada, todas as outras perguntas perderiam espaço para o único questionamento que, mesmo depois de séculos enterrado no fundo de seus pensamentos, Alma ainda não havia conseguido calar totalmente:

E se ainda existisse um lugar ao qual ela pudesse pertencer?

FÊNIX DE OBSIDIANA

THIAGO ROSA

OS GRITOS DE seus aliados enchiam os ouvidos de Dario enquanto ele tentava se levantar. Havia areia dentro de suas roupas, em seus olhos, em sua boca.

Aos seus pés estava um par de cimitarras. Esticou as mãos para apanhá-las, mas as percebeu tremendo. Onde sua coragem tinha ido parar?

— Ele vai virar para cá!

Um arrepio atravessou seu corpo enquanto lutava para conter um grito de horror. No limite de sua visão periférica, um ser de proporções titânicas se movia, mais montanha que bicho, mais castelo que gente. O impacto de seus passos sacudia a areia sob os pés de Dario e seus companheiros. Outrora foram guardas de honra, o orgulho de Rocha Negra, responsáveis por proteger a Confederação de Mercadores. Diante daquela força da natureza encarnada, porém, nada mais eram do que homenzinhos assustados. O maior dos mortais ainda era pouco mais que um inseto para o Devorador de Mundos.

— PELA CONFEDERAÇÃO!

Mais um dos guardas lançou um arpão contra a fera. Por um golpe do acaso, a ponta se prendeu entre duas das escamas impenetráveis do Devorador. Era uma oportunidade esperada pelos guardas — se uniram em bando, com a força dos braços e do espírito, puxando para tentar conter aquela criatura. Dario ainda observava as mãos trêmulas, confusão expressa nos seus olhos castanhos. Se sentia inadequado, pequeno. Pensava até mesmo em voltar para casa, se enfurnar naquele fim de mundo, escondido para sempre na sombra do Castelo Gris.

Dario havia chegado à Confederação, anos atrás, com a esperança de um futuro brilhante. Era ágil, ousado, de raciocínio tão afiado quanto suas cimitarras. Também era bonito, o que talvez tenha ajudado na sua progressão na guarda. A beleza podia intimidar e desconcertar, algo que o rapaz aproveitava ao máximo, fosse influenciando outros a seguirem-no, fosse ganhando a atenção de pessoas importantes. Ainda era jovem, mas havia obtido um posto com regalias na guarda de honra. Acreditava estar no ápice da vida, satisfeito. Nunca esperara a chegada de um monstro gigantesco, a possibilidade real da destruição de seu novo lar — e, quem sabe, de todo o mundo.

Os colegas, amigos e rivais de Dario seguravam a corda com todas as suas forças. Cooperavam entre si, se escoravam em pedras, grunhiam de esforço. Alguns, imprudentemente, chegavam a enrolar a corda nas mãos, antebraços ou pernas, na tentativa de conter uma criatura maior que suas vidas. Ainda estupefato, distante de tudo aquilo, o belo rapaz apenas observava.

A persistência dos companheiros, sua clareza de propósito mesmo diante da morte iminente, o deixou ao mesmo tempo inspirado e encabulado. Inspirado por saber que nenhum deles era superior a ele em nada; Dario era mais inteligente, mais hábil e até mais forte que qualquer outro membro da guarda. Tudo que eles pudessem fazer, ele poderia fazer igual ou melhor. E encabulado pelo mesmo motivo — se era mesmo tão superior, por que continuava paralisado enquanto os demais agiam?

Os membros da guarda logo passaram voando, atirados diante dos olhos de Dario, alguns membros decepados se espalhando pela areia, sangue quente espirrando em seu rosto. Com um único movimento, exercendo o mínimo de esforço, o Devorador de Mundos havia resistido ao empenho conjunto dos melhores entre os melhores da Confederação. Alguns apenas caíam para suas mortes enquanto outros eram apanhados nas garras e nos dentes do monstro, havendo finalmente obtido uma fração de sua atenção. Seus gritos de dor eram engolidos sob a potência do urro da fera, tão intenso que era sentido nos ossos.

Se ainda havia alguma dúvida sobre a morte vindoura na mente de Dario, ela se esvaiu naquele momento. Nada podia fazer frente ao Devorador de Mundos, não importava o que aqueles aventureiros metidos a heróis achavam. Provavelmente já tinham sido comidos vivos da mesma forma que seus antigos companheiros. Não tinha coragem de olhar diretamente para o monstro, queria poder aproveitar seus últimos momentos de vida. E encarou novamente suas cimitarras caídas diante de si. Não foram elas a ditar como viveu?

Se lembrou das brigas por comida em Mattora. Do pai elfo deixando-os sozinhos uma bela manhã, quando saudades da floresta natal superaram os laços familiares. Das piadas de crianças cruéis, rindo de suas orelhas pontudas. De dividir um único cômodo com mãe, irmãos, galinhas e porcos. Se lembrou do mercenário que se hospedou com eles, de como aprendeu o básico do combate, da primeira espada que recebeu como presente de despedida. Se lembrou de como também se tornou mercenário, aprendendo sozinho a usar duas armas. Se lembrou da primeira bolsa de moedas presa à cintura, marcando-o como alguém perigoso, já que só a violência era paga com dinheiro em sua terra natal. Se lembrou do adeus que nunca disse, deixando tudo e todos para trás até chegar a Rocha Negra para, enfim, começar sua vida.

Uma vida forjada no fio das espadas.

Estendeu as mãos para, enfim, pegar as cimitarras. Se era para morrer, morreria lutando. Não tremia mais. No limite de sua visão periférica, viu uma trilha de fogo no ar, indo na direção do Devorador de Mundos. Um pássaro impossível, gigantesco, *ardente*. O estrondo do impacto silenciou o urro do monstro, a onda de choque derrubou Dario de joelhos.

A chuva de óleo negro que se seguiu, vertida dos ferimentos da criatura, banhou o outrora ambicioso mercenário da cabeça aos pés.

Uma nova manhã trazia, para Alma, a esperança de ser a última.

A anã suspirou contemplando o sol que ardia no céu, enquanto terminava de arrumar seu equipamento de viagem. Um saco de dormir, acolchoado e aquecido, garantia algum conforto nas noites frias passadas na estrada — mas não era esse o conforto pelo qual a herbalista ansiava. Depois de tantos séculos de vida, o mero descanso do sono já não tinha o mesmo efeito restaurador. Ansiava pelo repouso eterno da morte, uma bênção que infelizmente lhe era negada.

O que trazia Alma à estrada era justamente a possibilidade de se livrar da condição conhecida como "vida". Versada nas tradições de Kottar, a anã via a beleza e perfeição da partida. Ansiava por fazer a transição, conhecendo pessoalmente a paz e a tranquilidade da cova. Mas isso não lhe cabia.

Os anões mais habilidosos em um ofício se tornavam imortais, permitindo compartilhar sua habilidade com o mundo até serem superados. Alma já era a melhor herbalista anã antes de muitos reinos humanos terem sido estabelecidos. A vida lhe pesava nos ombros.

Tanto tempo de esperanças frustradas, porém, não haviam afetado sua empatia ou doçura. Cada novo dia trazia a possibilidade da realização de seu sonho. Assim, Alma cofiava a farta barba preta e alimentava seu fiel companheiro Alphonse XIII, um bode da mesma cor, enquanto cantava alegremente os ritos fúnebres de Necrópole. Com o acampamento improvisado desfeito estava pronta para retomar seu caminho rumo às cercanias de Mattora. Tratava-se do último paradeiro conhecido de Fênix, líder do grupo revolucionário Obsidiana. Alma acreditava se tratar de um disfarce assumido pelo druida Feldon, renascido após se transformar no pássaro imortal para enfrentar o Devorador de Mundos. Mal podia imaginar como sua percepção da morte mudaria ao compartilhar as experiências de alguém assim. Bastava seguir a estrada até o vilarejo de Percurso.

Na verdade, "estrada" não era exatamente a palavra certa para a trilha estreita de terra batida por onde os cascos de Alphonse batiam ritmadamente. Vegetação pouco controlada se erguia em ambos os lados — arbustos altos, árvores de copa grossa. Havia pouco ou nenhum cuidado de manutenção. A existência da trilha mesmo nessas condições provava o tráfego local, mas Alma questionava sua frequência. Não havia muito de interesse exterior nos Três Irmãos, esse conjunto de reinos onde a beligerância era a única certeza. Estavam amarrados em um nó intrincado de acordos quebrados e ódios já esquecidos, tornando sua política praticamente incompreensível para estrangeiros. Sempre havia guerra, sempre havia um novo motivo para sacar armas. Isso tornava muito comum a presença de mercenários, lutando em nome de qualquer um dos três reinos na guerra mesquinha declarada na semana em questão.

Alma, na verdade, já esperava encontrar mercenários há algum tempo. Por isso nem se surpreendeu ao notá-los andando no mato alto, como se estivessem se escondendo. Sequer se assustou quando rodearam Alphonse na estrada. A anã contava quatro, todos humanos, dois indo na direção dela com escudos desgastados e espadas danificadas, e dois ainda escondidos portando arcos de caça. Pareciam cansados, agitados. Talvez até estivessem com fome.

— Alto! — um dos mercenários disse, apontando sua lâmina para Alma. — Se quiser viver, entregue tudo que tem de valor!

— E se eu não quiser viver... — perguntou a herbalista, ainda montada em seu carneiro. — ...mas também não tiver nada de valor?

Os mercenários se entreolharam. A pergunta como resposta os pegou de surpresa, com o tom tranquilo e caloroso fazendo papel de cereja naquele bolo de confusão. De que adiantavam as táticas de intimidação tão caras ao banditismo de estrada contra alguém que simplesmente não tinha medo de morrer?

— Ah, então... Então nos acompanhe! Você é agora uma prisioneira do exército rebelde Obsidiana!

Alma não conseguiu conter a animação. Abriu um sorriso e bateu palmas.

— Justamente quem eu estava procurando! Perfeito, muito grata pela abordagem. Seus companheiros podem parar de se esconder, também.

Desconcertados, os mercenários passaram a acompanhar Alma e Alphonse na trilha que — agora a herbalista tinha certeza — definitivamente não era uma estrada. Pararam para descansar, sendo acompanhados por dois de seus companheiros previamente escondidos no mato. O ronco constante de suas barrigas incomodava a anã e, além disso, nunca foi de seu feitio deixar pessoas necessitadas sem assistência. Misturando algumas ervas com suas rações de viagem, Alma garantiu a seus pretensos captores um desjejum revigorante — embora não saboroso — antes de retomarem viagem. Cheios de energia, os mercenários se desarmaram ainda mais para a forma leve de encarar a vida apresentada por sua "prisioneira" enquanto procurava a morte. Com o fim da refeição, as armas foram guardadas e as vozes calorosas dos mercenários conversando com aquela estranha viajante ocuparam o lugar do silêncio desconfortável.

Logo chegaram ao seu destino.

Embora Percurso fosse rotineiramente designado como um vilarejo na região dos Três Irmãos, Alma tinha uma certa dúvida quanto à denominação que receberia caso fosse situado em Ghanor. Tratava-se de uma construção de dois andares em uma encruzilhada de trilhas de terra batida, com os esqueletos de outras casas abandonadas nos arredores. O coração da anã se aqueceu ao perceber a entropia tomando aquele lugar, praticamente abraçando-o. Tudo parecia ter morrido ao redor do ponto onde encontraria o renascido pela fênix. Parecia adequado.

O baronete tentou se afastar do algoz, mas tropeçou nas próprias correntes e caiu desajeitado no chão. Suas roupas outrora luxuosas estavam sujas e rasgadas — um lembrete de sua desesperada e fracassada fuga floresta adentro quando abordado por seus captores.

— Ele vai molhar as calças de novo! — alguém gritou, fazendo com que uma risada contagiante se espalhasse pelo pequeno cômodo.

A humilhação, de alguma forma, doía mais que a captura. As aparências eram muito importantes para nobres em ascensão, afinal. Ninguém sabia disso melhor que Dario — e por isso mesmo incentivava o comportamento de seus homens. Já fazia anos desde que havia voltado para casa, depois da experiência divina que tivera em Rocha Negra. Presenciar a morte do Devorador de Mundos mudara sua percepção da vida para sempre. Que homem poderia fazê-lo se sentir pequeno depois de ver todos aqueles heróis capazes de realizar o impossível? Definitivamente não seria um baronete tentando controlar a própria bexiga, disso ele tinha certeza.

— Companheiros de Obsidiana, gravem essa imagem em suas memórias! — gritou Dario, a voz poderosa soando límpida, silenciando as risadas de seus subordinados. — É a esse tipo de pessoa fraca e desprezível que devemos lealdade?

— Não! — as vozes dos quase trinta homens soaram em uníssono.

As atenções estavam focadas no mercenário agora. Trajava uma armadura de couro ornamentada, com detalhes em dourado, finamente trabalhada. À cintura, trazia um par de cimitarras embainhadas, seus cabos escuros como obsidiana. Mas o elemento pelo qual costumava ser lembrado era a faixa escarlate atravessada no peito, estampado com a silhueta de uma fênix bordada em preto. A criatura que lhe dava nome.

Um dia teria fundos para dar uma faixa igual a todos os seus homens, mas por enquanto, seus interesses eram outros.

— Qual é o seu nome? — o homem conhecido como Fênix perguntou em um tom de voz mais baixo; falava para o homem caído diante dele, não para os seus.

— M-Malaquias. Malaquias Flaccus — respondeu o baronete, reticente. — S-senhor! — adicionou apressadamente.

Dario estapeou seu rosto em um grande arco, fazendo um estalo alto e jogando-o no chão.

— Bravos filhos de Mattora, é esse tipo de verme quem merece usufruir das riquezas de nossa terra? — o mercenário enunciou calmamente, enfatizando bem as palavras, dando tempo para que o peso do que dizia chegasse a mentes e corações.

— Não! — os homens respondiam cada vez mais empolgados.

Eram focos diferentes de fato, porque os objetivos de Dario, sob o codinome Fênix, não eram os mesmos da organização que ele liderava.

A Obsidiana já existia quando do retorno do mercenário; um grupo de camponeses e ex-mercenários inconformados com os abusos que sofriam pelas tolas guerras dos nobres. Gente mais preocupada em ter comida na mesa do que em disputas por fronteiras ou insultos proferidos séculos atrás. Sofridos, sem rumo, sem líder — até um dos seus chegar com uma história épica sobre aventureiros e pássaros imortais e Devoradores de Mundos. Todo o papo furado aprendido em Rocha Negra tornava Dario mais que capaz de dobrar pessoas influenciáveis às suas palavras. Eles queriam um herói para liderá-los na rebelião — Dario queria canecas cheias de cerveja, uma cama confortável e a certeza de não precisar trabalhar duro por nada disso. Na prática, havia transformado quase todos em bandoleiros e por vezes achacava nobres menores, como o baronete patético.

Dario andou até o prisioneiro, que a essa altura já havia se enrolado em posição fetal. Soltou suas amarras rapidamente, acostumado aos grilhões. Segurou-o pela túnica com uma mão e ergueu-o na altura do rosto, contemplando como as lágrimas vertiam aos borbotões de seus olhos.

— Fuja, seu fracassado. Volte para casa e conte quem os outros da sua laia devem temer — as palavras eram mais para os homens já atiçados do que para o nobre.

— FÊNIX! FÊNIX! FÊNIX! — os gritos em coro preencheram o salão, fazendo a madeira velha sacudir.

— FINALMENTE! — a voz de Alma soou por cima dos gritos.

Todos silenciaram, voltando os olhares para a entrada. Quatro dos homens da Obsidiana haviam retornado de sua missão de aquisição nas estradas, aparentemente trazendo consigo outra refém. Uma anã pálida montada em um bode preto não era exatamente o que esperavam, mas todos aqueles homens estavam aprendendo com o chefe a serem mais flexíveis. Quando ela desmontou e fez uma mesura simples, o estranhamento só aumentou.

Quem estava mais surpreso era Dario — ele conhecia aquela postura, o ar de confiança, a naturalidade diante do bizarro. Não era postura de refém. Era postura de herói.

— Mestre Feldon, obrigada por me receber. Torço para que em breve seu corpo seja consumido pelas mais variadas formas de seres necrófagos já catalogadas nesse reino. Me chamo Alma e gostaria de conhecer os segredos de seu renascimento — a anã quase atropelou as palavras de tão ansiosa.

— Faz muito tempo que não atendo por esse nome — Dario disse, blefando. Entendeu rapidamente se tratar de um caso de identidade trocada. Entendeu ainda mais rapidamente que havia uma bela chance de tirar alguma vantagem daquela pessoa pitoresca. — Meus homens me chamam de Fênix. Como devo chamá-la?

— Pode me chamar como quiser, senhor Fênix, mas meu nome é Alma.

— Alma, antes de ficar entre nós saiba que a Obsidiana é uma organização dedicada a libertar Mattora a qualquer preço. Você estaria disposta a morrer por nossa causa?

— Nada me tornaria mais feliz, senhor! — a sinceridade nas palavras da anã chegava a ser assustadora.

Dario olhou ao redor, girando o corpo devagar e estendendo os braços, cruzando o olhar com alguns de seus homens no processo. Queria estabelecer uma conexão com cada um deles, tornando a mensagem mais pessoal. Era um de seus truques mais efetivos.

— Então encham suas canecas e comemorem, irmãos de Obsidiana! Pois hoje a anã Alma se junta às nossas fileiras e nem mesmo o próprio Castelo Gris será capaz de impedir o ímpeto da nossa luta!

Toda a Obsidiana brindou com cerveja rala e cantou pelo resto da noite.

Dario ficou surpreso ao perceber Alma como a pessoa mais feliz ali, em vez dele.

Alma havia chegado em Percurso há meses. Em vários sentidos, Feldon era exatamente o que esperava. Um grande líder, carismático e bondoso, que colocava sempre as necessidades dos outros acima das suas. Ainda achava um pouco estranho que ele preferisse não ser chamado pelo próprio nome e que nunca tivesse tempo para falar da ressurreição, mas a longevidade havia estimulado muito a paciência da anã. Era mais importante agora cuidar de todas aquelas pessoas e ajudá-las a conquistar a liberdade que, de fato, mereciam.

Desde a chegada de Alma, a Obsidiana havia crescido muito. Fênix logo se interessara pelos conhecimentos da anã, treinando alguns dos seus recrutas para reproduzir as misturas mais simples. Eles já conseguiam reproduzir fumo recreativo, um anestésico local e até um estimulante. O anestésico e o estimulante eram úteis no campo de batalha, enquanto o fumo aparentemente servia para melhorar a moral dos cerca de cinquenta homens que habitavam Percurso. Talvez fosse por isso que, quando compradores chegavam para levar caixas do material, o faziam de forma escamoteada. Levar as ervas para fora podia prejudicar a moral, mas claramente o movimento precisava do dinheiro. Alma se fazia de desentendida.

O dinheiro trazido pelas misturas herbais aprimorou imensamente a vida em Percurso. Agora havia uniformes, armas de boa qualidade, até reformas no quartel-general. Ninguém passava fome, mais gente chegava todos os dias. Até Malaquias Flaccus havia se tornado parte da Obsidiana! Era engraçado observar o baronete se juntando à causa, se revoltando contra os nobres acima dele. Seu conhecimento da sociedade mattorana ajudava a planejar ataques, amealhando riqueza arrancada de barões e duques. As pessoas de confiança de Fênix acabaram se tornando justamente essas mais diferentes — a própria Alma e Malaquias. Por isso a anã não entendia o motivo do líder parecer tão incomodado na reunião do trio.

— Isso nunca vai dar certo! — Fênix golpeou a mesa, fazendo com que as canecas derramassem cerveja anã no mapa de Mattora aberto.

— Senhor, a informação que recebi é sólida. A maior parte dos soldados estará fora. É como você disse anteriormente, no dia em que eu ainda estava aqui como baronete — Malaquias falava com orgulho e furor, um verdadeiro revolucionário. — O Castelo Gris é o limite, é o marco. Se o tomarmos, não teremos de temer mais ninguém.

Fênix respirou fundo. Alma aguardava em silêncio. Não sentia ser seu lugar opinar.

— Dizem haver demônios terríveis no Castelo Gris. Mesmo sem os soldados, não posso arriscar meus homens com isso. — Embora pudesse ouvir a tristeza na voz do líder, Alma estranhava a prudência súbita. Ele costumava, afinal, ser extremamente ousado.

— Mas eles não têm Alma, não é? — o ex-baronete inquiriu, confiante.

A anã ficou um pouco envergonhada. Não acreditava ser um recurso tão importante assim. Gostaria de ajudar, é claro, mas o sucesso da revolução dependia da coragem de homens como Fênix e Malaquias, não de misturas herbais.

— O que você acha, Alma? — a voz de Fênix estava cansada.

— Senhor, eu apenas me lembro de quando você disse que o próprio Castelo Gris não seria mais obstáculo para a Obsidiana, meses atrás.

As palavras de Alma o desarmaram. Se levantou, resignado. E em um instante o sorriso desafiador surgiu em seus lábios novamente.

— Então é bom avisar os homens que iremos marchar para a guerra.

E assim, mais uma vez, Dario sentia a vida fácil escorrendo pelos dedos. Fosse na Confederação de Rocha Negra, fosse entre os revolucionários da Obsidiana em Percurso, parecia haver uma forte expectativa de que pessoas altamente treinadas em combate e portando armas muito afiadas de fato fizessem uso dessas armas para realizar toda sorte de fim.

Seu erro tinha sido relaxar.

Deixou Alma e Malaquias muito perto dos homens, deu muita voz aos dois. Não podia bater de frente com eles em uma questão na qual claramente estavam alinhados, corria o risco de perder a confiança de todos e, sem isso, não seria nada além de um mercenariozinho qualquer. Bonito, sim. Habilidoso, também. Mas nenhuma dessas coisas, por si só, garantia a vida confortável que o fez adotar o codinome Fênix.

Agora marchavam, equipados, motivados, na direção do Castelo Gris. Trono de Mattora desde sua fundação, Gris irradiava tristeza e agressividade. Dizem que os Anselmus, a família real, lidava com toda sorte de demônio. Talvez isso pudesse servir como explicação para muitos, mas, mesmo depois de ver o Devorador de Mundos, Dario permanecia cético. Provavelmente era só uma escolha muito ruim dos construtores, um castelo feio fazendo todos se sentirem tristes.

Os cinquenta e poucos membros da Obsidiana estavam focados, agora todos portando a faixa escarlate com a fênix preta. Os informantes de Malaquias garantiam que não havia nenhum dos Anselmus no lugar, apenas servos e pouquíssimos soldados. Os próprios empregados talvez mudassem de lado quando confrontados pelos revolucionários.

Diante do portão fechado, dois homens sonolentos de meia-idade empunhavam alabardas e observavam com olhos incrédulos a aproximação de tantos homens uniformizados e armados.

— Em nome da Obsidiana, eu, Fênix, reivindico esse castelo. Abram o portão ou sintam o fio de nossas espadas! — Não era a bravata mais inspirada da vida de Dario, mas ele não se culpava por isso; mal queria estar atacando esse castelo, para começo de conversa.

Os soldados se entreolharam e abriram os portões. Os membros da Obsidiana comemoraram. Alma bateu palminhas, montada em seu bode.

— Por Mattora! Pela liberdade! — o grito clichê explodiu da boca de Dario e encheu os corações das pessoas em volta de propósito.

Invadiram o castelo e começaram a se espalhar conforme adentravam. Apenas uma dúzia seguia próxima de Dario, sua própria guarda de honra, conforme ele vencia degraus e corredores na direção da sala do trono. Quando finalmente viu a enorme porta dupla que o separava de seu objetivo, chegou a pensar que tudo pudesse dar certo. Talvez a boa vida viesse quando ele se tornasse Rei Dario. Provavelmente ficaria bem com uma coroa.

E então a porta diante dele tremeu. Um tremor que se espalhou pelo chão, subindo pelas suas pernas. Uma sensação de terror familiar pareceu gelar o coração de Dario, mas ele logo se tranquilizou. Talvez existissem demônios, mas o que poderiam ser comparados ao Devorador de Mundos? Ele quase havia se esquecido de como não teve nenhum papel na derrota do monstro. As portas tremeram mais duas vezes.

— Senhor, acho que talvez... — Malaquias tentava falar, subitamente receoso.

Antes do ex-baronete conseguir completar a frase, as portas explodiram de dentro para fora. Um forte odor de enxofre invadiu as narinas de Alma, Malaquias, Dario e dos demais membros da Obsidiana. Uma névoa amarelada impedia uma visão clara do interior do cômodo adiante, mas o brilho sinistro de um par de olhos esverdeados era evidente. Alma tateou rapidamente em busca de sua algibeira, apanhando um punhado de ervas com a familiaridade advinda de séculos de prática. Antes mesmo de conseguir misturá-las ou colocá-las em seu turíbulo, porém, um vulto atravessou o espaço entre o que restava da porta e os invasores.

Sangue espirrou nas costas da anã, que se virou rapidamente, ainda esmerilhando ervas entre os dedos. A criatura dilacerando os seguidores de Fênix não foi o primeiro demônio a cruzar o caminho de Alma, talvez nem mesmo o maior. Assim, o que impressionou a anã diante daquele brutamontes de quase três metros não foi sua forma humanoide, uma paródia abissal da humanidade. Também não foram as escamas acobreadas que cobriam todo seu corpo, ou mesmo seus quatro longos braços terminando em garras afiadíssimas. Sequer a substância ácida e esverdeada pingando das garras, dissolvendo a rocha do chão com um chiado intenso. O que realmente causou uma impressão na herbalista foi a brutalidade dos cortes — o monstro não lutava da forma mais eficiente, mas sim da forma mais cruel. Em vez de despachar um dos pretensos revolucionários com um único golpe, parecia saborear a dor quando os cortava com suas garras, infectando-os com seu veneno cáustico.

Malaquias ergueu sua espada, empunhando-a com as duas mãos e investindo contra a criatura. Aquele era seu momento de glória. Havia descoberto sua verdadeira vocação nos últimos meses — nascera para lutar. O mundo estava de fato podre e ele tinha a chance de fazer alguma coisa a respeito. Um mero demônio jamais seria um obstáculo para a lâmina da liberdade. A vitória viria, mesmo que custasse a vida do ex-baronete. O golpe prodigioso entrou entre as escamas, encontrando carne e arrancando sangue. A maior parte de seus companheiros já havia caído, mas os restantes foram motivados pelo golpe.

— Ah! Ao menos um entre os seus parece capaz de empunhar essas armas como mais do que meros enfeites — a voz do demônio parecia o som de carvão crepitando. — Um esforço assaz fútil, mas ligeiramente intrigante.

Com um movimento de suas garras, o monstro abriu a barriga de Malaquias. O ex-baronete levou as mãos ao ferimento, tentando impedir que as tripas saíssem. O veneno já percorria suas veias, queimando de dentro para fora. Foi quando Alma moveu seu turíbulo, lançando uma fumaça esbranquiçada na direção da criatura. Ela urrou de desconforto, recuando pela primeira vez.

— Senhor Feldon, precisamos que lute! — Alma disse, preparando outra dose do incenso, sem tirar os olhos do demônio.

Dario se sentia paralisado, observando as pessoas morrendo ao seu redor.

A escala era menor, mas ele se sentia de volta no deserto, frente a frente com o Devorador de Mundos. Dessa vez as espadas já estavam em suas mãos, mas estava igualmente paralisado. Lutar parecia inútil. O monstro era maior, mais forte, mais rápido. Não havia o que fazer. Ninguém mais podia ser enganado. Agir era a única opção e isso preenchia até mesmo os recônditos mais profundos de seu ser com um medo visceral.

— Nada mais flagrante na desesperança a se desfraldar diante dos pusilânimes invasores quanto a identidade de seu maior campeão... uma mera anã brincando com verde e fumaça! — o demônio disse em sua voz de carvão, garras se voltando contra Alma.

A anã ainda estava preparando seu incenso. Observou a criatura com certo desinteresse — temia pelas vidas alheias, não por sua própria, afinal. Qualquer tempo usado pelo demônio para lidar com ela poderia ser aproveitado pelos demais. As garras chegavam cada vez mais perto, afiadas e carregadas de veneno cáustico. Alma não desviou o olhar em momento algum, o que a permitiu ver todos os passos tomados por Malaquias para se posicionar entre ela e o monstro. As garras demoníacas atacaram por todas as direções, despedaçando o ex-baronete, espalhando seus membros e suas entranhas pelo chão.

Enquanto Alma jogava mais incenso contra o demônio, ganhando instantes preciosos, Dario contemplava a morte do baronete. Se lembrava de estapear o homem, humilhá-lo em público, mas ele ainda assim acabou retornando por acreditar verdadeiramente nas mentiras propagadas em nome de Fênix, em nome da Obsidiana. Não podia ser inferior àquele homem. Afinal, sua vida fora forjada no fio das espadas.

Quando a criatura arrancou com uma dentada a cabeça do último dos homens da Obsidiana no saguão, rapidamente se voltou para a anã, para o verdadeiro perigo, esperando encontrá-la desesperada. O que encontrou, porém, foi o humano anteriormente paralisado o observando com um sorriso desafiador e uma postura desagradavelmente familiar. O ar de confiança, a naturalidade diante do bizarro.

Postura de herói.

— Alma, preciso contar uma coisa — as palavras agora saíam facilmente. Não havia vergonha, não se preocupava com aparências. Falava para se comunicar, não para enganar. — Não sou Feldon. Observei a luta de longe, era um mero soldado. Adotei a fênix como meu símbolo pessoal, como um capricho. Nunca acreditei nessa luta, só queria me aproveitar de todos ao meu redor. Condenei cinquenta homens bons à morte. Mas faço aqui, em pleno Castelo Gris, uma promessa... — O mercenário cruzou suas espadas na frente do corpo, em postura de luta. — Você sairá viva daqui hoje.

A herbalista entendeu imediatamente a importância da afirmação para Fênix. Mesmo sabendo não se tratar de Feldon — e, verdade seja dita, já havia desconfiado disso — tinha apreço pelo homem com quem compartilhara tantas cervejas e conversas. Meses eram um mero piscar de olhos na vida de Alma, mas naquele momento ela mantinha os bons momentos na memória.

Antes dela conseguir se pronunciar, Dario — ou Fênix, como ela o conhecia — atacou com um misto imprevisível de técnica e ferocidade.

O demônio tentou aparar o primeiro ataque com duas de suas mãos, apenas para se encontrar em uma finta e ter uma das pernas cortada fora. Um corte limpo, direto, eficiente. O urro de dor foi seguido de uma série de golpes em seu dorso, enquanto o mercenário saltava e cortava, rodopiando no ar. Media o alcance do inimigo, nunca se aproximava de forma a deixar aberturas. Parecia dançar em torno do demônio, aplicando cortes e minando a força do inimigo pouco a pouco, com o sorriso sempre presente no rosto.

— A fadiga há de alcançá-lo, títere de carne e osso. Basta um toque de minha garra para que o veneno consuma sua vida inteiramente — o monstro ameaçava, sangrando.

Alma não disse nada, respondendo ao monstro com mais uma lufada de seu incenso. A criatura ficou desnorteada por um piscar de olhos, mas era o tempo que Dario precisava.

— Leve suas palavras difíceis de volta para o inferno! — bradou o mercenário, saltando enquanto preparava um golpe horizontal com ambas as lâminas.

Com um giro de corpo, Fênix passou cada uma de suas espadas quatro vezes ao longo da extensão do corpo do demônio. Quando seus pés tocaram o chão, a criatura já parecia mais um punhado de carne jogada do que um mal ancestral que guardava o castelo.

Só restavam Dario e Alma.

Vasculharam o castelo e não encontraram sobreviventes. O medo provavelmente havia levado muitos a fugir, colocando a própria vida acima de qualquer ideia revolucionária. Alma fez questão de enterrar todos aqueles que encontraram. Enquanto observavam as tumbas de seus companheiros, Dario enfim decidiu falar novamente.

— Alma, eu...

— Eu sei. O que você fez foi muito errado e boas pessoas pagaram pelo seu erro. Agora você precisa se redimir.

O mercenário meneou a cabeça afirmativamente.

— Eu vou me redimir sim. Pelos meus homens. Por Malaquias. E para merecer sua confiança.

— Você vai ficar aqui no castelo?

— Não. Ninguém é feliz no Castelo Gris. Mas talvez em algum outro lugar eu possa ajudar outras pessoas. Há muitos déspotas por aí precisando urgentemente conhecer a sensação de um par de cimitarras no pescoço.

— Entendo — Alma disse calorosamente. — Vou seguir em minha busca por Feldon. Mas antes de ir embora... qual é o seu nome de verdade?

Ele sorriu e contou seu nome para Alma. Seu nome verdadeiro, não Feldon, o falsário, nem Fênix, o revolucionário ou muito menos Dario, o mercenário.

Um pequeno segredo guardado com carinho pela anã até hoje.

A NOITE DAS FOICES SANGRENTAS

FERNANDO RUSSELL

NOS ANOS QUE se seguiram ao grande confronto na Confederação dos Mercadores, Feldon experimentou um intenso sentimento de euforia e contentamento.

O elfo ficara inebriado com a repentina fama que havia ganhado nos Sete Reinos e além. Vencer o Devorador de Mundos era um feito verdadeiramente épico e, embora a conquista fosse consequência de um trabalho em equipe e, sobretudo, da ação mágica do óleo negro, o druida se sentia à vontade com as narrativas de bardos que o retratavam como um herói sábio, destemido e solitário.

De fato, sua participação no confronto gerava uma história muito mais empolgante para menestréis e dramaturgos. Não havia notícia de outro herói que tivesse se tornado um pássaro fênix, explodido dentro de um monstro abissal enviado pelos deuses e voltado à vida em seguida, pronto para sorver uma cerveja.

Por anos, Feldon perambulou sem destino e, por conta de tudo o que acontecera, foi muito bem recebido onde esteve, contemplado com a gratidão e deferência do povo. Achava graça das apresentações de títeres que representavam com exagero sua heroica batalha. Participou de banquetes nababescos e bebeu as cervejas mais zikas, oferecidas por nobres e burgueses. Ainda assim, como sempre foi um verdadeiro humildão, fazia questão de também estar junto aos plebeus nas festas mais mundanas, em casas de reputação duvidosa.

A cada evento, suas histórias ganhavam pequenas modificações, colocando-o ainda mais no papel de protagonista e apagando a importância dos amigos. Em particular, desaparecia com frequência a participação do bárbaro Rufus Cave, a quem nunca nutriu muito afeto. Mas, com o tempo, todos estes prazeres foram diminuindo, e aos poucos a primavera florida de sua alma deu lugar a um inverno gélido. Era como se tivesse acordado depois de uma bebedeira, sem saber exatamente o sentido da vida. Sentia-se meio vazio, tal qual um rouxinol que não canta, ou um mandril que não coça a própria bunda.

Não chegava a ser uma dor, mas uma sensação angustiante que não conseguia compreender. Um espaço oco dentro de si que nenhuma festa ou esbórnia pareciam capazes de preencher.

— Acho que é hora de voltar para casa — murmurou, acreditando que aquele tormento era, na realidade, saudades de seu antigo lar. Se despediu da gandaia e seguiu solitário em seu regresso.

A Floresta Alta se tornara pouco mais que uma lembrança na mente confusa de Feldon e, como a nostalgia é quase sempre ardilosa, ele havia se olvidado de todo o revés dos dias antigos. Rememorava apenas os momentos mais felizes ao lado de seus irmãos elfos. Enquanto percorria as estradas, bebericando o amargo néctar que enchia seu odre, tentava preencher a lacuna dentro de si, forjando falsas memórias de um passado idealizado em que ele e seu mestre Daga eram respeitados dentro da comunidade dos elfos.

A verdade, a qual Feldon tentava mentalmente modificar, porém, era que Daga havia sido proscrito do Círculo Interno dos Druidas da Floresta Alta por conta de seus métodos pouco ortodoxos que envolviam a ingestão de quantidades significativas de álcool para potencializar o poder da polimorfia.

Ainda era capaz de ouvir os lamentos do mestre:

— Não há respeito para druidas ébrios como nós no Círculo Interno, meu aprendiz — dizia Daga a seu mais habilidoso pupilo. — Eles jamais darão o valor que merecemos, Feldon. São hipócritas e, como todos os hipócritas, apontam seus dedos levianamente para quem ousa destoar do ordinário.

Mas as palavras do velho mestre foram levadas pelos ventos da Confederação dos Mercadores e Feldon convenceu-se que seria recebido de braços abertos. Afinal, voltava para casa como um herói coberto pelas glórias e pelo óleo negro.

Depois de uma longa viagem, Feldon chegou ao lugar de onde um dia, ainda novo, partira em busca de aventuras.

A Floresta Alta era preciosa, a terra natal dos elfos silvestres e de um sem número de criaturas incríveis. Lêmures, társios e calais dividiam os galhos de tílias que cresciam próximas a pequenos lagos cintilantes, morada de carpas e percas, de sapos bufos e cágados. Nas copas mais altas de árvores centenárias, podia-se ver famílias inteiras de bonobos confraternizando barulhentamente. O lugar emanava a mais pura magia da natureza com cores e sons fantásticos capazes de deslumbrar qualquer visitante.

Por entre as árvores havia uma trilha larga o bastante para a passagem de uma carroça, mas não maior do que isso. Era a estrada que levava à cidadela onde morava a maioria dos elfos da floresta, o lugar de onde Feldon havia partido muitas décadas antes. Os locais a chamavam de Senda da Prosperidade.

O druida seguiu pelo caminho e imediatamente o aroma fresco exalado pelas flores e árvores lhe trouxe as mais agradáveis memórias. Recordações legítimas dessa vez. Havia finalmente voltado para casa. Se aproximando, notou um outro elfo na direção contrária, armado.

— Quem vem lá? — perguntou o patrulheiro de voz austera.

— Não me reconhece? Sou Feldon, aquele que matou o Destruidor de Mundos.

— Desculpe, nunca ouvi falar. O que quer na Cidadela da Floresta Alta?

— Pera aí, meu sinistro. Quer dizer que vocês não ouviram falar dos meus feitos? Eu salvei o mundo, cara!

— Talvez alguém tenha mencionado essa anedota. Mas, não estou a par de detalhes e também não me interessa. Declare sua intenção ou vá embora!

— Vamos começar de novo, meu bom. Fui discípulo do falecido e saudoso Mestre Daga e estou de volta à minha goma.

— Olha, os anciões não gostam muito desse teu mestre bêbado não. Não sei se vão deixar você entrar.

— Pois anuncie a quem quiser ouvir que Feldon, aquele que matou o Devorador de Mundos e salvou a todos da fúria dos deuses, está de volta e quer se estabelecer novamente na comunidade.

— Rapaz, você é repetitivo! Vou verificar se sua entrada será permitida. Seja educado e aguarde eu voltar.

De fato, o elfo guardião usou o pouco da paciência que lhe restava para fazer o que Feldon pediu, mas os anciões não deram muita bola para a notícia.

— Eles disseram que você pode voltar para a comunidade — disse o patrulheiro ao retornar —, mas que não arrume confusão. Já temos problemas demais por aqui.

Assim, Feldon seguiu seu caminho até a cidadela.

O lugar era o mesmo de cem anos antes. Cada edifício, choupana e árvore pareciam incólumes. A Cidadela da Floresta Alta havia sido construída em anéis concêntricos que partiam de uma praça principal. Nela, por sua vez, havia uma imponente fonte de pedra branca polida, e a água cristalina que jorrava sem parar se transformava em pequenos arco-íris, graças aos feixes de luz filtrados pelas copas das árvores.

O primeiro anel da cidadela, mais próximo à praça, era formado por grandes prédios administrativos, como a prefeitura, o tribunal e a sede do Círculo Interno dos Druidas, ainda magnífica, com seus três andares de paredes de madeira caiada repletas de símbolos místicos. O segundo e o terceiro anéis abrigavam residências e pequenos comércios. Construções menos vultosas, mas igualmente deslumbrantes, com a arquitetura típica dos elfos, que misturava madeira, pedras e adobe. O quarto anel consistia de construções suspensas nos troncos e galhos das grandes árvores seculares. Eram tavernas, estalagens, mercados e grandes salões. Edificações feitas inteiramente de madeira, que contavam com rampas espirais e elevadores movidos por sistemas de cordas e contrapesos.

O druida perambulou sem destino por algum tempo, até chegar ao seu lugar preferido. Aninhada no alto de uma rampa que circundava o tronco de uma imensa sequoia, a taverna Dente de Leão era a mais famosa da Floresta Alta, talvez até dos Sete Reinos. Era um salão panorâmico, com janelas que iam do teto até quase o piso.

Feldon procurou algum rosto amigável. A Dente de Leão, ao contrário do resto da Cidadela, estava bem diferente, a começar pelo movimento, que no passado era constante o dia todo. Naquele momento, porém, estava curiosamente vazia. A mobília havia sido trocada e o ambiente agora parecia mais bem... comportado. As mesas, que antes eram feitas de grandes barris de cerveja, foram substituídas por modelos mais convencionais. As paredes, antes repletas de garrafas de bebidas diversas, agora estavam vazias.

O taverneiro se aproximou em passos mansos, enxugando um copo, e abriu um sorriso quando percebeu quem era seu cliente.

— Mas ora se não é o jovem Feldon!

— Naldor, meu consagrado! Que felicidade encontrá-lo de novo! Finalmente alguém ficou alegre ao me ver de volta!

O taverneiro fez questão de tirar seu avental e abraçar o amigo. Depois, botou as mãos nas bochechas do druida.

— Faz quanto tempo, meu garoto? Uns cem anos?

— Cento e trinta e três, se não me falha a memória.

— E agora, pelo que ouvi, você é um grande herói!

— Você soube? — perguntou Feldon, orgulhoso. — É verdade, não vou negar. Eu salvei todos do Devorador de Mundos e da fúria dos deuses.

— Sozinho?

— Praticamente sozinho. Tive uma pequena ajuda de uns aventureiros aqui e ali, mas o trabalho duro ficou por minha conta mesmo.

— Muito bem! Muito bem! E agora, voltou para a Floresta Alta para ficar? Ou está de passagem?

— Ainda não sei, Naldor. Sinto um vazio no peito. Às vezes acho que uma parte de mim se foi. No fim das contas, vim aqui em busca de algum conforto. Sirva-me uma cerveja dourada! Quem sabe ela me traz de volta os bons e velhos tempos?

Pela primeira vez na conversa, Naldor fechou a cara, quase envergonhado.

— Não me peça isso, por favor. A cerveja é uma bebida proibida, Feldon! — disse baixinho o taverneiro, olhando para um lado e para outro, como se quisesse se certificar que ninguém tivesse ouvido aquela sandice.

— Como assim? Uma taverna que não vende cerveja? Essa casa tem uma reputação a zelar!

— Nem cerveja e nem qualquer outro tipo de bebida alcoólica! — reafirmou Naldor. — Desde que o Mestre Daga se metamorfoseou em chimpanzé, bebeu um barril inteiro e jogou as próprias fezes no Grão-Mestre, eu só posso comercializar sucos e leite de cabra fermentado.

No fundo, Feldon gargalhou um pouco ao lembrar das peripécias de seu antigo mestre, mas logo veio o sabor amargo das mudanças impostas à Dente de Leão. Era um absurdo.

Bebendo leite de cabra à contragosto, Feldon botou os assuntos em dia. O taverneiro tinha uma memória invejável e uma língua incansável.

Contou-lhe desde as fofocas mais fugazes até os assuntos mais terríveis que afligiam aos antigos.

— A verdade é que ultimamente dizem que os anciões não conseguem mais dormir e estão até perdendo seus poderes por causa disso. Nem o Grão-Mestre Holger consegue resolver tal demanda.

— Mas isso é fruto de algum feitiço?

— Ninguém tem certeza. A única notícia real é que um necromante surgiu no oeste. Um feiticeiro de enorme poder. E parece que ele quer tomar para si a Alma de Jade.

— A relíquia? A flor que nunca morre? Aquela que dizem que concede a imortalidade? — perguntou Feldon.

— Isso é crendice, mas é essa mesma. E seu mestre, Daga, está enterrado bem debaixo dela. Em frente ao Carvalho Milenar.

— Sim. Pretendo visitar seu túmulo ainda hoje.

— Alguns dizem que o motivo da preocupação dos anciões é a iminência de um ataque desse necromante contra a cidadela. Ironicamente, eles é que parecem mesmo mortos-vivos se arrastando por aí. Colocaram até patrulheiros nos limites da floresta.

Feldon coçou a cabeça, fez um muxoxo e alisou a extremidade de sua orelha pontuda.

— Curioso. Esta noite irei visitar Daga em seu túmulo e lhe prestar uma homenagem.

Aproximando-se de uma das janelas da taverna, Feldon observou os arredores. Viu o sol alaranjado se pondo por trás das copas das árvores e os elfos acendendo tochas nas portas das casas. Levou a mão ao queixo enquanto imaginava um percurso, transformou-se em um macaco-narigudo e, sem nenhum aviso, saltou.

Balançando em cipós e galhos, logo desapareceu na mata deixando para trás o taverneiro ainda com o copo vazio na mão.

Feldon subiu por um salgueiro chorão bastante robusto, cujas folhas quase tocavam o solo, e parou para observar melhor o trajeto. Avistou ao longe um canhoeiro e resolveu se aproximar. Lançou-se mais uma vez ao balanço dos cipós até encontrar marulas que haviam fermentado ao sol, no chão, ao lado das raízes das árvores. Comeu cinco ou seis frutinhas. Apenas o bastante para deixá-lo levemente embriagado. Depois, retomou a jornada por mais alguns minutos até chegar ao Grande Carvalho.

Era uma árvore realmente esplêndida, com mais de sessenta metros de altura e um tronco que poderia facilmente abrigar um palácio. Em sua base, entre as raízes colossais, estava a Alma de Jade, a flor que nunca morre, tão ou mais antiga que a própria árvore que lhe servia de abrigo.

Assumindo sua forma élfica, contemplou a flor que cintilava em brilhos intermitentes que iam do branco ao verde, iluminando a mata escura. Era imensa. Talvez um palmo mais alta que Feldon. Um espádice verde claro se erguia do centro da flor e era circundado por uma grande bráctea sulcada, de cor ocre do lado externo e verde oliva na parte interna. Provavelmente a maior preciosidade da Floresta Alta, e ainda assim, não havia qualquer proteção.

Feldon se apoiou no joelho esquerdo e abaixou a cabeça, evocando em sua mente a imagem de seu mestre. Depois, fez uma mesura.

— Cê é louco, meu parceiro! Arrumou uma tumba zika demais! Queria ter trazido um goró para beber contigo, mas os anciões proibiram bebidas alcoólicas na taverna, acredita nisso? — tinha um ar de indignação legítima na voz. — Mas fique tranquilo, mestre! Vim para ficar, e prometo que não faltarão oportunidades.

Feldon ficou ali, admirando a Alma de Jade por algum tempo. Quando a noite caiu por completo, transformou-se em uma preguiça-real, subiu em uma árvore de galhos firmes e dormiu até a aurora.

Com os primeiros raios de sol, Feldon voltou à sua forma élfica e seguiu a pé, em direção à cidadela. No caminho, aproveitou para coletar com cuidado ervas e flores que só nasciam naquela região, e uma o atraiu mais que as outras. Talvez pudesse fazer algo especial pelos anciões no fim das contas.

Com a bolsa cheia e o coração leve, retornou à Dente-de-Leão, onde foi novamente recebido pelo taverneiro.

— Naldor, meu consagrado, poderia me deixar usar sua cozinha?

— Fique à vontade, jovem Feldon. Mas, por favor, nada de álcool! Não quero problemas.

O druida sacou de sua bolsa um punhado de flores, e usando os utensílios da cozinha de Naldor, extraiu óleos e resinas que depois foram adicionados a uma manteiga clarificada e, finalmente, se tornaram ingredientes muito especiais de uma receita de bolo.

Esperou que assasse e, munido de seu quitute ainda quente, Feldon seguiu para a sede do Círculo Interno do Conselho Druídico.

— Quem vem lá? — perguntou um elfo que guardava a porta do prédio de paredes caiadas.

Feldon estufou o peito antes de se anunciar.

— Diga ao Venerável Grão-Mestre Holger que Feldon, elfo, druida, bêbado e herói de Ghanor, solicita uma audiência. Avise, por favor, que vim na humildade e trago um jabaculê esperto para os velhinhos.

Contaminado pela veemência do druida, o sentinela surpreendentemente fez o que lhe foi solicitado e, depois de alguns minutos, voltou para escoltá-lo até a sala do Conselho. O recinto era suntuoso, com paredes repletas de pinturas que contavam a história dos elfos silvestres. O assoalho era coberto por tapetes finamente tecidos.

O Conselho era formado por oito elfos de cabelos longos e feições sisudas, mestres nas artes druídicas. Estavam todos sentados em cadeiras de espaldar alto, feitas de ébano, dispostas lado a lado de modo que formavam uma meia-lua que ocupava quase um terço do grande salão. E, de fato, traziam em si um ar extraordinariamente pesado de cansaço.

— Muito obrigado por me receberem, reverendíssimos e veneráveis anciões — disse Feldon fazendo uma reverência com uma mão enquanto equilibrava o bolo com a outra.

— O que o traz aqui, Feldon? — arguiu o Grã-Mestre Holger, em um tom enfadonho.

— Vim, em primeiro lugar, trazer minha arte para adoçar o dia dos patriarcas da sabedoria — disse ofertando o bolo recém-saído do forno. Se os velhos druidas se deram conta do aroma saboroso que invadiu o ambiente, salivaram em silêncio. — Em segundo lugar, gostaria de solicitar autorização para me estabelecer novamente na Floresta Alta.

Houve um silêncio antes da resposta.

— Você sabe que a Floresta Alta é muito extensa e não podemos impedir ninguém de entrar, sair ou sequer de se estabelecer! — disse Mestre Cymbathar, de nariz adunco e queixo proeminente, sentado imediatamente à direita do Grão-Mestre. — Entretanto, se sua intenção é ficar na nossa cidadela, é preciso sim a nossa permissão. A concederemos de forma benevolente, desde que não siga os passos de seus mestre e não arrume nenhuma confusão.

— De maneira alguma, meus consagrados. Eu voltei apenas para ajudar. Soube do surgimento de um poderoso necromante no oeste e do iminente perigo que tira o sono dos anciões! Que ele jamais se aproxime da cidadela!

— Esse assunto já está sendo cuidado pelo Alto Conselho — disse Holger, como quem afasta um assunto incômodo.

— Fico aliviado que tão nobre confraria esteja atenta aos perigos. Como afirmei anteriormente, estou aqui para somar. Andarei pela cidadela como o elfo mais normal que vocês já viram em suas longas vidas! É uma promessa!

Com uma nova reverência, Feldon se retirou do recinto, recomendando aos anciões que comessem o bolo enquanto ainda estava quente.

Mais uma vez, Feldon passou a noite na floresta, comendo marulas fermentadas e admirando sozinho a Alma de Jade, reflexivo.

— Mestre Daga — disse em voz alta, como se o mentor fosse capaz de ouvi-lo —, eu queria que o senhor estivesse vivo para me ver. Amanhã, a Floresta Alta terá uma grande surpresa.

Como prometido aos anciões, Feldon caminhou mesmo pela cidadela como um elfo qualquer no dia seguinte, e não arrumou nenhuma confusão. Pelo menos por um tempo.

Depois de descansar sentado próximo à fonte, surpreendendeu a todos em volta, ao transformar-se, de repente, em uma ave fênix. Era uma transformação que poderia ser tudo, menos banal, tanto para ele quanto para os outros elfos. Mas sabia o que estava fazendo.

Voou em círculos, majestosa, soltando fagulhas a cada rodopio, até chamar a atenção do máximo de curiosos possível. Assim que conseguiu seu objetivo, começou um voo descendente em espiral, quase suicida, até retornar a forma élfica a poucos metros do solo, aterrisando suavemente no centro da multidão, como se nada de diferente tivesse acontecido.

Os elfos em volta aplaudiram o espetáculo vigorosamente, mesmo sem entender muito bem o que acontecia. Alguns distraídos, que haviam pego a suposta exibição pela metade, até arriscaram pedir um bis. Feldon tinha seu público. Agora era hora de transmitir a mensagem.

— Povo da Floresta Alta — começou firme e eloquente —, há muitos anos um druida sábio e generoso desenvolveu uma técnica singular de se conectar com a natureza! Um método que amplificou a arte da polimorfia!

Cada vez mais gente se aglomerava em volta de Feldon. Do alto de uma varanda no terceiro andar do prédio de paredes caiadas surgiram os oito anciões do Círculo Interno, observando atentos aquela encenação.

— Mas por algum motivo, este druida foi cruelmente rejeitado por esta sociedade. — Feldon botou um pouco de erva em seu cachimbo e acendeu. — Seu nome era Mestre Daga.

Houve um burburinho.

— Ele jogou merda no Grão-Mestre! — berrou alguém na multidão.

— Era um degenerado! — bradou Mestre Cymbathar, de cima da sacada, arrancando risos de alguns espectadores.

— Sim — concordou Feldon com um sorriso sarcástico escapando do canto da boca —, ele não devia ter feito isso com Mestre Holger. Foi vacilo! Mas já ficou para trás. O tempo passa mesmo para os elfos.

O druida fez uma pausa dramática e soltou a fumaça do cachimbo em forma de círculos antes de estufar o peito.

— Pois saibam que eu fui discípulo de Daga e enfrentei e matei o mago Zamir em sua forma de dragão vermelho! Matei os Cavaleiros do Caos! Acabei com um bucentauro na Arena do Anfiteatro de Rocha Negra! Destruí o Devorador de Mundos e sobrevivi para contar a vocês. Mas não voltei aqui para me vangloriar. Eu sou humildão demais para isso. Eu voltei para ajudar.

O povo aplaudiu e Feldon percebeu que os anciões já não estavam mais na sacada observando, e sim no meio da multidão, abrindo caminho para chegar até ele.

— O que você acha que está fazendo, rapaz? — berrou Mestre Holger ao alcançar Feldon. — Você disse que não ia criar confusão na cidadela!

— Estou apenas contando meus feitos, na humildade, mestre. Mas isso não é o mais importante. — Fez uma pausa em tom de suspense. — Me digam, senhores, conseguiram dormir esta noite?

— Do que você está falando, jovem?

— Vocês parecem bem dispostos! Ontem, pareciam um monte de carne podre envolto em um pano de bunda. Hoje, estão altivos e revigorados. Eu lhes pergunto de novo, meus consagrados: conseguiram dormir?

Uma sombra de ofensa passou pelos anciões, mas o ar de desconfiança dominou o momento com mais força.

— O que você fez? — questionou Mestre Cymbathar. — Como sabe que finalmente conseguimos dormir?

— Se isso aconteceu é porque meu singelo bolinho funcionou! — exclamou Feldon sorrindo. Então voltou-se à multidão. — Um viva à Bruma Púrpura!

Os anciões se entreolharam num silêncio sepulcral e depositaram seus olhares pesados no Grão-Mestre, que transbordava irritação.

— Você colocou Bruma Púrpura no bolo? Nos fez ingerir uma droga proibida? — berrou Holger, expelindo perdigotos de fúria.

— Não os droguei, nobres catedráticos. Fiz o que prometi: ajudei. Usei meus conhecimentos para medicá-los com uma flor poderosa e curativa!

— Essa flor foi banida há séculos e você sabe muito bem disso! Ela é perigosa! — bradou Cymbathar.

Feldon riu alto.

— Mas quanta bobagem! Todos sabem que a Bruma Púrpura só foi banida porque acalma e abre a mente das pessoas. Assim como vocês baniram a cerveja, o vinho e o hidromel, para afastar o legado de Mestre Daga! O povo quer uma taverna que sirva mais do que leite de cabra fermentado!

A multidão, agora eufórica, concordou em peso.

— Ele jogou cocô nos anciões! — berrou Helger energético — Cocô!

Em resposta, Feldon, em um piscar de olhos, se transformou em um mandril de meia tonelada, apontando seu traseiro azul para o Alto Conselho.

— Pelos Deuses! — gritou um dos anciões, levantando as mãos para se proteger.

— Diga logo o que quer, seu maluco! — berrou o Grão-Mestre.

Feldon voltou à sua forma original e, andando cabisbaixo, se aproximou da fonte que jorrava água cristalina.

— Vocês se afastaram da Floresta. Druidas não deveriam viver em prédios opulentos, mas em harmonia com a natureza. Quando cheguei na cidadela, fui abordado por um patrulheiro. Quando quis entrar no prédio do Conselho, também fui impedido por um guarda, mas lá, no Carvalho Milenar, onde repousa o nosso tesouro mais valioso, ninguém apareceu. E se fosse o Necromante?

— Estamos monitorando o Necromante, Feldon. Temos olhos no oeste.

— Passaram noites sem dormir, temendo um ataque inimigo, mas o Carvalho Milenar e a Alma de Jade, nossas verdadeiras relíquias, ficaram esse tempo todo negligenciadas. Protegidas por um único guardião, enterrado sete palmos abaixo dela.

— E o que você sugere? — disse o Grão-Mestre, admitindo que, no fundo, os argumentos de Feldon talvez fizessem algum sentido.

Feldon apontou o dedo indicador para a fonte e, com o poder de seu anel elemental, fez subir uma coluna de água.

— Declaro, neste momento, a criação de uma nova ordem druídica. Não quero desafiar o poder de vossas excelências, veneráveis anciões. A cidadela é toda de vocês. Mas passarei a recrutar elfos que estejam realmente preocupados com a Alma de Jade e que queiram aprender os ensinamentos de Mestre Daga. Viveremos na floresta, longe do conforto e das facilidades, mas perto de nossas origens. E aceitaremos também membros de todas as outras raças que queiram contribuir em nossa missão.

Um silêncio solene se fez por um instante.

— A cerveja será permitida, senhor Feldon? — questionou um elfo na multidão.

— A cerveja, o vinho, o hidromel e a Bruma Púrpura. Cada um é livre para fazer o que quiser de sua própria vida. Só não pode importunar os demais membros. É só segurar a onda, rapaziada! A quem interessar, estarei no Carvalho Milenar.

Ao fim do discurso, Feldon transformou a coluna de água em um elemental humanoide cristalino. Então, metamorfoseou-se em um peixe cabeça-de-cobra e se jogou para dentro do abdômen da criatura líquida.

Com Feldon nadando em sua barriga, o elemental deixou a cidadela em direção ao interior da Floresta Alta.

Demorou uma semana para que os primeiros elfos chegassem, mas em um mês, a Ordem de Daga já tinha mais de uma centena de adeptos.

Feldon separava os membros da ordem de acordo com suas habilidades e anseios: os druidas iniciados formavam um grupo chamado Senhores do Musgo, que cultivava diversas espécies de ervas, mas sobretudo a Bruma Púrpura. Eram facilmente identificáveis, pois, apesar de não adotarem formalmente um uniforme, usavam, em sua maioria, túnicas brancas e carregavam foices de tamanhos diversos. Além disso, mesmo não sendo guerreiros, muitos levavam na cintura uma peculiar espada com lâmina curva chamada khopesh.

Os guerreiros e os patrulheiros formaram a comunidade dos Presas Longas, que serviam de protetores da Floresta Alta. Esses, além das habilidades de combate, foram suplementados com o desenvolvimento do poder da polimorfia, especializados na transformação em grandes lobos brancos e corpulentos ursos pardos.

Já aqueles que ainda não tinham uma função específica, integravam os Guardiões do Néctar e, orientados pelo talentoso taverneiro Naldor, produziam bebidas das mais diversas cores, sabores, aromas e graduações alcoólicas.

Depois de uma década, a cidadela havia se esvaziado. Lá ficaram apenas os poucos elfos que não conseguiam se desapegar do luxo e da ordem burocrática do Conselho. Em contrapartida, a Ordem de Daga crescia e se estabelecia, atraindo membros dos Sete Reinos e até da Confederação dos Mercadores, tornando a Floresta Alta um lugar multicultural.

A ameaça do Necromante se mostrou presente durante todos esses anos de consolidação da Ordem, geralmente na forma de ataques de pequenas hordas de draugrs, guerreiros mortos-vivos conjurados por magia profana, mas até mesmo através da presença nefasta de liches, os temíveis feiticeiros putrefatos, que hora ou outra eram afugentados pelos Presas Longas.

Felizmente, os protetores da floresta sempre estiveram atentos a tais eventos e por anos e anos, pode-se dizer que a Alma de Jade sequer conheceu o perigo.

Já se passavam quase quinze anos da fundação da Ordem de Daga, quando Feldon andava por uma região da floresta ainda pouco explorada pelos Senhores do Musgo, mas que parecia promissora como área de coleta de ervas selvagens. Entre amieiros e azevinhos, o druida buscava flores de Bruma Púrpura quando percebeu a presença de uma pessoa diminuta, de vestes negras, na mesma labuta.

— Ei, pequenina! — disse. — A Ordem de Daga tem pouquíssimas regras, mas uma das mais severas é que crianças não podem manusear a Bruma Púrpura!

A pessoinha parou por um instante antes de se voltar para o elfo.

— Pois há dois erros em sua frase, meu caro druida. Eu não sou criança e essa flor não é uma Bruma Púrpura. Aqui temos uma Bruma Super Limão e logo ali, uma Bruma da Amnésia! Perceba como os tricomas são mais exuberantes!

Feldon ficou boquiaberto ao ver que, de fato, não se tratava de uma criança, pois tinha uma barba negra, brilhante, vasta e comprida, cujas extremidades terminavam em tranças.

— Uma anã!

— Sim, senhor. Uma anã feiticeira e herbalista. Alma, é como me chamam.

— Prazer, sou Feldon. Feldon, o druida!

Então foi a vez da pequena Alma ficar boquiaberta. Mais que isso: virou os olhinhos e desmaiou. Aturdido, Feldon dava tapinhas nas bochechas pálidas para despertá-la.

— Acorde, menina!

Como suas tentativas não surtiram efeito, Feldon usou seu anel de controle elemental para jogar um fino esguicho de água no rosto da forasteira. Alma abriu os olhos e tentou se proteger com seus bracinhos musculosos. Depois, se levantou agilmente e abraçou Feldon como quem reencontra um parente há muito perdido.

— Mestre... Mestre... Mestre Feldon! É você mesmo? Não acredito! Aquele que morreu e voltou para morrer de novo!

— Que os deuses me livrem, menina! Eu não voltei para morrer de novo! Voltei para continuar a viver.

Alma ignorou a resposta de Feldon e abraçou-o ainda mais forte.

— O senhor precisa me aceitar como sua discípula, Mestre Feldon. Seria uma honra para mim absorver seus ensinamentos fúnebres. Quero saber tudo! Não me esconda nada! Como é morrer?

Feldon segurou as bochechas da anã, que haviam passado do branco mármore para um rosa corado, e de forma amável disse:

— Você é muito estranha, mocinha!

— Eu sei, Mestre Feldon — Alma sorria com a boca comprimida pelas mãos do druida. —, mas vim de Kottar, onde as pessoas têm um interesse especial pelo óbito. Além disso, tenho meus motivos pessoais para ser fascinada pelo seu traspasse.

— Beleza, eu te conto tudo o que você quiser, desde que você me explique esse lance de Bruma Amnésia e Bruma Limão.

— Super Limão — corrigiu a anã.

— Super Limão — repetiu Feldon, tentando memorizar o nome.

— Combinado, Mestre Feldon!

— Então é só colar, pequenina.

— Colar o quê, Mestre?

— Nada. É só você colar mesmo! Tipo, cola em mim que você brilha.

— Brilho?

— Brilha!

— É uma magia?

— Não exatamente. Acho que é só a malandragem da floresta mesmo.

— Ah, sim. Colar no senhor. Vou colar! Mas preciso chamar Alphonse!

— Alphonse? Você tem um companheiro de viagem?

— Sim! Alphonse XIII, meu bode! — respondeu Alma, antes de botar dois dedos na boca e assobiar alto. Alphonse surgiu por entre as árvores, exibindo sua postura elegante, seu pelo negro reluzente e seus chifres portentosos.

— Olha aí! Alphonse. Parece um capirotinho! E é o décimo terceiro. Deve ser uma bela linhagem de capirotinhos — disse Feldon.

A anã subiu em sua montaria e os dois seguiram para junto da comunidade, no Carvalho Milenar. Foi um longo percurso, no qual os dois novos companheiros aproveitaram para experimentar as diferentes cepas de bruma encontradas pela anã.

Durante todo o caminho, Alma fez dezenas, se não centenas de perguntas. Para Feldon, a anã foi a plateia perfeita para contar suas inúmeras façanhas, mas sempre com muita humildade, claro. Já nos arredores do Carvalho Milenar, o druida apresentou Alma para os companheiros da Ordem de Daga e a anã foi recepcionada com um banquete de boas-vindas.

A nova aprendiz logo se adaptou à vida rústica da Floresta Alta e em pouco mais de uma semana, já estava totalmente inserida na comunidade.

Costumava dormir nas choupanas dos Senhores do Musgo, onde se mostrou uma herbalista formidável, com um conhecimento que ia muito além dos maiores druidas élficos. Com a ajuda de Feldon, que lhe servia como uma espécie de cobaia, catalogou mais de uma centena de novas flores da Floresta Alta, registrando seus efeitos e potências.

Mas, quis o destino, ou talvez fosse mesmo por uma vaidade dos deuses, que a chegada de Alma fosse ao mesmo tempo uma ocasião afortunada e um momento aziago.

Era o solstício de verão e uma celebração fabulosa havia sido planejada para aquela noite quente e sem lua. Uma festa que aconteceria aos pés do Carvalho Milenar.

Logo após o lusco-fusco, os Presas Longas começaram a chegar de todas as partes da Floresta Alta, onde faziam a patrulha e, animados, confraternizaram com os Guardiões do Néctar que, desde muito antes do crepúsculo vespertino, já preparavam o ponche de doze frutas.

— Onde está a Alma? — questionou Feldon, parecendo estar um pouco ansioso com a chegada da pupila.

— Oras, onde sempre esteve! — respondeu Naldor, já um pouco alterado pela ingestão de ponche. — No pé do Carvalho, meu sinistro.

— Não a Alma de Jade, Naldor. A Alma, anã. A pequenina feiticeira herbalista.

— Ah sim, Mestre Feldon. A mocinha que é obcecada pela morte. Ela e os Senhores do Musgo já deviam ter chegado.

Feldon aguardou durante algum tempo, mas sua angústia o impeliu a procurar o motivo da demora. A comunidade dos Senhores do Musgo não ficava a mais do que meia hora de caminhada do Grande Carvalho, mas, para encurtar o trajeto, Feldon se transformou em uma harpia e foi voando por cima das árvores.

Com a visão privilegiada de ave de rapina, ao longe, o druida ébrio logo percebeu que algo estava errado. Colunas de fumaça escura subiam aos céus vindas da comunidade dos herbalistas.

— Ou eles literalmente queimaram a largada, ou aquilo é um incêndio.

E, dito e feito, Feldon, em forma de harpia, viu sinais de combate e iniciou um mergulho arrojado.

Lá estavam Alma e Alphonse, tentando quebrar um cerco de criaturas horrendas. Feldon demorou para entender o que eram os agressores, mas ao chegar mais perto, identificou um grupo de pelo menos uma dúzia de hobgoblins zumbis em volta da anã e sua montaria.

Alma girava um turíbulo flamejante feito de ferro fundido, preso a uma longa corrente, e afastava assim os tenebrosos oponentes. Alphonse cuidava lealmente de sua retaguarda, usando os chifres para enxotar os mortos-vivos. Com um ataque furtivo, Feldon fincou as garras de harpia no dorso putrefato de um dos hobgoblins, arrancando-lhe um naco de carne e um punhado de ossos.

A pequena herbalista teve seu ânimo revigorado, pois tinha certeza que a ave era seu mestre e, usando uma magia de velocidade, fez sua arma girar em uma celeridade descomunal, destruindo a carcaça de alguns hobgoblins da vanguarda. Alphonse aproveitou para disparar em uma carga furiosa, obliterando um inimigo que brandia uma alabarda.

Feldon bateu suas asas para ganhar altura e, quando estava a cerca de quatro metros do solo, transformou-se em um urso pardo, caindo em cima de um grupo de quatro mortos-vivos que não tiveram chance contra uma sequência colérica de mordidas e patadas. Em pouco tempo, Alma, Feldon e Alphonse tinham tomado o controle do combate e destruído os inimigos.

— Você está bem, Alma? — questionou Feldon, preocupado.

— Estou, Mestre Feldon, mas os Senhores do Musgo... — disse ela, apontando para adiante.

Feldon olhou com horror. Dezenas de amigos tinham seus mantos alvos tingidos de escarlate. A visão tenebrosa dos corpos dos Senhores dos Musgos presos às árvores com suas próprias foices e khopeshs fez a tristeza descer no rosto de Feldon.

— Eu não pude protegê-los — disse em desalento.

— Mestre, foi o Necromante. Ele usou uma magia de ocultamento. Fomos todos pegos de surpresa. Eram milhares de zumbis. A maioria hobgoblins. Nós não tivemos chance.

— Eles querem a Alma de Jade! Precisamos alertar os Presas Longas!

Alma subiu em Alphonse enquanto Feldon se transformou em um lobo branco e os três dispararam rumo ao Carvalho Milenar.

Em um ritmo alucinante, venceram a distância e encontraram os Presas Longas e os Guardiões do Néctar. Feldon deu as soturnas notícias e organizou grupos de patrulha. Além disso, confiou a Naldor e a mais alguns grupos de elfos a missão de tentar encontrar e resgatar sobreviventes entre os Senhores do Musgo até que não houvesse mais esperança.

— Usem os pássaros para se comunicarem — instruiu Feldon à toda comunidade. — E tomem cuidado, o Necromante está usando uma magia de ocultamento. Talvez até o sumiço da lua tenha sido obra dele.

Os grupos de busca partiram em ronda, mas o exército de hobgoblins cadáveres já não fazia questão de se esconder e logo foi encontrado. Uma imensa horda de zumbis guerreiros se agrupava em uma vasta clareira à leste do Carvalho Milenar.

Rapidamente, corujas, mochos e rouxinóis transmitiram mensagens, e os Presas Longas e Guardiões do Néctar se agruparam na clareira para enfrentar o exército invasor. Até mesmo os anciões do Conselho dos Druidas surgiram, trazendo consigo as hostes da cidadela.

O inimigo estava em maior número. Eram na casa dos milhares, como havia alertado Alma, mas os Presas Longas estavam, em sua maioria, transformados em lobos e ursos muito grandes, enquanto os Guardiões do Néctar empunhavam machados e espadas.

O Necromante, que havia sido um temor distante durante décadas, enfim se revelava. Era um homem alto como um ogro, mas esguio como um elfo. Tinha um rosto imberbe, pálido e sorumbático, como se esculpido em mármore branco. Usava uma armadura opaca, cor de chumbo, e um elmo com chifres curvos voltados para trás.

— Ele quer a Alma de Jade para conseguir a imortalidade — disse Feldon sério.

— Mas por que alguém perseguiria tal maldição? — perguntou Alma.

— Maldição?

— A imortalidade, Mestre! É uma maldição! Não há nada mais delicioso do que viver com a certeza de que um dia seu coração vai parar de bater, o ar não chegará mais aos seus pulmões e assim, milhões de vermes irão devorá-lo, completando o ciclo primordial! — Alma tinha lágrimas represadas nos olhos.

— Você é mesmo muito estranha, menina!
— Sou?
— É sim! Mas me segue que você não se perde!
— Sigo sim, mestre! Sigo sim, pode deixar.

O Necromante sacou um mangual repleto de espetos, girou-o sobre a cabeça e gritou palavras de ordem em algum idioma profano, fazendo os hobgoblins atacarem. Feldon também deu seu comando e os elfos partiram para o combate.

Apesar da grande vantagem numérica, em um campo de batalha aberto e sem o fator surpresa, os hobgoblins não ofereciam grande desafio. Os guerreiros cadavéricos eram destroçados por mordidas e golpes de lâminas afiadas sem oferecer grande resistência, mas a cada fileira que tombava, outra avançava.

Alma se destacava pela extrema habilidade com que manuseava seu turíbulo flamejante, destroçando carne e ossos podres do inimigo. Feldon tentava chegar ao Necromante para cortar o mal pela raiz, mas no meio do tumulto do combate se deu conta que ele já não estava mais ali. Foi quando uma centelha iluminou sua mente numa epifania.

— Alma, a batalha é só um ardil! Esses mortos-vivos são só para desviar nossa atenção!

— O quê?

— O Necromante não está mais aqui! Ele deu no pé! Deve ter ido para o Carvalho na miúda!

Feldon logo se transformou num rasga-mortalha e alçou voo em direção ao Carvalho Milenar. Alma, em seguida, usou seu feitiço de velocidade para correr atrás de seu mestre pela floresta escura.

— Me segue que você não se perde — disse a anã, rememorando as palavras de seu mestre.

E Feldon estava certo. O bruxulear de uma tocha desvendava a figura soturna do Necromante a poucos passos da Alma de Jade. Em volta dele, alguns elfos que haviam tentado defender a flor sagrada, jaziam inertes no chão.

O rasga-mortalha fechou suas asas e iniciou um mergulho vertiginoso em direção ao Necromante e, quando faltavam poucos metros para se chocar contra o inimigo, transformou-se em um mandril gigante. O feiticeiro caiu de joelhos com a força do golpe, mas a vantagem durou pouco. Como se não fosse nada, o Necromante se recuperou do impacto de mangual em punho.

— Evoc umeoc! — gritou o invasor em sua língua maldita.

Por três vezes, o guerreiro de armadura opaca tentou atingir o mandril, mas sem sucesso. Feldon, com uma agilidade inacreditável, rodopiou o próprio corpo diversas vezes até conseguir flanquear o feiticeiro, escalando-o e montando em suas costas, desferindo uma série de golpes contra sua cabeça. Quando se recuperou da surpresa do ataque do druida, o Necromante segurou-o e arremessou-o contra o Carvalho Milenar.

Ali, Feldon teve a exata noção da força física do adversário. Sentiu ossos estalarem e a cabeça zunir. Tentou se levantar, mas seu corpo estava paralisado. O Necromante tinha a mão esquerda erguida e pronunciava palavras que Feldon jamais ouvira.

— Phela Eqiuf!

Feldon se deu conta que aquilo não era fruto de ferimentos, mas de feitiçaria.

— Maldito! — gritou.

A corrente do mangual começou a girar veloz, enquanto o Necromante se aproximava calmamente. Pela primeira vez, Feldon contemplou que talvez tivesse se tornado confiante demais. Talvez, no fim, tivesse se embriagado na fantasia de suas próprias histórias, onde era o protagonista que vencia a todos os adversários sem a ajuda de ninguém.

— Então esse é o fim? — grunhiu ao ver o Necromante se aproximar.

E poderia ter sido. Mas, de repente, o enorme feiticeiro tombou sobre o corpo de Feldon.

Alma havia chegado ao Carvalho Milenar, e antes que o Necromante pudesse desferir o golpe fatal contra seu mestre, lançou seu turíbulo de ferro fundido nas pernas do inimigo. Ao mesmo tempo, o valente Alphonse XIII investiu contra os fundilhos do feiticeiro.

Feldon se libertou da magia paralisante e subiu no dorso do Necromante que, atordoado, tentava se erguer novamente. Alma recolheu a corrente do turíbulo rapidamente e, antes que o Necromante se recuperasse por completo, desferiu um golpe certeiro, tirando-lhe o elmo.

Percebendo a oportunidade, Feldon abriu sua bocarra de mandril e fincou suas presas na cabeça do inimigo, arrancando um tampo de carne, ossos e um bocado de miolos. Cambaleando, já quase sem consciência, o Necromante foi atingido mais uma vez pelo turíbulo de Alma, a face desfigurada pela violência do golpe.

Enfim, o gigante de armadura chumbo caiu inerte no chão, aos pés da Alma de Jade que tanto havia desejado.

Feldon retornou a sua forma élfica e respirou fundo, apoiando-se na cabeça de Alma. A anã abraçou a perna do mestre, tentando ajudá-lo.

— Esse maluco era zika! — disse ele ainda ofegante.

— Mestre, me perdoe! Por favor! Imploro pela sua clemência! — disse Alma, desesperada.

— Como assim? Você me salvou da morte certa, pequenina!

— O senhor disse para eu te seguir e eu segui, mas eu impedi a morte linda e heroica que o senhor fatalmente teria. Isso é realmente imperdoável, mas é que eu ainda preciso aprender tanto de sua experiência de morte!

— Relaxa! Tá perdoada.

Feldon então se sentou ao lado do Carvalho Milenar e sacou seu cachimbo. Alma, mais tranquila, imediatamente abriu um pote de vidro com uma flor seca e ofereceu ao mestre.

— Essa é aquela híbrida, Mestre Feldon. A sua preferida! — disse ela, gentilmente.

— Você é mesmo muito estranha, menina. Mas, obrigado! — disse ele, retribuindo o carinho da aprendiz.

Naquela noite sem lua, os Presas Longas e os Guardiões do Néctar obliteraram o exército morto-vivo, restabelecendo a paz na Floresta Alta. Já os Senhores do Musgo, que tiveram a maior parte de seus membros executados, foram honrados com um funeral festivo. O Necromante, que buscava a todo custo a imortalidade, pereceu aos pés da Alma de Jade.

E Feldon fez questão que a data passasse a ser conhecida como "A Noite das Foices Sangrentas", para que aquele horror nunca mais fosse esquecido.

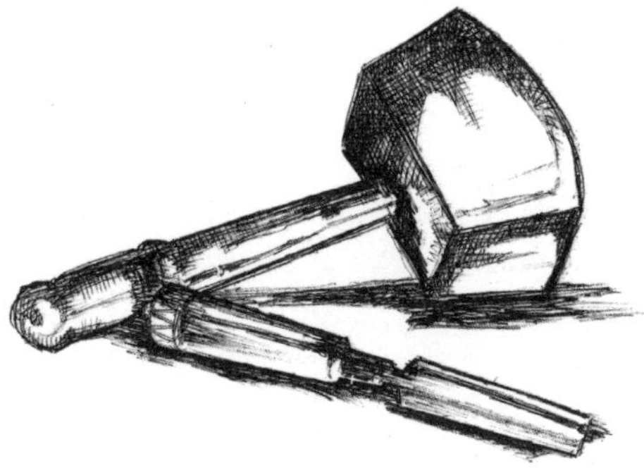

RESSURREIÇÃO DE MÁRMORE

KALI DE LOS SANTOS

— TÁ SENTINDO ESSE cheirinho, Alma? — O elfo tinha o rosto para fora da janela da carruagem, os olhos brilhantes atentos à agitação noturna de Ona Grisa, capital do reino costeiro de Zibrene.

— Tô sim, mestre — respondeu a anã, com o rosto retorcido em desgosto.

— É o sublime aroma do mar, das comidas, das bebidas, das ervas, dos corpos suados dançantes... já falei das bebidas?

— Falou sim, mestre Feldon — Alma disse com a voz fanha, pois fechava o próprio nariz com a mão.

— Que é isso, Alminha. Cheiro ruim, só se for desse bode aí.

Alphonse, desajeitado dentro de um espaço tão pequeno, encarou Feldon com seus olhos amarelos, consternado.

— Vem aqui na janela — seguiu o elfo —, inspira bem fundo e me diz se não é uma delícia esse perfume de bagunça.

A anã, com a face aflita, soltou o nariz e se aproximou da janela. A vista certamente impressionava: mesmo os distritos mais simples tinham enormes estátuas de mármore decorando as esquinas, ainda que parecessem um tanto deslocadas da atmosfera boêmia. Mas o cheiro de esterco da via, somado aos odores típicos de verões muito festejados, não eram do gosto de Alma. Após respirar fundo, encarou seu mentor.

— É certamente um cheiro muito... de muita vida, mestre Feldon. — Não queria desapontar o elfo.

— Esse é o espírito, Alma! Logo você vai ver. Esse convite pra uma festa dos prazeres não poderia ter vindo em um momento melhor. Você sabe que eu amo profundamente a paz da floresta, mas um festerê zibreniano a gente nunca nega.

Com uma piscadela para a discípula, Feldon voltou a observar as ruas pelas quais passavam, tentando anotar mentalmente as tavernas que pareciam prover boa bebida e bom entretenimento.

Com vista para a costa, o palacete da Condessa Monedero era decorado com arabescos dourados e ladeado por fartos jardins de flores e arbustos, que dividiam seu espaço com estátuas de diversos animais. Lobos e ursos em tamanho real povoavam os gramados, posando como se em meio a corridas e pulos; Alma nunca havia visto pedras esculpidas com tanto detalhe e movimento. Já Feldon tinha o olhar fixo na casa, cujas grandes sacadas estavam abertas, deixando a suave brisa do mar entrar, revelando um interior iluminado.

À porta dupla da edificação, havia dois linces em mármore, com veios dourados e prateados sobre a superfície branca; ao lado das estátuas, guardas em vestes laranjas, equipados com floretes, aguardavam a carruagem. Ao avistá-la, um deles entrou no palácio e, enquanto Feldon, Alma e Alphonse desciam do veículo, voltou acompanhado pela própria Condessa. Sorridente, ela tinha os cabelos presos em um turbante amarelo, com apenas um cacho perfeitamente modelado caindo sobre o rosto negro. Vestia um longo robe de seda vermelha amarrado por uma faixa amarela na cintura. Um leque também vermelho completava o visual.

— Prezadíssimo senhor Feldon, que prazer imenso sinto em recebê-lo! — cumprimentou, fazendo uma mesura.

Feldon se adiantou, pegou a mão da Condessa e a beijou sem parar de encará-la.

— O prazer é todo meu, dona Condessa.

— Por favor, me chame de Noelía. Não há necessidade de formalidades com um dos maiores heróis de nossos tempos, estou certa?

— Certíssima, madame Noelía.

— Lembro-me de quando era ainda garota: o alvoroço da notícia de um Devorador de Mundos, o alívio de saber que já havia sido derrotado, o êxtase da celebração, o...

Um balido interrompeu as boas-vindas; Alphonse tentava abocanhar as flores de um canteiro próximo e Alma e o cocheiro tentavam contê-lo.

— Ah, sim, dona Noelía, essa aqui é a Alma, minha discípula. Vem dar oi pra Condessa, Alma!

— Mas, mestre, Alphonse...

— Deixa ele, a madame aqui é gente boa, o que é uma pastadinha de bode quando o bode é da minha assistente pessoal?

— Mas é claro! — graciosa, a Condessa concordou e estendeu a mão para Alma, que se aproximou e ficou na ponta dos pés para beijá-la. — Arturo, lide com isso e acomode o bichinho em nosso celeiro, sim? Com muita comida e água fresca, é claro — acrescentou, sorrindo para Alma. — Agora, vamos entrar, meus caros.

Feldon fez uma piadoca, perguntando se a Condessa os acompanharia noite adentro, o que a fez gargalhar; sua risada se espalhou pelos amplos salões e corredores do palácio, cheios de estátuas de animais. Feldon se transformou em um javali dançante quando passaram pela representação em mármore negro do animal, o que extraiu mais risadas da anfitriã. Após deixar Feldon em seus aposentos, com uma generosa bandeja de queijos e frutas frescas à espera — além, é claro, de uma mini adega pessoal —, a Condessa conduziu Alma até outro quarto, mais ao fim do corredor.

— Não sabia que o senhor Feldon traria uma discípula, mas não se preocupe: meus empregados logo devem trazer comida e bebida para que você relaxe após a viagem. Um banho quente também está sendo preparado. Não se acanhe em pedir qualquer coisa para o seu conforto, cara... Alma, certo?

A anã assentiu com a cabeça. Apesar dos séculos de vida, a opulência da corte zibreniana não era costumeira para ela. Em um instante, os servos do palácio chegaram com bandejas como as que vira no quarto de Feldon, e a Condessa Monedero se despediu com um aceno.

Na manhã seguinte, Feldon e Alma se encontraram no corredor depois de serem gentilmente acordados por batidas nas portas de seus aposentos. Bilhetes assinados pela Condessa os convocavam para juntar-se a ela no andar de baixo para o desjejum; revigorados com a noite confortável, os visitantes se aprontaram rapidamente para encontrá-la.

— O senhor é sempre recebido com toda essa pompa, mestre Feldon? — questionou Alma enquanto desciam as escadas.

— Por quem tem bom gosto e muito ouro... nem sempre. Mas deveria, não acha?

— Claro, claro. É só que já vi muitos casos de pessoas que pedem algo em troca de tamanha hospitalidade.

— Pelo que entendi, o que a madame quer é esse corpitcho. — O elfo estufou o peito. — E, bonita como é, não vou me importar de cruzar com ela na tal festa.

Alma permaneceu quieta. Feldon suspirou e parou em um dos últimos degraus.

— Todo mundo sempre quer alguma coisa, Alma. Isso é a minha sabedoria élfica falando. Se a madame quiser alguma coisa que a gente não quer dar, a gente enrola ela. E se não der pra enrolar, a gente dá no pé e ainda leva aquela mini adega junto.

Alma assentiu, confiando em seu mentor. Os dois seguiram adentrando cômodos que ainda não conheciam até que encontraram a Condessa Monedero em uma varanda aberta para os jardins do palácio, junto de uma mesa farta. Águias em mármores de diversas cores decoravam o ambiente; Alma se pegou admirando as penas em uma estátua que, não fosse o fato de ser de pedra, a anã poderia jurar que alçaria voo em seguida.

— Pedi que preparassem de tudo para vocês, mas se tiverem qualquer pedido...

— É só pedir, né, madame Condessa? — sugeriu Feldon.

— Por favor, me chamem de Noelía. Veja bem, Feldon, querido. Estamos organizando as festividades para o fim de semana. Mas isso não quer dizer que vocês dois devem ficar parados até lá, certo?

— A senhora pode deixar que eu já vi uns bares por aí! Vou pegar uma prainha! Uma semana por aqui não vai passar em branco, não.

O olhar gracioso da Condessa pousou em Feldon.

— Mas é claro. Posso inclusive pedir que Arturo os siga guiando pela cidade, se quiserem.

— A madame nem precisa se preocupar com isso, não.

— Como anfitriã, creio que devo, sim, me preocupar com meus hóspedes. Mas a bem da verdade tenho outros planos, também, se forem convenientes para vocês, é claro.

Feldon e Alma trocaram olhares antes de se voltarem para a Condessa, que seguiu:

— Como vocês podem ver, minha residência é ricamente decorada por estátuas de animais. Elas são todas de uma mesma artista, a melhor escultora anã do mundo, cujo tema favorito é a natureza.

— A Alma é a melhor herbalista do mundo, também. A senhora tem que ver os preparos que ela faz.

— Não me surpreende, andando na companhia de um dos maiores heróis dessa era. Mas como eu ia dizendo, Yaiza Sanhueza, a escultora, é um verdadeiro prodígio e tenho o prazer de ser sua patrona. Em breve a cidade terá o Festival Anual de Artes e, bem, o ex-melhor-anão-escultor-do-mundo está se esforçando ao máximo para levar uma obra que lhe devolva tal título.

Com a boca cheia, Feldon interveio novamente.

— A senhora me desculpe, mas não tô entendendo bulhufas do que isso tem a ver comigo e com a Alma.

— Direto ao ponto, é claro. Veja bem — a Condessa respondeu, sem parar de sorrir —, os melhores caçadores de Zibrene já trouxeram todo tipo de animal para Yaiza esculpir. Já pedi criaturas empalhadas de outras regiões, mas Yaiza prefere ver os animais vivos. É incrível: os linces que adornam a frente do palácio ela fez em duas semanas, após observá-los na natureza escoltada por minha melhor equipe de caça.

— Acho que tô entendendo aonde a senhora quer chegar. Manda descer um vinhozinho do século passado aí pra gente seguir esse papo, dona Noelía.

Com um gesto da nobre, um servo saiu e voltou com uma garrafa empoeirada. Ele a abriu, serviu para a Condessa e, em seguida, para Feldon.

— Agora, sim, dá pra falar de negócios.

— Ora, senhor Feldon... Assim vou supor que o senhor tem intenção de aceitar posar para Yaiza.

— Depende do tempo, depende do bicho, depende do vinho que eu tiver bebendo.

— Como disse, ela é um prodígio. Esculpe mais rápido do que se imaginava possível, mesmo tendo visto o animal apenas uma vez. Sobre a escolha de qual será retratado, bem... aí fica entre vocês.

— Isso agora, essa semana? Ela só precisa ver uns bichos e, enquanto isso, ficamos hospedados aqui no seu palácio?

— Exato, senhor Feldon.

— Com a mini adega?

— Reabastecida a cada amanhecer.

Feldon levantou, foi até a ponta da mesa e estendeu sua taça à Condessa.

— Um brinde a essa aliança! E à festa dos prazeres que virá por causa dela. Vem, Alma, vem brindar!

As batidas na porta do ateliê não foram respondidas de pronto. Com vestes de seda em diversos tons azuis e segurando uma delicada sombrinha lilás para proteger-se do sol, a Condessa se mantinha sorrindo.

— A juventude genial tem dessas. A boemia, afinal, anda de mãos dadas com a genialidade. Não é mesmo, senhor Feldon?

— Aí a senhora falou uma verdade. Pode anotar, Alma, que isso aí é conhecimento.

Enquanto Alma procurava um pergaminho em algum de seus bolsos, a pesada porta de madeira foi aberta. Uma anã loura e magra, com o bigode por fazer e a longa barba desgrenhada, encarou o grupo que se reunia em sua soleira. Quando viu a Condessa, passou a mão nos cabelos, tentando ajeitá-los, mas quando seus olhos pousaram em Feldon, um sorriso iluminou seu rosto.

— Não acredito! Não acredito! É ele, é a fênix que derrotou o Devorador de Mundos!

Yaiza se aproximou de Feldon e estendeu uma mão em sua direção; puxou a mão de volta com uma expressão confusa, suor escorrendo por suas têmporas.

— Não devo tocá-lo! Ou devo? Pelos deuses, eu...

— Caríssima Yaiza! Vamos receber o senhor Feldon no ateliê, sim? Para isso, precisamos entrar; para entrar, precisamos que saia da porta — disse a Condessa.

Feldon estava perplexo com a reação da escultora. Alma tentou, sem sucesso, notar irritação no tom da Condessa. Ou ela era uma mulher de paciência infinita, pensou a herbalista, ou sabia esconder suas emoções atrás de um sorriso como ninguém. O comentário da nobre, de qualquer forma, chamou a atenção da escultora, que pareceu acordar de um transe.

— Mas é claro, é claro. Entrem, entrem, por favor.

— A senhora não me disse que a menina era uma fã... desse tipo — disse Feldon à Condessa enquanto adentravam o espaço.

— Achei que ficaria contente com a surpresa, nobre herói. Yaiza tem falado em conhecer o senhor e testemunhar suas transformações desde que chegou. Como uma boa patrona, eu naturalmente me esforcei para prover a inspiração necessária para a artista.

— Saquei — respondeu Feldon, pensando que posar para uma tiete não era um preço tão caro assim pela estadia e, é claro, a festa que estava por vir.

— Bem-vindos, bem-vindos, não reparem a bagunça.

Yaiza andava pelo galpão cobrindo alguns trabalhos pela metade com panos, subindo em estruturas elevadas de madeira que rodeavam as enormes pedras que esculpia. A anã era seguida por Arturo, que recolhia pratos e copos sujos espalhados pelo caminho com ar de desaprovação. Sem perder o sorriso, a Condessa tirava ferramentas de um divã que já havia visto dias melhores e batia o pó do móvel para sentar-se.

— Feldon, querido, venha, sente-se aqui. Você também, Alma. Não sei por que artistas se preocupam assim em esconder processos. O estranho, o desconjuntado, o inacabado... todos são parte do trajeto até o belo, não concordam?

Feldon se sentou no divã puído, mas Alma seguiu em pé, observando as obras que a outra anã corria para cobrir.

— Aí, dona Condessa, com esse calor, nesse pó todo... Isso não é condição de trabalho adequada, não.

— Veja bem, caro senhor Feldon... o espaço foi escolhido pela própria Yaiza. Provejo tudo que ela quer, mas a verdade é que é tão enamorada da arte que mal come, mesmo que a chame para banquetes — justificou-se, dando de ombros.

— Se ela tá de boas com isso, é com ela, né? Mas pra eu ficar aqui, posar, virar uns bichos, acho que seria de bom tom a senhora dar uma recauchutada no ambiente, se é que me entende.

Ofegante, Yaiza surgiu por entre os blocos de mármore próximos.

— Ele não quer posar? O herói da humanidade, a fênix implacável? Ai, deuses, eu...

Feldon levou um susto, mas a Condessa não se abalou. Arturo veio logo atrás, retirando pedaços de pedra dos cabelos louros oleosos da anã.

— Yaiza, o senhor Feldon não disse que não posará. Levantou, apenas, a questão de seu conforto aqui no ateliê. Uma demanda justíssima, não concorda? Com o tanto de espaço nesse galpão, certamente teríamos lugar para estofados novos, talvez um tanque de água para que se refresque, alguns criados para servir bebidas e abanar leques...

Feldon parecia contente com as propostas da Condessa, mas Yaiza protestou contra a presença de outras pessoas em seu momento de criação. Enquanto discutiam os detalhes das acomodações, Alma se aventurou ateliê adentro, navegando os corredores entre pedras de diferentes tamanhos e formas.

Os panos que cobriam os trabalhos inacabados davam um ar fantasmagórico ao galpão, que contava apenas com a pouca luz solar que se esgueirava pelas frestas no telhado de madeira. As janelas ao redor, apesar de abundantes, estavam todas fechadas, mantendo o ar abafado. Conforme Alma se afastava da entrada, os blocos de mármore ficavam maiores, como se os projetos mais ambiciosos da artesã ainda estivessem por vir. Entre as pedras ainda cruas, porém, a anã viu uma estátua branca que parecia estar a apenas poucos detalhes de ser finalizada. A forma era de um elfo esbelto e de cabelos longos, mas ainda sem rosto e com formas brutas no lugar das mãos. Aos seus pés, havia um estojo de couro desenrolado com ferramentas douradas, intocadas pelo pó branco que se acumulava no entorno. Provavelmente utilizadas pela escultora em sua arte tão anormalmente magnífica. Alma, curiosa, se aproximava da estátua quando ouviu a voz de Feldon a chamá-la.

— Sim! Estou indo de imediato, mestre!

A anã se apressou em encontrar o caminho de volta, mas era difícil saber por onde andara em meio ao labirinto de mármore. Por entre as pedras, se deparou com Yaiza, que vinha, aflita, a seu resgate.

— Desculpe, achei seu trabalho tão bonito que acabei me perdendo.

— Se você está com ele, com o grande herói da humanidade, eu... — Yaiza se deteve, seus olhos azuis arregalados. — Você viu... viu o projeto no qual estou trabalhando? Por favor, não conte a ele! Me pediram pra esculpir, mesmo antes de encontrá-lo. Agora que o vi, percebo que é ainda mais magnífico do que eu imaginava. Precisarei começar de novo para fazer jus e... Promete que não contará?

Alma encarou a escultora, percebendo suas olheiras profundas, a massaroca de cabelos empoeirados e as vestes largas e puídas. Conhecia o tormento da vida eterna, e aquela pobre irmã recém começava sua jornada na imortalidade. Ela entendia bem sua obsessão com Feldon, outro imortal.

— É claro. Mas tenho certeza de que ele ficaria lisonjeado. Se você vai começar outra, acho que podemos fazer uma surpresa.

Lacrimejando, Yaiza se jogou em um abraço. Alma não se moveu, surpresa, e suspirou de alívio quando Feldon a chamou novamente e a artista se afastou com os olhos baixos.

— Obrigada — murmurou Yaiza.

As duas anãs foram até a entrada, mas a escultora se embrenhou de volta no labirinto de mármore após um breve aceno para a Condessa, sem dar tempo para mais despedidas.

— Garota estranha, essa escultora, hein, Alma?

— As pessoas às vezes têm peculiaridades, mestre Feldon...

O elfo suspirou e tomou um gole da taça de vinho que segurava. Estavam em uma praia privativa da corte, sob uma tenda de folhas e cercados por servos que traziam frutas, ofereciam massagens e os abanavam. A Condessa nadava, tendo dispensado os seguranças que tentavam acompanhá-la. Alma, sem tirar suas vestes longas e negras, sofria com o calor.

— Peculiar é ficar com essa quantidade maluca de roupa na praia, Alminha. Aquela garota é esquisitona, mesmo. Mas confesso que é interessante ver como a fama dos meus feitos se espalhou pelas terras todas nessas últimas décadas.

— O senhor fez algo muito único, mestre Feldon. Como se não bastasse a maldição da imortalidade que recai sobre nós, anões, um elfo que foi privado de morrer... — Alma não terminou a frase. Apesar do calor, sentiu um arrepio na espinha.

Da água, a Condessa abanou para seus hóspedes, sorridente. O sol já estava baixo, mas ainda longe de se pôr, e sua luminosidade refletia, laranja e dourada, nas águas zibrenianas. Feldon entornou o resto de vinho de sua taça e, em seguida, da garrafa.

— O papo tá bom, mas agora eu vou lá dar uma impressionada na madame. Relaxa um pouco aí, Alma. Pede um suco, sei lá. Mas não faça nada que eu não faria — completou e, com uma piscadela, deu as costas à sua discípula.

Depois de correr até perto da areia, o elfo se transformou em um enorme albatroz e voou alto; quando não passava de uma mancha branca no céu, lançou-se ao mar, ganhando cada vez mais velocidade. Todos os servos e os poucos outros nobres na praia observavam atentos a demonstração do druida. Logo antes de se chocar com a água, o pássaro mudou de trajetória, fazendo um voo rasante e, em seguida, dando uma volta no ar. No meio do giro, no lugar do albatroz, surgiu um golfinho, que mergulhou sob os aplausos da exclusiva plateia.

Na manhã do terceiro dia em Ona Grisa, Feldon foi acordado ao amanhecer. Sonolento e ainda um tanto zonzo da farra na noite anterior, o elfo desceu sozinho e se atirou em uma cadeira à mesa de desjejum posta. Apesar de ter estado com Feldon até as primeiras horas da madrugada em um festejo na casa de um duque vizinho, a Condessa estava ativa, vestida em sedas roxas e rosas e com seu gentil sorriso a postos.

— Me parece que os bares zibrenianos estão à altura de seu gosto, caro Feldon.

— Ô. A bebida boa e de graça lá no seu duque também ajudou a dar aquela nivelada pra noite depois. Só não gosto de ter que acordar assim, cedo, não — respondeu o druida.

— Peço perdão, mas ao acordar recebi a notícia de que o ateliê já está preparado para acomodá-lo.

— Hm?

— Para que você pose para Yaiza.

— Ah, sim, sim. Virar uns bichos pra ela fazer o trabalho dela e aí deu, né?

— Exato. Ela deve ter uma lista de animais que a interessam, e deve precisar de alguns momentinhos com cada criatura, mas... não deve ser nada difícil para um grande druida como o senhor.

— Falando nisso, dona Noelía, não tem outro druida em Zibrene, não? Que possa fazer essa mão aí? Eu queria ficar dormindo agora de manhã.

— Veja bem, senhor Feldon. Há certos animais que apenas o senhor...

— Mestre? — a voz aguda de Alma soou da porta da varanda. A anã ainda usava suas vestes de dormir e tinha os olhos inchados de quem acabou de acordar.

— Alma! Bem que eu tava sentindo falta da minha sombra.

— Acho que não ouvi baterem no meu quarto — desculpou-se a herbalista.

— Não se preocupe, minha cara. Como levarei Feldon ao ateliê agora pela manhã, pensei em deixá-la dormir mais um tanto. Você parecia exausta ontem quando chegamos da casa do Duque Cordoval.

— Tem que ver isso aí, hein, Alma? Fui naqueles barzinhos que vimos na chegada e olha, tava maravilhoso.

— Desculpe, mestre. Vou tentar ter mais disposição. Mas por que você não quer que eu vá junto ao ateliê?

— Verdade, você estava circulando pelo galpão quando falamos disso. Yaiza prefere trabalhar sem interrupções. Ficou combinado que apenas Feldon estará com ela no ateliê para as poses, de forma a facilitar seu processo de criação.

O elfo assentiu com a cabeça, comendo duas empanadas de uma vez só.

— Mas não se preocupe, querida — seguiu a Condessa. — Se quiser, posso pedir que Arturo a leve para uma de nossas fazendas de plantio. Tenho certeza de que encontrará diversas ervas de seu interesse.

Quando chegaram ao ateliê, Feldon e a Condessa foram recebidos por uma Yaiza muito mais bem apessoada. Da carruagem, Alma viu a anã com a barba penteada e aparada, além dos cabelos louros amarrados em um coque. A empolgação ao ver Feldon, porém, não havia mudado. Quando a nobre deu as costas aos dois, voltando para o veículo, o olhar de Alma cruzou com o de Yaiza, que abanou, sorridente. A porta do galpão foi fechada.

— Hora daquela visita às fazendas, caro Arturo — disse a Condessa ao entrar na carruagem, e o veículo partiu, deixando o ateliê para trás.

— Fizeram bonito aqui, hein? Gostei desse divã novo.

Feldon se deitara no estofado de veludo roxo que adornava a área recém-reformada do ateliê. Yaiza buscava um bloco de mármore rosado e pouco maior que ela, já cortado de modo que fosse esculpido um animal quadrúpede.

— E-esse aqui pedi nessas medidas para fazer um animal mítico do qual apenas ouvi falar.

— Direto pro trabalho, assim? Nem um vinhozinho antes, não? — Feldon rolou no divã amplo, alcançando uma pequena prateleira de bebidas que ficava ao lado do móvel.

A escultora apenas balançou a cabeça negativamente enquanto o elfo abria uma garrafa. Passado um momento, vendo que a anã não entraria no clima de festa, Feldon suspirou.

— Tá bem, tá bem, vamos lá. Qual é a tal criatura fabulosa aí?

— Creio que se chama... kah-pee-vráh.

— Ih, esse bicho eu não conheço, não.

Yaiza mordeu a boca por dentro.

— Mas eles disseram que... que você saberia. Que saberia todos os animais, até os que eu não conheço — disse, encarando os próprios pés.

— Qual o nome, mesmo?

— Kah-pee-vráh.

— Você quer dizer... capivara?

O rosto da escultora enrubesceu com o erro, mas ganhou leveza com um sorriso.

— Isso!

— Ah, é fichinha.

Deixando a garrafa no chão e indo até o palanque recém-construído, o druida respirou fundo e, em um instante, transformou-se em uma capivara roliça, com os pelos marrons brilhosos e macios. Os olhos de Yaiza, de repente, foram tomados por um brilho ambicioso; abrindo o estojo de couro, a escultora retirou um martelo e um cinzel grande, ambos dourados, e pôs-se a trabalhar quase em transe.

Feldon imaginava que quando retornasse à forma humana a escultora mal teria começado a dar forma para a estátua, mas estava errado. Determinada, Yaiza esculpia com rapidez e precisão. Mesmo sem saber muito dos processos de escultura, o elfo entendeu por que ela era a melhor do mundo: com pó rosa espalhado pelo chão e cinzéis e lixas de múltiplos tamanhos retirados do estojo, Yaiza havia criado uma réplica perfeita da capivara ainda antes do almoço. A escultora terminava o polimento da textura de pelagem do dorso do animal com um sorriso fixo no rosto; Feldon havia desistido de puxar conversa, já que ela não respondera a nenhuma das tentativas enquanto trabalhava, e sentou-se para terminar o vinho que abrira mais cedo.

Um criado veio buscar o druida para a refeição, mas a anã não quis acompanhá-lo. Quando Feldon voltou para o ateliê no início da tarde, se deparou com Yaiza sentada no chão, com os cabelos louros bagunçados e as olheiras de cansaço dando o ar da graça. Mantendo os olhos baixos, agradeceu ao druida por voltar e correu para trazer mais um bloco de pedra, dessa vez de um mármore cinza com veios negros, muito mais alto que o anterior.

— Esse é outro bicho que nunca vi. Mas eles disseram que o senhor saberia, grande herói da humanidade — disse a artesã. — É um mand-rill.

— Assim? — perguntou Feldon, já se transformando em um enorme mandril.

Yaiza voltou a corar, sorridente. Prontamente começou a esculpir enquanto Feldon saltava para lá e para cá pelo enorme ateliê. O elfo sentiu que ficaria entediado em qualquer outra situação na qual tivesse que apenas se transformar nos animais requisitados, sem conversa alguma, sem nem conseguir beber, mas observar a anã trabalhando provia um entretenimento peculiar. Séria, compenetrada, ela fazia cortes certeiros no mármore, que se desprendia facilmente a cada golpe das ferramentas douradas; a pedra tomava a forma desejada pela artesã em uma única martelada no cinzel, deixando a escultura pronta para receber os detalhes finais em poucos movimentos. Ao fim da tarde, com a escultura do mandril quase pronta, Feldon novamente se despediu da anã, mas dessa vez a expressão concentrada se aliviou e ela deixou o trabalho de lado brevemente.

— Muito obrigada, grande herói. É uma honra tão grande, tão grande vê-lo aqui. A verdade é que desde que me falaram do senhor, não pude tirá-lo da minha cabeça. Então, acabei fazendo... Venha, veja por si mesmo.

O elfo pegou uma das garrafas de vinho e a abriu enquanto seguia a anã pelo ateliê, atravessando o labirinto de mármore. Bebia displicentemente quando viu uma estátua que o fez cuspir.

— Sou... sou eu?

À sua frente, uma estátua com o dobro de sua altura, talhada em mármore negro com veios dourados. A escultura o mostrava altivo, com seu cajado empunhado e um sorriso confiante. Yaiza deu alguns pulinhos com a reação do druida.

— Cheguei a tentar fazer uma antes de você chegar, mas não ficou boa. Essa aqui me parece tão mais fiel à sua grandeza.

— E põe grandeza nisso. Olha esses músculos! Esse cabelo! Essa postura! Eu sou incrível, mesmo, né?

A escultora riu.

— Assim, te dizer, eu até achei meio estranho esse negócio de fã escultora, mas isso aí tá sensacional. Quero levar comigo e botar no meio da floresta!

— Não! — Uma sombra passou pelo rosto da anã. Yaiza encarou Feldon com um olhar e tom que o elfo não havia visto até então. Então, tão rápido quanto tinha surgido, desapareceu. — Quer dizer, ainda não está completa — seguiu, baixando a voz.

— Pra mim parece completaça. Olha só, até o meu cachimbo tá ali penduradinho. Tá perfeita.

— Bem, para mim... só estará completa com mais um elemento. Algo magnífico, grandioso, que só o senhor possui.

— Olha, posar nu não tava no contrato, não, hein?

Yaiza riu.

— Tô falando sério, a Condessa não falou nada disso aí, não. É negociável, é claro, mas não é tão fácil assim.

— Acho que já o atrasei o suficiente, nobre herói da humanidade. Podemos deixar essas conversas e negociações para a Condessa. E para amanhã.

Feldon deu de ombros. Após uma última olhada para a enorme estátua de si mesmo, tomou seu caminho até a carruagem que o aguardava do lado de fora.

— Alma! Finalmente uma anã com quem dá pra conversar direito. Já puxa aquelas ervas aí que hoje tô precisando.

A dupla estava no quarto de hóspedes ocupado por Feldon, onde ele descansava sobre a cama grandiosa. Alma havia chegado de seu passeio há pouco. Ambos aguardavam o jantar, e o elfo já pensava nos planos para o resto da noite.

— É claro, mestre. Como passou o dia? — A herbalista tirava da bolsa um morteiro e se posicionava para fazer a mistura que o elfo gostava de fumar.

— Ela é muito quieta, dá nos nervos. Olhar enquanto ela esculpe até é legal, porque é muito impressionante, mas depois de duas esculturas...

— Duas esculturas inteiras? — Alma parou de moer as ervas e encarou seu mentor, incrédula.

— Uma foi uma capivarinha, uma graça, você iria adorar. Aí a outra ela pediu um mandril, ficou mó bonitão, sabe? Meio levantado nas patas de trás, a menina tem muito talento, mesmo.

— Mas, mestre, eram esculturas pequenas?

— Só se você fosse um gigante. Eram em tamanho real, mesmo. E ela ainda me mostrou uma que, posso ser suspeito, mas é a obra-prima dela. Nitidamente. É uma estátua minha ma-ra-vi-lho-sa, enorme, posuda, uma delícia.

A anã seguia com as sobrancelhas arqueadas.

— Uma de mármore branco, senhor?

— Não, não. De mármore preto com uns riscos dourados, classuda. Coisa de nobreza, mesmo, sabe?

Antes que Alma pudesse seguir com seus questionamentos, uma batida na porta anunciou a Condessa.

— Dona Noelía! A senhora não tinha me falado nadica de posar nu pra sua escultora, hein? A garota é talentosa, mas esse corpinho aqui não é pra qualquer um.

A nobre não perdeu o riso; adentrou o quarto, seus cachos modelados presos por uma fita verde-escuro que combinava com o vestido longo. Ao sentar-se em uma poltrona, abriu um leque esmeralda e passou a se abanar.

— Posar nu, então? Confesso que Yaiza não falou disso nem para mim.

Alma seguiu seu trabalho no morteiro. Feldon pegou um vinho para dividirem na pequena adega do quarto.

— É algo que você gostaria de fazer, caro Feldon?

— A gente pode negociar, né? Se eu puder levar a estátua comigo, se ela for como eu acho que tem que ser...

— Ah, querido — gargalhou Noelía. — Me admira que Yaiza tenha falado tão cedo da sua estátua. Afinal, você ainda deve posar mais uns dois dias, não é mesmo? Ela nem terminou a primeira e já foi para a última.

— Ela terminou, sim. Já fez duas só hoje. Eu não entendo muito, mas é um prodígio mesmo, a menina.

A condessa se empertigou na poltrona, mordendo o lábio inferior em um sorriso esplêndido.

— Ela terminou duas estátuas só hoje? Meu caro Feldon, essa adega vai ser reabastecida de hora em hora! Quanta inspiração! Nesse ritmo, a fênix estará completa num piscar de olhos!

Feldon e Alma trocaram um olhar.

— A fênix? — O elfo tinha uma sobrancelha levantada.

A Condessa lhe dirigiu uma piscadela antes de responder.

— Meu querido, para acabar de uma vez por todas com aquele escultorzinho chinfrim que acha que ainda tem lugar nessa cidade, é claro que eu quero uma estátua da mais rara das criaturas! Como eu já disse: algo que só você pode fazer.

No dia seguinte, Feldon foi levado ao ateliê ainda com vestes de dormir. A tentativa de se acabar na noite zibreniana até ficar sem condições de posar no dia seguinte não parecia funcionar com a Condessa Monedero, que o arrastou até a carruagem ela mesma, e de salto alto.

Yaiza aguardava seu modelo roendo as unhas, mas precisou esperar para vê-lo. A Condessa fez questão de entrar antes no galpão e ver a primeira peça da escultura que pretendia levar ao festival — a enorme estátua de Feldon. Satisfeita, deixou o elfo sobre o divã e foi embora logo após deixar o recado:

— Lembre-se, querido. Se tudo correr bem com essa estátua, amanhã você poderá passar a noite na maior festa que já viu. Mulheres e homens de todas as raças, tudo que quiser beber, fumar e muitas outras coisas... desde que a minha vitória no festival esteja assegurada. E ainda volta para a floresta com a minha adega inteira, se quiser.

O elfo se ajeitou no estofado, mais prostrado pela circunstância que propriamente de ressaca. De tudo que podia fazer, elas queriam justo a fênix. Não tinha nem um pouco de vontade de sequer tentar se tornar a ave lendária. Não parecia que seria fácil ou agradável. Havia um mal-estar associado ao momento que se transformara. Talvez fosse apenas a memória da intensidade daquela batalha: se gabar dela era uma coisa, revivê-la era outra.

Quando a escultora terminou de trazer a gigantesca pedra, ofegante, apesar das rodinhas encaixadas magicamente ao bloco, Feldon suspirou. Teria um dia duro pela frente.

Sob o intenso sol zibreniano, Alma e Alphonse suavam. Tendo se esgueirado para longe de Arturo no meio do mercado central de Ona Grisa, a anã e o bode percorriam as ruas da cidade atrás do ateliê do antigo escultor da Condessa. Sem saber bem aonde ir, Alma havia conseguido a carona com o condutor, falando que gostaria de um guia pelas bancas de temperos locais; no trajeto, havia conseguido pistas, como o nome do escultor, Iñaki Pérgolas, e a região para onde havia se mudado.

Perguntando aqui e ali, a herbalista conseguiu encontrar o grande galpão onde o artesão trabalhava. Era um espaço não muito bem conservado, próximo ao porto da cidade, e o barulho do martelo e do cinzel era audível à distância. Arfando, Alma bateu na porta com toda a força que tinha, esperando que o escultor a escutasse. Após diversas tentativas, os sons das ferramentas cessaram e um anão ranzinza, com os cabelos crespos cobertos por uma bandana simples e o rosto cheio de pó de mármore, abriu as portas de seu ateliê.

— Não aceito encomendas. Muito menos de estátuas de animais de estimação. Pode ir andando.

— Senhor Iñaki, por favor, me escute. Sou hóspede da Condessa Monedero e ela está fazendo meu mestre posar para sua nova artesã.

— E o que diabos eu tenho a ver com isso? Ela me mandou embora, espalhou meus trabalhos pela cidade inteira para esvaziar seu jardim, tudo por uma pirralha que não sabe direito nem o nome das pedras que usa.

— É sobre isso que quero falar com o senhor. Yaiza parece ser ótima no que faz, talvez até demais, e...

— Se ela é ótima, eu sou perfeito! Não me venha com essa conversa de que ela é a melhor do mundo. Se fosse, eu já teria morrido. Depois da humilhação que sofri, vendo minhas estátuas largadas por aí, sem carinho algum, tentei tirar a própria vida. Mas não consegui! Eu ainda sou o melhor! Ela é só uma amadora com ferramentas boas demais para o seu próprio juízo.

— Ai, minha morte. Como eu detesto estar certa.

— Acho que por hoje tsá boum, né?

Yaiza encarava Feldon, impaciente. A embriaguez escorria da boca do elfo.

— Não, não. O senhor mal consegue ficar em pé. Fiz todos os detalhes que pediu. Por sorte tenho minhas ferramentas. – Ela segurou o martelo com força. – Fazer esse decote para mostrar os músculos que o senhor definitivamente não tem seria um pesadelo sem elas.

— Ai, calma. Voucê tsá muitso chata. Era mais legal quando era minha fããã.

A anã fechou os olhos azuis por um instante, e quando os abriu, havia um leve brilho dourado.

— Já chega. Preciso que vire a fênix. Tenho que terminar meu trabalho. Só assim serei realmente reconhecida, como a Condessa me prometeu.

— Hmmm... que tal um alce?

— Vire a fênix — a voz da anã ficou mais grave. Agora martelo e cinzel também brilhavam. — Transforme-se agora. Estou ordenando.

Feldon piscou. Em sua visão um tanto borrada, a anã parecia crescer. Não, crescer, não: parecia voar. Seus cabelos louros esvoaçavam de um jeito sobrenatural.

— Acho que tá na minha hora de amassar – soluçou – de almoçar — riu o elfo.

Quando tentou se virar para ir embora, sentiu a mão macia da artesã segurar seu pulso.

— Você não vai a lugar algum até virar a fênix — bradaram diversas vozes graves saídas da boca diminuta da anã. E era como se viessem do próprio inferno.

Tentando correr, Feldon tropeçou em uma das várias garrafas espalhadas pelo chão. Havia acabado com o estoque de vinhos que a Condessa deixara à disposição em uma velocidade espantosa, o que parecera uma boa ideia antes de Yaiza se tornar uma ameaça vindo para cima dele segurando um martelo e um cinzel afiado.

— Você é a fênix que salvou o mundo. O grande herói da humanidade — declarou a anã, flutuando cercada por uma luz dourada. — E, agora, vai pagar por isso!

A escultora brandiu o martelo na horizontal, na altura do peito de Feldon. Em um reflexo, o druida se transformou em um pombo, voando para cima e deixando a anã confusa por um instante. Então, Yaiza tomou impulso para cima, seguindo-o e arremessando o martelo em sua direção. Feldon tentou desviar, mas, livre da mão da anã, a ferramenta pareceu segui-lo, acertando sua asa.

— Pruuu! — gritou, perdendo o equilíbrio de voo.

O druida se jogou na direção da anã, se transformando em um hipopótamo e levando os dois ao chão; mas não contava com um corte da lâmina do cinzel em sua couraça grossa, bem na barriga. Quando levantou, tornando-se novamente elfo, os ferimentos no braço e no torso sangravam em abundância. Já Yaiza permanecia intocada, envolta no brilho dourado que emanava de suas ferramentas.

— Já chega. Se o que você precisa é ser ferido até que precise escapar da morte... é à beira da morte que te deixaremos! — as vozes saíam ferozes da boca da anã.

Yaiza pegou outros cinzéis de dentro de seu estojo, em diferentes tamanhos, e os atirou enquanto Feldon corria tentando ganhar distância. Conseguiu desviar dos dois primeiros, mas foi acertado no ombro e na coxa esquerdos e caiu. As ferramentas pareciam se alojar nos ferimentos, prosseguindo em sua trajetória cada vez mais fundo. Sabia que Yaiza ressurgiria mais cedo ou mais tarde.

— Vamos. Transforme-se – a anã gritava em suas várias vozes. – Você não vale nada se não for a fênix. Não vale nem a morte, se não for a morte da imortalidade!

Feldon respirou com dificuldade. A dor pulsava em seus sentidos já confusos pelo álcool. Talvez fosse a sua hora. Talvez a voz que chamava seu nome, única e aguda, fosse a voz da própria morte, tão falada por sua aprendiz. Onde estaria a anã? Será que ficaria contente em vê-lo morrer? A voz era tão parecida com a dela...

— A morte não vai levar o senhor desse jeito, mestre Feldon!

De fato, de alguma forma, a aprendiz havia retornado! Alma arrancava os cinzéis ensanguentados com esforço. As ferramentas mágicas não queriam deixar o corpo de Feldon, mas a anã foi mais forte.

— Alma! É você! Eu não morri!

— Ainda não, mestre Feldon! Sinto muito, mas não posso deixá-lo morrer nessa circunstância pouco gloriosa. Me perdoe, por...

— Tá perdoada e, inclusive, promovida! Agora me ajuda com esses machucados!

Mas antes que Alma pudesse fazer qualquer coisa, Yaiza correu até ela brandindo novamente o martelo.

— Você ia me ajudar! Traidora!

Descrevendo um arco na vertical, a artesã acertou em cheio o braço que Alma ergueu para se defender. Com lágrimas nos olhos, a herbalista deu um passo para trás; Yaiza aproveitou para se voltar novamente contra Feldon, que corria, desajeitado, para longe.

Alma aproveitou para buscar um emplastro em sua bolsa e o administrou rapidamente no ferimento em seu braço. A dor aliviou, mas não passou. Então, olhou para Alphonse, que aguardava suas ordens na entrada do ateliê, e apontou para seu mentor:

— Salve mestre Feldon, Alphonse!

— Ninguém salvará esse elfo maldito! — bradaram as vozes de Yaiza.

O bode foi até Feldon, que, cambaleante, negou a assistência e seguiu em direção às estátuas e blocos de pedra do ateliê. Em um instante, se transformou em um enorme rinoceronte cinza e correu como podia, derrubando o que conseguia pelo caminho.

— Agora nenhuma estátua importa mais! A morte da fênix maldita será minha maior obra! As ferramentas divinas me levarão à magnificência!

Entre o barulho ensurdecedor dos blocos de mármore se chocando, os gritos da Condessa que chegava à cena mal foram ouvidos.

— Minhas estátuas! Minhas valiosas estátuas! — chorou Noelía, o rosto belo retorcido de fúria e frustração.

— Suas estátuas eram fruto dessas ferramentas amaldiçoadas pelos deuses. Que irresponsabilidade a sua. Iñaki me contou tudo, e ele ainda é o melhor anão escultor do mundo. — Alma encarou a nobre, desafiadora.

A Condessa olhou para a cena, lágrimas escorrendo de seus olhos escuros. Arturo, o cocheiro, veio correndo em sua direção, tentando levá-la para longe, mas ela caiu de joelhos, abraçada pelo servo.

— Não... não pode ser.

No centro do galpão, Feldon destruía tudo, seguido de Yaiza, que tentava acertá-lo com as ferramentas. Alma notou alguns cinzéis ainda pelo chão, começando a se mover na direção da artesã, e a bolsa de couro entre as garrafas vazias que cercavam o divã. A herbalista chamou Alphonse de volta para si e montou nele. Então, correram para recolher as ferramentas e enfiá-las no estojo.

— Mestre Feldon! Siga para a entrada!

O rinoceronte descontrolado correu derrubando mais estátuas pelo caminho até chegar na escultura enorme do elfo em mármore negro. Sem conseguir parar a tempo, chocou-se contra a estátua, que estremeceu e caiu, quebrando-se em vários pedaços. Yaiza chegou, arremessando mais cinzéis contra o animal que, ao ser atingido, tombou e se transformou novamente em elfo. Alma aproveitou a oportunidade para recolher as ferramentas todas e fechá-las no estojo pesado. Yaiza caiu, protestando sem os poderes mágicos em mãos.

— Eu só queria ser... a melhor... — murmurou, agora com sua voz normal. Os cabelos e a barba louros emaranhados, as olheiras enormes afundando seus olhos.

Enquanto Yaiza, a Condessa e Arturo se lamentavam, Alma desmontou de Alphonse para que o bode carregasse Feldon. Os três foram até a carruagem aberta e deixaram o ateliê destruído para trás.

— Credo, Alma. Não tinha um cura-ressaca mais gostosinho, não?

À noite, Feldon, Alma e Alphonse se despediam de Ona Grisa em uma embarcação que deixava o porto da cidade.

— Desculpe, mestre, vou trabalhar para melhorar o gosto dos meus preparos.

— Tá bem. Depois de hoje, um amarguinho não é o pior dos meus problemas.

Com os ferimentos limpos graças ao anel elemental do elfo e tratados com as habilidades da anã, os dois passavam despercebidos entre os outros passageiros de uma embarcação conseguida por Iñaki. Quando as luzes da cidade não passavam de pontinhos luminosos no horizonte, Alma deixou cair no oceano a pesada bolsa de couro com as ferramentas amaldiçoadas — eram perigosas demais para seguirem soltas pelo mundo.

— Feito, mestre. Não teremos que nos preocupar com isso.

— Você se preocupa até demais, Alminha. Olha eu! Vivinho, de boas, e pronto pra atacar um rum que um marujo tava tomando e largou de bobeira. Não é um vinho centenário da Condessa, né? Mas deve dar pro gasto.

Sorrindo, mas um pouco consternada, a anã seguiu seu mentor pela embarcação. O balido agudo de Alphonse ecoou pelo oceano calmo quando o bode se pôs a correr atrás dos dois.

O DIA DO GURU

A.J. OLIVEIRA

ASSIM QUE OS primeiros raios de sol deram o ar de sua graça, atravessando as copas densas das árvores, sonos tranquilos e intranquilos tiveram fim na Floresta Alta. Olhos se abriram, em pares ou em unidades, e o cheiro de mato e orvalho invadiu cada narina desperta num convidativo "bom dia" com clima de casa de vó.

Revoadas de pássaros cantantes atravessaram o céu, e qualquer vestígio de preguiça cogitada, fosse advinda das batalhas de um dia atípico ou de embates intensos contra garrafas de bebida durante a noite, simplesmente caiu por terra. Um amanhecer digno de poucos.

Até mesmo Feldon, o herói lendário ali presente, de vez em quando refletia nessas horas se seria capaz de criar algo tão belo, caso lhe dessem o mundo como folha virgem, a fim de redesenhá-lo todo do zero. E apesar de entender que isso seria impossível, não havia um dia em que não acordasse sem a certeza de que eram momentos como aquele que faziam da Floresta Alta o seu lugar.

Uma anã adentrou a clareira sem muito alarde. Era Alma, de barba penteada e hidratada com uma combinação de ervas ímpar.

— Mestre Feldon? — Seus olhos gigantes e amendoados deduravam a dedicação máxima com que se apresentava. — Perdão, senhor. Está de pé?

— Já tá na hora de dar a cachimbada? — Feldon respondeu com outra pergunta, forçando a voz.

— É manhã, senhor.

— Que conversa é essa, minha filha? — Feldon retrucou, num rolamento lateral perfeito, se colocando de pé para dirigir à sua discípula o gesto clássico de quem já bolou folhas o suficiente para cessar qualquer guerra já cogitada em Ghanor. — E desde quando tem hora pra isso?

Feldon ainda não se acostumara com o uso de palavras que se enquadrassem em um cumprimento justo à cidadã de Kottar, um reino que cultuava a morte e tudo que a envolvia. Na primeira semana, ao parabenizar o tom vivaz que Alma dava à sua barba, Feldon foi açoitado com dias seguidos de uma anã deprimida, sob a ideia de estar se desvirtuando do, dito por ela, "esperançoso caminho de choro e ranger de dentes que engrandece o doce vale das sombras da morte".

Desde então, suas interações matutinas se resumiam a pedidos quase imperativos, porém atendidos com respeito e dedicação por parte de Alma.

Exceto naquele dia.

— Mas, mestre Feldon, hoje é...

Os dois pararam por um momento, e o rosto do elfo se abriu num sorriso cheio de dentes.

— Pera, cê tá me dizendo que...

— Sim!

— Não! Fala que cê tá me zoando.

— Não, senhor. Hoje é o Dia do...

Sem esperar, Feldon agarrou o braço de Alma e disparou floresta adentro.

O fato era que, de todas as datas comemorativas já criadas desde a fundação da Ordem de Daga, somente uma era importante a ponto de anular o santo cachimbo matinal: o Dia do Guru.

Um imenso carvalho marcava o local do sepulcro de Daga, o mais venerado druida a pisar naquelas terras.

Alguns diziam que os galhos titânicos cresceriam infinitamente, como uma extensão do legado do venerado mestre. Em frente, um grupo de discípulos havia colocado um trono cuidadosamente esculpido para que o guru da vez se sentasse, pronto para receber as honrarias do seu dia.

Feldon se acomodou enquanto notava os primeiros novatos dos Guardiões do Néctar, da Ordem do Musgo e dos Presas Longas se aprontarem com os baldes de hidromel para a massagem santificada.

— Por aqui, senhores — direcionou Alma enquanto ajeitava as almofadas de plumas de ganso no entorno de seu mestre. Era um momento importante para a cerimônia do Dia do Guru, de forma que erros bobos não deveriam ser cometidos. Todos deviam se concentrar, sem tempo a perder. — O musgo precisa de um tratamento especial para que seus efeitos possam ser bem compreendidos, senhores noviços.

Warfrido e Bastion assentiram prontamente. O primeiro era um anão com pouquíssimos calos nas palmas, que chegou manquitolando na Floresta Alta após uma emboscada de ladinos embrutecidos. Já Bastion era um guerreiro, agora pertencente aos Presas Longas, que tinha perdido a família ao ter sua vila invadida por hobgoblins. Junto dele estava seu irmão, Darton, que teve o azar de ser pego pelos inimigos antes de ser salvo por Bastion. As criaturas haviam escalpelado sua cabeça, deixando apenas uma trança débil como lembrança.

A tragédia os havia trazido até ali, onde seus corações foram apaziguados e suas habilidades refinadas. Graças a esse tipo de recepção, eram poucos os que sequer cogitavam desistir do abraço e da receptividade da Ordem de Daga.

Cientes de sua tarefa, cada noviço não tardou em mergulhar seus panos dentro do balde de hidromel antes de envolver o braço e o pé esquerdos de Feldon. O guru respondeu com um gemido doloroso que cessava aos poucos.

Com os olhos fechados, Feldon não notou um novo par de mãos apertando seu braço direito. Embora não fosse a principal atividade do Dia do Guru, a massagem dos santos era como o aperitivo de um banquete muito bem servido, que ganhava um tempero especial pelo simples fato de ser gratuito.

O prato principal, na verdade, era um preparado criado especialmente por Alma e usado somente naquela cerimônia. Uma substância de ervas em forma de melado tão forte, que em contato com a pele fazia qualquer um enxergar "a verdadeira verdade", o que quer que isso significasse. Era sempre manuseado com luvas e muito cuidado.

Por todos esses fatores, o evento era importante e concorrido. A cada semana era sorteado um guru diferente para a honraria. Não era a primeira vez de Feldon naquele paraíso de toques asfixiantes, mas era sempre como se fosse. Para todos os demais habitantes da Floresta Alta, o Dia do Guru não era apenas uma oferenda, mas o convite a uma meditação potente. Particularmente, quando se tratava de Feldon, aquela data também descambava para uma noite mergulhada em festas empolgantes, colheitas fartas e fermentação divina, o que acabava sendo ótimo para todos.

— M-Mestre Feldon? — Alma gaguejou, desconcertada.

Feldon abriu um dos olhos. Em seguida, notou o pé direito seco, sem vestígio algum de trabalho executado. Ao erguer as vistas, mirou o elfo responsável pela tarefa fazendo uma pequena trança em seu próprio cabelo, ignorando completamente sua função. O instante de silêncio não alterou o foco do jovem, mas Feldon desconsiderou.

— O que tá pegando, jovem? — Notou a cabeça machucada, mas principalmente a expressão irritadiça, típica de alguém que tinha total noção de que estava protelando. — Qual a sua graça?

— Darton — respondeu sem tirar os olhos da trança. Em seguida, lançou uma breve encarada nos pés sujos do herói e voltou a brincar com os fios de seu cabelo como se não houvesse amanhã.

Alma agarrou um dos baldes de hidromel e cambaleou em direção a Darton. Antes que pudesse dizer algo, a mão de seu mestre se estendeu para que o rapaz pudesse dizer o que lhe viesse à mente.

— Por que precisamos fazer isso? O que ganharei em troca? — disse ele. A impertinência rara chamou a atenção de todos. A santidade da cerimônia não permitia tamanha insubordinação e houve um silêncio de espanto. — Eu não vim até aqui em busca de servidão, mas de vingança!

Alma cavaria um buraco para enfiar a própria cabeça se houvesse como. Feldon, por sua vez, se ajeitou no trono e respirou fundo antes de responder.

— Calma aí com esse coração, jovem. Hoje é um dia de festejos.

Darton se desconcertou ao ver que todos os discípulos balançavam suas cabeças em concordância. Ao seu lado, o irmão Bastion lhe dirigiu gestos indicando que nitidamente era hora de fechar a boca. Ainda contrariado, jogou sua única trança disforme por trás da orelha pontiaguda e fuzilou o herói com o olhar.

— Quando vim aqui, esperava uma ordem de guerreiros que me tornasse mais forte. Me diga como conseguirei isso se minhas únicas batalhas forem contra suas frieiras, ó famoso e humilde herói Feldon? — o final do retruque saiu em tom de deboche.

— Senhor Darton, com licença, por favor — Alma interrompeu, chamando a atenção do elfo rebelde. — Se você passar a vida apenas agarrado em arcos e espadas, como compreenderá os benefícios naturais das substâncias que a natureza nos dá como bênção?

Dessa vez, Feldon se colocou atento às palavras da cidadã de Kottar. Havia notado desde o princípio a perícia de Alma quando o assunto era de seu pleno domínio. A anã imortal se considerava amaldiçoada por seus talentos, condenada a adorar a morte sem poder tocá-la enquanto não surgisse alguém hábil o bastante para superá-la nas artes herbalistas.

Na esperança de encontrar um prodígio entre os druidas da Floresta Alta, havia sido fundamental na criação do Dia do Guru.

— Mas isso é uma grande babaqu...

— Se me permite acrescentar — Alma interrompeu de novo, numa confiança crescente. — O contato constante com os óleos, o musgo ou mesmo o entendimento da eficácia do nosso hidromel na pele é algo fundamental para a boa compreensão de tratamentos de maior complexidade. E apesar da dádiva da morte ser o único final perfeito, se me permite, acredito que a última sensação que um nobre guerreiro como o senhor gostaria de ter, seja a de negligenciar tais conhecimentos ao se ver ferido em meio ao campo de batalha. Não é mesmo?

— Quer saber? — Feldon tomou a palavra para si, cada pescoço se virando em sua direção. — Faz aí aquela misturinha zika pro nosso camarada ficar mais tranquilo, Alminha! Não é porque é o Dia do Guru que também não pode rolar unzinho pros...

O som do balde com hidromel se chocando contra o Grande Carvalho foi ouvido por todos no entorno. Antes que houvesse algum protesto, Darton bateu os pés e saiu. O incidente acabou por estragar o clima da cerimônia, e o Dia do Guru foi interrompido sem sequer chegar ao seu ápice.

O caminho de volta para a Floresta Alta parecia que demorava o dobro da ida.

Com a penumbra de uma noite sem lua sobre a cabeça, cansado, Feldon só conseguia pensar em como, naquele momento de sua vida, gostava de missões distantes tanto quanto gostava de rituais celibatários. Seus pés se arrastavam dolorosamente, como as correntes dos fantasmas que vagam por castelos sem vida. Evitou seu tradicional cachimbo, ciente de que a última coisa que precisava naquela noite era ter de brigar com a fome inoportuna.

Ao seu lado, num humor diametralmente oposto, a discípula Alma vinha montada no bode Alphonse, que também não se mostrava incomodado com a catinga de suor e necrochorume que envolvia tanto o elfo quanto a anã.

— "É só um elemental!", eles disseram... — praguejou o herói — "Será bom esticar as pernas!", eles disseram...

— Pelo menos conseguimos dar descanso para aqueles pobres corpos profanados, senhor.

— Ah, claro! Como eu pude me esquecer, não é mesmo? Os malditos zumbis! Essa parte eles nunca dizem! Ninguém nunca conta quando há zumbis!

— Mestre Feldon? — Alma tomou a frente com Alphonse. — Se me permite, falta pouco para chegarmos em casa. Posso lhe preparar um banho de ervas acalentadoras?

O guru encarou a discípula com certa curiosidade.

— Em Kottar, alguns grupos costumam providenciar este serviço para os corpos que recém fizeram a passagem gloriosa. Já para os infelizmente vivos, essa mesma combinação é capaz de acalmar os ânimos de um dia atribulado. Tenho certeza de que irá gostar.

O elfo respirou fundo, ensaiou apertar as bochechas da discípula, como sempre fazia em situações mais felizes do que aquela, mas desistiu da ação no meio do processo.

— Alma?

— Mestre Feldon?

— Não é nada pessoal, mas, só hoje... digo, só mais um pouquinho... Tem como você não falar sobre gente morta?

— Claro, senhor. — Naquele instante, toda a alegria de cheirar como os mortos murchou do rosto de Alma. Entendeu que seu mestre estava no estado que ele próprio chamava de "poucas ideias", ciente de que se estender mais naquele assunto só prolongaria seu sofrimento. — Me desculpe.

— Não é nada pessoal, Alminha. Só que hoje já deu de cadáver.

Ainda havia vestígios de vísceras nas roupas de Feldon e Alma. Numa viagem de palavras escassas e muitos resmungos, poderiam ter pernoitado em algum dos vilarejos pelos quais passaram na volta, mas o elfo negou-se prontamente. Queria deitar o quanto antes em sua própria cama. Pelo menos haviam tido sucesso na missão.

Na boca pequena, não havia quem discordasse dos tempos de paz que Ghanor atravessava. Comparado ao passado, o elfo considerava um milagre tantas estações sem que um reino declarasse guerra a outro. Só que mesmo em tempos de luz, o que acontecia nas sombras não tinha pressa em se arrefecer. Reis mandavam em seus exércitos, mas seus comandos raramente afetavam o senso comum de ladrões, assassinos e farsantes à espreita. Quanto maior a luz, mais densas eram as sombras.

O caso é que, para Feldon, a Floresta Alta era o verdadeiro lugar de paz, onde lágrimas surgiam apenas de noites forradas a hidromel, memórias de amores antigos e canções de bardos sentimentais.

Acima de tudo, queria voltar para se lavar por inteiro, não só fisicamente, mas também da ideia de que mesmo derrotado, a sociedade caminhava como se o Devorador de Mundos tivesse vencido.

Com uma só mão, Alma bolou uma combinação de ervas. Feldon estava prestes a negar quando, com a mão livre, a discípula também sacou alguns pedaços de carne seca que secretamente havia guardado para alguma emergência.

— Não existe hora certa para cachimbar, Mestre Feldon.

Pela primeira vez naquela viagem o herói sorriu. Ainda que sem montar acampamento, o estômago satisfeito e a mente nutrida por devaneios tornaram o resto de viagem mais aprazível.

Pelo menos por um tempo.

Estavam quase na Floresta Alta quando, numa colina próxima, viram um grupo diverso aglomerado, com seus olhares voltados para o topo.

— Vejam! — um humano vestido com mangas bufantes de cor púrpura gritou para todos. — É o herói Feldon, da Ordem de Daga!

Mesmo com a vontade de chegar em casa lhe corroendo os ossos, Feldon se aproximou no ritmo de Alphonse, curioso. Cogitaram ser a chegada de títeres na região, talvez algum tipo de apresentação de teatro, mas não tiveram tempo para mais conjecturas.

Um cavalo selado galopou até eles, montado por um homem barbudo que lhes direcionava acenos empolgados. Quando seus pés tocaram a grama, seguiu com uma reverência e se apresentou cheio de pompa.

— Vida longa aos viajantes que ainda lutam pelo bem! É uma grande honra ter o herói Feldon disposto a ouvir a minha palavra! A palavra santa de Charles, o Manso!

O cumprimento foi recebido apenas com um franzir de testa duplo. Feldon logo direcionou um sinal sutil para que Alma ficasse atenta. Não que precisasse, dada sua cara de quem não gostou nada das boas-vindas pouco gentis para uma nativa de Kottar.

Em meio à multidão, não foi difícil reconhecer alguns habitantes da Floresta Alta. Poucos, mas ainda assim inconfundíveis.

— Caro, Charles, sem querer jogar água no teu hidromel, mas estamos só de passagem. Dia cheio, sabe?

Por um instante o homem deixou escapar uma certa decepção no olhar, mas logo retornou ao semblante aprazível. Abriu os braços, receptivo e caloroso. As mãos chamando-os para perto.

— Seria uma grande desfeita! Alguém tão famoso como o senhor negar uma oferta tão generosa vinda de um santo!

— É mesmo, é?

— Mas é claro! — o homem insistiu. — O que seus discípulos diriam ao ver tamanho desprezo por parte de seu guru? Ainda mais quando fiz questão de lhe prestigiar antes da hora da palavra!

Charles, o Manso, terminou a oferta com uma piscada de um olho só. Montou em seu cavalo e deu meia-volta em direção ao topo do monte.

Feldon e Alma se encararam novamente, sem entender, mas ainda com uma ponta de curiosidade. Conforme se aproximavam da multidão, cochichos tomavam o agrupamento cheio de soslaios e abertura de passagens para que a dupla se acomodasse sem dificuldades. Os dois sabiam que havia algo estranho naquele humano. Algo inquietante. Charles era como um acidente circense: apesar de horrível e fora dos planos, era impossível ignorar.

Mestre e discípula viram Charles desmontando do cavalo no topo do monte e recebendo um bardo de roxo como companhia. O bardo sacou um alaúde e dedilhou as primeiras notas, criando uma espécie de aura mística em seu entorno.

— Alô... Som? Som? — cada sussurro de Charles podia ser ouvido por todos ali presentes. — Todos me ouvem?

A multidão respondeu em uníssono, fascinada. Em seguida, o nome de Charles, o Manso, passou a ser entoado com entusiasmo, até o humano pedir, envaidecido, que cessassem.

— Bem aventurados os homens de pouca fé, pois cá estou para fomentá-la! Estamos aqui, nesta linda manhã em que todos deveriam estar iniciando seus trabalhos do dia a dia, mas preferiram acompanhar a palavra santa de um futuro melhor...

— Que papinho meia boca — Feldon cochichou para Alma, e a aprendiz concordou. A anã ainda não tinha engolido o desejo de "longa vida" por parte de Charles.

O humano prosseguiu.

— Hoje, estamos todos aqui para presenciar o batizado de mais um que decidiu abandonar as agruras de uma vida cheia de decepções e percalços, senhoras e senhores. Mais uma vida salva pela única rota possível para que não retornemos ao pior que a vida tem a nos oferecer. — Palmas sucessivas intercalavam o discurso milimetricamente orquestrado. Ele prosseguiu: — É um caminho de sacrifício? Para alguns sim, mas não para nós, que entendemos como a sociedade está mudando e não podemos estacionar nos perigos que só a zona de conforto é capaz de emboscar. De Artus até as terras desconhecidas, não há saída além da mudança. E é aí que eu lhes pergunto, senhoras e senhores... Qual a sua desculpa para não se render a um futuro brilhante?

Enquanto Charles tocava seu falatório supostamente edificante, uma silhueta conhecida surgiu no monte. Mesmo com as vestes pálidas e o semblante satisfeito, seria difícil confundi-lo. Ele sentou numa rocha e se acomodou, a alguns metros de Charles. O autoproclamado santo prosseguiu seu discurso enquanto caminhava ao encontro daquele prestes a ser batizado. Dali podiam ver a cabeça ferida, a trança pequena e o olhar raivoso, agora carregando uma ponta de esperança.

— Hoje, senhoras e senhores, nosso irmão Darton se unirá a nós! — bradou Charles, o Manso.

A multidão sabia o que estava por vir, e por isso voltou a gritar o nome do ídolo a plenos pulmões, enquanto ele passava as mãos numa sutileza paterna sobre o topo da cabeça élfica.

— Ele rezou noite após noite para acalmar as dores de seu coração, abandonou aqueles que travavam seu avanço, e finalmente um santo verdadeiro ouviu seu chamado!

Feldon poderia jurar que, nesse instante, Charles o encarou diretamente, mas havia fiéis demais ali para ter certeza. Seus pensamentos só foram interrompidos porque, de repente, a cabeça de Darton pareceu se acender.

Aos poucos notou que a origem do brilho era a mão de Charles, a ponto de fazer doer os olhos. Então os primeiros fios de cabelo surgiram, crescendo, se entrelaçando feito uma trepadeira sobre o couro cabeludo antes vazio. As feridas desapareceram e o processo prosseguiu até que se formasse uma cabeleira vasta.

Feldon e Alma eram os únicos de pé, enquanto a multidão se ajoelhava e enfiava a testa na grama, reverenciando o que talvez pudesse ser considerado por alguém com a sanidade em dia o milagre mais inútil já feito.

— Se me permite, Mestre Feldon, acho bom irmos embora.

O herói assentiu. Era melhor sair pela tangente enquanto todos estavam ocupados. Se percebessem, talvez aquela gente maluca encarasse como blasfêmia.

No meio do caminho, deram uma última olhada para onde estavam Charles, Darton e o bardo. Viram uma espada brilhante sendo entregue na mão do rapaz. Ele a empunhou com o orgulho de alguém decidido a alcançar sua vingança.

Feldon acompanhou a cena num balançar de cabeça discordante, mas logo se voltou em direção à Floresta Alta.

— Mestre Feldon, já está de pé? — a anã perguntou, batendo na porta da casa do herói.

Não houve resposta.

Feldon não saia de lá há pelo menos três dias, o que preocupava a aprendiz. Tamanha ausência já era questionada por outros membros da Ordem de Daga, que não entendiam como a volta de uma simples missão poderia ter maculado-o a tal ponto.

— Mestre Feldon?

— Vou ficar na minha hoje, Alminha. — respondeu enfim.

Não era o que Alma esperava depois de tanto tempo. As refeições que deixara na porta já haviam apodrecido a ponto dos insetos da floresta se negarem a terminá-las.

Um dia depois de testemunharem o feito de Charles, o Manso, novatos da Ordem do Musgo vieram alertá-los sobre as baixas que haviam sofrido: os feitos e a palavra do suposto santo haviam se alastrado pela Floresta Alta. Além do próprio Darton, Bastion e alguns outros já haviam se rendido à novidade e deixado a Ordem de Daga. Mas era apenas o começo.

A debandada afetou a produção de hidromel. O musgo, que necessitava de muitas mãos para ser colhido em sua totalidade e na hora certa, passou a crescer de forma desenfreada, o que atrapalhou a qualidade de várias das misturas de forma irremediável.

Até mesmo as comemorações do Dia do Guru. Sem sombra de dúvidas, a crise na Floresta Alta chegaria com força se tudo continuasse naquele ritmo. Mestre e aprendiz absorveram as más notícias com preocupação. Feldon, mais do que qualquer um ali.

A partir daquilo tudo, Alma entendeu um pouco mais quem era o herói Feldon realmente. Sabia, por exemplo, que apesar das bravatas zombeteiras ocasionais, era, na realidade, do tipo que jamais aceitaria uma coroa, pois tudo o que desejava estava nas árvores e nas pessoas que permaneciam felizes encontrando o muito onde, teoricamente, havia tão pouco. Por isso se ressentia ao ver discípulos abandonando a simplicidade da Ordem de Daga. Aquela floresta era seu coração e sua humildade, não raro anunciada, era mesmo real.

Certa tarde, Alma estava pensativa na clareira em frente ao Grande Carvalho onde Daga jazia, com Alphonse enrodilhado ao seu lado. Não era de fazer orações gratuitamente, mas imaginava que conversar com o sagrado defunto talvez lhe trouxesse alguma luz sobre como ajudar seu mestre, mesmo que o cadáver não respondesse.

— O que será da morte, senhor Daga, se aqueles que forem acometidos por ela já não derem valor ao que realmente importa na vida?

Para sua surpresa, houve uma resposta, mas ela veio dos vivos, e não dos mortos.

— Moça de Kottar. — Era um dos elfos que ainda mantinha sua fé na Ordem de Daga. — Precisamos que você e o herói Feldon nos ajudem.

A anã fez carinho na cabeça de Alphonse antes de se voltar à figura.

— Perdão, jovem novato, mas acho que vai demorar um pouco para que Mestre Feldon tenha forças para deixar a Floresta Alta.

Ele respirou fundo.

— Não é uma missão. Achamos um dos nossos jogado na fronteira da Floresta Alta, senhora. Acredito que tenha vindo do acampamento de Charles, o Manso.

O novato levou Alma para a casa de Bastion, onde encontrou o elfo deitado, ferido, recebendo os primeiros cuidados de outros herbalistas. A anã agradeceu e assumiu o posto.

Sabia que teria bastante trabalho ali. Acomodou Bastion o melhor que pôde, com travesseiros nas costas e um copo de uma solução curativa de efeito imediato. Não resolveria todos os problemas, mas ao menos daria forças ao elfo para que contasse sua história.

Bastion, na verdade, não havia caído na lábia de Charles. Havia partido para se unir ao séquito do homem, sim, mas tinha seus próprios objetivos secretos. O primeiro era salvar Darton. O segundo era descobrir o que realmente acontecia ali.

Não tinha sido difícil se misturar aos outros. A recepção aos novatos era sempre calorosa, cheia de risos e abraços. Mas quando descobriu a verdade sobre as intenções do líder, não conseguiu resistir à necessidade de falar com o irmão e tentar arrancá-lo dali a qualquer preço.

Acabou sendo descuidado, descoberto e denunciado.

— Não demorou para que me levassem até Charles — contou.

Em frente ao suposto santo, foi socado, espancado e chutado até ser largado pelos outros como um mero corpo mole e sem vida. Mas não havia morrido de verdade.

Em meio aos ataques, tinha mastigado uma erva especial que havia levado consigo. Suas qualidades faziam com que qualquer sinal de vida cessasse por algumas horas. Alma ensinava sobre ela e incentivava que todos andassem com pelo menos uma folha guardada, pois poderia ser útil na hora de fingir-se de morto se fosse preciso evitar o ataque de um animal selvagem. Quando recuperou as forças, arrastou-se, forrado de hematomas e cortes, até retornar à Floresta Alta.

— Obrigado — disse o guerreiro. — Devo minha vida à senhora e seus conhecimentos.

Para Alma, ensinar herbalismo não significava apenas a esperança de um dia ser superada. Significava também oferecer às pessoas conhecimento útil para toda e qualquer ocasião.

— Desejo de todo meu coração que ela seja breve, senhor, porém satisfatória!

O tratamento contínuo demandou esforço, e vários dias de cuidado, mas assim que teve um pouco mais de força, Bastion fez questão de contar a todos como funcionava o acampamento de Charles, o Manso.

O homem viajava de cidade em cidade, se estabelecendo nos arredores e fazendo seus discursos contra o conformismo. Exaltando o poder da força de vontade dentro de cada pessoa. O que não parecia, e não era, um grande problema. Isso atraía os indefesos, os traumatizados, os inseguros, todos aqueles que por algum motivo haviam sido castigados pelo mundo, mas não tinham forças para se erguerem sozinhos. Juntos, o senso de comunidade e camaradagem era imediato.

A partir daí, Charles ia mais longe. Prometia e concedia a todos aqueles que tivessem a força verdadeira, a vontade irrefreável dos que querem ser fortes, a realização de desejos simples, que lhes conferiam maior autoestima. No caso de Darton, havia sido a volta de seus longos cabelos, arrancados cruelmente no ataque dos hobgoblins. A exigência era que permanecessem ao seu lado, absorvendo constantemente de suas bênçãos e de sua palavra. Se afastar significava traição e desgraça.

Não demorava até que o discurso bélico surgisse. Charles, o Manso, armava seus discípulos e pregava que tudo o que tivesse que ser conquistado além do que tinham ali, precisava ser feito pela força. E que se não fizessem assim, um dia seus inimigos viriam atacá-los para destruir o que haviam conquistado, pois eram especiais demais e causavam inveja. Por isso precisavam estar sempre preparados.

— Sei que não fui afetado por sua lábia porque me recuperei das perdas que tive melhor do que Darton — continuou Bastion. — O certo é que enquanto estiver livre, Charles continuará arrebanhando os frágeis, até que uma tragédia aconteça.

— Não vai haver mais tragédia nenhuma — disse a voz de alguém que havia recém entrado no aposento.

Era Feldon.

A história de Bastion se espalhou e uma comoção surgiu.

Parentes de jovens cooptados pelo suposto santo se mobilizaram, e com eles as forças da Floresta Alta.

Feldon estava revoltado com o que tinha ouvido, e a energia de sua indignação havia sido suficiente para trazê-lo de volta à ação. Em caráter de urgência, convocou toda a Floresta Alta para que ouvissem seu pronunciamento.

Montada em Alphonse, Alma observou todos reunidos, ansiosos pela voz de seu líder.

— Nosso irmão, Bastion, sofreu nas mãos do falso santo. Nossos irmãos foram corrompidos pela voz do falso santo — bradou Feldon. — Vamos esperar até que mais de nós sofram?

Todos gritaram em apoio, e Feldon sorriu antes de continuar.

— Pois não precisaremos de nossos guerreiros para isso! Chega de sacrificar o povo da Floresta Alta! Eu resolverei o assunto! Isto é um alerta verde! Se alguém estiver sem uma erva maneira a postos quando eu voltar, vai ficar sem hidromel na maior festa que a Floresta Alta sequer sonhou em presenciar! — E completou: — Não haverá guerra esta noite, mas festa!

— Charles! — Feldon gritou à distância quando chegaram à colina. — Adivinha quem chegou pra acabar com as tuas gracinhas.

Alma cutucou Feldon com o cotovelo, ciente de que eram apenas dois contra um mini-exército em plena forma. Viu com estranheza como mesmo alguns ex-habitantes da Floresta Alta pareciam mais embrutecidos do que antes, fruto da filosofia aplicada por Charles, o Manso.

Estático, Darton se encontrava à frente da fileira de guerreiros, portando sua espada brilhante e uma armadura nova em folha. Parecia pego de surpresa.

O autoproclamado santo se colocou ao lado dele.

— Não precisava chegar a este ponto, senhor Feldon. Nos atacar no meio da noite, depois de enviar um espião ao nosso acampamento. É tão sujo!

— Sujo? — respondeu Feldon. — Sujeira é o que você fez com essas pessoas.

O homem andou calmamente no alto da colina, conforme seus discípulos se aproximavam.

— A única coisa que fiz foi despertar a força que eles já tinham dentro de seu interior. Resgatei o orgulho que sua ordem afogou num lago de humildade inútil e juvenil. Eu os trouxe de volta ao mundo de verdade, eles sabem que sou seu legítimo santo.

Devagar, Alma se aproximou de seu mestre tentando ser discreta.

— Mestre Feldon — disse a anã baixinho —, tem certeza de que quer seguir em frente?

O herói encarou sua discípula, e depois apontou para a tropa de Charles.

— Não se preocupe, Alminha. A gente tem uma arma secreta.

Feldon respirou fundo, colocou um par de luvas e mostrou um vidro de conteúdo verde escuro e consistência melada. Uma substância poderosa que Alma conhecia muito bem, pois havia sido obra sua.

— Mestre, isso é para o Dia do Guru!

O druida abriu um sorriso largo colocando um par de luvas.

— Não, Alminha! Isso é para abrir a cabeça das pessoas!

Feldon pegou o vidro, arrancou a tampa e besuntou a palma de ambas as mãos. Então passou o indicador melado na testa de Alma, sem aviso.

Os olhos de Alma se arregalaram de repente.

— O senhor não deveria ter feito isso, mestre Feldon.

— Confia no pai — disse o druida antes de passar o polegar na própria testa.

Sob o efeito da mistura os dois olharam embasbacados para o alto do monte, e viram a verdade. Mas só isso não bastava.

— Ataquem eles! — Charles, o Manso, gritou. E seus discípulos avançaram para cima da dupla.

No mesmo instante, Feldon tomou a forma de um chimpanzé e seguiu pulando contra todos de uma só vez.

Entre saltos acrobáticos de cabeça em cabeça, cambalhotas entre as pernas e esquivas, preocupou-se, curiosamente, em ignorar todas as investidas que recebeu contra si, deixando todos desnorteados. Depois, passou a fazer novas manobras, desta vez preocupando-se apenas em estapear cada rosto próximo, besuntando-os com a mistura feita por Alma. A ação era tão inusitada que dificultava qualquer tipo de reação.

Aos poucos, os discípulos de Charles, o Manso, pararam de buscar Feldon com suas armas e, subitamente, o que era para ser um combate sangrento se transformou em uma cena de incredulidade.

Um por um, guerreiros largavam suas espadas, atônitos. Enxergavam no outro, pela primeira vez, a perda de todas as bênçãos que o santo havia lhes concedido. Nada era capaz de fechar as portas da consciência que a substância criada por Alma para o Dia do Guru havia aberto, e o preço era descobrir que elas nunca haviam existido.

Faziam parte do conjunto de uma ilusão convincente e poderosa criada pelo homem a quem haviam entregado suas vidas cegamente. Uma ilusão que agora evaporava, como os sonhos que haviam nutrido. Darton passava as mãos pela cabeça ferida e chorava.

Feldon voltou a sua forma normal, ciente do sucesso de seu plano. Charles gaguejou dando passos para trás, conforme o elfo ia em sua direção.

— V-você é um detrator! Como ousa fazer isso com um santo! Você será punido pelos deuses e pelos homens!

— Que mané santo, bicho? — respondeu, Feldon. — Tu é um baita de um picareta! Onde já se viu enganar as pessoas desse jeito? Mexer com o sentimento delas só para se achar o maioral! Sabe quantas vidas destruiu? Isso tá bem longe de ser santo!

— Uma vergonha — disse Alma, agora ao lado de seu mestre, montada em Alphonse. — Tudo isso para formar seu próprio exército.

Charles se encolhia cada vez mais, muito distante daquele homem que havia cavalgado desafiador e sorridente não tanto tempo antes.

— O que vão fazer comigo?

— Nós? — respondeu Alma. — Acredito que não faremos nada. Só não posso dizer o mesmo de seus antigos comandados.

A cara de Charles era digna de alguém que via o mundo desabar ao redor. Tremendo, tentou se arrastar para longe, mas deu com as costas nas pernas de Darton.

Em volta dele, estavam todos os outros ex-membros de seu séquito, olhos em chamas, cada um ironicamente carregando em si uma força de vontade que jamais teve.

Enquanto Feldon entornava uma caneca de hidromel sem tirar o cachimbo da boca, Alma comia como se cada colherada de ensopado se tornasse mais gostosa que a última.

Caldeirões e mais caldeirões de comida circulavam, servidos a todos como comemoração pelo fim da ameaça de Charles.

Os irmãos Darton e Bastion decidiram deixar a Floresta Alta de vez, junto de um Warfrido disposto a elaborar armaduras dignas para que ambos pudessem vingar seus pais, mas muitos outros chegaram depois disso.

Alguns tinham esperança de que o Dia do Guru voltasse a ser uma realidade um dia, mas Feldon não estava preocupado com isso. Naquele momento, assistir à festa dos habitantes da Floresta Alta, dançando e bebendo em volta do Grande Carvalho, já era o suficiente.

E se naquela noite alguma força superior decidisse dar a ele o poder de começar o mundo do zero, decidiu que deixaria tudo exatamente como estava.

O TESOURO DE DAGA

ALEXANDRE OTTONI

AS ENORMES ÁRVORES da Floresta Alta se estendiam diante de Alma como um livro vivo de memórias escritas por folhas e raízes, seus passos abafados pelo tapete de musgo. Ela respirou fundo o aroma de terra úmida e ergueu o olhar acompanhando os velhos troncos rugosos, cheio de líquens e cicatrizes de uma existência antiga, como peles de sábios anciãos, até as vastas copas que pareciam tocar o céu. No alto, os galhos se entrelaçavam, conectando os carvalhos em um abraço milenar, formando um dossel verde que filtrava os raios de sol. A luz se esgueirava e dançava por entre as folhas, seus feixes dourados banhando o solo com padrões mágicos. O vento sussurrava entre as folhagens em uma canção sutil, como se as árvores conversassem entre si sobre aquela pequena criatura.

Alma, uma anã que vivia entre humanos e elfos, estava acostumada a ver o mundo de baixo, mas nada a fazia se sentir tão insignificante quanto a Floresta Alta. E embora sua vida imortal já tivesse se estendido por tantas gerações, estar ali era uma experiência nova comparada às paredes desbotadas de pedra e ossos com que estava acostumada em seu lar no reino de Kottar. Toda aquela vida ao redor a fazia se sentir ainda mais inspirada, imaginando todo o esplendor em potencial daquele cenário quando aquelas árvores morressem e secassem.

Sua meditação foi cortada por um gorjear vindo do alto. Uma ave exótica descia suavemente de asas abertas. Tinha plumagem preta e branca, bico amarelo, alongado e curvo, exibindo uma protuberância superior que parecia um casco e acompanhava a curvatura do bico.

Projetou um arco descendente ao redor de Alma e suas asas bateram, jogando o ar para frente, reduzindo a velocidade para o pouso. Mas os pés que tocaram o chão eram élficos. A metamorfose druídica de Feldon era tão lépida que um mero piscar de olhos impediria que alguém desatento visse o pássaro retomando sua verdadeira forma.

— Mestre Feldon, este era o famoso tucano? — inquiriu Alma.

O druida apertou uma das bochechas da anã, na parte lisa, bem acima do início de sua barba.

— Alma, tucanos são aves muito comuns. Esta era a forma de um majestoso Calau de Malabar.

— Ah. Entendo, mestre. O senhor me ensina tantas coisas... Ca-lau de Ma... Acha que estamos perto? — Não soube disfarçar a ansiedade por estar sozinha em uma aventura com seu mestre mesmo conhecendo-o há poucos meses.

— Talvez, Alma. Essa parte da floresta é tão antiga que eu vi uma trufa do tamanho de uma vaca. Me lembre de passarmos lá na volta?

— Sim, senhor! — respondeu animada, já pensando em uma velha receita de espaguete de minhocas trufado com molho branco de dejetos de pombos. — O que fazemos agora?

— Agora eu preciso que você faça aquela misturinha esperta.

Alma sorriu em corpo e espírito, pois esse fora o apelido dado por Feldon ao fumo que ela preparou no dia em que se conheceram. O dia em que aquela bela e verdadeira amizade se iniciou.

Já tinha as ervas separadas e rapidamente as misturou, amassou e encheu o fornilho do cachimbo, pressionando-as levemente, deixando bastante ar entre as folhas. Depois repetiu o processo mais duas vezes, aplicando um pouco mais de pressão. Estava tão concentrada que sequer percebeu o olhar curioso de Feldon, prestando atenção em cada movimento delicado dos dedos, remexendo o fumo na cerâmica do cachimbo.

Quando Alma levantou os olhos inocentes, estendendo o braço para cima oferecendo o resultado ao mestre, encontrou uma expressão atenta.

Feldon acendeu o fumo e puxou a fumaça devagar com pulmões bem treinados. Fechou suavemente as pálpebras e prendeu o ar. O momento se estendeu por uma era. Parecia que o druida havia se apossado de todo o ar da floresta, porque Alma não conseguia respirar. A herbalista não esperava elogios da vida, mas lhe agradava fazer as pessoas se sentirem bem. E no caso do mestre Feldon, tudo para ela era um teste.

Ao abrir os olhos, o elfo sussurrou palavras na esquecida linguagem da Floresta Alta. Era um antigo encanto de comunhão com a natureza ensinado pelo seu falecido mestre Daga. Dessa vez, cada palavra havia sido potencializada pelo preparo da maior herbalista do mundo. Era como se o encanto tivesse dado vida à fumaça, que em vez de se dissipar, começou a se mover entre as árvores, abraçando os troncos, escutando segredos da floresta.

Feldon seguiu a névoa em silêncio, com Alma poucos passos atrás, até que chegaram a um tronco levemente avermelhado, de casca grosseira, acidentada, coberta de acúleos e raízes largas se espalhando pelo solo. Era uma árvore alta, antiga e, assim como acontecia em muitas outras, fendas rasgavam seu largo tronco de baixo para cima. Normalmente eram usadas por animais como tocas, mas essa não abrigava nenhum pássaro ou casulo. A fumaça se esgueirou rapidamente para dentro, como se inalada pela árvore e o tronco parecia se expandir sutilmente.

— É, Alma!

— Será mesmo? O tesouro secreto de mestre Daga? Assim, em meio às árvores?

— "Meu cachimbo foi talhado da própria brasa"— Feldon citou para si mesmo as palavras de seu mestre, reconhecendo a madeira avermelhada do cachimbo de Daga. Começou a tatear a fenda. — Só pode ser...

Antes que completasse a frase, seu braço inteiro foi puxado com violência para dentro do tronco. O elfo tentou resistir, segurando nas bordas com a mão livre.

— Mestre Feld...! — as palavras de Alma sufocaram enquanto Feldon desaparecia tronco adentro, sugado num piscar de olhos pela fenda vertical.

De repente lá estava ela, sozinha em algum lugar da Floresta Alta, encarando uma árvore cor de brasa engolidora de fumaça e elfos. Teria seu mestre sucumbido ante uma armadilha mágica de Daga? Ou seria essa árvore alguma criatura do mundo antigo, esquecida e faminta? Teria sua mistura de fumo induzido mestre Feldon ao erro e a uma morte frívola? Seria Alma capaz de errar uma fórmula e gerar um desastre dessa ordem? Poderia isso ter custado sua imortalidade? Ainda assim, Alma não temeu. Seus olhos umedeceram... mas de esperança.

Alma esticou o braço como fizera seu mestre, e tão logo seus dedos adentraram levemente a fenda, sentiu um puxão para dentro. Era isso. Fosse magia ou criatura antiga, seu erro era o sinal. A morte estava ali e ela estava pronta. Talvez fosse esse o verdadeiro propósito de sua devoção ao mestre Feldon. Colocá-lo novamente no caminho da morte por um erro que a tornaria mortal, logo premiando-a com o descanso eterno.

Alma fechou os olhos e se deixou levar, largando para trás uma lágrima de esperança e alívio, que ficou pairando no ar por um breve instante, assim que a herbalista foi sugada para dentro do tronco.

— Eu... morri?

— Shhh! Não se mexe... — sussurrou Feldon.

Alma abriu os olhos e viu um chão de pedra talhada. Estava de joelhos, se apoiando no chão com as palmas das mãos. Ao erguer os olhos, não soube dizer exatamente o que viu.

O ambiente era escuro, estavam em uma espécie de salão de pedra. A pouca luz que brotava quebrando a escuridão vinha da fenda mágica que os havia cuspido da Floresta Alta. À frente, uma criatura vil os ameaçava. Era um tipo de bola de carne gigantesca, tão alta quanto dois mestres Feldons, sutilmente erguida do chão por quatro pernas disformes. A esfera demoníaca não tinha olhos, mas era repleta de bocarras com dentes afiados por toda a superfície de uma pele rasgada e pustulenta. E quando elas se abriam, mais bocas famintas surgiam de dentro.

E o fedor era abismal.

A náusea desnorteou Alma como se tivessem puxado seus intestinos pela boca e ela nunca soube dizer se perdeu as forças nos membros ou se simplesmente se esqueceu que eles existiam, porque logo viu o chão vir ao seu encontro.

O súbito silêncio foi rompido por vozes difusas e uma sensação gelada em sua bochecha esquerda. Era o chão de pedra de um calabouço. Sua memória começou a voltar em leves ondas. Mas que calabouço era aquele? Não estava em uma floresta? Seus olhos focaram e as vozes ficaram mais claras.

Feldon gritava e sacudia os braços, chamando a atenção da monstruosa bola de carne repleta de bocas e gemidos guturais para longe da discípula. Por que estava ali? Porque havia se comprometido com a grande honra de ser discípula de mestre Feldon. Mas por quê se dar ao trabalho se sempre caminhava sozinha no fim? E que fim? Ser imortal significava ver o término de tudo e todos à sua volta com tanta frequência, que até as amizades mais verdadeiras e duradouras eram inevitavelmente reduzidas a notas de rodapé no livro de sua vida.

— Alma, acerta o olho dele! — bradou Feldon pelo salão enquanto o monstro se virava lentamente para segui-lo.

Embora na penumbra, Alma via as bocas cheias de dentes abrindo e fechando, mas nenhum olho. A anã se levantou tropeçando, mas avançou na direção do algoz.

— Que olho, mestre? Onde é o olho?

— Eu não tô lembrando!

A anã deixou uma risada escapar. Era isso que lhe trazia conforto. Agora ela lembrava porque em toda sua solitude, sempre procurava essas simples e breves conexões com mortais. A imprevisibilidade do humor das pessoas em situações adversas lhe agradava, uma vez que a única outra coisa imprevisível na vida delas era seu fim. As lembranças continuaram vindo em ondas mais fortes. E mais profundas.

Ouviu um grito? Ao menos era o que parecia, mas soava tão longínquo e cheio de eco que era difícil compreendê-lo em meio ao peso das memórias que inundavam sua mente.

"Às vezes eu entendo o povo de Kottar. Agora que ela se foi, é doloroso sentir que fui deixada pra trás", disse a mercadora, enquanto encarava o mar escurecido pelo céu cinzento.

"Ele dizia que um dia queria sair de Rjuven e explorar toda a costa até Vammira. Quero poder fazer isso antes de morrer e completar suas anotações. Sinto que terei sido um bom amigo se realizar esse desejo por ele", contou o jovem feiticeiro, cujo corpo não parecia pronto para uma jornada tão longa.

"Enquanto meus joelhos aguentarem, anã, estarei ensinando estes pequenos malditos a serem espadachins decentes. Muitos passaram por mim e vários foram verdadeiras pestes, mas me fizeram melhor no que faço. Meus aprendizes de hoje colhem os frutos dessas sementes", contou o velho mestre enquanto limpava a lâmina de sua espada de forma metódica. "E ainda assim são ingratos! Hahahaha!"

"Quando eu for adulto, vou ter meu próprio navio! Meu pai diz que não, mas ele vai ver só! Se eu morrer antes de me tornar capitão, vai ser em uma batalha terrível e todos vão lembrar do meu nome porque

eu vou ser o herói!", o garoto brandia sua espada de madeira enquanto simulava os movimentos de um duelo imaginário.

"É por isso que cemitérios são lugares sagrados. Não apenas pelos túmulos, mas pelas memórias, jovem Alma! Toda memória é uma fagulha do que não está mais presente. Um pedacinho de morte do que um dia existiu ou aconteceu", o mestre alquimista sorria, alegre por saber que sua hora estava próxima."

No fundo, porém, de que adiantavam esses confortos? De que serviriam umas poucas gotas coloridas em meio ao imenso oceano cinzento de seu espírito?

Como kottariana que era, sua devoção ao glorioso descanso da morte a colocava em uma posição antagônica à imortalidade dos melhores em seus ofícios, a bênção dada aos anões pelos deuses. Um prêmio que os elevava à condição de semideuses. Para ela, entretanto, era uma maldição, pois era a melhor herbalista do mundo e jamais poderia por escolha própria abandonar sua prática apenas para voltar a ser mortal. Para a cultura de Kottar, a morte não pode ser acelerada ou provocada conscientemente. O encontro com o fim deve seguir o fluxo natural da vida. E como Alma não pode desistir da vida, não pode abdicar de sua imortalidade. Para sempre separada da única bênção que kottarianos almejam e aguardam.

O choque do súbito despertar de um pesadelo atravessou seu corpo quando percebeu novamente onde estava. Feldon apertava suas bochechas.

— Presta atenção em mim, pequena! Esse bicho tá na sua cabeça! Eu dei uma volta nele. Ele é devagar, mas tá vindo pra cá!

— Aham... — com a mente ainda enevoada, a discípula concordou mais por hábito que por raciocínio.

— Eu vou distrair ele de novo, mas eu preciso que você se concentre e acerte o diabo do olho!

— O olho...

— Agora eu acho que sei onde é. Se concentra!

Feldon se virou de volta para o monstro invocando seu poder druídico. Transformou-se imediatamente em um enorme gorila e saltou na direção da criatura. Ao mesmo tempo, Alma puxou sua zarabatana e a carregou com um dardo envenenado. Feldon, montado sobre a enorme esfera de carne e dentes afiados, usava seus braços de gorila para marretá-la repetidamente de cima para baixo. O monstro girava e se sacudia, tentando se libertar do agressor.

Alma não conseguia enxergar nenhum alvo. Nenhum olho. Nenhuma solução. Nem para essa peleja, nem para seu destino. Não adiantava tentar morrer. E não adiantava vencer, encontrar o tesouro e viver mais algumas aventuras com seu mestre porque eventualmente se encontraria sozinha mais uma vez e as cores dessas aventuras esmaeceriam na interminável monotonia dos séculos.

"NÃO!", gritou dentro de si.

Alma quase tinha mergulhado mais uma vez em seus questionamentos. Era o monstro em sua mente! Apertou os olhos e os reabriu arregalados, com a zarabatana na boca. Seus pulmões trabalhavam com pressa, se enchendo e esvaziando rapidamente, aguardando o momento em que ela poderia avistar seu alvo, prontos para se encher com força máxima.

De repente o gorila agarrou com ambas as mãos uma das bocarras e impulsionou seu corpo para trás. O monstro tombou na mesma direção enquanto fechava os dentes nas mãos de Feldon. O gorila urrou de dor e fez mais um movimento a fim de fazer a esfera rolar por cima dele próprio. A discípula temeu pelo mestre, o que contradizia seus recentes pensamentos.

Sim! Ela via as cores da aventura novamente. Alma se sentiu energizada.

O monstro pustulento rolou na direção oposta à dela. Feldon sumiu de vista, eclipsado pela esfera de carne, enquanto suas pernas eram suspensas no ar pelo rolamento. E, de repente, lá estava ele. Embaixo do corpanzil, exposto na superfície da esfera entre as quatro pernas robustas. Um enorme olho amarelado, do tamanho de uma cabeça de porco, fixo nela. Alma encheu os pulmões, mas o olho apertou as pálpebras ameaçadoramente, e ela hesitou.

A penumbra do ambiente tornou-se uma escuridão profunda. Só havia ela e o olho. E até mesmo a incerteza que lhe reenergizara pareceu distante. A criatura a enxergava por inteira. A despia de todas as aparências, de todas as camadas de comportamento e emoções colocadas acima da verdadeira Alma, como se fosse uma noz preservada por uma grossa casca se revelando pela primeira vez. Era uma sensação de vulnerabilidade como nunca havia sentido, porque por um instante, tudo pareceu tão frívolo. Como se toda a existência à sua volta fosse apenas um veículo para o sofrimento. Incluindo a vida, a morte, os deuses, demônios e qualquer outra faceta da Criação.

Alma viu além do desbotamento da vida. Viu o Nada. Onde não havia guerras, nem paz, nem ódio, nem amor. O único lugar onde para sempre, não haveria mais incertezas. E como um reflexo de defesa, esvaziou os pulmões com toda a força.

O projétil acertou o alvo em cheio. Mil bocas rasgaram o silêncio com guinchos de agonia.

E o Nada a abraçou.

Alma retomou a consciência menos confusa.

Percebeu que estava nos braços peludos do gorila quando um solavanco a despertou de vez. Tinham acabado de pousar de um grande salto. Feldon a colocou gentilmente no chão e num piscar de olhos, voltou à sua forma élfica. Ele estava ferido, arranhado, talvez com alguma costela quebrada. Suas mãos perfuradas pingavam sangue. O elfo sentou-se e permitiu-se descansar.

— Mestre! — Alma voltou a si, puxando de sua bolsa seus elixires de cura. — Fique quieto, preciso lavar esses ferimentos.

Olhou ao redor e viu que estavam em outro ambiente do mesmo calabouço. Desta vez um longo corredor de pedra, com altas colunas simétricas de cada lado, conectadas por vastos arcos sustentando o teto. Não havia mais sinal de perigo, então voltou a se concentrar na aplicação de suas pomadas e óleos medicinais. Puxou um dente afiado que estava cravado nas costas da mão de Feldon e jogou para longe. A ferida estava em processo de necrose, mas ela o suturou e tratou com toda a confiança restaurada da melhor herbalista do mundo.

O elfo, exausto, prostrado e de olhos fechados pediu um gole de sua aguardente, que carregava em uma pequena garrafa de cerâmica amarrada no topo de seu cajado. Alma obedeceu com satisfação, pois isso demonstrava que seu mestre estava lúcido.

— O que aconteceu, mestre Feldon? Eu... fiquei tão confusa. Onde estamos? Que monstro era aquele?

— Um Horror Centenário — respondeu após longos goles seguidos, ainda de olhos fechados.

— Um o quê?

— Era assim que mestre Daga descrevia essas criaturas. Eu mesmo só ouvi histórias. Não sabia que eram tão grandes. Aliás, isso prova que estamos no caminho certo. Vamos comemorar. — E virou o resto da garrafa em um gole só.

— É aqui que repousa o último tesouro do mestre Daga então?

Sentado no chão, Feldon se apoiou com os braços esticados e inclinados para trás, observando o largo hall à frente.

— Ele contava que essas eram as primeiras criaturas criadas pelos deuses, mas que foram esquecidas uma vez que novas e mais belas criações surgiram. Ninguém sabe quais eram suas verdadeiras formas, só que com o passar das eras, relegados aos confins do mundo, se tornaram inchados e disformes. E como o esquecimento os fere, são famintos por memórias.

— Ele estava... d-devorando minhas memórias? — indagou a anã com o olhar distante.

— Meio isso, o que sei é que eles trazem à tona memórias profundas dos que se aproximam, e se alimentam delas. E enquanto comem, regurgitam na mente da vítima suas próprias dores, sua rejeição, as lembranças do início da Criação, das quais querem se livrar. Até que sua mente vire uma sopa irreconhecível de pensamentos terríveis. Mas isso era só uma das histórias assustadoras do mestre Daga. Ele dizia que um Horror Centenário daria um ótimo guardião para um tesouro, pois não haveria um ser vivo, morto-vivo ou espírito nesse mundo desmemoriado o suficiente para passar incólume. Juro que não tava preparado. Você está bem?

— Eu acho que vou ficar bem, mestre — respondeu incerta.

— Supimpa então! Vambora! Aliás, belo tiro! Aquela coisa quase me esmagou! — exclamou se levantando, dando um leve beliscão simbólico em uma das bochechas da aprendiz.

— Eu não lembro o que aconteceu depois que soprei o dardo. Acho que desmaiei. Ele morreu com o veneno?

— Na verdade, não. Ficou confuso e começou a sugar memórias mais superficiais, daquele momento. Aí eu consegui rolar ele pro lado e pular até você, e fugimos juntos. Você estava acordada, mas ele devorou essas memórias, com certeza. Mas fica tranquila, a gente passou por um túnel estreito para chegar até aqui. Ele não tem como nos seguir.

— Eu me senti tão... paralisada. Tão incapaz. Como conseguiu lutar contra ele sem sofrer o mesmo, mestre?

— Acho que eu tava tão doidão na marola da sua erva, que eu não conseguia me lembrar de mais nada direito. Minhas memórias devem ter ficado com um gosto ruim pra cacete. Você é boa nisso, Alma!

O hall à frente também parecia antigo e abandonado. Havia uma luz esverdeada difusa por todo o ambiente, mas sem fonte aparente. Não havia tochas ou lanternas ali. A construção parecia subterrânea, mas, independente do que fosse, estava em ruínas, com paredes e colunas quebradas, e detritos no chão espalhados em meio a largas poças d'água por todo o caminho.

— Mestre Daga construiu isso tudo? — indagou Alma.

— Não é do feitio dele. Isso aqui não é arquitetura anã?

— Poderia ser, mas não reconheço. Não há runas ou marcações típicas. É com certeza muito antigo. Até mesmo para anões imortais. Nós entramos aqui através de uma árvore, pode ser um bolsão dimensional criado magicamente.

— Se for, não é trabalho de Daga. Ele jamais teria essa paciência.

O elfo e sua discípula seguiram pelo corredor profundo em silêncio, apenas com o ecoar do som de seus passos sobre a lâmina d'água que serpenteava entre as pedras desarranjadas do caminho. Até que o último arco entre colunas findou o corredor, conectando-o a uma câmera vasta e redonda, com um teto abobadado. Nele, as primeiras marcações reconhecíveis. Uma pintura desbotada e quebradiça parecia representar os céus em festa. No alto, ao centro, uma luz divina brilhava ao redor de uma silhueta gigantesca e monstruosa, enquanto ao redor da abóbada, anjos pareciam festejar de mãos dadas ou tocando trombetas.

— A chegada do Devorador de Mundos — a contemplação de Alma ecoou no salão vazio.

— É... Conheci a figura. — Feldon dispensou a deferência.

O chão da câmara estava completamente tomado pela água parada, de tal forma que se comportava como um perfeito espelho para a arte do teto. Não obstante, olhando para o reflexo, perceberam que a arte refletida não era a mesma. Em vez de anjos circundando a abóbada, eram demônios em festa. Em vez da luz divina vinda do centro, chamas avermelhadas circundavam a ascensão de uma horda de dragões. Ao centro deles, um enorme dragão vermelho.

Feldon e Alma estavam entre o céu e o inferno, em uma representação da primeira batalha dos dragões contra o Devorador de Mundos, quando os deuses decidiram destruir sua criação imperfeita, então defendida pelos demônios.

— Mestre, esse lugar é bem antigo, mas pelo menos já sabemos que foi construído depois da vinda do Devorador de Mundos. Eu me lembro dessa época, foi muito louco mesmo.

Feldon não respondeu. Ainda fitava o espelho d'água.

— Mestre. O que fazemos agora? Sabe onde pode estar o tesouro?

O elfo ignorou. Não se movia.

— M-mestre...?

Alma seguiu a direção do olhar de Feldon. Ele permanecia fixo em seu próprio reflexo.

— O que foi, mestre Feldon? Viu alguma coisa?

— Não... — respondeu para dentro.

— Não viu?

— Não me vejo — disse o elfo em um tom grave e pesado.

Alma não entendeu bem. Ela via o reflexo de ambos.

— Há muita magia aqui, mestre. Talvez seja melhor seguirmos adiante. Tem ideia de para onde devemos ir? Aparentemente a única saída é o corredor pelo qual viemos.

O druida continuou paralisado e antes que Alma pudesse pensar no que fazer, um alto estrondo mecânico e de correntes tomou o ambiente. Em seguida, um líquido esverdeado jorrou cascateando por todas as paredes ao redor. Assim que entrou em contato com a lâmina d'água, fumaças tóxicas se elevaram. Era ácido se diluindo.

— Mestre Feldon, isso não é nada bom. Vamos sair daqui!

Nenhuma resposta. A musculatura do elfo estava rígida quando Alma tentou puxá-lo pela mão.

—Vamos, mestre! — insistiu. Então pareceu ouvir algo.

— Alma!

O som vinha bem baixo, sob o som das cascatas.

— Aqui em cima, Alma! — era a voz de novo.

Ela olhou para o alto.

— Não! Não pra cima de você! Pra cima de mim! Quer dizer, pra baixo de você!

Embaixo? A anã varreu o chão com os olhos e parou no reflexo de seu mestre na água, e ele acenava. Boquiaberta, olhou para o Feldon que estava ao seu lado, mas seu mestre permanecia paralisado na mesma posição.

— Eu tô aqui! — acenou o Feldon na poça d'água.

— C-como você foi parar no reflexo, mestre?

— Alma, você é que tá do outro lado falando e se mexendo enquanto tá paralisada aqui do meu lado! Eu não sei o que rolou, mas tenho que tirar você daqui antes que esse ácido chegue na gente!

Alma viu o reflexo de Feldon se transformando em um urubu gigante, erguendo a outra Alma pelo ar e voando para longe. Voltou seu olhar para o Feldon paralisado ao seu lado. Não tinha habilidade para fazer o mesmo, por isso precisava pensar rápido. Tinha que achar um jeito.

De repente, uma ideia! O anel mágico de Feldon!

Podia usá-lo para controlar a água e direcionar o ácido para longe. Tentou tirá-lo do dedo direito do elfo, mas seu punho estava fechado e nem toda a força anã que tinha foi capaz de abri-lo. Não havia tempo para insistir nisso. Seus olhos já ardiam, denunciando a extrema toxicidade do ácido que se aproximava. A anã imortal sobreviveria sem dúvida, mas seu mestre não.

Respirou fundo, fechou os olhos e enfiou a mão em sua bolsa, navegando com precisão. Seus dedos eram ultra sensíveis a cada contorno de folha, superfície de erva, cada curva de raiz. Sabia diferenciar os recipientes de seus preparados pelo formato de cada rolha. Rapidamente puxou três frascos, duas folhas e uma raiz, todos presos entre seus dedos.

Manipulou-os com uma pressa serena, do tipo que se vê apenas em mestres no completo domínio de sua atividade. Líquidos foram trocados de lugar e agitados com uma das mãos. As raízes quebradas e esfregadas com as ervas na outra. Ao se unirem em seu turíbulo, luzes e faíscas sutis denunciavam a união da maestria do ofício com a magia de uma semideusa.

Ela girou a corrente do turíbulo, despejando a solução ao seu redor. O ácido guinchou no contato com a solução divina e começou a se desmanchar em ondas, diluindo a ameaça que os cercava. Em poucos segundos, a solução havia limpado a água ao redor e as cascatas cessaram.

— Mestre Feldon! — Alma se voltou ao druida, ainda rígido como uma estátua viva. — Bem, pelo menos estamos a salvo do ácido. Vamos pensar com calma.

Olhou ao redor desconfiada, percebendo que acabara de mentir para si mesma. A única coisa realmente calma naquele salão era a superfície do espelho d'água aos seus pés. Fitou-o à busca do reflexo de Feldon e seu próprio, mas nada viu além da imagem da abóbada infernal.

Puxou da bolsa uma pequenina caixa de madeira ornada com entalhes florais que abraçavam a forma de um olho no centro da tampa. Abriu e pinçou com os dedos um punhado de um pó ferruginoso. Levou os dedos à narina esquerda e inspirou com força. Fez o mesmo na direita e só teve tempo de fechar a tampa e apertar a caixa com as duas mãos. Uma comichão intensa provocou suas vias respiratórias e contraiu seus músculos faciais, expulsando o ar em um energético espirro. Ao reabrir os olhos, a anã acompanhou a bruma de perdigotos caindo na poça, e ao tocar a superfície, as partículas de sua saliva estalaram e brilharam como diminutos fogos de artifício multicoloridos. Havia magia poderosa naquela água.

Essa era mais uma técnica mágica personalizada pela maestria herbal de Alma, imbuindo tabaco em pó com um feitiço de detecção de magia. As cores das faíscas decodificavam uma combinação de efeitos de ilusão com torpor. A assinatura de mestre Daga era inegável, mas permanecia intrigada.

Investigou o salão mais uma vez. Não havia nenhuma outra passagem além do corredor pelo qual vieram. Seria essa apenas uma armadilha para derreter curiosos em um beco sem saída? Mestre Feldon sempre descreveu Daga como um pouco biruta, o que revelava na verdade que deveria ser imensamente tresloucado. Mesmo assim, tudo ali tinha um propósito. Olhou para o alto, viu a pintura do paraíso emanando o Devorador de Mundos, fitou o reflexo abaixo e contemplou a pintura do inferno vomitando a horda de dragões.

Feldon mencionou mais de uma vez que a mais poderosa lição que aprendeu com seu mestre era o Enigma da Sabedoria Torta.

"Em um mundo caótico, apenas os tortos verão caminhos retos." — A citação ecoou em sua mente repetidas vezes enquanto seu olhar permanecia perdido no reflexo da abóbada infernal, até que seus lábios mudos a pronunciassem.

Aos poucos as cores começaram a mudar. Do avermelhado, lentamente para o esverdeado. A imagem dos dragões e demônios em volta sutilmente sofria uma metamorfose hipnótica. Seus olhos estavam fixos no reflexo do salão aos seus pés.

Seu corpo estava paralisado, no entanto sua mente se movia acompanhando a dança das gravuras da abóbada. Até que se aquietaram, então Alma percebeu o que ocorreu. A pintura do paraíso e do Devorador de Mundos agora estava sob seus pés, através do reflexo da água. Sua paralisia se esvaiu e seu primeiro instinto foi levantar a cabeça e fitar a abóbada acima. Lá estava a pintura do inferno e seus dragões.

Boquiaberta, Alma voltou sua atenção para o lado. Seu mestre fazia o mesmo, observando a discípula com uma expressão intrigada, como se tivesse, assim como ela, acabado de despertar de um sonho bizarro. Ambos olharam para trás. Havia uma parede no lugar do corredor de onde vieram. À parede oposta, uma outra abertura. Um corredor seguindo adiante, que não existia na outra versão do salão. O caminho para o tesouro estava livre.

Feldon rompeu o silêncio.

— Essa foi zika.

O túnel não se prolongou, e antes de Feldon e Alma reorganizarem seus pensamentos, a passagem se abriu para um novo e perfumado ambiente.

— Que lugar adorável! — Alma segurou sua barba suavemente com as duas mãos.

A ruína da câmara era a primeira onde incidia luz natural. Aparentemente isso acontecia graças a algum sistema de espelhos, porque não conseguiam ver nenhum sinal de céu, apenas grandes buracos e túneis nas rochas. E justamente ali, sob a luz, a natureza se espalhava.

De cada fresta entre as rochas do piso, entre os paralelepípedos das paredes, cada espaço possível era preenchido por diversas espécies de plantas, raízes, cipós. Ali o cinza do calabouço se enchia de verdes, vermelhos, lilases e laranjas de flores e vegetações tão raras que Alma sentiu seus conhecimentos de botânica desafiados.

Como se não bastasse a beleza de tanta vida, aquele jardim era também um cemitério. Ossadas dividiam o chão com equipamentos de toda sorte. Escudos, espadas, lanças, cajados, armaduras e seus antigos portadores ali caídos, abandonados para sempre. Esqueletos e crânios espalhados pelas paredes, entrelaçados em robustas raízes, camuflados sob uma diversidade ímpar de tantas outras plantas.

Para Alma, particularmente era uma imagem do paraíso, unindo sua cultura kottariana na devoção e admiração pela morte, com seu ofício de herbalista e seu amor pela desordem imprevisível dos seres vivos e mortais.

— É tão emocionante ver a bênção que essas pessoas tiveram nesse fim tão belo. É como se as plantas os elevassem ao além! Elas, que um dia também secarão e morrerão em glória! Como eu gostaria de estar aqui neste dia! — disse e fungou rapidamente duas vezes, tentando prender o choro.

— Alma, não se mexe, porque esse teu desejo pode se tornar realidade — alertou o elfo.

— Não me mexer?

— Shhh! A gente não tá sozinho aqui. Olha ali no canto. Não mexe a cabeça!

Alma permaneceu rígida, apenas virou os olhos para o canto entre duas paredes. Uma concentração de raízes se entrelaçava tanto que formava uma espécie de tronco, que subia apoiado nas paredes e espalhava seus galhos, raízes e cipós para os lados e diagonais. Todos ornados com cores e formas de outras vegetações em harmonia.

— Aquilo é um Vinhame — continuou Feldon. — Tá vendo a cara dele ali em cima?

Com algum esforço, Alma começou a perceber outras formas na vegetação. O tronco parecia um corpo, as raízes espalhadas para os lados lembravam braços, e logo acima, no centro, um emaranhado de galhos, raízes e folhagens formavam uma cabeça disforme. O jogo de luz e sombras parecia agora ressaltar cavidades elípticas onde estariam os olhos, uma toca de ave no centro, e uma coleção de espinhos apontados para baixo. O semblante de um crânio ficava cada vez mais evidente. Era chocante perceber tão claramente uma forma monstruosa que antes era completamente invisível em um cenário tão belo.

— O que é um Vinhame, mestre? — sussurrou imóvel.

— É um golem de vinhas e raízes. É parte da cultura élfica e druídica. Isso aqui sim é a cara do mestre Dag...!

Antes de terminar a frase, Feldon foi virado de cabeça para baixo, puxado subitamente por vinhas e raízes entrelaçadas em um de seus pés. Alma também não teve tempo de reagir até se ver colada na parede, entrelaçada por enormes raízes. O som do movimento abrupto da vegetação cessou e ouviu-se apenas os leves ruídos das folhagens restantes caindo.

— Como eu estava dizendo — continuou Feldon, pendurado. — Isso é coisa do mestre Daga. O que é bom, porque só confirma que a gente tá no lugar certo, e que eu sei exatamente como ele projetou isso aqui.

— Então você sabe como escapar, presumo.

Em um piscar de olhos, Feldon se transformou em um quoll oriental, apesar de Alma confundi-lo com algum tipo de camundongo. Ele percorreu ligeiro a raiz que o suspendia e chegou ao chão, retomando sua forma élfica.

— Eu sei. O problema é você.

A anã permanecia entrelaçada pelo Vinhame na parede, mas diferente de Feldon, não tinha como se transformar em nada.

— Não se preocupe, mestre, diferente do senhor, o Vinhame não pode me matar.

— O problema é que ele não solta — disse Feldon de cabeça baixa, coçando a têmpora.

— Não?

Feldon girou a cintura e apontou com a palma da mão aberta para as diversas ossadas entrelaçadas.

— Não tem magia que reverta isso. É a maior proteção que os elfos da Floresta Alta criaram contra magia. Não importa quem seja, feiticeiros, paladinos, demônios ou anjos. Nada reverte o estrangulamento de um Vinhame.

Subitamente outra chicotada de vinhas veio na direção de Feldon, mas foi em vão, pois o druida agilmente assumiu a forma de um macaco-

-dourado e saltou para driblar o golpe. E antes que seus pés tocassem o chão novamente, já havia voltado à forma élfica.

Virou para o Vinhame, que ainda tinha seu corpo principal imóvel na parede do canto.

— Me deixa! — exclamou gesticulando com o cajado.

— Mestre — continuou a discípula —, podemos queimá-lo, não? Eu sou imortal. Só ficarei ansiosa até minha barba crescer novamente! — sugeriu a anã com leveza.

— Isso de fato era um problema conhecido dos primeiros golens de vinhas. Mas mestre Daga sabia criar Vinhames imunes a fogo. Fogo mágico, inclusive.

— Talvez descobrir o tesouro de mestre Daga seja o suficiente para desarmar a magia do golem, não? Pode valer a tentativa! — Alma se animou.

Feldon apontou para o corpanzil do golem.

— O Vinhame tá tapando a entrada pra sala do tesouro.

— É o que o mestre Daga faria, não é?

— É o que eu faria. — Feldon deu de ombros.

Os dois ficaram mudos por um instante.

— Mestre Feldon, talvez esse seja o momento de me deix...

— Shhh! — O druida colocou o dedo indicador na frente da boca. Depois estendeu os braços para o alto para alcançar as bochechas de Alma, mais altas por ela estar suspensa na parede pelas raízes do Vinhame. — Ouça aqui, menina. — A discípula era muito mais antiga que o próprio mestre, mas sutilmente se retraiu, como uma criança prestes a levar uma bronca. — Eu não abandono meus amigos!

O coração de Alma se encheu de doçura apesar da enorme dificuldade de aceitar o afeto.

— Sinto muito, mestre. O senhor busca esse tesouro há tantas décadas, e agora que estamos tão perto, me tornei um obstáculo.

De novo a criatura serpenteou suas vinhas atacando Feldon. Entretanto, dessa vez o elfo decidiu não resistir. Seu corpo foi agarrado e erguido até a parede ao lado de Alma.

— Pronto, agora nós dois estamos presos. Sairemos daqui juntos ou aqui ficaremos.

— Mestre, não precisa fazer isso.

— Mude a maneira como olha para a ruína, que a ruína muda a maneira como olha para você — concluiu Feldon.

Alma se colocou mais uma vez no lugar de aprendiz e deixou que a sabedoria de seu mestre se acomodasse em sua mente. Os dois permaneceram imersos em seus próprios pensamentos por um tempo, lado a lado, envolvidos pelas longas vinhas do golem criado por Daga para proteger seu tesouro. O salão inteiro, chão, parede e teto estavam tomados pelas extensões do corpo do Vinhame, que permanecia imóvel no canto, observando-os.

— O seu anel mágico, mestre! Será que não consegue controlar a água do salão? Talvez drenar o Vinhame até secá-lo?

— Mesma coisa do fogo, Alma. É imune. Esse bicho não é magia pouca não. Proteção contra todos os elementos.

A anã suspirou. Continuou observando seu captor, correndo por um labirinto mental de possíveis soluções, mas sem alcançar uma saída. Quando a frustração ficou mais alta que seus pensamentos, decidiu puxar conversa.

— Se importa se eu perguntar o que é o tesouro, mestre?

— Oi?

— O tesouro de mestre Daga. Eu achei que não era da minha conta, já que o senhor nunca mencionou nenhum detalhe, mas já que estamos aqui presos indefinidamente por causa dele...

— Bem... Eu sempre achei que era uma historinha besta que ele contava pra irritar o Grão-Mestre Holger. Aquele sujeito que a gente não gosta, lembra?

— Sim, sim!

— Pois é. Ele é o líder da Ordem dos Druidas na cidadela da Floresta Alta e sempre foi um pé no saco. Dizia que as técnicas de Daga eram desleixadas, caóticas. Mas quantas vezes a metamorfose potencializada pela bebida nos salvou?

— O senhor salvou a todos nós se transformando em uma fênix e destruindo o Devorador de Mundos!

— Pois é. Mas é curioso isso. Vocês de Kottar não veneram a morte? Não preferia que o mundo tivesse sido devorado de vez?

— Ah, sim, senhor! Aguardamos pela morte com ansiedade e devoção. Mas o Devorador de Mundos representa uma quebra do ciclo natural. É uma interrupção intencional dos deuses ao ciclo da vida. E ninguém poderia conhecer a morte sem a vida. Por isso que não cultuamos mais os deuses, pois destruindo o mundo, eles privarão todos os seres que ainda virão a existir de experimentarem o desfalecer do sono eterno.

— Que viagem, hein?

— Eu também estou achando nossa viagem muito interessante! Começamos procurando um tesouro, e agora estamos aqui presos sem sequer saber se há algo mesmo a ser encontrado. Essas incertezas me agradam muito.

— Pois é, né? Tava olhando pra esses esqueletos aí e me perguntando se eles vieram em grupo ou um de cada vez. Ficar preso sozinho até morrer é sacanagem. Aliás, tô impressionado com a quantidade de gente que conseguiu passar pelo Horror Centenário, pelo lago de ácido e chegou até aqui. A gente não viu nenhum cadáver lá atrás.

— Talvez porque o Horror Centenário tenha devorado as primeiras vítimas e o ácido dissolvido as outras.

— Verdade, verdade — admitiu Feldon. — Isso significa que uma quantidade ainda maior de gente já sabia onde é que tava o tesouro antes de mim. Caceta, mas eu passei muito tempo chapado mesmo!

Alma gargalhou baixinho. Feldon acompanhou.

Ela se alegrava por estar ali ao lado do mestre. O admirava intensamente por ter se sacrificado para salvar o mundo, ao mesmo tempo em que seu retorno da morte a intrigava. E ali estava ele, pronto para morrer novamente ao lado de uma mera discípula.

Havia muito o que aprender com mestre Feldon, mesmo que ficassem ali naquela parede por muito tempo, até o elfo perecer por inanição. Ao menos seria muito bonito testemunhar o corpo de um herói tão honrado ser devorado lentamente pelo tempo até se transformar em mais uma ossada a ornamentar aquele jardim sepulcral. O ruim seria mesmo aguardar a magia do golem se esvair até ele secar. Alma sempre foi solitária, mas seria um pouco penoso até para ela ficar alguns milênios sem ter ninguém para conversar.

— Ninguém para conversar... — seu último pensamento escapou num sussurro.

— Que foi? — reagiu Feldon.

Os olhos experientes de Alma varreram o jardim do Vinhame, identificando com séculos de estudos botânicos cada folha, cipó, cada musgo, herbácea e raiz. Cada flor rara que se exibia colorindo as pedras nuas das paredes, enfeitando as vinhas do corpo espalhado do golem.

— Mestre Feldon, eu acho que tive uma ideia! Está vendo o corpanzil do Vinhame? Vê ali, no centro do tronco, uma grande e única flor vermelha com uma espiga amarela?

— Tô vendo.

— É um antúrio gigante. O senhor poderia se libertar e trazê-la para mim?

— Vamo lá!

Feldon obedeceu sem questionar, se transformando novamente em um macaco-dourado um pouco menor que a anã, o que já era suficiente para escorregar para fora do abraço das raízes. Agilmente pulou e navegou entre as vinhas que se agitavam no ar tentando recapturá-lo. Pousou no emaranhado de raízes grossas que formavam o tronco do construto mágico e arrancou a flor vermelha de seu caule. Mais cipós espinhentos chicotearam o ar e Feldon aterrissou de volta como elfo para entregá-la na mão direita de Alma, uma vez que seu antebraço estava livre de raízes.

Ela aproximou a flor da boca e começou a sussurrar palavras arcanas que soariam estranhas até para magos de altos círculos. Como não conhecia um encanto específico para o que queria fazer, misturava as palavras de diferentes magias para combinar seus efeitos. Começou invocando a Comunhão com a Natureza, para entender como se comunicar com todas aquelas espécies diferentes de plantas, ao mesmo tempo entrelaçando-a com os vocábulos da magia abissal Aviso para projetar telepaticamente sua mensagem na flor vermelha. Alma não sabia se funcionaria, mas a incerteza a deixou animada.

— Mestre, agora preciso que se transforme em uma abelha, se esfregue nos óleos dessa flor e espalhe por todas as outras flores que puder!

— Isso vai ser interessante!

Feldon aceitou o desafio, curioso e empolgado. A metamorfose para pequenos insetos era considerada avançada e de extrema dificuldade entre os druidas. Mestre Daga desenvolveu a técnica da metamorfose inebriada, muitas vezes imprevisível, embora mais potente. A única desvantagem era o tempo de preparação maior, já que o druida precisava se embebedar antes de conjurar a magia. Feldon aprimorou a técnica com um segredo muito simples: estava sempre pronto porque estava sempre bêbado.

A abelha inebriada mergulhou na flor, se lambuzou nos óleos do antúrio gigante — para ele, tão gigante quanto uma lona de circo invertida — e alçou seu voo em direção às outras flores, projetando arcos e parafusos. Alma tentava não perdê-lo de vista, porque os cipós e raízes do Vinhame agitavam-se como nunca, tentando atingir um alvo quase invisível.

Em meio ao caos das vinhas tentando atacar Feldon, as raízes que prendiam Alma se enrijeceram e a apertaram com ainda mais força. Havia desconforto e dor, mas ela era capaz de aguentar bem mais que aquilo. Cerrou os dentes quando um galho se esticou e apertou com força o único braço solto. Agora não tinha mais como se movimentar mesmo. Seu plano tinha que dar certo!

O aperto aumentou mais e Alma agora sentia dor. Respirar se tornou um esforço grande, roubando sua atenção. Não morreria se tivesse os pulmões esmagados, mas viveria em agonia cada segundo. E se virasse uma massa disforme de carne e ossos, consciente apenas de dor e sofrimento, por eras? O que restaria de Alma após um milênio? Se tornaria um novo Horror Centenário?

O ar invadiu seus pulmões subitamente. Ela não percebeu, mas todas as forças que ainda tinha se dedicavam a tentar respirar. Quando as vinhas afrouxaram, inspirava e expirava acelerada com tanta intensidade, que não percebeu seu corpo rolando em um emaranhado de galhos, folhas e cipós até o chão. Precisou de algum tempo para lembrar até que tinha um corpo.

A anã ergueu a cabeça e viu que a confusão de plantas agora se concentrava ao redor do tronco principal do golem. As vinhas e raízes atacavam seu próprio corpo, como se tentasse se despir de todas as outras vegetações em volta do Vinhame. O autoflagelo era tão violento que o corpanzil lentamente se desgarrou da parede, abandonando uma imobilidade milenar. As folhas farfalhavam, os ramos murmuravam, a madeira rangia e rilhava enquanto o monstro se movia.

A herbalista sentiu mais um solavanco, mas o maior impacto foi de alívio. Percebeu que estava sendo carregada pelos longos braços peludos de Feldon transformado em gorila. Juntos, os dois passaram por debaixo das pernas da criatura atravessando o pórtico antes guardado por ela.

Em pouco tempo o jardim sepulcral ficou para trás. O corredor de pedras em ruínas deu lugar a um túnel cavernoso e o ambiente se abriu para um grande salão natural subterrâneo. Feldon se sentiu seguro para colocar Alma cuidadosamente no chão e voltar à sua forma élfica.

— Como você está, pequena? — Os olhos de Feldon a abraçavam.

— Acho que... — estalou alguns ossos — vou estar bem antes do inverno...

Os dois riram juntos. Feldon relaxou sua postura.

— O que aconteceu naquele jardim, Alma? Como é que a gente saiu dessa?

— Bem, é que o senhor disse que o Vinhame era um golem muito protegido contra magia, certo?

— Extremamente.

— Então já que não podíamos atacá-lo para passar, tínhamos que convencê-lo a sair.

— E como é que eu me esfregar de óleo em todas essas flores fez isso?

— Eu tive que improvisar um pouco. — A anã soluçou um riso. — Misturei alguns feitiços para sussurrar uma mensagem nos óleos do antúrio gigante. Ele tem uma fragrância muito forte, por isso imaginei que poderia amplificar o que eu queria transmitir. Assim ela seria traduzida na seiva, para que as outras plantas a ouvissem quando o senhor respeitosamente... se esfregou nas outras flores.

— Eu transmiti uma mensagem sua para aquelas flores?

— Sim, senhor! Isso mesmo! — Sorriu orgulhosa, se permitindo um raro conforto da autoconfiança. — É que flores como essas costumam ser especialmente rancorosas, então inventei alguns fatos não necessariamente verdadeiros a respeito do passado do Vinhame, e elas decidiram se vingar.

— Alma, você inventou uma fofoca? E me fez espalhar?

— Sim. Me desculpe.

— E o que diabos de tão grave tinha nesse negócio?

— Ah, o senhor precisaria pelo menos de duzentos e cinquenta anos de estudos em herbologia para entender a sutileza da comunicação vegetal.

— Entendi... deve ter sido uma das brabas!

— Sim, senhor — disse Alma, corando.

Feldon estendeu a mão para puxar a discípula do chão. Ela se ergueu com a mão na altura das costelas, apertando os olhos em padecimento pelo abraço do Vinhame.

— Nunca esquecerei o que o senhor fez por mim, mestre.

— Eu digo o mesmo, Alma. — Havia gratidão genuína no intenso sorriso do elfo. — Você nos trouxe até o tesouro de Daga!

Ela devolveu o sorriso em resposta e pela primeira vez desviou o olhar para se ambientar. O sorriso permaneceu na boca, mas não nos olhos.

—Mestre... T-tem certeza de que estamos no lugar certo?

Não parecia, pois não havia tesouro algum à vista.

Diferente dos demais salões, agora estavam em uma vasta gruta natural que se abria para todos os lados e para cima, sem sinal de construções. O teto rochoso exibia longas estalactites e fendas que projetavam raios solares oblíquos sobre uma piscina natural. Se as ruínas eram antigas, essa caverna era primeva. E sem tesouro.

— Shhh! Vem cá, vem cá — disse Feldon puxando a anã.

Os dois circundaram lentamente a margem da piscina natural. O elfo com olhar fixo entre os rochedos que despontavam como pequenas ilhas.

— O que é? Uma outra diabrura, mestre? — sussurrou preocupada. — Sabe exatamente o que vamos enfrentar? Posso preparar algo rapidinho no meu turíbulo.

Ele agachou-se e estimulou a anã a fazer o mesmo, aplicando uma leve pressão para baixo em seu ombro.

— Ali — apontou Feldon para o lago com um sussurro cauteloso.

Entre os rochedos, algo pareceu se mexer.

Alma não conseguiu discernir bem o que era, estava longe e nas sombras. Acompanhou seu murmúrio suave navegando, como uma ilha errante. Ao se aproximar de uma rocha baixa, a forma começou a se erguer, rompendo a superfície com um movimento deliberado. Primeiro, só uma protuberância emergiu e se expandiu, revelando uma textura relativamente lisa, porém com uma cobertura irregular de verrugas pálidas. Depois continuou a subir rasteira, revelando pernas e patas, coordenando a ascensão. Finalmente, a criatura se ergueu completamente para fora d'água, que ainda escorria em cascatas silenciosas pelo dorso. Seu deslocamento lento e pesado a levou a um largo rochedo banhado pela cortina de luz. Sob o fulgor, a grotesca forma se tornou familiar.

Era um sapo, mas não era um sapo comum.

Era um sapo gigantesco, tão alto e largo quanto um touro. Tinha olhos enormes e brilhantes que refletiam como lanternas. Sob a luz escassa, sua pele úmida era uma colcha de retalhos de verrugas e cicatrizes, e suas patas, grossas e musculosas, terminavam em dedos gordos e curtos. Sua cabeça enterrada no corpanzil projetava uma boca que se estendia de braço a braço e poderia engolir a Alma por inteira se tentasse. E por um instante, a aprendiz ponderou se mesmo Feldon ficaria com metade das pernas de fora, se fosse abocanhado.

— É real! — declarou Feldon com olhar extasiado. — Quer dizer... você está vendo o mesmo que eu, Alma?

— O senhor se refere a um sapo gigante no topo do rochedo com uma respiração pesada ecoando por toda caverna?

— Por Daga, o tesouro é real!

— Mestre, eu sei que é comum a uma anã como eu associar tesouros a gemas, metais preciosos e tapeçarias, mas mesmo preparada para encontrarmos uma riqueza excêntrica digna de mestre Daga, eu... estou confusa. O que é essa criatura? Que lugar é esse?

— Nós estamos em um salão real, Alma. E ali está uma rainha.

— O senhor e todos aqueles cadáveres lá atrás não vieram aqui para beijá-la, certo?

O elfo não piscava, encantado.

— Beijá-la não, lambê-la.

— Como é? — exclamou Alma em um impulso, denunciando sua presença à criatura real.

— Shhh! — Feldon tapou a boca da discípula com presteza.

A rainha sapa olhou na direção dos dois e abriu a bocarra em um coaxar retumbante. Mestre e discípula permaneceram imóveis, aguardando uma reação que não houve. A criatura apenas girou vagarosamente em seu próprio eixo, se posicionou com a fronte voltada para os invasores e ali ficou. Observando.

— Mestre Daga nos ensinava que nosso mundo sempre esteve repleto de resíduos dos poderes dos deuses. É de onde toda a magia se origina — sussurrou o druida, se erguendo com imenso cuidado. — Pode se levantar bem devagarzinho.

Alma obedeceu, alternando o olhar rápido entre o mestre e a sapa, reproduzindo seu gesto de reverência.

— Ele acreditava que era possível encontrar grandes concentrações desses poderes em algumas secreções da natureza — continuou. — Depois da criação da Pedra dos Pecados, eu saí da Floresta Alta e enfrentamos o Devorador de Mundos, tu já sabe a história.

— Sim, o senhor salvou o mundo e venceu a morte. Que dia de júbilo e infortúnio.

— Pois é, o óleo... — O druida se interrompeu e fitou Alma ligeiramente, cismado, mas voltou a atenção à criatura e continuou: — O óleo negro, o sangue que corria nas veias do Devorador...

— Era uma secreção do vigor dos deuses?

— Mestre Daga diria que sim.

Alma seguiu seu docente em uma caminhada cautelosa em direção à criatura, fascinada por estar há tanto tempo no mundo e continuar aprendendo coisas novas.

— Mas a lenda que ele perseguiu obstinadamente a vida toda falava de outro poder, ainda mais zika. Era sobre uma rainha imortal, nascida junto com o próprio mundo, que podia secretar do seu corpo algo mais poderoso. — Pigarreou reverente. — "Aquele que comungar com a rainha Cururuna, se abrirá ao farol luminoso que guia a alma pelas tempestades da existência". Era o que ele dizia, geralmente bêbado.

A rainha sapa trovejou outro coaxar.

Ambos hesitaram. Feldon virou a cabeça para a aprendiz com o dedo indicador nos lábios e encontrou uma expressão indagadora e entusiasmada.

— O autoconhecimento! — arriscou a anã.

Feldon se virou para a aluna, sorriu com o canto da boca e deu um rápido beliscão em sua bochecha. Era um elogio. O espírito de Alma estava incandescente. Teria finalmente encontrado a elucidação de seu dilema existencial? Era essa a sina da busca milenar que levou uma anã kottariana imortal a se unir ao elfo mais cabeça-feita da Floresta Alta?

O druida se moveu tão devagar, que ela pintou mentalmente o gesto gracioso do druida esticando o braço e dedo indicador para a cabeça da rainha anfíbia.

Contato.

A criatura não reagiu. O elfo deslizou a ponta do dedo por sobre a cabeça e em direção a uma espécie de guelra que expelia um mel luzente. A outra mão de Feldon surgiu com uma das botelhas que carregava na ponta do cajado, vagarosamente direcionada para coletar a substância. Alma não piscou nem respirou, até que um espasmo da sapa os atirou para trás.

A anã perdeu o chão, e a água a abraçou, mas dessa vez estava alerta. Curvou as costas e quando encostou no fundo raso, impulsionou as pernas retas para o alto, guiando seu corpo em um rolamento que a colocou de pé novamente, pronta para lutar, embora agora com os cabelos e a barba molhados. Mas só viu seu mestre terminando de recuperar o equilíbrio, encarando a água agitada.

O rochedo vazio.

— Mestre?

— Tá tudo bem, Alma.

— Ela... — Seu olhar varreu a caverna, em vão. — Ela se foi?

Feldon se aproximou.

— Tá tudo bem. Eu acho que era isso mesmo. — Mostrou a boca da garrafa. Havia um ponto brilhante. Um pingo restante do mel da rainha sapa. — Mestre Daga dizia que a rainha Cururuna era sábia, e em sua sabedoria entregava apenas o néctar que cada um é capaz de suportar. Não mais que uma gota.

— Mas o senhor tentou coletá-lo com uma garrafa mesmo assim.

— Ah, vai que dava certo, né? — respondeu erguendo os ombros e arqueando as sobrancelhas.

Alma riu e deixou a tensão amolecer.

— Mestre, eu estou muito grata por ter me trazido para essa aventura. Fazia muito, muito, muito tempo que não me sentia tão lépida. Aprendi tanto desde que me juntei à comunidade da Floresta Alta! E agora o senhor finalmente conseguiu encontrar o tesouro de seu próprio mestre! Estou tão feliz pelo senhor!

Feldon andou até ela empurrando a água com as canelas e se agachou até seus rostos estarem na mesma altura. Virou uma das mãos da discípula, ergueu-a e repousou em sua palma o frasco com a gota iluminada.

Alma arregalou os olhos, surpresa e confusa.

— Não, não, mestre, como assim? Não faça isso!

— É seu, Alma.

— M-mas senhor, espere. Esse era o tesouro do seu mestre! A pessoa mais importante de sua vida, que lhe acolheu, que lhe ensinou tanto! É o seu legado, há tanto tempo escondido e protegido! Esse é um momento de uma conquista tão importante para o senhor, e-eu estou... eu não sei o que eu estou — disse ela em palavras galopantes, até o fim do fôlego.

— Alma. — O elfo colocou as duas mãos da anã ao redor, reiterando sua intenção. — Lembra? Mestre Daga disse: "Aquele que comungar com a rainha Cururuna, se abrirá ao farol luminoso que guia a... Alma... pelas tempestades da existência".

Ela engoliu em seco.

— Eu nem mesmo o conheci! — ela tentou se reprovar, baixando os olhos.

— Ele era chato pra caceta às vezes. Muitas vezes. Quase sempre. Mas ele me ensinou algo importante. Humildade.

A garganta da anã se enrolou em um nó.

— Tu não gosta de me chamar de mestre? A gente tem que pelo menos tentar agir que nem um, né não?

Ela não sabia reagir. Estava confusa, grata, ansiosa, empolgada e enrolada em um cobertor de culpa. Queria acreditar que sua busca a levava para o caminho que esperava, mas ao mesmo tempo não se achava digna.

— A não ser que você não queira, aí é outro papo! — concluiu.

— Eu quero! — ela exclamou, quase como uma criança.

Feldon sorriu. Alma olhou para o pingo âmbar no bocal da garrafa. Fez um bico, estendeu a ponta da língua para fora e tal qual um pássaro, chicoteou a cabeça para frente e para trás, capturando a gota com a língua. Voltou os olhos para o mestre procurando aprovação.

— E agora?

— Agora é contigo — respondeu uma voz longínqua.

FRUTA AMARGA

ALTEMAR GAVIÃO

O HOBGOBLIN ESPREITAVA da floresta enquanto a anã montava um bode pela estrada e falava sozinha.

— Não é apenas uma questão de "a variedade certa" — disse Alma. — Mais importante do que isso é a forma de cultivo; a qualidade da terra, a quantidade certa de água, a fase da lua do plantio e até os fatores ambientais. Por exemplo, na época do Rei Ruff Ghanor os terremotos eram muito comuns. Então logo se percebeu que as ervas que cresciam em áreas de terremoto possuíam uma variação sutil em suas qualidades aromáticas. Não posso dizer que eram melhores que as outras, mas eram exóticas e muito procuradas por esse aroma singular.

O hobgoblin se aproximou sorrateiro por trás, se aproveitando do passo lento do bode e do tagarelar distraído da anã. Ele não tinha certeza se ela estava carregando alguma coisa que valesse a pena, mas era um alvo fácil demais para deixar passar. Só aí viu o estranho animal de grandes orelhas redondas, sentado na garupa do bode, mascando folhas verdes.

O animal encarou o hobgoblin com ar inquisitivo, mas não se alarmou. A bolsa grande estava bem ali, pendurada na anca do bode, ao alcance de sua mão.

"Quer saber? Foda-se esse bicho estranho", o hobgoblin pensou. Afanou a bolsa com um gesto rápido e correu em disparada pela floresta.

— Mestre, mestre, fomos roubados! — a anã gritou.

Mas era tarde demais. As pernas curtas de uma anã ou mesmo um bode carregado como Alphonse estava, não seriam páreos para o hobgoblin. Ele correu até perder o fôlego, o que demorou bastante tempo, porque era bem ligeiro, até finalmente se escorar em uma árvore para respirar. Só então pôde avaliar o resultado de seu roubo.

Foi quando a criatura apareceu. Não era a mesma orelhuda de antes, era muito maior.

O hobgoblin não sabia, mas estava diante de um canguru, de dois metros de altura, noventa quilos e braços tão grossos quanto os de um bugbear. O bicho levantou o punho e o hobgoblin esperou a morte chegar com um soco, mas ao invés disso o animal o levantou do chão, o virou de cabeça para baixo e o enfiou dentro de seu marsúpio. Depois colocou a bolsa no ombro e foi saltitando de volta para a anã enquanto o pequeno hobgoblin sacudia as pernas no ar, desesperado e humilhado.

— Olha, Alma — disse Feldon, depois de voltar à forma de elfo e deixar cair o hobgoblin de cara no chão —, eu peguei um goblin amarelo.

— É um hobgoblin, mestre — disse a anã.

— Eles não são maiorzinhos não?

— Esse é uma criança.

— Hum, estranho. De todas as centenas de vezes que eu fui assaltado por hobgoblins, eu nunca tinha visto uma criança.

— Eu não sou criança — falou o hobgoblin —, eu já tenho dez anos.

Feldon abriu a bolsa que o garoto hobgoblin havia roubado e viu que estava cheia com os suprimentos da viagem.

— Você pegou a bolsa errada — o elfo druida falou exibindo o conteúdo: cenouras, batatas, cebolas e ervas variadas —, o dinheiro tava na outra.

O garoto hobgoblin arregalou os olhos diante dos alimentos, como se estivesse mesmo diante de um tesouro. Feldon trocou olhares com Alma e viu que ela também havia deduzido a mesma coisa.

— Qual é o seu nome? — perguntou Alma, enquanto ajudava o garoto a se levantar.

— E por que você tá sozinho? — perguntou Feldon.

— Eu sou Uthok Sangradente, e eu não estou sozinho. Meu bando está escondido na floresta, cercando vocês agora mesmo. Se não me soltarem e me entregarem a bolsa eles vão atacar. Vocês vão ver, nós somos centenas.

O elfo e a anã olharam ao redor e o único movimento que havia era um coelho saltitando entre as flores.

— Tá de boa, Uthok — disse Feldon. — A gente vai com você. Mostre o caminho.

— Vão comigo para onde?

— Para a sua aldeia — disse Alma, voltando a montar em seu bode.

— É claro que eu não vou levar vocês para a minha aldeia, por que eu faria isso? Vocês são loucos?

— Vocês estão precisando de ajuda, não é? — disse Feldon.

— Tem alguém faminto e talvez doente, não tem? — disse Alma.

— Não, é claro que não — falou Uthok, entre gaguejos.

— Aqui — disse Feldon, jogando para o garoto uma maçã. — Mastigue devagar para não machucar a gengiva, Uthok Sangradente.

Uthok pegou a maçã e lhe veio a imagem de seu irmão, deitado na palha, tossindo e morrendo de fome. O garoto fez menção de querer guardar a fruta no bolso, mas Feldon o interrompeu.

— Pode comer, eu tenho mais.

Uthok suspirou, mordeu a maçã e se virou para a floresta.

— É por aqui — disse por fim.

— O primeiro que adoeceu foi Garuk Garramarga, ele era o chefe. Era muito poderoso, mas velho. Muitos guerreiros estavam querendo tomar o lugar dele, já fazia muito tempo. Por isso ele escondeu que tava doente até já estar quase morrendo. Morrer de doença é uma vergonha, então ninguém se importou com o velho. Nem ninguém pensou que mais alguém iria ficar doente também. Meu pai adoeceu depois, e mais um bocado de gente, mas ninguém contava pra ninguém. Meu pai começou a encher a cara e desafiar vários outros guerreiros para duelos até a morte. Ele queria que alguém matasse ele antes que tivesse o mesmo final do velho, mas o primeiro que aceitou acabou poupando a vida dele quando ele começou a tossir sem parar mais.

— Meus sentimentos — disse Feldon.

— Não tem problema. Quase nenhum dos meus amigos tem pai vivo, e isso mesmo antes da doença.

— E mais alguém da sua família morreu? — Alma perguntou.

Uthok limpou o nariz e não respondeu.

— Resta alguém? — Feldon perguntou.

— Meu irmão, mas ele também tá doente.

— Da última vez que uma epidemia se alastrou por Kottar foi motivo para meses de celebrações! Quanta alegria! — disse Alma.

— Por quê? — Uthok perguntou.

— Alma — Feldon disse, tentando interromper o discurso que ele sabia que viria.

— Porque a morte é uma dádiva — ela disse, empolgada.

— Como assim? — perguntou a criança.

— Alminha, acho que não... — disse Feldon, desesperado.

— Porque a vida é sofrimento e provações constantes — ela continuou. — Lutas, violência e medo. Viver é lutar para sobreviver e a morte é paz. Quem dera eu pudesse ser agraciada por essa dádiva também.

— Meu povo diz que depois da morte se vai para um lugar de banquetes e tesouros. Isso é verdade?

— Existe um lugar melhor depois da morte, mas também existe um lugar ruim.

— E meu irmão?

— Crianças sempre vão para o lugar bom, os erros só contam depois que crescem.

O menino sorriu de canto de boca. Feldon tentou entender se aquilo era bom ou ruim. Ele pelo menos parecia menos triste. O elfo decidiu deixar como estava por enquanto.

— Aí, garoto — disse Feldon —, ainda falta muito?

— É logo ali depois do pântano.

A terra firme começou a dar lugar a um terreno encharcado.

"Gavial, jacaré, capivara..." Feldon ficou repassando mentalmente os animais que conhecia e se locomoviam melhor por aquele terreno, enquanto caminhava penosamente encharcando os sapatos. "Talvez seja melhor voar".

Seus pensamentos foram interrompidos pela visão de soldados patrulhando a trilha. Uthok se escondeu instintivamente atrás das pernas de Feldon.

— O que foi, mestre? — perguntou Alma.

— Zika — respondeu Feldon — Mas podem deixar comigo que de zika eu entendo.

O elfo deixou os dois companheiros para trás e avançou em direção aos patrulheiros.

— Aí, amizade, *snif, snif* — disse fazendo gestos largos. — Como é que vocês vão? *Snif.* Estamos aqui de boa, indo visitar uns amigos.

Snif. Mais alguém tá sentindo esse cheiro? Parece que alguma coisa morreu aqui por perto.

Então os patrulheiros se viraram e o elfo pôde ver seus olhos mortos e leitosos. Um deles apontou para onde Feldon estava, mas seu braço decomposto não aguentou o próprio peso e caiu, ficando pendurado por uma tira de couro podre.

— Merda — disse o elfo voltando para onde estavam os dois companheiros.

— O que foi? — perguntou Alma.

— Era zika mesmo — Feldon respondeu.

— E você não disse que entende de zika? — desafiou Uthok.

— Tem razão.

— Sim, mestre. Inclusive o senhor já teve uma incrível morte heroica. Eu aguardo ansiosa para que o senhor tenha a oportunidade de se sacrificar dessa forma novamente. Com sorte, em definitivo.

Ok, eu já volto.

Feldon seguiu novamente à frente. Os patrulheiros mortos-vivos estavam avançando pesadamente sobre o terreno enlameado. O druida teve uma ideia e girou a pedra de seu anel mágico para o centro do dedo. O anel era o espólio de uma aventura anterior, mas já estava incorporado ao repertório de habilidades do druida, tão natural quanto sua forma selvagem. Ele apontou o anel para frente e a lama do pântano ondulou respondendo a seus pensamentos. Ela se tornou cada vez mais líquida, afundando os patrulheiros mortos-vivos à medida que eles avançavam. Um deles em desespero, para não ser completamente tragado, arrancou a própria cabeça e a segurou no alto, para fora da lama.

Feldon riu.

— Mestre, mestre, são zumbis — disse Alma.

— Eu percebi. Isso é comum por aqui, oh Sapinho?

— Sapinho? — perguntou Uthok Sangradente.

— É, você.

— É novidade pra mim também.

— Por favor, mestre — disse Alma —, mortos-vivos são o pior sacrilégio que existe. Eu não sei o que eles estão fazendo aqui, mas agora não posso simplesmente ir embora sem entregar para essas pessoas a morte que elas merecem.

— O que você quer que eu faça?

— Me deixe pelo menos pegar uma amostra, assim eu posso estudá-la e talvez descobrir a origem da maldição.

Feldon olhou para o zumbi que ainda segurava a cabeça decepada para fora da lama.

— Tive uma ideia — ele disse, erguendo mais uma vez o anel.

A água do pântano se ergueu deixando a lama para trás e formando uma espécie de bolha gigante com braços e pernas, um elemental de água. O elemental pegou a cabeça do patrulheiro zumbi e a submergiu dentro de seu corpo, mantendo-a flutuando, como se fosse sua própria cabeça. O zumbi reagiu com estranhamento.

— Eu vou chamar você de Rob — disse Feldon para o elemental.

— Rob? — perguntaram ao mesmo tempo Alma e Uthok.

— É, Rob Zumbi.

A aldeia era feita de palafitas interligadas por pontes precárias. Normalmente os hobgoblins responderiam mais agressivamente à chegada daquele trio tão incomum, mas os poucos guerreiros que restavam não estavam mais em condições de intervir. Mesmo assim, Rob Zumbi foi deixado esperando no pântano fora de vista, por enquanto.

— Aquela é a nossa cabana — apontou Uthok.

O lugar era paupérrimo. Os únicos pertences eram quatro redes, um baú e alguns cestos vazios. Somente uma das redes estava ocupada, mas era um volume tão pequeno que quase passou despercebido.

— Ulak, acorde, eu voltei.

A criança na rede abriu os olhos remelentos com dificuldade.

— Uthok, que bom. Pensei que um gavial tivesse te pegado.

"Gavial!", pensou Feldon. "Eu sabia, um gavial teria sido uma ótima ideia".

— Você achou comida?

— Sim, e trouxe gente que disse que vai ajudar.

— Antes de dar qualquer coisa para ele comer, eu gostaria de examiná-lo primeiro — disse Alma.

— Tudo bem — disse Feldon. — Vem, Sapinho. Deixa a Alma trabalhar. Enquanto isso, nós temos uma coisa pra fazer.

— O quê?

— Um rango humildão.

No centro da aldeia havia um forno a lenha e uma bancada de pedra.

— Perfeito — disse Feldon despejando o conteúdo da bolsa na bancada, o que atraiu a atenção de olhos curiosos que começaram a aparecer por entre as cortinas das janelas.

— Sapinho, por acaso dispomos de alguma proteína?

— Prote o quê?

— Carne.

— Tem um bode — ele disse apontando para Alphonse, que já estava sendo visado por algumas crianças de olhos famintos.

— Melhor não. O que mais?

— Temos pato — disse uma voz feminina.

Feldon se virou e viu uma jovem hobgoblin segurando o animal morto pendurado pelo pescoço. Atrás dela, outros aldeões começaram a se juntar, cada um trazendo algum ingrediente parco para contribuir.

— Maja! — gritou Uthok e abraçou a jovem.

— Fiquei preocupada com você, pirralho — ela disse dando um cascudo na cabeça dele e afagando seu cabelo logo depois .

— Eu trouxe ajuda.

— Um elfo?

— E uma anã. Ela está cuidando de Ulak.

— E o que eles podem fazer pra nos ajudar?

— Eu tava pensando em pato ensopado — disse Feldon.

Àquela altura toda a aldeia, ou o que restava dela, já estava ao redor da cozinha assistindo Feldon trabalhar.

— Prestem atenção que eu só vou ensinar uma vez. Primeiro vocês colocam o pato destrinchado no caldeirão só com água. Pato tem carne dura, então a gente precisa amolecer ele primeiro. Depois que já tiver cozinhado um pouquinho a gente acrescenta a cebola e vamos para os temperos. Por sorte hoje nós temos uma boa variedade, cortesia da minha amiga Alma. Páprica, açafrão, manjericão e umas coisinhas que ela faz e não me explicou o que era, mas podem confiar. Vamos mexendo pra não queimar o caldo do fundo da panela. O cheiro nessa hora fica maravilhoso. Aí vamos adicionar um pouco de água e azeite. E é isso.

— Posso botar pimenta? — perguntou um jovem da plateia.

— Claro! Vai ficar ótimo com pimenta, mas aí vai de cada um, nem todo mundo aguenta pimenta.

— Quem esse elfo acha que é, pra dizer que um hobgoblin não aguenta pimenta? — disse um valentão, logo calado a pancadas pelo resto da audiência que estava mais preocupada em comer.

— E agora? — perguntou Maja.

— A gente espera — disse Feldon — até o pato terminar de cozinhar e o caldo engrossar.

— Ulak vai adorar — disse Uthok.

— Enquanto isso — disse Feldon a Maja —, por que você não me fala sobre os zumbis do pântano?

— Tem zumbis no pântano? — ela perguntou.

— Vocês não sabiam?

— Um bando de zumbis vestidos de guardas da tinturaria atacou a gente no caminho pra cá — disse Uthok.

— Tinturaria? — perguntou o elfo.

— É um lugar novo — disse Maja —, uns humanos construíram ano passado. Fica rio acima, fora do pântano. Não gostamos daquele povo, eles deixam a água suja.

O elfo coçou o queixo pensativo.

— Senhor Feldon, o pato tá pronto?

— Acho que sim, vamos experimentar.

Feldon abriu o caldeirão, e o cheiro de pato deixou a aldeia inteira ansiosa. Ele pegou um pouco do caldo com a colher de pau e provou.

— E aí? — perguntou Uthok.

— Perfeito, comeria oito.

Os aldeões gritaram em comemoração e avançaram contra o caldeirão com vasilhas em mãos. Uthok, eufórico, encheu a sua e estava prestes a correr até sua cabana quando viu Alma chegando pesarosa.

— Eu tenho más notícias — ela disse.

As mãos do pequeno hobgoblin tremeram quase largando a vasilha de ensopado, Se seu conteúdo não fosse tão valioso, teria deixado cair.

— Infelizmente ele não vai morrer — disse a anã.

— O quê? — perguntou Uthok.

— Seja lá o que for que esteja matando os aldeões, não foi o que ele pegou. É só uma gripe comum que piorou por causa da desnutrição. Ele só precisa se alimentar direito e se manter hidratado que vai sobreviver.

Maja e Uthok ficaram atônitos, processando a informação.

Feldon gargalhou.

— Vai, Sapinho — ele disse empurrando o garoto. — Não ouviu o que ela disse? Leva logo o pato pro seu irmão. Ele deve estar com fome.

A cor voltou para o rosto da criança e um sorriso se formou. Ele então correu para dentro de sua cabana.

— O nome dele é Ithigar Olhossangrento — disse Maja, ao lado da cama do hobgoblin doente.

— Vocês hobgoblins estão sempre sangrando por algum lugar? — perguntou Feldon.

— Na maior parte do tempo, sim.

Feldon pediu para que Rob depositasse sua cabeça de zumbi em cima da mesa e a usou para comparar com a de Ithigar. Ele percebeu um ressecamento na pele e uma amarelidão doentia nos olhos de ambos.

— E então? — perguntou Maja.

— Não é minha área, mas acho que eu sei uma coisa ou outra. Por exemplo, magia de cura não funciona nisso aí, então eu posso dizer com certeza que a doença também é mágica. E também que, o que quer que seja que os aldeões têm, o Rob aqui também tinha antes de virar zumbi.

— Você acha que a doença transforma as pessoas em zumbis?

— Se fosse assim, algum dos aldeões já teria se transformado.

— Não necessariamente.

— Como assim?

— Nós queimamos nossos mortos.

— Quanto tempo depois?

— Imediatamente depois. Se a gente perdesse tempo com velórios, não faríamos outra coisa nessa vida.

Feldon coçou novamente o queixo lustrando uma ideia.

— Hum, nesse caso, temos como testar sua teoria.

— Tia Alma, o que é isso? — perguntou Ulak, segurando um ramo de uma pequena planta de flores brancas. O garoto hobgoblin já estava completamente recuperado, com ajuda da magia druídica de Feldon.

— É uma *alisma plantago-aquatica.* As raízes dela servem pra comer. Pode guardar.

— E essa? — perguntou Uthok, segurando uma flor lilás.

— *Bearded rhizomatous irises.* Também é comestível. Procure as raízes. Elas parecem batatas.

Alma estava levando as duas crianças para procurar suprimentos pelo pântano. Ela se surpreendeu com o quanto a aldeia estava despreparada para sobreviver. Aparentemente eles viviam apenas de saques e furtos, mas agora sem os guerreiros, precisavam reaprender tudo do zero.

— Tia Alma, onde você aprendeu tanto sobre plantas? — perguntou Ulak.

— Bem, eu tive vários mestres, também estudei em algumas academias, mas a maior parte eu acho que aprendi sozinha.

— Minha vovó entendia de plantas. Ela me ensinou a fazer chá para dor de barriga. E você, tia Alma, você também tinha avó?

A pergunta causou uma nostalgia repentina. Alma acumulou muitas memórias em sua vida imortal, tantas que era complicado ficar voltando no tempo. As memórias de sua avó eram tão distantes e não eram acessadas há tanto tempo que a própria Alma sentiu como se estivesse revivendo aqueles momentos. Se viu em um quintal onde as galinhas não deixavam a grama nascer, perguntando à avó porque um arbusto específico era o único que as galinhas deixavam em paz.

— Porque aquilo é mandioca-brava, minha filha. É venenoso e as galinhas sabem.

— As galinhas não querem morrer, vovó?

— Claro que não, querida.

— Que tontas.

Sua avó era autodidata e tinha um herbário bem detalhado cheio de nomes inventados para as plantas medicinais de seu jardim. Patas de aranhas, asas de morcego, olhos de príncipe.

— Olhos de príncipe — disse Alma de volta ao presente, segurando um cacho de frutas vermelhas.

— Que nome esquisito, tia Alma — disse Ulak.

Alma espremeu a casca e revelou uma fruta muito parecida com um olho humano.

— Waraná — disse Uthok.

— Você conhecia? — perguntou Alma.

— Sim — disse o garoto —, antes tinham muitas por aqui, mas acabaram. Elas ficavam subindo o rio.

— Subindo o rio tem a tinturaria, né?

— Tem.

No centro da aldeia havia um grande salão que era usado para reuniões e rituais religiosos. Feldon havia improvisado ali uma enfermaria. Todos os doentes e fracos demais para se levantarem estavam reunidos lá.

— Então, Feldon — disse Maja —. Por que um elfo druida da Floresta Alta decidiu ajudar uma aldeia esquecida de hobgoblins?

— Uma criança com fome não é um motivo suficiente?

— Puro heroísmo, então?

— Exatamente — ele falou preparando o cachimbo —, inclusive já salvei o mundo uma vez — disse soltando uma baforada.

— Tem certeza de que é saudável fumar na presença dos doentes?

— Confie em mim, ninguém vai morrer por causa disso.

— Eu quero uma tragada. — O moribundo Ithigar Olhosangrento levantou a mão deitado em sua maca.

Maja e Feldon olharam para ele surpresos. Maja encarou Feldon com cara de censura.

O elfo deu de ombros e estendeu o cachimbo.

— Dá um tapa aí!

Maja revirou os olhos e continuou.

— Eu ouvi canções sobre sua luta contra Zamir, o dragão vermelho...

— Admito que fiz pouca coisa nessa daí.

— ...depois os Cavaleiros do Caos...

— Minhas memórias sobre essa são um pouco embaçadas.

— ...e por fim o Devorador de Mundos.

— Nessa eu fui foda mesmo, mandei bem demais.

— Isso tudo foi verdade mesmo?

— Não sei exatamente que versão você ouviu, mas basicamente sim.

Ithigar tossiu sua última baforada e estendeu o cachimbo para Maja.

— Ela desce suave, mas bate forte — disse Ithigar.

— Né? — disse Feldon. — Alma quem faz.

Maja ficou encarando o objeto enquanto os outros esperavam para ver sua reação. Ela pegou o cachimbo por fim.

Feldon aplaudiu. Ithigar deu uma risadinha.

— Imagino que salvar o mundo trouxe muitas recompensas — ela disse antes de levar o cachimbo à boca.

— Para alguns de nós sim, mas eu sou um cara humildão. Gosto de viver das bênçãos que a natureza me dá.

— Um herói clássico — ela disse entre tosses.

Feldon deu um tapinha nas costas da hobgoblin e pegou de volta seu cachimbo.

— Mas e você? — ele perguntou.

— Eu? Eu estou lutando para tentar salvar meu povo.

— Sim, mas não vejo seu povo lutando para salvar a si mesmo. Fora o Sapinho. E a melhor ideia que ele teve foi roubar minha comida. Já você é a pessoa mais articulada e inteligente daqui.

— Não sei o que você quer dizer.

— Nós dois estamos aqui juntos fazendo uma experiência científica. Eu não vi mais ninguém se voluntariando.

Maja achou graça.

— Os hobgoblins foram feitos para servir. Lutamos melhor pelos outros do que por nós mesmos.

— Então é isso que te motiva, você quer a autonomia do seu povo?

— Não exatamente. Eu...

Ithigar Olhossangrento gemeu e se contorceu.

— Está chegando a hora — disse Feldon. Outros hobgoblins já sabiam o que fazer. Eles levaram Ithigar para fora da enfermaria em sua maca improvisada e o amarraram.

— Queria que fosse de outro jeito, amigo. Normalmente eu daria um bagulhinho pra dor ou pra encurtar o sofrimento, mas a gente precisa saber o que tá rolando aqui e esse tipo de interferência atrapalharia.

Ithigar encarou Feldon com olhos furiosos.

— Dói menos que a última espadada que eu levei de um elfo — disse Ithigar.

— Eu sei. Quando eu morri também não foi fácil.

— Espero que morra sofrendo de novo, seu desgraçado.

— Um dia, mas não hoje. A gente se vê do outro lado, guerreiro.

Maja encarou todo o processo, mas Feldon virou o rosto nos últimos momentos de Ithigar.

— E agora? — perguntou Maja, depois que finalmente acabou.

— Esperamos, mas mantenha a pira pronta.

— É uma bela montaria que você tem aí, moça — disse o guarda da tinturaria quando a anã parou seu bode junto das carroças de mercadores.

— Muito obrigada, senhor. O nome dele é Alphonse XIII.

— Ele parece ser bem forte. Será que aguenta o peso de um humano?

— Até dois, senhor, mas temo que precise ser um humano pequeno, ou vai ficar arrastando os pés no chão.

— Uma pena. E a moça quer entrar?

— Sim, senhor.

— Veio fazer negócio?

— Não, não, senhor. Vim investigar se tem alguém aí dentro fazendo alguma experiência perigosa com necromancia.

— Ah, tá. O chefe avisou que isso poderia acontecer. Eu vou chamá-lo.

A tinturaria era um lugar estranho. Um terreno murado e protegido, com vários galpões grandes em seu interior. Lembrava um quartel militar de fronteira, mas com um cheiro forte de química no ar. Alma apurou os sentidos e conseguiu identificar vários ácidos e alcalinos e, é claro, urina humana, um agente clareador barato e muito popular.

O lugar também estava apinhado de comerciantes, que entravam com carroças e saiam carregados com grandes rolos de tecidos multicoloridos. Algumas pessoas também pareciam morar ali. Alma conseguia distinguir casas, pomares, hortas e um galinheiro.

O guarda voltou trazendo o chefe. Um homem velho vestindo um manto preto ornamentado com ossos. Alma sabia que apenas dois tipos de pessoas se vestiam daquele jeito.

— O senhor também é de Kottar? — Alma perguntou.

— Não, por quê? — disse o velho.

— Por nada, senhor. Gostei da sua roupa.

— Obrigado. Meu nome é Varg Vikernes — ele falou fazendo uma mesura desnecessariamente formal.

— Eu sou Alma, senhor — ela respondeu fazendo uma mesura igualmente pomposa segurando uma saia imaginária.

— É um prazer. Então, minha boa Alma. Que autoridade solicitou que você viesse fiscalizar nossas instalações?

— Apenas a minha curiosidade, senhor.

Vikernes olhou para o guarda de forma inquisitiva. Ele apenas deu de ombros.

— A senhorita é engraçada. Então, eu tenho bons negócios com Sammelen, e, apesar de próximos, estamos fora da fronteira de Kottar. Ghanor atualmente não tem autoridade. Então, a quem a senhora responde?

— Bom, senhor, eu tenho um mestre e ele tem um certo grau de importância na Floresta Alta.

— Ah, sim, é claro. — Vikernes fez menção para que o guarda saísse do caminho. — Venha, senhorita. Vou lhe mostrar as nossas instalações, e desde já posso lhe garantir que nenhuma necromancia é praticada aqui.

O guarda voltou ao seu posto e esperou até que os dois saíssem de vista para dar uma inspecionada mais de perto no magnífico animal que a anã havia trazido, mas se surpreendeu quando não o encontrou.

— Ué, terá fugido?

Procurando pelos arredores, o guarda avistou Alphonse XIII bizarramente caminhando sobre duas patas até dentro de um galinheiro.

— Que porra é essa?

Quando chegou à porta do galinheiro, o guarda encontrou apenas as galinhas de sempre.

Confuso, se benzeu e voltou para o seu posto.

Feldon cacarejava enquanto passeava pela tinturaria na forma de galinha. Com a velocidade e discrição do corpo galináceo, ele conseguiu ter uma boa vista das instalações nada suspeitas, pelo menos na parte que era exposta ao público. Porém, os anos como aventureiro tornaram-no experiente o bastante para saber onde os necromantes escondem seus segredos.

Quando Ithigar, depois de morto, se levantou e começou a tentar morder seus amigos, ficou claro para todos a origem dos zumbis do pântano. Por sorte, os costumes mortuários dos hobgoblins (ou melhor, a falta deles) havia protegido a aldeia de um desastre maior. Então Alma voltou do pântano trazendo uma planta rara, supostamente extinta, com propriedades mágicas misteriosas. Era a última peça do quebra-cabeças.

A doença e os zumbis eram resultado de algo que estavam fazendo na tinturaria. Faltava descobrir se era acidental ou de propósito. Independente de qual fosse a resposta, Feldon estava muito propenso a trazer o lugar inteiro abaixo. Claro que ele preferia, a paz, o amor, e uma garrafa de vinho, mas ainda era um druida, a natureza era sua mestra e ele a sentia enraivecida contra aquele lugar sujo.

— Posso invadir o lugar facinho, facinho, como um passarinho — disse na reunião de planejamento.

— Mas, mestre — disse Alma —, se há um necromante chefiando o lugar, que é o que suspeitamos por haver mortos-vivos envolvidos, ele deve ter proteções contra isso.

— E entramos como, então?

— Pela porta da frente — disse Maja.

— E você acha que eles nos deixariam entrar sem problemas? — Feldon perguntou.

— Vocês dois, com certeza não, mas ela sozinha... — Maja apontou para Alma. — Olhe para ela, quem imaginaria algum perigo vindo dessa pessoinha?

— Perigosa, eu? — Alma disse colocando as mãos nas bochechas rosadas.

— Tá vendo o que eu disse?

— Pode ser — disse Feldon. — Mesmo assim, quero ir junto, sem que ninguém me veja.

Próximo ao muro sul, a galinha-Feldon encontrou a plantação de waraná. Bem onde Alma previu que estaria. Ele seguiu por entre os arbustos baixos até o muro, onde voltou a ser um elfo. Ao toque de sua mão, onde antes havia apenas toras sólidas, a madeira se contorceu até moldar uma porta, que Feldon abriu para o bosque.

O elfo assoviou e Ulak e Uthok, surgiram do meio das árvores.

— Muito bem, pirralhos, vocês sabem o que fazer.

— Certo, tio Feldon — disse Ulak.

— Não deixem ninguém ver vocês. Tem mais uma coisa que eu preciso encontrar.

— O que? — perguntou Utok.

— O calabouço, é claro.

— Que calabouço?

— Vai na minha, onde tem necromante, tem um calabouço.

Um novo cheiro se tornou presente no ar à medida que Alma adentrava na tinturaria: magia. E dessa vez tinha o cheiro específico de waraná.

Vikernes andava nervosamente ao lado dela, parando sempre que se lembrava que a anã não conseguia acompanhar suas passadas longas.

— ...então, assim os trabalhadores não precisam conhecer todo o processo, apenas uma pequena parte, que executa e depois passa para o próximo.

— Interessante, e como o senhor chama esse processo?

— Indústria, achamos que vai ser uma verdadeira revolução.

— E onde entram os mortos-vivos?

— Perdão? — Vikernes estancou.

— Você sabe, zumbis.

— Como assim, senhorita?

— Encontrei zumbis no pântano vindo para cá, e eles estavam usando o uniforme dos seus guardas.

— Ah, sofremos um terrível ataque de um vampiro na semana passada. Uma verdadeira lástima. Precisamos contratar alguns aventureiros para resolver a situação, nós pensávamos que eles tinham cumprido o combinado, mas pelo visto havia essas questões pendentes que nos escaparam. Espero que a senhorita não tenha se machucado.

— Por sorte não.

Nessa hora um carregador com cara de cansado deixou cair um rolo de tecido que rolou pelo pavimento até os pés de Alma. Ela se abaixou para apanhá-lo e ficou fascinada com o toque macio e acetinado, com as cores vibrantes.

— Parece mágico.

— Não é?

— Não, eu quero dizer literalmente. O senhor usou magia para tingir isso?

Vikernes sorriu e deu de ombros.

— A indústria tem seus segredos — ele disse.

Nessa hora um estranho ruído ecoou pela tinturaria. Gritos e confusão, objetos quebrando e pessoas correndo. Alma e o chefe instintivamente correram em direção ao perigo e viram uma horda de zumbis atacando os trabalhadores.

— Será que o vampiro voltou? — Alma perguntou.

— Sim... claro — gaguejou Vikernes —, deve ter sido isso.

Alma rapidamente concentrou-se para enfrentar a ameaça. Sua expressão gentil deu lugar a uma determinação feroz enquanto ela sacava seu turíbulo. O artefato, normalmente usado por sacerdotes para abençoar ambientes, nas mãos de Alma se tornava uma arma. Girando o objeto como um mangual, a anã o usou para partir as cabeças de alguns zumbis antes de decidir mudar para uma abordagem mais eficiente.

— O que está fazendo? — perguntou Vikernes.

— Queimando incenso — disse Alma preparando suas ervas e as acendendo em seu turíbulo.

— E agora é hora para isso?

Ela tinha vários incensos prontos para lidar com todo tipo de situação. E como uma boa cidadã de Kottar, mortos-vivos estavam sempre no topo da sua lista de inimigos.

A fumaça esverdeada se espalhou por entre os zumbis, causando reações diversas. Alguns se afastavam com cara de nojo, outros morriam, e alguns até explodiam ao entrarem em contato com a fumaça.

— Que tipo de magia é essa tão eficiente contra mortos-vivos?

— Do tipo que cura — Alma disse com cara de desgosto.

De fato, a magia que traz mortos de volta à vida e a magia que afasta os vivos da morte tendem a se anular, repelir, ou mesmo se aniquilarem quando entravam em contato. A magia que Alma menos gostava, era também sua arma mais eficiente contra os inimigos de sua fé.

Os trabalhadores aproveitaram o tempo que Alma havia conseguido para fugirem todos para fora das instalações. Fechando os portões atrás deles, deixando os zumbis presos.

— Agora que estamos todos a salvo, podemos planejar um jeito de tomar a tinturaria de volta dos mortos — disse Vikernes.

— Mas chefe, e o que vamos fazer quanto ao incêndio? — perguntou o guarda do portão.

— Que incêndio?

E nessa hora os produtos químicos explodiram.

Vikernes caiu de joelhos diante da visão de seu trabalho em chamas.

— Nós... nós ainda podemos salvar esse lugar. Se cada um ajudar com água...

— Deixe queimar — disse Feldon acendendo o cachimbo.

A multidão de trabalhadores abriu espaço para o elfo que aparentemente havia surgido do nada.

— Quem é você? — indagou um espantado Vikernes.

— Mestre, o senhor está bem? — perguntou Alma. — Por um instante eu tive esperança que o senhor pudesse ter perecido nas chamas e que de repente a obliteração total em cinzas pudesse até mesmo anular o efeito do óleo negro.

— Não foi dessa vez, sinto muito.

— Foi você quem fez isso, não foi? — perguntou Vikernes a Feldon.

— Eu mesmo, chefia. Mas eu fiz muito pouco na verdade. Só precisei libertar os grilhões dos zumbis que você escravizava na masmorra e a revolução começou sozinha.

— Escravos zumbis? — perguntou o guarda do portão. — Isso é verdade, chefe?

— Não sei do que ele está falando.

— Então foi isso que aconteceu com o Júlio — disse o guarda do portão.

A multidão de trabalhadores começou a se agitar e outros nomes eram citados. Amigos trabalhadores que passaram mal de tanto trabalhar e que depois não foram mais vistos. Algumas pessoas também começaram a reconhecer rostos entre os zumbis que se espremiam contra os portões.

— Filho da puta! — disse o guarda. — Então é isso o que acontece quando alguém é demitido? Era isso o que você ia fazer com todos nós?

Vikernes deixou os ombros caírem.

— Tudo o que eu queria era alguma coisa que fizesse os funcionários trabalharem por mais tempo sem se cansarem. Foi quando a bruxa do pântano apareceu e me apresentou a fruta dos olhos do demônio e disse que ela me daria exatamente o que eu queria.

— Você quer dizer o waraná? — perguntou Alma.

— A poção funcionou bem no começo, mas o uso excessivo começou a fazer com que os trabalhadores ficassem doentes e morressem. Os zumbis foram um efeito colateral imprevisto.

— Então você decidiu escravizá-los — disse Feldon —, fazendo-os trabalhar até depois de mortos.

— Ei, é como dizem em Sammelen: toda crise é também uma oportunidade.

— Mas é um filho da puta mesmo! — disse Feldon, e se transformou em um mandril.

As pessoas se afastaram com medo da visão do símio horrendo de nariz azul e presas enormes.

— Esse macaco estranho deveria me intimidar? — o necromante perguntou.

Mas a transformação não parou. O corpo do mandril cresceu até o tamanho de um urso pardo, e finalmente atacou.

O necromante foi mais rápido que o druida e agarrou Alma por trás usando-a de escudo contra o mandril gigante e a multidão enfurecida.

— Você é um druida poderoso, não é, elfo? Dá pra ver. Você poderia acabar com esse incêndio facilmente com uma magia se precisasse, não poderia?

O mandril-Feldon urrou em resposta.

— Pois faça agora, elfo. Apague esse incêndio com sua magia, ou eu vou ferir sua pequena protegida.

O mandril fez um barulho que parecia ainda mais assustador que o urro de antes, até todos entenderem que aquilo na verdade era uma risada.

— Qual a graça? — perguntou Vikernes.

A graça era que as pessoas continuavam achando que Alma, por ser sua discípula, precisava de sua proteção. Ele era o mestre porque ele tinha algo a ensinar, mas proteção? Alma se protegia sozinha.

Alma levantou sua mão e tocou a do necromante que a segurava pelo pescoço. Vikernes imediatamente sentiu como se seu sangue tivesse pegado fogo. Seu braço começou a explodir em pústulas e tumores dos dedos até o ombro.

— O que você fez, sua bruxa?

O Feldon mandril gigante aproveitou a oportunidade para decapitar o necromante com uma patada só.

Alma suspirou deprimida.

— O que ela tem? — perguntou o guarda do portão. — Está com pena do necromante?

— Não é pena, — disse Feldon voltando à forma élfica e colocando a mão sobre o ombro da discípula para consolá-la — é inveja.

— O mundo é injusto — concluiu a anã.

A multidão não entendeu muito bem a conversa, mas aos poucos foram todos embora, lamentando o que perderam, mas felizes por estarem vivos e pelo mal ter sido punido.

— Acho que esse é o fim da revolução industrial — disse Alma, enquanto ela e Feldon desciam o rio em direção ao pântano.

— Espero que demore bastante até alguém vir com uma ideia dessas de novo.

Os irmãos Sangradentes os alcançaram, montados no verdadeiro Alphonse XIII, carregando um pesado saco de frutas vermelhas.

— Tia Alma, tio Feldon, será que esse tanto dá?

Alma olhou o conteúdo do saco e ficou admirada com o trabalho das crianças.

— Com isso eu acho que consigo criar um antídoto para todo mundo na aldeia.

— Tem certeza? — perguntou Feldon. — Você nunca trabalhou com essa planta antes, nunca lidou com essa doença.

— A magia nessa planta é poderosa, se eu encontrar o catalisador mágico adequado, algo também poderoso, tenho certeza de que posso encontrar a cura. Mas alguns aldeões não têm muito tempo.

Feldon respirou fundo, ponderando uma decisão. Depois enfiou a mão em sua bolsa e tirou de lá um pequeno frasco com uma substância densa e negra.

— Talvez isso ajude — disse ele arremessando o frasco para sua discípula.

— Me-mestre, isso é...?

— Na situação em que eu entrei em contato com essa coisa havia bastante dela espalhada por todo lugar. Só tenho isso, mas é por uma boa causa. Achei que seria uma boa ideia guardar um pouquinho porque... você sabe... vai que.

— Vai que... — repetiu Alma enquanto examinava atônita o óleo negro.

— Sobre a bruxa do pântano... — perguntou Feldon.

— Então, você descobriu — respondeu Maja.

Os dois estavam sozinhos, perto de uma árvore bonita. Aos pés dela eles haviam enterrado a cabeça de Rob. A um gesto de seu anel, Feldon tinha feito o corpo elemental se desfazer enquanto regava as sementes que Alma havia dado. A magia do druida as fez crescer rapidamente criando um bonito local de descanso.

— Eu suspeitava — disse Feldon preparando o cachimbo.

Maja se abaixou para colher uma flor.

— Um herói como você não costuma deixar esse tipo de coisa sem punição, não é?

— Não — ele disse soltando fumaça —, eu não deixo, mas quero ouvir sua versão primeiro.

— Quer saber se foi acidental ou de propósito?

— Eu imagino que tenha começado por acidente, mas você deixou rolar.

— Eu não sou uma bruxa de verdade, eu sabia o que o waraná podia fazer, mas não sabia como fazer. Precisei daquele necromante ganancioso, para fazer a coisa funcionar direito.

— E funcionou? Para mim pareceu um desastre.

— Será? Só os velhos morreram, os que tinham cabeças duras demais para sair do paradigma de servidão. Os jovens vão crescer para ter vontade própria e um novo caminho.

— Sob sua liderança.

Maja sorriu e esmagou a flor.

— Vai me matar agora?

O druida apagou a chama, limpou o cachimbo e o guardou.

— Eu já fiz isso — ele disse, dando as costas —, horas atrás. Eu me transformei na criatura mais mortal do mundo e te piquei enquanto você dormia.

— O quê? — disse Maja apalpando o corpo procurando por uma ferida. — Eu não senti nada. Não é verdade, eu teria percebido.

— Vai ser lento, e você vai sofrer, tanto quanto Ithigar Olhosangrento e os outros.

Maja arregalou os olhos de temor, quando entendeu.

— A criatura mais mortal do mundo: o mosquito do pântano. Sabe como chamam a doença que ele transmite?

— Filho da puta, traiçoeiro. Você é... você é...

— Eu sei — ele disse, sorrindo enquanto se afastava. — Eu sou.

Alma conseguiu produzir um remédio para aquele que ficou conhecido como o Mal dos Olhos Amarelos. Porém para isso ela precisou usar até a última gota da amostra do óleo negro de Feldon.

A próxima geração de hobgoblins precisaria procurar alternativas para seu modo de vida. Sempre haveria guerras para lutar, mas também haveria tempos de paz e nessas ocasiões a aldeia se manteria através do comércio de uma bebida energética e inofensiva feita de waraná.

No dia da partida a aldeia inteira estava presente para se despedir, com uma exceção.

— Ninguém encontrou Maja?

— Desculpe, tia Alma, mas ela tá sumida desde o ataque à tinturaria. Nós procuramos por todo o pântano, mas acho que deve ter ido pra longe.

— Por que será que ela foi embora? — Alma perguntou.

— Cada um sabe onde sua bota aperta — disse Feldon, mas ninguém entendeu muito bem.

— Tem certeza de que vocês não podem ficar? — perguntou Uthok.

— Você ia gostar se a gente ficasse, Sapinho?

— Claro que não.

— Então é uma pena, mas vamos ter que ir.

— Eu não ia gostar, mas também não faria questão.

Feldon deu um cascudo e um afago na cabeça da criança.

Na estrada, Feldon caminhava ao lado de Alma montada em Alphonse, e um sorriso orgulhoso lhe surgiu de repente.

— O que foi, mestre? — perguntou Alma.

— Menina, eu sempre soube que você tinha um talento genial, mas olha o que você fez.

— O que eu fiz, mestre?

Os dois pararam um instante.

— Você redescobriu uma planta rara que o mundo todo achou que estava extinta, criou um remédio para uma doença que poderia ter mergulhado o mundo no caos e salvou muitas vidas.

— É verdade. Eu fiz tudo isso mesmo, não fiz? — ela disse sorrindo.

— Sim. Eu sei que você é a melhor herbalista do mundo e tal, mas, olha, dessa vez você se superou.

Alma arregalou os olhos de espanto.

— Eu me superei? — Agora lágrimas fartas escorriam em seu rosto.

— Com certeza. Mas tá chorando por quê, criatura??

— Porque desse jeito eu não vou morrer nunca!

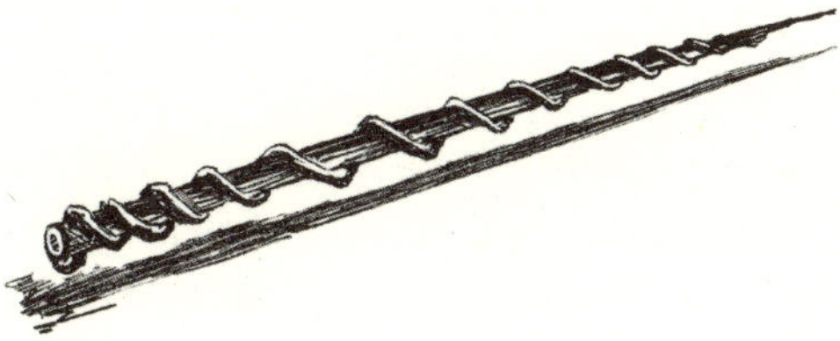

O ABISMO

ENÉIAS TAVARES

— UM BRINDE, RAPAZIADA! — gritou Feldon. Deixou até o inseparável cachimbo de lado para levantar a caneca.

No seio do Bosque da Raposa, numa clareira recém-encontrada, o fogo crepitava alegria na face dos quatro aventureiros.

— Um brinde a todos os heróis — brindou em resposta Mariet, uma ex-cavaleira de São Theodric. Já estava um pouco alta pelo efeito do vinho de quinta categoria comprado pelo elfo, e por isso ria fácil, o que não era normal.

— E aos companheiros! — respondeu Alma.

— Isso! Aos companheiros! — completou o elfo.

Faltava só a resposta do gigante bárbaro, Dregar, que olhou para os três e então para a sua caneca de vinho, perdido em pensamentos.

— Brinde, grandão! Brinde! — reforçou Alma.

— Um brinde aos companheiros! — disse finalmente o gigante.

Junto de Alma, o bode Alphonse esfregava seus chifres curvados, como se quisesse participar da festa. A anã o recompensou com um naco de carne e recebeu de volta um balido estridente.

O grupo tinha resolvido passar a noite ali por ideia de Feldon, que normalmente preferia as matas fechadas às estradas abertas. A descontração era atípica frente ao que enfrentariam em breve. Estavam prestes a embarcar em uma jornada perigosa, e não teriam conforto por algum tempo.

Dias antes, Feldon e Alma estavam numa taverna, acompanhados do gigante. Dregar dizia ter fugido de um casamento por obrigação e por isso foi acolhido pela dupla. Mariet os abordou quando estavam prestes a jantar.

Feldon a conhecia de tempos distantes, quando ainda era de fato uma cavaleira e não havia perdido sua honra, sua fé e a santidade de sua armadura. A armadura ainda permanecia, mas o metal estava sujo, as juntas desgastadas e seu brasão, um falcão carregando uma espada nas garras, enferrujado. Só três coisas continuavam realmente iguais: o rosto firme e bem desenhado, a pele clara emoldurada por seus inequívocos cabelos de neve, e suas armas, afiadíssimas. Vista de perto, parecia uma rainha de inegável maturidade e nobreza.

O elfo achava uma pena que o que antes era fé, justiça e honra, tivessem se transformado na dedicação inequívoca a serviços mercenários, mas isso tinha lá suas vantagens. Pois Mariet não vinha de mãos vazias: trazia consigo uma proposta vantajosa para o grupo.

— A recompensa oferecida pelo meu empregador é o suficiente para pagar pelo menos um ano de festas e confortos — disse ela jogando algumas moedas na mesa dos três enquanto arrastava um banco sem esperar convite.

O druida deu de ombros, rindo.

— Olha, Mariet, sei que a gente já trabalhou junto, mas essas moedas aí mal pagam a conta desta noite. Quanto mais de um ano inteiro de farra...

— Há muito mais de onde essas vieram.

Dregar tentou pegar uma das moedas para atestar sua qualidade, mas os dedos grossos e rústicos eram grandes demais.

— Então desembucha! — falou Feldon se ajeitando na cadeira

Mariet fez um instante de suspense, pigarreou e chegou mais próxima dos amigos de mesa.

— Fui contratada por um mago chamado Jull-Ferr. Ele precisa de dois artefatos: um para ressuscitar sua amada, assassinada por um mago rival, outro para se vingar. O que acredito ser um direito justo.

— Ressuscitar? Tem certeza? — indagou Feldon, que conhecia essa experiência de perto.

— Parece curiosíssimo, mestre — completou Alma.

— E você quer ajuda? — perguntou o gigante.

— Exato — respondeu a ex-cavaleira por fim.

Feldon deu um trago em seu cachimbo e botou os pés sobre a mesa.

— Por que acho que nossa resposta vai ser sim, mesmo quando devia ser não?

Três dias depois, ali estavam eles, no meio do Bosque da Raposa, prestes a se dividir para que pudessem buscar os artefatos com mais eficiência.

— O que vocês farão com seus pagamentos? — perguntou Alma, pegando mais um pedaço da carne que assava na fogueira e de novo dividindo um bocado com Alphonse. Àquela altura, o bode já havia comido mais que ela.

Dregar foi o primeiro a responder.

— Vou visitar todas as tavernas que conseguir e me fartar de boa carne e boa companhia.

Alma achou curiosa a resposta do gigante. Já havia conversado com o bárbaro várias outras vezes, mas sentia que algo no passado dele não batia. Era um segredo que, se houvesse tempo, ainda iria desvendar.

— Eu vou juntar meu dinheiro com o da Alminha aqui e vamos viajar o mundo pesquisando todo tipo de erva!

O grupo então voltou-se para Mariet.

— Quero reformar minha armadura e provar que posso ser digna de admiração. Fazer o bem máximo, mesmo tendo aberto mão da minha fé. Continuarei buscando uma missão que realmente prove meu valor, como tenho feito por todos esses anos.

Todos concordaram e Feldon retirou de sua bolsa um mapa de bordas gastas. Alphonse tentava procurar um vão para espiar, como se pudesse opinar também.

— Eu e Mariet vamos pelo sul, para Pedra de Visgar. Já Alma e Dregar, vão pelo norte, para a Torre da Angústia. São os últimos paradeiros dos artefatos. Depois seguimos viagem juntos até a torre de Jull-Ferr para receber nosso pagamento. Esse é um detalhe importante, Mariet. Primeiro a bufunfa e depois a gente entrega os badulaques.

Alma e Dregar esperaram a resposta da ex-cavaleira.

— Eu sei a importância do ouro, Feldon. Sou uma mercenária, afinal.

Uma hora depois, as garrafas esvaziaram, o fogo acalmou e restaram apenas os ruídos da noite e os estalos da erva no cachimbo de Feldon.

O elfo e a ex-cavaleira estavam na estrada há sete dias. Nesse período, praticamente não houve conversa, não por falta de tentativa de Feldon. Mariet foi ficando cada vez mais introspectiva conforme prosseguiram. No máximo soltava respostas monossilábicas.

Os dois tinham sido parceiros de uma missão frustrada certa vez. Talvez o fracasso tivesse deixado alguma marca. Mariet bradava a todos que tinha se tornado mercenária, mas parecia desconfortável em seu papel.

No fim, o druida decidiu que não valia a pena insistir. Preferiu manter a superfície festiva de sempre mesmo que alegrasse só a si mesmo. Deixou-se mergulhar nas energias silenciosas e tranquilizadoras das ervas que Alma havia preparado de antemão para seu cachimbo.

Provavelmente por isso não notou a coruja feita de névoa que os acompanhava diligentemente por toda a viagem.

A anã seguia pela trilha, montada em Alphonse e acompanhada pelo gigante. O movimento da viagem fazia com que os tubos e recipientes que carregava chacoalhassem, ecoando pela cordilheira acidentada que haviam escolhido como caminho para a Torre da Angústia.

Por vezes, Alma ia na frente, sobretudo para testar a capacidade das pontes, fossem elas sobre riachos e quedas d'água, ou então a conectar montanhas. Em outras, Dregar tomava a dianteira, com Alma em seu ombro e Alphonse debaixo do braço, principalmente quando os territórios eram mais complicados ou as correntezas muito fortes.

Era um trio improvável e, dia após dia, laços que já eram firmes se estreitaram ainda mais, com o gigante procurando alimento e Alma preparando cozidos e assados com ervas que tornavam o alimento ainda mais saboroso. Elaboraram estratégias de batalha secretas e jogavam conversa fora quando a leveza era permitida.

— Estamos há dias na estrada e acredito que amanhã iremos alcançar a Torre da Angústia. Está preparada, pequenina?

— Para perigos, dores e ameaças de morte e finitude? Não acho que tenhamos tanta sorte, meu bom amigo. Seria uma impagável fortuna encontrar a morte assim.

— Você me deixa confuso com essa sua lógica lúgubre — refletiu Dregar.

Alma sorriu entre uma mastigada e outra.

— Eu escuto isso com certa frequência. Minha sina tem sido buscar a morte e não encontrá-la em nenhum lugar. Por sua vez,é engraçado ver como vocês todos saem correndo ante qualquer perigo mortal, como se perecer fosse infinitamente evitável.

Os dois se olharam e então riram alto.

— Mas não falemos de mim e das minhas buscas mortuárias. Que história é essa de fugir de casamento? Te conheço há pouco, mas você parece bondoso, justo, atencioso. Não o tipo de sujeito que deixa uma noiva sozinha.

Dregar respirou fundo, engoliu a comida e buscou a caneca de chá. Alma preparara uma solução especial de hortelã que ofertava ao paladar um frescor mais que bem-vindo.

— Me perdoe por ter mentido. Preciso de dinheiro para resgatar meus irmãos e minha irmã. Essa é a verdade, e eu tenho vergonha de minha covardia.

Ela colocou a mão no ombro dele, fazendo carinho devagar.

— Não estou aqui para julgá-lo. Pode contar sua história sem medo.

O gigante olhou para os céus e agradeceu em silêncio a doçura daqueles novos amigos. Seus olhos imensos se encheram de lágrimas.

— Nossa vila foi atacada por uma horda de hobgoblins sanguinários e quem não morreu foi levado preso em correntes. Meus pais e avós estavam entre os que tombaram. Já tínhamos ouvido falar de gigantes capturados e escravizados, sendo obrigados a serviços brutais e violentos, mas isso nunca havia acontecido nem perto de nossa vila.

O gigante silenciou, não acostumado a revisitar aqueles lugares de sua memória. Soluçou um pouco e retomou a história.

— Nossos pais foram mortos e tudo foi queimado para que não se reerguesse. Quanto a nós, fomos levados e agrilhoados. Numa noite, fiz força até estourar as correntes e consegui fugir, deixando covardemente meus irmãos para trás. Eu sei que estava assustado e que eram muitos hobgoblins, mas sinto que fui covarde mesmo assim. A última notícia que consegui sobre eles foi que tinham sido vendidos a um velho nobre de Innalya. Por isso preciso do ouro que ganharemos com esse serviço. Quero pagar pela liberdade deles.

Alma olhou para o gigante e o abraçou com um sorriso.

— Obrigado por compartilhar sua história. Conte comigo!

Dregar rolou para um lado e em pouco tempo estava roncando pesado. Alma se acomodou nas costas do gigante, e ficou ali, refletindo sobre a história do amigo. Perto dos dois, o bode também se ajeitou.

— Bons sonhos, Alphonse — disse ela antes de adormecer.

As pernas de Mariet doíam.

Por sua própria insistência, estavam na estrada desde o amanhecer e ainda não haviam parado para descanso ou alimento, com exceção das frutas que colheram pelo caminho. Feldon evitava o cansaço ora se transformando em águia, ora em pardal.

— Fala aí, Mariet — disse o elfo, dois metros à frente da ex-cavaleira na estrada tortuosa, agora em forma élfica —, existe alguma coisa em especial que preciso saber antes que a gente chegue em Pedra de Visgar?

— Falta pouco, você saberá — respondeu ela.

Feldon interrompeu seu passo e abriu os braços em protesto.

— Olha, eu sei que você tem lá seus problemas e conflitos internos, mas a gente mal se falou nesse rolê todo. Sinceramente, preciso de pelo menos alguma informação antes de arriscar esse pescocinho aqui!

A ex-cavaleira suspirou profundamente e assentiu. Depois gesticulou pedindo para continuarem caminhando enquanto conversavam. Estavam mesmo quase lá.

— É como combinamos. Alma e Dregar devem resgatar a Varinha Eterna. A nós cabe trazer o Disco do Retorno. É um amuleto na forma de um pequeno disco prateado, em forma de pingente. Nele estão inscritos signos antigos, de grande poder mágico. Dizem que é capaz de ressuscitar uma pessoa.

— E você sabe exatamente onde a gente tem que procurar?

— Pedra de Visgar não tem exatamente uma história muito famosa, mas é um lugar marcado pela tragédia. Era uma fortaleza, que um dia se tornou cidade, mas foi destroçada por uma guerra civil de proporções catastróficas. Antes de erguer a fortaleza, Visgar era um aventureiro que acumulava tesouros preciosos, que depois foram pilhados sem perdão pelos rebeldes enquanto a cidade ruía. A história conta que, para evitar que o artefato caísse em mãos erradas, Goran, o mago de Visgar, encantou o amuleto com invisibilidade e jogou em um dos poços mais fundos da cidade.

— Espera. Ele jogou o artefato num poço?

— Sim. É o que contam.

— E ainda deixou o negócio invisível? Parece algo muito idiota de se fazer.

— Atos heroicos muitas vezes soam idiotas, Feldon. Mas você não precisa se preocupar tanto. — Mariet sorriu. Bateu de leve num luzeiro de metal que trazia preso ao cinturão de sua armadura.

— O que diabos é isso?

— Um presente dos cavaleiros de Theodric, quando parti para nunca mais retornar. É uma Lanterna da Revelação, um lampião cuja luz azulada desvenda todas as criaturas e objetos permeados por magia de invisibilidade e anula o efeito desta magia permanentemente.

— Deixa eu ver se entendi — disse Feldon. — Vamos ter que localizar esse poço no meio das ruínas, aí vou prender uma corda na sua cintura, te içar até as profundezas e você vai localizar esse amuleto usando o lampião? De fato, parece moleza, mamata — concluiu irônico, preparando mais um cachimbo.

— Nada disso, Feldon. O poço provavelmente se abre numa caverna enorme lá embaixo. Seria impossível vasculhar tudo pendurada. A luz não alcançaria a maior parte dos lugares.

— Ei, peraí...

— Sim, Feldon. Você é quem vai descer usando seus poderes. Por que acha que te escolhi?

Feldon ameaçou um protesto, mas os dois logo dobraram uma curva e deram de frente com a paisagem desolada de Pedra de Visgar. O que antes havia sido o resultado do sonho final de um herói, agora não passava de uma visão de tristeza, calamidade e abandono.

Mariet parecia revigorada em sua determinação. Já Feldon, não guardava em si pensamentos de igual esperança. Afinal, precisaria mergulhar nas profundezas frias e tétricas da terra, em busca de um amuleto invisível perdido.

— Vai ser mesmo moleza — sussurrou dando uma baforada.

Na manhã do sétimo dia de jornada, Alma e Dregar chegaram aos confins isolados da Torre da Angústia.

No meio de um descampado esquecido, havia uma torre baixa, mal cuidada e torta. Parecia pouco digna de nota num mundo tão vasto, mas seus segredos convidavam viajantes e aventureiros a explorá-la. O nome surgira porque quase ninguém voltava para contar a história.

Dizia-se que era guardada por Talath, uma bruxa dos ermos que fizera do lugar seu pequeno reino maldito.

Mas Alma, Dregar e um desavisado Alphonse, tinham uma missão. Segundo Mariet, ali estava a Varinha Eterna, o artefato de que precisavam.

— Lembre-se do que combinamos — disse Alma. O gigante assentiu.

Aos poucos se aproximavam da torre. A anã e seu bode seguiam alguns metros na frente, atentando à porta, enquanto o gigante olhava ao redor.

— Parem onde estão, forasteiros! — disse uma voz surpreendentemente límpida, de dentro da torre.

— Viemos em paz, minha senhora! — disse Alma, usando o máximo de seus pulmões. — Estamos de passagem e gostaríamos apenas que ofertasse sua hospitalidade por pouco tempo.

De dentro da estrutura saiu uma mulher bela e jovem, vestida dos pés à cabeça com um véu translúcido que comunicava pureza e bondade. Nos dedos, trazia um fino cetro que parecia brilhar em consonância com a exuberância de sua imagem. Junto dela, saíram quatro servos humanos enormes, também em trajes luzidios.

— Vocês me pedem hospitalidade?

— Sim, minha senhora. Não passamos de viajantes famintos, peregrinos sedentos e seres carentes de cuidado e descanso. Que os deuses lhe paguem em dobro.

— Peguem as bolsas desses viajantes e tragam-nos para dentro, onde receberão cuidados à altura de suas naturezas — disse a mulher para os servos. — Só não deixem o bode entrar. Não gosto desses animais e eles nunca trazem boa sorte.

Alphonse protestou alto e Alma instintivamente fez cara feia. Os serviçais deram dois passos à frente. Aquilo, porém, não surpreendeu a anã.

Era a deixa de estranheza que precisava. A parte boa da longa viagem é que ela e o gigante tiveram tempo suficiente para imaginar todas as possibilidades, e se preparar para todo tipo de situação.

Alma levou à boca uma erva especial que já trazia entre os dedos há tempos. Dregar fez o mesmo. Os servos da feiticeira se aproximaram, se posicionando exatamente entre os dois viajantes e a bela mulher que parecia os receber tão bem.

O efeito da erva foi imediato.

Como se acordassem de um sonho, a ilusão a que Alma e Dregar estavam submetidos apagou-se, substituída pelo puro horror.

No segundo dia em Pedra de Visgar, finalmente encontraram o poço.

Era uma bocarra cercada de pedras enormes e escombros, levando ao desconhecido. Mariet chegou na beirada e tentou iluminar a parte de dentro com o luzeiro mágico, mas foi inútil. Era fundo demais.

— Tudo bem. Vamos fazer isso do jeito certo — disse Feldon. — Foi para isso que vim, não foi? Você prende essa lanterna enfeitiçada no meu pescoço, eu me transformo em corvo de uma vez, e mergulho dentro desse buraco para buscar o amuleto.

— Tem certeza?

— Toda certeza do mundo.

Mariet fez o que o parceiro pediu, e em pouco tempo a pele clara de Feldon virou penas escuras, mãos se tornaram garras e a boca foi transmutada num bico proeminente que dava ao corvo uma imagem bela e imponente.

A ex-cavaleira checou se o luzeiro estava bem preso e passou a mão na cabeça do pássaro. O corvo piscou de volta em agradecimento e mergulhou rumo ao breu. Enquanto descia, iluminava as paredes manchadas de musgo e repleta de rachaduras.

Ao chegar a seu destino, entretanto, encontrou a calma de um plácido reservatório natural d'água, convidando seu coração à tranquilidade. Sobrevoou a superfície impávida sem encontrar nada, mas quando olhou para o teto, viu que sua extensão estava completamente viva.

Havia vermes, aranhas, escorpiões e insetos que se mesclavam, andando uns por cima dos outros. Feldon admirava aquele contraste de água e vida animal, mas foi obrigado a deixar seu torpor contemplativo de lado quando uma serpente gigante saltou das águas em sua direção. O pássaro bateu asas para se desviar das presas num rodopio e quase apagou o luzeiro. Se isso acontecesse, seria o fim da missão.

Seguiu voando, dançando e desviando de bocas famintas e ferozes que surgiam de repente, vindas do lago subterrâneo e viam na ave um bem-vindo almoço. Enquanto isso, rastreava as profundezas na torcida de que a luz azul da lanterna santificada que trazia em seu pescoço revelasse o amuleto.

Quando o voo perigoso e as manobras para salvar sua vida começavam a cobrar o preço de seu fôlego, Feldon viu de relance uma luz azul sobre uma pedra nas águas rasas do reservatório. Era sem dúvida o amuleto. Sem pensar, desviando de mais uma criatura, mergulhou e pescou o pingente.

Ao iniciar seu voo de volta, o rabo de uma criatura enorme atingiu a lanterna, que caiu no lago e rapidamente afundou. Sem o item mágico para lhe orientar, mirou um pequeno ponto luminoso no alto e bateu as asas ainda mais rápido, torcendo para que fosse a saída do poço.

Quando finalmente saiu para o dia claro, despencou na pedra da cidade em ruínas, torcendo para que Mariet viesse ajudá-lo. Ouviu as botas da ex-cavaleira arrastando contra as pedras antes de perder os sentidos, com o pingente mágico preenchendo seu paladar de água e metal.

Em frente à Torre da Angústia, Alma e Dregar finalmente viram o que o feitiço de ilusão escondia, graças à erva preparada de antemão pela anã.

Os quatro servos de Talath eram na verdade um grupo de criaturas grotescas, musculosas, de carne e ossos expostos, garras afiadas, sedentas de vida e sangue. O primeiro foi em direção a Alma e a golpeou impiedosamente, enquanto os outros três saltaram sobre os braços e o corpo de Dregar.

— Eis meus presentes, forasteiros! — disse a bruxa segurando a varinha que buscavam. Sua face mostrava-se apodrecida, suas roupas em frangalhos, seu corpo ressequido e murcho.

Alma fora atingida pelo golpe da criatura, mas conseguiu evitar a maior parte do impacto. Em resposta, Alphonse deu um coice no monstrengo, partindo um de seus braços em pedaços. Enquanto o capanga da bruxa se via confuso, a anã girou o corpo, despedaçando a cabeça da criatura com sua adaga.

— Felizardo seja em sua morte, que ela nunca seja profanada — disse.

Atrás dela, Dregar lançou dois deles para longe. Depois abriu o peito do terceiro com as próprias mãos e jogou sua carcaça em direção à bruxa. Vendo que a ossada lhe atingiria, Talath projetou um raio de sua varinha, esfarelando o que restava da criatura. Era a distração que Alma precisava para cravar sua adaga no peito da bruxa.

— Seguindo os rituais antigos, eis aqui o meu presente de hospitalidade — falou Alma, solene, girando a lâmina. — Que a senhora e os seus aproveitem os belos cômodos da morte!

Com o fim da ameaça, Dregar, limpou suas roupas da poeira das criaturas. Finalmente tudo parecia em paz.

— Foi isso que viemos buscar? — disse Dregar, apontando para a varinha da bruxa.

— Sim. Muito bem, grandão!

Alma embalou a varinha num tecido, guardou em sua bolsa e os três começaram a caminhar na direção de onde vieram. Atrás deles, a Torre da Angústia começou a despencar, levando os horrores de seu interior, bem como sua senhora e serviçais, às profundezas, como se o próprio inferno quisesse tomá-los de volta.

O trio seguiu seu caminho, vigiado por uma misteriosa coruja feita de névoas.

Depois de concluírem suas respectivas missões, os heróis decidiram conter a ansiedade para recuperar as forças antes do destino final, se hospedando no castelo de um antigo empregador de Mariet. Assim, chegariam ao menos descansados e bem alimentados.

Alma contou como haviam destruído a bruxa e usado a erva para quebrar a ilusão que ela tinha usado. Dregar, em especial, parecia muito orgulhoso.

Feldon falou pouco, carregando em sua mente as marcas de sua aventura. Foi Mariet quem detalhou o modo como ele quase morrera na busca do Disco do Retorno. Contou como foi preciso que ela insuflasse ar em seus pulmões antes que o druida partisse de vez.

Alma lamentou, teria sido uma morte linda.

Finalmente, os aventureiros chegaram às portas do castelo de Jull-Ferr. Uma construção bruta, monolítica, na beira de um penhasco.

Mariet, como responsável pela missão, se aproximou do portão.

— Grande Jull-Ferr — gritou a plenos pulmões —, estamos aqui, como combinado! Temos os artefatos que nós comprometemos a entregar em troca de pagamento justo.

Os ventos cortavam a paisagem desolada, e abutres circulavam no céu. Feldon mantinha uma posição tensa, pouco típica para ele, enquanto Alma aguardava acalmando o bode Alphonse com carinhos no pescoço. Dregar, por sua vez, parecia mais concentrado na importância vital daquele acontecimento para o futuro de sua família.

Com um som arrastado e metálico, as enormes portas se abriram, rangendo e gritando. Do interior saíram duas fileiras de goblins, carregando sacos de moedas. Muito mais do que a maioria do grupo já havia visto na vida.

Por fim, surgiu Jull-Ferr, andando em passos magnânimos, sério. Vestia um traje prateado com frisos vermelhos, de tecido bem cortado, digno de nobres.

— Sejam bem-vindos, caros aventureiros. Como podem ver, pedi que meus servos trouxessem o pagamento pelos itens preciosos que solicitei. E aparentemente vocês fizeram um ótimo trabalho — disse seguindo até o meio do caminho.

Sem aguardar qualquer comando, Dregar correu para um dos sacos para checar se o conteúdo era verdadeiro. Sorriu para os amigos ao constatar a veracidade da recompensa. Conseguiria libertar seus irmãos, enfim.

— Estou cumprindo minha obrigação — continuou o mago. — Gostaria que cumprissem a de vocês e me entregassem os artefatos. Poderia me fazer esse favor, Mariet?

A ex-cavaleira primeiro pegou o amuleto com Feldon, depois seguiu calmamente até Alma e recebeu a varinha. Solene, foi até Jull-Ferr e entregou ambos. O mago agradeceu educadamente e fez menção de voltar ao castelo, mas parou e virou-se de volta para o grupo.

— Espero que me perdoem, mas estive observando a trajetória de vocês esse tempo todo. Tive a ajuda de minhas duas amigas. — Surgidas do nada, duas corujas de névoa bateram asas e pousaram uma em cada ombro do mago, antes de voltarem a desaparecer. — Mas foi muito elucidativo ver como se empenharam para me ajudar sem questionar, só porque uma ex-cavaleira, uma mulher que um dia fez da fé seu escudo, lhes trouxe a missão. Assim são os bons mercenários. Por que não se juntam a mim permanentemente? É desse tipo de soldado que preciso.

Os companheiros se entreolharam e dessa vez foi Alma quem se pôs à frente.

— Não ia usar os itens para ressuscitar sua amada e se vingar do mago que a matou?

O mago riu. Mais que isso, gargalhou.

— Ressuscitar? Não, não. Você e o elfo, mais do que qualquer um deveriam saber que trazer alguém de volta dos mortos não é algo banal, mesmo com um artefato em mãos. E não há ninguém que valha meu desejo de vingança. Meu destino é maior que isso. É dominar os Sete Reinos.

Feldon caminhou até Mariet acelerado, brasa ardendo nos olhos.

— Você sabia disso?

— Não! — respondeu ela de imediato.

De repente, mais goblins começaram a sair de dentro do castelo.

— A pobrezinha é inocente, elfo. Sua culpa é apenas o senso de bondade pueril que ela insiste em alimentar. Basta um pedido de ajuda para que corra como uma garotinha querendo satisfazer seus pais. Não que vocês sejam diferentes.

A turba de goblins que já formava um pequeno exército gritou em festejo.

— Se não vão aceitar minha oferta — continuou Jull-Ferr —, acredito que minha boa vontade e meu ouro serão mais úteis em outro lugar. Scipio e Akeron, a refeição está servida!

De repente, do penhasco, duas serpes gigantescas surgiram voando, encarando de imediato a figura mais ameaçadora de todo o grupo: Dregar! O mago levantou a varinha, e ela pareceu tornar os goblins ainda mais selvagens.

Mariet sacou sua espada, uma lâmina que há muito dedicara à causa de São Theodric, e avançou contra o mago. Ecoando pelo penhasco, gritos e urros permeavam a batalha. No meio da cacofonia, só uma voz se ouvia límpida:

— Por São Theodric, lutemos, meus amigos!

Enquanto Mariet avançava contra a multidão de goblins que protegia o mago, outro grupo fixou seus olhos em Alma, Feldon e Alphonse, como se já sentisse na boca o gosto da carne de espécies tão variadas.

Mais afastada do grupo central, a primeira serpe atacou Dregar, que esperava pelo monstro com seus punhos em riste. Com o direito, estraçalhou o maxilar da criatura sem braços. Com o esquerdo, deu um murro no topo da cabeça, fazendo a besta despencar no chão empoeirado. Isso deu tempo para que a segunda serpe prendesse sua perna entre os dentes, e alçasse voo para o horror dos companheiros do gigante.

Alma corria de um canto para o outro montada em Alphonse, cortando com imensa rapidez as goelas do goblins. Quando viu o que aconteceu com Dregar, desmontou de Alphonse, enquanto o bode continuava dando cabeçadas e afastando os monstrengos. Feldon, vendo o desespero de Alma, tomou a forma de um grifo para socorrer Dregar.

Enquanto isso, Mariet seguia insistente na direção do mago, golpeando com uma força que seus braços há muito não possuíam. Sentia em seu peito um ardor que há tempos havia lhe abandonado, mas que agora retornava como uma chama incapaz de parar de queimar. O ambicioso mago tentou todas as defesas que podia, mas nada foi capaz de deter a fé retornada de Mariet. Sua espada golpeou a varinha, partindo-a em dois, emanando um solavanco de energia mística sentido por todos na batalha.

Exasperado, o mago caiu de joelhos.

— Isso mesmo, mago vil! — gritou Mariet enquanto enviava mais um trio de goblins para o inferno.

Nas alturas, o grifo liquidou finalmente a serpe. Na volta dos ares, trouxe nas garras o corpo de Dregar, ferido, mas ainda vivo. Feldon pousou o corpo do gigante e novamente alçou voo, mas, desta vez, projetando sua fúria contra os goblins.

Enquanto grifo e bode destruíam os inimigos, Alma correu para ajudar o amigo combalido. Ajoelhou-se já com um frasco de preparado de ervas curativas na mão.

— Você vai ficar bem num instante.

O gigante abriu os olhos a tempo de ver Mariet decepar a cabeça de Jull-Ferr e sorriu. Sabia que ficaria mesmo bem.

Os heróis fizeram uma pira e jogaram no fogo todos os corpos que encontraram, incluindo o de Jull-Ferr. Assistiram queimar até que não restasse mais nada, só para ter certeza. Alma separou o que seria seu pagamento pela jornada e entregou a Dregar.

— Resgatar seus irmãos não é o suficiente. Pegue minha parte e tente reconstruir a vila de vocês — disse sorrindo. — É justo que tenham uma boa vida antes que a morte venha buscá-los.

Mariet fez o mesmo. Em seguida, Feldon também juntou seu pagamento ao do gigante.

— Quem precisa viajar o mundo, certo, Alminha? A essa altura eu só quero mesmo é voltar para a Floresta Alta.

Todos abraçaram Dregar, que ainda mancava um pouco, mas já mostrava sinais amplos de recuperação. Ao se afastarem, Mariet assumiu um ar solene.

— É aqui que nossos caminhos se dividem, meus amigos — disse a cavaleira.

— Você vai voltar para a sua ordem? — perguntou Alma.

— Por ora não é preciso. Minha fé está comigo e este lugar pode se tornar um símbolo dela para mim e para outros. Há goblins a enterrar, monstros a sepultar, uma torre a limpar e preces a fazer. Não imaginei que o ato de purificação que eu tanto procurava pudesse estar tão próximo.

Enquanto os amigos conversavam, Feldon se afastou um pouco e viu no chão um brilho azulado, um pingente. Abaixou-se e percebeu que era o Disco do Retorno. Pegou-o na mão e, de imediato, foi tomado pela lembrança da jornada para resgatá-lo sem saber que seria empregado de maneira tão torpe.

Andou devagar até a beira do penhasco, e abriu a mão, deixando-o despencar rodopiante para um abismo que não tinha fim.

Parecia algo muito idiota. Mas qual ato de heroísmo não era?

RESSACA ALQUÍMICA

LUCAS VIAPIANA

ELA ACORDOU ESPIRRANDO. A profusão de aromas pungentes tinha sido capaz de derrotar até mesmo um nariz como o dela, acostumado aos cheiros mais fortes. Um feito considerável.

Hortelã era a principal fragrância notável, folhas de louro também eram bastante predominantes. Ela manteve os olhos fechados, a fim de suprimir todos os outros sentidos, preservando apenas o olfato. Inspirou fundo. Turlin, com certeza. Um pouco de bruma sonolenta, e, por último, quase imperceptível, valeriana.

Alma abriu os olhos. Estava deitada de bruços no chão do seu laboratório improvisado. Os membros ainda enrijecidos e pouco responsivos, a língua dormente e a mente grogue.

— M-mestre? — ela sussurrou, com a voz rouca, típica daqueles que acabaram de despertar.

Ninguém respondeu. Do lado de fora da tenda, os sons matinais da Floresta Alta se faziam ouvir. Uma profusão de cantos de pássaros, coaxares de sapos e zumbidos de insetos. Os primeiros raios de sol penetravam a escuridão através das frestas na tenda. Alma se levantou, primeiro apoiando um joelho no chão, depois outro. Tonteou um pouco, quase caindo. Respirou fundo, e, enfim, conseguiu ficar de pé.

— Mestre Feldon, o senhor está aí? — Tentou mais uma vez.

Um som lá fora, como um gemido agudo, respondeu. Soava familiar, mas Alma não sabia dizer como o conhecia. Na verdade, não sabia dizer muita coisa. As últimas memórias — talvez dias? — lhe escapavam. Até mesmo elementos básicos e centrais de seu passado estavam nebulosos. Sabia que tinha um mestre, que seu nome era Feldon, que ele era um elfo druida, e que estava, provavelmente, por perto. Não muito mais além disso. Parecia natural que o procurasse, já que com certeza ele teria as respostas que buscava.

Alma saiu da tenda, tapando os raios de sol com um dos braços. Piscou algumas vezes, até que seus olhos se acostumassem à luminosidade. Então viu, poucos metros à sua frente, a origem do som. Era um bicho preguiça, enrolado no galho torto, quase horizontal, de uma árvore. Alma se aproximou, ao que a preguiça respondeu com um característico gritinho. A preguiça a encarava, e parecia quase sorrir.

Alma coçou a barba, pensativa. A preguiça coçou o queixo, imitando a anã.

Alma inspirou fundo; a preguiça também.

— Esse cheiro... M-mestre?

O sorriso da preguiça abriu mais ainda. Parecia, de alguma forma, o sorriso de Feldon quando em forma de elfo, especialmente quando estava sob efeito do fumo.

— Mestre! Que alívio, que bênção vê-lo aqui. É uma pena que ainda esteja vivo, mas seria pior se estivesse ausente.

A preguiça continuou encarando Alma, sem mudar de expressão. Após um breve momento de silêncio constrangedor, ela coçou a barriga peluda, muito, muito devagar.

— Mestre, isso é algum tipo de brincadeira? — Alma disse, chegando bem perto de Feldon.

A preguiça, ainda sorrindo, beliscou a bochecha de Alma gentilmente.

— Mwestre, eu nwão estou entendendo...

Alma sentiu, na pata da preguiça, resquícios dos mesmos cheiros que sentira quando acordou. Quase todos eles reagentes alquímicos potentes. E perigosos, ainda mais quando misturados uns com os outros. Ela arregalou os olhos, entendendo que o que quer que a tenha afetado, também afetou seu mestre. Feldon preguiça, como se compreendesse o que se passava, soltou a bochecha da aprendiz.

Alma andou de um lado para o outro, pensativa. Parou de repente, respirou fundo, estendeu uma mão à frente e se preparou para conjurar a magia... a magia... Ela não conseguia lembrar qual exatamente. Menos ainda quais palavras e sinais eram necessários. Era como se tentasse recuperar a memória de um sonho distante, cujos detalhes foram há muito esquecidos. Apenas lembrava de que ela sabia, ou melhor, deveria saber, fazer aquilo.

— Mestre, o senhor também? Não consegue voltar à forma de elfo?

A preguiça fez com a cabeça o aceno positivo mais sutil que alguém seria capaz de fazer. E alargou o sorriso.

— Pensa, Alma, pensa — ela começou a falar consigo mesma, enquanto andava em círculos, nervosa. — Ok, ok. Primeiro, precisamos saber que dia é hoje. E quanto tempo faz desde que perdemos nossas memórias.

Alma olhou para as próprias mãos e começou a mexer os dedos, como se calculasse algo. Caiu de joelhos e abraçou o próprio corpo.

— Eu não lembro, mestre... Eu não lembro os nomes dos dias da semana... — disse, com uma voz chorosa.

De repente, uma grande sombra pairou sobre Alma. A baforada quente e fedida de alguma criatura horrenda soprou em sua nuca, e algo puxou seu cabelo. Alma, um tanto em choque, olhou por cima do ombro e viu olhos amarelados da mais pura malícia a encarando de volta.

— Alphonse! Pelo menos eu não esqueci de você! — a anã disse, acariciando o pescoço do bode, que seguiu mastigando o cabelo de sua dona. — O seu pelo não está tão fedido, nem desgrenhado. Provavelmente te dei um banho há pouco tempo, alguns dias, no máximo.

Alphonse deu um balido curto em resposta. Alma virou-se, ficando frente a frente com o bode, depois segurou com ambas as mãos as laterais da cabeça de seu companheiro cáprico.

— Me conta, o que aconteceu? — Alphonse espirrou. — Ah, sim, desculpa, meu amigo — Alma disse, esfregando a manga da camisa no rosto. — Eu ainda devo estar infestada de... Bom, do que quer que seja essa coisa que me fez perder a memória.

O bode chacoalhou a cabeça, deixando tufos de pelos caírem, deu meia-volta e saiu para pastar. Alma sinalizou para Feldon bicho preguiça não sair do lugar e voltou para dentro de seu laboratório improvisado.

Havia livros de alquimia e herbalismo revirados e jogados pelos cantos, bem como alguns equipamentos quebrados. Porém, muitos reagentes caros, como gemas raras, hastes condutoras feitas de metais preciosos e plantas de espécies que cresciam há centenas de quilômetros dali, estavam largados a olho nu. Além disso, a bolsa de moedas de

Alma não só estava presente, como cheia e fechada. Se alguém de fato invadiu, não foi para roubar. Alma, Feldon e Alphonse estavam todos vivos e intactos, ao menos fisicamente.

Era de se esperar que pessoas extraordinárias como eles, com a fama que tinham, fizessem alguns inimigos ao longo dos anos. O problema era que Alma não se lembrava de nenhum bom candidato que se encaixasse nessa categoria. E pior, ela não sabia dizer quais lacunas em sua memória eram naturais, frutos de séculos e séculos da maldição da vida prolongada, e quais eram causadas pela perda de memória daquela manhã.

Uma coisa da qual Alma tinha certeza era de que quase tudo podia ser resolvido com alquimia. Em momentos de crise, quando se sentia ansiosa ou deprimida, a arte à qual havia dedicado o tempo de muitas vidas mortais a acolhia. Quando começava a trabalhar, em pouco tempo entrava em um estado de foco que a consumia por inteiro, sublimando todas as preocupações mundanas. Era um bom ponto de partida.

Começou aos poucos. Recolhendo os equipamentos caídos, varrendo para fora da tenda os cacos de vidro dos recipientes quebrados, empilhando os livros. Por intuição, ou pela vontade dos deuses, algumas peças iam se encaixando. Ela lembrava o início da fórmula de alguma poção, ou os efeitos colaterais de algum elixir.

E não era à toa. Afinal, ela era Alma, de Kottar. Não havia alquimista e herbalista com habilidade melhor, sequer comparável, no mundo todo. Embora a imortalidade advinda disso fosse, para ela, a pior das maldições, há de se ter algum orgulho quando se é a melhor no que faz.

Assim, a resposta era simples. Bastava fazer uma poção para recuperar a memória.

Feldon preguiça entrou na tenda, interrompendo a corrente de pensamentos de Alma. Andou bem devagar até a anã e puxou o cinto dela levemente, para chamar sua atenção. Ela virou-se em obediência.

— Mestre? Quer me dizer algo?

Feldon preguiça, sempre sorrindo, fez que sim com a cabeça. Um momento de silêncio caiu sobre os dois.

— Hmm, bom. O senhor pode tentar escrever, talvez? — Alma continuou, pegando um pedaço de pergaminho em branco, pena e tinteiro.

Feldon piscou os olhos vagarosamente. Alma molhou a ponta da pena na tinta e colocou o objeto entre duas das longas garras de Feldon preguiça. Ela também arrastou um banquinho de madeira até ele para que usasse como escrivaninha.

Feldon encarou os olhos dela por um longo tempo. Alma não soube dizer se ele tentava expressar gratidão, incredulidade ou zombaria, então deu um sorriso amarelo.

— Pronto, mestre, pode começar quando o senhor quiser.

Feldon preguiça começou a mover a pata, fazendo a ponta da pena deslizar sobre a folha. Cada risco parecia levar uma eternidade para tomar forma. Alma ficou ali, olhando, sem entender muita coisa.

— Será que é possível morrer de tédio? — sussurrou para si mesma.

Feldon preguiça virou a cabeça na direção dela e soltou um de seus gritinhos. Alma deu um pulinho para trás, assustada.

— Ah, nada não, mestre! Me perdoe, por favor, saiu sem querer, não era para falar em voz alta!

Feldon preguiça deixou a pena cair no chão e empurrou o banquinho para longe. No papel havia apenas um rabisco ilegível. Talvez pudesse ser uma letra E ou M, mas era difícil dizer com certeza.

Alma estava prestes a dizer algo, mas Feldon a interrompeu, levando uma de suas patas até a boca e depois a afastando para longe do corpo.

— Ah! Mímica, boa ideia, mestre!

Feldon repetiu o gesto.

— Beijo? Mandar um beijo? Cantar ópera?

Feldon preguiça deu um gritinho.

— Gritar? Assoprar? Bocejar?

Feldon preguiça levou a pata até a boca, inspirou fundo, afastou a pata e, finalmente, expirou fundo.

— Fumar? Fumar!

Feldon preguiça abriu mais o sorriso. Alma começou a preparar as ervas favoritas de Feldon, ou, ao menos, as ervas que ela pensava serem as favoritas dele. Não tinha certeza do que exatamente usava para enrolar o fumo, então pegou uma tira de folha de bananeira e depois amarrou tudo com algumas raízes. O resultado final tinha péssimo aspecto, era molenga e frágil demais, além do que parecia prestes a abrir a qualquer momento.

Alma posicionou o cigarro na boca de Feldon preguiça, depois usou a chama de um lampião que ainda estava aceso, provavelmente da noite anterior, para acender sua obra prima.

— Pronto, mestre! — disse, animada.

Feldon preguiça puxou o fumo e segurou a fumaça por um bom tempo. Abriu a boca e fez uns sons estranhos. Alma não sabia dizer se era tosse, não sabia como bichos preguiças tossiam. O cigarro, ainda aceso, caiu no chão de peles de animais e folhas secas. Alma pulou para trás por reflexo, Feldon preguiça deu outro de seus gritinhos. A anã, recuperada do susto, pisou no pequeno foco de incêndio que iniciava, abafando e depois extinguindo as chamas. O cheiro não era bom. Alma sabia que tinha errado na receita de alguma forma.

— Me desculpe, mestre, parece que nem isso eu sei fazer direito mais — ela disse, com uma voz desanimada.

Feldon preguiça, ainda recuperando-se do acesso de tosse, ergueu um dos braços lentamente, apontando para um canto da tenda. Em cima de uma mesinha, estava seu cachimbo.

— Ah! É mesmo, como que eu me esqueci disso? Obrigada, mestre Feldon.

Ela recomeçou o processo de preparação do fumo, dessa vez utilizando o cachimbo como recipiente para as ervas. Acendeu e colocou o objeto na boca de Feldon preguiça. Ele tragou, dessa vez, sem tossir. Alma aproximou o rosto da fumaça e deu duas inspirações curtas, a fim de sentir o aroma. A fórmula e o método pareciam corretos. Se é que o consumo de fumo por animais pode ser chamado de correto, é claro. Ela sorriu para Feldon preguiça, que só não sorriu de volta porque agora estava em estado permanente de sorriso. Os dois ficaram ali um bom tempo, fumando o cachimbo, até a erva acabar.

— Sabe, mestre, o que quer que tenha acontecido, nós vamos resolver. É só questão de tempo. Sempre nos lembramos daquilo que é importante, quando chega a hora certa. Eu sempre ouvi dizer que quando as pessoas estão em seus últimos momentos, relembram tudo o que aconteceu de mais precioso em suas vidas. Ela não é adorável? A morte, é claro. Não só nos trás a paz eterna, como também é gentil o suficiente para fazer com que revisitemos essas memórias tão queridas em nossos últimos suspiros. Eu vivi séculos — Alma tremeu ao proferir essas palavras, como se sentisse um calafrio — e, ao longo de todo esse tempo, em todos os lugares que visitei, não importa em qual reino, com qual raça e qual idioma era falado, se em época de paz ou de guerra, todos, todinhos mesmo, diziam essa mesma coisa. — Alma riu. — Não é meio bobo? Que nós, os vivos, tenhamos tanta certeza sobre isso? Quer dizer, o senhor, diferente da maioria, morreu mesmo. — Ela fez uma pequena pausa. — Então, mestre Feldon, é verdade o que dizem?

Feldon preguiça coçou a barriga.

— Entendo — ela disse, dando uma risadinha.

Alma ajeitou o cabelo e a barba, espreguiçou-se e respirou fundo.

— Bom, é melhor eu começar a pensar em uma poção para resolver tudo isso.

O tempo passou voando enquanto ela folheava manuais botânicos encardidos, provava cogumelos e testava receitas. Feldon preguiça a ajudava buscando galhos soltos para alimentar a fogueira constantemente acesa, sobre a qual um pequeno caldeirão fervia diferentes misturas. Até Alphonse participou, em grande parte como cobaia, experimentando cada nova poção. A manhã virou tarde e depois noite, e Alma não parou por nada. A cada receita que falhava, ela parecia mais motivada e esperançosa.

Não foi a fome, nem o cansaço físico, nem a ansiedade que a venceram no fim das contas, mas a chuva. Quando, pouco depois do pôr do sol, os primeiros pingos começaram a cair, Alma os ignorou. Mas eles cresceram em tamanho e frequência rapidamente. Alma chegou a tentar juntar alguns galhos e folhas grandes e fazer uma espécie de telhado improvisado, mas não adiantou. A chuva caía no caldeirão, afetando a composição e a temperatura das misturas. A tenda onde Alma dormia não era grande o suficiente para trazer todo o equipamento para dentro, então ela se viu obrigada a parar.

Alma estava sentada de pernas cruzadas, no chão da tenda. Feldon preguiça estava deitado, apoiando a cabeça na perna de sua aprendiz.

— Eu sou um fracasso, mestre. Quem ou o que quer que tenha feito isso com a gente, fez muito bem. É vergonhoso, mestre, vergonhoso. Se os mestres mortífices de Kottar pudessem me ver agora... Não quero nem pensar nisso. Talvez eu mereça mesmo essa maldição. Talvez a morte esteja certa em não querer me abençoar.

Feldon preguiça ergueu o braço e beliscou a bochecha de Alma gentilmente.

— É vwerdade, mestre! É tudo cwulpa minha. Por favor, mwe perdoe.

— Não, Alma, não é verdade — Alma escutou uma voz fina vinda de Feldon, condizente com os gritinhos que ele emitia de vez em quando em sua forma de preguiça. Apesar disso, Feldon preguiça não abriu a boca. Ainda assim, a pronúncia era perfeita.

— M-mestre?

— Sim, sou eu. Ou, melhor, sou uma personificação de Feldon criada pelo seu subconsciente. Você provou tantas poções que está doidona, ouvindo coisas! — ele continuou, gargalhando logo depois.

— Ei, não é engraçado! — Alma disse para Feldon preguiça, que parecia confuso.

— Ah, vamos lá, é um pouco. Mas agora, falando sério, você precisa comer alguma coisa, menina. Ficou o dia todo trabalhando em jejum, só podia dar ruim, né?

Alma recuou, deixando Feldon preguiça cair no chão levemente. Levantou e virou de costas.

— Não adianta, eu estou dentro da sua mente, Alminha.

Alma andou até o balcão onde guardava alguns suprimentos, massageando a têmpora no caminho. Pegou um pedaço de pão, já meio duro, e mordeu.

— É um começo. Vai te fazer bem. Talvez até faça com que eu suma! — a voz disse, antes de rir novamente.

— Então, mestre Feldon... Ou, seja lá o que você for, alguma ideia de como recuperar nossas memórias?

— Hmm, não sei não, você sempre foi a mais inteligente de nós dois, Alma.

— Não é verdade, mestre! Se não fosse por você, o mundo teria acabado algumas décadas atrás, literalmente!

— Ah, aquilo? Bobagem. Se eu e os outros tivéssemos falhado, outros apareceriam no nosso lugar e derrotariam o Devorador de Mundos. Foi muito mais sorte do que inteligência.

— O senhor não se valoriza o suficiente, mestre Feldon.

— Ah, é mesmo, Alminha? Olha quem fala!

— Uma alquimista que não sabe fazer uma poção sequer.

— Que não *lembra*.

— E qual é a diferença, mestre?

— Você mesma disse, hoje mais cedo. Está tudo aí dentro, em algum lugar, basta procurar bem e ter paciência.

— E se eu nunca recuperar minhas memórias?

— Bom, você ainda está viva, não?

A expressão facial de Alma tremeu, como se ela segurasse uma vontade de chorar.

— Sim, mestre, infelizmente sim.

— O que quer dizer que...

— Quer dizer que... A maldição ainda está em vigor.

— Ou seja...

— Eu ainda sou a melhor herbalista viva.

A voz riu.

— Obrigada, mestre.

— Não precisa agradecer. Foi você mesma que chegou até aqui.

Alma piscou e respirou fundo. Acordou. Ainda estava sentada, com Feldon preguiça deitado sobre sua perna, dormindo. Ela afastou o corpo do mestre gentilmente, sem o acordar. Motivada pelo sonho, levantou, preparou uma refeição e um cachimbo. Enquanto comia e fumava, tentou pensar em todos os fatores que cercavam o mistério da repentina perda de memória dos dois.

A bagunça na tenda sugeria uma invasão. Se não de uma pessoa, ao menos de algum animal. Porém, como Alma constatou anteriormente, muitos objetos de valor foram deixados para trás. Talvez alguém tenha roubado algum livro, carta ou diário valioso. Talvez o verdadeiro tesouro visado pelo invasor fosse informação. Ainda assim, por que tirar a memória dos dois? Parecia algo tão aleatório e gratuito. Se alguém quisesse realmente fazer mal a eles, poderia fazer coisas muito piores, ainda mais quando estavam inconscientes e fragilizados pela amnésia. E em quase um dia inteiro desde que Alma havia acordado e constatado o incidente, ninguém se comunicou com ela, nenhuma mensagem de ameaça ou chantagem.

Por um instante, uma ideia fez com que a mente de Alma fosse invadida por torrentes de pânico. E se, além dela mesma, de Feldon e de Alphonse, outra pessoa ou companheiro animal fizesse parte do convívio deles? Alguém que tenha sido sequestrado, alguém que ela não lembrava. Não, dificilmente seria isso. Havia a tenda dela e a cabana de Feldon. Alphonse dormia em tocas ou debaixo de grossas raízes de árvores. É claro, como todo o resto, Alma não tinha certeza absoluta sobre isso, mas tinha um forte sentimento de que era o caso. O fato era que não havia abrigo ou cama extra nos arredores, que sugerissem a presença de mais alguém além dos três.

Haviam os druidas que visitavam Feldon, mas esses ficavam um pouco mais afastados. Alma tinha quase certeza de que sim. Feldon era o líder deles? Ela também achava que sim. Eles o visitavam com frequência, e vice-versa. Iam até ele em busca de orientação, de conselhos. Mas ela não sabia dizer o quanto Feldon realmente tomava decisões pela comunidade, ou se ele era mais uma espécie de oráculo ou sacerdote, algo mais simbólico, um cargo restrito às questões espirituais, e distante dos assuntos mundanos. Alma tinha a sensação de que não sabia muito sobre isso, mesmo antes de perder a memória.

Além da aparente falta de uma motivação para explicar a hipótese de um agressor, era nítido que não havia rastros desse ou desses possíveis invasores. Até o ladino mais experiente ou o feitiço de invisibilidade mais poderoso deixaria algum vestígio. Não era o caso. Os arredores não mostravam nenhum indício da passagem de outras pessoas. Não havia pegadas, galhos quebrados, vegetação dobrada, nada. Fora que aquelas eram terras élficas. Ninguém conseguiria adentrá-las e permanecer despercebido por muito tempo. E era pouco provável que alguém de dentro atentasse contra Feldon. Eles o amavam.

Talvez a ameaça fosse mais imaterial. Uma doença, maldição, feitiço? Uma poção! Era tão óbvio, tão familiar, que Alma deixou de lado e quase se esquecera. A primeira coisa que ela sentiu quando acordou foram os cheiros de ingredientes específicos. Os olhos de Alma arregalaram. Era isso. Ela não sentiu o gosto porque se tratava de uma mistura que, além de tudo, era anestésica.

— É isso! — Alma gritou.

Como se os deuses quisessem respondê-la, um trovão estourou lá fora. Feldon preguiça acordou assustado, virou para o outro lado e voltou a dormir.

Alma separou os ingredientes correspondentes aos aromas que havia sentido ao acordar naquela manhã. Colocou-os sobre a bancada, depois procurou um caderninho, que sabia ser um diário de experimentos. Na última página estava a receita. Era a décima quarta versão dela. Após cada tentativa falha, havia anotações sobre os resultados obtidos, exceto para aquela última. Alma se sentia estranha, lendo algo que sabia ser sua própria escrita, sua caligrafia, seu idioma materno, mas, ao mesmo tempo, tão distante, tão novo. Não demorou muito para perceber que se tratava justamente de um projeto de poção de perda de memória.

— Então... Eu mesma fiz isso?

Apenas a chuva do lado de fora a respondeu.

O diário era estritamente técnico, e não comentava sobre a motivação por trás do projeto. Alma ficou intrigada. Só podia ter sido um acidente. Talvez ela tivesse se confundido e bebido a poção errada sem querer, ou, então, se enganado na dose?

Assim que parou de chover, Alma saiu, limpou o caldeirão, e recomeçou seu trabalho. Dessa vez seria mais rápido, ela pensava. Dessa vez os caminhos já haviam sido desbravados, a direção e sentido eram nítidos, e sua mentora era ela mesma, vinda de um passado recente, porém esquecido.

Reduzindo as doses das matérias-primas que tinham propriedades soníferas e amnésicas, e adicionando outros ingredientes, com efeitos opostos, ela chegou a uma espécie de antídoto. Um líquido viscoso, opaco, verde-musgo. De péssimo odor, e aspecto repugnante, até mesmo para o gosto dela. Alma dedicou alguns minutos para escrever uma carta, explicando tudo o que ocorrera desde que acordara com perda de memória. Enrolou o pergaminho, o prendeu com uma tira de couro, e, no verso, escreveu "LEIA, ALMA".

Respirou fundo, fechou os olhos, e bebeu o antídoto.

O gosto era horrível, a sensação era de que estava bebendo água de pântano com sangue. Alma teve um ataque de tosse. Cuspiu no chão para tirar o gosto ruim da boca, depois tomou um odre inteiro de água. Se deixou cair sentada, no chão ainda úmido da floresta, exausta.

E as memórias começaram a voltar.

Um dia particularmente melancólico, ensolarado, com pássaros cantando, com os esquilinhos e outras pequenas criaturinhas da floresta correndo animadas por aí, um dia cheio de vida. O peso de séculos e séculos parecia maior do que o normal naquela tarde. O desejo de receber a dádiva da morte, também. Foi Feldon quem, sem querer, deu a ideia a ela. Ele tinha perguntado qualquer coisa sobre alquimia, meio desinteressado, só para puxar assunto. Ela, é claro, respondeu de forma impecável. Então ele disse que ela poderia ser uma grande professora, ensinar centenas de pessoas, e ganhar muito dinheiro e prestígio com isso. E mais ainda: ela poderia, talvez, acabar ensinando homens e mulheres que no futuro avançariam o conhecimento mortal a novas alturas. Pessoas que desenvolveriam curas de doenças até então inexpugnáveis. Pessoas que talvez até, Alma tremia só de pensar, fariam a expectativa média de vida aumentar.

Alma, ao escutar os devaneios ébrios de Feldon, percebera que, apesar de ser a melhor herbalista viva, ainda tinha uma infinidade de coisas que fugiam ao seu conhecimento. Ela sabia tudo o que se poderia saber do herbalismo, *até agora*. Mas a busca por conhecimento, por novas invenções e descobertas, é infinita. De forma retroativa, se ela pudesse desaprender algumas coisas... Talvez assim a maldição da imortalidade que a afligia se dissipasse.

Por isso passou alguns dias desenvolvendo a poção do esquecimento, até chegar aos resultados desastrosos da noite anterior.

Recuperada do choque inicial da poção, Alma levou um frasco do antídoto até Feldon, o acordou e o ajudou a beber. Após alguns instantes, o olhar dele ficou aguçado, como se acordasse de um transe profundo. Ele voltou à forma de elfo.

— Caraca, maluco — ele disse, coçando a cabeça.

— É bom ter o senhor de volta, mestre..

— É bom estar de volta, Alminha. — Ele beliscou a bochecha dela, como costumava fazer. — Mas tu parece meio pra baixo.

— Desculpe, mwestre. É que eu falhei. A pwoção não funcionou como eu qwueria.

Ele soltou a bochecha dela.

— Ah, nada a ver isso aí, pô. Eu fiquei sem conseguir me transformar por um dia inteiro! Pra mim funcionou sim. E tu também, ficou toda perdidinha.

— É, acho que sim... Mas, mas não era só isso que eu queria.

— Alma, você tentou criar uma poção pra esquecer que é a melhor herbalista do mundo, certo?

— Sim, mestre.

— E conseguiu? Uma poção totalmente nova, do zero?

— A-acredito que sim, mestre.

— E depois, com amnésia pesada, conseguiu fazer um antídoto, também do zero, em um dia?

— S-sim, mestre.

— Olha, eu não sou nenhum especialista nessas coisas, mas me parece que só a melhor herbalista do mundo conseguiria fazer isso aí. Em outras palavras, tu é zika!

Alma sorriu levemente.

— É, acho que sim, sou zika, mestre.

— Não dá pra deixar de ser a melhor herbalista do mundo usando as características e os conhecimentos que te fazem ser a melhor herbalista do mundo! É paradoxal!

— Sim, o senhor tem razão. Acho que no fundo eu já sabia disso, mas quis tentar mesmo assim. — Alma suspirou, cansada.

Feldon colocou uma mão no ombro dela.

— Alma, meu bem, não se preocupa tanto assim. Até nós vamos morrer um dia, mesmo que demore mais do que o normal. *Tudo* morre um dia. Não existe vida sem a morte.

— Então por que ainda estamos aqui?

— Eu sei lá. — Feldon deu de ombros. — Mas já que é assim, por que não aproveitar, não é mesmo? Ainda tem *aquele* fumo?

Alma fez que sim com a cabeça e pegou o cachimbo e a erva. Os dois fizeram uma fogueira e ficaram ali sentados, fumando, observando o céu estrelado entre as copas das árvores, e os morcegos que o cruzavam de tempos em tempos.

— Sabe, Alma, talvez você ainda esteja viva porque a morte gosta demais de ti. Tipo, quando alguém guarda a parte que mais gosta de uma refeição pra comer por último, saca? Talvez ela só esteja te guardando pra uma ocasião muito especial.

— Espero que sim, mestre, espero que sim.

— Ah, e Alma?

— O quê, mestre?

— Me lembra de nunca mais beber as tuas poções sem falar contigo primeiro.

À PROCURA DA VIAGEM PERFEITA

JANA BIANCHI E DIOGO RAMOS

REVIRAR BOSTA MOLE com uma das mãos enquanto tentava conter o bode ensandecido com a outra definitivamente não era o que Feldon pretendia estar fazendo após tantos dias de caminhada.

— Alma, menina, segura esse bode!

O estrondo de mais um trovão abafou a voz do elfo e ecoou pela caverna, cujas paredes úmidas repletas de líquenes e cogumelos brilhantes iluminavam o rosto da aprendiz em tons de azul e verde.

— O que disse? Com o senhor ninguém pode? — Os olhos negros da anã cintilavam de encanto enquanto ela assistia à cena a alguns passos de distância. — Disso não tenho dúvidas, mestre Feldon. Que desprendimento! É preciso ser deveras intrépido para se dispor a vasculhar excrementos sem luvas, ainda mais sendo o senhor dono de tão formosas mãos. Além disso, é uma ótima maneira de contrair mazelas potentes com os mais variados e excruciantes sintomas. Com sorte, uma delas trará ao senhor uma morte lenta e dolor...

— O ALPHONSE, ALMA! — Feldon apoiou o joelho no chão, empurrando o animal pelos chifres. O bode batia os dentes no ar em tentativas frustradas de abocanhar o que o druida tentava recuperar do meio da fezes. — Tira esse bicho daqui!

— Ora, mas é só pedir com jeito... — Ela se aproximou com uma calma inoportuna. — Com licença, caro Alphonse. Pode se conter, por gentileza? Mestre Feldon está se permitindo correr o risco de contrair uma peste mortal aqui, não percebe? — Ao notar que as palavras doces e elogiosas não surtiam efeito, Alma agarrou o bode rebelde pelos chifres. — O que deu em você?

— Ah, tá na cara o que deu nele. — Feldon farejou o ar. — Não tá sentindo esse cheiro?

O agradável odor característico dos excrementos de quem havia acabado de consumir joiaticaga se espalhava pela antecâmara da caverna, confirmando a desconfiança inicial do elfo. Uma rápida análise do material, porém, deixou claro que toda a urgência em mergulhar a mão ali tinha sido em vão.

— Mas que bela merda! — Outro trovão pontuou a exclamação irritada assim que Feldon se levantou, chacoalhando os dedos sujos.

— Hmm, acho que o senhor está superestimando este bolo fecal específico, mestre — comentou Alma, amarrando Alphonse a uma pedra. — Poderia ser um toletão mais imponente, não acha? Só pela consistência, vê-se que este é proveniente de uma dieta pobre em fibras, e...

Feldon encarou a anã.

— Menina, você é *mesmo* estranha. — Fez menção de apertar as bochechas de Alma, mas a imediata expressão de pânico que surgiu em seu rosto o fez afastar a mão suja da preciosa barba. — Tô falando das sementes de joiaticaga. Tem mais de uma aqui no meio, ó, tá vendo?

Alma se aproximou, surpresa ao notar que o aroma dos frutos mal digeridos de fato neutralizava qualquer fedor que seria de se esperar da situação, trazendo notas frutadas que ao mesmo tempo remetiam a algum tipo de noz.

— Oh. São... quatro. Não, cinco.

— Tá ligada no que isso significa, né?

— Tive pouquíssimas oportunidades de ler sobre joiaticagueiras, senhor, mas lembro de ter retido a informação de que ingerir mais de um fruto da árvore ao mesmo tempo pode causar diarreia explosiva.

— Sim, o que deve ter sido péssimo pro autor desta cagada. — Ele apontou para a poça de fezes moles. — Mas também significa que *minha* cagada de enfiar a mão aí pra evitar que o Alphonse comesse a semente não serviu de nada. Essas não têm mais salvação, é só questão de tempo até irem pro beleléu.

— Hmm, de fato. — Alma franziu as sobrancelhas. — Se bem me lembro, quando mais de um fruto é ingerido ao mesmo tempo, não há suco gástrico o suficiente para criar a camada que impede as sementes de joiaticaga de definhar e desaparecer minutos após a defecação. Por isso, e pela diarreia explosiva, suponho, não se recomenda comer mais de uma por vez, correto?

— Caraca, sua cabecinha é boa, hein? — Feldon ergueu as sobrancelhas. — É isso aí. Ou seja, esses fru…

Um estrondo tenebroso fez elfo, anã e bode se sobressaltarem — mas, dessa vez, em vez de vir de fora, onde as primeiras gotas da tempestade tamborilavam nas copas das árvores, o ruído parecia ter origem na caverna. Ele se repetiu, dessa vez mais próximo e com característica mais… trepidante. Úmida.

— Isso não foi trovão — afirmou Alma. — Mestre?

Um hobgoblin mirrado deu o ar da graça ao sair catando cavaco pela caverna com as calças arriadas e as mãos na barriga, como se sua vida dependesse daquilo.

A presença do indivíduo teria sido motivo de apreensão em outras circunstâncias, mas nem o elfo nem a anã se mexeram enquanto ele fugia a toda; pelas panelas e utensílios de latão pendurados na mochila, o hobgoblin não devia ser mais que um inofensivo caixeiro viajante — um que, dali em diante, pensaria duas vezes antes de comer frutos desconhecidos. Um último trovão retumbante de despedida, e o hobgoblin desapareceu pela entrada da caverna.

Feldon se virou para Alma e abriu um sorriso.

— Lá se vai o cagão. Que sorte a nossa!

Ela avaliou a mão imunda do mestre, a tempestade que começava a cair lá fora e, por fim, o bode insatisfeito que balia a plenos pulmões.

— Senhor… — Ela coçou o cabelo trançado. — Perdoe-me a ousadia, mas a situação toda não me parece…

— A joiaticagueira, garota. — Feldon apontou para o corredor de onde o hobgoblin surgira correndo; a iluminação proveniente dos fungos bioluminescentes permitia antever uma segunda câmara. — Elas precisam de umidade alta e luminosidade baixa pra florescer. A que nosso cagão assaltou deve ficar por ali.

— Oh. — Alma cobriu a boca com as mãos, animada com a perspectiva de coletar um ingrediente tão raro.

— Relaxa aí que a gente já vai, só deixa eu me limpar.

Feldon utilizou o anel que carregava e, se aproveitando do ambiente úmido, reuniu parte da água da gruta para criar um elemental.

Alma fitou a criatura, cuja cabeça sem rosto se assemelhava a uma lágrima.

— Ah, que ser gracioso, mestre Feldon.

— Escolhe um nome pro zé gotinha aí — disse o elfo.

— Hmm... — Alma se agachou diante do elemental, que ficava maior a cada segundo. — Chorinho. Uma ode ao belo ato inerente ao luto.

— Mandou. — Sem hesitar, o elfo estendeu o braço. Chorinho prontamente fez jorrar um jato contínuo, que logo removeu toda a sujeira tanto da mão de Feldon quanto do chão da caverna. Satisfeito com a limpeza e após ver as sementes de joiaticaga que restavam pelo chão definharem até desaparecer, suspirou. — Ah... Dias de luta, dias de glória.

Não precisaram andar muito para encontrar a joiaticagueira. O tronco prateado crescia rente a uma das paredes, entranhado à pedra. A copa era de um branco fantasmagórico, mas os veios sob as folhas cintilavam como filigranas de ouro. O cheiro característico pairava denso no ar.

Apenas um precioso fruto preto cintilava sob a luz baça, grudado ao tronco da árvore.

— Mestre Feldon — sussurrou Alma, cobrindo de novo a boca ao se dar conta de que estava diante dos honrosos últimos dias daquele raro espécime. — Me recordo que esta árvore fenece quando o último fruto é colhido.

Feldon chegou mais perto da joiaticagueira. Aliada às condições muito específicas requeridas para o florescimento da árvore e à ganância de alguns aventureiros, aquela era uma das razões pela qual se tratava de uma espécie em extinção: sem o conhecimento de que apenas um fruto deveria ser comido por vez e excretado para produzir descendentes viáveis, exemplares morriam sem gerar uma só semente capaz de brotar quando aventureiros incautos se deleitavam com os frutos.

— Eu tô muito a fim de comer essa belezinha e deixar a natureza seguir seu curso, se é que tu me entende. Daqui umas horas vamos ter acesso a um bagulho dos bons. Cê tá ligada que dá para triturar a semente e...

A anã assentiu.

— E, além de conseguir um ingrediente tão cobiçado para preparos, contribuiremos para o fim do ciclo desta árvore majestosa, que decerto...

Alphonse surgiu como um raio, passando entre mestre e aprendiz com tanto ímpeto que Alma foi ao chão. A corda arrebentada ainda amarrada ao pescoço voejava atrás do bode. Antes que pudessem reagir, o animal engoliu a joiaticaga num movimento único.

— Ah, merda — murmurou Feldon.

— Ainda não, senhor. Em breve.

O elfo suspirou enquanto o bode, subitamente relaxado, se aninhava num canto da caverna para tirar uma soneca.

— Bom, agora é esperar. Não sei você, Alminha, mas eu não acharia nada ruim a gente descansar uns dias por aqui. — Outro trovão ressoou pela caverna. O corpo líquido de Chorinho, que passara a seguir seu criador para onde quer que fosse, estremeceu. — Ainda mais com o mundo caindo lá fora.

— Sim! — Ela bateu palmas animadas. — E enquanto aguardamos a atividade peristáltica de Alphonse, o senhor enfim pode me contar mais um pouco sobre a terrível e lamentável maldição que lhe acom...

— Tenho uma ideia melhor: trabalhar naquele projetinho nosso. — Ele deu uma piscadela cúmplice para a anã. — Fora a semente de joiaticaga, essa caverna tá cheia de coisa que a gente nunca usou no preparo, e sei que tu tem erva pra dar e vender aí. Bora aproveitar esse tempo, porque até o Alphonse já tá de bode.

— É claro, mestre Feldon. — Alma se instalou num dos cantos mais secos da câmara e abriu um pano no chão. Sobre ele, dispôs o turíbulo, o pilão e pequenos frascos e utensílios, formando uma bancada alquímica improvisada. Pegou vários outros potes de vidro vazios para encher de ingredientes novos disponíveis na caverna. Por fim, folheou um caderno de páginas grossas até uma seção vazia. — Deixe-me ver... Certo, preparo trinta e nove...

PREPARO #39

A da boa + semente de joiaticaga triturada + tintura de líquen

A tão aguardada baforada da preparação com os ingredientes novos ocorreu no fim do dia seguinte e fez cada um dos poros metamórficos de Feldon celebrar o momento. O elfo se entregou, permitindo que o corpo fluísse a seu bel prazer até se transformar num majestoso camelo.

Ruminando, abriu as três camadas de pálpebras, uma por vez. A visão acostumada ao sol do deserto não servia de muita coisa na caverna banhada pela luz azulada dos cogumelos, mas foi suficiente para ver Chorinho — que agora tinha olhos, nariz e boca — à sua frente. Uma expressão de desgosto contorcia seu semblante líquido enquanto ele socava a palma da mão com o punho translúcido.

Feldon teria analisado melhor a nova condição da criatura, mas sua atenção foi atraída por um lamento agudo vindo do outro lado da caverna. Quando se virou, deu de cara com um personagem de seu passado.

— Nilperto? — sussurrou ele.

Estava mais para uma versão feminina do bardo dotada de quatro braços, que ao mesmo tempo arrancavam acordes de um violãozinho chinfrim e batucavam num pandeiro. Ela vestia calça grudada, e o cabelo longo tinha sido trançado quase até a cintura. O que Feldon inicialmente tomara por lamúrias de dor se revelou um canto sofrido acompanhado pelo som dos instrumentos.

— Essa também é pra quem é preconceituoso e diz que aberrante não pode batucar — anunciou a peculiar versão de Nilperto.

Caraca, poderoso esse preparo, pensou Feldon, maravilhado, sem parar de ruminar.

O encanto acabou, no entanto, quando a aberrante começou a cantar. O druida não sabia muito sobre teoria musical, mas tinha certeza de que aquela prática deveria ser proibida. Teria postulado tratados chapados sobre o poder da voz de infligir dor física quando sentiu algo úmido batendo nas ancas de camelo. Virou o pescoço longo devagar, e mal teve tempo de registrar a expressão de ódio de Chorinho antes de tomar uma cabeçada.

Ou o que seria uma cabeçada se o elemental fosse corpóreo e não tivesse lhe presenteado com água na cara.

Que é isso, maluco? Gratuito, pensou Feldon, ofendido pela agressão. *Do nada, Chorinho?*

A aberrante seguiu com a cantoria sofrida enquanto o elemental boladão agitava os punhos num claro desafio.

Alma disse algo, mas as sílabas se atropelavam aos ouvidos de Feldon. Quando a boca de Chorinho se moveu, porém, os sons chapinhados se condensaram em palavras inteligíveis.

Mexeu com a gotinha,
Agora se vira
Ganhei consciência
Essa é minha pira

Bem, talvez não tão inteligíveis para o elfo, que só encarou o elemental sem entender bem o que acontecia. A anã, no entanto, pareceu absorver alguma coisa da mensagem, pois seu queixo caiu enquanto ela encarava Chorinho como se uma pérola de sabedoria milenar tivesse sido compartilhada.

Feldon se virou de novo para a aberrante cantora. Seus versos agora consistiam numa única palavra repetida à exaustão, marcada por pancadas ritmadas no pandeiro: porrada, porrada, porrada. Foi a deixa para o elfo voltar a cabeça de camelo na direção do elemental, que recuou dois passos e começou a raspar o pé no chão como um bode prestes a arremeter.

Submetido à plasticidade do cérebro de ruminante inundado por substâncias alucinógenas, Feldon tentava interpretar o que ocorria de maneira lógica. *O Chorinho não curtiu camelo, só pode ser isso. Melhor mudar.*

Mergulhando no fluxo caudaloso de consciência mista que parecia ainda mais irresistível à medida que o preparo fazia efeito, Feldon observou os cascos se transmutarem em patas dotadas de garras longas e pelagem áspera. Assim que a forma de bicho-preguiça se ancorou, três coisas aconteceram ao mesmo tempo: a expressão de raiva de Chorinho desapareceu, a aberrante cantora pareceu ficar puta pelo sumiço repentino do camelo e saiu da câmara batendo pé, e a realidade assumiu uma velocidade alucinante.

Alma disparou até Feldon. Sem hesitar, pegou o mestre nos braços e voou até a joiaticagueira. As palavras da anã, já normalmente aceleradas, agora não passavam de um zumbido.

O elfo fechou os olhos, brisando na descarga de adrenalina e na sensação do vento úmido da caverna batendo no rosto. *É isso aí!*, pensou.

Era inebriante. Com o estímulo libertador, sinapses preciosas foram disparadas em seu pequeno cérebro de preguiça. Uma explosão de criatividade sem precedentes fez Feldon conceber um apetrecho jamais visto, que ele soube imediatamente ser capaz de mudar o mundo: uma tábua oblonga com quatro rodinhas sobre a qual qualquer um dotado de mínimo equilíbrio e bravura poderia explorar a vida com total desprendimento da lentidão do corpo. Ele daria *tudo* para flanar com aquela maravilha pelas rampas do universo, deslizando por galhos horizontais e côncavos lisos sempre que lhe desse na telha — quando Alma o pegou nos braços e o ergueu na direção de um dos galhos da joiaticagueira, porém, uma avalanche de sensações fez tudo romper.

Ao tombar o pescoço para trás, viu o chão (ou seria o teto?). A distância era vertiginosa, extasiante, e Feldon pensou numa experiência ainda mais extrema: e se houvesse alguma forma de simplesmente *se jogar?* Se entregar à gravidade?

Ele passou o que poderiam ser minutos ou séculos ponderando formas de tornar a atividade possível para seres não alados. Quando a genial ideia de uma corda elástica amarrada ao tornozelo lhe ocorreu, Feldon abriu as quatro patas num gesto de triunfo.

Não houve tempo de refletir que tal instrumento existia apenas em sua mente: simplesmente despencou, sem remorso, abraçando o vazio como se um velho amigo fosse.

O sorriso de puro prazer desapareceu assim que seu corpúsculo de preguiça se chocou com o chão na velocidade de um projétil. A dor fez Feldon retomar a forma élfica num soluço de suas habilidades metamórficas, a cabeça latejando enquanto novas palavras proferidas por Chorinho ecoavam efêmeras pela caverna antes de se resumirem a um borbulhar anfigúrico.

Ferro na preguiça, deitada na desgraça
Tudo que me ocorre é rima devassa

— Eita. — Ele fechou os olhos, tateando com cuidado o corpo para se assegurar de que não havia quebrado osso algum.

Toda a sensação de liberdade e desprendimento havia sumido junto com o efeito do preparo, deixando para trás um retrogosto de imprudência que assustou até mesmo o próprio elfo.

— Compartilhe, mestre, o que achou? Disserte sobre a viagem. Aprovada? Diga que sim, por favor! De minha parte, adorei esta formulação — afirmou Alma, fazendo anotações frenéticas em seu livro de preparos. — Sob o efeito dela, ressuscitado previamente ou não, tenho *certeza* de que o senhor encontrará muito em breve uma morte honrada após alguma insensata ação intempestiva, e...

— Nem a pau — interrompeu o druida, levando a mão à cabeça enquanto tentava se levantar. — Foi bom enquanto durou, mas bora ver esse bagulho direito.

Olhou de soslaio para Chorinho. Já mais sóbrio, Feldon o via novamente na condição inexpressiva de todos os elementais simples que costumava conjurar. *Que doidera*, pensou o elfo. *Que porra é "rima devassa"?*

Qualquer disposição de refletir mais sobre a questão, porém, foi interrompida pela pontada em seu baixo ventre. Não chegava a ser uma dor; estava mais para uma sensação de peso e estufamento. Feldon já havia ***degustado*** preparos variados, com componentes que iam de fiapo de banana às mais puras ervas importadas das planícies da luz vermelha, mas o que acabara de experimentar era novidade. Ele esfregou a barriga, pensativo. Só podia ser outra coisa.

— Acho que aquele espetinho de cogumelo azul não caiu muito bem — concluiu.

PREPARO #40

A da boa + semente de joiaticaga triturada + micélio de cogumelo-catuaba

Bastou três baforadas do cachimbo para a nova preparação bater. Os fungos bioluminescentes que se espalhavam pelas paredes da caverna foram de azul e verde para um vermelho intenso. Em seguida, as folhas da já decrépita joiaticagueira passaram a cintilar, os galhos dançando num ritmo aliciante que fez ecoar acordes sensuais na mente de Feldon.

Seguindo os passos da viagem anterior, deixou o corpo assumir a forma mais espontânea que fizesse jus ao leque de sensações predominantes no momento. Quando as últimas plumas azuis nasceram, veio a certeza de que não havia ser mais lindo do que ele.

Maravilha, pensou Feldon. Tinha se transformado num pássaro-rifle, formoso bailarino nato do mundo animal. Ergueu as lustrosas asas negras num leque arqueado, exibindo o papo azul para quem quisesse admirar a dádiva da formosura que a mãe natureza lhe havia concedido. *Como resistir a alguém como eu? Imorrível. Incomível.*

Num instante de lucidez, riu da sequência enfadonha de palavras que soavam como mugidos de um bovino, mas era maior do que ele. A autoestima despertada pelo preparo era inebriante, a ponto de sobrepujar a razão. Feldon só sabia de duas coisas: estava doido para bebericar um belo copo de licor, e toda aquela beleza não podia ser desperdiçada. Precisava performar sua dança do acasalamento, e logo.

Mas para quem?

O bode Alphonse repousava num canto, ruminando gramíneas oníricas em seu sono imperturbado. Chorinho estava sentado a poucos passos dali, imóvel e inexpressivo — mas acordado.

Todo serelepe e pimpão, ele saltitou até o elemental, cheio de maldade. Numa reviravolta inesperada, porém, deu de cara com outro pássaro-rifle que parecia habitar o interior do torso de Chorinho.

Quais eram as chances de trombar justamente com outro espécime de ave-do-paraíso? Extasiado com aquele golpe de sorte, Feldon performou a dança lasciva que certamente lhe garantiria um pouco de ação. Engajada, sua parceira imitava perfeitamente cada movimento.

O talento da pretendente chamava a atenção. Feldon jamais tinha visto criatura tão graciosa.

O druida estava prestes a executar a parte final da coreografia do amor gravada em seus genes de pássaro-rifle quando ouviu Chorinho falar:

Ela me disse que o segredo do sucesso
Está no seu rebolado

Feldon se deteve por um instante, ultrajado pela interrupção. Olha a audácia deste canalha! Aquele disparate com certeza não teria utilidade alguma a alguém como ele, sábio e experiente mestre na arte da conquista. Mas o show tinha que continuar: uma sarrada no ar encerrou a performance e arrancou gargalhadas de Alma — que para Feldon foi um sinal certo de admiração pela virilidade que ele acabara de demonstrar.

Cheio de amor para dar, o elfo enfim mergulhou em Chorinho.

Tudo que conseguiu, porém, foi um banho de água fria.

— Deslumbrado com o próprio reflexo… — murmurou Alma, anotando a conclusão no caderno.

As palavras da anã foram um choque de realidade, e fizeram Feldon assumir a forma élfica. Quase todo o efeito do preparo se dissipou abruptamente, uma frustrante brisa interrompida. Arfando no chão da caverna e encharcado dos pés à cabeça, Feldon ainda se recuperava quando teve a impressão de ouvir a peculiar voz do elemental soltar:

Mas se é vergonha pra você, meu bem…
Muita gente não se atreve a ir além

O elfo gemeu, se sentando com dificuldade. A última mensagem de Chorinho continuou a reverberar, tornando o constrangimento ainda maior.

— Na moral, apaga aí, Alma — falou enfim, apontando para o caderno da anã. A vontade dele era abrir um buraco no chão, se transformar numa ema-do-planalto e enfiar a cabeça lá dentro. — Bora fazer de conta que isso nunca aconteceu, já é? Essa trip foi zoada. Dá aqui esse caderno que eu vou…

— Não, mestre! — exclamou Alma, horrorizada, protegendo o livro de preparos junto ao peito. Com a movimentação, Alphonse acordou e baliu num protesto preguiçoso. — Isto é conhecimento dos mais valiosos. Por mais que entenda seu ponto, peço que compreenda que tenho grande apreço por meu compromisso com a herbologia.

— Mas se alguém ler isso aí...

— Fique tranquilo, mestre Feldon. Infelizmente, sou a melhor preparadora de ervas de que se tem notícia. Isso significa que tenho princípios e respeito o sigilo de todos os envolvidos em meus experimentos. Ninguém além do comitê de ética alquímica vai saber que o senhor performou a dança de acasalamento diante do próprio refl...

— Qual é, menina — interrompeu Feldon. — Deixa quieto isso aí. — O pedido abriu caminho para um belo e retumbante arroto, que o elfo teve a estranha sensação de terminar num coaxar. — Eita, porra.

Preocupado, Feldon notou que a sensação de peso no estômago só aumentava. Apesar de ter dado várias barrigadas de boas no tempo que haviam passado ali na caverna, o bucho do druida parecia inchado.

— Um segundo, mestre... — A anã correu até a bancada e voltou com uma caneca em mãos. — Venho trabalhando em algo para ajudar com o estufamento e o enjoo que o senhor mencionou. Tem pó de ome, folha de panto, extrato de esome, boldo e um ou outro componente alquímico cuja sabedoria herdei de minha barbada e bem finada vovó. — Ela baixou os olhos num gesto de respeito enquanto murmurava uma prece: — Que a terra a tenha, assim como o verme que primeiro roeu as frias carnes de seu cadáver.

O elfo aceitou o chá e soltou:

— Uau, essa aí foi uma porrada e tan...

— Machadada, vovó costumava dizer. — Ela deu uma piscadela, orgulhosa da cortada literal. — Pode tomar sem medo, mestre Feldon.

— Olha lá, hein — murmurou ele, engolindo o chá enquanto também tentava afogar a horrível sensação de humilhação.

PREPARO #41

A da boa + semente de joiaticaga triturada + ossos macerados de morcego recém-falecido

Alma ainda celebrava a morte do morcego que despencara do teto da caverna bem em cima de seus ingredientes enquanto Feldon se preparava. Entretido, ignorava o falatório da anã. Segundo ela, aquele era um sinal de que a morte felizmente estava sempre mais perto do que se podia imaginar. Além disso, acrescentar algum componente de animal recém-falecido ao preparo experimental com o pó de joiaticaga traria experiências relacionadas à morte capazes de tocar as entranhas de qualquer ser vivo, por mais virgens que fossem.

Feldon mal tinha baforado a nova mistura e já despertava numa camada de consciência nunca antes alcançada. A iluminação da câmara de pedra desvanecera de forma tênue, mas a escuridão trazia conforto e convidava à reflexão. Ao fundo, o grave e quase imperceptível badalar de um sino embalava o fluxo de pensamentos no âmago do druida.

Em um lugar de paz sem precedentes com sua forma élfica, ele não sentia o ímpeto de se transformar em outro animal. Era como se pela primeira vez em muito tempo estivesse conectado à própria essência. Feldon havia se sentado de pernas cruzadas entre Alma e Chorinho e passara horas naquela posição. Deixava apenas que questionamentos emergissem, pairassem por tempo suficiente para contemplação, sem ânsia por respostas, e evanescessem no retorno ao fluxo caudaloso da existência e seus mistérios.

Por que em vez de nada, algo há? De onde viemos e para onde vamos? Por que a calça a gente bota e a bota a gente calça?

Feldon apreciava brisas psicodélicas e cheias de cores — viagens nas quais a explosão de estímulos o fazia ignorar por alguns instantes a estranha sombra que o afligia desde o encontro com o Devorador de Mundos e o retorno da morte. Vivências que o distraíam da sensação que passava despercebida por boa parte do tempo, mas que nas noites frias e solitárias dominava seus pensamentos e o lembrava de que havia um... vazio. A falta. A carência de algo essencial, complexo... Inerente ao eu.

A oportunidade de acessar camadas até então desconhecidas do inconsciente e contemplar questões profundas que não cabiam na rotina de um aventureiro trazia satisfação inenarrável.

A voz de Alma surgiu como um novo despertar.

— Mestre?

Ao abrir os olhos, Feldon se deparou com a caverna numa paleta de cores mais invernal; o lugar abraçava desolação. Ele ainda se encontrava entre Chorinho e Alma, porém sentia-se estranhamente só. Notou que a anã segurava uma xícara.

— Tudo tranquilão aí, menina? — perguntou ele, mantendo a postura de lótus enquanto olhava para ela de soslaio.

— Eu... — A aprendiz emanava alegria, mas hesitou antes de proferir as palavras seguintes: — Estou finalmente morrendo, senhor! Aqui, agora.

Um calafrio percorreu o corpo de Feldon, chegando ao seu estômago e fazendo com que órgão e caverna se conectassem num contorcer agoniante. Os sinos que antes ninavam suas reflexões agora dissonavam em tom conflituoso.

— Como assim? Tá locona?

Alma pousou a mão rechonchuda sobre o antebraço do mestre, e os dedinhos gelados entregaram um carinho gentil e estranhamente cálido.

— A sublime dádiva da morte sempre esteve além de meu alcance, senhor. Agora, enfim, ela sorri de volta para mim na forma de um veneno avassalador correndo em minhas veias, cujos efeitos já começo a sentir. — Alma fechou os olhos, apreciando o próprio fenecer. — Após tanto tempo, tenho a oportunidade de partir de forma honrada, reencontrar seres que me encheram de amor e pelos quais nunca deixei de nutrir sentimentos, que só me remetem aos dias nos quais todos estavam ao alcance de um simples toque.

Feldon fez menção de se levantar, mas as pernas pesavam como chumbo. A caverna estremeceu de repente, como se a frequência dos sinos — agora completamente desencontrados — estivesse afetando toda a estrutura.

— Alma, você... — Todo o fluxo de pensamentos agora se concentrava naquele momento. — Você é a melhor preparadora de ervas do mundo, *como...*?

— Ao que tudo indica, senhor, não mais ocupo tal posição. Outro ser enfim me superou no ofício da alquimia, de modo que posso partir. — Ela olhou para a xícara que acalentava entre as mãos. — Ainda assim, meus talentos me permitiram produzir este antídoto. Com um gole, posso deter a morte e interromper o ciclo natural.

A esperança fagulhou no peito de Feldon.

— Então toma isso logo, Alma! Quer um adoçante aí ou o quê?

Ambos compartilhavam trajetórias longevas de vida, mas o olhar que a anã direcionou ao elfo fez com que ele se sentisse pueril e inocente — uma criança mal versada no grande questionamento do existir: o fim.

— E por que deveria beber, mestre?

Apesar da sensação de peso que agora se espalhava pelo resto do corpo, Feldon se posicionou de frente para Alma.

Ele acolheu a mão gélida da anã nas suas.

— Tenho na ponta da língua uma cacetada de motivos pra você não bater essas botinhas. Tu é gentil e carinhosa. Sua barba é linda. Até falando desses bagulhos tenebrosos de morte você é fofinha. Seus preparos são zika. Tu manja de uma porrada de coisa, não só de alquimia. Você... como é mesmo? Ah, você *"tem princípios e respeita o sigilo".* Você... — Feldon não se lembrava da última vez em que lágrimas haviam clamado por percorrer seu rosto com tanta pressa, por isso demorou para entender o que lhe fazia arder os olhos e esmagar o peito. — Você é minha *amiga*, Alma.

— Grandes verdades, mestre Feldon — murmurou, baixando o olhar. Uma lágrima brotou sem convite e mergulhou, perturbando a superfície do conteúdo da xícara. — Sendo assim, alegre-se por mim, senhor. Finalmente cá estou, prestes a conquistar uma morte honrada.

Feldon abriu a boca para retrucar, e a boca aberta se manteve porque as palavras que dali sairiam acabaram por desaparecer quando o elfo enfim entendeu. Ficou paralisado por um instante, à procura de argumentos que negassem o inegável.

— Tem certeza que é isso mesmo que tu quer, Alma? — sussurrou o elfo. — Você não sabe como é, o que tem depois da morte. Nem eu que já morri sei direito, e...

— Todo carnaval tem seu fim, meu caro amigo. — Ela pousou a xícara de lado. Emulando um gesto que o próprio Feldon vinha repetindo com cada vez mais frequência, envolveu o rosto dele com as pequeninas mãos de anã moribunda. — E fico honrada de ter tido a companhia do senhor durante esta parte da jornada, e mais ainda agora... em meus momentos derradeiros.

O elfo tinha muitas coisas a dizer, mas ali aprendeu que nunca havia tempo o suficiente para expressar tudo que se queria. Parte da última fala de Alma fez Chorinho despertar de sua imobilidade elementar como se tivesse acabado de ouvir algum disparate.

Ela é discreta e registra tudo em livros
E ama os animais, sorte tua que é o bicho

As palavras tocaram Feldon num ponto do peito que vez ou outra doía. O vazio que ele tanto lutava para ignorar impôs sua presença, latejando como um órgão fantasma.

O druida desejava que Alma estivesse errada, que o tal veneno fosse se revelar tão inócuo quanto todos os outros que já haviam fluído e se perdido pelas tortuosas veias da anã. Logo veio a culpa por ansiar que ela se frustrasse mais uma vez, mas a perspectiva de nunca mais apertar aquelas bochechinhas lhe feria o peito e doía... na alma.

Um gemido na exata intersecção entre a dor e o prazer revelou que ela estava certa. A anã se contorceu numa ânsia de vômito, e com o espasmo empurrou para longe a xícara com o antídoto. A porcelana se espatifou no chão da caverna com um estalido que decretou o ponto final, derramando qualquer chance de impedir o destino que se aproximava galopante.

Com o corpo pesado como se o próprio Devorador de Mundos estivesse empoleirado em seus ombros, Feldon se arrastou até Alma a tempo de ver a anã chorando gotas de sangue. Caudalosos regatos vermelhos começaram a escorrer também de sua boca e ouvidos, empapando as vestes.

— Alma... — O elfo a acolheu nos braços, acarinhando seu rosto barbado. — Você tá pronta?

— Nunca... — gemeu ela. — Nunca estive... tão pronta... senhor... — completou com expressão de regozijo.

— Me perdoa, eu não sei as palavras certas, mas... Boa jornada, menina...

Os olhos arregalados da anã iam de um lado para o outro nas órbitas, alucinados, como se ela estivesse vislumbrando o além e não acreditasse em tamanha sorte.

— É tão... bonito...

Feldon contemplou o momento exato em que a amiga realizou seu desejo tão aguardado.

Trêmulo, fechou as pálpebras abertas de Alma e ficou ali, chorando abraçado ao corpo inerte.

A caverna se foi. Agora se encontravam em meio ao nada, o mais puro e absoluto vazio, num oceano de solidão que transbordava o horizonte. Os sons ao fundo eram o ressoar de gongos, e o eco de cada batida se estendia e pairava no ar, vagando para longe até sumir. O elfo fechou os olhos e baixou a cabeça, mergulhando o rosto na macia e negra...

... pelagem do Alphonse?

O animal baliu, e seu cheiro suave de bode mimado adentrou o nariz de Feldon. Só então, notou estar abraçado a ele. Com os cascos suspensos no ar, a cara de poucos amigos sugeria que aquele teatro já se desenrolava há algum tempo.

— Mestre Feldon? — A aprendiz estava ajoelhada ao lado dele, com o caderno de anotações nas mãos e o cenho franzido.

— Alma! — O coração dele acelerou, prestes a explodir de alívio.

— O senhor está... chorando?

Ao olhar para o lado, Feldon viu Chorinho ao alcance de seu rosto e agiu por puro impulso: tampando o nariz com o polegar e o indicador, mergulhou a cara no torso do elemental. Emergiu arfando depois de alguns segundos, chacoalhando o cabelo como um vira-lata.

— Mas é claro que não, garota! Só tava meio suado, tá ligado? Também, essa caverna tá abafada, e eu... — Notou que ainda estava segurando o bode no colo; com a barbicha agora encharcada, ele parecia fulminar o elfo com um olhar desafiador. — Foi mal. Calma aí, chifrudo.

O bode abocanhou o ar, errando por milímetros o generoso nariz de Feldon antes de se desvencilhar de seus braços.

Alma se aproximou carregando o caderno, os olhos arregalados famintos por mais informações.

— Mestre Feldon, preciso admitir que, como observadora externa, não consegui acompanhar muito bem os efeitos desse preparo — afirmou. — Será que poderia me relatar o que...

— Sinto que tô me repetindo, mas pode anotar aí: Nem a pau.

— Oh. — A lástima sequestrou seu semblante.

Ele gemeu ao tentar se levantar, ainda afetado por toda a experiência e pelo peso no corpo sentido durante a última viagem. Seu estômago deu uma cambalhota digna de ginasta, e o mal-estar veio com tudo.

— Inclusive, digo mais: já deu dessa brincadeira. Chega de pó de joiaticaga e o caralho a quatro. Quero voltar pra minha ervinha de sempre, que pelo menos... — Ele levou a mão ao ventre. — Ai.

O jorro de vômito prometido pela contração violenta do abdômen não veio. Em vez disso, Feldon emitiu um coaxar alto que fez com que todos o encarassem. No engulho seguinte, porém, sentiu um caroço rígido subindo pela garganta; depois de segundos caóticos agarrando o pescoço sem conseguir respirar enquanto Alma gritava e Alphonse balia desesperadamente, o que quer que o elfo estivesse expelindo terminou de viajar por seu esôfago e caiu no chão.

Com um terceiro coaxar estrangulado, toda a dor e o incômodo cessaram de uma vez.

De queixo caído e sem aparentar repulsa alguma, Alma recolheu o bolo de objetos envolto em muco. Gesticulando para que Chorinho fornecesse um jato de água, lavou toda a gosma e abriu as mãos.

As peças estavam enroscadas, o que dificultava a tarefa de distinguir uma da outra. Depois de as revirar por alguns segundos, Alma conseguiu dispor todas no chão da caverna: um par de brincos diferentes entre si, um anel e um cachimbo.

— Senhor Feldon... São...

— Joias? Umas joionas inteiras dentro de mim, pra valer? — Ele cobriu a boca com as mãos, horrorizado. Milhares de considerações passaram por sua mente, mas botou em palavras a mais urgente: — Se essa porra tivesse feito jus ao nome de joiaticaga eu tava ferrado!

Ele relutava em tocar nos objetos, mas Alma não tinha a mesma reserva. Ergueu as peças uma a uma, deixando que a luz azulada das paredes as banhasse. A iluminação não era suficiente para que identificassem do que eram feitas, porém era evidente que formavam um conjunto: em comum, todas tinham detalhes que, juntos, ilustravam a trajetória natural de um ser vivo.

— É impressão minha ou esses bagulhos aí representam um… — sussurrou Feldon.

— Um ciclo, senhor. Um ciclo de vida — completou Alma. — E digo mais: o ciclo de vida de um sapo. *Aquele* sapo! Não sei se há outros registros desse tipo de efeito do pó de joiaticaga, mas se eu fosse arriscar uma teoria, diria que ela partiu de suas experiências alucinógenas para condensar em objetos um grande desejo de seu inconsciente.

Algo estalou na cabeça de Feldon. O sapo. Claro.

— A viagem perfeita.

A pedido de Alma, fizeram uma breve cerimônia em homenagem à joiaticagueira, que vinha definhando desde a colheita do último fruto e logo encontraria seu fim. Já não mais ostentava folhas brancas, todas dissipadas no ar como se nunca tivessem existido; o tronco, antes prateado, agora assumia um tom de preto que lembrava o breu de uma noite sem estrelas.

Cientes de que o conhecimento sobre as joias jazia nas profundezas da mente de Feldon, passaram toda a desmontagem do acampamento conversando sobre a curiosa característica comum às últimas brisas: as enigmáticas pérolas de sabedoria proferidas por Chorinho.

— Como elementais simples são incapazes de falar, creio que são mensagens subliminares da sua própria mente, senhor, embora eu não descarte algum tipo de interferência mágica — falou Alma, folheando as anotações. — Como por exemplo em "Ela me disse que o segredo do sucesso está no seu rebolado". Esse "rebolado" murmurado em seus devaneios se refere a algum tipo de magia druídica?

— Não, esquece essa parte, Alma — sugeriu o elfo, sentindo o rubor subir pelas bochechas. Tratou logo de redirecionar o assunto: — Então, pensei em levar seus registros praquele mago de bigode branco lá dos Pântanos Cinzentos. O que manja de interpretar sonhos.

— O Iungue? — A anã cofiou a barba.

— Não é "Jungue" que fala? — questionou Feldon, depois balançou a cabeça. — É esse aí mesmo. Nesse meio tempo, enquanto a gente não souber direitinho qual é a desses bagulhos, acho melhor desovar essas paradas em algum canto. Não gosto nada da ideia de vagar por aí com itens mágicos cheios de, sei lá, meu inconsciente.

— É realmente prudente, senhor. Tem razão. Vai saber o que alguém mal intencionado poderia fazer em posse disso. — Ela fechou o livro de preparos e o acomodou na mochila, pronta para partir. — Precisamos de um lugar seguro.

— E que a gente possa encontrar depois, caso precise — completou o druida.

— O senhor tem alguma ideia?

O elfo assentiu, se virando para o elemental. Feldon sabia que Chorinho teria uma existência curta naquela forma; como tantos outros que conjurara, o elemental ficaria menor cada vez que um pouco de água de seu corpo fosse utilizado, e cedo ou tarde deixaria de existir.

Sob o olhar atento de Alma, Feldon se aproximou da joiaticagueira e, limpando um pouco do líquen bioluminescente da parede, depositou as joias numa pequena protuberância horizontal.

— Encosta aqui, Chorinho.

Obediente, o elemental com cabeça de gotinha espalmou as costas contra a pedra e abriu os braços, cobrindo as joias com seu torso. Como se soubesse exatamente o que Feldon tinha em mente, fluiu até se espalhar pela superfície, formando pouco mais que uma película amorfa de água.

Alma também pareceu entender o teor do plano, e se aproximou de cabeça baixa num sinal de reverência.

— Obrigada pelos serviços, meu caro Chorinho. — Acariciou a pelagem de Alphonse, que ruminava ao seu lado. — Um dia espero te reencontrar numa bem melhor.

— Valeu mesmo, meu querido. — Feldon pousou as duas mãos na parede úmida da caverna. — Tu é zika.

E especial, acrescentou em pensamento. Afinal, misturada à água minada da umidade da caverna, havia também lágrimas de Feldon. Lágrimas de dor e de alívio misturadas, derramadas num momento que ficaria marcado na história do elfo. Para ele, talvez tais lágrimas fossem ainda mais preciosas do que as peculiares joias.

Suspirando fundo, o elfo canalizou a magia druídica e conjurou Pele de Pedra. Manteve os olhos fechados durante todo o processo, mas sentiu a água se transmutando lentamente enquanto se mesclava à parede.

Foi a exclamação de surpresa de Alma que o fez abrir as pálpebras. Feldon se afastou para admirar melhor o feito: visitantes incautos talvez não notassem a silhueta de um rosto levemente humanoide formado pelos veios da rocha. Para mestre e aprendiz, porém, os olhos pétreos eram inconfundíveis.

Enquanto observavam, dois filetes de água começaram a escorrer devagar pela parede, traçando sulcos delicados no tapete de limo brilhante a partir das pupilas disfarçadas. E, logo embaixo, uma inscrição surgiu gravada na rocha.

O líquen azulado destacava de leve as letras, mas era preciso olhar do ângulo certo para ler a mensagem:

Hoje estou feliz porque eu brisei com você
E amanhã posso chorar elementais por talvez não te ver mais

— Pronta pra ir embora, menina? — Feldon colocou a mochila nas costas e pousou a mão sobre a cabeça da anã.

— Nunca estive tão pronta, senhor.

O elfo sentiu um calafrio, as palavras reavivando lembranças frescas que ele sabia que ficariam gravadas em sua mente de forma tão definitiva quanto os dizeres na pedra. Talvez Feldon ainda voltasse a escutá-las no mesmo contexto, talvez nunca precisasse se despedir de Alma daquela maneira. De uma forma ou de outra, tinham respostas a buscar.

Juntos, cada um à procura de sua viagem perfeita.

LISTA DE APOIADORES

Mais uma vez os fãs do #Nerdcast RPG se fizeram presentes, tornando os **Tesouros de Ghanor** uma realidade e um sucesso absoluto. Assim como os heróis de Ghanor e os Sete Reinos, serão todos lembrados e terão seus nomes cantados pelos bardos por toda a eternidade. Ou, pelo menos, até o próximo Devorador de Mundos despertar.

NÍVEL 1 | TESOUROS DE GHANOR: DIGITAL

Abner P. Carvalho, Adam Henrique Novaes, Adef Yako Lima Dos Santos, Adelmo Felipe De Oliveira Bento Da Silva, Adriana Pessoa Ferreira, Alan Machado De Almeida, Alana Régia Dantas, Alesssander Angelo, Alex Hideki Watanabe, Alexandre Costa De Oliveira, Alexandre Da Silva Fornel, Alexandre Dias Negretti, Alexandre Santos E Alves, Alexandre Silveira, Alexandre Vinicius Scaldelai Bernardi, Allan Cavalcante Teixeira, Allan Santana Ferreira, Altemar Almeida Silva, Altino Corrêa Pantoja Júnior, Amanda Caroline De Barros, Ana Julia Ornellas, Anaïs Tinôco Beaugrand, Anderson Silva De Arruda, Anderson Sousa De Oliveira, André Luís Vieira, André Moia Da Rocha, Andre Oliveira, André Rodrigues De Oliveira Fonseca, Andreia Brenner Dos Santos, Anna Karolina Oliveira Soares, Antônio Pereira Da Silva Santos, Ariel De Barba Bazzi, Artur Ricardo Azevedo Albuquerque, Atílio Leitão Pellegrino, Augusto Lira, Áulus Barbosa Lustosa, Benedito Anderson Felix Pereira Junior, Bernardo De Carvalho Marcolino Ramos, Bianca Teodoro Vicente, Bruna De França Nário Oliveira, Bruno Barbosa Da Silva Moreira, Bruno Croci, Bruno Gonçalves Vieira, Bruno Marini, Bruno Vinicius De Goes, Bruno Zache, Caio Eduardo Nunes Da Costa, Caio Fernando De Oliveira, Caio Henrique Amaro, Caio Seguchi, Caique Penayo De Oliveira, Camila Cristina Ribeiro De Souza, Carla Alessandra Demantova, Carlos Eduardo Gattermann, Carlos Henrique Medrado Barbosa Dos Santos, Carlos Henrique Nunes, Carlos Henrique Silva, Carlos Roberto Passos Júnior, Carlos Withe, Carolina Scheffelmeier Marcilio Silva, Cassiano Macedo Taira, Cassio Dos Santos Lessa, Cássio Félix, Cauã Barbosa Alves Da Silva, Cauê Cunha, Charles Zard, Christhian Gruhn, Cícero Jackson Da Silva, Clara Borges, Claus Rodrigues Tessmann, Cleber Sales Pereira, Cristiano Bozzetto, Cristiano Clemente, Cristiano Sussumu Itami, Cristina Souza Kalil, Daniel "Jedi" Rodrigues Glass, Daniel Augusto De Moraes Bessa, Daniel De Almeida Luna, Daniel Guerra Vale Da Fonseca, Daniel Lucena Silva Gonçalves Cavalcanti, Daniel Oliveira Chaib Demes Alves, Daniel Ribeiro Oliveira, Daniel Ricardi Rocha, Daniel Rodrigo De Macedo Magalhães, Daniel Victor Lima De Araujo, Daniel Wesler Damas Senhorinho, Danielle Hosoya, Danilo G Muniz, Danilo Lemos Batista, Danilo Martins, Davi De Lima Cecilio, Davi Moura Da Costa Macedo, Davi Renan Szczepaniak Campos, David Penof, Dayan Magno, Dener Generoso, Diego Dias Mechereffe, Diego Diniz, Diego Guilherme Ribeiro Almeida, Diego Henrique Fagundes Macedo, Diego Wesley De Mello, Dilan Arthur Silveira Do Amaral, Dirceu Nusa, Douglas Ricci, Douglas Silva, Eder Freire Dias, Edson Alyppyo Gomes Coutinho, Edson Amorina Junior, Eduardo De Oliveira Campos Junior, Eduardo Honorato Chagas, Eduardo Lema Mazzafera, Eduardo Mercadante, Eduardo Nacimento, Edwin Dischinger, Elaine Gomes, Elias Da Costa Goes Assunção, Elmer Justino De Oliveira Costa, Elora Deschamps, Eric Brito, Eric Hayroldes De Albuquerque, Eric Windson Sena Dos Anjos, Erick Rezende, Estela Pereira, Estevam De Moraes, Estevão Tavares, Evaldo Pontual Pinheiro Netto, Evellyn Da Silva Ferraz, Fábio Pinto, Fabio Serra, Felipe Akio Vieira Makihara, Felipe Augusto Silva, Felipe Capoccia Coelho, Felipe De Sena Dias Urpia, Felipe Diesel, Felipe Lima, Felipe Luna, Felipe Monteiro Fernandes De Lima, Felipe Ramos, Felipe Ribeiro Duarte, Felipe Soullep, Felipe Tadeu Galante Rocha De Vasconcelos, Felipe Yudi De Lima Doi, Fernanda Pedro Costa, Fernando Bilhiere, Fernando Coppini, Fernando Diego Marques De Carvalho, Fernando Goulart, Fernando Salgado, Filipe Thomazi Castelani, Francisco Cassimiro De Sousa Albuquerque, Francisco José Elder Furtado Marques, Francisco Ribeiro, Frederico Carneiro, Gab R.Loureiro, Gabriel Antônio De Oliveira Bariani, Gabriel Antonio Moreira De Lima, Gabriel Augusto De Amorim Moniz, Gabriel Bernardes Lobato, Gabriel Camargo Fernandes, Gabriel Claudino, Gabriel De Luca Galdino, Gabriel De Paula Paraiso Alves, Gabriel Francisco Nunes De Lima, Gabriel Galatola, Gabriel Gallonetto De Lima, Gabriel Gomes Bartolomeu, Gabriel Gustavo Costa Tolentino Schimidt, Gabriel Marques Rodrigues, Gabriel Martins Moraes, Gabriel Ragasine Galvão, Gabriel Ribeiro De Souza, Gabriel Sant'Anna Bonifácio Chagas, Gabriele Cesar Iwashima, Gabriella Martiniano Pereira, Gabryela Nagazawa Hayashi, George Pires Cabral Prado, Geraldo Roque, Giovanna Moretti, Giuseppe Origa Moreira, Glauco Fraga Da Silva, Gregorio Fonseca, Gualter Henrique Dias Martins, Guilherme, Guilherme Artém Dos Santos, Guilherme Augusto Silva De Queiroz, Guilherme B D Batista, Guilherme Balestro, Guilherme Barwinski, Guilherme Belin, Guilherme Brito, Guilherme Cruz Cavalcanti, Guilherme Cutrim Batista, Guilherme Dei Svaldi, Guilherme Elói Neumann, Guilherme Gonçalves De Almeida, Guilherme Krause Alves, Guilherme Lauterbach Palermo, Guilherme Lemos Tesainer, Guilherme Nishiyamamoto Moreno, Guilherme Pinheiro De Souza, Guilherme Santos De Mendonçca, Guilm, Gustavo Bezerra De Carvalho, Gustavo Brioschi, Gustavo Gomes Santiago, Gustavo Lombardi, Gustavo Maccarini Dal Bello, Gustavo Martinez, Gustavo Renan Tavares, Gustavo Ricardo Grohnert, Gustavo Rodrigues, Gustavo Schwarzenberg, Gustavo Takeo De Souza Tanno, Heitor Freire Roque, Helder Aparecido Pereira, Henrico Stoppa, Henrique Da Silva Delfiol, Henrique De Oliveira Pena, Henrique Grando, Henrique Rios Mendes, Higor De Oliveira Silva, Higor Felipe Da Silva, Hugo De Sanches Souza, Hugo Orlando Silva Souza, Hyago Cardoso Deccache, Iago Azevedo Cruz, Iago Gomes Tavares, Ian Linces De Oliveira, Ian

Ribeiro Miranda Caires, Igor Gonçalves Rocha, Igor Herrera, Igor Reis Dos Santos, Igor Toledo Machado, Isadora Hoffmann, Isis Brito Da Silva, Izabela Rodrigues França Carvalho, Jadson França, Jair Lipi Neto, Janaina Lumy Hamdan, Jean Costa, Jean Nogués, Jefferson Conrado, Jessica Silva De Sousa, Jhonatan Felipe Da Silveira Francisco, João Antonio Costa Nascimento, João Augusto Azevedo De Novaes, João Augusto Barbosa, João Carlos Felipe Schneider, João Carlos Ferreira França Junior, João Elias Machado De Oliveira, João Fernando Alves De Lucena, João Luiz Sanches, João Nilo De Souza Nobre, João Pedro Oliveira Costa, João Pedro Rifiski Jucke, João Ricardo Marques Melo, João Victor, João Vitor Cardoso Beltrão, João Vitor Da Costa França, João Vitor De Sousa, João Vítor Pinto Vizeu, Joaquim Fellipe Vilaca Lopes De Oliveira, John Lenon, Jonas Arcelino De Macêdo, Jonathan De Souza Marinho, Jonathan Thiago Pereira Da Silva, Jonny Da Silva Kolker, Jorge Gabriel De Sousa Gomes, José Alafi Oliveira Salgado, José Almir Leão De Aquino Junior, Jose Montaldi, José Victor, Judah Arthur Silva Carvalho, Juliana Da Silva Corrêa, Juliana Louzada Campos, Juliano Zachias, Julio Melanda, Juracy Pereira De Santana Filho, Kalil Jaluul, Krissie Sodré, Laise Araujo Galvao, Lariane Gonçalves Mendes, Larissa, Larissa Rosa, Le Werner, Leandro Bezerra, Leandro Duarte Sanchez, Leandro Lambertini, Leo Palinkas, Leonardo Buzaid Jacinto, Leonardo Castro De Oliveira Filho, Leonardo Lahoz Melli, Leonardo Mendonça Da Silva, Leonardo Rufino, Leonardo Sarquis Gomes, Leonardo Yan Corrêa Cordeiro, Letícia Donatoni Marim, Leticia Suzuki, Letícia Takahashi Hokari, Lillian Sibila Dala Costa, Lorenzo Horacio, Luan Rodrigues, Luana Chen, Lucas A. Rodrigues, Lucas Antonio Dos Anjos Carvalho, Lucas Cardoso Dos Santos, Lucas Dias Da Cunha, Lucas Fernandes Lourenço, Lucas Freitas, Lucas Freitas De Oliveira, Lucas Henrique Gonçalves, Lucas Imbimbo Gonçalves, Lucas Lopes Grischke, Lucas Machado, Lucas Perrone Borlin Alves, Lucas Senra Moreira Da Costa, Lucas Serrano De Andrade, Lucas Zanchetta Tesche, Lúcio Lucas Ferraz Lobato Ribeiro, Luis Claudio Cini Bosisio, Luiz Alessandro Lopes Feitosa, Luiz Felipe Pscheidt, Luiz Filipe Da Silva Marinho, Luka Corrêa Figueiredo, Maiara Dos Santos Silva, Malcolm Pereira, Marcelo Almeida Hirota, Marcelo Da Silva Barbosa, Marcelo Milton Laserra, Marcelo Tesserolli Abreu, Marcio Gabriel Pereira Campinho, Márcio Homem, Marcio Lima Inácio, Marcio Ribeiro Pereira, Márcio Tonassi, Marcos Aurélio Vieira Diniz, Marcus Kenjiro, Marcus Vinicius Maia De Oliveira, Marcus Vinicius Rodrigues De Oliveira, Mardonio Pereira Do Vale, Mariana Jarrin Onishi, Mariana Lira, Mariana Tais De Oliveira Martins, Marilia El Kadre, Marllon Welter Schlischting, Marlon Naves Rosa, Mateus Dos Santos Da Silva, Mateus Plez Ricciardi, Matheus Asato Cardoso De Sá, Matheus Augusto Bodo, Matheus Borges Ziderich, Matheus De Oliveira Lopes, Matheus De Souza Lima, Matheus De Toledo Bueno, Matheus Maciel Diniz Pacheco, Matheus Milagres Vieira, Matheus Morroni, Matheus Pereira Siqueira Abreu, Matheus Shinji Arashiro, Matheus Soldi Hardt, Mauricio Gonçalves Duarte E Duarte, Mauricio Mazuco, Miguel Ruan De Souza, Mikeias Silva, Miquéias Moreira Pereira, Moisés Alves Carneiro Filho, Moisés Moraes Cardoso Da Silva, Moises Mota, Molinoso, Murilo Bazan Da Silva, Narcisa Castilho Melo, Natã Fontes, Natalia Oliveira, Nelson Lachini, Netson Cavina, Niara Paiva, Nicolas Gonçalves Da Silva Schmid, Nicolas Pinheiro Costa Navarros, Núbia Rodrigues Oliveira, Octacilio Rodrigues Neves, Pamela Ferraciolli Mezadi, Patrícia Braga Nobre De Campos, Patricia Daer Ortolan, Patricia Limirio Gonçalves, Patricia Maia Valente, Paulo Andrade, Paulo Henrique Alves Santos, Paulo Henrique Martins De Medeiros, Paulo Henrique Prendes Val, Paulo Maurício Barbosa Silva, Paulo Renato Loffredo, Paulo Sergio De Ruiz Almeida Junior, Paulo Vitor Coelho, Pedro Fortini, Pedro H. D. Ferreira, Pedro Henriqu Mendes, Pedro Henrique Corrêa Kim, Pedro Henrique Gonçalves Silva, Pedro Henrique Lima Medeiros Ferreira, Pedro Henrique Nunes Pereira, Pedro José Rocha Oliveira, Pedro Marcos Paulo Cardoso Rizzo, Pedro Moreira, Pedro Vitor Valença Mizuno, Pietro Galastre Atore, Priscyla De Oliveira Alves, Rafael, Rafael Augusto Melo De Souza, Rafael Barbosa Rosado, Rafael Brandão Brasil, Rafael Brasil Figueras, Rafael Buzzi De Andrade, Rafael Covizzi, Rafael Da Silva Vergaças, Rafael Edmundo Da Silva, Rafael Eiji Saito, Rafael Guilherme Cruz, Rafael Luguera, Rafael Macedo De Vasconcelos Azevedo, Rafael Moura, Rafael Paifer De Oliveira, Rafael Priviero D'Abruzzo, Rafael Raabe Ahrons, Rafael Rodrigues Lopes, Rafael Santiago Luiz Peleteiro, Rafael Sfair, Rafaella Elisa Francis Denari, Ramon Lamounier, Raphael Ferreira Gonçalves, Raphael Mendes Moreira, Raphael Rostaizer, Raul Victor Da Silva Lopes, Reinaldo Dilly, Renan Costa Viana, Renan Gomes Belmonte, Renata Fonseca Wolff, Renato Augusto Fonseca, Renato Martins Zacarias, Renato Triani Guerra, Rhafael Faria, Rhuan Contardi Reis, Ricardo Avelar, Ricardo Carlos Branco, Ricardo Cesar Da Conceicao Silva, Ricardo Galindo Machado, Ricardo Nasser Maschietto, Richard Gomes De Souza, Richard Munhoz Montis, Roberto De Andrade Soares, Roberto De Souza Andrade, Robson Mesquita Gomes, Robson Silveira, Rodolfo Goncalves Machado, Rodolfo Rodrigues Da Costa, Rodrigo Almeida, Rodrigo Bertoluci, Rodrigo Campos, Rodrigo Molina E Silva, Rodrigo Moreira Clares De Souza, Rodrigo Peres, Ronald Do Nascimento Costa, Ronan Lutiane, Salvador Antonio Iorio De Santana Junior, Samuel Augusto Martins Sobrinho, Samuel Biazotto De Oliveira, Samuel Davi Costa Pereira, Samuel Vergilio, Sander Roosevelt Sales Ferreira Silva, Sávio De Oliveira Teodoro, Septimus De Carvalho Meneses Júnior, Sergio Augusto De Araujo Silva, Sergio Schüler, Severino Indio Da Fonseca Lima, Smailey Alexandre Behm, Tais Nakayama, Tassiana Cristina Pinto Farias, Tebatini E Jara, Thamyris Dos Santos De Aquino, Thiago Abreu, Thiago Brazileiro, Thiago Carrascosa, Thiago Malucelli, Thiago Mizutani, Thiago Pereira Beccalli, Thiago R Costa, Thiago Rocha, Thiago Silva, Tiago Calado, Tiago Crespi, Tiago Gutierrez, Tiago Novaes Faht, Tiago Prado Oliveira, Tiago Sperb, Tomás Grandini Quintanilha, Tyrone Santos Da Rocha, Uirá De Oliveira Brenelli, Ulisses Gonçalves De Assis, Valdir De Campos Moraes, Victor Campos Moreira, Victor Chiéa Andrade, Victor De Fraga Sant'Ana, Victor Palacio, Victor Pinho Tabosa, Vinícius Batista, Vinícius Da Silveira Piccini, Vinicius De Oliveira Souza, Vinicius De Sá Cereja, Vinícius Elias, Vinicius Garcia Rodolfo, Vinicius Lima, Vinícius Linhares Alves De Oliveira, Vinicius Soares Lima, Vinicius Verissimo Zanatta, Vitor Affini, Vitor Hugo Alves Pinto, Vitor Hugo De Castro Da Silva, Vitor Moraes Cardoso, Vitor Mota Leite Diniz, Vitor Resende Santos, Wagner Colozzo Abril, Walisson Araujo, Wanderson Ferreira De Moura, Wesley Santos Miyaguti, William Luis Ames, Wilson Antonio Silva De Faria, Wires Santos Amorim, Yago Dos Santos Araújo, Yuri Bitencourt Amarante, Yuri De Lima Chana Machado.

NÍVEL 2 | TESOUROS DE GHANOR: FÍSICO

Abidiel Souza, Abilio Tavares De Lira Neto, Abner Constantino Gonçalves, Acir Bustamante, Ademir Nunes Ribeiro Júnior, Adriana Cristina Alves Pinto Gioielli, Adriana Helena Felicio Rocha, Adriano Marin Da Silva, Adson Carvalho, Aecio Jorge Macedo Braga, Afonso Henrique Andrade Tavares, Aguinaldo Alves Martins, Ailton Ricardo, Akim Côrtes Avelino, Alan Da Silva Menezes De Assis, Alan Favero Montes, Alan Pellizzari, Alan Possamai, Alan Turella, Alanna Serpa Stolf, Alberto Marques Pilati, Alessandra Gomes Dos Santos, Alessandro Jean Gigi, Alessandro Laurindo, Alessandro Molon Perin, Alex Avilez De Araujo, Alexandre Augusto Leão Pryjma, Alexandre Colli De Souza, Alexandre Ferreira De Lima, Alexandre Gabriel De Sousa, Alexandre Gimenes Junior, Alexandre Kalfeld, Alexandre Krause, Alexandre Mesquita Silva Bomfim, Alexandre Miola Gonçalves, Alexandre Pereira De Oliveira, Alexandre Rafael Esperanca, Alexandre Vieira, Alexandre Zanatta, Alexandro Cunha, Alexia Ivo Da Silva, Alexsandro Frey Pereira, Alexsandro Veras Santos, Alfredo Alencar De Oliveira, Aline Mara Karpinski, Aline Miki Hentona Nakauchi, Aline Romero Martins, Alison Luiz Martins,

Alisson Damasceno, Alisson Silva Neimaier, Allan Bispo Malta De Moraes, Allyson Roberto Barbosa De Lana, Alvaro Henrique Dias, Álvaro Leitão Pellegrino, Amanda Abdias, Amanda Guimarães Gomes, Amanda Magalhães, Amanda Sabedot Passos, Amon Dos Santos Lisvoa, Ana Beatriz Ferreira De Morais, Ana Carolina Brito França, Ana Carolina Moreira, Ana Carolina Virmond Portela Giovannetti, Ana Clara Tamarozi Rizzo, Ana Eng Trovo, Ana Flávia De Souza Pascoal, Ana Laura A. Martins, Ana Luiza Gerfi Bertozzi, Ana Paula Alves David, Ana Paula Coelho, Ana Silvia Mendes Oliveira, Anauã Costa Mota, Anderson Cardoso, Anderson De Almeida Oliveira, Anderson Ferreira De Jesus Da Silva, Anderson Filipe Soares Pereira, Anderson Jackal, Anderson Lima Zerloti, Anderson Marinho De Souza, Anderson Matheus Silva Brainer, Anderson Nunes Machado, Anderson Pettirossi Xavier, Anderson Piram, Anderson Prado Verissimo Da Silva, Anderson Souza Pereira, André Almeida Pacheco, André Alves Da Silva Oliveira, André Carvalho, André Castiglia Moreira, André Felipe Miranda, André Franciosi De Almeida, André Justo De Moraes, Andre Klochner, André Lucas Junqueira, Andre Luiz Ferraz Flor, André Manuel Santos Vilcarromero, Andre Patricio, Andre Porto Leal Piantino, André Rabelo Girardi Martins, André Reis Da Silva Gomes, Andre Telles Amaral, André Veloso, Andre Zanki Cordenonsi, Andrei Correa Lemos, Andreia Jeane Liebl, Andressa Amaral Cunha, Andressa Lisboa, Andrey Bergamim Botini, Ângelo Gabriel Pavan Machado, Aniel Alencar Rocha, Anisio Cordeiro Paz Junior, Anna Paula Amorim Marques, Anne Caroline De Souza Messias, Antenor Caldeira De Oliveira Neto, Anthony Carvalho, Antonio Augusto, Antonio Coelho Junior, Antonio Cunha, Antonio Igor Silva De Oliveira, Antonio Josino Da Silva Neto, Antônio Lúcio De Araújo Bernardes, Antonio Moisés De Pinho Neto, Antonio Napy, Antonio Nilson De Sousa Junior, Antonio Terto Da Silva Junior, Arcelino Ramos De Campos Neto, Ariane Oliveira, Ariane Thiele Lima, Ariel Augusto Silva Barreto, Arnaldo Assis, Arthur Basso, Arthur Câmara Pereira, Arthur Caputo Esteves, Arthur Cardoso Barbosa, Arthur Chaves Ferreira, Arthur Faria, Arthur Felicio Tiburcio, Arthur Flecha Correa, Arthur Jonck Hammes, Arthur Leal, Arthur Nagae, Arthur Nascimento, Arthur Petrola, Arthur Porto Cavalcanti, Arthur Resende, Arthur Rodrigues Jardim Barreto, Arthur Scorsolini Fares, Arthur Silva Amaral, Arthur Zimmer Dias, Artur Ferreira Portes, Artur Melo Peixoto, Artur Neto Fidelis Duarte, Artur Sarlo, Artur Wyse Kopplin, Ary Cataldi Neto, Athos Vallim Toledo, Augusto Almeda Correia, Augusto Antico, Augusto Carrão Longhi, Augusto César Castro, Augusto Cesar Jeannine Rocha Junior, Augusto Dos Santos Kochenborger, Augusto Martins Alves, Augusto Michelim Damasceno Filho, Augusto Souza Tavares, Aurélio Pereira Grison, Bárbara Maria Da Silva Rodrigues, Barbara Rossalli, Beatriz Macedo Mollica, Beny, Bernardo Campos Andrade, Bernardo Carvalho Do Amaral, Bernardo Da Silva Frazao Bezerra, Bernardo Guerra Roman Náufel Do Amaral, Bernardo Ignarra Lemos Dos Santos, Bernardo José Brüning Schmitt, Bernardo Mazioli, Bernardo Motta Nascimento, Bernardo Rafael Minozzo Carneiro, Bernardo Stamato, Bernardo Ticom, Bianca Cruz Pachane, Bianca De Matheus Bocardo, Bianca Ribeiro, Bianca Vieira Da Silva, Bigt0St (Alexandre Cardoso), Braiam Gualberto, Breno Dos Santos Angelin, Breno Eduardo Da Cunha Ribeiro, Breno Lima Rodriguez, Breno Nessrala Rodrigues, Breno Teixeira, Breyner Kramatschek, Bruna Brigatti Golineli, Bruna Cardoso Chiarione Konishi, Brunno Del Puppo Martins, Brunno Igor Tavares Gondim, Brunno Longo Bomfim, Brunno Wesley Da Silva Lima, Bruno Alvim Dos Santos, Bruno Andrade De Assis Moraes, Bruno Andrade Freitas, Bruno Arruda Gomes Bueno, Bruno Baccarin Salles, Bruno Barbosa Da Silva Moreira, Bruno Barbosa De Medeiros, Bruno Belloc Numes Schlatter, Bruno Bitencourt Oliveira, Bruno Brizolino, Bruno Castellani, Bruno Castro, Bruno Celino Pedreira De Loureiro Maior, Bruno Cesar Lopes De Azevedo, Bruno Curuja, Bruno Daniel Donaton Ribeiro, Bruno De Meira Silva, Bruno De Oliveira Silva, Bruno Fim, Bruno Frischer, Bruno Gallina, Bruno Gallina Apel, Bruno Galvão, Bruno Gomes Tavares Dos Santos, Bruno Grillo Moreira, Bruno Henrique Ferreira Veloso, Bruno Henrique Godoi, Bruno Herbert, Bruno Hugi, Bruno Kenji, Bruno Lee S Rodrigues, Bruno Lima De Souza, Bruno Luiz Korckievicz, Bruno Maia, Bruno Marçal Da Costa, Bruno Miguel Felli, Bruno Moreira, Bruno Nigre, Bruno Oliveira, Bruno Pinto Da Silva Pessanha, Bruno Quissak Bartelega Toniolo De Carvalho, Bruno Ricardo Pereira Dos Santos Santos, Bruno Rodrigues Da Silva, Bruno Sabino, Bruno Santiago, Bruno Santos Carneiro, Bruno Souza Silva Moura, Bruno Tardin Costa Vieira Gomes Coelho, Bruno Tiago Da Silva, Bruno Tobias, Bruno Weinhardt Da Silva, Bruno Zuccheratte, Caio Alexandre Fernandez De Agustini Farina, Caio Azevedo Silva, Caio Braga, Caio Clausi Gomes Luz Da Silva, Caio Luiz Rodrigues De Souza, Caio Moreno Rodrigues Vieira, Caio Nogara, Caio Rafael Rocha Santana Pereira, Caio Ribeiro Simioni, Caio Tikaraishi Pierangeli, Caio Tomaz Palombo, Caio Túlio Cruvinel Carvalho, Caio Veronese, Caio Wallace Guilarde Vilela Oliveira, Caioz Ferreira, Caique Antonio Russo, Caleo Pires, Camila Atan Morgado Dias, Camila Mesquita Silva, Camila Silveira, Camilla Lourenco, Camilla Torres Clarkson, Camilo Alves Carvalho, Carlos Alberto Teixeira, Carlos Benigno Neto, Carlos Diogo Dias Da Silva, Carlos Eduardo Barbosa Da Silva, Carlos Eduardo Braatz, Carlos Eduardo Da Silva Louvize, Carlos Eduardo Do Espirito Santo, Carlos Eduardo Nylander Dias, Carlos Eduardo Santos Sandes, Carlos Emílio De Andrade Cacho, Carlos Felipe De Mamam, Carlos Henrique Do Couto Paim Fernandes, Carlos Peixoto, Carlos Roberto Barreto Júnior, Carlos Roberto Faria Da Silva, Carlos Sergio Dias Costa Júnior, Carlos Vinicius Alves Oliveira, Carlos Vinicius Savian Lima, Carolina Emy Ono Leal, Carolina Pacheco De Castro, Caroline Gonçalves, Caroline Leonello Tavares, Cassiano Antonio Bortolozo, Cauã, Cauê Aruã Zani De Souza, Cayo Albuquerque Prohaska Moscatelli, Cecília Delarue Toniolo Lima, Cecilia Maria De Oliveira Guimaraes, Celso De Almeida Junior, César Alves Vecchio, Cesar Augusto Vieira Giovani, César Caixeta Ferreira, Cesar De Lucca Baiocchi, Cesar Fazani, Charles Zimmermann, Christian De Brito Silva, Christiano Nardelli Nascimento, Christopher Carvalho Oliveira, Christopher Silva Koya, Clara D'Ávila Fonseca Paiva De Paula Freitas, Clarice Carvalho Da Silva, Clarissa Goulart, Claudio Chill Lacerda, Claudio Souza De Lucena, Cleber Fernando Augusto Júnior, Cleiton Côco Domiciano, Cleomar Cordeiro De Oliveira, Cleyton Vidal De Oliveira, Cristian Araujo, Cristian Douglas De Lima Pião, Cristian Luís Pereira, Cristiana Sbardella Tamamoto, Cristiane Chapeta, Cristiane Saponara, Cyrus Veiga Andriolo, Daniel Aidar Da Rosa, Daniel Alves Dos Santos, Daniel Baz Dos Santos, Daniel Cavallera, Daniel Fernandez Costa, Daniel Ferreira Daher, Daniel Fraga Moreira, Daniel Gurgel Do Amaral Mota, Daniel Henrique Torres Leite, Daniel Klein, Daniel Martins Coutinho, Daniel Matuzalém Soares Filho, Daniel Milan Matsumoto, Daniel Palhares Gileno, Daniel Peralta Ribeiro, Daniel Peres, Daniel Quintanilha Barbosa Ferreira, Daniel Rangel Barrocas, Daniel Secolim Coser, Daniel Teixeira, Daniel Weiler Da Silva, Daniela Gonçalves Da Silva, Danielle Vasconcelos Gomes, Danillo Roger Ribeiro, Danilo Albuquerque Mendes, Danilo De Oliveira Cassimiro, Danilo Domingues Quirino, Danilo Dos Santos Ferreira, Danilo Gomes Ribeiro, Danilo Ribeiro Confessor, Danilo Sposito, Dante Rosan, Danton Lima Alvim, Dave Xande, Davi Aguilar De Matos, Davi Alves, Davi Couto De Magalhaes Santos, Davi Da Silva Brilhante, Davi Da Silveira Barroso Alves, Davi De Albuquerque E Silva, Davi Falcão Brasilino, Davi Heck Damasceno Gonçalves Andrade, Davi Lôbo Todeschini, Davi Luz Da Silva, Davi Rana, Davi Ribeiro Da Silva, Davi Rios Valdez, Davi Valença Reis De Moraes, David Da Silva Moratório, David Ernando Da Silva, David Feitosa Pinheiro, David Liberalino Bohnke, David Lucena, David Ribeiro Moreira, Dean Rusk Andrade Sobrinho Andrade Sobrinh, Débora Aparecida Teodoro Dos Santos Lucena, Debora Mazetto, Delfia Viana, Denis Ochiuto Mendez, Denise Flaibam, Denise Vieira Da Silva, Deyvid Wilkerson Moeckel Ferreira, Diego, Diego Alessandro Moreira, Diego Ataide Fernandes Barros Corrêa, Diego Costa, Diego De Argôlo Gomes, Diego Dos Santos Gonçalves Pacheco, Diego Elias Moreira Almeida, Diego Ferreira De Lima, Diego Frichs Antonello, Diego Henrique Barboza Alexandrao, Diego Henrique Sampaio Zanini, Diego Lucas Ferreira, Diego Lutz Simão, Diego Mellado Proença, Diego Pires Latorre, Diego Rigoletto Doná, Diego Rocha, Diego Zapala, Diógenes Leal Ferraz Silva, Diogo Fernando Sampaio Pytlowanciv, Diogo Gehrke Barbosa, Diogo Merguizo Sanchez, Diogo Motta Igrejas Luz, Diogo

Regis Gouveia Cavalcanti Brasil, Djone Pereira Da Costa, Domingos Alberto Gentil Nuvolari, Dominique Dos Santos Casagrande, Douglas Beltrão, Douglas Cavalheiro Carvalho, Douglas Emanuel Futerko Monteiro, Douglas José Nascimento, Douglas Noll Dos Santos, Douglas Soza Capitão Estigarribia, Dulcilene Mayrink De Oliveira, Dyego De Araujo, Ed Canela, Ed William Ferreira Junior, Edemilson Demari, Eder Carlos Ferreira, Éder Gil De Souza, Ederson Freitas, Edézio Souza Da Silva Júnior, Edilson Alves, Edilson Meireles, Edilson Rezende Barbosa Junior, Edmilson Matias Ferreira De Oliveira, Edson Batista De Souza Silva, Edson Diego Silva Barbosa, Edson Ramos C Junior, Eduarda Santos De Melo, Eduardo Amadeo De Carli Nardi, Eduardo Cardoso De Oliveira, Eduardo Dantas De Oliveira, Eduardo De Oliveira Ferreira, Eduardo Dos Santos Sardinha, Eduardo Emanoel Batista, Eduardo Fagundes Lara Filho, Eduardo Ferreira Dos Santos, Eduardo Franco Dias, Eduardo Fujikawa, Eduardo Henrique Fernandes Fonseca, Eduardo Jansen Severino Alves, Eduardo Kunioshi, Eduardo Limberger De Oliveira, Eduardo Lopes Martins, Eduardo Maciel Ribeiro, Eduardo Medeiros De França, Eduardo Petrucci Vieira Rangel, Eduardo Ramone Tavares Targino, Eduardo Silva Neves, Elcio De Freitas Pereira Filho, Elder Mancini, Eli Gabriel, Eliakim Dos Santos Rocha, Elias Roma Neto, Eliezer Martins, Elton Apolinario, Elton Raul Soares, Emanuel Angelo Piccinini, Emanuel Victor Barroso Leite, Emerson Chagas Lobão Da Silva, Emerson Jacinto Da Silva, Emiliano Barbosa, Emilio Eiji Yamane, Emmanoel Morais De Santana Rodrigues De Andrade, Endi Souza Ganem, Enilton Andrade, Enzo Semolini, Enzo Souza Capitão Estigarribia, Enzo Terenzi, Enzo Xavier Dos Santos Rodrigues Bartholo, Eric Fontinele Gaspari, Eric Leônidas Da Silva, Erick De Campos Santos, Erick Guimarães De Oliveira, Erick Silva, Érico Diego Da Silva Dos Reis, Erico Gabriel Veit Ferreira, Érico Robert, Erik De Souza Scheffer, Estela De Oliveira Martins Bastos, Estevão Alberto De Souza Nunes, Esvaber Figueiredo Da Cunha, Ettore Rodrigues Migliorança, Eugênio Vieira Barros, Evandro Cascaes, Evandro Da Cruz Oliveira, Evandro Machado Martins, Evandro Prioli Duarte, Evarisro Matias Leite Neto, Everton Camargo Francisco, Everton Geraldo Da Silva, Ewertton Willian Nóbrega De Medeiros Martins, Fabiano Clementino Alves De Souza, Fabiano Dejean Almeida Wantuil, Fabio Alves Silveira, Fábio Antônio Neira Bessa, Fabio Costa Tust, Fábio De Bessa Miyasaki, Fabio Elizeire Da Cunha, Fabio Freitas, Fabio Henrique Laureth Martins, Fabio Henrique Medeiros, Fábio Henrique Sant'Anna Da Silva Matos, Fábio Iba E Silva Cabral, Fabio Mathias, Fabio Noremberg Ferreira, Fabio Oliveira Baptista Da Silva, Fabio Soares Pereira, Fabio Yabu, Fabricio Camisão, Fabricio Cavalcante, Fabrício De Oliveira Bianchi, Fabricio Duarte Andrade, Fabricio Grisolia Cezarini, Fabrício Rendeiro De Assis, Fabricio Ribeiro Tito Rosa, Fabricio Sant Ana Sousa, Felipe Alferes, Felipe Bonifácio Cuzim, Felipe Boschetti, Felipe Carneiro Meirelles, Felipe Checozzi, Felipe Da Silva Glicério, Felipe D'Avila, Felipe De Melo Loureiro, Felipe De Paula Bueno De Melo, Felipe Dias, Felipe Dias Padua Pires, Felipe Faé, Felipe Fagundes, Felipe Ferreira Bezerra Da Silva, Felipe Ferreira Mainardi, Felipe Junior Campos, Felipe Kwiecinski Da Silva, Felipe Leal Campos De Freitas, Felipe Manhoni De Paula Alves, Felipe Marcenes Kamei, Felipe Mendes, Felipe Mohr, Felipe Pereira Rodrigues, Felipe Piovezan, Felipe Santos Pinheiro, Felipe Scassi Salvador, Felipe Soares, Felipe Viegas Antunes, Fernanda Deajute Mendes, Fernanda Dos Reis Vida, Fernanda Estolano Morais, Fernanda Guilhelmelli Costa, Fernanda Mioto, Fernanda Salviano Amora, Fernanda Sayuri Akiyama Marcilio, Fernando Augusto De Oliveira Françoso, Fernando Augusto De Salum E Dizioli, Fernando Bianchini De Oliveira, Fernando Costa Campos, Fernando Cunha Bueno Neto, Fernando Diomar Do Amaral, Fernando Douglas Tavore Graca, Fernando Gom Da Silva, Fernando Guarda, Fernando Henrique Da Silva Pereira, Fernando Kerr, Fernando Locatelli Maioli, Fernando Oliveira, Fernando Paixão, Fernando Sales De Souza, Fernando Silva Barrêto, Fernando Silva Nectoux, Fernando Vella, Filipe Andrade, Filipe Arruda Aragão, Filipe Carneiro, Filipe Da Silva Cruz Gouveia, Filipe De La Fuente Teixeira, Filipe De Souza Leite, Filipe Dos Santos Lino, Filipe Guimarães Almeida, Filipe Oliveira Barreto, Filipe Pedro Gontan, Fillipe Bitu, Flávio Alexandre Lourenço Farias Reis, Flávio Augusto Alves Sadler, Flavio Henrique De Campos Ferreira, Flavio Lopes, Flávio Ribeiro De Moura, Flávio Romero Acácio Barbosa, Flávio S. Campos, Francisco Edvando De Aquino Moreira, Francisco Junior Macedo Dos Santos, Francisco Wagner Fernandes De Sousa, Frank Johnny Amorim, Fred Muniz, Frederico De Araujo Dias, Frederico Monteiro Couto, Gabriel Albuquerque Monteiro De França, Gabriel Antonio Zanoti Dos Santos, Gabriel Araújo Dos Santos, Gabriel Augusto Amim Sab, Gabriel Augusto Fernandes Luiz, Gabriel Augusto Santoro Dos Santos, Gabriel Belarmino, Gabriel Berwanger Silveira, Gabriel Brandão Araújo, Gabriel Campanini, Gabriel Campolongo, Gabriel Carmo, Gabriel Chedid Domingues, Gabriel Constantino Camilli, Gabriel Costa Nunes, Gabriel Da Silva Sampaio, Gabriel Da Silva Valim, Gabriel Dargas, Gabriel De Assis Maria Pedro, Gabriel De Oliveira Bueno, Gabriel De Oliveira Silva, Gabriel De Souza Rech, Gabriel Del Valle, Gabriel Do Nascimento Martins, Gabriel Dutra, Gabriel Eng, Gabriel Felipe Da Rosa, Gabriel Ferreira Candido Da Silva, Gabriel Figueiredo Pagin, Gabriel França Ferreira, Gabriel Frigo Zuppelari, Gabriel Gavirachi Macangnin, Gabriel Gomes Ribeiro Pinto, Gabriel Gonçalves Motta, Gabriel Henrique Trevizam De Souza, Gabriel Hilario Rozendo, Gabriel José De Oliveira Besbati, Gabriel La Luna, Gabriel Leal, Gabriel Lecomte Pinho E Souza, Gabriel Lucas, Gabriel Lucas Bispo Da Rocha, Gabriel Lucas Caldeira Oliveira, Gabriel Magalhães Zanin, Gabriel Maimone Rossi, Gabriel Meireles De Sousa, Gabriel Melo Maciel, Gabriel Miranda De Freitas, Gabriel Moreira De Oliveira, Gabriel Motta Da Silva, Gabriel Moura Maia, Gabriel Nakalski Farias, Gabriel Nunes Martins, Gabriel Pimenta Martins, Gabriel Pitanga Dias Sanches Rodrigues, Gabriel Prado, Gabriel Raduenz, Gabriel Rocha De Souza, Gabriel Rodrigues, Gabriel Santini, Gabriel Santos Gomes, Gabriel Santos Lima Da Silva, Gabriel Scarssi Krupp, Gabriel Teixeira Aguiar, Gabriel Thibes, Gabriel Tobias Ruano, Gabriel Valente, Gabriel Vasconcelos Silva Ferreira, Gabriel Victor Munhoz, Gabriela Apolinário, Gabriela Barros Costa, Gabriela Cotrim De Moraes, Gabriela De Almeida, Gabriela Gonçalves Da Silva, Gabriela Leite, Gabriela Pagnussat, Gabriella Casado Coelho Da Silva, Gabrielle Alves Beckedorf De Lima, Gabrielle Costa Azevedo, Gean Silva De Souza, Geanderson Gonçalves Das Neves, Gedson Marcelino, Geovanny Jorge De Oliveira, Gersica Aroni Melchiades, Gilson De Sousa Fernandes, Giordano Felipe Avelar Souza Lima, Giovana Collombaro Cardoso, Giovanna Jangarelli Santini, Giovanne César Pereira Discacciati, Giovanni Cuchiaro, Giovanni Pradi, Giuliano Biasioli, Givaldo Cesar Da Paixão Junior, Glauber Lopes Mariano, Gledison Gonçalves Da Silva Silva, Guilherme Albino, Guilherme Augusto De Oliveira, Guilherme Augusto Peres, Guilherme Barbosa Fadel De Almeida, Guilherme Baumgratz Figueiroa, Guilherme Begotti Domingos, Guilherme Bergamin Luz, Guilherme Biazzi Gonçalves, Guilherme Borges Ribeiro, Guilherme Bulegon, Guilherme Carvalho Gurgel Jacome, Guilherme Castro, Guilherme César Tavares Melgaço, Guilherme Christofoletti, Guilherme Cisterna, Guilherme Costa Meneses, Guilherme Das Neves Teixeira, Guilherme De Sousa Brito, Guilherme Destro, Guilherme Duarte Parente Alencar, Guilherme Dutra, Guilherme Ferreira Lemos Pereira, Guilherme Fonseca Do Nascimento, Guilherme Gandolfi, Guilherme Garcia Sumariva, Guilherme Henrique Marques Dos Santos, Guilherme Jansen Martins, Guilherme Lopes Lacerda Da Silva, Guilherme Luis Teixeira Leocádio, Guilherme Minghini Dos Reis, Guilherme Moraes Goncalves, Guilherme Moura Porugal, Guilherme Paterlini Araujo Dos Santos, Guilherme Patrick Braga De Oliveira, Guilherme Peneiras Miranda, Guilherme Prochnow Meyer, Guilherme Ramires, Guilherme Romão Schon, Guilherme Siedlasczyk Parente, Guilherme Villela Pignataro, Gustavo, Gustavo Antunes Dos Santos, Gustavo Araújo Mariano, Gustavo Caldini Lourençon, Gustavo Concordia, Gustavo Corso Ribeiro, Gustavo De Andrade Santos, Gustavo De Cordova Baron, Gustavo Donato Bacharel, Gustavo Donisete, Gustavo Dos Santos Araujo Marques, Gustavo Dos Santos França, Gustavo Dos Santos Gonçalves Padial Moraes, Gustavo Felipe Scheneider, Gustavo Fontana Aguiar, Gustavo Gaieski Lehmann, Gustavo Gomes, Gustavo Guimarães, Gustavo Henrique Da Silva Lopes, Gustavo Henrique Dantas De Azevedo, Gustavo Henrique De Almeida, Gustavo Luz Jorge, Gustavo Machado De Freitas, Gustavo Manfrinato,

Gustavo Marques Moreira, Gustavo Medina Dos Anjos, Gustavo Monteiro França, Gustavo Orlando Boçon Huziy, Gustavo Puchalski, Gustavo Puerari, Gustavo Ribeiro Rocha Nascimento, Gustavo Sartini De Lima Tavares, Gustavo Silva Evangelista, Gustavo Simonato, Guzz, Haeckel Almeida, Heber Fabbri, Hebert Bortolini, Heli Santos Ferraz De Siqueira, Hélio Alonso Acácio Muniz, Helio Henrinque Vasconcelos, Hemerson Tacon, Hendrick Matheus Medeiros Lima, Henrique Barbosa Ferreira, Henrique Camargo Alevate, Henrique Cazanti Sona, Henrique Cruz Freitas, Henrique Da Costa Gallo Neto, Henrique De Oliveira Furtado, Henrique Foster De Oliveira, Henrique Franco Da Silva, Henrique Haag, Henrique Lemos, Henrique Luchiari Maximo Diniz, Henrique Meira De Castro, Henrique Mozer Nunes, Henrique Nobile De Oliveira, Henrique Osório Da Fonseca Delú, Henrique Penna, Henrique Pureza Portes, Henrique Serathiuk Velloso, Henrique Susin Scopel, Henrique Zago, Henry Rezende Dos Santos, Herbert De Souza De Almeida, Herbert Felipe Xavier, Heric Prestelo Pedro, Hermínio Mirabete Junior, Higo Raphael, Hugo Bueno, Hugo Moreira Faria, Hugo Soares Lacerda, Iago Franco Bacurau, Iago Miranda Beserra Gurgel Sena, Ian Lepeco Moreira Dos Santos, Ian Silveira, Iara Ribeiro, Ibraim Rocha De Santana, Ícaro Augusto Moreira Baroni Novato, Igor A. Assaf Mendes, Igor Bast Macedo, Igor Castelo Branco De Lima, Igor Da Conceição Caldas, Igor Luiz, Igor Monteiro, Igor Moraes Mariano, Igor Novis, Igor Peconick, Igor Von Sydow, Igor Zacarias Dos Santos, Ike Cardinali, Ingrid Beatriz Barros Dos Santos, Ingrid Lira Dos Santos, Íris Firmino Cardoso, Isabella Correa, Isaque Tamarozi, Israel Bovolini Junior, Israel Junior, Israel Santos Pinho, Israel Silva Da Silva, Italo Jordan Alves Gonçalves, Italo Lennon Sales De Almeida, Italo Rossi Roseno Martins, Iury Gontijo Silva, Ivan Fernandes, Ivan Gomes Ferreira Junior, Ivan Ivanoff De Oliveira, Jackson Luiz Rosa, Jader Eduardo Willers, Jaqueline Kohatsu Lucena, Jardeson Medeiros Do Nascimento, Jean Almada, Jean Lucas Da Silva Lobo, Jean Moreira Borges De Morais, Jean Pierre Sardá Vargas, Jean Rodrigues, Jeanluiz Ferreira Porto Monteiro, Jeferson Eduardo Kleinschmidt, Jeferson Harmatiuk, Jeferson Henrique, Jeferson Kolling, Jeferson Martinelli, Jeferson Rodrigo Campana, Jeferson Ruan Dos Santos Pereira, Jefferson, Jefferson Augusto Coura Santos, Jefferson Brito Dos Santos, Jenner Chrystian Verissimo De Azevedo, Jennifer Berlin, Jeosadac Dos Santos, Jessica Domingues Marques, Jessica Farabotti, Jessica Maia, Jéssica Niohanne Parente Cipriano, Jesus Alberto Buisan Infante, Jetson Luan, Jhonatan Alves Zanardi, Jian Paulo Cadorim, Jk_Bei, João Anisio Monteiro Magalhães De Andrade, João Antonio Rodrigues, João Carlos Guedes Junior, João De Paula, João Felipe Bronzato, João Felipe Da Silva, João Fernandes, João Filipe Alves De Lima, João Gabriel Henriques Bugarin, João Henrique Da Silva Sales, João Ítalo Macedo De Cerqueira, João Leonardo Azevedo Casemiro, João Lucas Da Silva Ramos, João Lucas Miclos De Negreiros, João Lucas Ruben Bezerra, Joao Lucas Vargas Cardoso, João Marcos De Jesus Andrade, Joao Marcos Garcia, Joao Matheus Calixto, João Matheus Dos Santos Pinheiro, Joao Matoso, João Otávio Rodrigues Ferreira Frediani, João Otávio Silva Schmidt, João Pablo Da Silva Batista, João Paulo Bachega, João Paulo Dos Santos Bispo, Joao Paulo Ferreira Rodrigues, João Paulo Moury Fernandes De Barros Coelho, João Paulo Pereira, João Paulo Salgado, João Paulo Vinicios Rodrigues, João Pedro Alves Filgueiras, João Pedro Carvalho, Joao Pedro De Almeida Veloso, João Pedro De Brito Silva, João Pedro De Castro Guedes, Joao Pedro De Melo Ferreira, João Pedro Minto Russo, João Pedro Uchôa Campos Olimpio, João R. Sigismondi C. Ribeiro, João Ricardo Malchiaffava Terceiro Correa, João Santos, João Teixeira, João Vicente Cardoso Kohem, João Victor Bastianini Bucioli, João Victor Couto, João Victor De Medeiros Vitoretto, João Victor Domingues Baldini, João Victor Lessa Nunes, João Victor Mendes De Oliveira, João Victor Pedroso, João Victor Ribeiro Martins, João Victor Sousa, João Vitor Bosco, João Vitor Chiella Santin, João Vitor Duraes Munduruca, João Vitor Farias Pinheiro, João Vitor Magalhães Barros, João Vitor Poubel, João Vitor Rocha Dos Santos, João Zornoff Vitiritti, Jocivaldo V Alves, Joctã Gomes Barbosa, John Robert Conceição De Melo, Johnathan Amaro Da Silva, Johnny Pereira Bijos, Jonas Barletta Silva, Jonas Da Silva Pereira, Jonas Mattos, Jonas Serpa Souza, Jonatha Chrys Ballet Das Neves, Jonathan Alaiko Ferreira, Jonathan Camilo De Jesus, Jonathan Gonçalves Santo, Jordan Natanael Oliveira Nunes, Jorge Azevedo, Jorge Filgueiras De Pinho Neto, Jorge Henrique Da Paixão Miranda, Jorge Luiz Floresta Ferreira, Jorge Matheus, Jorge Sassaki Resende Silva, Jorge Souza Azevedo Moniz Barreto, Jorge Torres, José Antônio Teodoro Borsato, José Eduardo Dorneles, José Eduardo Tinoco Macena, José Henrique De Jesus Moura Filho, José João Oliveira Velloso, José Leandro Aparecido Dos Santos, José Luíz Ramos De Carvalho Junior, José Nelson Cultri, José Oliveira, José Paulo Barbosa Máximo, José Ricardo Pereira Da Silva, José Rodolfo De Lima Farias, Jose Sergio Cavalcante Barros, José Silvio De Oliveira Freitas Neto, José Synval Lemos De Carvalho Terceiro, José Valter Da Silva Junior, José Vitor Lorenzoni, Joseph Oliveira, Josiere Messias Da Silva Oliveira, Josué Ervino Escher Feldeckircher, Josué Leandro Alves Leite, Joyce Adelina De Lucena, Juan Diego Olaabal Nunes, Juão Pedro De Castro Alves Guimarães, Julia Dutra Barros, Julia Martins Dalecio, Julia Naara, Julia Oliveira Maia De Almeida, Juliana Andreis Waetge, Juliana Do Nascimento Rodrigues, Juliana Sonoda, Juliano Sehn Sehnem, Julianos Schmitt De Andrade, Juliet Pasta, Júlio César Aranha Serra Pinto, Julio Cesar Back, Julio César Navegantes Gouveia, Júlio César Oliveira Cabral, Julio César Sagás, Julio Lima Contarini, Júlio Maurício Mota Wolff, Junior Antunes Koch, Kainã Oliveira, Kaio F. M. Silva, Kaio Felipe Oliveira Silva, Kaique Henrique Peixoto, Karina Mayra Da Silva Vecchi, Karl Oliveira, Karoline Melo De Oliveira, Katerine Klauberg Dolzan, Kathleen Adrienne Neumann, Kauê Nicoletti Alves, Kauê Pereira Mallmann, Kauê Pisetta Garcia, Kawã Azevedo Fabricio, Kayo Furtado Santos, Kayo Ryan De Souza Sá Silva, Kelvin Pereira, Kim Kevin Ludvig Trieweiler, Klayton Da Silva Pereira, Kleyson Wilhan Gomes Da Silva, Kylokhan Diogo Araujo, Laila Teodoro Batista, Lara Rodrigues Da Silva, Larissa Barbosa Rodrigues Da Silva, Larissa Guimarães Valentim, Lasso Sant'Anna, Layane Gadelha Caitano, Laybson Plismenn Sousa Cunha, Leandro, Leandro Damião Barbosa, Leandro Ecker, Leandro Lima Evangelista, Leandro Pimentel, Leandro Souza Dos Santos, Leandro Zanella De Souza Campos, Leomar Cabral Pereira, Leonardo Amaro, Leonardo Antunes, Leonardo Augusto Peres, Leonardo Barbosa, Leonardo Barbosa Barreto De Brito, Leonardo Caramori Da Silva, Leonardo Carneiro Valente, Leonardo Correia Santos Galvão, Leonardo Deschamps Fernandes, Leonardo Diete Lopes Bonfim, Leonardo Dos Santos, Leonardo Fernandes Borges, Leonardo Fraga Teixeira, Leonardo Franceschi Jardim, Leonardo Goulart Marcello, Leonardo José Koch Jordão, Leonardo Nascimento Costa, Leonardo Oliveira Neves, Leonardo Perrucci, Leonardo Rezende, Leonardo Rodrigues Gois, Leonardo Schultz Araujo, Leonardo Tadeu Hernandes De Lima, Letícia Cybis De Castro, Leticia Mara Berto, Letícia Müller Corrêa, Levi Koch, Levy Severiano Gomes, Liane Oshima, Lincoln Alves, Lincoln Vinicius Nascimento De Araujo, Lineu Kuromoto, Lisandro Pires Da Silva, Livia Carvalho, Lorenzo Rohrich Da Fonseca, Lourival Dias Campos, Luan Felipe, Luan Gustavo Maia Dias, Luana Oliveira Marciel, Lucas Almeida Aguiar, Lucas Almeida De Ungaro, Lucas Alves Pullig, Lucas Alves Silva, Lucas Ambrosio Costa Silva, Lucas Antonio Ribeiro, Lucas Antônio Viapiana Baptista, Lucas Araujo Azzi, Lucas Araújo Dutra Rodrigues, Lucas Augusto Martins Bonifácio, Lucas B. de Oliveira, Lucas Barbosa De Oliveira, Lucas Bechelli Dos Santos, Lucas Bernardo Rangel De Souza, Lucas Bezerra Vieira De Almeida, Lucas Blaschi Gameiro, Lucas Bosco, Lucas Braun Mariano, Lucas Calmon, Lucas Camargo Soares Carvalho Da Silva, Lucas Caruso, Lucas Castilho Guarnieri, Lucas Couto Carvalho Dos Santos, Lucas Curi Santos, Lucas Da Silva Bordoni, Lucas Da Silva Tofolo, Lucas Daniel Da Silva, Lucas De Almeida, Lucas Dias, Lucas Dias Zenun, Lucas Eduardo Avila De Matos, Lucas Euphrásio De Mello, Lucas Eustaquio Tostes, Lucas Figueiredo, Lucas Fontão Abdalla Coracini, Lucas Freitas Bandeira De Mello Oliveira, Lucas Gabriel Leon De Almeida, Lucas Geremias, Lucas Luiz Dal Bosco, Lucas Machado Silva, Lucas Mancio, Lucas Moraes Pinheiro, Lucas Moreira, Lucas Mota, Lucas Nakamassu, Lucas Oliveira Machado, Lucas P R Godinho, Lucas Padilha Gonçalves, Lucas Panichi, Lucas Pereira Mendes, Lucas Picon, Lucas Prata, Lucas Ramos Lima, Lucas Reis Conceição, Lucas Rocha Orsi, Lucas Rossini Curi Silva, Lucas Ryoiti Maruo, Lucas Saldanha

Santos Pereira, Lucas Scárdua Andrade, Lucas Silva Carvalho, Lucas Sitta Paganelli, Lucas Soares De Almeida, Lucas Souza, Lucas Vinícius Roseno Martins, Lucas Volpe Calegari, Luccas Barros Pereira, Luciana De Castro Furtado, Luciane Rodrigues De Melo, Luciano De Paula Muzzi De Lima, Luciano Portella Rodovalho, Luis Arthur Barros Ribeiro, Luís Eduardo, Luis Eduardo De Souza Fernandes, Luís Eduardo Deffanti, Luis Felipe Dias Ribeiro, Luís Felipe Ramos, Luís Felipe Santos Nascimento, Luis Fernando Amaral, Luis Fernando De Aguiar Cordeiro, Luis Fernando De Oliveira Gato, Luis Guilherme Alves Fernandes, Luis Gustavo Carneiro Vieira, Luis Gustavo De Souza Santos, Luís Henrique Dos Santos Silva, Luis Henrique Teixeira, Luis Muchaki, Luisa Bongiovani, Luisa Ribeiro Silva, Luiz Carlos Da Silva Amaral Filho, Luiz Carlos De Lima Dias Junior, Luiz Eduardo De Oliveira Costa, Luiz Eduardo Ferreira, Luiz Eduardo Frezzatto Santos, Luiz Felipe Da Cunha Lima, Luiz Felipe De Santana, Luiz Felipe Monteiro Seixas, Luiz Guilherme Rasmussen Torri, Luiz Guilherme Santos Da Silva, Luiz Gustavo De Sousa Warnke, Luiz Henrique Medeiros Dos Santos, Luiz Henrique Rufcca, Luiz Henrique Volso, Luiz Mauro Namur Junior, Luiz Paulo Oliveira Barbosa, Luiz Quintal, Luiz Rogerio Ribeiro Filho, Luiz Sérgio Gervenka Petri, Luiza Anselmi Cantoni, Luiza De Andrade Silva, Luize Schrage Wächter, Maico Alexandre Kley, Maico Holz, Maicon Dos Santos Gomes, Manoel Emidio Ferreira Netto, Manoel Felipe Costa Almeida Fernandes, Manoel Martiniano De Jesus Silva, Marcela Gomes Corrêa, Marcela Raisa Marchesi De Oliveira, Marcella Machado Martins, Marcelo Aparecido Bermejo Penna, Marcelo Barreto Da Silva Nen, Marcelo Carlos Dos Santos Júnior, Marcelo Cecilio Fagundes Da Silva Filho, Marcelo Iglikoski, Marcelo Marques Morelli, Marcelo Shigueki Kuwahara, Marcelo Vilela De Morais, Marcia Alves De Almeida, Márcia Anita De Jesus Almeida, Márcio Batista De Oliveira, Márcio Brigo, Márcio Eduardo Silva, Marcio Gasparin, Márcio Rodrigo Campestrini, Márcio Seiji Suganuma, Marco Antonio De Sousa, Marco Antonio Liba De Godoy, Marco Antonio Vaz Lorena, Marco Aurélio Lima Do Nascimento Junior, Marco Aurelio Medeiros Favoreto, Marco Túlio De Andrade Costa, Marcone Santos Lemos Júnior, Marconi Gonzaga De Oliveira, Marcos André Aquino De Morais, Marcos Aurélio Freire Da Silva, Marcos Faneli, Marcos Ferreira Da Silva, Marcos Henrique Fonseca Ribeiro, Marcos Levi Parente Lima, Marcos Matheus Santos Isotton, Marcos Paulo Godoy, Marcos Santos, Marcos Vinicius Andrade Almeida, Marcos Vinicius Carvalho Leme, Marcos Vinícius Félix Da Silva, Marcos Vinicius Ferronatto, Marcos Vinicius Freitas Lopes, Marcos Vinicius Lopes, Marcus Augusto Rigo Marcelino, Marcus Nova, Marcus Paulo Marques Pereira, Marcus Vinicius Cunha Melo, Marcus Vinícius França Guareschi, Marcus Vinicius Freitas Do Nascimento, Marcus Vinicius Genico Prendes, Maria Clara Bezerra Fonseca, Maria Luiza Peratello, Maria Regina Silva De Siqueira, Maria Victoria Oliveira Barbosa, Mariana Nascimento Miranda, Mariana Sakae De Castilho, Mariana Stefanini, Marina Costa Cavalcante De Rezende, Mario Ary Brum Heinzen, Mário Lucas Marques Vasconcelos, Mário Tatsuo Makita, Marisa Pedroso Silva, Marjolie Rui, Mark Nicholas Albuquerque Rodrigues, Marlon Teske, Marlon Vasconcelos, Maruam Alves, Maryana Fernandes Gomes, Maryane Rodrigues Ferreira, Mateus Aparecido Alves Da Silva, Mateus Brunner Indart, Mateus Calson, Mateus Cantele Xavier Dutra, Mateus Chies, Mateus Da Silva Sanson Picoloto, Mateus Jatoba Dias, Mateus Magalhães Saldanha Santos, Mateus Mascarenhas Soares, Mateus Nascimento Oliveira, Mateus Rodrigues Vieira Da Silva, Mateus Santos Patussi, Mateus Saraiva De Araujo, Mateus Wachowski, Matheus Amiel Costa Lima, Matheus Arroyo Almeida, Matheus Aziz, Matheus Bontempelli, Matheus Carlos De Souza, Matheus Costa Junqueira, Matheus Cunha Medeiros, Matheus Da Silva Modesto Coutinho, Matheus De Azevedo Feitosa Juca De Araujo, Matheus De Paiva Santos, Matheus Dias, Matheus Dos Santos Boutin, Matheus Dos Santos Silva, Matheus Felizardo, Matheus Fernando Gerke Ferreira, Matheus Franco Portero, Matheus Gomes Coelho, Matheus Henrique Kupka Romano, Matheus Henrique Musa Da Silva, Matheus Henriques, Matheus Leopoldino, Matheus Lira Da Silva, Matheus Lucas, Matheus Machado Vilhagra, Matheus Marques Polizel, Matheus Martins, Matheus Martins Ramos, Matheus Polly, Matheus R. Vasconcellos, Matheus Rapozo, Matheus Renó Torres, Matheus Righi, Matheus Roberto Albarracin Caselatto, Matheus Santos Oliveira, Matheus Saripieri, Matheus Siqueira Cesar Queiroga, Matheus Teixeira Ferrante, Matheus Vasconcellos Germano, Matheus Volpato Gurginski, Matheus Wallace Juliari Da Cunha, Mattheus Vyctor, Maurício Detzel Bernert, Mauricio Holthauzen, Mauricio Pinheiro Gomes, Mauro Pedro Antunes Barbosa, Mauro Schoening Junior, Mauro Vinícius Dutra Tercino, Maximiano Kanda Ferraz, Maxwell Antonio Oliveira Meurer, Mayara Rosa Miriuk, Maycon Nascimento Silva, Melchior Felix De Moraes, Melissa Sabbadini, Michel De Barros Lira, Michel Martins Lemes, Michele Caroline De Oliveira, Michele De Moura Rodrigues, Michele Jardim Brum, Michell Lucino, Miguel Amenta, Miguel De Souza Silva Martins, Miguel Lucas Da Costa, Miguel Moreira Carreira, Mikael Medeiros Ramos, Mikhail Einstein Pinheiro Rathge, Minerva Lemos, Miqueias Barbosa Bomfim, Mizael Alves De Jesus Lira, Moises Alves Da Cruz, Moisés R.Q Assis, Mrflamel, Murillo De Moraes Terencio, Murilo Augusto Albiero, Murilo Fígaro Bertolino, Murilo Lopes Batista, Murilo Otávio Novaes Silva, Natali Félix Arinos, Natalia Molero, Natan Gaspechak Martins, Natan Rabelo De Oliveira, Natan Rocha Batista, Natan Ximenes, Nathalia De Almeida Souza, Nathália Pissuti, Nathalie Evangelista, Nathan Gonzalez Coelho Ladaga Mariano, Nathan Henrique De Lana, Nattan Viscardi, Nazir Hussni, Neirimar Humberto Kochhan Coradini, Nélio Neves Lima, Newton Lacerda, Nicholas Silva Baracy, Nick Scabello, Nickolas Gomes Costa Vieira, Nickolas Keiji Osako, Nicolas Fukuyama, Nicolas Pinheiro E Souza, Nicolau Augusto De Oliveira Polonio, Nilson De Oliveira Melo Neto, Nisio José Soares Neto, Núbia Aline Lutke, Octávio De Oliveira Ribeiro, Octávio Peixoto Mattos, Orlando Barbosa Celestino, Orlando Rodrigues Maltaro, Osmar Gabriel Dos Santos, Otavio, Otavio Augusto Frederico, Otavio Augusto Roth, Otávio Delai, Otavio Emilio, Otavio Felipe Olmedo, Otávio Viana, Otavio Yuji Abe Diniz, Otto Francelino Rodrigues De Oliveira, Otto Hebeda, Pablo De Moura Rodrigues, Pablo Lopes, Pablo Lopes Macedo, Pablo Sampaio Pereira, Pablo Siqueira Regis, Pâmela Rebecka Avelar, Patricia Pires Campos, Patricia Rodrigues Silva, Patricia Suzuki, Patrick Guedes, Patrick Lamin, Paula Surcin, Paulo Augusto Pereira Da Silva, Paulo Carvalho Da Silva Junior, Paulo Cesar De Oliveira Junior, Paulo Gamaliel Gonçalves Junior, Paulo Henrique Goncalves, Paulo Henrique Lacerda, Paulo Jose Arantes, Paulo Marcelo Machado Bruno, Paulo Maria Teixeira Lima Filho, Paulo Maycon Gonçalves Serra, Paulo Pereira Braga Júnior, Paulo Ricardo Santos Da Silva Junior, Paulo Roberto, Paulo Roberto Luna De Lima, Paulo Roberto Melies, Paulo Roberto Nogueira De Carvalho, Paulo Victor Dos Santos Pereira, Paulo Victor Viana Da Silva, Pedro Amorim, Pedro Arruda, Pedro Canfora, Pedro Cézar Rodrigues Baltazar, Pedro Cordeiro Neves, Pedro Costa, Pedro Cotrim, Pedro De Souza Pinho Braga, Pedro Duran Ruis, Pedro Durayski Saccilotto, Pedro Eduardo Marques Machado, Pedro Florencio Albuquerque Da Silva, Pedro Ganselli Da Silva, Pedro Guimarães, Pedro H R Mota, Pedro H. Gonçalves Da Luz, Pedro Henrique Almeida Cortat De Paula, Pedro Henrique Barata Carvalho, Pedro Henrique Bauer Viebrantz, Pedro Henrique Clemente, Pedro Henrique De Souza Ferreira, Pedro Henrique Gonçalves De Almeida, Pedro Henrique Itaboray Silva, Pedro Henrique Mazalli De Souza, Pedro Henrique Morelato Caldeironi De Almeida, Pedro Henrique Pazini Freire, Pedro Henrique Pereira Da Cunha, Pedro Henrique Rosa Sônego, Pedro Henrique Ruchinski, Pedro Henrique Sátiro Da Silva, Pedro Humberto Furtado De Almeida, Pedro Ivo Cardoso, Pedro Ivo Neves De Almeida, Pedro Lopes, Pedro Lucas Pinto Andrade, Pedro Maldonado, Pedro Matheus Bandeira Ximenes Tavares, Pedro Nobrega Martins Vieira, Pedro Passos De Marco, Pedro Paulo Silva Ferreira, Pedro Pousa, Pedro Ramos Melges, Pedro Santos, Pedro Wilson Pereira Neto, Pedro Xavier Da Silva, Petrus De Oliveira Tiveron, Petterson De Lima Moren, Pietro Camilo Martins, Pietro Catelli Coelho, Pietro Lentz Martins Cantú, Priscila Scapol Vendramini, Pui Van Chan, Rafael Alvares Bianchi, Rafael Amancio Alcades, Rafael Araujo, Rafael Augusto Antunes Serpa, Rafael Augusto Soares De Souza, Rafael Bartalotti Pinto, Rafael Cabral Soares, Rafael Camargo, Rafael Castro, Rafael Da Silva Silveira, Rafael Da Silveira Oliveira, Rafael Darini,

Rafael De Araujo Verdant Pereira, Rafael De Arruda Cruz, Rafael De Castro Macedo, Rafael De Jesus Fazzio Paulino, Rafael Diola Bento, Rafael Do Nascimento Junior, Rafael Dos Santos Pereira, Rafael Escobar, Rafael Ferrari Dib, Rafael Ferrarini Zapala, Rafael Ferreira Teles, Rafael Fialho, Rafael Fioreto Tinoco, Rafael Freire Baracho, Rafael Gomes, Rafael Kiyan, Rafael Magalhães De Andrade Papa, Rafael Mainardi De Oliveira, Rafael Marques De Sá E Silva, Rafael Marques Santos, Rafael Mateus Dallabrida, Rafael Matos Ataide, Rafael Max Braga Nunes, Rafael Mello, Rafael Nery Viana, Rafael Oliveira Pierre, Rafael Pelegrino Furlani, Rafael Pereira Dos Santos, Rafael Petzet Barreiros, Rafael Ritter, Rafael Rossignol Felipe, Rafael Sancho, Rafael Silva, Rafael Silva Garutti, Rafael Soares Parente Da Silva, Rafael Takeda Brunelli, Rafael Vinicius Nunes Pereira, Rafael Yuji Hirata Furusho, Rafaela Fortes Lagranha, Rafaela Lucia Dos Santos, Rai Vitor Barbosa De Lima, Raimundo Antonio De Lima Praxedes Neto, Ramon Cabral Do Amaral, Ramon Martins Fagundes, Ramon Pansonato Morais, Raphael Batalha Bacchi Boé, Raphael De Goes Cavalcanti, Raphael De Menezes Gagliano, Raphael Ribeiro Neves, Raphael Rodrigues Benedito, Raphael Rubino Iacobucci, Raphael Saldanha Do Nascimento, Raphael Santana Amaral, Raphael Silveira Constantino, Raphael Soma, Raphael Storti Guerra Jacintho, Raquel Teodora Beserra, Raul Fernandes, Raul Lucena E Silva, Raul Péricles De Almeida, Raul Saraiva Bezerra, Raul Victor Bottaro De Souza, Raynã Cordeiro, Rebecca Politti, Reinaldo Pereira De Souza Neto, Renan Anderson Caldas Ruiz, Renan Brigagão, Renan Brolesi, Renan Costa Ferreira, Renan De Matos Casaca, Renan De Oliveira, Renan Gazola Fernandes, Renan Hygor Weber Rodrigues Lobo, Renan Mantovani Peron, Renan Martins Bueno, Renan Mira De Lima, Renan Monte De Oliveira, Renan Peliçari Rodrigues, Renan Rodrigues Araujo, Renan Tarenta Meirelles Brasil, Renan Valentim, Renan Vidal Viesser, Renan Vieira Da Silva, Renato Aparecido Penteado, Renato Crespan Barbiero, Renato De Stefani, Renato Dias Aguiar, Renato Moraes Moura Costa Neto, Renato Ribeiro, Renato Silva De Lima, Renato Vasconcellos Do Monte, Renny Gonçalves Malaquias, Rhafael Baes Xavier, Rhuan De Oliveira, Rian Bergamin Quimelo, Ricardo Aguiar De Aghiar, Ricardo Almeida Fernandes, Ricardo Andrade, Ricardo Antonio Ritter Meijide Barroso, Ricardo Aparecido De Santana, Ricardo Balbino De Souza, Ricardo Barroso Leite, Ricardo Bertolini, Ricardo Biagio, Ricardo Da Cruz Vaz, Ricardo Dos Santos Borges, Ricardo Elias, Ricardo Fernandes Dias, Ricardo Fernando Manfredini Lopes, Ricardo Lucas Souza Silva Dos Santos, Ricardo Murari Da Silva, Ricardo Nakakubo, Ricardo Sartori De Araujo, Ricardo Souza Arrais, Ricardo Venturacci Bianchi, Richard Antonello, Richard Coelho, Richard Karl Mattfelt, Richard Nikolas Chaves, Richer Adan De Castro, Rinaig Yanniz Mendes De Carvalho, Robert Da Silva Souza, Robert Junio Monteiro De Faria, Robert Santos Barbosa, Roberto Da Silva Ferrarezi, Roberto Faria, Roberto Ferracini Júnior, Roberto Lima, Roberto Lucas Alves Rosa, Roberto Oliveira, Roberto Pereira Filho, Robinson Samulak Alves, Robs Araújo Cipriano, Robson Andre Carvalho Ribeiro, Robson Oliveira Santana, Rodolfo Martins De Souza, Rodolfo Rodrigues Satyro, Rodolfo Thomas Dorazzio Pereira, Rodolfo Zonta, Rodolpho Bueno Argenton, Rodrigo Almeida, Rodrigo Araujo, Rodrigo Araujo Ribeiro Vieira, Rodrigo Azevedo Passos, Rodrigo Banci De Lima, Rodrigo Bandarra Dos Santos, Rodrigo Bertoli, Rodrigo Bomfim Ribeiro Serafim, Rodrigo Bruno Mendes Theóphilo, Rodrigo Cordeiro Bueno, Rodrigo Da Silva Mauro, Rodrigo Damasceno Pompilio, Rodrigo De Aguiar Fonseca, Rodrigo De Almeida Cardoso, Rodrigo De Brito Oliveira, Rodrigo Dorneles Da Silveira, Rodrigo Emanuel Souza Ferreira, Rodrigo Fenizola, Rodrigo Freitas De Oliveira, Rodrigo Girão De Freitas, Rodrigo Gonçalves De Branco, Rodrigo Goulart Silva, Rodrigo Jordão Do Rosário, Rodrigo Lino De Pádua Borges, Rodrigo Martin Branco, Rodrigo Moura De Araujo Silva, Rodrigo Nunes, Rodrigo Nunes Da Silva, Rodrigo Pereira Assunção, Rodrigo Polimeni Montecchio, Rodrigo Pontes, Rodrigo Santos Cabral, Rodrigo Sartori Bogo, Rodrigo Silva, Rodrigo Suasquita, Rodrigo Tofanelo Ferreira, Roger Silveira Neves Mateus, Rogério Vieira Dias Neto, Romulo Bartalini, Rômulo Ribeiro Fernandes, Romulo Silva Brito, Ronaldo Bispo, Ronaldo Ferreira Magalhães Marques, Roney Barizão Vieira Da Silva, Ronnie Von Carvalho De Souza Junior, Ruan Pablo Barroso Da Silva, Ruanna Luz Barboza De Oliveira, Rubem Stehling, Rubens Capelari Zabot, Rubens Jr. do Ler Vicia, Ruy Markus Fonseca Alves, Ryan Araujo Da Silva, Ryan Pablo Da Silva Sabino, Sabrina Araujo Silva, Sabrina Brum Simões, Samara Maia Mattos, Samiramenchaca@Gmail.Com, Samuel Anjos, Samuel Brenno Mendes Figueiredo, Samuel Fachini, Samuel Modesto Nunes, Samuel Pimenta, Samule Elias Vasconcelos Menezes, Sandhya Marques, Sandir Costa, Saul Murilo Amorim Marcondes, Saulo, Saulo Daniel Ferreira Pontes, Saulo Godoy Proetti, Savio Azevedo Pinheiro, Sergio Almeida, Sérgio Augusto Acorsi De Paula, Sergio Cruz Esteves, Sergio Eduardo Felisbino Junior, Sergio Malachowski, Sidiney Alves Tadeu, Silas Silva Guedes, Silton Heleno Maciel Júnior, Silvano Santos De Jesus, Silvio Rodrigues, Smaily Prado Carrilho, Sociedade Anti-Elfica!, Souslik Bredy Schmidt, Stefan Adam Silva, Stefano Aliprandi Sacgt, Stefano Hernandez Bellote, Stefano Tibaldi Neto, Stella Giulia Medeiros Da Camara, Stephanie De Oliveira Brito, Stephany Guedes Krause, Tafari Lima, Taila Lopes Quadros, Tainá Corazza, Tainan F Muniz, Tairi Loreto Ikeda, Tales Zuliani, Talles Augusto Silva Moreira, Tamires Leite S. Conde, Tamires Meneghetti, Tarcisio Behm, Tatiana Cappelletti Pereira Antunes, Tatiane Portela Medeiros, Tatiane Sampaio Costa, Tempestas Nascimento Da Silva, Thaíres Sato, Thais Cristina Colaute, Thales Francelin Missiato, Thales Nunes Ferreira, Thalis Pacceli, Thamiris Lopes Dotta, Theógenes Reyel Inácio Lemos, Thiago "Boddão" Monteiro Praciano, Thiago Alves Da Silva Costa, Thiago Baruffaldi De Carvalho, Thiago Bechelli, Thiago Carvalho, Thiago Da Silva Draeger, Thiago De Aragão Souza, Thiago De Oliveira Nascimento, Thiago Felipe Do Nascimento Dias, Thiago Jacob, Thiago Kesley De Barros Silva, Thiago Lopes Souza, Thiago Mastei Ferreira, Thiago Nunes Costa, Thiago Oshida, Thiago Patrocinio, Thiago Peixoto, Thiago Prado, Thiago Trigueiro Oliveira E Silva, Thiago Veiga, Thiago Vettorazzi, Thiago Vogel Motta, Thiago Waldowski Ralha, Thomas Bitter Campos, Tiago Augusto Da Silva Pereira, Tiago Castro, Tiago Fausto, Tiago Feltz Cardoso Moreira, Tiago Grandi Souza, Tiago Iansen Hoffmann, Tiago Luis Vieira, Timóteo Adorno De Almeida, Tito Galindo De Campos, Toaldo Ferreira Pedroso, Tomás Marques Pereira, Tulio Oliveira Araujo, Ulysses Da Silva Torres, Uriel Lima, Valdete Da Cruz Salmento, Valdinei Matos De Araújo, Vanessa Penna Goncalves, Verônica Pereira, Verônica Santos Resende, Victor Afonso Rodrigues Ferreira, Victor Alves De Moraes, Victor Assumpção Leite Coelho Nunes, Victor Augusto Da Silvaborges, Victor Ballassa, Victor Brasil De Castro Paixão, Victor Cesar Jabor De Oliveira Jardim, Victor Chagas Seibert, Victor Costa De Souza, Victor Credidio, Victor De Jesus Bezerra Da Silva, Victor Fernandes Lima, Víctor Hugo Ayres Câncio Moura, Victor Hugo De Moura E Silva, Victor Hugo De Oliveira Souza, Victor Hugo Soares De Oliveira, Victor Itoki Yanagui Hirata, Victor Kuratomi Bonadio, Victor Luiz Mohr, Victor Macedo De Castro, Victor Maielo, Victor Medeiros Brandão Florêncio, Victor Miguel Morales Lopes, Victor Milani, Victor Moreira Dos Santos, Victor Nunes Torres, Victor Prado De Carlo, Victor Prado Sampaio, Victor Silva, Victor Silva Tona De Abranches, Victor Siqueira Chaim, Victor Teixeira, Victor Vilar, Victor Xavier De Figueiredo, Victória Strauss, Viliam Dias De Oliveira Junior, Vilian Bollmann, Vilto Reis, Vinicius Almeida, Vinícius Alves Dos Reis, Vinícius Araújo Lopes Campos, Vinicius Barbosa, Vinicius Bastos, Vinicius Bastos Salles Segantine, Vinícius Breve Trautwein, Vinicius Brito Cardoso, Vinícius Carvalho, Vinícius Cayres Salles, Vinícius Cruz, Vinícius Da Costa De Carvalho, Vinicius De Freitas Ribeiro, Vinicius De Matos Gomes, Vinicius De Oliveira Mussel, Vinicius De Oliveira Zambotti, Vinicius Frati, Vinícius Furlanetto, Vinicius Gomes Stefanini, Vinicius Montezano Dos Santos, Vinicius Oliveira, Vinicius Renan Lauermann Moreira, Vinicius Rocha Cardoso, Vinícius Rodrigues Martiniano, Vinicius Szabo, Vinicius Vicente Giandoni, Vinicius.Oliveira Fagundes, Vinycius Ariyoshi Stevani, Vitor Augusto, Vitor Binelo, Vitor César De Carvalho, Vitor Correa, Vitor Da Silva Medeiros Nunes, Vitor Guilherme Morais E Ohi, Vitor Henrique Alves Gomes, Vitor Jordão De Almeida Lopes, Vitor Kretzschmar, Vitor Leonardo Souza Hirch, Vitor Luan De Oliveira Da Silva, Vitor Martins Assis, Vitor Paiva, Vitor Pedreiro Machado, Vitor Santos, Vitor Santos Ferreira, Vitor Souza Paiva, Vitor Tumoli Teixeira Martins, Vitor Uceli De

Miranda, Vitor Yeo Andrioli Amado, Vitória Vozniak, Vittoria Braga, Viviane Aparecida Rodrigues De Aquino Rosas, Wagner Nogueira Amaral Junior, Waldei Fernando Vitoriano Machado, Walisson Fernandes, Wallace Medeiros, Wallace Rodrigues De Souza, Walter Dalla Torre Neto, Wedley Dos Santos Kawafune, Welington Yorihiko Lima Akamine, Wellington Cesar Monte Costa, Wellington Da Silva Santos, Wellington Fernando De Lima, Wellington Marques Cavalcanti, Wellington Saamrin Barbosa Alves, Welton Sousa Gouveia, Wesley Bezerra Guedes, Wesley Da Silva Souza, Wesley Franco De Souza, Wilker José Alves Sousa, Will Soares, William Araujo Ferreira, William Dos Santos Da Silva, William Fulber, William Henrique De Santana Silva, William Kenji Nisidozi, William Makoto Hakamada, William Martins Da Silva, William Rogério Da Silva, William Teruo Onaka, Willian Domingues Unterstell, Willian Robson Moraes, Willian Rodrigues, Willian Rufino Martins Ferreira, Willian Samuel Gerstberger, Willian Wallace, Willyara Dos Santos Amorim, Winner Lucas Ornellas Coelho, Witor Gabriel Alves Reis, Yagho Fernandes Da Silva, Yago Souza Venancio Lima, Yan Gomes Gonzaga Da Silva, Yann Guimarães Dos Reis, Yasmin Ormanesi Bonani, Yasmin Paduan Capeloto, Yuji Samuel Sugahara, Yuri Codreanski Collinett Guimaraes, Yuri De Souza, Yuri Kiritani, Yuri Soares Moreira, Yuri Tejada Lima, Yuri Vasques Da Conceicao, Zakeru Beliel, Zander Pazini De Lemos Moreira.

NÍVEL 3 | TESOUROS DE GHANOR: LUXO

Adilson Jose De Santana, Adilson Pereira Da Silva, Adrian Satiro Sivilha, Adriana Amback, Adriano Campos, Afonso França De Oliveira, Aída Da Silva Duarte, Akio Walter Yamakawa, Alan David Chaves, Alan Leitão, Alan Muller Diogo Da Cunha Silva, Alberto Baffini De Paula, Alberto Luis Dias Batista Junior, Aldinei Pereira Jr, Alef Janguas Da Costa, Alessandro Ripardo Da Silva, Alex Carneiro Martins, Alex Cecconi De Souza, Alex Menegat, Alex Pongitori Silveira, Alex William Ferreira Fernandes, Alexander Eduardo Arbieto Mendoza, Alexandra Luísa Roedel, Alexandre Alves Grangeiro Pereira, Alexandre Barradas Dória, Alexandre Corrêa Martins, Alexandre Das Neves Ubiali Araujo Almeida, Alexandre Do Carmo Correia Cardoso, Alexandre Felipe Kammer, Alexandre Florence, Alexandre Jesus Detogne Debossan, Alexandre José Valentini Scussel, Alexandre Petry, Alexandre Santos Marques, Alexandre Voltolini De Magalhães, Alexis Ferreira Da Silva, Alexsander De Souza, Alexsandro De Oliveira, Alexsandro Oliveira Dos Santos, Ali Chamas, Aline Ghirotti Coelho, Alisson Eduardo Da Costa Senca, Alisson Filippini Lopes, Allain Jose Da Fonseca Junior, Allan Lutz Pangaio, Allan Maycon Dos Santos Silva, Allan Ricardo Ghisi, Alliston Carlos Rosa Aleixo, Altair Dario Jr, Alvaro Caxone, Alvaro Isidoro Silva (Alvinho O Senhor Das Galáxias), Alysson Daniel Gomes, Amanda Duque Kawauchi, Amanda Rodrigues Velloso Santana, Amaury Filho, Ana Beatriz Baldow, Ana Beatriz Girotto De Melo Filgueiras, Ana Carolina Ferreira De Jesus, Ana Carolina Marchi De Aguiar, Ana Carolina Penha Nolander, Ana Flavia Borges De Almeida Barreto, Ana Lucia Fernandes Lieuthier, Anavalda Dos Santos Lima Oliveira, Anderson Alves, Anderson Felipe, Anderson Luis Barbosa, Anderson Santos Do Couto, Anderson Senne Taboada Costa, André Araujo Pires Ferreira, André Barganian, André Landi, Andre Luiz Garcelli, André Luiz P Gomes, Andre Pereira Rosa, Andre Sanches De Mauro, André Zechinato Obici, Andressa Lopes Ribeiro, Andrew Andolfo, Andrey Floriano Silva, Andrey Gomes Nunes, Andrey Rafael Silva, Angelo Rodrigues Bozi, Anna Beatriz Cosomano Moreira, Antonilson Lucas Bispo Dos Santos, Antonio Alves Pereira Junior, Antonio Cicero Diran De Sousa, Antônio Henrique Santana De Mello, Antônio Pacheco Santos Costa, Antônio Rafael Santos Alves, Antônio Salvador Neto, Áquila Barros Nogueira, Aquilis Mota Marinho, Ariana Marilis Da Silva, Ariel Correia Silva, Ariel Felizardo Goes, Arlindo Antonio Dos Santos Junior, Arthur Albuquerque Penido Mourão, Arthur Angelo Kirsten, Arthur Casagrande Do Canto, Arthur D'Leon Cardoso Ferreira, Arthur Do Couto De Paula, Arthur Dos Santos Martins, Arthur Duarte Braga, Arthur Endlein Correia, Arthur Felipe Souza Reis, Arthur Fernandes Nascimento Da Silva, Arthur Henrique Gomes Teixeira, Arthur Kenji Masuda, Arthur Machado Dutra, Arthur Monteiro, Arthur Nicoluzzi, Arthur Ozilando Ramos Lima, Arthur Rodrigues Aragão, Arthur Rogel, Arthur Simoneto, Artino Quintino Da Silva Filho, Artur Brito, Artur Fernandes Andrezo, Artur Tsuguio Ajul Matida, Augusto César Zago Alves, Aurélio Dantas, Bárbara Benamor Degani, Bernardo Abella Marques, Bernardo Pavin, Bianca Andréia, Bianca De Oliveira Almeida, Brandon Samuel Campos Alvarenga, Brendan Santos Macedo, Breno Guse Dos Santos, Bruna Bello Dos Santos, Bruna Fernandes França, Bruna Monteiro De Brito, Bruna Verzoli Marianni Dulci, Brunno Monteiro Alves Rett, Bruno Adriano Menegotto, Bruno Alberto Jorge Figueiredo, Bruno Balog, Bruno Buenos Aires Braga, Bruno Calil Marinho, Bruno Camargo Santi Marrochi, Bruno Cardoso Matias, Bruno Cosme Peres, Bruno Costa Bourbon, Bruno De Luca Yokogawa Reis, Bruno De Mattos Dalmasso, Bruno Fernandes Moreira, Bruno Fronza, Bruno Giacomelli Chiarello, Bruno J Lozano Dos Santos, Bruno José Da Silva Oliveira, Bruno Lopes, Bruno Meira Melhado, Bruno Mendonça Da Silva, Bruno Minamioka De Mattos, Bruno Muller, Bruno Novais, Bruno Rafael Batista Mendes, Bruno Ribeiro Campos, Bruno Rocha Barros Coelho, Bruno Santos Porciuncula, Bruno Silva Brito Dos Santos, Bruno Silva Dos Santos, Bruno Simões Bruno, Bruno Tomain, Bryan Soares Silva, Caetano Carvalho, Caian Dias Espindola Alves, Caio Castanho Xavier, Caio Cesar Dente Exposito, Caio De Melo Cisneiros Costa, Caio Feitosa De Almeida Cruz, Caio Henrique Corrêa Paiva, Caio Henrique Cresencio, Caio Henrique De Souza Santos, Caio Silveira De Lima, Caio Silveira Sardella, Caio Souza De Oliveira, Caio Vincenzo Reis Dima, Caio Vinicius De Carvalho, Caio Vinicius Martins Alves, Caique Alcântara Da Silva, Calixto José Pereira Neto, Calliano Diogenes Fernandes, Carlos Alberto Figueiredo, Carlos Alexandre Ornelas Santos, Carlos Eduardo Ardigo, Carlos Eduardo Sodré E Silva, Carlos Henrique Storari, Carlos Henriques Ribeiro Da Silva Júnior, Carlos Izaias Sartorão Neto, Carlos José Falcão Costa Junior, Carlos Monteiro, Carolina Lima Meneses De Carvalho, Cassiano Dal Pizzol, Cassiano Puchulú De Figueiredo, Cassiel Viricimo, Cassio De Quadros Rodrigues, Cauã Pitta Parente, Cesar Monteiro De Carvalho Junior, Chander Ruzzi, Christian Luis De Melo, Christopher Gabriel Pedroso De Souza, Christopher Oliveira Martins Simões, Cicero Tenorio Da Silva Junior, Líntia Dos Santos Rocha, Clara Alonso Cunha Di Mambro Leão, Clarissa Assumpção Farias, Clarissa Da Silva Lazzari, Claudio Hajime Yamaguchi, Cláudio Roberto Da Silva Alexandre, Claudionei Carvalho De Oliveira, Claudson Da Silva Barros, Cleber Da Silva Santos, Cleiton Pereira, Cristian Saraiva, Dado Andrade, Daniel Augusto Dos Santos, Daniel Augusto Pereira Couto, Daniel Barroso De Oliveira, Daniel Bastos Correa, Daniel Berto Farias, Daniel Caldas Gaspar, Daniel Ferreira Pires, Daniel Horácio Dos Santos Lopes, Daniel Jorge Sant Anna Marinho, Daniel Ligmanovski Ferreira, Daniel Magalhães Real, Daniel Maia, Daniel Paschoalette Visnardi, Daniel Pinheiro Peixoto, Daniel Portilho Loureiro, Daniel Porto Padilha, Daniel Santos Do Patrocinio, Daniel Scaravonatto, Daniel Schultz, Daniel Siqueira Levis, Daniel Spir Barrionuevo, Daniel Teixeira Gonçalves Campos, Daniel Toledo Menezes De Oliveira, Daniela Mateus Duarte Candido, Danillo Soares Do Nascimento, Danilo Alencar Santos, Danilo Augusto Vieira De Andrade, Danilo Godoi Pacheco, Danilo Gratti Nunes, Danilo Rafael Rocha Silva, Dante Feital Gjorup, Davi E Gabriel De Castro Peres, Davi Gatti, Davi José De Souza, Davi Thölke, David Dorigon, Dayane Aparecida Baraldi Ferreira, Dayane Christina Santos De Aragão, Daylton Rodrigues, Dener Soares, Denilson Agostinho Cosme, Denis Dainese, Denis Lima Oliveira, Denis Moreira Ferreira, Denis Souza, Denis Yukio Fucuda, Diego Caravana Mangini, Diego Ehmke, Diego Elias Damasceno Costa, Diego Henrique Dantas De Oliveira, Diego Leandro De Mello, Diego

Minuncio Pessoa, Diego Monutti De Souza, Diego Nogossek Da Rocha, Diego Rodrigues Ferreira, Diego Rodrigues Meyer, Diego Silva De Oliveira, Diego Souza, Diógenes Lopes Riguer, Djalmir De Barros Mendonça, Douglas, Douglas Alves Boldrini, Douglas Luis De Quadros, Douglas Mareli Lopes, Douglas Peixoto, Douglas Souza De Sousa, Douglas Tavares, Douglas Xavier, Eberton Henrique Miom Maria, Edgar Alves De Souza, Edilson De Araújo Cordeiro, Edson Borges Da Silva Filho, Edson Holanda Teixeira Junior, Edson Jesus Dos Santos Le'Ao, Edson Santos, Eduarda Cristina Capetini Monteiro, Eduardo Couto Peres, Eduardo Da Luz Pontes, Eduardo De Souza, Eduardo Firmino, Eduardo Freitas Moura, Eduardo Henrique Silva, Eduardo Jardi Da Silva, Eduardo Luiz Soares Carneiro, Eduardo Mariano De Oliveira Melo E Silva, Eduardo Marója Aulicino, Eduardo Onofre, Eduardo Pescinini Ruli, Eduardo Rodrigues Morais, Eduardo Schmerega, Edy Daigen Nakamura, Egleidson Frederik Do Amaral Gomes, Eliézio Ferreira De Souza, Elisângela Aparecida Padilha Oliveira, Eliton Tanis, Elivelton Pacheco Dos Santos, Elson Iury Piller Jesus, Elton Nobre Wotikoski, Emanuel Carlos Bezerra De Lima, Emanuel Mulato Da Silva, Emanuel Ribeiro Souza, Emanuel Schlotefeldt, Emanuel Silva Carneiro, Emerson, Emerson Johnny, Emerson Philippe Lopes, Emerson Rocha, Emerson Rodrigo Gomes Camelo, Enzo Gabriel Andrade Santos, Enzo Tos, Eric Kenji Matayoshi Kanashiro, Eric Mamoru Nomura, Érica Aparecida Da Silva, Erick Calixto Olivetto, Erick Costa De Alencar, Erick Gabriel Bomfim Da Silva Santos, Erick Oliveira De Souza, Ernani Gregorio, Everaldo Junior, Everson Silveira, Everton Braatz Dalla Corte, Everton Rodrigues Gomes Ramos De Souza, Everton Silveira Benjamim, Ewerton Barbosa Moura, Fabiano Raiser Dias Bexiga, Fábio Camelo Mourão, Fabio King, Fabio Lapetina Marceniuk, Fábio Lucas Dos Santos Teixeira, Fabio Macedo Soares Brendolin, Fabio Pavão Henrique, Fábio Sartorato, Fabio Seiti Yamada Yoshikawa, Fabio Talpo De Castro, Fabíola Vitor Monteiro, Fabricio Araujo Gomes, Fabricio Augusto Carvalho Magalhães, Fabrício Barros Marques, Fabrício Gomes Néspoli, Fabrício Hoffmann, Fabricio Rodrigues, Fagner Godoy, Falcaohumanos@Gmail.Com, Felipe Almeida Da Silva, Felipe Alves, Felipe Augusto Dos Santos Poletto, Felipe Bernardo Pereira Rossette, Felipe Carvalho Da Silva, Felipe Chaves Miranda Silva, Felipe Coelho Alves, Felipe Conceição Dias Soares, Felipe Costa Maurício, Felipe De Carvalho Hosp, Felipe De Jesus Santos, Felipe De Lima Sobral, Felipe Delogo Neumann Rocha, Felipe Eduardo Franco Gontijo, Felipe Fernandes Oliveira, Felipe Fernando Silveira Fuentes, Felipe Franca, Felipe Gomes, Felipe Gustavo De Bastiani, Felipe Marin, Felipe Mathias Carvalho De Souza, Felipe Mensor Folchini, Felipe Moreira Reis Lapenda, Felipe Moreno, Felipe Resende Freitas, Felipe Viana Alves, Fellipe Lima De Souza Da Conceição, Fernando Althof, Fernando Baptistella De Lima, Fernando Cezar Bernardelli, Fernando Freitas Jaber, Fernando Henrique Medeiros, Fernando Libório Queiroz Vasques Neto, Fernando Messias Da Silva, Fernando Serpa Carnaval, Filipe Ozorio, Filipe Spinelli, Flávia Vanessa Silva De Souza, Flávio Macedo Da Silva Junior, Francesco Antonio Magueta Aiello, Francisco Hoffmann Tavares, Francisco Jorge Oliveira Da Silva, Francisco Pedro Soares Brandão Filho, Francisco Thiago Da Silva, Francisco Walisson Ribeiro, Frederico Lago Silva, Frederico Souza Lacerda, Gabriel Nascimento Santos, Gabriel Alves Leão, Gabriel Antonio Sant'Ana De Carvalho, Gabriel Balarin, Gabriel Bastians Dias, Gabriel Brendler Kaefer, Gabriel Brugnetti, Gabriel Castro Cavalcante, Gabriel De Almeida, Gabriel De Lima Oliveira, Gabriel De Oliveira Coratti Silva, Gabriel Dos Santos Siqueira, Gabriel Felix Porto Donaire, Gabriel Fernandes Mello Ferreira, Gabriel Fernandes Roberto, Gabriel Ferreira Amaral, Gabriel Ferreira De Menezes, Gabriel Henrique Borge Da Silva Morais, Gabriel Henrique Prohmann, Gabriel Henrique Ximenes Da Silva, Gabriel Lira, Gabriel Lopes Cardoso, Gabriel Lopes Da Silva, Gabriel Magalhães Costa Coelho, Gabriel Milani Decian, Gabriel Moni De Souza, Gabriel Negreiros Monteiro De Castro, Gabriel Pasquetti, Gabriel Peron De Godoy, Gabriel Perrone Teodoro De Souza, Gabriel Portugal Guadelupe Dos Santos, Gabriel Rezende, Gabriel Roger Zanluca Schulz, Gabriel Romano, Gabriel Sandrin Teixeira, Gabriel Sanfins, Gabriel Sato Yamazaki, Gabriel Scarpim, Gabriel Silva Souza, Gabriel Soares De Jesus, Gabriel Souza Assunção, Gabriel Thomazini Loureiro Ajala, Gabriel Ticchor, Gabriel Uchôa Rosa De Lima Vieira, Gabriel V Durrewald, Gabriel Victor Raymundo, Gabriel Vilela Firmo, Gabriel Vincler Calado, Gabriela Brum De Miranda, Gabriela De Fatima Barboza Da Mota, Gabryel Emed Da Silva, George Antonio Ferreira De Araujo, George Ary Moraes Lima, George Matsumoto, Georges Karam Vicentin, Geovane Lopes Da Silva, Germano Freitas Gonçalves, Giancarlo Da Silva, Gibson Veloso Goes, Gil Cesar Lima Carence, Gilmar Lima De Souza, Gilson Alves Lançoni, Gino Almeida, Giovana Soler Vila, Giovani De Lucca, Giovanna Froschi De Oliveira Correia Menezes, Giovanni Ostemberg De Oliveira, Giovanni Piccardi, Gisele Cordeiro Augusto, Giselle Aparecida De Freitas, Giuliano Stravini, Giulio Sichleri De Godoy, Glauber, Glaucco César Menezes Honório, Gleydson Fonseca, Glover Henrique Figueiredo Costa, Graciela Grunfeld De Jesus, Greg Campos, Gregory Matheus Antunes Pires, Gregory Ristoff, Gualter Abreu Silva Junior, Guiherme Drumond Martins Felicio, Guilherme Alves, Guilherme Antonino Oliveira, Guilherme Baradel Munoz, Guilherme Barwinski, Guilherme Borges, Guilherme Borges Chedid, Guilherme Borges Da Silva, Guilherme Caldas Veloso, Guilherme De Carvalho Marques, Guilherme De Souza Cypriano, Guilherme Ferreira Da Silva, Guilherme Ferreira Rosa, Guilherme Foresti, Guilherme Fostek De Oliveira, Guilherme Haenisch, Guilherme Henrique Gonçalves Bezerra, Guilherme Hernandez Bellote, Guilherme Kaiser Saran, Guilherme Lefevre Costa Netto, Guilherme Linardi, Guilherme Lopes Reis, Guilherme Luchez Do Prado, Guilherme Macedo, Guilherme Mafra Oliveira, Guilherme Molinari, Guilherme Munhoz Lima, Guilherme Nunes Melo Ferreira, Guilherme Politano, Guilherme Pontin Paula Penteado, Guilherme Rezk Basilio, Guilherme Ribeiro Ferreira Duarte, Guilherme Rosa, Guilherme Santos Pereira De Britto, Guilherme Silva Mendes De Oliveira, Guilherme Tenório Rosalem Da Silva, Guilherme Yamasaki, Guilherme Zanellato Bruzadelli, Gustavo Alves Pires, Gustavo Antonio Ogrodowski Marcolina, Gustavo A. R. Falcão, Gustavo Bergamim, Gustavo Bergsten Lopes, Gustavo Donaire, Gustavo Galdino Salasario Boing, Gustavo Garcia, Gustavo Guedes Marchiori, Gustavo Henrique Krug Da Silva, Gustavo Henrique Medina Da Silva, Gustavo Moreira Ribeiro, Gustavo Nunes, Gustavo Pasini, Gustavo Pinheiro, Gustavo Simas, Gustavo Tomé Justo, Hadson Neri, Hafid Kalil Felipe De Faria, Hagácio Issrraylan De Medeiros, Harrisson Varges, Hector Baldin Bruno, Heitor Araújo Lima Verde Filho, Heitor Dias Soares De Barros, Heitor Santos, Helbert De Oliveira Coelho Júnior, Helder Lucio Fernandes De Azevedo, Hélio Longoni Plautz Junior, Heloisa Zanardi, Hendrig Wernner Maus Santana Gonçalves, Henrique Augusto De Arruda Rizatto, Henrique Bavaresco, Henrique Bolognani, Henrique Braz Freire, Henrique Czajkowsky De Oliveira, Henrique D'Abreu, Henrique Da Silva Lima, Henrique Drumond Santanna, Henrique Falkovski Pasa, Henrique Masao Rios Hokama, Henrique Nicolau Favassa, Henrique Pignatari Moraes Rosa, Henrique Queiroz Borges Vieira, Henrique Schlumberger Vitchmichen, Henrique Veneroso Scatolin, Henrique Weishof, Heriberto Melo, Heryc Willian Adames Da Silva, Hewerton Barrichello, Hewerton Radavelli, Hiago Dutra, Hudson Rubert Roza, Hueran Araujo De Oliveira, Hugo Prates De Sousa, Hugo Rezende Honorio, Hugo Silva De Vasconcelos, Hyago Leonardo Corrêa Freire, Igor A. S. P. Dos Santos, Igor Biagioni Rodrigues, Igor Borges, Igor Fernandes Vicente, Igor Katzer, Igor Ramos Pereira, Ingrid Hessel Avelar, Isaac Matos Furtado, Isabela Dias Rezende, Isabela Vitoriano Sena De Sousa, Isabella Ataídes Nogueira, Isabella Fialho Danieli, Isabella Pereira Fernandes, Isac, Isaquemirandacidade04@Gmail.Com, Ismael Roberto, Ismael Vemdrame Flores, Israel C. Dos Santos Moreira, Israel Oliveira Barbosa, Italo Emerson Trindade Viana, Itamar Silva De Andrade, Iury Vasconcelos Leitão, Ivaldy Henrique Calado Junior, Ivan Campinho Peszoa, Izakiel Bruno Felício Paz, Jair Caetano Junior, Jansley Barbosa, Jaqueline Alves De Souza, Jean Silva, Jeferson Alex Becker, Jeferson Martins Da Silva, Jefferson André De Souza, Jefferson Duarte Lopes, Jefferson Lopes Dos Santos Ribeiro, Jefferson Luan De Almeida Sobral, Jefferson Vieira De Souza Junior, Jessé Flávio Pereira Lima, Jessica Ribeiro Dos Santos, Jeziel Melo Da Cunha, Jhonathan Corrêa De Jesus, Joan Silva Guedes De Souza, João Alberto Bezerra De Aguiar, João Angelo De Lima

Batisti, João Caetano Mariuzzo, João Gabriel, João Gabriel Camacho Presotto, João Guilherme Da Silva Santos, Joao Henrique Sousa, João Lins, João Lucas Pastor, João Luiz De Macêdo Ii, João Marcos De Oliveira Magalhães, João Marcos Oliveira Condé, João Moreira, Joao Mukaibata, João Paulo De Sousa Pereira, Joao Paulo Torralvo Carvalho, João Paulo Vaz Messias, João Pedro Da Silva, João Pedro De Brito Silva, João Pedro Ferreira Alves, João Pedro Marinho Da Silva, João Pedro Pereira Rabello, João Pedro Romar, João Pedro Santos Gimenez, João Pedro Siqueira, João Rodrigues Teixeira Filho, João Trajano De Souza Neto, João Victor Dantas Mulato, João Victor De Oliveira Silva, João Victor Dourado Alves Brito, João Victor Moura, João Victor Nunes Comicholi, João Victor Ornelas Pinheiro Dos Santos, João Victor Rodrigues Ferreira Dias, João Victor Vasques, João Vitor Amato Perez Silva, João Vitor Arrochellas, João Vitor De Oliveira Duarte, João Vitor Lopes, João Vitor Marchiori, João Vitor Silveira Pedroso, Joaquim Crisostomo Do Prado, Johan Von Dornan, Johann Machado, John Elton Adelino Da Silva, Johnny Gonçalves, Jonas Soares Da Silva, Jonatas Palumbo, Jonathan Augusto Matioli De Souza, Jonathan Da Silva Ferreira, Jonathan e Ana Rita S2, Jonathan Silva Araujo, Jonathan Zanella, Jorge Alberto Coelho Da Silva Junior, Jorge Brock, Jorge Luiz Paes, Jorge Mauro Gonçalves, Jorge Veras Figueira Souza, José Agenor Carvalho Júnior, José Alexandre Chebel Labaki Filho, José Antônio Da Silva Neto, José Augusto Alves Júnior, José Augusto Rodrigues De Lima, José Carlos Medeiros, José Carlos Ribeiro Junior, José Cerqueira, José Diôgo, José Francisco Iatski Rineldi, José Henrique Fiorillo Dos Santos, José Sávio Lanzoni Lopes, José Vitor Neves Alexandre, José Wermyson Pinheiro, Joshua Yoshio Ferreira Inoue, Josué Barbosa De Abreu Neto, Juan Carlos Croce Repiso, Juan Carlos Zelaya Almeida, Juca Caetano, Julia Carneiro Marques, Julia De Paula Vaz Pessanha, Juliana Neres, Julice Maria De Carvalho Campos, Julio César Alves Ferreira, Julio Cesar Gonçalves Da Silva, Júlio César Gonçalves De Oliveira, Julio Cesar Oliveira Gonçalves Junior, Júlio César Vilela Santos, Júlio Okabayashi, Jullia Chida, Kaio Sanches Rodaelli, Kaio Vinicio Schuenke, Kalebe Cardoso Pereira, Kalleu Vinicius Natividade Pereira, Kallysow Vieira Souza, Karina Araujo Estumano, Karina Cavalcante, Kassio Lohner Prado, Katriny Cescon Elias, Kaue Henrique Oliveira De Almeida, KbcZz-, Keize Nagamati Junior, Kekthus, Kelsyn Luca Da Cruz, Kelvyn Souza Santana, Kennedy Alves Martins, Kevin Gargitter, Kevin Gustavo Sacal Leite, Kevin Miranda Medeiros, Kevin Santos Saraiva, Khauê Araujo Fontoura, Kleiton Alves Cardoso Dos Santos, Lacordaire Oliveira Sulzbach, Laerson Ribeiro Lima Filho, Laise Nascimento Britto Bialowas, Layla Farina Kamilos, Lays Botti, Laysa Bussmeyer, Lázaro Bernardo De Oliveira, Leandro De Carvalho Costa, Leandro De Morais Maia, Leandro Goncalves, Leandro Henrique Moreira Cardoso, Leandro Lopes, Leandro Maraccini Costa De Almeida, Leandro Matos, Leandro Rodrigues Dos Santos, Leandro Sales Corbo, Leandro Samora, Leandro Santiago Lima, Leandro Ygor Dias Ferreira, Leear Martiniano De Sousa, Leif Cesar, Leomar De Sousa Lima, Leonardo Bernardo Rocha, Leonardo Caldas Costa Andrade, Leonardo Dos Santos Costa, Leonardo Espanholo, Leonardo Felipe Dos Santos, Leonardo Macambira Alves, Leonardo Marinho Molina, Leonardo Marques Gouveia, Leonardo Ramos Barrionuevo, Leonardo Raposo, Leonardo Scarme Menegazzo, Leonardo Silva De Oliveira, Leonel Gonçalves Veiga, Leonel Parissenti Do Nascimento, Levi Emanuel, Lorenna Evelyn Mota Costa, Luan G Mantuani, Luan Kim Silva Simões, Luan Kucko, Luan Moraes Ferreira, Luan Spada, Lucas Alexandre De Sousa Lima, Lucas Alves De Sousa, Lucas Alves Omae, Lucas Borges De Souza, Lucas Bouzon, Lucas Candido Paiva Do Nascimento, Lucas Canetti Graciano, Lucas Carlquist Rabelo De Araujo, Lucas Cesar Dos Santos Machado, Lucas Conceição Costa, Lucas Correa Magno, Lucas Corrêa Tonon D'Almeida, Lucas Da Costa Sisti, Lucas Da Silva Amaral, Lucas De Araújo Lima Timo Rodrigues, Lucas De Freitas Miranda, Lucas Delgado Leite, Lucas Della Mea Soares, Lucas Dias Barbosa, Lucas Dos Anjos Varela, Lucas Dos Santos, Lucas Eduardo Costa Moura, Lucas Emanuel Rodrigues Cupertino, Lucas Felipe Vieira, Lucas Fernandes Cardoso, Lucas Fernando Souza Rêgo, Lucas Francisco Da Costa Helt, Lucas Gama Da Silva, Lucas Gomes Santos De Almeida, Lucas Guenin Baptista, Lucas Henrique Biuk, Lucas Jansen, Lucas Jorge Vasconcelos, Lucas Kawan Souto Da Costa, Lucas Lima Batista, Lucas Lombardi Ferreira Da Rosa, Lucas Manoel Cunha Dos Santos, Lucas Martins De Moraes Silva, Lucas Matheus Dutra, Lucas Medeiros Reinaldet Dos Santos, Lucas Meira, Lucas Mendonca Vieira, Lucas Menezes Ciantelli, Lucas Millan, Lucas Moura, Lucas Nekel, Lucas Oliveira Isidio Da Silva, Lucas Oliveira Xavier Vieira, Lucas Patrício Fernandes Vianna, Lucas Pereira Do Nascimento, Lucas Pereira E Silva, Lucas Rampim De Souza, Lucas Rodrigues Silva, Lucas Salgado De Santana, Lucas Santos, Lucas Santos Da Silveira, Lucas Silva Da Fonseca, Lucas Silva Velásquez, Lucas Soratto Silva, Lucas Suzigan Nachtigall, Lucas Taborda, Lucas Victor Correa, Lucca Fresqui, Luccas Soares Da Silva, Lucio Antônio De Carvalho Junior, Lúcio Chagas, Ludmila Arruda De Assis, Luis Carlos Caparroz Dos Santos, Luís Eduardo B F T Ribeiro, Luis Felipe Serpa Da Silva, Luis Felipe Vieira Braga, Luís Fernando Anizello, Luis Fernando Sena, Luís Geraldo, Luis Goes Mesquita, Luis Gustavo Batista De Oliveira Silva, Luis Gustavo Gomes Batista Teles, Luis Henrique Dos Santos, Luis Henrique Ferreira Reis, Luiz Augusto Monteiro Santiago, Luiz Felipe Lopes Ribeiro, Luiz Felipe Ribeiro Palmeira, Luiz Felipe Sena Vianna, Luiz Fernando Braga Romero, Luiz Fernando Silva Dos Santos, Luiz Henrique Pereira, Luiz Paulo Da Silva, Luiz Renato Valadão Madoreira, Luiz Rogerio Da Rocha, Maickon Roberto Heuchling, Maike Reis Casimiro, Marcel Luis Nishihara, Marcelo Antonio Pereira Marcolino, Marcelo Augusto Da Silva Pinto, Marcelo Bellintani, Marcelo Eiji Kuwamoto, Marcelo Martins Oliveira, Marcelo Medrado, Marcelo Pereira Neves, Marcelo Rainha, Marcelo Silva Pimenta, Marcelo Valmorbida De Lima, Marcia De Melo Abreu, Márcia De Oliveira Sampaio Gomes, Marcio Constantino Cassettari Mimessi, Marcio Fernandes Alves Leite, Marcio Luis Ieger Silva, Marcio Machado Matos, Marcivaldo Rodrigues Lira, Marco Antonio Galvao, Marco Aurélio Galvão De Oliveira, Marcos Antônio De Melo, Marcos Antonio Ramos Dias, Marcos Camillo Soares Junior, Marcos Douglas Coutinho Lima, Marcos Eduardo Sanajotto, Marcos Felipe Godoy, Marcos Ferreira De Vasconcelos, Marcos Gabriel De Freitas, Marcos Henrique Vianni, Marcos Paulo Do Nascimento, Marcos Vinicius Ferreira Veiga, Marcos Vinicius Moraes Dos Santos, Marcus Vinicius Bento, Marcus Vinicius Correa Barcelos, Marcus Vinícius Gobbato, Marcus Vinicius Santana Santos, Maria Luiza Vianna Braga, Mariana Doria, Mariana Dos Santos, Mariana Rie Hayashida, Marilia Schwarzbach, Marina De Barros Feltran, Mario Frenkel, Mario José Dos Santos Junior, Mário Portolese Netto, Mario Thauan De Freitas Da Silva, Markus Archanjo, Marlon Guimaraes Da Silva, Marlon Machry, Marlos Gomes Maciel Sanuto, Mateus Carneiro Dos Santos E Silva, Mateus Dos Reis Rodrigues, Mateus Gomes Ferreira, Mateus Henrique Rodrigues Ribeiro, Matheus, Matheus Amaral, Matheus Aquiles, Matheus Araujo De Carvalho, Matheus Bolson Arnold, Matheus Breis, Matheus Carbol Medina, Matheus Da Cunha Leite, Matheus Diniz Dos Santos, Matheus Dos Santos, Matheus Edson Ramos, Matheus Fernandes Da Silva, Matheus Gaspar Reis, Matheus Gomes Silva Lima, Matheus Guimarães Weis Cintra, Matheus Henrique Haas Pires, Matheus Herbert, Matheus Luiz Costa Freitas, Matheus Machado, Matheus Machado Da Silva, Matheus Manzatto De Castro, Matheus Martins De Souza, Matheus Menezes, Matheus Negre De Moura, Matheus Neto Silva, Matheus Neves Oliveira, Matheus Pinheiro Cardoso, Matheus Rocha Dias, Matheus Silvio Bernardo Marassatti, Matheus Soares Koziol Correia, Matheus Souza Mendes De Vasconcellos, Matheus Svobonas De Souza Caloi Munhoz, Matheus Teles De Oliveira, Matheus Victor Santos Soares, Matheus Vinicius Lopes Martins, Matheus Wichinieski Gonçalves, Matheus Zaqueu De Lima, Mathias Weiss, Mattheus Rafael Caliano De Alencar, Matusalém Do Carmo De Oliveira, Mauricio Atsushi Ito Ishikawa, Maurílio Bonora Junior, Mauro Henrique De Souza Nunes, Mauro Oliveira Ribeiro Júnior, Mauro Tardivo Filho, Maxwell Oliveira, Mayra Tonetto, Michael Martins, Michel Ribeiro Hernandes Junior, Michell Soares Eleuterio Severino, Miguel Mucciolo Reis, Milena Frare Flaibam, Miquéias Santos Veleda Zuza, Morel Barbosa De Assis Neto, Murilo Da Cruz Santos, Murilo Dos Santos Marcelino, Murilo Dutra Alves, Murilo Ganzaroli Ribeiro, Murilo Gregoratto Polvani, Murilo Martins Lucio Da Silva, Namaste

Menegassi, Natã Kaíque Da Costa Sousa, Natã Parise Silva, Natalha Alves, Natalia De Andrade Santiago, Natália Ghignone De Lima, Natan Figueiredo, Natan José Wittmann, Natan Lopes De Carvalho, Natanael Henrique Carvalho Jales, Nathalia Rodrigues Amorim, Nathan Campos Dos Santos, Nathan Guido, Nathan Vendrame, Nelson Braz Da Silva Filho, Nico Garcia, Nicolai Ito, Nícolas Eppinger, Nicolas Flor De Amorim, Nícolas Gabriel Portela Soares, Nicolas Ramos De Lima Gabriel, Nicolas Schmitz Leite, Nicoly E. Dos Santos, Nonato Amorim De Farias Filho, Osias Soares Nunes, Osmar De Morais Junior, Osvaldo Tiago De Oliveira, Otavio Araujo, Otavio Martins De Freitas, Otávio Rocha Leonel, Pablo Augusto, Pablo Henrique Da Silva, Pablo Wendel Alves Quirino, Pamella De Bem Payao, Patric Luis Devito, Patrícia Chareli Rosa, Patrick Chaves Lopes, Patrick Ferreira Araujo, Patrick Keller, Patrick Pessoa, Paula Cury Bragança De Matos, Paulo César Messias Dos Santos, Paulo De Tarso Silva Da Fonseca, Paulo Eduardo Fernandes, Paulo Henrique Pinheiro Pereira, Paulo José Lima Gomes, Paulo Otávio Fioroto, Paulo "Polin" Silva, Paulo Ricardo Mercadante Krzyzanowski, Paulo Roberto Xavier Junior, Paulo Vinicius De Santana Mudo, Paulo Vinícius Monteiro Santos, Paulo Vitor Dias Pelicano, Pedro André Magalhães, Pedro Augusto Pavani Benevenuto, Pedro Costa, Pedro Da Costa Dalston, Pedro De Castro Quaresma Paranhos, Pedro Delavechia Risso, Pedro Fernandes, Pedro Ferreira Alves Pinto, Pedro Gabriel, Pedro Geada Constantino, Pedro Gomes De Souza, Pedro Gonçalves, Pedro Henrique Costa Ribeiro, Pedro Henrique Filgueiras Coelho Souza, Pedro Henrique Garcia Moreira, Pedro Henrique Gonçalves Vaz De Mello, Pedro Henrique Lopes Nanzer, Pedro Henrique Matos Souza De Santana, Pedro Henrique Monteiro Neves, Pedro Henrique Ofrede Goulart, Pedro Henrique Pereira Pires, Pedro Henrique Tonetto Lopes, Pedro Ivo De Paula Souza, Pedro Lucas, Pedro Lucas De Oliveira Soares, Pedro Miranda Santa Barbara, Pedro Moraes, Pedro Netto, Pedro Paulo Rodrigues Frade, Pedro Paulo Trevisan De Oliveira, Pedro Pignolati, Pedro Pitondo, Pedro Torres Bandeira, Pedro Vicentine Lopes De Souza, Pedro Walter Lages Da Silva Palhares, Phelipe Guedes Dos Santos, Philipe Alexandre Pinto Lago, Philipe William Oliveira Dos Santos, Pierre Possobom, Presley Dos Santos Vidotto, Priscila Costa Caselta Borges, Priscila Pereira Lima, Priscila Sonnesso, Priscilla Tinoco, Rafael Castro Da Silva, Rafael Alves Cavalcante, Rafael Amadeu Barreto, Rafael Batista Porto, Rafael Borsatto, Rafael Bronze Juck Pereira, Rafael Carvalho Dos Anjos, Rafael Coelho, Rafael Da Silva Costa, Rafael De Andrade Teixeira, Rafael De Castro Lessa Angelo, Rafael Garcia Pinheiro, Rafael Gonçalves Pena, Rafael Gustavo Da Costa, Rafael Hajime Mori, Rafael Hernandes Jovaneli, Rafael Hiroshi Guarnieri, Rafael Leal Da Silva, Rafael Luzzin, Rafael Magedanz Pesce, Rafael Manzoni, Rafael Montano Rossi, Rafael Monteiro Do Carmo, Rafael Muratorio Sanchez, Rafael Pereira Diniz, Rafael Pierote Da Cunha, Rafael Ribeiro Areco, Rafael Rodrigues De Souza, Rafael Rodrigues Lopes, Rafael Santesso Verdasca, Rafael Silveira Da Silva, Rafael Takamatsu Saraiva, Rafael Teixeira Lisboa, Rafael Trota De Carvalho, Rafael Yepez Do Lago, Rafael Zangiacomi Navarro, Rafaela Rennó Pinto, Rahuan Miguel Da Silva, Rai Ferreira Bayer, Railanderson Sena, Ralf Da Silva, Ramon De Oliveira Costa, Raoni Dias Romao, Raony Bolsanello Reis, Raphael Augusto Perricelli De Lima, Raphael Barreto, Raphael C Checchia, Raphael De Rezende Boscolo, Raphael Douglas Dos Anjos Almeida, Raphael Fidelis Palmeira Da Silva, Raphael Lima, Raphael Pinheiro Pubill, Raphael Pini Bubinick, Raphael Pinto Vinhas, Raphael Rachid Ribeiro, Raphael Silva Do Rosário, Raphael Taveira, Raul Barros Miagusko, Raul Bertolini Da Cunha, Raul Evangelista Gabriel, Rayan Wu, Reggis Ramos Almeida, Reginaldo De Souza Deltrejo, Régis Batista Perez, Regys Lima, Reinaldo Pereira Da Silva Junior, Renan Antunes, Renan Ferraz, Renan Germano Faria, Renan Martins Garcia, Renan Mateus Dos Reis Rolim, Renan Moltine, Renan Muniz Franco, Renan Peres Martins, Renan Racca, Renan Reboredo, Renan Rodrigues Soares, Renan Santa Terra, Renata Hideme Watanabe Tokutsune, Renato Barcellos De Souza, Renato Barreto Fonseca Vaz, Renato De Siqueira Motta, Renato Garcia Junior, Renato Godinho Rodrigues, Renato Ramos Alcoforado, Renato Santana De Souza, Renislei Kawabe Modesto, Rhaisa Gaz Trombini, Rhayane Andressa De Oliveira Moreira, Ricardo Augusto Ferreira Neneve, Ricardo Aurélio De Almeida Nunes Gomes, Ricardo Cordts Monteiro, Ricardo Engel, Ricardo Lopes Limongi, Ricardo Luis Alves Parreiras Filho, Ricardo Mello, Ricardo Sandro Carneiro De Mesquita, Ricardo Yukio Sakurai, Richard Araujo Panzera, Richelli Alves De Freitas, Rita De Cássia De Souza Caló, Roberto Barbosa Marino Teixeira, Roberto Julio Beckenkamp, Roberto P, Roberto Ramos De Campos Junior, Roberto Weege Junior, Robertoliveirajr@Outlook.Com, Robson Claudio Valente Da Silva, Robson Ferreira Vilela, Robson Will, Rodney Da Silva Amador, Rodrigo Aparecido Carbonieri De Oliveira, Rodrigo Augusto Valeretto, Rodrigo Cavalcanti, Rodrigo Cunha Da Silva, Rodrigo Dadão, Rodrigo De Lima Ávila, Rodrigo Ferreira Grassino, Rodrigo Gomes Pascoal, Rodrigo Guilherme Malaquias Da Silva, Rodrigo Leite Cruz, Rodrigo Manabu Takahashi Inoue, Rodrigo Matheus, Rodrigo Matrangolo, Rodrigo Nogueira Knop, Rodrigo Oliveira Da Silva, Rodrigo Pereira Da Rocha, Rodrigo Ribeiro, Rodrigo Rosa Fernandes De Carvalho, Rodrigo Ruiz Pereira, Rodrigo Soares Azevedo, Roger Castilhos Ribeiro, Roger Elias, Roger Gian Weber, Rogério Gelonezi, Rogerio Jorge Amorim, Rogerio Rezzetti Junior, Romário Carmo Barbosa, Rômulo Lemos Da Silva, Rômulo Prado Carvalho, Roni Fraga Lima, Ruan Juliano Cunha Do Amaral, Rubens Alexandre Moreira E Leandro, Rubens Brasil Bilbau, Rubens Da Silva Bovi, Rudney Santos Alexandre, Ryan Roberto De Oliveira, Salomão Carvalho, Samuel Cândido Pereira, Samuel Ferreira Floriano, Samyra Araújo Rocha, Sandra Valeria Vassiliades, Sandro Carlos Silva, Sarah Menegueli Da Silva, Saulo Antônio Souza, Sérgio Luiz Ferreira Junior, Sherlock Serra, Sidnei Barbosa Mathiesen Junior, Simone Zuccari, Skull, Suellen Stefany Vasconcelos Dos Santos, Tácio Batista Bezerra, Tacio Targino Mesquita, Tadasi Matsubara Junior, Tadeu Linces, Tainan Iago Dias Dos Santos, Talita Andrioli Medinilha De Carvalho, Tamiris Regina Nascimento Lolli, Tarik Rahal, Tassomis Piccolotto Carvalho, Terry Alter Seal, Thais Pupato Da Silva, Thales De Abreu, Thales Rarick, Thalyta Xavier Alves Da Silva, Thamillis Ribeiro Da Silva, Thamyres Danna Souza Pires De Carvalho, Thawan Giovanni Trigo, Thaylor Freitas Gomes, Thaynah Silva, Thayrynne De Faria Coutinho, Thays Natani, Thiago, Thiago Alberto De Carvalho, Thiago Amorim, Thiago Araujo Teles Do Vale, Thiago Assaf Reis Halabi, Thiago Barbosa Ferreira, Thiago Calabraro Menegazzi, Thiago De Oliveira Godoi, Thiago Felipe Lopes De Medeiros, Thiago Ferreira Dantas Santos, Thiago Forstman Castanha, Thiago Gil, Thiago Goncales, Thiago Heleoterio Gonçalves Ferreira, Thiago Henrique Gama Nunes, Thiago Lara Da Rocha, Thiago Martins Machado Da Silva Neto, Thiago Menezes Baranda, Thiago Oliveira Da Silva, Thiago Rocha, Thiago Secomandi Galdino, Thiago Skrebys Martinelli, Thiago Soares, Thiago Tosi Moitinho Soussumi, Thisar Campos, Thomas Dusilek Sonnenberg, Thomas Henrique Santos Barbosa, Thomaz Gaio, Thyago De Oliveira Pereira, Tiago Augusto Carlos, Tiago Augusto Costa, Tiago Bonafé, Tiago Gonçalves De Araujo, Tiago Henrique Araujo Silva, Tiago Lemes Pantuzzi, Tobias Valentim, Tooru Tanaka, Túlio Dias Altíssimo, Ulisses Malheiros Ramos, Uriel Souza Sant'Ana, Valcir De Melo Paciullo, Victor Albertin Alves Agra, Victor Augusto Belini, Victor Augusto Martins Ribeiro, Victor Carlos Vianna Siqueira, Victor Da Silva Dourado, Victor De Freitas Costa, Victor De Melo Macena, Victor E Felipe, Victor Gabriel Suzumura Cintra, Victor Giovani Kinczel Slezinski, Victor Gonçalves Da Silva, Victor Henrique Delmondes Vitório, Victor Henrique Franco Ferreira, Victor Hugo Antunes, Victor Hugo Gardin, Victor Hugo Lima Ferreira, Victor Hugo Meurer Ribeiro, Victor Hugo Schmidt, Victor Marques Laureano, Victor Munhoz Theodoro, Victor Passos De Pinho, Victor Perinazzo Sachi, Victor Requena Garcia, Victor Rihan Mendes, Victor Sapateiro, Victor Strozi Solci, Victor Theodoro Xisto, Victor Vinicius Moreira, Vinicius Alves Solino, Vinícius Dalla Méa Marques, Vinicius De Aquino Calheiros, Vinicius De Camargo Rodrigues, Vinícius De Oliveira Rodrigues, Vinicius Dos Santos Da Costa, Vinicius Fernandes Chagas, Vinicius Fontoura Correa, Vinicius Gutheil Schmitt, Vinicius Lopes, Vinícius Maróstica Alberto, Vinicius Marques Da Silva, Vinicius Mosca Aguero, Vinícius Nunes De Lima, Vinícius Pereira Lemos Dias, Vinícius Pimentel Lima e Silva, Vinícius Rodrigues Barbosa, Vinicius Salaro, Vinícius Salzbron Correia, Vinicius Silva Guerra Lima,

Vinicius Truosolo, Virgílio Carvalho Mendes, Virgílio De Tarso Severino Da Silva Rodrigues, Vitor Alves De Oliveira, Vitor Arruda, Vitor Artigas, Vitor Corrieri, Vitor Daynno Gonçalves Santos, Vitor Dos Santos Pedroso, Vitor Emmanuel Duarte Pinheiro, Vitor Fabre Duarte Bastos, Vitor Gabriel Pessoa Silva, Vitor Hugo Kuhnen De Melo, Vitor Lehmkuhl, Vitor Motta Vigerelli, Vitor Paulo Villarino Pinto, Vitor Schneider Assi Pereira, Vítor Silva Soares, Vitor Stegemann Dieter, Vitoria Barros, Vitória Ferraz Bertolini, Vladimir Koenig, Vladmyr Miroslav Porto Lobianco, Wagner Dias Da Silva, Wagner Nunes De Lacerda, Wagner Rodero Junior, Walquiria De Albuquerque Costa, Wanderley Martins Silva, Wellery Siqueira, Welyson Pereira De Almeida, Wendell Rodrigues, Wesley Hudson Dos Santos Pires, Wesley Santos De França, Weslley Sousa Dantas, Weverton Tadeu Moraes De Oliveira Santos, Wictor Fernandes, Wilker Lucio, William Jun Asanome Korogui, William Nascimento, William Silva De Oliveira, Willian Da Rosa, Willian Santos Moura, Willian Vinicius Ribas, Wladimir Barroso Guedes De Araujo Neto, Yago Andrade Chahad, Yago Assis Mendes Faria, Yago José Dos Santos, Yago Luis Azedias De Melo, Yago Ramos De Araujo, Yago Ytaitan Gomes De Almeida, Yan Castro Dias, Yan Santana Barreiro, Ygor Demetrio Pereira Dias Da Costa, Ygor Verissimo, Yuri Alfonso Machado, Yuri Dos Santos Da Silva, Yuri Luiz Dias Martins, Yuri Pereira Dos Santos, Yuri Peres Ponti, Yuri Sena Santos.

NÍVEL 4 | TESOUROS DE GHANOR: ÉPICO

Abel Manoel De Oliveira Neto, Abhener Da Luz, Abner Augusto Pacheco Pires, Abner Gardenghi Gomes, Abner Rocha Dos Santos, Adailton Jesus Da Silva, Adelino Pinheiro Silva, Adenilson Gonçalves Cesar, Adenivaldo Lima Filgueira Junior, Adilson Franke Neia Junior, Admir Pereira Ermelindo, Adriano André Bernardi, Adriano Augusto De Carvalho Junior, Adriano Campos Junior, Adriano Jose Da Silva, Adriano Silva, Adriano Teixeira Sanches, Ádso Cavalcante Girão, Aguinaldo Massao Fujimoto, Airton Munhoz Vieira, Airton Sergio Da Silva Costa, Alan De Almeida Barreto, Álan Duvele Gomes, Alan Formagi, Alan Graccini, Alan Leite Machado Júnior, Alberto Ghirardi Zan, Alberto José Malo De Andrade, Alberto Juno Lipp, Alcides Henrique Cherem Netto Fernandes, Aldo Caccavo De Araujo, Alecsander Alves De Souza, Alecsander Lima Leonel Da Silva, Alessanderson Carvalho Saraiva, Alessandro Gomes De Sousa Coelho, Alessandro Morais Santos, Alex Chang Jin Tarng, Alex Guilherme Da Silveira, Alex Keiti Nosse, Alex Yuji Almeida, Alexandra Ferrer Da Silva E Silva, Alexandre "Paladino" Lopes De Souza, Alexandre Barros Bonine, Alexandre De Almeida Manhães, Alexandre Gomes Moura, Alexandre Henrique De Vicente, Alexandre Hiramatsu, Alexandre Santiago Da Silva, Alexandre Silva Miranda Dos Santos, Alexandre Silva Reis, Alexandre Vieira Alves, Alexandre Zarate De Oliveira, Alexsander Lima, Aline Affonso De Mello Joia, Aline Da Silva Bordin, Aline Tiemi Nagano, Alisson Fernando De Omena, Alisson Pereira Da Silva Reis, Allan Camargo Faria, Allan De Souza Mariano Dias, Allan Santos Sabino, Allison Rodrigues De Oliveira, Allyson Vitor, Alvaro Ivan Marques, Álvaro Luiz Marinho Pereira, Alvaro Sidrim Ferreira, Alyson Dourado Matias, Amanda Chaves De Sousa, Amanda Cotas, Amanda Domingos, Amanda Gabriela Marinho Horta, Amaury Topalian, Ana Beatriz Martins De Oliveira, Ana Carla Medeiros Morato De Aquino, Ana Carolina Aragão Vieira, Ana Flávia Guimarães, Ana Julia Dezerto Carvalho, Ana Luiza Batissta Gomides, Ana Luiza Paes, Ana Paula Da Rocha Lopes, Anderson Caetano Cabral, Anderson Coelho De Brito, Anderson Coelho Pereira, Anderson Coimbra Dos Santos, Anderson De Aquino, Anderson De Jesus Reis, Anderson De Souza, Anderson Ferreira, Anderson Luiz De Carvalho, Anderson Michael Magalhães Silva, Anderson Oliveira Dias, Anderson Oteresback Lopes, Anderson Schmidt De Oliveira, Anderson Vinícius Moraes De Sousa, André, Andre Cadamuro Garcia, André Floriano Parente, André Gabriel Vaz, André Gustavo De Araujo Lopes Silva, André Henrique Pedrassani, André Luiz Asturian, André Luiz De Campos, André Luiz De Mattos Gonçalves, André Luiz Soares Dos Santos, Andre Modolo, Andre Ortencio, André Ribeiro Silva, Andre Vargas, André Vinicius Alberti, Andreas Grings, Andrei Ivanov Da Costa, Andrei Pinheiro, Andreo Matheus Colaço, Andrey Angelo Voltolini, Andrez Lopes Nazareth, Angelo Rezende Guimarães Neto, Anna Luiza Jung, Antenor Soares Dolores Neto, Antônio Blumer Junior, Antonio Alberto Pires, Antonio Augusto Lobato Netto, Antônio Carlos Affonso Nogueira Junior, Antonio José Cruz Filho, Antônio Marcos Fernandes De Souza, Antonio Pedro Costa Oliveira Pretti Espindula, Antonio Tiago Pontes Costa, Antonio Waldo Divino Júnior, Arilson Soares Jácome, Arthur Ataíde Pinheiro, Arthur Da Fonseca Moreth, Arthur Daniel Januzzi, Arthur Ferro Pereira De Saboya, Arthur Flausino Dos Santos, Arthur Kraemer, Arthur Lamounier Moura, Arthur Monteiro De Oliveira Baptista, Arthur Nascimento Loprete, Arthur Rodrigo Maneira, Arthur Vinícius Valério Lucas, Arthurbernardo2334@Gmail.Com, Artur Akira Maeshima Takagi, Artur Dallagnelo, Artur Lages Lopes, Artur Moreira Caureo Da Silva, Athos Oriel De Castro, Augusto Falco, Augusto Fritzen Silvestre, Augusto Leite Scalabrini, Augusto Marinho Rodrigues, Augusto Perez Faverani, Augusto Seixas Silva, Ayrton Sergio Dias Nogueira, Bárbara Hayashi Bige, Beatriz Cacau Alencar, Beatriz Cagliari Farias, Beatriz Galvão Passos, Beatriz Morizono, Beor Uriel Rosa, Bernardo Correia, Bernardo Dias, Bernardo Herculano Nesello, Bernardo Madeira Diniz Alves, Bernardo Pfeilsticker Alves, Bernardo Santos Vieira, Bernardo Severo Da Silveira, Bianca Zanona, Brendhon Franco, Breno Berardo, Breno Mendonça Ribeiro Rodrigues, Breno Paulo Almeida De Oliveira, Brian Lucas Torres, Bruna Alves Colombo, Bruna Carneiro Rodrigues, Bruno Andrade, Bruno Barcellos Braga, Bruno Bassanin Antonelli, Bruno Bianchini Pereira, Bruno Cardoso Real Martins, Bruno Centini, Bruno Cesar Alves De Freitas Ferreira Mendes, Bruno Costa Gonçalves, Bruno Cugola Coelho, Bruno De Souza Guterres, Bruno Espíndola Nunes, Bruno Feitosa Marques, Bruno Felipe De Arruda Andrade, Bruno Ferreira De Azevedo, Bruno Fonseca Figueiredo Barros, Bruno Glaser, Bruno Kantovick, Bruno Lázaro Dos Santos Sant'Ana, Bruno Luiz Szydloski Riva, Bruno Marques Manso, Bruno Melo, Bruno Nascimento, Bruno Nunes Alonso, Bruno Pereira De Araujo Lindoso, Bruno Pereira Tyba, Bruno Pitton, Bruno Rafael Alves, Bruno Ricci, Bruno Rocha, Bruno Rodrigues Martins Braz Da Silva, Bruno Sanfelice Liebentritt, Bruno Strey Vilela, Bruno Vicente De Azevedo Pereira Dos Santos, Bruno Villas Bôas Boscoli, Bruno.Henri16@Gmail.Com, Bryan De Campos, Bryan Fernandes Abrão, Cacio Lucas Nobre De Almeida Bezerra, Caio Bender De Santana, Caio Cesar, Caio De Cillo, Caio De Vasconcelos Sardinha, Caio Favero, Caio Ponte, Caio Sartório Bisi, Caio Vilas Boas Rosa, Caique De Almeida Silva, Camila Neiva Disner, Camilla Rossetto, Carlos Antônio Brasil Vidal, Carlos Divino Ramos, Carlos Eduardo Cruz, Carlos Eduardo Freitas Areia, Carlos Eduardo Lourenço Bigetti, Carlos Haefliger, Carlos Henrique Araújo Bezerra, Carlos Henrique Lima Maciel, Carlos Henrique Ribeiro Cardoso, Carlos Hiroshi Hayashi, Carlos Mauricio Trindade, Carlos Roberto Corolin Junior, Carlos Vinicius Golineli, Carlos Vinicius Lagares Xisto, Caroline Matias Ventura, Caroline Rodrigues Silva, Cassiano Da Silva Vendruscolo, Cássio Lisboa De Souza, Cássio Lucas Marinho Nunes, Cassio Luiz De Souza, Catarina Candido Leão Do Rosario, Cauã Oliveira Alves, Celso Giordano Tonetti, Cesar Augusto Menocci Cappabianco, Cesar Garrido Aguiar, Cesar Haggstron, Cezar Augusto Miotto Pires, Charles Carrari, Chi Ming Hu, Chirdec Silva De Lima, Christian Xavier Da Silva, Christopher Ornelas, Christopher Ruiz De Oliveira, Chrysthowam Almeida Santos, Cibele Simões De Oliveira Santos, Cintia Midori Murai De Oliveira, Cintia Nogueira, Cintia Rafaela Borini Gomes, Clarissa Vaz De Mello Alvarenga, Cláudia Oliveira, Cláudio Antônio Aleixo Júnior, Claudio Vinicius Dos Santos Ferreira, Clayton Jone De Sousa, Cleber Henrique Do Amaral Bruschi, Cleusa Mara Silva, Cleverson Borges, Cloves Anderson, Clóvis Amaral Matzembacker,

Conrado Oliveira Veloso, Crislan De Moraes Dantas, Cristhian Heck, Cristian Dos Santos, Cristian Rafael Andreis, Cristiane Oliveira Kalid, Cristiane Pereira Santos, Cristiano De Oliveira Silva, Cristiano Machado Da Silva, Cristiano Patricio Junior, Cristopher Lemos, Dalbert Lira Cavalcanti De Lima, Daniel Barreto, Daniel Caixeta Queiroz Garcia, Daniel Cardoso Gonçalves, Daniel Da Silva Doria, Daniel De Souza Barros Lacerda, Daniel De Souza Ueoka Aguiar, Daniel Dinis, Daniel Donato, Daniel Dos Santos Sales, Daniel Felipe Silva Lima, Daniel Galves, Daniel Honório Dos Santos, Daniel Lima De Oliveira, Daniel Lopes, Daniel Pereira De Faria Castro, Daniel Perez Bellucci, Daniel Phillipe Rosa De Carvalho, Daniel Reginaldo Esposti, Daniel Rosa Aguiaro, Daniel Sarmento, Daniel Sevidanes Alves, Daniel Tomaz S. Camillo, Daniel Victor Carvalho Vasconcelos, Daniel Viegas Silva Araujo, Daniela Cristina Ribeiro Da Silva, Daniela Henriques Rodrigues, Daniele Pereira, Danielle Pimenta Ferreira Da Silva, Danillo Laviola Pedrosa, Danilo Aaron Botelho, Danilo Alves Silva Spinola Barbosa, Danilo Aquino, Danilo Da Rós Rosa, Danilo Da Silva, Danilo Fontenele Wimmer, Danilo Martins, Danilo Sostena Leão Da Silva, Danilo Torres Machado, Danilo Torturella Moreno Lopes, Danny Yukio Tanaka, Davi Castro Bijotti, Davi Francisco Santos, Davi Kniest Da Silva, Davi Rodrigues Carvalho, Davi.Samuel30508@Gmail.Com, David Janderson Alves De Oliveira, David Lane Bruno, David Mendelsohn Sá Barreto Gomes, David Pereira De Jesus, Dayqueline Cristina Oliveira Barbosa, Débora Maria De Oliveira Borges, Deivid Da Gama Cardoso, Demétrio Mutzenberg, Demetryus R. Da S. Oliveira, Denes Derkian Ribeiro Coco, Denir Borges Tomio, Denis Canteiro De Carvalho, Denis Dias Steffen, Denise Dos Santos Silva Baptista, Denner Ryus Lima De Vasconcelos, Derik Cardoso Girao Mota, Dheyrdre Machado, Diana Souza Dos Santos, Diego Argollo Pirutti Silva, Diego De Paula Vasconcelos, Diego Felipe Moura Pimenta, Diego Ferolla De Abreu, Diego Franco Da Silva Lima, Diego Gomes Soares De Souza, Diego Nóbrega Da Silva, Diego Ortiz Dos Santos, Diego Pacheco, Diego Pereira Batista, Diego Poderoso, Diego Poffo Sousa, Diego Rodrigues Mendonça Galvão, Diego Souza, Dilermando Da Cunha Lima Neto, Diogo Kaneto Suzuki, Diogo Ramos & Jana Bianchi, Diogo Schmitz Langwinski, Diogo Silva, Diogo Vieira Costa, Dionea Menezes Oliveira, Dirjan Francisco Rigon Tabille, Djalma Dourado, Djonathan Cezar De Souza Metelo, Dmitri Antoniewsky Silva Gadelha, Douglas De Pádua Fernandez, Douglas Dos Santos Klafke, Douglas Silveira, Eber Xavier Do Nascimento Junior, Eddy Yuki Nagamatsu Nakao, Éderson Carlos Rodrigues, Ederson Ferreira, Éderson Müller, Edilson Frutuoso Junior, Edmar Gonçalves Da Silva, Ednei Pereira Viana Junior, Edson Luiz Mangili, Eduardo Avelino Da Silva, Eduardo Bone, Eduardo Campi Soares Duarte, Eduardo Cazorla Alves, Eduardo De Oliveira, Eduardo De Paula Becker, Eduardo De Souza Dos Santos, Eduardo Delabari Maracci, Eduardo Do Canto Santana, Eduardo Endel Reolon, Eduardo Luiz Murta De Oliveira Miranda, Eduardo Machado Correa, Eduardo Maia Franco, Eduardo Malfati Rodrigues, Eduardo Martins Silva, Eduardo Menoncello, Eduardo Pedreira De Loureiro Maior, Eduardo Pinheiro Do Nascimento, Eduardo Satoshi Shiraishi, Eduardo Shinki Yonamine, Eduardo Souza, Eduardo Ticianelli, Edvando Tertuliano Njerges, Elço Rodrigues Vieira, Elder Pires E Souza, Elias Leite Freitas, Elikhello Tonon Cardoso, Elisabete De Jesus, Eloy De Melo Heredia, Elton Servilha, Emerson Ribeiro, Emílio Perez De Morais, Emily Dalcanale, Enrico Francesco Callado Montalto, Enzo Vicente Guerrero, Eraldo José De Almeida Cunha, Eric Daniel Ferreira Bueno, Eric Jones, Eric Zaonite Herthel, Erick Felipe Ienke, Erick Kurota, Erick Oliveira Dos Santos Da Silva, Erick Sousa De Leão, Ericson De Aguiar Pereira Filho, Erik Andrade Oliveira, Erik Da Silva Pereira, Erik De Oliveira, Erik Douglas Pereira, Ernesto Walthart-Foz, Euler Fernandes Vieira Victoria, Evandro Fernandes Faina, Evelin Gabriele Ferreira Santos, Everton Chiozzani Aguiar Storari, Ewerton Gabriel Ferreira Vicente De Paula, Eymael Silva De Souza, Fabiane Ritter Moro, Fabiano Da Silva Silveira, Fabio Eduardo Lima Amorim, Fabio Francisco Moron, Fábio Frederico Goulart, Fábio Henrique Gabriele, Fábio Luís Paiva Vianna, Fabio Magno Silva Souza, Fábio Nascimento Ribeiro, Fabio Pereira Casanova Dos Santos, Fábio Pereira Defacio, Fabricio Busto Moreno, Fagner Alves Da Costa, Felipe, Felipe Abreu Salles, Felipe Alcantara, Felipe Augusto Garrido Benevides, Felipe Augusto Rodrigues, Felipe Azeredo De Freitas, Felipe Barros Dantas, Felipe Bastos, Felipe Batista Dos Santos Souza, Felipe Campelo Franca Pinto, Felipe Cedismondi, Felipe Da Silva Cesário Vieira, Felipe De Abreu, Felipe De Andrade Pinto, Felipe De Morais Soares, Felipe De Sena Bove, Felipe Degani, Felipe Dirceu Dos Santos, Felipe Eduardo Moreira, Felipe Ferreira Dos Santos, Felipe Fontana, Felipe Gochomoto Da Silva, Felipe José Bezerra Do Nascimento, Felipe José Souto Galvão Barros, Felipe Junqueira Moraes, Felipe Martins Valença, Felipe Melo Lopes, Felipe Mendes De Oliveira, Felipe Monfardini Giori Franca, Felipe Neves, Felipe Queiroz Da Silva, Felipe Regis, Felipe Ricardo Güntensperger Sousa, Felipe Rodrigues Do Amaral, Felipe Rodrigues Dorneles, Felipe Romera Villar, Felipe Ruskowski, Felipe Sena Dos Santos, Felipe Silvério Guimarães Xavier, Fellipe Almeida De Souza Ferreira, Fellipe Nogueira Marne, Fernanda Harumi Hatae, Fernando Alonso Durban Masias, Fernando Cezar De Aguiar Filho, Fernando Eidji Izumida De Almeida, Fernando Fonseca Cavalcanti De Albuquerque, Fernando Garcia Rollo Ferreira, Fernando Machado Brum, Fernando Medeiros Do Nascimento, Fernando Oliveira, Fernando Pablo Silva Oliveira, Fernando Parreira, Ferris, Filipe Antonio Santana, Filipe Camponez Brambilla, Filipe Galatti Marchiori, Filipe Moreira Nunes, Filipe Poiato, Filipe W Santos, Flavio Giovane Sobrinho, Flavio Santos Da Silva, Francibely Vitória Santos Silva, Francisco Falchetti, Francisco Rafael De Sousa, Francisco Rimes De Arruda Adrião, Frederico Corazza Pedro, Frederico Henrique Simas Dos Santos, Frederico Lima De Melo, Frederico Piccinini, Gabhriel Pires, Gabriel, Gabriel Alexandre Marassi Sitta, Gabriel Alonso De Mello Trindade, Gabriel Armando Freitas Da Silva, Gabriel Azevedo Pereira, Gabriel Bachega, Gabriel Barros Silva, Gabriel Brasil De Carvalho Pereira Diehl, Gabriel Camargo Machado, Gabriel Cavagnoli, Gabriel Coelho Ferreira, Gabriel Corazza Silva, Gabriel Costa Santos, Gabriel Da Silva Batista, Gabriel De França Medeiros, Gabriel De Oliveira Camargo, Gabriel De Souza Feitosa, Gabriel Dos Santos Barbosa, Gabriel Duek D'Andrea Miranda Tavares, Gabriel Felipe Machado De Lemos, Gabriel Felipe Santos Rocha, Gabriel Felipe Zeni, Gabriel Fontana De Lima, Gabriel Góes Ferreira, Gabriel Goncalves Boareto, Gabriel Goulart De Sampaio E Sá, Gabriel Guilherme Bueno Da Silva, Gabriel Guimarães, Gabriel Gutjahr Stolf, Gabriel Haramoto, Gabriel Iudy Yamaguchi Rocha, Gabriel Kaiser, Gabriel Klippel, Gabriel Kloster Spartalis, Gabriel Lanne Monteiro Da Silva, Gabriel Lima, Gabriel Lima De Souza, Gabriel Lins Leitão, Gabriel Magalhães, Gabriel Maia Da Silva Salvador, Gabriel Marçal, Gabriel Miranda Malucelli, Gabriel Neves Zacarias Da Silva, Gabriel Ng, Gabriel Oliveira Saturnino, Gabriel Paula Lameiras, Gabriel Ramos Pratti, Gabriel Reis, Gabriel Rezende Rodrigues, Gabriel Ribeiro, Gabriel Ribeiro Batista, Gabriel Rodrigo Dantas Moutran, Gabriel Santana, Gabriel Siqueira, Gabriel Thiago Lopes Da Silva, Gabriel Winicius Picinato, Gabriel Yoshiharu Kondo, Gabriel Zafred Ricci Pavarini, Gabriela Andrade Nonato, Gabriela Corrêa Kling, Gabriela Garrido, Gabriela Maria Gomes De Oliveira, Geancarlo Ferreira Dahle, Geizyanne Quirino Dos Santos, Genevieve Freire, Genival Severino De Lima Neto, George Henrique Melo Lima, George Lucas Bronze Nicacio, George Nunes Padilha Silva, Gerlandio Lucena, Gérson Lavoratto Júnior, Gianluca Taques, Gilberto Augusto Almada De Souza, Gilberto Silva Dos Santos, Gilnara Conceicao Oliveira De Araujo, Giovanni Amêndola, Giovanni Borelli Cursi, Giovanni Bussola, Giovanni Giorgi Crnkovic Penazzi, Giovanni Pantaleão, Giulia Oliveira De Souza E Souza, Glauber Lucas Garcia Correa Leite, Grazieli Leite Mendonça, Gregory Ferreira De Almeida, Gregory Oliveira Pina, Guilherme Alexandre Rodrigues Cabrera, Guilherme Antonio Penasso, Guilherme Augusto Daenecke, Guilherme Camargo Luccas, Guilherme Cayres, Guilherme Cazonato De Andrade Rocha, Guilherme Cuba Rodrigues Gaspar, Guilherme Da Silva, Guilherme De Andrade Pereira Manfredi, Guilherme De Azevedo Riscado, Guilherme De Carvalho Silva, Guilherme Ehlert Da Silva, Guilherme Freires Alves, Guilherme Gabriel De Oliveira Marques, Guilherme GUIGO Almeida, Guilherme Gonçalves Fernandes, Guilherme Guedes Do Nascimento, Guilherme Lima Santana De Oliveira, Guilherme Luckmann, Guilherme Lui Jn, Guilherme Luiz

De Marchi, Guilherme Manucci De Toledo, Guilherme Marcal Da Silva, Guilherme Mendes Da Silva, Guilherme Nascimento, Guilherme Nepomuceno De Carvalho, Guilherme Oliveira Lago De Moraes, Guilherme Pontes, Guilherme Prandi Baraldi, Guilherme Reguffe Silveira, Guilherme Tavares Raposo, Guilherme Tomaz, Guilherme Trajano Queiroz Ferreira, Guilherme Zapater, Guilherme Zechetto Pedroso, Guillermo Gutierrez, Gustavo Aurélio Rezende, Gustavo Borba, Gustavo Bortoli, Gustavo Camilote, Gustavo De Oliveira Ceragioli, Gustavo De Souza Gonçalves, Gustavo Enrique M., Gustavo Ezequiel De Melo Rios, Gustavo Gewehr Soares, Gustavo Henrique De Oliveira Soares, Gustavo Henrique Nunes Pereira, Gustavo Honorato Godoi Martins, Gustavo José Do Nascimento, Gustavo Landim De Oliveira, Gustavo Luiz Reimann Araújo Gonçalves, Gustavo Pereira Leme, Gustavo Ribeiro Gomes, Gustavo Ribeiro Moreira Pestana, Gustavo Ribeiro Portugal, Gustavo Rocha Sanchez, Gustavo Sabio Rodrigues, Gustavo Samuel Estrela Da Silva, Gustavo Teofilo Kotelak, Gustavo Vitor Da Silva, Haline Welman, Hebert Tomazine, Helder Ribeiro De Oliveira Dos Santos, Hélio Dos Santos Filho, Helly Ismael Freitas, Henrique Abreu, Henrique Battu, Henrique Campos Das Neves Faria, Henrique Carlos Diniz, Henrique Couto Ticle, Henrique De Freitas Parreira, Henrique Ghedin Kaminski, Henrique Gomes Gonçalves, Henrique Guimarães Almeida, Henrique Incze Costa, Henrique Kamantschek Watanabe, Henrique Malikovski, Henrique Paschoalotto, Henrique Ramos, Henrique Ramos Buchner, Henrique Ramos Oliveira, Henrique Ribas De Oliveira, Henrique Xavier Senabio, Herlon Viana Ferreira De Almeida, Hesro Jhony Moreira, Hess Grigorowitschs, Hiago Felipe Da Rosa, Hiago Rodrigues Batista, Hudson Monteiro, Hugo Caluête Gomes Da Silva, Hugo Francisco Rudnick, Hugo Gonzaga Mota Peixoto, Hugo Henrique Pereira Vaz Filho, Humberto Barros, Humberto Fermiano Souza, Iago Da Silva Oliveira, Iarley Bruno Uchôa Sousa, Iaslan Do Nascimento Paulo Da Silva, Ícaro Nathan Da Silva Barboza, Igor, Igor Dias Torres Costa, Igor Dotti, Igor Henrique Pessoa Aguiar, Igor Kenzo Miyamoto Dias, Igor Kötz Nunes, Igor Lemos De Mendonca, Igor Makiyama De Souza Barbosa, Igor Moreira Raminho De Sá, Igor Ribeiro, Igor Schmidt, Igor Vac Coelho, Ihan Bender, Ikaro Matheus De Arruda Krauz, Inaldo Do Nascimento Magalhaes, Isaac Marques De Souza Garcia, Isaac Vitor Gregório Naval, Isabela De Bittencourt Terra, Isabella Fiuzo Sulpicio, Isabelle Maia, Isac Oliveira, Isaias Almeida De Jesus, Isaias Martins Junior, Isis Prestes Bento Da Silva, Ítalo Costa Barbosa, Italo Felipe Mascena Braga, Italo Rodrigo Marinheiro De Lima, Itawacy Virissimo Teobaldo, Iuri Gomes Gonçalves Machado, Iuri Gonçalves Ienaco Linhares Coelho, Ivo Kanao Takenaka Iso, Izabelle Moraes De Albuquerque, Jackson Callado, Jackson Severino De Oliveira, Jadi Leme De Souza, Jailson Maria Simoes, Jan, Janaina Alves Da Silva, Janaina De Oliveira Monteiro, Janderson Pereira De Souza, Janio Piol Gama, Jarbas Vasconcelos Da Cruz, Jardel Alves Da Silva, Jean Carlo De Paiva Goberski, Jean Carlo Jahn, Jean Coppieters Souza, Jean Marconi De Oliveira Carvalho, Jean Pedro Dias Neckel, Jean Peterson Rezende, Jean Ribeiro, Jean Ricardo Vitorio, Jedeerson Nicacio Da Silva, Jeff Moura, Jefferson Luis Sary, Jéssica Julio Colani, Jessiel Hacke, Jheames Ferreira De Morais, Jhonatan Resmini Mattei, Jhones De Sousa, Joacaz De Andrade Barbosa, Joan Emilio Deitos, João Pedro Lima, João Antonio Mourão Da Silva Toralles Santos, João Bueno Nunes, João Caetano Apolinário, João Carlos Lisboa, João Eduardo De Mello, João Eduardo Frigo Gonçalves, João Felipe Amorim Nunes, João Fernando Corsini, João Gabriel Abreu, João Gabriel Bruni De Nóbrega, João Gabriel De Almeida Pereira Da Cunha, João Gabriel Pancheski, João Gabriel Ravelli Rodrigues, João Guilherme Breder Carneiro Nogueira, João Guilherme De Oliveira, João Henrique, João Henrique Arruda Barroso, João Henrique Cardoso Bragantino, João Lucas Iorio, Joao Luis Sombrio, Joao Manoel Duarte Filho, João Manoel Fidelis Santos, João Marcelo Da Silva F., João Mário Soares Silva, Joao Mauricio Pinho Filho, João Mondelli, João Paulo Jorge Palaci, João Paulo Pedrosa Barbosa, João Paulo Ponce Da Motta Moreira, João Pedro Da Silva De Mello, João Pedro De Almeida Duque Spinelli, João Pedro Dos Santos Thomé, João Pedro Garcia Fernandes, João Pedro Grasselli, João Pedro Klein, João Pedro Kovalick De Souza Chaves, Joao Ricardo Silva Santos, João Santos De Sousa Filho, João Victor Ayres De Almeida, Joao Victor Campos Moura, João Victor Carneiro, João Victor Lucas Amim, João Victor Mello, João Victor Pavan, João Victor Reis Cândido, João Victor Santos Costa, João Vital Ferreira Neto, João Vitor Cabral Manzan, Joao Vitor Carvalho, João Vitor Duarte, João Vitor Furlan Da Costa, João Vitor Gomes Da Silva, João Vitor Sales, João Vitor Sato Cumagai, João Vitor Tasso Hossein, João Vitor Tavares Gomes, Joedson Pereira, Johann Barros Del Pozo Carvalho, Johny Berti, Joice Rodrigues De Oliveira, Jonas Caldi Bellotti, Jonas Souza, Jonatan Da Cruz Rocha, Jonatas Da Costa Saraiva, Jonathan Alexandre Moreira Sidoski, Jonathan Nascimento Da Silva, Jordan Câmara Moura, Jorge Fernando Da Rocha, Jorge Henrique Shiniti Osiro, José Adriano Leme, Jose Andrade Barros Nero, José Augusto Vargas Da Silva, José Fonseca Neto, José Luiz Da Silva Neto, José Maria Santiago Da Silva Júnior, José Miguel Ozorio França, José Neto, José Neudson Barroso Filho, José Rafael C Sampaio, José Robson Ferreira Do Nascimento, José Santos, Jose Suzano Simione, José Vitor Rodrigues, José Wilson De Oliveira Júnior, José Zipperer Ferreira, Joseph Modesto Guimarães Alves, Joshua Silva De Oliveira, Josiel Batista Dos Santos, Josiel Ecco, Jp, Juan Felipe Lopes Do Nascimento, Juan Paul, Juan Sanches, Julia De Melo Jurema Guimarães, Júlia Junqueira E Silva, Júlia Ribeiro Vieira Sobral, Juliana Schmidt Tomazini, Juliana Menezes Santos, Juliano Niehues Dutra, Júlio Centurion Hilst, Júlio Cesar Da Costa, Júlio César Duarte, Julio Cesar Souza Nunes, Júlio Moreno Souza Silva, Julio Teixeira Bojan, Junielton Quirino Dos Santos, Junior Moreira De Souza, Jurema Cunha, Kaio Vinicius Pereira Zorzan De Rezende, Kaique Da Costa Freitas, Kaique Paz, Kaline Medeiros, Karin Barbosa, Karlos Antonio Chagas, Kauan Rodrigues Torci, Kemio Carvalho, Kennedy Candido Almeida Da Silva, Kevin Alves Antunes De Sousa Lopes, Kevin Honda, Kevin Sozo, Kewin Cesar Da Silva, Kilder Souza, Klaus De Melo, Kleber Vieira Santana, Laércio Andrade De Souza Júnior, Laercio M Da Silva Jr, Lara Antunes, Larissa B. De França, Leandro Colen Rocha, Leandro Mateus Campagnolo, Leandro Meira, Leandro Menezes De Sousa, Leandro Rodrigues Donda, Leandro Tavares, Leandro Yoshio Itiroko Nakamura, Lennon Hiroshi Arimoto, Léo Guedes De Melo, Leonardo Araujo Costa, Leonardo Augusto Graczkowski Paczkoski, Leonardo B Carvalho, Leonardo Briotto, Leonardo Bueno Rasmussen, Leonardo C De Campos, Leonardo Cerbarro, Leonardo Cibulski Da Silva, Leonardo Da Silva Santos Campos, Leonardo De Andrade Candido, Leonardo De Carvalho De Sales, Leonardo De Mello Galindo, Leonardo De Souza Camargo, Leonardo Dos Santos Teixeira, Leonardo Ferreira De Campos, Leonardo Flauzino De Souza, Leonardo Florêncio Prado, Leonardo Gonçalves Da Fonseca, Leonardo Henrique De Oliveira Junqueira, Leonardo Henrique Dos Anjos Santos, Leonardo Junior Meschede Schoendorf, Leonardo Matarazzo Picanco, Leonardo Naves Barbosa, Leonardo Neves, Leonardo Pereira Teixeira, Leonardo Prata Maciel, Leonardo Rocha, Leonardo Rotta Jasko, Leonardo Schiavinato Bambino, Leonardo Setubal Maggio, Leonardo Tostes Ducas De Aguiar, Leonardo Vieira Calheiros, Leonardo Xavier, Letícia Alves Soares, Letícia Cabral De Vilhena, Letícia De Faria, Leticia Whitcher-Becker, Levi Negreiros, Levi Ribeiro De Abreu, Lilian D C Eggert, Lívia De Oliveira Mendes, Livia Tavares Da Silva, Logan Ruan Sales Borges, Loren Lourenço Da Cruz, Luan Couto Barboza, Luan Filipy Freire Torres, Luana Hilbert, Lucas Alvarez De Trincado Hevia, Lucas Alves De Lima, Lucas Anderson Da Silva, Lucas Augusto Maciel Da Silva, Lucas Bogaz Collinetti, Lucas Bonfim, Lucas Botelho, Lucas Brasil, Lucas Bucheb Barberatto, Lucas Caetano De Faria, Lucas Capodaglio Ruston, Lucas Carneiro De Freitas Batista, Lucas Castelar, Lucas Cesar Gritten Mello, Lucas Chaves Borges, Lucas Cordeiro, Lucas Costa Cunha, Lucas Costa Penetra Da Silva, Lucas Costin, Lucas Cruz Castelo, Lucas Da Silva Linhares, Lucas De Almeida Marciano, Lucas De Carvalho De Oliveira, Lucas De Freitas Lopes, Lucas De Medeiros Almeida, Lucas De Oliveira Versolato, Lucas Dos Santos Ribeiro Rossa, Lucas Eduardo Bico, Lucas Faria Amorim, Lucas Farias Da Cruz, Lucas Felinto, Lucas Felipe Silva Dos Santos , Lucas Felisoni Furlanetto, Lucas Ferreira, Lucas Finezi Verenguer, Lucas Fischer Valença, Lucas Gabriel Sousa Parente, Lucas Gabryel De Lima Nascimento, Lucas Gonçalves Vicente, Lucas Henrique Armonas, Lucas Henrique

Formankeviski, Lucas Honda Bianco, Lucas Lira De Oliveira, Lucas Maia Do Nascimento, Lucas Martin De Lucca, Lucas Mateus Galli Silva, Lucas Mora Quint Almeida, Lucas Motta Vitorino, Lucas Mudo De Araujo, Lucas Pereira, Lucas Pereira De Aguiar Afonso, Lucas Prado Arantes, Lucas Prata Brasil, Lucas Ramalho Paiva, Lucas Ricardo De Oliveira, Lucas Ricon Vasconcelos, Lucas Rocha Pereira Da Silva, Lucas Rodrigo Freitas Sukeyosi, Lucas Ronaldo De Macedo Siman, Lucas Rosa Da Silva, Lucas Santos, Lucas Sciortino Staffa, Lucas Silva Dos Santos, Lucas Solanich, Lucas Sperandio Alves, Lucas Sylos Vaz, Lucas Tischer Maciel, Lucas Toledo Teixeira Câmara, Lucas Travessin De Sá, Lucas Valentim Berganton Câmara, Lucas Velten Henker, Lucas Vinícius De Oliveira Rauschkolb, Lucas Vinicius Massoline Correa, Lucca Correia Boner, Lucca Cunha, Lucélia Moradei Santos, Luciano Jose Ferreira Peixoto, Luciano Marques Viana, Lúcio Abreu Da Silva, Lúcio Joaquim Maia, Luiare Ferreira Ezequiel, Luigi Martinez Somma, Luigi Minorelli Panazzolo, Luis Carlos Germano De Sousa Junior, Luis Felipe Abdo Ashd, Luis Felipe Eihara, Luis Felipe Exposto Perdigão, Luis Felipe Mello Goulart, Luis Felipe Silva Alves Soares Rocha, Luis Fellipe Dos Santos Pereira, Luis Fernando, Luis Filipe Moraes Rocha, Luís Filipe Rodrigues Nazario Da Silva, Luis Geraldo Figueiredo Andrade Junior, Luis Henrique Carminati, Luis Matos, Luis Sader, Luis Tozelli, Luis Vinícius Cordeiro De Freitas Lima, Luiz Alexandre Brizola Penna, Luiz Augusto Arantes Vieira, Luiz Carlos Ortega Neto, Luiz Cristóvão Pinto De Azevedo, Luiz Felipe Borges Cunha, Luiz Felipe Garcia E Souza, Luiz Felipe Marques E Souza, Luiz Felipe Moltocaro Pinheiro, Luiz Felipe Moraes, Luiz Felipe Moura Dos Santos, Luiz Fernando Xavier E Souza, Luiz Francisco Osorio, Luiz Gabriel Pereira, Luiz Gabriel Sampaio Sá Caldas, Luiz Guilherme Nunes Coelho, Luiz Henrique Alves, Luiz Henrique De Oliveira Gomes, Luiz Mario Chaves De Sousa, Luiz Otávio Terciotti, Luiz Paulo De Souza, Luiz Pedro Reis Pinheiro, Luiz Sérgio, Luiza Ferreira Silva, Luiza Rodrigues Alves, Luiza Vicente Litran, Lygia Donato De Mello, Magalhaes1207@Gmail.Com, Maicol Douglas Dos Santos Solera, Maicon Rangel Coelho Freitas, Maira Virtuoso Da Silva, Mairon Oliveira Martins Da Costa, Manoel Rodrigues De Brito, Marcel Ricardo Fernandes Coelho, Marcela Ragonezi, Marcela Versiani, Marcellus Alexandre Ozorio, Marcelo Basilio, Marcelo Cardoso Leandro, Marcelo Carnaval, Marcelo Castelhano De Lima Junior, Marcelo De Souza Ledier, Marcelo Emilio Vendramin, Marcelo Faber, Marcelo Ferreira, Marcelo Ferreira Lopes Arrais Maia Filho, Marcelo Franca, Marcelo Gomes Sena Toloni Da Costa, Marcelo Henrique Dos Santos, Marcelo Zerbieli Nicaretta, Marcio André Wathier, Marcio Lins, Marcio Mendonça, Marco Antonio Barcellos Lopes, Marco Antonio Dos Santos Junior, Marco Antonio Linares, Marco Antonio Ribeiro Brandão, Marco Antônio Teixeira Corrêa, Marco Brunno Abreu Marques Ferreira, Marco Sntônio Sobolwsky, Marcos, Marcos Antonio De Oliveira Zkaszi, Marcos Antonio Ferreira De Sousa Junior, Marcos Daniel Gomes De Lins, Marcos Frontini, Marcos Matheus Roncaglia, Marcos Muller, Marcos Santos Soares, Marcos Vinicius Fernandes Batista, Marcos Vinicius Gomes Antunes, Marcos Vinícius Lima De Oliveira, Marcus Francisco, Marcus Vinicius Da Silva Liceras, Marcus Vinicius De Oliveira Faria, Marcus Vinicius Pereira Freze, Marcus Vinicius Ramos Da Silva, Marcus Vinícius Salgado Caruso, Mariana Alencar Silva, Mariana Atti, Mariana Coutinho Silva, Mariana Fonseca Monteiro, Marianna Feitosa, Marina Dias Figueiredo, Marina Sanchez Ribeiro, Mario Fernandes De Ascenção Neto, Marko Yan Perkusich Novaes, Markus Lopes Corgosinho, Marlene Zaleski Cesario, Martim Brabo E Shinji Queiroz, Marvin Marco Chambi Peralta, Mateus Bueno Bonin, Mateus Carmona Maciel, Mateus Carneiro, Mateus Carvalho Grecco, Mateus Ferreira Pacheco, Mateus Henkes, Mateus Lorenzon, Mateus Magalhaes Siqueira, Mateus Marhold, Mateus Martins De Carvalho, Mateus Pinto Celestino Soares, Mateus Raian Jardim Neves, Mateus Rodrigues Barbosa, Mateus Teixeira Amorim Costa, Matheus Baarini Martim, Matheus Barreto Welsk, Matheus Barros De Santana, Matheus Bastos Costa Chaves, Matheus Bezerra Lucas Bittencourt, Matheus Bruni Bitencourt, Matheus Campanholi Delghingaro, Matheus Carvalho Alves Nogueira, Matheus D. Borges, Matheus De Sousa Faria, Matheus Dias Da Silva, Matheus Doria Maia, Matheus Dos Santos De Oliveira, Matheus Dos Santos Garcia, Matheus Duarte Dos Santos, Matheus Esteves Vargas Liguori, Matheus Felipe Assis, Matheus Fernandes Sonntag, Matheus Ferreira Silva, Matheus Flores, Matheus Freitas De Souza, Matheus Garcia Assed, Matheus Gobatto, Matheus Godoy, Matheus Gomes Coelho, Matheus Guedes Vieira Moraes, Matheus Henrique Dos Santos, Matheus Justi, Matheus Lopes Brum, Matheus Maciel, Matheus Moreno Do Prado Leal Camilo, Matheus Nascimento De Aguiar, Matheus Nóbrega Da Costa Lobato, Matheus Oliviera Padilha, Matheus Pinto Soares, Matheus Robles Cabrera Orfeo, Matheus Rodrigues Alencar Paixão, Matheus Rosa, Matheus Silva Souza, Matheus Uchoa Oliveira, Matheus Vitta, Matheus Wevisthon Custodio, Matheus Wilhelms Tavares, Maurício Crisp Fonseca, Maurício Leandro De Abreu, Mauricio Leite Ferreira, Maurício Luís Juchum, Mauricio Naves Marques, Maurício Pedro De Oliveira Júnior, Mauro D'Elia Rodrigues, Mauro Sergio Lopes Dos Santos Junior, Max Lima, Maxuel Barbosa Rodrigues, Mayara Thais Coelho, Melinna Graczkowski, Meri Backx, Michel Ctt, Michelle Bonorino, Michelle De Azevedo E Silva, Mickaelly Luiza De Borba Da Silva, Micke Harder Janke, Miguel De Souza Corti, Miguel Gonçalves Vieira, Miguel Ratis Laude, Mikael Augusto Lopes, Mikael Henrique Nunes Santana, Milton Soares Filho, Mirella Rebeka Da Silva Lemoine Soares Paes, Mirian Marinho De Santana, Monica Cristina Eli, Monique Azevedo Da Silva, Monique De Aguiar Mendes, Muriel Pereira, Murilo Alexandre De Souza, Murilo Arias Caires, Murilo Avila, Murilo Cesar Soares Souza, Murilo Da Silva Milani, Murilo De Andrade Arend, Murilo De Assis Mendes, Mykaele Bruna Silva Cecotti, Natã Alves Rodrigues Júnior, Natália Kotz, Natalia Kuchar Lohn, Natalie Silva Pinto, Natanael Dias Da Silva Júnior, Natanael G Afonso, Natanael Silva Conceição, Nathália Paulo Bastos Spera, Nathan Bisoto Varago, Nathan Corona Ferneda, Nathan Moreira Roque, Nayara Cristina Silva Santos Oliveira, Nelson Anthony Los, Nelson Rangel Da Silva Neto, Nicholas Souza Oliveira Gonçalves, Nicolas Carvalho, Nícolas Costa, Nicolas De Leonardo, Nicolas Ferreira Filgueiras Dos Santos, Nicole Sene Mansur Espindola, Nilo Giannecchini, Nilson Leme De Camargo Filho, Nivaldo Farias Garcia, Nivaldo Lopes Dos Santos Junior, Noreth, Odair Braz Junior, Odenir Antonio Kauffmann, Olavo Boaventura De Oliveira Muiños Piñeiro, Orlando Fonseca Junior, Oswaldo Tomé De Freitas Júnior, Otávio Henrique De Moraes Teixeira, Otavio Lourenço Da Silva, Otto Menegasso Pires, Pabllo Raphael, Pabllo Stanlley, Pablo Fernandes, Pablo Martinez Slomp, Patrick Carvalho Pedro, Patrick Oliveira, Patrick Pereira Lermen, Paula Vieira Da Silva, Paullo Meneses, Paulo Afonso Brandao Ferreira, Paulo Angelo Dias Barbosa, Paulo Arthur Farias Dos Santos, Paulo Augusto Rinco Beirigo Oliveira, Paulo Azevedo De Melo Junior, Paulo Daniel Da Silva Galdino Dos Santos, Paulo Edisio Gurgel, Paulo Eduardo Loyola Ramires, Paulo Fernandes Pinheiro Oliveira, Paulo Fernando Dos Santos Pereira, Paulo Flóra, Paulo Giacomazzi, Paulo Henrique Da Silva, Paulo Henrique De Oliveira Brandão, Paulo José Nascimento Calanca, Paulo Lúcio Nogueira Neto, Paulo Perazzoli, Paulo Rafael Almeida Magaldi, Paulo Renato Sampaio Coelho Filho, Paulo Ricardo Costa Miranda, Paulo Roberto Costa Porto, Paulo Roberto Pola Campos, Paulo Roberto Righi Dos Santos, Paulo Roberto Silveira Santos, Paulo Sergio Sant Anna, Paulo Victor De Aguiar Ribeiro, Paulo Victor Rodrigues Ribeiro De Castro, Paulo Vinicius Fernandes Pinheiro, Paulo Vitor Krawulski De Oliveira, Pedro Anselmo, Pedro Augusto Romão Ferraz, Pedro Bento Torquato De Sales Magalhães, Pedro Brisola Constantino, Pedro Carbonell, Pedro Carrijo Barbosa, Pedro Correia Pessano, Pedro Costa, Pedro De Andrade, Pedro De Luca Occulate Serra, Pedro Emerich Melo, Pedro Emílio Paradelo, Pedro Frare Zem, Pedro Gonçalves Ayres Pimenta, Pedro Gonzatto Müller, Pedro Grandchamp Neto, Pedro Henrique Alves Araujo, Pedro Henrique Barreto, Pedro Henrique Coimbra E Silva, Pedro Henrique Coimbra Santos, Pedro Henrique Dantas Teixeira, Pedro Henrique De Araujo Lopes, Pedro Henrique De Araújo Rangel, Pedro Henrique Dos Santos Leite, Pedro Henrique Longman, Pedro Henrique Oliveira Medeiros, Pedro Henrique Olívio Da Costa, Pedro Henrique Ribeiro Dos Santos, Pedro Henrique Rios E Silva, Pedro Henrique Vieira Da Rocha, Pedro H V Rocha, Pedro Igor Borçatti Da Silva, Pedro Jorge Pimenta Salomão, Pedro Leon,

Pedro Lucca De Oliveira, Pedro Luis Martins, Pedro Luiz De Nazaré De Souza Martins, Pedro Marco De Oliveira Ferreira, Pedro Martins Barboza, Pedro Meneses, Pedro Minuzzi Wild, Pedro Monteiro, Pedro Mota Pereira, Pedro Mussolini, Pedro Nascimento, Pedro Nassar Dos Santos Costa, Pedro Neohaisenbug, Pedro Paulo De Barros Ferreira, Pedro Paulo De Souza Pereira, Pedro Rosa Gouveia, Pedro Tenório Lemos, Pedro Tonus, Pedro Victor Cabral De Oliveira, Pedro Víctor De Lima Nascimento Santos, Pedro Vieira Maciel, Pedro Xavier De Mendonça Bandeira Azevedo, Pedro Zavagli Suarez, Perceu Bertoletti, Peterson Paes Leme De Souza, Philipe Salvador Loredo, Philippe André Batista Christo, Philippe Pittigliani Magnus, Phillipe Correia Da Silva, Pietro Alex Vieira Prates, Pietro Do Rego Monteiro Dallastella, Pietro Michel Do Nascimento Amaral, Priscila Caroline Cassim, Rafael Adnet Pinho, Rafael Almeida Campbell, Rafael Amaral De Queiroz, Rafael Andrade, Rafael Aparecido Santos De Andrade, Rafael Arantes Pereira, Rafael Brasil Ferreira, Rafael Campos Pereira, Rafael Carlos Narcizo, Rafael Cintra Calvette, Rafael Colombo Martineli, Rafael De Lima Pufal, Rafael De Souza Arruda, Rafael Domingues, Rafael Einecke Calantonio, Rafael Farah, Rafael Frees Gatto, Rafael Gonçalves Martins, Rafael Guedes, Rafael José De Castro Costa, Rafael Leal, Rafael Leandro De Oliveira Taveira, Rafael Lopes Gonçalves, Rafael Manenti, Rafael Mangas Barbeiro, Rafael Maques De Almeida, Rafael Matsunaga Omote, Rafael Meierovith Telerman, Rafael Moreira Lima, Rafael Neves Costa, Rafael Nunes Batista, Rafael Rissato, Rafael Rocha De Oliveira Garcia, Rafael Rocha Levy, Rafael Rodrigo De Souza, Rafael Rodrigues Godoy, Rafael Romero Vasquez, Rafael Roncon Saud, Rafael Silva Dos Passos, Rafael Sugizaki Dos Santos, Rafael T. Dietrich, Rafael Tanoue Moreira, Rafael Toledo, Rafael Trombetta Brigeiro, Rafael Vendramello Pinto, Rafael Vilas Boas Dos Anjos Govea, Rafaela Schaan, Ramires Rael Chaves, Ramon Bezerra, Ramon Cruz Pignaton, Ramon Dos Santos, Raphael Amorim Schmidt, Raphael Assumpção De Freitas Valle De Sá Leitão, Raphael Borges Pinto, Raphael Corcione, Raphael Dutra Bazarello, Raphael Estevão Borges De Oliveira, Raphael Fazio, Raphael Levy Gimenes Cavalcanti Da Silva Lima, Raphael Magno, Raphael Sigolo Ruas Gonçalves, Raphael Veríssimo Seves Escobar, Raul Chiaro Dos Santos, Raul Pablo Ventura Barbosa, Rebecca Monteiro De Barros, Reinaldo Silva Cintra, Renan Antunes, Renan Arruda Silveira, Renan Daniel Volz, Renan Granner Vaz, Renan Machado Souza E Mello, Renan Rocha De Deus, Renan Souza Matias, Renan Wagner, Renata Cristina Dos Reis Landmann, Renata Gomes, Renato Eidi Baba, Renato Holzlsauer Mattos Macedo, Renato Martins, Renato Mendes Oliveira Araújo, Renato Watanabe De Morais, Rhael Lozer Barreto, Rhawana Kerkhoven, Ricardo Arguejo Lafasse, Ricardo Bordenousky, Ricardo Digiovanni Frumento, Ricardo Gonçalves Santos, Ricardo Henrique Magalhães Silva Brandão, Ricardo Luis Reiter, Ricardo Nascimento Vergara, Ricardo Padua Crispim, Ricardo Rodrigues Gitti, Ricardo Severo De Freitas, Ricardo Tronco Vassoler Junior, Ricardo Simões, Richard Silva De Oliveira, Richz Junior, Rictor De Oliveira Dantas, Riyad Edson Zarif Azzam, Roberto Codognotto Junior, Roberto Farias Silva, Rodolfo Burgos De Luna, Rodrigo Aparecido Silva, Rodrigo Bertassoli Figueiredo, Rodrigo Boros, Rodrigo Brito Da Silva Ferreira De Pontes, Rodrigo Bueno Guedes, Rodrigo Calegario, Rodrigo Camargo Dos Reis, Rodrigo Cesar Reis Medeiros, Rodrigo Corrêa Marques, Rodrigo Dias, Rodrigo Dias Biscassi, Rodrigo Galha, Rodrigo Gomes Possera, Rodrigo Lemes De Souza, Rodrigo Luciano Gattermann, Rodrigo Luis Favaron, Rodrigo Luiz Martins Vieira, Rodrigo Martins Seixas, Rodrigo Mazza Gatti, Rodrigo Motta De Oliveira, Rodrigo Pasquali Umbelino, Rodrigo Pimentel Ferreira De Souza, Rodrigo Santos Norkivicius, Rodrigo Seiti Mitani, Rodrigo Silva, Rodrigo Souza, Rodrigo Stingnel Soares, Rodrigo Vieira, Rodrigo Willian De Souza, Rogério Cunha De Paula, Rogério Matheus Grillo, Rogerio Vieira Horvat, Romulo Freire Ferrer Filho, Romulo Henrique Lopes Belem, Romulo Oliveiro Sarra, Ronaldo Ferreira, Ronaldo Langer, Ronaldo Stiene Munhoz Ferreira Junior, Roseane Souza, Rosivaldo Santos De Oliveira Junior, Rubens Canivezo Soares, Rubens Chagas Júnior, Rudolf Gomes Lira, Rui Ferreira Póvoa, Samuel Gomes De Abreu, Samuel Silveira Galdino, Sandro Eduardo Da Costa, Sandro Luiz Machado Carvalho, Sarah Yasmin Carneiro Eggert, Semy Alves Ferraz Filho, Sérgio Cardoso, Sergio Salles Ferreira Junior, Sidnei Yuki Vieira Borges, Sidney Mendonça De Nazaré Filho, Silas Dias Teixeira, Silas Santana, Simael Rosim, Simone Demeterco, Steve James Fonseca Da Silva, Tácio Barreto Nascimento, Tales Carvalho Pereira, Tales Lazari Da Silva, Tales Miller Probst Novacoski, Tales Sergio De Oliveira Ricardo, Talita.Glima@Gmail.Com, Tanara Soares, Tarcisio Skora Neto, Tarsis Figueredo Azevedo, Tassiane Bernardi De Jesus, Tatiana Alves De Freitas, Thais Mota Guerra, Thais Pricila Maldaner Rinaldi, Thaís Tábata Barreto Silva, Thalles Arzola Brandino, Thayná Caneloi, Thiago Adalberto Paranhos Bucsan, Thiago Almeida Vergani, Thiago Amorim Dias Ferreira, Thiago Camilo, Thiago De Melo Gaspar Stoffel, Thiago De Oliveira Silva, Thiago Dias Silva, Thiago Flosino Ferreira Leite, Thiago Henrique Gomes Idalgo, Thiago Kovac Machado, Thiago Magialis, Thiago Melo De Oliveira, Thiago Mourao, Thiago Nogueira Marçal, Thiago Pozzatti Flores, Thiago Ricardo De Lara, Thiago Rotta Curcio, Thiago Sabino De Oliveira, Thiago Sobreira, Thiago Ucelli De Miranda, Thomas Dillan Baltazar Mendonça, Tiago Almeida Catombé, Tiago Cardoso De Carvalho, Tiago Caziraghi, Tiago Corrêa De Oliveira, Tiago Felipe, Tiago Fernandes Lopes Meles, Tiago Filipe Pimentel Berkenbrock, Tiago Peres Da Silva Suguiura, Tiago Prechlhak Ferraz, Tiago Rodrigo Kissler, Tiago Thomas Assis, Tiago Thomen Taraczuk, Tobias Junge Baum, Tomás Lima, Tonny Muller Amorim De Lima, Túlio Bernardo Ferreira, Tulio Koneçny, Uill Borges Maciel, Uirá Garcia Dos Santos, Valbert Gomes De Almeida Junior, Valdemário Oliveira Carvalho Júnior, Valdir Pereira De Abreu Junior, Valmir Torres De Jesus Junior, Vandrey De Amorim De Souza, Vanessa De Moura Bartoski, Venancio Nascimento Lopes, Vicente Gomes Pinto, Victor Adnaldo Martins E Magalhães, Victor Alves Moura, Victor Augusto Mendonça Cerqueira Da Silva, Victor Augusto Tateoki, Victor Biazon Bueno, Victor Breve Bochetti, Victor Carneiro Marchene Da Silva, Victor Cassiano De Freitas, Victor Chacon Sousa, Victor Emanuel Bedin Goldschmidt, Victor Emanuel Montes Moreira, Victor Enrique Porto De Oliveira, Victor Gabriel Andrade, Victor Gabriel Gomes De Souza, Victor Gomes Baby, Victor Gualtiero Vitalino Modesto, Victor Guilherme Freitas Da Silva, Victor Hernandes De Lima Sabino, Victor Hugo Castro Do Nascimento, Victor Hugo Marques Stoppa, Victor Johen Ribeiro Costa, Victor Kauê Seixas Medeiros, Victor Lagoas Catelan, Victor Lopes Gonçalves Ferreira, Víctor Luís Nogueira Da Silva, Victor Luiz Marchi De Aguiar, Victor Matheus Cruz De Almeida, Victor Ortega Contini Zanelo, Victor Shinhe Dos Santos, Victor Tadeu Melo, Victor Vinicius De Abreu, Victoria Ester Dias Farias, Victoria Onishi, Vinício Silva, Vinícius Araújo Kluska, Vinicius Asevedo Vieira, Vinicius Augusto Moreira Correia, Vinicius Avelar De Oliveira, Vinícius Blanco Dos Santos, Vinícius Cesar Dos Santos, Vinícius Cícero Alves, Vinicius Corrêa, Vinicius Da Rosa Pereira, Vinícius Dos Santos Mota, Vinicius Eichi Saido, Vinícius Flávio Ferreira, Vinicius Gabriel Herculano, Vinícius Gonçalves Dos Santos, Vinícius Hiroshi Mazzer Eimori, Vinicius José Lacerda, Vinicius Linhares Lunguinho, Vinicius Lopes Da Silva, Vinicius Luiz Dantas Conceicao, Vinicius Martins Alves, Vinicius Mota Alves, Vinícius Parente, Vinicius Silva Pessoa, Vinicius Vacella, Vito Danilo Caldeira Costa, Vitor Ayres Santos, Vitor Campos Da Paz Silva, Vitor Canhao, Vitor Eduardo Buss Bootz, Vitor Emanuel Dantas Dos Anjos, Vitor Giassi De Moraes, Vitor Hugo Paolinelli De Oliveira Marques, Vitor Luiz Rubio, Vitor Marcílio Rodrigues Faccio, Vitor Oliveira Moraes, Vitor Pinheiro, Vitor Rocco Albernaz, Vitor Santos De Quadros, Vitor Schmidt Ferreira, Vitor Setsuo Noda Cheung, Vitor Tatsuo Itocazu, Vitor Vieira Neres, Vitória Ramos De Azevedo, Vlademir José De Assis Junior, Volni Da Silva Junior, Wagner Alexandre Guerrero, Wagner Araujo Teixeira, Wagner Gonçalves, Wagner Mostaço Barros, Wagner Nunes De Lacerda, Wagner Rezende, Wallace Almeida Vivas, Wallace Oliveira Conceição, Wallysson Pereira De Assunção, Walter Luiz Lada Da Silveira, Weigler Godoy, Welington Haas Hein, Welves Laet Oliveira Filho, Wender G Silva, Wesley Bertoldo Da Silva, Wesley Dos Santos Machado, Wesley Pereira Da Silveira, Wesley Silva Dos Santos, Weslley Marins De Mariz, Wilker J Ferreira Adorno, William Alves Teixeira Borges, William Braga, William H C Becher, William Henrique Peres,

William Jaques Genova, Willian Alves De Souza, Willian Bini Fidelis, Willian Erdmann, Willian Gomes De Oliveira, Willian Hiroki Akamine, Willian Mollina Fugimoto, Willian Rezende Cumpian, Wilson Junior Silva, Wilverson Santos Correia, Wyllyan Jose Aparecido Soares, Yago Brasil De Lima, Yago Cortes Araujo, Yago Martins, Yan De Oliveira Cavalcanti, Yan Fonseca, Yann Fiorda Prando, Yuirê Campos, Yuri Abel, Yuri Blasio Martins, Yuri De Andrade Arend, Yuri Dos Reis Coelho, Yuri Fernando Lobato Reis, Yuri Machado Dos Santos, Yuri Soares Vieira, Yves Meneses Gurgel.

NÍVEL 5 | TESOUROS DE GHANOR: LENDÁRIO

Adeilso Bispo Dos Santos Junior, Adilson Andrade Feliz, Adilson Erbes Pereira, Adolfo Toshiro Cotarelli Sasaki, Adriano Gaiotto De Oliveira, Adriano Nunes, Adriano Oliveira, Ady Fuad Campos, Afonso Augusto Machado, Afranio De Sá Filho, Ahmad Amad Nasser Sankari, Airton Cabral, Alan Barreira Kozlowski, Alan Kuneck Perlin, Alan Magalhaes Lira, Alan Santos, Alan Vitor Ostanik, Alberto De Sá Cavalcanti De Albuquerque, Alcyr Barbin Neto, Aldemar Rodrigues De Oliveira Junior, Aleandro Santos, Alejandro Oliveira, Alessandro Lune, Alessandro Montalli Filho, Alessandro Pereira Garcês, Alessandro Trimarco, Alex Almeida Da Silva, Alex Arantes Magalhães, Alex Claudino Moreira Filho, Alex Farkouh, Alex Henrique Dos Santos, Alex Sandro Alves, Alex Seródio Gonçalves, Alexander Dorow, Alexander Tarik Mansur Tuma, Alexander Terenzi, Alexandre Augusto Thomazini, Alexandre Dos Santos, Alexandre Galhardi, Alexandre Henrique Lopes, Alexandre Kubrusly, Alexandre Marcon, Alexandre Octaviano Alvarez Cardoso, Alexandre Phoenix, Alexandre Rhuan Martins Neves, Alexandre Val Dias Da Silva, Alexandre Yoshiharu Yoneta, Alexsander Dos Santos Gambin, Alexsandro Da Silva Batista, Alfredo Faria, Aline Okamoto Sueda, Alison Cezar Coelho Arruda, Alisson De Jesus Rosa, Alisson De Oliveira Sanches, Alisson Gabriel De Mello, Alisson Henrique Schelbauer, Allan Adann Caires Marcelino Da Silva, Allan Bis Mendonça, Allan Bontempo Taveira Siqueira, Allan Ricardo Alves De Lima, Allan Schechter, Allysson Sanciani, Aluizio José Lopes Da Costa, Álvaro Miguel Santos Chícharo, Alyson Santiago De Souza Lima, Alysson Ailton Hoinacki Da Silva, Amanda Cristina Martins Do Nascimento, Amanda Irina Maier, Amarildo Jose Rossa Junior, Amaro Costa Da Nóbrega, Amaryllis Rabello Ferraz Krug, Ana Carolina Nunes Marques, Ana Laura Martins Soares Cantuario, Anderson Alves De Oliveira, Anderson De Oliveira Zeni, Anderson Guerra, Anderson Lima Da Silva, Anderson Linck De Souza, André Almeida, André Amaral, André Baptista, André Burger, André Christóforo Moraes, Andre De Souza Castro, André Do Nascimento Barçante, André Felipe, André Felipe Andrade, Andre Felipe Rodrigues Martins, André Fernandes, Andre Ferrer, André Gonçalves Lima, Andre Jeronimo Magalhaes, André Lucas De Oliveira Andrade Silveira, André Luis Gonçalves, André Luiz Cardoso Alves De Lacerda, André Luiz De Mattos Gonçalves, André Luiz Lemos Dos Santos, André Luiz Lourenço, André Luiz Maciel Santana, André Macedo, Andre Marçal Rodrigues, André Matheus Dos Santos Ribeiro, André Nazareth De Almeida, André Pacheco Dos Santos, Andre Romanzini, André Taira, Andrei Damian Da Silva, Andrey Diego Da Silva Albuquerque, Andreza Beatriz Da Silva, Anito Kerber Junior, Anizio Carvalho, Anselmo Gonçalves Pereira Júnior, Anthony De Melo Gonçalves, Antonio Carlos Barrio Nuevo De Moraes, Antonio De Barros Naddeo Meirelles Ferreira, Antônio Diniz César Neto, Antonio Gonçalves Dias, Antonio Honorio, Aquiles Kauê George Zin, Aramis Conceição Pereira, Ariel Luiz Ronsani, Ariel Nunes Braz Gomes, Aristofanes Neto, Arley Dos Santos Pereira, Arthur Alves Guimarães, Arthur Fossá Da Rocha, Arthur Ghiorzi, Arthur Gontijo Cota, Arthur Henry, Arthur Iperoyg Rodrigues Carvalho, Arthur Jeronymo Piredda, Arthur Kenji Rodrigues Katayose, Arthur Luna Goes, Arthur Mendes Kratza, Arthur Pocai Zottis, Arthur Santos Do Nascimento, Arthur Sauerbronn, Artur Comunello, Artur Jorge Azevedo Santos, Artur Pereira Gonzaga, Artur Tonet, Artur Vas, Artur Vicente Montibeller Da Silva, Ataue R Z Camargo, Athos José Ribeiro De Lima, Atila Cirano Alen Zuccheratte, Átilla Oliveira Barros, Atsushi Hatano, Auguato Cesar Duarte Rodrigues, Augusto Cezar Santos Guimarães, Augusto Nobre, Avaro Chaves, Barbara C F Gomes, Barbara Evangelista De Souza, Beatriz Hubinger Teixeira Dos Santos, Bernardo Brakarz, Bernardo Castro Da Silva, Bernardo Duarte Pessoa De Carvalho Silva, Bernardo Laguna Dos Santos, Bernardo Vieira Nogueira, Bigod O Sapo, Braulio Costa Dos Santos Leal, Braulio Lessa Cavalcanti, Brendo William De Souza Faria, Brendon Santos Dos Santos, Brener Chaves Assis, Brenno Demetrio Dos Santos Rovea, Brenno Duarte Guimarães, Brenno Elias Maciel Lopes, Breno Augusto Fuckner, Breno Azevedo, Breno De Souza Silva, Breno Henrique, Breno Portella De Andrade Bohry, Breno Tormes Echevengua Ramos, Bruce Belmont, Bruna Heller, Bruna Wegner Mesquita, Bruno Apolinário, Bruno Arthur Occhi Vieira, Bruno Augusto Dos Santos, Bruno Caminaga Maranho, Bruno Cassapula, Bruno Cezar Garcia Nunes, Bruno Da Silva Amadeu, Bruno De Freitas Gomes, Bruno De Lima Santos, Bruno De Souza Silva, Bruno Dechen, Bruno Emanuel Alcântara De Souza, Bruno Fernandes Siqueira, Bruno Freitas Do Nascimento Rodrigues, Bruno Gouveia, Bruno Guetter, Bruno Henrique Chagas De Albuquerque, Bruno Kiyota, Bruno Leal, Bruno Lima Freire, Bruno Luis Gorges, Bruno Martins Campos Coelho, Bruno Mazzardo, Bruno Mendes Vasconcelos, Bruno Miranda Brandão, Bruno Moreiras Do Nascimento, Bruno Morilla, Bruno Noriller, Bruno Otavio Guidi, Bruno Pacheco Ibraim, Bruno Pereira Longo, Bruno Petelin, Bruno Pimentel Struminski, Bruno Santos, Bruno Serini Nogueira, Bruno Silva Afonso, Bruno Silva Nascimento De Araújo, Bruno Taisei Noda Hirai, Bruno Tavares Fernandes Machado, Bryan Voltolini, Cadu Santos, Caian Sant'Ana Da Silva, Cainã Corrêa, Caio André Rodrigues, Caio Augusto De Castilho Marcondes Duarte, Caio Augusto Figueiredo Rocha De Oliveira, Caio Breno Dias Silva, Caio César Da Silva, Caio Cezar Oliveira Filardi Do Carmo, Caio Coelho Silva, Caio Dias, Caio Fernando Cardoso Souza, Caio Gomes, Caio Graco Ferreira Medeiros, Caio Henrique Arnese Teixeira, Caio Henrique Barbosa, Caio Job Vieira Chagas, Caio Luigi Bussati Freire, Caio Marcelo Silva Mancini, Caio Massayuki Lopes Yamashiro, Caio Max Gonçalves Fagundes Trindade, Caio Mendes, Caio Oliveira, Caio Pegado De Oliveira, Caio Pontremolez, Caio Porfirio Lima, Caio Prates, Caio Ramos, Caio Vinicius Vicente Peixoto, Caio Walter Dezidério Wanderley, Caique Souza Correia, Camila Ferreira Ramalho De Oliveira, Camila Harumi Anami Ferreira, Camões Ribeiro Do Couto Neto, Carlos Alexandre Almeida Da Silva, Carlos André, Carlos Antônio Neri Pinheiro, Carlos Augusto Amado Lopes, Carlos Derbona, Carlos Eduardo Mendes Vieira De Carvalho, Carlos Eduardo Miranda Ferreira, Carlos Eduardo Piveta De Oliveira, Carlos Eduardo Tschoeke De Andrade, Carlos Fukushima, Carlos Gomes Dewitz, Carlos Henrique Ramos Silva, Carlos Mauricio Butalo Junior, Carlos Pinto Vila Nova Filho, Carlos Renato Lopes De Oliveira, Carlos Ribeiro De Vasconcelos, Carolina Shirasawa Pelegrinelli, Caroline Schneider De Oliveira, Cassio Cicero Da Silva, Cássio Eduardo Matuck Dos Santos, Cassio Eduardo Miranda De Oliveira Quintanilha, Cassio Henrique Seiji Guiyotoku, Caue Oliveira Firme, Célio Júnior, Célio Vinicius Nunes De Castro, Celso Augusto Martins Parra, Celso Guedes De Jesus, Cesar Augusto Pereira De Nunes, César Henrique Da Cruz, Charles César Magno De Freitas, Charles Rogers Rangel Da Silva, Christian Lugarini, Christian Meinecke Gross, Christóvão José Teixeira De Carvalho, Chrystiam Andrade, Chrystiano Calheiros, Cíntia Cristina Rodrigues Ferreira, Cintya Kazuko Dias Takano, Cirilo Brancalion Camargo, Claudio Ferreira, Cláudio Trajano Marques, Claus Albuquerque, Cleiton De Souza, Clemerson Medeiros De Assunção, Clinton Barreto, Clovis Farinelli, Colemar Ferreira Cunha, Cristian De Oliveira, Cristian Tacca, Cristian Xavier Barreto, Cristiane Rasoppi, Cristiano Crivellente Cristo, Cristiano F C Orlando, Dalmar Durães Assunção, Damasceno TS, Daniel Avila Ferro, Daniel Bemerguy, Daniel

Bezerra De Castro, Daniel Crestani Frares, Daniel De Souza Miranda, Daniel Dos Santos Alves, Daniel Ferraz, Daniel Ferreira De Lima Vilha, Daniel Firmino Cabral Da Silva, Daniel Gaspar Luz Campos De Souza, Daniel Honorio De Souza, Daniel Ignacio Pinto, Daniel Jungstedt, Daniel Kenzo Jouti, Daniel Kroeff, Daniel Laube, Daniel Link De Rosso, Daniel Luis Junckes, Daniel Luis Portela Da Silva, Daniel Lyra De Lima, Daniel Maria, Daniel Matte Freitas, Daniel Neix, Daniel Pereira Pilati Junior, Daniel Prates, Daniel Rabelo Sesterheim, Daniel Ramos Santos, Daniel Rossi Sugui, Daniel Sousa Milagres, Daniel Tavares, Daniel Vasconcelos Prado, Daniel Vieira, Daniel Vieira Soares, Danielle Moreira, Danielle Ohana Pessoa, Danillo Cezar Buhrer, Danilo França Da Silva, Danilo Giovanni Narciso Pastura, Danilo Goncalves, Danilo Henrique Cavalcante, Danilo Portuense Da Silva, Danilo Toesca, Danilo Yudi Murakami, Dantielly Razera De Holanda, Dariamar Oliveira De Lima Junior, Davi Assis Martinez, Davi Dias Carneiro, Davi Gomes De Souza, Davi Lima De Souza, Davi Luiz De Paula Domingues, Davi Messias Ramos, David Gabriel De Araujo, David Mantovani, David Willian Dos Santos, Débora Rotelli Elias, Decio Tartuci Dos Santos, Deived Simões De Souza, Deivid Gonçalves Lenceh, Deivis Pereira, Delano Roosevelt Araujo Mangueira, Denis Diniz, Denis Doria, Denis Fabrisio De Oliveira Selymes Junior, Denis M Lobo-Corrêa, Denis Rodrigues, Denise Monteiro, Denner Santos De Oliveira, Derick Paulino Irineu, Derikys Cruz, Deyvid Alves Cabral De Lima, Dhanner Viana Lambert, Dhiego, Diego Andre Mueller, Diego Assumpção, Diego Barrichello, Diego Correa Fonseca, Diego De Oliveira Torralbo, Diego Fernandes Queiroz, Diego Francisco Bueno Sartorio Whitten-Brown, Diego Gonçalves De Mello, Diego Grava, Diego Gutierres, Diego Latino Gralak Santini, Diego Leal Wolff, Diego Marques De Oliveira Santos, Diego Salcedo Picinatto, Diego Silva Nunes, Diego Vasconcelos Lucena, Diego Villas, Diogenes Paulino Da Silva, Diogo Anzolini Cano, Diogo Broda De Vasconcellos, Diogo Emiliano Diniz Gonçalves, Diogo Fontes, Diogo Henrique Becker, Diogo Louzada Paixão, Diogo Luis Andrade Silva, Diogo Medeiros De Oliveira, Djonathan Krause, Dorival Gomes França Junior, Douglas Augusto De Lima Almeida, Douglas Batista Fertonani, Douglas Constantino Ces, Douglas De Farias Ichitani, Douglas Frenham Tinelli, Douglas Henrique Nunes, Douglas Pereira De Brito, Douglas Santos De Abreu, Dyego Alberto Da Cruz Barbosa, Dylan Von Gehlen, Edelcio Caputo Junior, Eder De Almeida Chiquito, Éder Roolt, Ederson Luis Dos Reis Fernandes, Edgar Silva, Edgard Souza Araujo Junior, Edilson Barini Tizolin, Edinaldo Souza Ferreira Junior, Edmilson Gemelli Dantas Neto, Edson Augusto Caffe Araujo, Edson Daniel Dos Santos Mano Júnior, Edson Henrique Miranda Junior, Edson Luiz Garcia Portela, Edson Neto, Edson Rodrigues Pinheiro, Eduardo Augusto Gomes, Eduardo Colnago Gonçalves, Eduardo Doval Zenardi Filho, Eduardo Felipe Correia De Oliveira, Eduardo Ferreira, Eduardo Gioeilli, Eduardo Gomes Do Reis, Eduardo Gonçalves Pereira, Eduardo Henrique De Moraes Vani, Eduardo Lara Soare Silva, Eduardo Laurett De Mello, Eduardo Lovo, Eduardo Marinho Bezerra Bruno, Eduardo Marques Da Silva, Eduardo Martins Lima, Eduardo Mendes Marcucci, Eduardo Moura, Eduardo Paioli Troli, Eduardo Pescinini Ruli, Eduardo Ricardo Florencio Silva, Eduardo Sarmento Tenorio Filho, Eduardo Sartori Estafoge, Eduardo Sete, Eduardo Silva, Eduardo Sperry Bedin, Eduardo Tavares Machado, Eduardo Thomaz Diefenthaler, Eduardo Tonini, Eliabe Sordá Sobreira, Elias Foscarini Andreazza, Elias Francisco Dos Santos Junior, Elias Souza Da Silva, Eliézer Oliveira Dos Santos, Elisandro César Bruscato, Elismar De Freitas Venancio, Elvys Da Silva Benayon, Emannuel Renan, Emanoel Felipe Porto Da Silva, Emanoel Godoy, Emanuel Adler Medeiros Pereira, Emanuel Costa Inácio Da Silva, Emanuel Gomes Bertizzolo, Emerson Amaral Alves, Emerson Ferreira Da Luz, Emerson Rafael Marchi, Emerson Souza Merighi Junior, Emilson Junior, Emmanuel Antunes Lima, Emmanuel Podestá Junior, Endrio Lima, Enéias Tavares, Enio Aires Filho, Enrico Nunes Pellegrino, Enzo Illa Font Arpini, Enzo Lima Salgado Dos Santos, Enzo Scarpatti, Eric Andersen Freitas E Silva, Eric Gomes Martins, Eric Klinke Alves Coelho, Eric Pereira Das Neves, Erick Clepton, Erick Henrique De Almeida, Erick Oliveira De Campos, Erick Teixeira Santos, Erickson Nascimento, Erik Buozi Fleming, Erika Figueiredo Aguiar Toledo Martins, Ernando Augusto Alves Santos, Esron Silva, Ettore Martone Gambini, Evandro Bertol, Everton Angelo Da Silva, Everton Dos Santos Vogado, Everton Gouveia, Everton Menezes, Evilasio Taumaturgo Da Silva, Ewerton Igor De Lima, Fabiana Pereira De Sousa, Fabiana Rodrigues Nascimento, Fabiano Alves De Souza, Fábio Abrão, Fabio Augusto, Fabio Bernardinelli, Fabio Cosme Dos Santos Fernandes, Fabio Da Cunha Bachiega, Fábio Eduardo De Oliveira Lima Macedo, Fabio Fernandes Mosquito, Fábio Henrique Da Silva, Fabio Henrique Nunes Mota, Fábio Lúcio Brito Costa, Fabio Maciel, Fábio Manoel Paixão, Fábio Mascarenhas Alacoque, Fábio Monteiro Da Silva, Fábio Querino Gonçalves, Fábio S. Tadei, Fabio Soares Costa, Fábio Sokolonski Do Amaral, Fabricio Aranha, Fabrício Domenech Nunes, Fabricio Garcia, Fabricio Marcondes Santos, Fabricio Righetto Leite, Fagner João Ferreira Silva, Felipe Alexandre Rocha Pires, Felipe Almeida, Felipe Angelo Stevanato, Felipe Augusto Paschoal, Felipe Barbosa S Silva, Felipe Bencini, Felipe Cardoso Brasil De Souza, Felipe Carvalho, Felipe Couto Mittelman, Felipe Da Silva Koetz, Felipe De Godoy Gallo, Felipe De Oliveira Pantoja, Felipe De Oliveira Silva, Felipe Delazeri Riffel, Felipe Douglas De Abreu Grego, Felipe Fantim, Felipe Farias Pereira Bovolente, Felipe Fiamozzini, Felipe Gante Maia De Sousa, Felipe Generoso Vieira, Felipe Gonçalves De Menses, Felipe Guilherme De Oliveira, Felipe Gustavo Bueno Poço, Felipe Henriques Paixão, Felipe Kendy Honda, Felipe Lemos Dos Santos, Felipe Lins Da Silva, Felipe Lisboa, Felipe Locatelli, Felipe Malandrin, Felipe Mariano, Felipe Morais Pereira De Medeiros, Felipe Moura, Felipe Nascimento Motta, Felipe Paloschi Schmitz, Felipe Pereira Leandro, Felipe Portuense Lima, Felipe Raitani Silveira, Felipe Reginato Pereira, Felipe Rodrigues Fernandes Coelho, Felipe Rodrigues Lacerda, Felipe Santos, Felipe Soares, Felipe Soares Carius, Felipe Teixeira Gonçalves, Felipe Toshio, Felipe Vargas Andrade, Felipe Vidal, Felipe Villaça Beleza, Felipe Wawruk Viana, Felippe Albuquerque Lima De Oliveira, Felippe Azevedo De Oliveira Lima, Felippe De Oliveira Neto, Fellipe Alves Rodrigues, Fernanda Fuchs, Fernando Afonso Ramos Pereira De Melo, Fernando Aires Da Silva, Fernando Andrade Schiavoni, Fernando Augusto Iwata Yamamoto, Fernando Bertolino Santos, Fernando Camargo Dos Santos, Fernando De Amorim, Fernando Henrique Scremin, Fernando Hitoshi Watanabe, Fernando Keven Battistini, Fernando Lemler Cani, Fernando Lucena, Fernando Rego, Fernando Reis, Fernando Tondin Borges, Fernando Vinicius Soldera, Fernando Xavier, Fernando.Auler97@Gmail.Com, Filip Barsukoff, Filipe Cantu De Oliveira, Filipe Custódio Lopes, Filipe Gonçalves De Oliveira, Filipe Heilborn Gouveia, Filipe Isaac Alvarenga E Meireles, Filipe Nishiyama, Filipe Oliveira Raupp, Filipe Vianna Lobo, Filipo Martins, Flávia Martins Valim, Flávio Augusto Bustamante Maglioni, Flávio Moura Veronese, Flávio Omena Docek, Flavio Vanelli Gaffuri, Franciele Daniel, Francisco Anderson Rodrigues Moreira, Francisco G Junior, Francisco Josimar De Queiroz, Francisco Leandro Mendes Bezerra, Francisco Luiz Da Silva Thomé, Francisco Mota Cabral Filho, Francisco Rodrigues Nogueira Neto, Francisco Stalin Brito Leitão, Francisco Victor Vasconcelos, Francisco Vieira Ramalho De Figueiredo, Frank Junior Faria Schuenck, Franko Danny Lima Silveira, Franz Pietz, Frederico Antonio Peregrino Wanderley Da Costa Neto, Frederico Jose Ribeiro Franca, Frederyck Baleeiro Espinheiro Sales, Gabi Tores, Gabrie Alves, Gabriel, Gabriel Alves Do Rêgo, Gabriel Amaral Sobral, Gabriel Antonio Leite, Gabriel Arantes Carreira, Gabriel Araujo, Gabriel Aristeu Cabral, Gabriel Augusto Bighetti Rosa, Gabriel Azevedo Sales, Gabriel Barbosa Figueira, Gabriel Bastos Da Mota, Gabriel Belloni Benevenuto Dos Santos, Gabriel Beltrão De Abreu, Gabriel Buoso De Carvalho, Gabriel Carlos Teixeira Dos Santos, Gabriel Cavadas Câmara Acri, Gabriel Cerqueira Gonçalves, Gabriel Coltro, Gabriel Da Costa Cabral, Gabriel Da Silva Cavalcante, Gabriel De Jesus Almeida, Gabriel De Oliveira Caputo, Gabriel De Oliveira Gonçalves, Gabriel De Paiva, Gabriel Dias Bastos, Gabriel Eduardo Ramos Ferreira, Gabriel Evangelista, Gabriel Faciole, Gabriel Fahel, Gabriel Felipe De Lima, Gabriel Felippi De Lima Picinin, Gabriel Fernando Dos Reis Lima, Gabriel Figueiredo, Gabriel Figueiredo Studart Maia Mello, Gabriel Fleming De Albuquerque Carreiro, Gabriel França Sarmento, Gabriel Gutierrez Lopes Santana, Gabriel Henriqson

Teixeira, Gabriel Henriques Macedo, Gabriel Isaac Gonçalves Haydar, Gabriel Junior Da Silva Lima, Gabriel Lopes Lube, Gabriel Mendes Olivieri, Gabriel Miranda, Gabriel Morales, Gabriel Moulin Manhatys, Gabriel Nardes Giampietro, Gabriel Nolasco Costa De Souza, Gabriel Oliveira Rodrigues Dos Santos, Gabriel Pavão, Gabriel Peixoto, Gabriel Pereira Da Cruz Santos, Gabriel Pereira Machry, Gabriel Périco, Gabriel Pinheiro Bartholomeu, Gabriel Possamai Boneto, Gabriel Premoli Monteiro, Gabriel Rocha Martins, Gabriel Rodrigues Luz, Gabriel Rodrigues Teixeira, Gabriel Sá Teles Magalhães, Gabriel Santos Da Silva, Gabriel Sarmento Silva, Gabriel Schultz Camillo, Gabriel Silva De Lima, Gabriel Silvestre, Gabriel Souza, Gabriel Stankevix Soares, Gabriel Takeo Nakazone Dos Santos, Gabriel Tavares De Santiago, Gabriel Teixeira Carvalho, Gabriel Theotista Andrade Pereira, Gabriel Vedovato Molina Campos, Gabriel Verleun, Gabriel Victor Honorio Silva, Gabriel Zago Alves, Gabriela Alencar Matias, Gabriela Valladares De Toledo Corrêa, Gebrael Schneider El-Kouba, Gelson Aparecido, George Carlos Gonçalves Da Silva, Georgethon Henrique Campos Lima, Geovane Monego Pla, Germano Gustavo Gesser, Gerônimo Kanaan Blaas, Gerson Alves Da Silva Junior, Gervasio Meneses De Oliveira Filho, Getulio Barros Thiesen, Getúlio Souza Andrade, Gian Carlo Dragone Albanes, Gian Lucca Raucci, Gianluca Figueiredo, Gilmar Alves Bernardes Júnior, Gilson Ugarte Bonardi, Giovani Berto Vian, Giovani Kelvin Da Rocha, Giovanni De Oliveira, Giovanni Monqueiro Sales, Giovanni Schardong Pereira, Giuliano Ferrari, Giuliano Tamarozi, Giuseppe Victor Finazzo, Gladison Ribeiro Da Silva, Gledson Hernandes Diniz, Grazielle Carvalho, Gregório Ziroldo Ferreira, Gui Nascimento, Guilherme Afonso, Guilherme Alves Valarini, Guilherme Antonio Rinaldi, Guilherme Araújo Teixeira, Guilherme Augusto Bauer, Guilherme Augusto Codignolle Souza, Guilherme Augusto Figueiredo Garcia De Moura, Guilherme Augusto Zimmer, Guilherme Balloni, Guilherme Barni Silveira, Guilherme Barros, Guilherme Campos Pacheco Da Silva, Guilherme Cordeiro Righetti, Guilherme Da Rosa, Guilherme De Castilhos Nunes, Guilherme De Lima Simões, Guilherme De Oliveira, Guilherme De Oliveira Raminho, Guilherme De Oliveira Tassinari, Guilherme De Paula Genofre, Guilherme Delfino Brito, Guilherme Demarqui Pereira, Guilherme Faustino Maldonado, Guilherme Feitosa Camilo, Guilherme Fonseca, Guilherme Fraidemberge Andriani, Guilherme Gaione Zanela Teixeira, Guilherme Gonçalves Boareto, Guilherme Guadagnini Granada, Guilherme Henrique Machado Da Silva, Guilherme Henrique Monteiro Silva, Guilherme Leoni, Guilherme Marcolino Da Silva, Guilherme Martins Alves, Guilherme Moresco Bisotto, Guilherme Nattan Imianowsky, Guilherme Oliveira, Guilherme Onoles Monich, Guilherme Paredes Rodrigues Galembeck, Guilherme Pioli Resende, Guilherme Rodrigues, Guilherme Rodrigues Schneider, Guilherme Salvaterra, Guilherme Santos Ramos Pereira, Guilherme Silva Rodrigues, Guilherme Siqueira Poli, Guilherme Souza, Guilherme Tambeiro, Guilherme Tamião Máximo, Guilherme Toledo Pacheco, Guilherme Torres Marques Vidal, Guilherme Trocatti, Guilherme Vanzella Pádua Santo, Guilherme Vinicius Guimarães Do Nascimento, Guilherme Vogel, Guilherme Wilhelms Tavares, Guilherme Wippich Jorge Nocetti, Gustavo, Gustavo Almeida Agibert, Gustavo Antônio Mateus, Gustavo Antunes, Gustavo Augusto Clérigo Forcim, Gustavo Beckenbach, Gustavo Cainã Branco, Gustavo Cavalcante Do Nascimento, Gustavo Chaves Magalhães, Gustavo Da Silva Carvalho, Gustavo De Oliveira Gamo, Gustavo Delvage Da Silva, Gustavo Felipe Vieira, Gustavo Ferreira Cavalcanti, Gustavo Hayashida, Gustavo Henrique Barbosa Da Silva, Gustavo Henrique De Freitas, Gustavo Henrique Ferreira Chagas, Gustavo Kessaris, Gustavo Lombardi Ricci, Gustavo Lourenço De Souza Silva, Gustavo Lucena, Gustavo Maradei Tuma Martins, Gustavo Marinho Van Der Maas, Gustavo Matozinho Lima, Gustavo Menezes Bera, Gustavo Modesto Torres, Gustavo Monteiro De Jesus, Gustavo Muneo Takata, Gustavo Nobre Wotikoski, Gustavo Noce Casagrande, Gustavo Pacheco, Gustavo Pereira Miranda Silva, Gustavo Pouzas De Oliveira, Gustavo Resende Mendonça, Gustavo Ribeiro Da Silveira Portugal, Gustavo Robaski Borba, Gustavo Santos Mendes Macedo, Gustavo Santos Sanita, Gustavo Varanda Paiva, Guto Pagiossi, Hallan Cordulino De Lima, Hamonrá Silva, Hector Soares Zimmermann, Heitor Custódio Gatto, Heitor De Sá Alencar E Moraes, Heitor Siodoni Palâncio Do Prado, Helber Fernandes Neiva, Helder Donizete Da Silva Carvalho, Helder Lima Da Silva, Helder Renan Gonçalves Neiva, Helder Saeki Barbosa, Helder Vicente De Sousa, Helena Soares Giuliangeli, Hélio Francis Martins, Hélio José De Souza Júnior, Hendrike Morimoto De Oliveira, Hendy Sheijy Taniyama Dantas, Henrique Bibiano, Henrique Braga Da Silva, Henrique Camillo Munhoz, Henrique De Castro, Henrique De Mello Barletta, Henrique Estevam De Matos, Henrique Estrope Nazarko, Henrique Fantato Silva De Albuquerque, Henrique Fernandes Santana, Henrique Gurgel Mota Junior, Henrique Nascimento Braga, Henrique Oliveri Leite Praça, Henrique Sabino De Vries, Henrique Seiji, Henrique Vicentin Lisboa, Henrique Yamagutt Dos Anjos, Hercules Lima Ramos, Hernandes Cesar Da Silva, Hian Battiston, Higor Ventura Simoes, Hiran Tassinari Costa De Azevedo, Hugo André Trigo Bayarri, Hugo Goncalves, Hugo Moreira Simoes, Hugo Santos Lintz, Hugo Victor Cavani Alves De Vasconcelos, Hurick Krügner, Ian Ricardo, Iann De Castro Romualdo Beneteli, Ícaro Holanda De Aguiar, Icaro Vinícius Nunes Ferreira, Ighor Cesar Fortes, Ighor Rhafael Pereira Dos Santos, Igor Aparecido Santana Das Chagas, Igor Ayroldes, Igor Do Nascimento Alves, Igor Dos Santos Balduino, Igor Felix Da Silva, Igor Gascon, Igor Gomes Falcão, Igor Gustavo Belarmino Beserra, Igor Leonardo De Oliveira, Igor Lima Carence Inácio, Igor Lourenço Trusz, Igor Roberto De Antonio, Illus Martelli, Iman Griebeler Pinto, Inacio Pinheiro Cavalcante, Iris Queiroz, Isaac Dos Santos Vianna, Isaac Sombra Rodrigues Neto, Isabel Monteiro Correa Da Fonseca, Isac Villela De Brito, Isan De Sousa Castro Campos, Ismael Brunieri Serejo Monteiro, Ismael Miranda, Israel Alves Hamann, Israel Hermes, Israel Raposo, Iury Gonçalves Nunes, Iury Kroff Taveira, Ivã Carrillo Oliveira, Ivan Castro, Ivan Landim Frota Leitão Junior, Ivens Bruno Sampaio Dos Santos, Jacques Ducourneau Fagundes, Jácson Marques Dias, Jacson Oliveira, Jailson Dos Santos Ferreira, Jaime Da Costa Maia Neto, Jamerson Da Silva, Jaqueline Silva Marques, Jason Tupinamba Nogueira, Jean Carlos Da Silva, Jean Carlos Izepon, Jean Michel Leite, Jeferson José Silvério Dos Santos, Jerônimo Mangini Centeno, Jessica Pantoja Almeida, Jéssica Pereira Ozú, Jheferson Renan Borges, Jhonatan Felipe Mendes, Jhonny Barros, Joao Antonio Gaidzinski, João Bruno De Souza Costa, João Carlos De Almeida, João Carlos Maba, João Etchichury Soares, João Fernando Dé Carli Zisman, João Gabriel Alêssio Gomes, João Gabriel Ferrazza Dias, João Gabriel Guilhermiti Silveira, João Guilherme Voss, João Henrique Braga Laporta Gonçalves, João Henrique Silva Romero Sanson, João Honório Aleixo Pinto, João Iunes Tehfi, João Lucas Dos Santos Antunes, João Lucas Farias, João Luis Rocha Messina, João Luiz Auler Krabbe Filho, João Luiz De Castro, João Luiz Pereira De Freitas, João Marcos Vasconcelos, Joao Matheus Do Nascimento Sant'Anna Pinto, Joao Matoso, João Paulo Barros De Cristo, Joao Paulo Diniz Marconatto, João Paulo Lobo Lima, Joao Paulo Lopes Muniz, João Paulo Mendes Antenor, João Paulo Zulian, João Pedro, João Pedro De Carvalho Silva, João Pedro Ferreira Santucci, Joao Pedro Nunes De Fontes, João Pedro Placides Bicalho, João Pedro Rufino Alves, Joao Pedro Stepan Wagner, João Ricardo De Albuquerque Taboada, Joao Tonial, João Victor Bautista Ramos, João Victor Fontinelle Consonni, João Victor Negromonte Queiroz, João Victor Ribeiro Da Silveira, João Victor Saldanha Da Gama, João Victor Siqueira Perovano, João Victor Soares, João Victor Suriz Dos Santos, João Victor Zucco Marmentini, João Vinícius Bezerra Da Fonseca, João Vinícius De Andrade Freire, João Vitor Alioti, João Vitor Branco De Araujo Vasconcellos, João Vitor Fonseca De Carvalho, João Vitor Jardim Rocha, João Vitor Monteiro Chagas, João Vítor Morandin, João Vitor Souza Borges, João Vitor Vigil Jakubowski, Joaquim Andrade, Joel Alves Pires, John Cleiton Guimaraes Pereira, Johnny Azevedo, Johny Alves, Jonas Alan Martins Oliveira, Jonas Passos Da Silva, Jonas Prado, Jonatas Albuquerque, Jonathan Jyoji Tenguam, Jonathan Martins De Oliveira, Jonathan Meurer, Jonathan Pereira, Jonathan Rodella Delgado, Jonathan Schirmer, Jonathas De Oliveira Ferreira, Jonathas Frederico, Jonathas William Freire Borges, Jonylson Pereira Mota, Jordan Antunes De Sá Assis, Jordan Marcel, Jorge Monteiro Pedrosa, Jorge Rodrigues, José Antonio

Dos Santos Neto, José Antônio Santos De Lima, José Arthur Loubet, José Carlos Paz De Lima, José Ernani Marcondes, Jose Henrique De Lima, José Irilylson De Sousa Cordeiro, José Luiz Alves Junior, José Osdinei Paes Alves Junior, José Pedro Elpídio Nogueira, Jose Ricardo Guimaraes Da Cruz, José Romildo Vicentini Junior, José Sotrati Junior, Jose Souza, José Victor Lourenço Crepaldi, Josemar Viana Da Silva, Juan Carlo De Aguiar, Juan Dario, Juan Davi Alves Hasbene, Juan Galoni, Juan Pablo Dias Resende Matos, Juan Sebastian Loitey Ferreira, Julia Alessandra Alves De Lima, Julia Miho Oshiro, Juliano Fernandes Soares Silva, Juliano Ruiz Da Silva, Julio Cesar Dos Santos, Julio Cesar Duarte, Julio Cesar Faccion Fonseca, Julio Cesar Franco Costa, Julio César Mendes, Julio Cesar Riga Araujo, Julio Cesar Rodrigues De Oliveira, Julio Henrique Lopes Oliveira Pinto, Junior Dias, Junior Mesquita, Jurandi Ferreira Policarpo Júnior, Kaio Dolgoff, Kaio Paes, Kalebi Saraiva, Kalleo Alves, Kamilly Almeida De Assis, Karina Letícia Silva Figueiredo, Karlay Medeiros, Kauã De Oliveira Diamantino, Kauê Omena Mesquita, Kayque Ruan Barbosa, Kerolaine Vitoria Franca De Jesus, Kevin Da Silva Dubiela, Keyler Queiroz Cardoso, Kkekev, Kleber De Oliveira Andrade, Kleiton Nascimento Panfietti, Kleyton Silvano, Larissa Rodrigues Peixoto, Larissa Sbrissia Santos, Laura Junko Yamaki, Layon Lopes Da Silva, Leandro Barros De Moraes, Leandro Brandão Guimarães, Leandro De Oliveira Micaela, Leandro Ferreira Gonçalves, Leandro Henrique Grossi Litano, Leandro Luiz Da Silva Santos, Leandro Munhoz Moreira, Leandro Otani, Leandro Shukri Olsson, Leandro Silva, Leandro Teles De Albuquerque, Leandro Tocantins, Leandro Vieira Clementino, Leiz Guimaraes Rosseto Da Silva, Lennon V. Manchester P. Mello, Léo Kreimer Nascimento, Leon Nunes Rissato, Leonardo Alexandre Santos, Leonardo Almeida Do Carmo, Leonardo Alves, Leonardo Alves Souza E Silva, Leonardo Andreatta De Alcantara, Leonardo Avena Rodrigues, Leonardo Balbi, Leonardo Barbosa Cipriani, Leonardo Barreto Sautier Dos Santos, Leonardo Benini Cruz, Leonardo Braga Antunes Da Silva, Leonardo Campos Martins Junior, Leonardo Carpejani Prestes, Leonardo Carvalho Sima, Leonardo Claro Zamin, Leonardo Cornaglia Giacon, Leonardo Costa, Leonardo Crispim, Leonardo Da Luz, Leonardo Damásio, Leonardo De Goes Brocco, Leonardo De Morais Salviato, Leonardo Dos Anjos Fonseca, Leonardo Dutra Da Silva, Leonardo Fávero, Leonardo Felippe, Leonardo Furlan Bérgamo, Leonardo Goulart Timm, Leonardo Henrique Da Silva, Leonardo Kanashiro Felizardo, Leonardo Koslowski, Leonardo Lopes Malgueiro, Leonardo Lopes Saturnino, Leonardo Lourenço, Leonardo Machado Moscardo, Leonardo Mansini Nunes, Leonardo Moraes Oliveira, Leonardo Moreira Echeverria, Leonardo Novas, Leonardo Pereira Ferreira, Leonardo Raeder, Leonardo Ramos Da Silva, Leonardo Renner Koppe, Leonardo Roberto Gazziro, Leonardo Santos, Leonardo Silva Cintra, Leonardo Sobrinho Santana, Leonardo Tadeu Bragança De Assis, Leonardo Tavares Baba Oliveira, Leonardo Teixeira Dos Santos, Leonardo Vargas, Leonardo Velloso, Letícia Moreira Lins, Levi Bayde Ribeiro, Levy Costa Azevedo, Linconl Alexandre Marques, Livia Cruz, Lívia Marques, Loohan Fernandes Barreto, Lorenna Martins, Lorenzo Costa Bianchi, Lorenzo Mousquer Paul, Luan Alves Leonel, Luan Castro Alves, Luan França, Luan Henrique Balestrin, Luan Leal Oliveira, Luan Michel Panassol Malaguti, Luanna De Sousa Pereira Peres, Luca, Luca Benedict Needham-Vianna, Lucas Almeida, Lucas Almeida Moreira, Lucas Alvario Marques, Lucas Angelo, Lucas Antonio Gimenes Silva, Lucas Augusto Ritter, Lucas Augusto Rodrigues Pinheiro, Lucas Augusto Soares Vinagre, Lucas Carnevalli De Almeida, Lucas Carollo De Almeida, Lucas Coutinho Cabral, Lucas Dantas Thome, Lucas De Medeiros Matile, Lucas De Souza Monteiro Dos Santos, Lucas Duffeck Ribeiro, Lucas Eduardo Cava, Lucas Fernando Scheeren, Lucas Franchini Alves, Lucas Freitas De Biasi, Lucas Fritzen Pereira, Lucas Gabriel Barbosa Dos Santos, Lucas Harushi, Lucas Hess, Lucas Iani Dionisio, Lucas Irineu Henkes, Lucas Ivo Machado, Lucas Izumi De Oliveira, Lucas Jeronimo Dos Santos, Lucas Leonardo Mayer Almeida, Lucas Lopes De Almeida Campos, Lucas Luiz De Lima Passaroni, Lucas Luizello, Lucas Magario, Lucas Manoel Assis Santos, Lucas Manoel Mendes Carvalho, Lucas Mariano Testa, Lucas Marques Franco, Lucas Martins Dos Santos, Lucas Matias Guimarães, Lucas Munhoz, Lucas Peçanha, Lucas Pereira Abrao Eid, Lucas Pereira Ferreira, Lucas Pereira Wanderley De Oliveira, Lucas Phillipe Menegusso Ferreira, Lucas Rafael De Olivaira Ramos, Lucas Ribeiro Da Costa Santana, Lucas Rodine Cortes, Lucas Scherholz Favoretto, Lucas Schuler Costa, Lucas Soares Skruch, Lucas Thibau Paulino, Lucas Tornai De Carvalho, Lucas Varela Dos Santos Siqueira, Lucas Vargas Da Fonseca, Lucas Vaz De Camargo, Lucas Vendramin Antunes, Lucca Alves Santos, Lucca Morandini, Lucian De Paula Ferreira, Luciano Oliveira Dias, Luciano Prestes Cavalcanti, Luciano Reis Costa, Ludson Casteluci, Lui Felipe Vieira De Souza, Luís Eduardo Anunciado Silva, Luis Felipe Fin, Luis Felipe Pinheiro Vecchio, Luis Gustavo Guimaraes Cadete, Luis Gustavo Sperandio Alcarde, Luis Morcillo, Luis Ramon Sierra Filho, Luiz Alberto Machado Aleixo, Luiz Alberto Otero, Luiz Alberto Peixoto Da Silva Junior, Luiz Alexandre Campos, Luiz Aparecido Gonçalves, Luiz Carlos Da Silva Filho, Luiz Cesar De Paiva Carvalho Junior, Luiz Eduardo Andrade De Carvalho, Luiz Felipe Bottura Manteiga, Luiz Felipe Pereira Da Silva, Luiz Felype Tabosa Porto, Luiz Fernando Argentin, Luiz Fernando Lopes, Luiz Fernando Martins Pereira Magacho, Luiz Fernando Meurer, Luiz Fernando Teixeira De Siqueira Pinheiro, Luiz Fernando Vasconcelos Brasileiro, Luiz Frederico Santos De Queiroz Junior, Luiz Graciano Gomes Do Prado, Luiz Guilherme Menezes Santos, Luiz Guilherme Pallone Duarte, Luiz Guilherme Valente Dias Dos Reis, Luiz Gustavo Lima Hauschildt, Luiz Henrique Garbulha Da Silva, Luiz Henrique Marinho Pontes, Luiz Henrique Vieira Xavier, Luiz Marcelo Fain, Luiz Paulo Pereira Borges, Luiz Rafael Masera Bittencourt, Luiz Zucco, Luiza M R Ferreira, Magno Ferreira Da Costa, Maiquel Pruinell, Makson Henrique Vieira Diniz, Manoel Luís Aguilar Rocha, Marcel De Melo Silva, Marcelle Siffert, Marcelo Aguiar Carrieri, Marcelo Aragão Lanfranqui, Marcelo Augusto Marin, Marcelo Cristiane Alves Da Silva Junior, Marcelo D. Gimenes, Marcelo Daros Carneiro, Marcelo De Almeida Carvalhal, Marcelo Hideki Mizuno Matsunaga, Marcelo Laender Abrantes, Marcelo Macieira Bardini De Gouvea, Marcelo Magalhães Lage, Marcelo Paes Barreto Moreira Martins, Marcelo Pedroso, Marcelo Pinazza, Marcelo Quintao E Silva Marchetti, Márcio Conte De Araújo, Márcio De Souza Jacques Alerico, Marcio Eduardo Mendes, Márcio Eidi Ayabe, Marcio Felipe Franzan, Marcio Kenji Ogino, Márcio Luiz Palma Resende, Márcio Manfredi Gomes Junior, Marcio Pereira, Marcio Vinicius Da Cunha Martins, Marco Antonio Acarapi Quisbert, Marco Antonio Da Costa, Marco E Jessica Manzato, Marco Maassen, Marco Menezes, Marcos Amazonas, Marcos Borges, Marcos De Almeida Ferraz, Marcos De Oliveira Campos Machado, Marcos Elias Martins Ribeiro, Marcos Felipe Santos, Marcos Felix Da Silva, Marcos Gustavo De Oliveira, Marcos José Ferreira Junior, Marcos Leonardo Farias Correia, Marcos Lima, Marcos Paulo Balduino Moreira, Marcos Roberto De Souza Filho, Marcos Ventura De Almeida Junior, Marcos Victor Santos Mendes, Marcos Vinicios Da Silva Neves, Marcos Vinicios Ferreira De Oliveira, Marcos Vinicius Nogueira Da Cruz, Marcos Vinícius Nunes Mineiro, Marcus Augusto Dias Iglessias, Marcus Fernando Caetano Bezerra, Marcus Paolo Mesquita E Sabino, Marcus Paulo De Oliveira Rodrigues, Marcus Vinícius Augusto De Andrade, Marcus Vinicius Barbosa Stutz, Marcus Vinicius Baron Scalet, Marcus Vinicius Dos Santos Lins, Marcus Vinicius Sousa Leite De Carvalho, Maria Rosa Passos, Maria Tereza Grasel Rodrigues, Mariana Diello Soares Da Silva, Marilia Barbosa Lima Biazetti, Mário Ferrari Nulle, Mário Goulart Bacha Bustamante, Mario Lucas Rech Bueno, Mark Michael Ederer, Marlon Mathias, Marlos Martins Da Rocha, Martin Drolshagen, Mateus Cabral Dos Santos, Mateus Cardoso Mota, Mateus Ciello, Mateus Costa Netto De Oliveira, Mateus De Lima Magalhães, Mateus Ferreira, Mateus Goncalves, Mateus Herminio Pureza De Barros, Mateus Lima Batista, Mateus Miranda Moreira, Mateus Passos Da Silva, Mateus Sohne, Mateus Stanki, Mateus Teixeira Albuquerque De Souza, Mateus Teles Catarino, Matheus Antunes Lima Da Silva, Matheus Augusto Cibele Nini, Matheus Augusto Simão Cezar, Matheus Barbosa, Matheus Batista Silva, Matheus Bontorin Zimann, Matheus Brandão Marques, Matheus Calazans Parreiras, Matheus Casa Nova Da Luz, Matheus Castro, Matheus De Carvalho De Oliveira, Matheus De Oliveira Costa, Matheus De Tarso Geremias Altero,

Matheus De Vasconcelos Moura, Matheus Dos Santos Albuquerque, Matheus Eduardo Mordorst, Matheus Esser Schneider, Matheus Farias Brogni, Matheus Felipe Marques, Matheus Flandoli, Matheus Garpelli Hernandes, Matheus Gorito De Paula, Matheus Guilherme De Santana Rosa, Matheus Henrique Levino Assunção, Matheus Henrique Menegon, Matheus Henrique Sales, Matheus Henrique Serra Lopes, Matheus Henrique Silva Souza, Matheus Herique Diaz Flores, Matheus José Evangelista Dos Anjos, Matheus Lima Dos Anjos, Matheus Linhares Ciammaricone, Matheus Lins Pires, Matheus Lopes, Matheus Lujan Pereira, Matheus Meira Santos, Matheus Nunes Da Silva Castilho, Matheus Oliveira Zanardo, Matheus Paes Maciel, Matheus Pedroso Martimbianco, Matheus Pires Vasques, Matheus Queiroz, Matheus Roberto Serapião Lopes, Matheus Rocha Vasconcelos De Assis, Matheus Taliari, Matheus Tiemann, Matheus Vieira Reale, Matheus Wilhelms Tavares, Mauricio Alvares Ageia, Mauricio Batista, Mauricio Faccio, Mauricio Foster Rodrigues, Maurício Moresco, Maurício Moura Costa, Mauricio Passos Perez, Mauro Humberto Medeia Calchi, Mauro Juliani Junior, Max Josino Novo, Mayara Cristina Consolmagno Gonçalves, Maycon Franco De Oliveira, Maycon Mizuhira Endo, Maycon Molon, Mayke Frankley Da Silva Rodrigues, Michel Basei, Miguel Geiss Arnhold, Miguel Paolini Carvalho, Miguel Rohrbacher, Miguel Soares De Sousa Neto, Mika & Isa, Milton Marcos De Souza Peixe, Murillo Henrique Silva Campos, Murilo Arsego, Murilo Augusto Figueiredo Silva, Murilo Tadeu Pisinato Ferreira, Myrna Barbosa Gomes, Nando Oliveira Coelho, Natalia Galiza Pinheiro, Natan Souza Andrade, Natasha Isadora Kaweski Leite, Nathalia Caetano Souza Ferraz, Nathan Dardengo Bastos, Nathan De Melo Conde, Nathan Pureza, Naum Samuel Lucena Almeida Dos Santos, Nei Gerpe Girão Alves, Neimar Alves, Nelson Alves Do Valle Neto, Nelson Augusto Teixeira Junior, Nelson Huoya Mendonca, Nicholas Baraldi Da Silva Souza, Nicholas Reginaldo Tjalling Ament, Nicolas Chartiot, Nicolas Doneux, Nícolas Henrique Da Silva Gorgulho, Nicolas Melo De Oliveira, Nicolas Vinicius Da Roza, Nilson Araujo De Oliveira Junior, Nilton Henrique Ferreira Da Silva, Nilton Jose De Almeida Costa Junior, Oséas Duarte Ferreira Filho, Osmair Carlos Rossetto De Góis, Otávio Augusto Rodrigues Pelizaro, Otavio R Sousa, Otávio Ribeiro Da Cruz, Otavio Takata, Pablo Luiz Urpia De Moura, Pablo Roloff Schneider, Patricia De Souza Prado, Patrick Costa Neris, Patrick Da Silva Ferreira, Patrick Ferreira Coelho, Paulo Augusto Catharino Neto, Paulo Bittencourt Cruz, Paulo Cecere, Paulo Eduardo De Lima Pacheco, Paulo Henrique Alves Da Costa, Paulo Henrique Alves De Oliveira, Paulo Henrique Carvalho Rodrigues, Paulo Henrique Da Silva Pedro, Paulo Henrique Dos Santos Garcia, Paulo Henrique Oliveira Sousa Leal, Paulo Henrique Resende De Araújo, Paulo Jansen De Oliveira Figueiredo, Paulo Jorge Correia Garcia, Paulo Júnior Do Nascimento Lima, Paulo Oliveira, Paulo Renato Alívio Arias, Paulo Ricardo De Souza Dourado, Paulo Roberto Donatilio Rego, Paulo Rodrigues Felisbino, Paulo Scussel De Andrade, Paulo Victor Campos Da Silva Marques, Paulo Victor De Aquino Abrantes, Paulo Victor Medeiros Da Fonseca, Pedro Almeida Magalhães De Brito Ávila, Pedro Amaral, Pedro Andrade Guimarães Filho, Pedro Augusto De Almeida Caballero, Pedro Augusto Ferreira Rodrigues, Pedro Cavalcante, Pedro Cavalcante Da Silva, Pedro Da Mata Brito, Pedro De Farias Capistrano Macêdo, Pedro De Moraes Murari, Pedro Di Santi, Pedro Enrique Ferreira Palmeira, Pedro Ernesto Lobato Noronha, Pedro Felix Batista, Pedro Galiciolli Orlando, Pedro Germano Schmitz, Pedro Henrique Alves Melo, Pedro Henrique Barbosa Branco, Pedro Henrique Benini Dos Santos Gavião, Pedro Henrique Bertini Do Amaral, Pedro Henrique Cardoso Maia Silva, Pedro Henrique De Souza Vargas, Pedro Henrique Faria Denofrio, Pedro Henrique França De Deus, Pedro Henrique Freitas, Pedro Henrique Leal De Araújo, Pedro Henrique Leite Barboza, Pedro Henrique Martins Garcia, Pedro Henrique Mendes Gonçalves De Oliveira, Pedro Henrique Morato Azevedo, Pedro Henrique Palma Ramos, Pedro Hernandes Silva Bezerra, Pedro Humber, Pedro Issamu Kakinami, Pedro Ivo Mariano, Pedro Jose Teixeira Magalhaes, Pedro Jourdani Merlin Gomes, Pedro Lopes Garcia, Pedro Lucas C. Tomasi, Pedro Lucas Lourenço Martins Ferreira, Pedro Luís Ferronato Barreto, Pedro Luis Rodolfo, Pedro Luiz Madureira, Pedro Luperini Piza, Pedro Lyra, Pedro Machado, Pedro Marcelo Canhete Praxedes, Pedro Marcucci Oliveira, Pedro Moi, Pedro Olivotti, Pedro Otavio Teixeira Mello, Pedro Paulo Moura De Freitas, Pedro Pinho Teixeira, Pedro Pisaniello, Pedro Quintana, Pedro Renan Ferreira De Santana, Pedro Rey, Pedro Salles, Pedro Santini, Pedro Simao, Pedro Vitor Schumacher, Peter Brasil, Peter Norberto Cerqueira Lizza, Phelipe Almeida, Phelipe Evangelista Simim Diniz, Philip Delling, Phillip Suamberg De Araujo Reis, Phillipe Camara Silva, Pierre Carvalho Fenner, Pierry Louys Pimentel Pereira Batista, Rafael A S Oliveira, Rafael Armini Izoton, Rafael Augusto Borsari, Rafael Augusto Moreira, Rafael Beserra Landim, Rafael Brasileiro Pinto Santos, Rafael Bruno Lima, Rafael Bruno Matias De Souza, Rafael Caldeira, Rafael Castro, Rafael Checchinato Morandini, Rafael Cherem Spirandelli Bastos, Rafael Da Anunciação, Rafael Da Silva Dias, Rafael Da Silva Mello, Rafael De Andrade Soares, Rafael Do Nascimento Silveira, Rafael Dotti Da Silva, Rafael E Vanessa Oliveira, Rafael Emílio Lima Alves, Rafael Ferreira Kakumu, Rafael Figueiredo, Rafael Flocco, Rafael Fonzar Albuquerque, Rafael Henrique Kader Lopes De Sousa, Rafael Ishikawa Dos Santos, Rafael Lampert Zart, Rafael Magagnato Cardoso, Rafael Mendes Carvalho, Rafael Montes Cunha, Rafael Osorio De Carvalho, Rafael Petille Hune, Rafael Ribeiro Franke, Rafael Rocha Cespedes, Rafael Rodrigues De Oliveira, Rafael Romero Vasquez, Rafael Scorpioni, Rafael Seghetto Martins De Souza, Rafael Seiffer Melazzo, Rafael Torquato Gomes, Rafael Trindade Burtet, Rafael Ujimori, Rafael Vasconcelos, Rafael Vicente De Moura, Rafael Yera Barchi, Raimundo Marcos Dos Santos Neto, Ramiro Herrera, Ramon Fiuza, Ramon Mariano De Almeida, Rangel Simon, Raoni José Rodrigues De Oliveira, Raphael Arthur Barbosa Resende, Raphael Cipolla De Matos, Raphael Maia Dietrichkeit, Raphael Martins, Raphael Nastrini, Raphael Nogueira Protásio Lopes De Oliveira, Raphael Saldanha Do Nascimento, Raul Cassaro, Raullyan Rene Alves Barbosa, Rebeca Harume Nohara, Rebert Da Cruz Rios, Régis Alexandre Araújo De Almeida, Renan Alaver Malanga, Renan Antônio De Lima, Renan Bianchine De Paula, Renan Caldas Ferreira, Renan Claro Pereira, Renan Da Silva Pinheiro, Renan Falcheti Santana Ávila, Renan Felipe Nishioka, Renan Girotto, Renan Inoue, Renan Jesus, Renan Leitão Sydrião, Renan Lopes, Renan Moritz, Renan Oliveira Tarifa, Renan Ribeiro Cruz, Renan Rodrigues Cação, Renato Emetério Pintor, Renato Fona Bugni, Renato Lino Barros, Renato Lopes Ramalho Da Silva, Renato Menezes De Oliveira, Renato Montuleze Gardim Dias, Renato Padovan Ribeiro Barbosa, Renato Vidal Borges, Renatto Mesquita De Sousa, Renêe Augusto Di Franco Henrique, Rennan Dos Santos, Rennan Lopes Hernandez, Rennan Silva Rodrigues, Rérisson Fernandes De Lima, Rhandsaissem Tavares Leal, Rhayane Daibert, Rhuan Pablo Da Silva, Ricardo Baldin, Ricardo Basilio Donoso, Ricardo Combat, Ricardo De Almeida Gomes, Ricardo Faria, Ricardo Felipe Garcia, Ricardo Giammarino, Ricardo Granusso Sanfelice, Ricardo Lima Dutra, Ricardo Pedrotti Vespero Fernandes, Ricardo Porsani Gomes, Ricardo Roberto Ciganda, Ricardo Sander Lopes, Richard Aguiar Bueno, Richard Caye Grunhauser, Richard Lindner, Rikelmy De França Pessoa, Roberta Cruvinel, Roberto Reis Moulin, Roberto Rivelino Scandiussi Junior, Roberto Schnitzler Moure, Roberto Taufenbach Neto, Roberto Tengan De Santana, Roberto Wengratt Mendonça, Robson, Robson Da Silva Bernardes, Robson Duarte De Sousa, Rodney Georgio Gonçalves, Rodolfo D'Aprile Miranda, Rodolfo Dos Reis Fontes Novais, Rodolfo Gomes, Rodolfo João Almeida Arruda Filho, Rodolfo Nunes De Figueiredo Cavalcanti, Rodolfo Oliveira De Souza, Rodolpho Lopes Lima, Rodrigo Alves Costa, Rodrigo Andrade, Rodrigo Baglioni, Rodrigo Cassuli, Rodrigo Cavalli Dos Santos, Rodrigo Costa Pereira, Rodrigo Curado E Souza, Rodrigo Da Silva De Deus, Rodrigo De Almeida Luz, Rodrigo De Alvarez Lima Da Cunha, Rodrigo De Assis Vidal, Rodrigo De Melo Erbas, Rodrigo De Sousa E Castro Andrade Silva, Rodrigo Do Patrocinio Malaquias, Rodrigo Fujimoto, Rodrigo Gavinho Konder, Rodrigo Girão De Freitas, Rodrigo Gomes Araujo, Rodrigo Gonçalves Silveira, Rodrigo Henrique De Oliveira, Rodrigo Henrique Frischknecht, Rodrigo Keiji Ferreira Da Silva, Rodrigo Kendy Uno Souza, Rodrigo Lemos Machiavelli, Rodrigo Maraschin Fermiani, Rodrigo Márcio Conceição Schneider, Rodrigo Moore De Figueiredo, Rodrigo Morotti, Rodrigo

Moura E Silva Ferreira, Rodrigo Nolleto, Rodrigo Pereira Soares, Rodrigo Rodrigues Bezerra Dos Santos, Rodrigo Romagnoli Dos Santos, Rodrigo Santana Moreira, Rodrigo Santos Guerreiro, Rodrigo Sarkis, Rodrigo Soares De Cerqueira, Rodrigo Sousa Bazela, Rodrigo Wesley Silva Teruel, Roger De Oliveira Araújo, Roger Gilberto Gomes Dewes, Roger Gustavo Druzina, Roger Viana Da Silva, Rogério Barbato Filho, Rogerio Barcellos Ferraz Junior, Rogerio Chinen, Rogério Costa De Oliveira Junior, Rogerio Felix, Rogerio Truite Pereira Lima, Romulo Suarez Itaborahy, Ronald Fernandes, Ronald Guerra, Ronald Santos Gois Da Silva, Ronaldo Bianco Junior, Ronaldo Da Silva Narciso, Ronaldo Luiz Cabral Junior, Roney Lima Da Silva, Ronieri Donizetti Sales, Ronnie Mathias De Queiroz, Roseany Pereira Lima Silva, Rosilene Silveira Labres, Ruan Marcos Vogel Bomfim, Ruan Silva Ferreira, Ruan Vitor Barreto Lourenço, Rubem Da Silva Santos, Rubens Fordelone Linhares, Rudi Nick Remocri, Rudinei Hoss Junior, Rui Valim Junior, Ryan Lorente Da Silva, Said Ernandes De Moura Junior, Salim Bentes Rabelo Mendes, Samuel André Prudente, Samuel Goncalves, Samuel Monteiro, Samuel Oliveira De Matos, Samuel Victor Mariano Flores, Sand Cley De Souza Coutinho Júnior, Sandro Rodrigues Moura, Saul Almeida Araújo Neto, Saulo Brito Da Silva, Sayuri P Sakugawa, Schwarzenegger Alves, Serena Ramos, Sergio Dalbon, Sergio Laino Fernandes Junior, Severino Alves De Freitas Junior, Séverson Arias Vieira, Sezar Thiago Caldeira, Sidnei Junior, Sidney Batista Dos Santos, Sidney Tavares De Morais, Silas Monteiro De Mello, Silvio Dante Padilha Uvo, Sofia Barros Guaraná, Solon Mendes, Soren Francis, Stéfane Benetti, Stephan Kistmann Jacob, Suelder Oliveira Da Silva, Tadeu Lara Oliveira Passos, Tales Carvalho, Tárik Salgado Raydan, Tatiane Oliveira Ferreira, Thais Jucá Avelar, Thaís Wounnsoscky De Campos, Thales Esdras Ferreira Da Silva, Thales Felipe De Souza Nakahata, Thales Liebl Miranda, Thales Rezende Cancian, Thalisson Rocha Da Silva Santos, Thalles Rodrigues Cardoso, Themístocles Da Silva Negreiros Neto, Thiago Alexander De Assis Pereira, Thiago Alves Santana, Thiago Biagio Rodrigues, Thiago Carvalho Dias, Thiago Casa Nova, Thiago Dametto, Thiago De Melo Lima, Thiago Dias Costa, Thiago Emilio Marques Machado, Thiago Esteves Da Costa, Thiago Freitas Do Nascimento, Thiago Leite, Thiago Lins Costa, Thiago Macêdo Oliveira, Thiago Marcelino Gonçalves, Thiago Matheus Carli Do Espirito Santo, Thiago Paim, Thiago Pereira Campos, Thiago Pereira De Siqueira, Thiago Ramos De Carvalho, Thiago Scalone, Thiago Seiji Haraguchi, Thiago Teixeira Takata, Thiago Vicznevski, Thiago Zanellato, Thiago Zibetti, Thomas Bayeux Delvecchio, Thomas Beltrão Montenegro De Lemos, Thomás De Souza Santos, Thomas Moro Gasparini, Thomaz Pedroso De Aro, Tiago Alves Machado, Tiago Barreto Kreche, Tiago Giordani Marques, Tiago Henrique Ribeiro, Tiago Henrique Vieira Lima, Tiago Lacerda Q. Carvalho, Tiago Luiz De Almeida, Tiago Martins De Souza, Tiago Morais, Tiago Morais Pascini, Tiago Saad, Tiago Santa Maria Rodrigues Marto, Tiago Silveira, Tiago Tadashi Assano, Tiago Wolf, Tomás Sampaio Martins, Tomé Nogueira Almeida, Tulio Duque Laranjeira, Túlio Tadeu Xavier Santos, Ulisses Augusto Celestino Procópio, V. H. Batista, Vagner Bastos Planello, Vagner Dos Reis Oliveira, Valdeir Pedro Oliveira Da Silva, Valdir Camargo Junior, Valdir Esteves De Oliveira Junior, Verônica Mantuano Polsak, Victor Albini Braga, Victor Archela, Victor Avner Crisóstomo Taboza, Victor B. Cavalcante, Victor Batista Camilo, Victor Beligote, Victor Bine Meira, Victor Bonadio, Victor Cardoso Alves Bernardes, Victor Cesar De Carvalho Braga, Victor De Souza Ertel, Victor Giantin Scacchetti, Victor Guilherme Silva Souza, Victor Henrique Santos Rocha, Victor Hugo De Paiva, Victor Hugo Ferreira De Souza, Victor Hugo Vianna, Victor Ignácio Dos Santos, Victor Picussa, Victor Pires Mendonça, Victor Pulitini, Victor Roberto Schmidt De Oliveira E Silva, Victor Rocha Carvalho, Victor Rocha Grecco, Victor Sanchez, Victor Sanchez Colameo, Victor Vasconcelos Figueiredo Lima, Vilson Rodrigues De Sousa Junior, Vince Ferreira, Vinicios Augusto Ferreira, Vinicius Augusto Vieira De Araujo, Vinicius Cerqueira De Barros Silveira, Vinicius Costa, Vinicius Costa De Oliveira, Vinicius Da Silva, Vinicius De Souza Da Silva, Vinicius Dos Santos Loyo, Vinicius Fujisaki, Vinícius Gabriel Simões Munhoz, Vinícius Gomes Barros, Vinicius Granzotti Martins, Vinícius Gustavo Silva Miguel, Vinicius Johhan De Jesus Soares Coelho, Vinícius Leandro Da Silva, Vinicius Lourenço, Vinícius Martinez Gloeden, Vinicius Miiller, Vinicius Negrini Cândido, Vinícius Otto, Vinícius Pereira Ferreira, Vinicius Pistori, Vinícius Rodrigues Cúrcio, Vinícius Rodrigues De Camargos, Vinicius Rodrigues Pavolin, Vinicius Sakamoto Mendes, Vinicius Schneider, Vinicius Soares, Vinícius Soares Costa, Vinicius Takiuti Miura, Vinícius Tiengo Marono, Vinicius Valerio Candiani, Vinicius Vega, Vinícius Vianna Machado, Vinicius Vieira Martins Monteiro, Vinicius Vivan, Vinicius Walsh, Virgilio Pedrosa, Vítor Augusto Farina Cavanhi, Vitor Faglioni Rossi, Vitor Fernandes De Almeida, Vitor Fernando De Souza Rodrigues, Vitor Ferreira Bindo, Vitor Forbrig, Vitor Gabriel Almeida Nascimento, Vitor Gozzo Machado, Vitor Henrique, Vítor Hugo Coutinho De Araújo, Vitor Hugo Da Silva, Vitor Hugo Koch Torezani, Vitor Lamartine, Vitor Menezes Conceição Barbosa, Vitor Miranda Takahashi, Vitor Nishimura, Vitor Paz De Melo, Vitor Rafael Espindola Biermann, Vitor Valério De Oliveira, Vivian Domiks Antunes, Voney Fernando Mendes Malta, Wagner Paiva Pinto, Walter Luiz Stival Junior, Walter Soprani Júnior, Wedson Junqueira Silva, Wellington Da Silva Cunha, Wellington Dreilick, Wellington Roberto, Wellington Valentin Salatta, Wendell Goncalves, Weslei Carriel, Wesley Aguiar, Wesley Diego Goncalves, Wesley Ferreira, Wesley Lima, Wesley Matheus Lino Silva, Wesley Oliveira Sousa, Whindson Senna Da Silva, Will Scalioni, William Antunes Leite, William Augusto Nascimento Paula Lima, William Balbino Cunha Barbosa, William De Brito Padilha, William De Paula Ferreira, William Mesquita, William Ohnuma, Willian Bongiolo Gomes, Willian Campos Silva, Willian Dias Morais, Willian Diego Alves Dos Santos, Willian Hazelski, Willian Jeferson Nunes, Willian Laterza Signal, Willian Lira Cardoso, Willian Rodrigues Da Silva, Willian Zanutto De Souza, Willyan Cardoso, Yara Beatriz Rodrigues Do Espirito Santo, Yasmin Louzada, Yasser Chequer, Ygor Mota Viana, Yuri Felipe, Yuri Hattori Pontes, Yuri Moura Da Silva Amaro, Yuri Pereira Maia, Yuri Rodrigues Pereira Garcia.

NÍVEL 6 | TESOUROS DE GHANOR: BANQUETE DOS REIS —

André Leal, Brunno Madruga Fidalgo Brígido, Caio Duarte Da Silva Trigo, Carlos Eduardo Dos Santos Oliveira, Cibele Simões De Oliveira Santos, Clecius Alexandre Duran, Daniel Torres Blanca, Domingos De Paola Neto, Fabio Oliveira Baptista Da Silva, Fernando Finatti Segantim, Fillipe Antonio, Gabriel Vinicius Trindade Santos, Geraldo Marques Silva Neto, Guilherme Minglini Barbosa, Gustavo Lopes Costa, Hugo Leonardo Cunha, Jorge Luis Rodrigues Motta, Lucas Dieguez, Lucas Fiorini Rodrigues De Carvalho, Lucca Ceccon, Luiz Eduardo Fanchini Faccioli, Matheus Henrique Duque Chagas Claudino, Matheus Yuri Silva Domingos, Nathalia Macedo Haddad, Óliver Augusto Souza, Pedro Magenis, Pedro Quintanilha, Priscila Costa Caselta Borges, Rafael Franca, Rafael Goettert Burgos, Raul Pinheiro Souza, Renato Hans, Thales Roberto Britto Morales, Thaynã Vicente Cruz Moreira, Theodoro Mallmann, Thiago Tavatres, Vitor Dos Santos Ribeiro, Walter Oliveira Lossio Junior, William Rodrigues Aguido, William Sobreira.